약 탈 자 PREDATOR

PATRICIA CORNWELL

PREDATOR

약탈자

퍼트리샤 콘웰 지음 | 홍성영 옮김

랜덤하우스

Media Review

"콘웰은 강박감에 사로잡힌 살인범들을 끔찍한 삶으로 인도한다."

| 뉴욕 타임스 |

"콘웰은 실제 과학수사를 스릴 넘치는 픽션으로 재구성하는 데 있어
대가의 경지에 올랐다."

| 필라델피아 인콰이어 |

"스카페타 시리즈는 단연 최고다. 콘웰을 막을 사람은 아무도 없다."

| 옵서버 |

"손에 땀을 쥐게 한다. 매우 사실적이고 독창적인 플롯, 효과적인
단서와 미끼, 현실적인 추리가 압권이다."

| 클라리온 레저 |

"뛰어난 심리 스릴러 소설은 미네트 월터스나 토마스 해리스 같은
작가들을 떠올리게 한다."

| 덴버 포스트 |

"소설의 마지막 장을 읽으며 독자들은 스릴과 놀라움을 금치 못할 것이다."

| 스튜어트 뉴스 |

"소설에서 강인한 위엄이 느껴진다."

| 인디펜던트(런던) |

"콘웰과 소설의 주인공인 케이 스카페타는 최고의 모습으로 되돌아왔다."

| 버밍엄 포스트 헤럴드 |

"〈CSI〉 이전에 발표된 콘웰의 스카페타 시리즈는 대단한 히트를
기록했다. 1990년 발표된 《법의관》에 나오는 얼음처럼 냉정하고 비범한
법의관의 모습을 시작으로, 콘웰의 시리즈는 항상 새롭게 진화하고
있다. 콘웰과 스카페타 시리즈의 열혈 독자들은 이 작품이 최고라는
데 이견이 없을 것이다."

| 팜 비치 포스트 |

차 례

01 이상한 전화 9

02 검사실 16

03 10 – 4 22

04 크리스마스 선물가게 31

05 눈 내리는 밤 38

06 늦은 방문 48

07 빨간 문신 54

08 우편물 60

09 죄책감 70

10 해피 발렌타인데이 75

11 자살 혹은 타살 84

12 가상 범죄 현장 90

13 정보 수집 97

14 붉은색 선 104

15 고양이 시체 110

16 젤라틴 모형 113

17 회의실 120

18 응답 없는 기도 128

19 논쟁 133

20 병충해 신고 141

21 치키헛 식당 147

22 조작된 오해 151

23 비밀과 거짓말 158

24 제보 전화 174

25 사라진 일가족 186

26 불청객 199

27 마리노의 방문 206

28 집 안 수색 213

29 성경 구절 219

30 증거물 224

31 또 다른 실험 239

32 셀프 박사 251

33 머릿속 사진 266

34 낚시 잡지 276

35 푸른색 빛 281

36 호숫가의 시신 292

37 독거미 298

38 고백 305

39 무너진 신뢰 313

40 탄피 검사 321

41 살해된 용 326

42 조사관들 333

43 분홍색 운동화 345

44 사격장 350

45 발자국 356

46 어려운 관계 364

47 증거 수집 382

48 증인 387

49 눈보라 400

50 장갑의 혈흔 408

51 만남 425

52 희생자의 사진 433

53 천국과 지옥 439

54 총기의 비밀 443

55 문서 위조 453

56 온에어 459

57 전화 연결 465

58 가족사 473

59 발신자 번호 479

60 추궁 486

61 회상 492

62 비디오 파일 499

63 도발 505

64 정신분열 510

감사의 말 523

옮긴이의 말 524

"그자가 말한 걸 읽어주겠소.
한 단어도 빠뜨리지 않고 적어 두었거든.
그는 자신을 호그(Hog)라고 불렀소."

01

일요일 오후, 케이 스카페타는 플로리다 주 할리우드에 위치한 국립 법의학 아카데미 사무실에 앉아 있었다. 구름이 점점 더 몰려오는 걸 보니 또 폭풍우가 몰아칠 것이다. 2월 날씨치고는 비가 너무 자주 오고 후텁지근했다.

총을 발사하는 소리가 들리고, 무슨 말인지 알아들을 수 없는 고함 소리가 들렸다. 주말에는 가상 전투가 자주 벌어진다. 검은색 작업복을 입은 특수 첩보 요원들이 뛰어다니며 총성을 울렸지만 그 소리는 아무에게도 들리지 않았다. 스카페타만 겨우 미세하게 알아차릴 뿐이었다. 그녀는 루이지애나 주의 한 검시관이 작성한 응급 상황 보고서를 계속 훑어보고 있었다. 다섯 명을 살해한 후 기억이 전혀 나지 않는다고 주장하는 여성 환자에 대한 보고서였다.

그 사건은 공격적인 성향에 대한 전두엽 결정요소를 연구하는 실험인 일명 프레더터(PREDATOR: PREfrontal Determinants of Aggressive-Type Overt

Responsivity) 연구 대상으로 볼 수 없을 거라고 스카페타는 생각했다. 아카데미 운동장에서 들리는 오토바이 소리가 점점 더 크게 들려왔다.

그녀는 범죄 심리학자인 벤턴 웨슬리에게 이메일을 썼다.

보고서에 언급된 여성이 흥미롭기는 하지만 연구하기에는 부적절하지 않나요? 프레더터 연구 대상은 남자한테만 국한된 줄 알았는데요.

건물을 향해 달려오던 오토바이가 그녀가 있는 사무실 창가 바로 아래에 멈추어 섰다. 피트 마리노가 또다시 그녀를 괴롭힐 거라는 생각이 드는 순간, 벤턴 웨슬리에게서 곧바로 답장이 왔다.

루이지애나 주는 그녀를 우리에게 넘겨주지 않을 것 같아. 그곳에서는 사형 집행이 너무 자주 일어나. 하지만 음식은 훌륭하지.

창밖을 내다보자 마리노가 시동을 끄고 오토바이에서 내리는 모습이 보였다. 늘 그렇듯이 그는 혹시 누군가 자신을 쳐다보고 있지 않은지 거칠고 남성적인 태도로 주변을 둘러봤다. 스카페타가 프레더터 사건 파일을 책상 서랍에 넣고 잠그자, 마리노가 노크도 하지 않고 사무실에 들어와 의자에 털썩 앉았다.

"조니 스위프트 사건에 대해 아는 거 있소?"

마리노가 물었다. 문신을 새긴 우람한 팔이 청 조끼 밖으로 불룩 튀어나와 있고, 조끼 뒷면에는 대형 오토바이 브랜드인 할리(Harley)의 로고가 찍혀 있었다.

마리노는 국립 법의학 아카데미의 조사과 과장이자 브로워드 카운티 법의국의 비상근(非常勤) 살인사건 조사관으로 일하고 있고, 최근에는 어설프게 폭주족 흉내를 내고 있다. 그는 탄알 구멍 모양이 빼곡하게 그려진 검은색 헬멧을 책상 위에 내려놓았다.

"기억을 되살려봐야겠어요."

그녀는 헬멧을 가리키며 덧붙였다.

"그건 머리 장식품에 불과해요. 오토바이를 타다 사고가 나면 아무 소용없을 걸요."

마리노는 사건 파일을 책상 위에 내려놓으며 말했다.

"어느 샌프란시스코 출신 의사가 마이애미에 병원을 개업했고, 남동생과 함께 할리우드에 집을 갖고 있소. 르네상스에서 멀지 않고, 존 로이드 주립공원 근처에 있는 쌍둥이 고층 콘도 건물 알죠? 약 석 달 전 추수감사절에 그는 그곳에 있었고, 가슴에 총상을 입은 채 소파에 죽어 있는 모습을 그의 남동생이 발견했소. 그 직전에 손목 수술을 받았는데, 수술 결과가 좋지 않소. 언뜻 보기에는 명백한 자살사건 같소만."

"당시 난 법의국에 속해 있지 않았어요."

스카페타는 마리노에게 그 사실을 상기시켰다.

국립 법의학 아카데미의 법의학 학장직은 이미 맡고 있던 터였지만, 브로워드 카운티 법의국의 고문직을 맡은 것은 지난 12월이었다. 당시 법의국 국장이던 브론슨 박사는 은퇴 의사를 밝히며 근무 시간을 줄이기 시작했다.

"그 사건에 대해 들은 기억이 나는군요."

그녀는 마리노와 함께 있는 게 불편하고 그를 만나는 게 더 이상 기쁘지 않았다.

"브론슨 국장이 부검을 했소."

마리노는 사방을 두리번거리면서도 그녀만은 똑바로 쳐다보지 않았다.

"당신도 개입했나요?"

"아니오, 난 이곳에 있지 않았소. 사건은 아직 미결 상태인데, 당시 할리우드 경찰은 의문점이 더 있을 거라 생각했고 로럴을 의심했지."

"로럴이 누구죠?"

"조니 스위프트의 남동생으로, 일란성 쌍둥이요. 입증할 만한 단서가 전혀 없어서 사건은 흐지부지 마무리되었소. 그런데 금요일 새벽 3시에 우리 집으로 전화가 걸려 왔고, 추적한 결과 보스턴의 공중전화였소."

"매사추세츠 주 말인가요?"

"그렇소."

"당신 자택번호는 전화번호부에 등록되어 있지 않잖아요."

"맞소."

마리노는 청바지 뒷주머니에서 찢어진 갈색 종이를 꺼내어 펼쳤다.

"그자가 말한 걸 읽어주겠소. 한 단어도 빠뜨리지 않고 적어 두었거든. 그는 자신을 호그(Hog)라고 불렀소."

"수퇘지를 뜻하는 호그 말인가요?"

마리노를 찬찬히 훑어보던 스카페타는 혹시 그가 사건을 자살로 몰고 가려는 건 아닌지 의심이 들었다.

마리노는 요즘 그런 식으로 행동하는 경우가 잦았다.

"그자는 이렇게 말했소. '난 호그다. 너는 그들을 조롱하기 위해 벌을 내렸노라(외경 솔로몬서의 한 구절—옮긴이).' 그게 무슨 뜻인지는 잘 모르겠지만, 그런 다음 이렇게 말했소. '조니 스위프트 사건에서 몇 가지 물건이 사라진 이유가 있다. 바보 멍청이가 아닌 이상, 당신은 크리스천 크리스천에게 무슨 일이 일어났는지 분명히 알게 될 것이다. 우연이란 없다. 스카페타에게 물어보는 게 나을 것이다. 그녀의 사악한 조카를 포함해 모든 변절자를 신의 손으로 직접 부셔 버릴 테니까.'"

스카페타는 자신의 감정이 목소리에 드러나지 않도록 애쓰며 말했다.

"그자가 그렇게 말한 게 확실해요?"

"내가 소설이라도 쓰는 것처럼 보입니까?"

"크리스천 크리스천은 누구죠?"

"도대체 그걸 어떻게 알겠소? 철자가 뭔지 물어보았지만 그는 아무 대꾸도 하지 않았소. 아무 감정도 없는 사람처럼 밋밋하고 낮은 목소리로 말하다가 전화를 끊었소."

"루시의 이름을 직접 언급했나요, 아니면…."

"그가 말한 그대로요."

마리노가 그녀의 말을 잘랐다.

"조카라고는 루시밖에 없지 않소? 그러니 그자는 언급한 사람은 루시인 게 분명하지. 그리고 미처 생각하지 못했겠지만, 호그(HOG)는 신의 손(Hand Of God)을 뜻할 수도 있소. 짧게 말하자면, 할리우드 경찰에 연락했더니 조니 스위프트 사건을 가능한 한 빨리 확인해 달라고 하더군. 그가 먼 거리나 가까운 거리에서 총탄을 맞았을 거라는 사실을 입증하는 단서에 다른 어떤 사실이 숨어 있을 게 분명하오. 그렇지 않겠소?"

"총상이 한 군데라면 그럴 거예요. 증거를 분석하는 과정에서 어떤 사실이 왜곡된 게 틀림없어요. 크리스천 크리스천이 누구인지 알아낼 만한 단서가 전혀 없나요? 사람 이름인 건 확실한가요?"

"인터넷으로 검색해 봤지만 도움이 될 만한 내용은 아직까지 없었소."

"왜 이제야 말하는 거죠? 난 주말 내내 사무실에 있었는데."

"바빴소."

"이런 사건에 대한 정보를 알아내고도 며칠이나 지나서 말하면 안 되죠."

그녀는 최대한 차분하게 말했다.

"박사는 정보를 숨기지 않는 것처럼 말하는군."

"무슨 정보 말이에요?"

스카페타는 당황하며 물었다.

"더 신중해야 하오. 내가 할 말은 그것뿐이오."

"마리노, 당신이 애매모호하게 구는 건 도움이 안 돼요."

"아참, 잊어버릴 뻔했군. 할리우드는 벤턴이 어떤 의견을 내놓을지 무척 궁금해 하고 있소."

마리노는 문득 떠오른 생각인 것처럼, 자신은 전혀 상관하지 않는다는 듯 덧붙여 말했다.

그는 벤턴 웨슬리에 대한 감정을 숨기는 데 항상 서툴다.

"그들이 벤턴에게 사건을 검토해 달라고 하겠죠. 내가 그를 대변할 수는 없어요."

스카페타가 대답했다.

"그들은 호그라는 작자가 수상한 놈인지 아닌지를 벤턴이 알아내길 바라고 있소. 그놈 목소리를 녹음하지 못하고 손으로 종이봉투에 받아 적은 것밖에 없으니, 꽤 힘들 거라고 말했소."

마리노가 의자에서 일어서자 큰 몸집이 유난히 더 커 보였다. 스카페타는 평소보다 자신이 더 작아 보이는 것 같은 느낌이 들었다. 그는 쓸모없는 헬멧을 집어 들고 선글라스를 꼈다. 마리노는 대화를 나누는 동안 내내 그녀를 쳐다보지 않았고, 이제는 선글라스를 껴서 눈이 전혀 보이지 않았다. 스카페타는 그의 눈빛이 어떤지 볼 수 없었다.

"지금 당장 면밀히 검토할게요. 나중에 함께 이야기하도록 해요."

그녀는 출입문으로 걸어가는 마리노에게 말했다.

"글쎄요."

"집으로 올래요?"

"글쎄요."

그는 같은 대답을 반복하더니 물었다.

"몇 시?"

"일곱 시요."

스카페타가 대답했다.

02

벤턴 웨슬리는 MRI 검사실의 플렉시 유리 너머로 자신의 연구 대상자를 쳐다보고 있었다. 불빛은 희미하고, 곡선 카운터를 따라 여러 비디오 화면이 켜져 있었다. 그의 손목시계는 서류 가방 위에 놓여 있었다. 한기가 느껴졌다. 인지 신경이미지 연구실 안에 몇 시간째 있다 보니 뼈 마디마디가 차가워진 듯한 느낌이 들었다.

오늘밤 실험 대상자는 확인 번호로 통하지만 이름이 있었다. 베이질 젠레트. 약간의 불안증세가 있고 지능이 높은 33세의 살인 강박증이 있는 범죄자였다. 벤턴은 '연쇄 살인범'라는 용어를 사용하지 않으려 했다. 연쇄 살인범이라는 용어는 지나치게 남용되어, 일정 기간 동안 세 사람 이상을 살해한 범죄자라는 의미를 암시하는 것 이외에는 전혀 도움이 되지 않았다. '연쇄'라는 단어는 연속적으로 일어나는 사건을 뜻할 뿐, 폭력적인 가해자의 범행 동기나 정신 상태에 대해서는 아무것도 설명해 주지 않았다. 여러 사람을 살해할 당시, 베이질 젠레트는 강박감에 사로잡혀 있었다. 그는 살인을 멈출 수가 없었다.

지구보다 자기장이 6만 배 더 강한 3-텔사 MRI 기계로 그의 뇌를 검사하는 이유는 두뇌에 어떤 문제가 있는지 그리고 어떻게 기능하는지 알아내기 위해서다. 그러면 왜 범행을 저질렀는지를 알 수 있을지도 모른다. 벤턴은 그와 인터뷰하면서 왜 범행을 저질렀는지 여러 차례 묻곤 했다.

"그녀를 본 순간 알 수 있었습니다. 그럴 수밖에 없었습니다."

"바로 그 순간에 그래야만 했나?"

"길거리에서는 아니었습니다. 그녀를 따라가면서 확신이 들었고 계획이 떠올랐습니다. 솔직하게 말하자면, 더 치밀하게 계산할수록 기분이 더 좋았습니다."

"그 여자를 따라가고 계획을 세우는 데 시간이 얼마나 걸렸나? 며칠, 몇 시간, 아니면 몇 분?"

"몇 분 아니면 몇 시간이 걸립니다. 며칠이 걸릴 때도 가끔 있습니다. 상황에 따라 다르죠. 멍청한 여자들이었습니다. 자신이 유괴당하고 있다는 사실을 알면서도 차 안에 가만히 있거나 도망치려고 하지 않았으니까요."

"베이질, 여자들이 그랬단 말이야? 차 안에 앉은 채 도망치려고 하지도 않았다고?"

"마지막 두 여자를 제외하고는 그랬습니다. 당신도 그 여자들을 알 겁니다. 그 때문에 내가 지금 여기 있는 거니까. 그 여자들은 저항하려고 하지도 않았는데 내 차가 고장났지 뭡니까. 멍청하게 말이에요. 당신이라면 차 안에서 바로 죽임을 당하겠습니까 아니면 특별한 곳으로 끌려가 내가 하는 짓을 당할 때까지 보고만 있겠습니까?"

"그 특별한 곳이 어디지? 항상 똑같은 장소였나?"

"모든 건 차가 고장났기 때문입니다."

지금까지 베이질의 두뇌 구조는 소뇌 후부에 약간 이상한 점이 우연히 발견되었을 뿐 특이할 만한 사항이 없었다. 약 6밀리미터 길이의 낭포가 균형 감각에 약간 영향을 미칠 수는 있지만 다른 이상한 점은 없었다. 문제는 그의 뇌가 작용하는 방식이다. 그 방식은 정상적일 리가 없다. 정상이라면 프레더터 연구 실험 대상이 되지도 않았을 것이고 그가 연구에 참여하기로 동의하지도 않았을 것이다. 베이질에게 모든 건 게임이다. 그는 아인슈타인보다 머리가 더 좋고, 자신이 세상에서 가장 재능 있는 사람이라고 여긴다. 자신이 저지른 일에 대해 단 한 순간도 후회한 적이 없고, 기회만 있다면 여자를 더 죽일 거라고 솔직하게 털어놓았다. 불행하게도, 베이질은 호감이 가는 유형이다.

MRI 검사실 안에서 2미터가 넘는 튜브 유리 너머에서 지켜보던 교도관 두 명은 어리둥절한 모습에서 점점 더 호기심어린 표정으로 변해 갔다. 그들은 제복만 입고 있을 뿐 총은 소지하고 있지 않았다. 이곳 검사실 안에서는 총기를 소지할 수 없다. 철을 함유한 물건, 커프스나 수갑도 허용되지 않는다. 발목과 손목에 플라스틱 수갑을 찬 베이질은 검사 튜브 안에 누운 채 귀에 거슬리는 소리와 무선 주파수 소리에 귀를 기울였다. 그 소리는 높은 전압으로 연주하는 조악한 음악소리 같았는데, 벤턴에게만 그렇게 들리는지도 몰랐다.

"다음 실험은 색깔 블록입니다. 무슨 색깔인지 말하기만 하면 됩니다."

신경심리학 박사인 수전 래인이 인터콤에 대고 말했다.

"젠레트 씨, 머리를 끄덕이면 안됩니다. 턱에 테이프가 고정되어 있으니 절대 움직이지 마세요."

"10-4(무선 통신에서 '알았다. 오버'라는 뜻의 은어-옮긴이)."

베이질의 목소리가 인터콤을 통해 들렸다.

밤 8시 반, 벤턴은 불안했다. 지난 몇 달 동안 불안했다. 베이질 젠레트 같은 흉악범이 맥린 병원의 고색창연한 벽돌담을 넘어 침입할지도 모른다는 걱정이 아니라, 자신의 연구 실험이 결국 실패할지도 모른다는 불안감 때문이었다. 그렇게 되면 돈과 귀중한 시간을 헛되이 낭비하게 될 것이다. 맥린 병원은 하버드 의과대학 부속병원으로, 병원과 의과대학 어느 쪽도 연구 실패를 눈감아주지 않을 것이다.

"모두 정답을 맞혀야 한다는 걱정은 하지 마세요. 그러기를 바라는 건 아니니까."

래인 박사가 인터콤에 대고 말했다.

"초록, 빨강, 파랑, 빨강, 파랑, 초록."

베이질의 자신감 있는 목소리가 검사실에 울렸다.

검사요원이 용지에 데이터를 기록하는 동안, MRI 기술자는 비디오 화면에 나타난 모습을 확인했다.

래인 박사는 다시 통화 버튼을 눌렀다.

"젠레트 씨? 아주 잘 했어요. 다 잘 보입니까?"

"10-4"

"좋습니다. 검은색 화면을 볼 때마다, 당신은 편안하고 안정적입니다. 아무 말도 하지 말고, 화면에 나타난 흰색 점만 보십시오."

"10-4."

래인 박사는 통화 버튼에서 손을 떼고 벤턴에게 물었다.

"왜 경찰이 쓰는 은어로 대답하는 거죠?"

"그는 경찰이었습니다. 그 때문에 희생자들을 차로 유인할 수 있었을 겁니다."

"웨슬리 박사님. 스러쉬 형사 전화입니다."

연구원이 회전의자를 돌려 앉으며 말하자 벤턴은 수화기를 받아들었다.

"무슨 일입니까?"

벤턴은 매사추세츠 주립 경찰서 강력계 형사인 스러쉬에게 물었다.

"박사님, 오늘 일찍 잠자리에 들기는 힘들 것 같습니다. 오늘 아침 월든 연못 근처에서 시신이 발견되었다는 소식 들었습니까?"

"아니오. 오늘 하루 종일 검사실에 있었습니다."

"백인 여성, 신원 미확인, 나이는 정확히 모릅니다. 30대 후반에서 40대 초반으로 보이는데, 머리에 총상을 입었고, 탄피가 항문 속에 밀어 넣어져 있습니다."

"처음 듣는 소식입니다."

"이미 부검을 했지만, 박사님이 보고 싶어 하실 것 같아서요. 일반적인 사건이 아닙니다."

"30분 안에 끝날 겁니다."

"그럼 시체 안치소에서 기다리고 있겠습니다."

집 안은 조용했다. 불안한 마음으로 집안을 돌아다니던 케이 스카페타는 집안 조명을 모두 다 켰다. 그리고 자동차나 오토바이 소리에 귀를 기울이며 마리노를 기다렸다. 마리노는 약속한 시간보다 늦었고 부재중 통화를 확인하고서도 그녀에게 전화하지 않았다.

초조하고 불안해진 스카페타는 도난 경보장치가 켜져 있는지, 투광 조명등이 켜져 있는지 확인했다. 부엌 인터폰 화면을 보며 집 현관과 뒤쪽, 옆쪽 카메라가 모두 잘 작동하고 있는지 확인했다. 화면에 나타난 집은 그늘져 있고, 감귤나무, 야자수, 히비스커스 나무가 바람에 움직였다. 수영장 뒤로 보이는 선창과 운하 뒤쪽은 방파제를 따라 죽 늘어선 가로등 불빛만이 희미하게 어른거렸다. 스카페타는 스토브에 냄비를 올리고 토마토소스와 버섯을 넣어 젓고 있었다. 그러고 나서 밀가

루 반죽이 잘 부푸는지, 싱크대 옆 그릇 안에 든 신선한 모차렐라 치즈에 물이 잘 스며드는지 확인했다.

거의 9시가 다 되었고, 마리노는 두 시간 전에 도착했어야 했다. 내일은 부검과 강의 스케줄이 빡빡하기 때문에, 마리노가 불쑥 나타나도 만날 시간이 없었다. 화가 났다. 마리노를 생각하자 화가 치밀었다. 자살 사건으로 추정되는 조니 스위프트 사건을 꼬박 세 시간 동안 조사했는데, 마리노는 제 시간에 나타나지도 않았다. 그녀는 마음에 상처를 받았고, 시간이 지나자 화가 났다. 화를 내는 편이 더 쉽다.

스카페타는 화가 난 채 거실로 가서, 자동차나 오토바이 소리에 귀를 기울이며 여전히 마리노를 기다렸다. 소파에 놓인 12구경 레밍턴 마린 매그넘을 집어 들고 자리에 앉았다. 니켈 도금 산탄총을 무릎 위에 내려놓자 무겁게 느껴졌다. 그녀는 자물쇠에 작은 열쇠를 꽂아 넣은 다음, 열쇠를 오른쪽으로 돌려 방아쇠 안전장치를 풀었다. 그런 다음 펌프를 뒤로 당겨 탄창 안에 탄약통이 없다는 걸 확인했다.

"이제 단어 읽기를 할 겁니다."

래인 박사가 인터콤을 통해 베이질에게 말했다.

"왼쪽에서 오른쪽 방향으로 단어를 읽기만 하면 됩니다. 그리고 움직이면 안 된다는 사실 기억하십시오. 지금까지 잘하고 있습니다."

"10-4."

"저 사람이 실제로 어떻게 생겼는지 보고 싶습니까?"

MRI 기술요원이 교도관에게 물었다.

그의 이름은 조시이다. MIT에서 물리학을 전공했고, 다음 학위를 준비하는 동안 기술요원으로 일하고 있었다. 성격은 밝지만 괴짜이면서 특이한 유머 감각을 갖고 있었다.

"그가 어떻게 생겼는지 벌써 알고 있습니다. 오늘 아침 샤워장까지 그를 대동했거든요."

교도관 한 명이 말했다.

"그러고 나서요? 여자들을 차 안에 끌어들인 다음 어떻게 했죠?"

래인 박사가 벤턴에게 물었다.

"빨강, 파랑, 파랑, 빨강…."

교도관들은 조시가 보고 있는 비디오 화면으로 점점 더 가까이 다가갔다.

"특정 장소로 데려가 칼로 눈을 찌른 다음, 며칠 동안 살아 있도록 내버려두면서 반복적으로 강간하고 나서 목을 자르고 시신을 유기해 사람들에게 충격을 주었습니다."

벤턴은 평소처럼 분석적인 방식으로, 래인 박사에게 있는 사실 그대로를 설명했다.

"우리가 아는 사건은 그렇습니다. 하지만 그가 더 많은 사람을 살해했을 거라고 추정됩니다. 비슷한 시기 플로리다에서 많은 여성들이 실종되었습니다. 그들은 사망한 것으로 추정되지만 시신은 발견되지 않았습니다."

"여자들을 어디로 데려갔나요? 모텔? 자신의 집?"

"잠시만 기다리세요."

조시가 옵션 3D 메뉴를 선택한 다음 SSD(Surface Shading Display: 표면 명암 화면—옮긴이)를 보여주며 교도관들에게 말했다.

"정말 멋진 화면입니다. 환자들에게는 절대 보여주지 않죠."

"왜요?"

"환자들이 놀라 기절하기 때문이죠."

"어디로 데려갔는지는 모릅니다."

벤턴은 조시를 주시하며 래인 박사에게 말했다. 조시가 일정 수위를 넘어서면 벤턴이 곧바로 끼어들어 막을 것이다.

"하지만 흥미로운 점이 있습니다. 그가 유기한 시신에는 모두 미세한 구리 입자가 묻어 있었습니다."

"그럴 리가요?"

"진흙과 함께 섞여 있거나 희생자의 혈액이나 피부, 머리털에 묻어
있었습니다."

"파랑, 초록, 파랑, 빨강…."

"정말 이상하군요."

래인 박사는 통화 버튼을 누르고 말했다.

"젠레트 씨? 할 만한가요? 괜찮습니까?"

"10-4."

"이제 단어 뜻과는 다른 색깔로 인쇄된 단어를 보게 될 겁니다. 인쇄
된 색깔의 이름을 말하기 바랍니다. 색깔만 말하면 됩니다."

"10-4."

"정말 대단하지 않습니까?"

데스마스크처럼 보이는 것이 화면을 가득 채우자 조시가 말했다.
SSD는 베이질 젠레트의 두뇌 MRI를 구성하는, 1밀리미터 두께의 고해
상도 막을 재구성한 화면이다. 화면은 푸르스름하고, 머리카락이나 눈
은 보이지 않고, 마치 목을 벤 것처럼 턱 아래에서 화면이 거칠게 끊어
졌다.

조시는 교도관들이 다양한 각도에서 볼 수 있도록 화면을 회전했다.

"왜 머리가 잘린 것처럼 보입니까?"

교도관 가운데 한 명이 물었다.

"그 지점에서 코일 신호가 끊기거든요."

"피부도 실제와는 다르게 보입니다."

"빨강 아니, 초록, 파랑, 아니 빨강, 초록…."

베이질의 목소리가 검사실 안으로 들어왔다.

"이건 실제로 피부가 아닙니다. 어떻게 설명해야 할까…. 그러니까, 컴퓨터가 부피를 재구성해서 표면을 보여주고 있는 겁니다."

"빨강, 파랑 아니 초록, 그러니까 초록…."

"저걸 사용하는 경우는 기능적인 면에 구조적인 측면을 덧씌울 때뿐입니다. 데이터를 넣고 fMRI(functional MRI: 기능적 자기공명영상–옮긴이) 분석을 원하는 방식으로 들여다보면 재미있습니다."

"저런, 엄청 못생겼군."

이제 충분했다. 색깔 이름 실험을 멈추었고, 벤턴은 조시를 날카롭게 쳐다보며 말했다.

"조시. 준비 됐어?"

"4, 3, 2, 1, 준비 완료."

조시가 말하자 래인 박사가 언어 간섭 검사를 시작했다.

"파랑, 빨강, 그러니까… 젠장. 빨강 아니, 파랑, 초록, 빨강…."

단어를 모조리 틀리자 베이질의 목소리가 거칠어졌다.

"이유는 말했나요?"

래인이 벤턴에게 물었다.

"뭐라고요?"

딴 생각을 하고 있던 벤턴이 되물었다.

"무슨 이유 말입니까?"

"빨강, 파랑, 젠장! 빨강, 파랑–초록…."

"왜 피해자들의 눈을 도려냈는지."

"자신의 음경이 얼마나 작은지 여자들에게 보이고 싶지 않았다고 말했습니다."

"파랑, 파랑–빨강, 빨강, 초록…."

"이번 검사는 잘하지 못하는군요."

래인이 말했다.

"사실, 거의 모든 항목을 틀렸습니다. 그는 어느 경찰서에서 근무했나요? 그 지역에서는 속도위반 단속이 있어도 차를 세워서는 안 될 것 같네요."

그녀는 통화 버튼을 누르며 베이질에게 물었다.

"괜찮아요?"

"10-4."

"마이애미 주 데이드 카운티 경찰서입니다."

"난 마이애미를 좋아하는데 유감이군요. 사우스플로리다 주와 연관이 있어서 이 연구를 진행하게 된 건가요?"

그녀는 다시 통화 버튼을 눌렀다.

"꼭 그렇지는 않습니다."

MRI 튜브 반대편에 있는 베이질의 머리를 유리를 통해 쳐다보던 벤턴은 보통 사람들처럼 청바지에 흰색 셔츠를 입은 베이질의 모습을 상상했다.

복역 중인 죄수는 병원에서는 죄수복을 입을 수 없도록 되어 있다. 보기에 좋지 않기 때문이다.

"연구 주제를 주립 교도소에 문의했을 때, 교도소 측은 그를 연구 대상으로 삼는 게 적절하다고 생각했습니다. 그는 교도소 생활을 지루해했고, 교도소 측은 그를 내보내게 되어 반겼습니다."

벤턴이 말했다.

"잘했습니다, 젠레트 씨. 이제 벤턴 웨슬리 박사가 들어와 마우스를 줄 겁니다. 그런 다음 몇몇 얼굴이 보일 겁니다."

래인 박사가 인터콤에 대고 말했다.

"10-4."

일반적인 경우라면 래인 박사가 MRI 검사실 안으로 들어가 직접 피검사자를 대한다. 그러나 프레더터 연구 대상자는 여의사와 여성 연구원들과의 신체적 접촉이 금지되어 있다. 남자 의사와 남성 연구원들도 MRI 검사실 안에 들어갈 경우 주의를 기울여야 한다. 검사실 밖에서는, 인터뷰 동안 연구 주제 결정은 임상의에게 일임된다. 교도관 두 명과 대동한 벤턴은 MRI 검사실 조명등을 켜고 문을 닫았다. 벤턴이 수갑을 찬 베이질의 손에 마우스를 쥐어 주자, 조심스럽게 MRI 검사 튜브 근처에서 서성이던 교도관들이 마우스의 플러그를 끼웠다.

베이질은 볼품없이 생겼다. 작은 키에 가느다란 금발, 작은 회색 눈동자에 미간이 좁다. 동물 세계에서는 사자, 호랑이, 곰 같은 육식동물(프레더터)들은 미간이 좁다. 기린이나 토끼, 비둘기 같은 초식동물들은 미간이 넓고 눈이 머리 양쪽 옆으로 향해 있다. 살아남기 위해서 주변을 잘 살펴야 하기 때문이다. 벤턴은 똑같은 진화 현상이 인간에게도 적용되는지 항상 궁금했다. 하지만 그런 연구 실험에 자금을 댈 사람은 아무도 없을 것이다.

"괜찮은 거지, 베이질?"

벤턴이 그에게 물었다.

"어떤 얼굴이 나옵니까?"

MRI 튜브 끝부분에서 말하는 베이질의 얼굴을 보자, 벤턴은 철로 만든 혀가 떠올랐다.

"래인 박사가 설명해 줄 거야."

"깜짝 놀랄 만한 일이 있습니다. 검사 끝나고 나서 말할게요."

그렇게 말하는 베이질의 눈빛은 악의에 찬 사람처럼 기묘했다.

"좋아. 깜짝 놀랄 일이라면 언제든지 환영이야. 몇 분만 더 하면 검사가 끝날 거야. 그리고 나서 함께 이야기를 나누도록 하지."

벤턴은 미소를 지으며 말했다.

벤턴이 교도관과 함께 MRI 검사실 밖으로 나오자, 래인 박사는 남자의 얼굴이면 마우스 왼쪽을, 여자의 얼굴이면 마우스 오른쪽을 클릭하라고 인터콤을 통해 베이질에게 설명했다.

"어떤 행동이나 말도 하지 말고, 마우스만 클릭하면 됩니다."

그녀가 반복해서 말했다.

검사 종류는 세 가지이고, 검사의 목적은 검사 대상자가 성별을 구별할 수 있는 능력을 가졌는지가 아니다. 이 일련의 실험에서 실제로 검사하는 것은 효과적인 처리과정이다. 화면에 나타나는 남자나 여자의 얼굴은 순간적으로 나타나는 얼굴 뒤편에 있기 때문에 눈으로는 알아차릴 수 없다. 하지만 두뇌로는 모든 걸 볼 수 있다. 젠레트의 뇌는 가면 뒤에 있는 얼굴, 행복하거나 화나거나 겁에 질린 얼굴, 상대방을 화나게 하는 얼굴을 파악할 수 있다.

각각의 검사 문항이 끝날 때마다 레인 박사는 무엇을 보았는지, 그 얼굴에서 감정을 느꼈는지, 느꼈다면 어떤 감정이었는지 베이질에게 질문했다. 그는 남자들의 얼굴이 여자들보다 더 심각하다고 대답했다. 그리고 각각의 문항마다 거의 똑같은 대답을 했다. 대답에는 아직 아무런 의미가 없었다. 수천 개의 신경화면을 분석해야만 비로소 MRI 검사실에서 진행되는 검사에 의미를 부여할 수 있다. 그러면 검사를 받는 시간 동안 피검사자 뇌의 어느 부분이 가장 활발하게 움직였는지 눈으로 확인할 수 있다. 검사의 목적은 피검사자의 뇌가 일반적인 사람의 뇌와 다르게 작용하는지, 살인 성향과는 전혀 상관없는 낭포가 있다는 점 이외에 또 다른 문제가 있는지 확인하는 것이다.

"특별히 떠오르는 생각이라도 있습니까?"

벤턴은 래인 박사에게 물었다.

"그리고 수전, 항상 그렇듯이 이번 일도 고맙게 생각합니다. 당신은 훌륭한 동료입니다."

그들은 이따 오후나 사람들이 거의 없는 주말에 피검사자를 실험할 스케줄을 조정할 것이다.

"전파 발신기만 보면 베이질은 정상으로 보이고, 심각한 이상 증상은 거의 보이지 않습니다. 다만 끊임없이 말을 하는 점이 특이한데, 조울증 진단을 받은 적이 있나요?"

"주변 사람들의 평가와 범행 기록으로 보아 의심스럽기는 하지만 실제로 그렇지는 않습니다. 그는 그런 진단을 받은 적이 없습니다. 정신 질환 때문에 약을 복용한 적도 없고, 수감된 지 1년밖에 되지 않았습니다. 실험 대상자로서는 최선의 조건인 셈이죠."

"하지만 그는 실험 도중 충동을 잘 억제하지 못했고 언어 간섭 검사에서 많은 실수를 저질렀습니다. 내가 보기에 베이질이 불안 증세를 보이는 건 조울증 질환과 연관이 있습니다. 나중에 더 자세히 알게 되겠지요."

래인 박사는 통화 버튼을 다시 누르고 말했다.

"젠레트 씨. 검사는 모두 끝났고, 아주 잘했습니다. 웨슬리 박사가 검사실 안으로 들어가 당신을 데리고 나올 겁니다. 천천히 자리에서 일어서 주기 바랍니다. 어지럽지 않도록 천천히 자리에서 일어나십시오. 알겠죠?"

"끝났다고요? 무슨 검사가 이렇게 시시합니까? 사진을 보여 주시오."

래인 박사는 벤턴을 쳐다보며 통화 버튼에서 손을 떼고 말했다.

"내가 그 사진들을 보는 동안 내 뇌를 검사하겠다고 하지 않았습니까."

"희생자들의 부검 사진을 말하는 겁니다."

벤턴이 래인 박사에게 설명했다.

"나에게 사진을 보여 주겠다고 약속했잖아요! 내 우편물을 줄 거라고 약속했잖아요!"

"자, 이제 저 사람은 당신이 맡아 주세요."

그녀가 벤턴에게 말했다.

산탄총은 무거워서 부담이 된다. 스카페타는 왼쪽 발가락으로 방아
쇠를 당기면서, 소파에 누워 총열을 가슴에 고정하느라 애를 먹었다.

산탄총을 아래로 내리면서 그녀는 손목 수술 이후에 똑같은 자세를
시도하는 모습을 상상했다. 산탄총의 무게는 3.4 킬로그램이다. 45센
티미터 길이의 총열을 들어 올리자 손이 떨리기 시작했다. 두 발을 바
닥으로 내리고 오른쪽 운동화와 양말을 벗었다. 왼발잡이지만 오른쪽
발로 시도해야 할 것 같았다. 그러자 조니 스위프트는 오른발잡이인지
왼발잡이인지 궁금해졌다. 약간의 차이는 있겠지만 중요한 차이점은
아닐 것이다. 특히 그가 낙담했거나 확고하게 마음먹었다면 더욱 그럴
것이다. 하지만 스카페타는 그가 어떤 상태였는지 알 수 없었다.

스카페타는 마리노를 생각했다. 예전 생각을 떠올릴수록 더 화가 치
밀었다. 그는 이런 식으로 그녀를 대할 권리가 없고, 처음 만났을 때처
럼 그녀를 무시해서도 안된다. 두 사람이 처음 만난 건 오래 전이었고,
스카페타는 그가 자신을 예전처럼 대하고 있다는 사실에 내심 놀랐다.
손수 만든 피자 소스 냄새가 거실에도 풍겼다. 그 냄새가 집 안에 가득
하고, 분노 때문에 심장 박동이 빨라지고, 가슴이 답답해졌다. 그녀는
왼쪽으로 모로 누워 산탄총 개머리판을 소파에 고정한 다음, 총열을 가
슴 중앙에 놓고서 오른쪽 엄지발가락으로 방아쇠를 당겼다.

04

크리스마스 선물 가게

베이질 젠레트는 그를 해치지 않을 것이다.

그는 수갑을 차지 않은 채, 조그마한 검사실 안에 놓인 테이블을 사이에 두고 벤턴과 마주보고 있었다. 의자에 앉아 있는 베이질은 조용하고 예의발랐다. MRI 검사실 안에서의 난동은 2분 정도 지속되었고, 그가 진정했을 무렵 래인 박사는 이미 자리를 뜨고 없었다. 호송을 받으며 검사실 밖으로 나왔을 때 래인 박사의 모습은 보이지 않았고, 벤턴도 그가 래인 박사를 볼 수 없도록 조처했다.

"머리가 지끈거리거나 어지럽지는 않아?"

벤턴이 차분하고 사려 깊게 물었다.

"몸 상태는 아주 좋습니다. 검사는 멋졌습니다. 전 검사받는 걸 정말 좋아합니다. 모든 정답을 알아맞힐 거라는 사실을 알기 때문이죠. 사진은 어디 있습니까? 검사가 끝나면 사진을 보여 주겠다고 약속하셨잖아요."

"베이질, 우리는 그런 이야기를 한 적이 없어."

"나는 정답을 모두 맞혔습니다."

"즐겁게 검사 받았나 보군."

"다음번에는 약속한 대로 사진을 보여 주십시오."

"베이질, 난 그런 약속한 적 없어. 검사 받는 게 재미있었어?"

"여기서는 담배를 피울 수 없죠?"

"응, 그런 것 같군."

"내 뇌는 어떻게 생겼습니까? 좋아 보였습니까? 혹시 직접 봤습니까? 뇌 사진을 보면 얼마나 똑똑한지 알 수 있는 겁니까? 내게 사진을 보여주면, 내 머릿속에 있는 모습과 사진이 일치한다는 걸 알게 될 겁니다."

그는 이제 조용하면서도 빠르게 말하고 있었고 눈은 빛이 날 만큼 반짝거렸다. 연구원들은 뇌 사진을 해독할 수 있을 것이고 거기에 분명히 뭔가가 있을 거라면서, 연구원들이 자신의 뇌에서 무엇을 알아낼지에 대해 계속해서 떠들어댔다.

"뭔가가 있을 거라고? 그게 무슨 뜻이지?"

벤턴이 물었다.

"내 기억들 말입니다. 뇌 안을 들여다보면, 그 안에서 내 기억을 볼 수 있을 겁니다."

"그렇지는 않을 거야."

벤턴이 반박했다.

"아닙니다. 버저 음이 울릴 때마다 모든 사진이 나타났을 게 분명합니다. 그 사진을 모두 봤으면서도 내게 말해주지 않은 겁니다. 열 장의 사진이 있었고 당신은 그것을 모두 봤습니다. 넉 장이 아니라 열 장의 사진입니다. 농담으로 항상 '10-4(알았다-오버 라는 뜻의 은어-옮긴이)'라고 말하지만 사실 우스갯소리가 아닙니다. 당신은 4라고 생각하지만 나는

10이라는 걸 알고 있습니다. 내게 사진을 보여준다면, 내 머릿속에 있는 사진과 동일할 테니 당신도 알게 될 겁니다. 당신이 내 뇌 속을 들여다보면 내 머릿속 사진을 볼 겁니다. 10-4."

"베이질, 어떤 사진을 뜻하는지 말해 봐."

"난 단지 당신을 혼란스럽게 하는 것뿐입니다. 내가 원하는 건 내 우편물입니다."

그는 윙크를 하며 말했다.

"자네 뇌 속에서 어떤 사진을 보게 될까?"

"그 멍청한 여자들의 사진이겠죠. 그들은 내게 우편물을 주지 않을 겁니다."

"열 명의 여자를 죽였다는 말인가?"

벤턴은 충격을 받았거나 상대방을 질책하는 표정을 내비치지 않고 담담하게 질문했다. 어떤 생각이 갑자기 머릿속에 떠오른 것처럼 베이질의 입가에 미소가 번졌다.

"아, 이제 머리를 움직여도 괜찮군요, 그렇죠? 턱에 테이프도 붙어 있지 않고. 주사를 맞을 때도 턱에 테이프를 붙일 건가요?"

"베이질, 넌 주사를 맞지 않을 거야. 그렇게 하기로 결정했잖아. 사형선고를 받았다가 종신형으로 감형되었어. 예전에 말했던 거 기억나지 않아?"

"내가 정신이상이기 때문이죠. 그 때문에 지금 이곳에 있는 거고요."

그는 소리 없이 웃으며 말했다.

"아니, 자네가 이해하는 게 중요하니까 이 점을 분명히 해둬야겠군. 베이질, 자네가 이곳에 있는 이유는 이 연구에 참여하기로 동의했기 때문이야. 플로리다 주지사는 자네를 버틀러 주립병원으로 호송하는 데 동의했지만, 매사추세츠 주는 사형선고를 종신형으로 바꾸지 않으면 동의할 수 없다고 했어. 매사추세츠 주에는 사형제도가 없으니까."

"당신이 열 명의 여자들을 보고 싶어 한다는 거 압니다. 내가 기억하는 모습 그대로 보십시오. 내 머릿속에 저장되어 있습니다."

베이질은 사람의 두뇌를 스캔해도 생각과 기억을 눈으로 확인할 수 없다는 사실을 알고 있다. 평소처럼 영리하게 구는 것이다. 자기도취적인 정신병자들이 그렇듯이, 그는 부검 사진을 보며 폭력적인 환상을 떠올리고 싶어 한다. 그리고 자신이 남을 꽤 즐겁게 해주는 사람이라고 생각한다.

"베이질, 깜짝 놀랄 일이라는 게 바로 그거야? 법정에서 확인된 네 명이 아니라 열 명을 살해했다는 사실?"

벤턴이 묻자 베이질은 고개를 가로저으며 말했다.

"당신이 알고 싶어 하는 사람이 한 명 있습니다. 그게 바로 깜짝 놀랄 일입니다. 내게 잘 대해 주셨기 때문에 당신만을 위해 특별히 말해주겠습니다. 하지만 내가 원하는 건 우편물입니다. 그게 거래 조건입니다."

"흥미로운 이야기 같군."

"크리스마스 선물가게 여자 기억나죠?"

베이질이 물었다.

"어서 이야기 해줘."

벤턴은 그렇게 대답했지만 베이질이 무슨 말을 하는지 알 수 없었다. 크리스마스 선물가게에서 일어난 살인사건에 대해서는 들은 적이 없었다.

"내 우편물은요?"

"내가 확인해보도록 하지."

"가슴에 성호를 긋고 맹세할 수 있어요?"

"분명히 확인해볼게."

"정확한 날짜는 기억나지 않는데, 어디 보자…."

그는 수갑을 차지 않은 손을 무릎 위에 올린 채 천장을 올려다봤다.

"약 3년 전 라스 올라스에서였는데, 7월쯤이었던 것 같습니다. 그러니까 2년 반 전입니다. 사우스 플로리다에서 누가 7월에 크리스마스 선물을 사겠습니까? 그 가게에서는 산타 인형과 꼬마 난쟁이, 호두까기 인형과 아기 예수 인형을 팔았습니다. 나는 전날 밤을 꼬박 새운 후 아침에 그 선물가게에 갔습니다."

"여자 이름은 기억나?"

"이름은 전혀 기억나지 않습니다. 당시에는 분명히 알았을 텐데 지금은 잊어 버렸습니다. 내게 사진을 보여주면 기억이 갑자기 떠오를 테고, 당신도 내 뇌 속에 떠오른 그녀의 모습을 볼 수 있을 겁니다. 그녀의 모습을 떠올려보겠습니다. 그러니까… 아, 맞습니다. 백인이었고 텔레비전 드라마 〈아이 러브 루시〉에 나오는 주인공처럼 긴 머리를 염색한 여자였습니다. 뚱뚱한 편이었고 서른다섯이나 마흔 정도였습니다. 나는 가게 안으로 들어가 문을 잠그고, 칼을 들이댔습니다. 창고에서 그녀를 강간했고 여기서부터 여기까지, 단번에 목을 벴습니다."

그는 목을 베는 시늉을 했다.

"흥미로운 건 그곳 창고에 선풍기가 있었다는 사실입니다. 날씨가 덥고 창고 안에 물건이 가득 차 있어서 선풍기를 틀었는데, 피가 사방에 튄 겁니다. 온몸에 피가 튀어 닦기가 쉽지 않았죠. 그러고 나서 어떻게 했더라…."

그는 침대에 누워 있을 때 종종 그러는 것처럼, 다시 천장을 올려다봤다.

"그날은 경찰차 대신 바이크를 타고 나갔고, 리버사이드 호텔 뒤편 유료 주차장에 세워두었습니다."

"오토바이였어, 아니면 자전거였어?"

"혼다 섀도우 자전거였습니다. 누군가를 죽이려 할 때면 자전거를 타곤 했거든요.”

“그럼 그날 아침 누군가를 죽일 계획이었나?”

“좋은 생각일 것 같았습니다.”

“그녀를 죽일 계획이었어, 아니면 단지 누군가를 죽일 계획이었어?”

“며칠 동안 비가 왔기 때문에 주차장 웅덩이 주변에 오리들이 몰려 다니던 게 기억납니다. 어미 오리와 새끼 오리들이 사방에 있었습니다. 그 모습을 보면 항상 마음이 불편합니다. 불쌍한 새끼 오리들이 자주 차에 치이거든요. 어미 오리가 길에 깔려 죽은 새끼 오리를 쳐다보는 모습은 정말 슬퍼 보입니다.”

“오리를 치어 죽인 적 있어, 베이질?”

“난 동물은 절대 해치지 않습니다, 웨슬리 박사님.”

“자넨 어렸을 때 새와 토끼를 죽였다고 말했어.”

“그건 아주 오래 전입니다. 남자아이들은 비비총을 갖고 노니까요. 어쨌든 다시 본론으로 돌아가서, 내가 얻은 건 26달러 91센트뿐이었습니다. 내 우편물을 반드시 확인해 주십시오.”

“베이질, 벌써 몇 번이나 말했어. 난 최선을 다하겠다고 분명히 대답했어.”

“약간 실망했습니다. 고작 26달러 91센트뿐이었으니까요.”

“현금인출기에?”

“그렇습니다.”

“옷에 피가 잔뜩 묻었겠군, 그렇지?”

“가게 뒤에 욕실이 있었습니다.”

그는 다시 천장을 올려다봤다.

“방금 기억난 건데, 그녀에게 클로록스를 부었습니다. 내 DNA를 없애기 위해서였죠. 이야기를 들려 드렸으니, 이제 내 우편물을 보여 주십시오. 자살할 것 같은 이 감방에서 나가게 해주십시오. 나를 감시하지 않는 일반 감방으로 보내 주십시오."

"분명히 말하지만 이곳은 안전해."

"다른 감방으로 보내주고, 사진과 우편물을 보여 주십시오. 그러면 크리스마스 선물가게 여자에 대해 더 많은 걸 말하겠습니다."

그의 눈빛이 반짝거리기 시작했다. 의자에 앉은 채 주먹을 불끈 쥐고 발을 구르는 그의 모습은 무척 불안해 보였다.

"나는 그런 보상을 받을 만한 자격이 있습니다."

05

루시는 사람들이 드나드는 출입문이 보이는 자리에 앉아 있었다. 사람들은 그녀가 지켜보고 있다는 사실을 모른 채 건물을 출입했다. 루시는 긴장을 늦추고 있어야 할 때에도 출입문을 유심히 쳐다봤다.

지난 며칠 동안 루시는 밤마다 로렌 바에 가서 바텐더인 버디 그리고 토니아와 이야기를 나누었다. 두 사람 모두 루시의 실명은 모르지만 섹시하게 생긴 이성애자 의사인 조니 스위프트를 기억하고 있었다. 뇌 전문 의사인 스위프트는 프로빈스타운을 좋아했지만 불행하게도 이성애자였다고 버디가 말했다. 그리고 정말 애석한 일이라고 덧붙였다. 조니는 항상 혼자 그곳에 왔지만 마지막으로 왔을 때는 그렇지 않다고 토니아가 말했다. 토니아는 그날 밤 일을 하고 있었고, 조니가 손목에 부목을 대고 있던 모습이 기억난다고 했다. 토니아가 무슨 일이냐고 묻자, 조니는 수술 결과가 좋지 않다고 대답했다고 했다.

조니와 한 여자가 바에 앉았는데, 마치 단둘이 있는 것처럼 서로 친하게 이야기를 나누었다. 그녀의 이름은 잰. 굉장히 똑똑해 보이고, 젊고, 예쁘고, 예의 바르고, 수줍음을 탔지만, 자신이 얼마나 매력적인지 전혀 모르는 여자였다. 토니아는 그녀가 청바지에 편안한 운동복 차림이었던 것으로 기억했다. 두 사람이 서로 오랫동안 알고 지낸 사이는 전혀 아니었고, 그날 밤 우연히 그곳에서 만났는데 조니가 그녀를 좋아한 것 같다고도 했다.

"그녀를 이성적으로 좋아했을까요?"

루시가 토니아에게 물었다.

"그런 느낌은 들지 않았습니다. 오히려 그녀에게 어떤 문제가 있어서 도와주는 것 같았습니다. 알다시피 그는 의사이니까요."

그 말을 들은 루시는 그다지 놀라지 않았다. 조니는 이기적인 사람이 아니었고 사람들에게 무척 친절했다.

로렌 바에 앉아 있는 루시는 조니가 그녀처럼 바 안으로 들어왔을지도 모른다고 생각했다. 똑같은 바, 심지어 똑같은 자리에 앉았을 수도 있을 것이다. 그가 그곳에서 처음 만났을 잰과 함께 있는 모습을 상상했다. 그는 낯선 여자에게 말을 걸거나 우연한 만남을 즐기는 사람이 아니었다. 하룻밤 사랑을 나누려던 게 아니라 그녀를 도와주었거나 상담해 주었을 것이다. 하지만 어떤 일이었을까? 의학적인 문제였을까? 잰이라는 이름의 수줍음 많은 젊은 여자에 대한 이야기는 수수께끼 같고 당혹스러웠다. 하지만 루시는 왜 그런지 이유를 알 수 없었다.

조니는 아마도 기분이 좋지 않았을 것이다. 손목 관절 수술이 자신이 기대하던 만큼 성공적이지 않아서 겁이 났을 것이다. 수줍고 아름다운 아가씨와 상담을 하고 친구처럼 이야기를 나누면서, 두려움을 잊고 자신이 강하고 중요한 사람이라는 느낌이 들었을 것이다. 루시는 데킬라를 마시며 그가 샌프란시스코에서 자신에게 했던 말을 떠올렸다. 그녀는 작년 가을 그와 함께 있었고, 그때가 그를 본 마지막이었다.

그는 말했다.

"생물학은 잔인합니다. 신체적인 장애에는 자비가 없습니다. 상처 자국이 있거나, 불구이거나, 사지가 멀쩡하지 않으면 아무도 그 사람을 거들떠보지 않거든요."

"맙소사, 조니. 손발을 절단하는 수술이 아니라 그저 손목 관절 수술에 불과해요."

"미안합니다, 내 이야기를 하러 여기 온 것도 아닌데."

로렌 바에 앉아 있는 루시는 조니 생각을 하며 주변 사람들을 둘러봤다. 대부분 남자들이고, 사람들이 드나들 때마다 눈보라가 바 안으로 들이쳤다.

보스턴에 눈이 내리기 시작했다. 포르셰 터보 S를 몰고 대학병원 캠퍼스의 벽돌 건물을 지나가던 벤턴은 스카페타가 밤에 자신을 안치소로 호출하던 때가 기억났다. 그럴 때면 항상 사건이 까다로웠다.

대부분의 범죄 심리학자들은 시체 안치소를 한 번도 다녀간 적이 없었다. 부검을 지켜보지도, 부검 사진을 보고 싶어 하지도 않았다. 그들은 범인이 희생자에게 저지른 행동보다는 범인에 대해 자세히 알기를 원했다. 왜냐하면 그들의 연구 대상은 범인이고, 희생자는 범인이 자신의 폭력성을 표현하면서 사용하는 매개체에 지나지 않기 때문이다. 그것이 많은 범죄 심리학자들과 정신과 의사들이 대는 핑계다. 하지만 희생자들을 인터뷰하거나 혹은 끔찍하게 훼손된 시신과 마주할 용기나 의지가 부족하다는 편이 더 그럴듯한 설명일 것이다.

벤턴은 달랐다. 스카페타와 함께 10년 넘는 세월을 함께 보냈으니 다를 수밖에 없었다.

"시신이 하는 말에 귀를 기울이지 않으면 어떤 사건도 조사할 권리가 없습니다."

15년 전 두 사람이 처음으로 함께 살인사건을 조사할 때 그녀가 했던 말이었다.

"특수요원 웨슬리 씨, 당신이 시신에게 신경 쓰지 않으면, 솔직히 나도 당신에게 신경 쓸 수 없습니다. "

"공평하군요, 스카페타 박사. 당신을 믿을 테니 내게 가르쳐 주십시오."

"좋아요, 그럼 나와 함께 가요."

그녀는 말했다.

그가 안치소 안으로 들어간 건 그때가 처음이었다. 시신이 들어 있는 냉장함 손잡이를 당길 때 철컥거리던 소리, 냉장함에서 훅 끼쳐오던 불결한 냉기가 아직도 기억났다. 고약한 죽음의 냄새가 도처에 스며 공기 중에 무겁게 걸려 있는 것 같았다. 그 냄새를 눈으로 볼 수 있다면, 죽은 생명체로부터 지독한 안개가 서서히 퍼져 나오는 모습일 것 같다는 생각이 들었다.

그는 베이질과의 대화를 다시 시작했고, 그가 내뱉는 모든 말과 표정 변화를 분석했다. 폭력적인 범죄자들은 어떤 종류의 일이든 기어이 해내고 만다. 모든 사람들을 조정해서 자신이 원하는 것을 얻고, 시신이 유기된 장소를 찾아내게 하고, 미결로 남았던 범죄를 인정하고, 자신이 저지른 범죄의 세부사항을 고백하고, 범행 동기와 심리 상태를 알 수 있는 통찰력을 제시한다. 대부분의 사건에서 그것은 거짓말이다. 하지만 이번 사건을 생각하자 벤턴은 걱정이 됐다. 베이질이 고백한 사실 가운데 적어도 일부분은 사실이라는 생각이 들었기 때문이었다.

벤턴은 휴대폰으로 스카페타에게 전화를 걸었다. 그녀는 전화를 받지 않았다. 몇 분 후 다시 걸어 보지만 여전히 연결이 되지 않았다.

그는 메시지를 남겼다.

"메시지 들으면 전화해 줘."

다시 문이 열렸다. 한 여자가 마치 눈보라에 떠밀리듯 안으로 들어왔고 눈보라가 바 안으로 들이쳤다.

긴 검은색 외투를 입은 그녀는 모자를 벗으면서 코트에 묻은 눈을 털어냈다. 추운 날씨 때문인지 흰 피부에 홍조가 띠고 눈동자가 밝게 빛났다. 눈에 띌 정도로 미인이고, 짙은 금발에 짙은 갈색 눈동자를 지녔고, 몸매도 늘씬했다. 루시는 그녀가 레스토랑 안으로 들어오는 모습을 지켜봤다. 그녀는 검은색 부츠를 신고 긴 검은색 코트를 휘날리면서 섹시한 순례자 혹은 매혹적인 마녀처럼 테이블 사이를 지나, 빈 의자가 여럿 있는 곳으로 곧장 향했다. 그녀는 루시 옆 자리를 선택하더니 코트를 벗어 접은 다음, 한 마디 말도 없이, 옆 사람을 쳐다보지도 않고 자리에 앉았다.

데킬라를 마시던 루시는 최근 연예계 소식이 궁금한 사람처럼 바 건너편 텔레비전을 쳐다보고 있었다. 바텐더는 그녀가 무엇을 마실지 이미 아는 것처럼 칵테일을 만들고 있었다.

"한 잔 더 주세요."

루시는 지체하지 않고 바텐더에게 말했다.

"알겠습니다."

모자가 달린 검은색 코트를 입고 온 여자는 바텐더가 선반에서 집어 올리는 화려한 데킬라 병에 관심을 보였다. 맑은 호박색 술을 가는 줄기로 따라 브랜디 술잔의 바닥을 채우는 모습을 유심히 바라봤다. 루시가 데킬라를 천천히 휘젓자, 술 냄새가 코끝으로 들어와 뇌로 올라갔다.

"그걸 마시면 하데스(Hades: 그리스신화에 나오는 황천으로, 지옥을 뜻한다—옮긴이)에서 온 두통을 맛보게 될 걸요."

모자 달린 검은색 코트를 입은 여자가 허스키한 목소리로 말했다. 매혹적이고 비밀로 가득 찬 느낌이 드는 목소리였다.

"보통 술보다 훨씬 더 순수하죠. 하데스라는 표현은 오랜만에 들어보는군요. 대부분의 사람들은 헬(hell: 지옥)이라고 하죠."

루시가 말했다.

"가장 심하게 머리가 아팠던 건 마르가리타를 마셨을 때였어요. 그리고 난 지옥이 있다는 걸 믿지 않아요."

여자는 샴페인 잔에 따른 분홍색 코스모폴리탄을 한 모금 넘기며 말했다.

"그걸 계속 마시면 지옥을 믿게 될 겁니다."

루시는 그렇게 대답하면서, 바 너머로 보이는 거울을 통해 출입문이 다시 열리는 모습을 봤다. 눈보라가 더 세차게 들이쳤다.

밖에서 들이치는 바람 소리가 실크를 잡아당기는 소리처럼 들렸다. 루시는 실크 스타킹이 빨랫줄에 걸린 모습을 본 적도 없고 바람이 불면 어떤 소리가 나는지도 모르지만, 실크 스타킹을 잡아당기는 모습을 연상했다. 루시는 여자가 검은색 스타킹을 신고 있음을 알아차렸다. 그곳은 다른 사람에게만 관심을 갖는 남자들이 모인 프로빈스타운 지역의 술집이었고, 트임이 길게 난 미니스커트를 입은 여자가 긴 의자에 앉아 있기에는 그다지 안전하지 못한 곳이었다.

"스티비, 코스모 한 잔 더 드릴까요?"

바텐더의 말을 듣고 루시는 그녀의 이름을 알게 됐다.

"아니에요."

루시가 그녀 대신 대답했다.

"내가 마시는 걸로 한 잔 마셔 봐요."

"그렇게 하죠. 파이드와 빅센에서 다른 사람들과 춤추는 모습을 본 것 같네요."

스티비가 말했다.

"난 춤을 추지 않습니다."

"분명히 봤어요. 당신은 한 번 보면 쉽게 잊혀지는 얼굴이 아니죠."

"여기 자주 오나요?"

루시가 물었다. 파이드든 빅센이든, 혹은 프로빈스타운에 있는 어떤 클럽이나 레스토랑에서도 스티브를 본 적이 없었다.

스티비는 바텐더가 데킬라를 더 따르는 모습을 지켜봤다. 그는 술병을 바에 두고 발걸음을 옮기며 다른 손님과 이야기를 나눴다.

"이곳은 처음이에요. 일주일 동안의 프로빈스타운 여행. 발렌타인데이를 기념해 나 자신에게 주는 선물이죠."

스티비가 루시에게 말했다.

"이렇게 추운 겨울에요?"

"발렌타인데이는 항상 겨울이잖아요. 내가 가장 좋아하는 휴가기간과 일치하기도 하고요."

"발렌타인데이는 휴일이 아니에요. 이번 주 매일 밤 이곳에 왔는데 당신을 보지 못했어요."

"혹시 직업이… 바에서 근무하는 경찰?"

루시는 스티비가 웃으면서 강렬한 눈빛으로 자신을 쳐다보자 잠시 움찔했다.

루시의 마음에 어떤 감정이 일었다.

'아닙니다, 다시는 경찰을 하지 않을 겁니다.'

루시는 마음속으로 중얼거렸다.

"난 당신처럼 밤에만 오지 않기 때문이겠죠."

데킬라 병을 향해 손을 뻗을 때, 스티비의 손이 루시의 팔에 가볍게 스쳤다.

마음 속 감정이 더 강렬해졌다. 스티비는 다양한 색깔의 라벨을 들여다보더니 술병을 천천히 바에 내려놓았다. 그녀를 쳐다보자 루시의 감정이 더 강해졌다.

"쿠에르보? 쿠에르보는 어떤 점이 그렇게 특별하죠?"

스티비가 물었다.

"내가 무슨 일을 하는지 어떻게 알았죠?"

루시가 물었다.

루시는 마음 속 감정을 억누르려 애썼다.

"어림짐작으로 말한 것뿐이에요. 당신은 야행성처럼 보이거든요."

스티비가 말을 이었다.

"염색하지 않은 빨강머리죠? 짙은 빨강을 섞은 마호가니색 같아요. 염색한 머리는 그런 색깔이 나오지 않죠. 그리고 그 헤어스타일을 한지 별로 오래 되지 않았을 거예요."

"혹시 심령술사인가요?"

감정이 더 강렬해져 이제는 억누를 수가 없었다.

"어림짐작일 뿐이에요."

스티비가 매혹적인 목소리로 말했다.

"아직 대답하지 않았군요. 쿠에르보는 어떤 점이 그렇게 특별하죠?"

"쿠에르보 레제르바 드 라 파밀리아(호세 쿠에르보가 만든 데킬라 상표-옮긴이). 그것만으로도 충분히 특별하죠."

"아, 정말 그렇군요. 오늘밤에는 새로운 걸 많이 경험하네요."

스티비가 루시의 팔을 잠시 잡으며 말을 이었다.

"프로빈스타운에서의 밤을 보내는 것도 처음이고, 한 잔에 30달러 하는 백퍼센트 데킬라도 마시는 것도 처음이고."

스티비는 데킬라 한 잔이 30달러라는 걸 어떻게 알고 있는 걸까? 데킬라를 마신 적이 없는 사람치고는 많은 것을 알고 있는 것 같았다.

"한 잔 더 할게요. 이번에는 술잔 가득 채워줄 수 있죠?"

스티비가 바텐더에게 큰 소리로 말했다.

바텐더는 미소를 지으며 술잔을 채웠다. 그러고 나서 두 잔을 더 만들어줬다. 스티브는 루시에게 기대며 귀에 대고 속삭였다.

"혹시 그거 있어요?"

"어떤 거요?"

루시는 정신이 몽롱해진 채 물었다.

데킬라 탓에 감정이 충만했고 밤을 샐 작정이었다.

"그러니까…."

스티비가 낮은 목소리로 말했다. 그녀의 숨결이 루시의 귀에 와 닿았고, 루시의 팔에 가슴을 밀착한 채 몸을 숙이고 있었다.

"피울 수 있는 것. 그럴 만한 가치가 있는 것 말이에요."

"내가 왜 그걸 가지고 있다고 생각하는 거죠?"

"그냥 어림짐작일 뿐이에요."

"어림짐작이 정말 기가 막히는군요."

"여기서는 어디에서든 구할 수 있어요. 난 당신을 분명히 봤어요."

루시는 어젯밤 빅센에서 업무를 처리했지만 그곳에서 춤을 춘 적은 없었다. 스티브를 본 기억도 없었다. 매년 이맘때면 항상 그렇듯이 그곳에는 사람이 별로 없었다. 루시는 스티비를 봤을 수도 있었다. 수많은 군중 사이에서, 붐비는 길거리에서 봤을 수도 있을 것이다.

"당신이야말로 바에서 근무하는 경찰인 것 같군요."

루시가 말했다.

"얼마나 재밌는 일인지 상상도 못할 걸요."

스티비가 매혹적인 목소리로 물었다.

"어디에 묵고 있어요?"

"여기서 별로 멀지 않은 곳에."

06

늦은 방문

법의국은 대개 도시 외곽에 그리고 의과대학 근처에 위치해 있다. 붉은 벽돌과 콘크리트로 지은 복합건물은 매사추세츠 턴파이크 건물 뒤, 서퍽 카운티 소년원 건물을 측면에 두고 서 있었다. 사방이 막힌데다 자동차 소음은 끊이지 않고 들렸다.

벤턴은 뒷문에 주차를 하고 주차장을 둘러보았지만 차량이 두 대밖에 보이지 않았다. 남색 크라운 빅토리아는 스러쉬 형사의 것이고 혼다 SUV는 법의관의 차일 것이다. 월급을 많이 받지 못하는 법의관은 이 시간에 와달라는 스러시 형사의 부탁에 기분이 언짢을 것이다. 벨을 누르며 텅 빈 주차장을 둘러본 벤턴은 자신이 안전하거나 혼자일 거라는 생각이 들지 않았다. 곧 문이 열리고 스러쉬 형사가 그를 맞아줬다.

"젠장, 밤에 이곳에 오는 건 정말 싫습니다."

스러쉬가 말했다.

"어느 시각에 와도 싫기 마련이지요."

벤턴이 말한다.

"와 주셔서 기쁩니다. 저 차를 타고 오셨다니 믿기지 않는군요. 이런 날씨에 저 차를 몰고 오다니요."

스러쉬는 검은색 포르셰를 쳐다보며 출입문을 닫았다.

"4륜구동입니다. 오늘 아침 출근할 땐 눈이 오지 않았습니다."

"내가 함께 일하는 다른 법의관들은 눈이 오든 비가 오든, 햇빛이 쨍쨍 나든 절대 나오지 않습니다. 프로파일러들도 마찬가지고요. 내가 만난 대부분의 FBI 수사관들도 시신을 본 적이 없습니다."

스러쉬가 말했다.

"본부에서 근무하는 수사관들은 예외지요."

"그렇습니다. 이곳 주 경찰 본부에도 여러 명의 수사관들이 있습니다."

그는 벤턴에게 봉투를 건네줬고, 두 사람은 복도를 따라 걸어갔다.

"모든 자료를 디스크에 저장했습니다. 사건 현장 사진과 부검 사진, 지금까지 입수된 모든 자료가 들어 있습니다. 눈이 엄청 많이 올 거라고 하더군요."

벤턴은 또다시 스카페타 생각이 떠올랐다. 내일은 발렌타인데이고, 두 사람은 항구의 멋진 레스토랑에서 함께 로맨틱한 저녁식사를 하기로 되어 있었다. 그녀는 주말까지 머무를 예정이었다. 두 사람은 거의 한 달 동안이나 만나지 못했다. 하지만 스카페타가 이곳에 오지 못할 수도 있을 것이다.

"가벼운 눈발이 날릴 거라고 하던데요."

벤턴이 말했다.

"폭풍이 몰아친다고 합니다. 백만 불짜리 스포츠카 말고 다른 차를 몰아야 할 겁니다."

매사추세츠에서 태어나고 자란 스러시는 말이 거칠고 R 발음을 거의 하지 않았다. 50대인 그는 군인처럼 머리가 짧고, 구겨진 갈색 정장을 입고 있고, 하루 종일 쉬지 않고 일한 것처럼 보였다. 그와 벤턴은 불이 환하게 켜진 복도를 따라 걸었다. 얼룩 한 점 없는 깨끗한 복도에서는 방향제 냄새가 났다. 저장실과 증거 보관실이 복도를 따라 늘어서 있고, 모두 출입용 전자 장치가 갖추어져 있었다. 심지어 불시 착륙 시 사용하는 크래시 카트(심장 박동 정지 같은 긴급한 의학적 조치를 취할 때 사용하는 손수레로, 약품과 의료 기기 등이 실려 있다—옮긴이)도 있었다. 벤턴은 크래시 카트와 스캔용 전자 현미경이 왜 이곳에 있는지 알 수 없었다. 이곳은 그가 본 시체 안치소 가운데 가장 공간이 넓고 시설이 좋은 곳이었다. 하지만 직원들의 수준은 별개의 문제일 것이다.

이곳 법의국은 오랫동안 저임금 문제를 겪었고 그 때문에 능력 있는 법의관과 다른 직원들을 끌어들이지 못했다. 게다가 다른 실수와 잘못된 행동 때문에 논쟁을 불러일으키며 대외관계를 악화시켰고, 이 법의국과 관련된 모든 사람을 힘들게 했다. 언론이나 외부인에게 공개하지 않는 법의국에는 적대감과 불신감이 팽배해 있다. 벤턴은 늦은 밤 시각에 이곳에 오는 편을 더 선호했다. 근무시간에 찾아오면 달갑지 않은 손님이 된 것 같은 기분이 들기 때문이다.

벤턴과 스러쉬 형사는 중요 사건이나 생물학적 위험이 있다고 간주되는 시신을 부검할 때 사용하는 부검실 문 앞에서 걸음을 멈췄다. 그때 휴대폰이 울리고 그는 액정화면을 확인했다. 발신자 미확인 번호는 주로 그녀가 거는 전화였다.

"나예요. 지금 당신 상황이 나보다는 낫겠죠?"

스카페타가 말했다.

"지금 시체 안치소야."

그런 다음 벤턴은 스러쉬에게 말했다.

"잠시만 실례합니다."

"그럼 좋은 상황일 리가 없겠군요."

스카페타가 말했다.

"나중에 자세히 말하기로 하고, 물어볼 게 하나 있어. 약 2년 반 전 라스 올라스에 있는 크리스마스 선물가게에서 벌어진 사건에 대해 들은 적 있어?"

"사건이라면, 살인사건이겠군요."

"맞아."

"당장은 모르겠어요. 루시가 찾아보면 알아낼 수 있을 거예요. 거기 눈이 많이 온다고 하던데요."

"산타가 끄는 썰매를 빌려서라도 이곳에 와 줘."

"사랑해요."

"나도."

벤턴이 말했다.

그는 통화를 마치고 스러쉬에게 물었다.

"누가 나오기로 했습니까?"

"친절한 론스대일 박사가 도와주기로 했습니다. 박사님도 그를 좋아할 겁니다. 하지만 부검은 그가 하지 않았습니다. 그녀가 했습니다."

그녀는 법의국장이다. 그녀는 다른 수식어 없이 그냥 '그녀'로 통한다.

"여자들은 이곳에서 할 일이 없습니다. 도대체 어떤 여자가 이런 일을 하고 싶겠습니까?"

"잘하는 여자들도 있습니다. 매우 잘하는 여자들이지요. 그들 모두가 여자라는 이유 때문에 지금 자신의 위치에 오르지는 않았을 겁니다. '여자라는 이유 때문'이라기보다, '여자임에도 불구하고'라고 말하는 편이 맞겠군요."

스러쉬는 스카페타를 잘 알지 못했다. 벤턴은 그녀에 대해 언급한 적이 한 번도 없고, 꽤 잘 알고 지내는 사람들에게조차 말하는 법이 거의 없었다.

"여자들은 이런 끔찍한 걸 보면 안 됩니다."

스러쉬가 말했다.

차가운 밤공기가 스쳐 지나가고, 희뿌연 눈보라가 커머셜 가를 훑고 지나갔다. 눈송이가 가로등 불빛 안으로 휘날리고, 흰 눈이 반짝거리는 밤 풍경이 현실과 동떨어진 모습처럼 보였다. 한적한 길 한가운데에 들어선 두 사람은 루시가 며칠 전 렌트한 집을 향해 강가를 따라 발걸음을 옮겼다. 마리노가 호그라는 이름의 남자에게 이상한 전화를 받은 지 며칠 후 렌트한 집이었다.

루시는 벽난로 불을 피웠다. 퀼트 위에 앉아, 캐나다 남서부 주인 브리티시컬럼비아 산 마리화나를 나눠 피웠다. 두 사람은 담배를 피우고, 이야기를 나누고, 소리 내어 웃었다. 그러자 스티비는 더 많은 것을 원했다.

"하나만 더요."

루시가 옷을 벗기자 스티비가 말했다.

"그건 다른 이야기지."

루시는 스티비의 날씬한 알몸을 바라보며 말했다. 몸에 그려진 붉은색 그림은 아마 문신일 것이다.

네 개의 문신이 있었다. 가슴에 있는 두 개의 문신은 마치 젖가슴을 움켜쥐고 있는 듯하고, 허벅지 위쪽 은밀한 곳에 새긴 문신은 그녀의 다리를 억지로 벌리려 하는 것 같았다. 등에 문신이 없고 스티비의 손이 닿지 않는 부분에는 문신이 없는 걸 보니, 영구 문신은 아닌 것 같았다. 루시는 가만히 쳐다봤다. 그런 다음 문신에 손을 갖다 대고, 손으로 문신을 가리며 스티비의 젖가슴을 애무했다.

"양쪽 대칭이 정확히 맞는지 확인하는 거야. 가짜 문신이야?"

"옷을 벗는 게 어때요?"

루시는 자신이 원하는 대로 했다. 그녀는 옷을 벗지 않을 것이다. 몇 시간 동안, 그녀는 모닥불 앞 퀼트를 깔고 앉은 채 자신이 원하는 것을 하고, 스티비는 루시가 하는 대로 내버려 뒀다. 그녀는 루시가 만났던 어떤 여자보다 생동감이 느껴지고, 얼굴선이 부드럽고, 예전의 루시처럼 몸매가 날씬했다. 스티비는 그녀의 옷을 벗기려고 온갖 애를 썼지만 루시는 허락하지 않았다. 그러자 스티비는 지쳐 포기하고 루시는 그녀가 잠자리에 들도록 도와줬다. 그녀가 잠든 이후, 루시는 잠들지 못하고 침대에 누운 채 기괴한 바람소리에 귀를 기울였다. 어떤 소리인지 정확히 알아내려고 귀를 기울이자, 실크 스타킹을 잡아당기는 소리가 아니라 무언가가 괴로워하고 고통스러워하는 소리처럼 들렸다.

07

부검실은 크기가 작고 바닥에 타일이 깔려 있었다. 수술용 카트와 디지털 저울, 증거물을 보관하는 캐비닛, 부검용 톱과 여러 종류의 칼, 해부용 도마가 있고, 운반 가능한 부검 테이블이 해부용 싱크 앞부분에 걸쇠로 연결되어 있었다. 사람이 서서 드나들 수 있는 크기의 붙박이 냉장고가 보이고, 냉장고 문은 약간 열려 있었다.

스러쉬는 벤턴에게 푸른색 니트릴 고무장갑을 건네주며 물었다.

"장화나 마스크도 착용하겠습니까?"

"괜찮습니다."

벤턴이 말하는 순간, 론스대일 박사가 봉투에 담긴 시신을 실은 스테인리스스틸 소재의 운반 기구를 밀면서 냉장고 밖으로 나왔다.

"빠른 시간 내에 마쳐야 합니다."

그는 시신 운반 기구를 싱크대 근처에 세운 다음 바퀴를 고정하며 말했다.

"벌써 아내와 심하게 다투었습니다. 오늘이 아내 생일이거든요."

그는 시신이 담긴 봉투의 지퍼를 열고 윗부분을 벌렸다. 시신은 끔찍하게 훼손되었고, 검은 머리칼은 축축하게 젖어 있고, 뇌와 다른 조직에는 유혈이 낭자했다. 얼굴은 거의 남아 있는 부분이 없을 정도로 심하게 훼손되었다. 마치 머릿속에서 작은 폭탄이 터진 것 같았는데, 사실 그런 끔찍한 일이 일어난 거나 마찬가지였다.

"입 안에 대고 총을 쐈습니다."

론스대일 박사가 말했다. 나이가 많지 않은 그는 참을성 없이 급하게 말했다.

"심한 두개골 골절과 뇌 손상을 입었는데, 주로 자살 사건에서 볼 수 있는 외상입니다. 하지만 외상 말고는 자살로 단정할 만한 증거가 전혀 없습니다. 방아쇠를 당겼을 때 머리를 뒤로 젖히고 있었던 것으로 보이는데, 그 때문에 얼굴이 심하게 떨어져 나갔고 일부 치아도 날아가 버렸습니다. 다시 한 번 말하지만, 자살 사건에서는 흔치 않은 일입니다."

그는 확대용 램프를 켜서 시신 머리 가까이 가져갔다.

"굳이 입을 벌릴 필요가 없습니다. 얼굴이 거의 남아 있지 않기 때문이죠. 그나마 다행인 점이 있습니다."

벤턴은 몸을 기울여 썩어가는 혈액에서 풍기는 고약한 냄새를 맡았다.

론스대일 박사가 말을 이었다.

"입천장과 혀에 그을음이 남아 있습니다. 산탄총이 폭발하면서 가스가 퍼질 때 생기는 팽창 현상으로 표면이 찢어지고, 구강 주변 피부와 코와 입술 사이가 말려 올라갔습니다. 굉장히 끔찍하게 죽은 거죠."

론스대일 박사는 시신 봉투의 지퍼를 끝까지 열었다.

"마지막 순간을 철저히 준비했군요. 뭐가 생각납니까? 난 크레이지 호스(미국 군대에 맞서 싸운 인디언 추장인 타슝카 위트코의 별칭으로, 그가 몰던 말이 미친 듯 맹렬해서 붙여진 이름이다—옮긴이)가 생각나는군요."

스러쉬 형사가 말했다.

"인디언 추장 말입니까?"

론스대일 박사는 기묘한 표정으로 스러쉬를 쳐다보며 투명한 액체가 담긴 유리병 뚜껑을 열었다.

"그렇습니다. 그는 자신의 말 엉덩이에 빨간색 문신을 새겼을 겁니다."

여자의 몸에 빨간색 문신이 있었다. 그녀의 젖가슴과 복부, 허벅지 윗부분 안쪽에 문신이 보였고, 벤턴은 확대용 램프를 가까이 가져갔다.

론스대일 박사는 면봉으로 문신 가장자리를 닦으며 말했다.

"자국을 지우는 데 사용하는 용매 이소프로필알코올입니다. 물에 녹지 않고 단기간의 문신에 사용한 물질의 종류를 알아낼 수 있습니다. 몇몇 물감이나 염색제도 알아낼 수 있습니다. 영구적인 매직 마커를 하는 데도 아마 사용할 수 있을 겁니다."

"이와 유사한 사건을 자주 접하시는 않았겠지요?"

벤턴이 물었다.

"물론입니다.

문신을 확대하자 마치 스텐실로 새긴 것처럼 문신 테두리가 선명하게 드러났다. 벤턴은 붓 자국이 남아 있는지, 물감이나 잉크, 염색제를 바른 방법을 알아낼 단서가 남아 있는지 찾아봤다. 정확히 알아낼 수는 없지만, 색깔의 농도로 보아 최근에 한 문신인 것 같았다.

"예전에 이 부분에 문신을 했을 가능성도 있습니다. 다시 말해서, 그녀의 죽음과는 무관하다는 뜻이지요."

론스대일 박사가 덧붙여 말했다.

"나도 그렇게 생각합니다."

스러시가 동의했다.

"이곳 주변에 살렘(예루살렘을 뜻하는 고대어-옮긴이) 등 많은 주술이 그려져 있습니다."

"궁금한 점은, 이런 문신이 얼마나 빨리 희미해지는가 하는 것입니다. 시신의 손과 크기가 똑같은지 재봤습니까?"

벤턴은 시신을 가리키며 물었다.

"내가 보기에는 더 커 보입니다."

스러쉬는 자신의 손을 펴 보이며 말했다.

"등과 뒷부분은 어떻습니까?"

벤턴이 물었다.

"양쪽 엉덩이에 하나씩, 어깨와 견갑골 사이에 하나 있습니다. 남자의 손 크기로 보입니다."

론스대일 박사가 대답했다.

"네, 맞습니다."

스러시가 말했다.

론스대일 박사가 시신을 모로 당기자 벤턴은 등에 그려진 문신을 자세히 들여다봤다.

"여기에 찰과상을 입은 것 같습니다. 염증이 생겼군요."

그는 어깨 사이 견갑골에 새긴 문신의 벗겨진 부분을 가리키며 말했다.

"세부적인 사항에 대해서는 잘 모르겠습니다. 내가 맡은 사건이 아니어서요."

론스대일 박사가 말했다.

"찰과상을 입은 후 문신을 새긴 것 같습니다. 여기 보이는 건 얻어맞은 자국인가요?"

벤턴이 물었다.

"그 부분만 부어오른 것 같습니다. 세포 조직을 조사하면 답이 나올 겁니다. 내가 맡은 사건이 아니어서요."

그는 다시 한 번 강조했다.

"이 시신은 예전에 얼핏 한 번 봤을 뿐입니다. 그리고 방금 시신을 꺼내 온 것이고, 부검 감정서는 훑어봤습니다."

만일 법의국장이 임무를 게을리 했거나 무능력했다면 론스대일은 대신 책임을 지려 하지 않을 것이다.

"사망한 지 얼마 만에 발견되었는지 아십니까?"

벤턴이 물었다.

"날씨가 추워서 사후 경직이 서서히 진행되었습니다."

"언 상태로 발견되었습니까?"

"그렇지는 않습니다. 이곳에 도착했을 때 시신의 체온은 3.3도였습니다. 범죄 현장에는 가지 않았기 때문에 그런 세부적인 사항은 잘 모르겠습니다."

"오늘 아침 10시 기온이 영하 6도였습니다. 사건 당시 온도에 대한 정보는 제가 드린 디스크에 들어 있습니다."

스러쉬가 벤턴에게 말했다.

"그럼 부검 감정서는 이미 발표되었군요."

벤턴이 말했다.

"그것도 디스크에 담겨 있습니다."

스러쉬가 대답했다.

"현장 증거는요?"

"약간의 오물, 섬유, 혈액에 묻은 부스러기 등입니다. 가능한 한 빨리 연구실에 분석을 의뢰하겠습니다."

스러쉬가 대답했다.

"발견된 탄피는 어떻습니까?"

벤턴이 스러쉬에게 물었다.

"직장 안에 있었습니다. 바깥에서는 보이지 않았지만 엑스레이 결과 드러났습니다. 정말 끔찍했죠. 처음 엑스레이 필름을 봤을 때, 엑스레이 트레이에 누운 시신 밑에 탄피가 놓여 있는 줄 알았습니다. 탄피가 몸 안에 있을 줄은 생각도 못했습니다."

"어떤 종류였습니까?"

"레밍턴 익스프레스 매그넘 12구경입니다."

"자살을 한 거라면, 탄피가 직장까지 들어가지는 않았을 겁니다. NIBIN(국립 탄도학 통합 정보 네트워크)은 확인했습니까?"

"벌써 확인 중입니다. 발사 핀 자국이 선명하게 남아 있습니다. 운이 따르면 좋은 결과가 나올 겁니다."

08

다음날 이른 아침, 케이프코드 만에 쌓인 눈이 일렁이는 파도에 녹고 있었다. 루시가 머무는 집 창문 너머로 보이는 황갈색이 도는 은빛 해변에는 눈이 거의 쌓이지 않았지만, 침실 너머로 보이는 근처 지붕과 발코니에는 눈이 수북이 쌓여 있었다. 루시는 목도리로 턱을 감싸며 바다와 주변에 쌓인 눈을 내다봤다. 잠자리에서 일어나 옆에서 자고 있는 스티비를 상대해야 한다는 생각이 들자 기분이 언짢았다.

　루시는 어젯밤 로렌 바에 가지 말았어야 했다. 가지 말았으면 좋았을 걸, 그 생각을 떨칠 수가 없었다. 루시는 자신이 혐오스럽게 느껴졌고 서둘러 이 집을 떠나고 싶었다. 이 작은 집의 현관은 비를 막을 수 있도록 동그랗게 감싼 모양이고, 지붕은 널빤지를 이어 만들었으며, 가구는 이 집을 거쳐 간 수많은 사람들의 손때가 묻어 거무스름했고, 곰팡내가 나는 좁은 부엌에는 오래된 주방기구들이 놓여 있었다. 루시는 이른 아침 수평선 주변이 어스름한 회색으로 물드는 모습을 바라봤다. 어젯밤처럼 눈이 펑펑 쏟아지고 있었다. 루시는 조니를 생각했다. 그는 죽기 일주일 전 이곳 프로빈스타운에 왔고 누군가를 만났다. 루시는 이미 오래 전에 그 사실을 알아내야 했지만 그러지 못했다. 그 사실을 직면할 수가 없었다. 그녀는 스티비가 일정한 간격으로 숨을 내쉬는 모습을 바라봤다.

"일어났어? 이제 일어나야 해."

루시가 말했다.

바다 오리가 일렁이는 파도를 타고 깐닥깐닥 움직이는 모습을 내다보던 루시는 왜 오리는 몸이 얼지 않는지 궁금해졌다. 오리털에 추위를 막아주는 성질이 있음을 알면서도, 온혈동물인 오리가 눈보라가 휘몰아치는 차가운 물 한가운데에 편안하게 떠 있는 모습이 믿기지 않았다. 목도리를 두르고 있지만 한기가 느껴지고, 브라와 팬티 그리고 단추 달린 셔츠를 입은 루시는 마음이 편하지 않았다.

"스티비, 일어나. 나 나가봐야 해."

루시는 큰 목소리로 말했다.

스티비는 미동도 하지 않고, 천천히 숨을 쉴 때마다 등이 부드럽게 오르고 내리기를 반복했다. 마음속에 후회가 밀려오자 루시는 자신이 혐오스럽고 짜증이 났다. 자신이 끔찍이 싫어하는 이런 일을 멈출 수 없을 것 같은 느낌이 들기 때문이었다. 상황이 좋았을 때는 더 이상 안 된다고 자신에게 타일렀지만, 어젯밤 같은 일이 다시 일어난 건 현명하지 못하고 유감스러운 일이었다. 스스로에게 부끄러운 일인데다, 그 상황에서 벗어나기 위해 더 많은 거짓말을 해야 하기 때문이다. 다른 선택의 여지가 없다. 그녀의 인생에는 더 이상 선택의 여지가 없다. 너무 멀리 와버려서 다른 선택을 할 수 없고, 자신을 위해 이미 몇 가지 선택을 했다. 루시는 아직도 그 사실이 믿기지 않았다. 그녀는 꿈이 아닌지 확인하기 위해 자신의 부드러운 젖가슴과 부어오른 배를 만져보지만 납득이 되지 않았다. 어떻게 이런 일이 자신에게 일어날 수 있는 걸까?

어떻게 조니가 죽을 수 있단 말인가?

루시는 조니에게 일어난 일을 아직도 인정하려 들지 않았다. 그녀는 비밀을 간직한 채 발걸음을 옮겼다.

'미안해.' 루시는 생각했다. 그가 어디 있든, 항상 그랬던 것처럼 자신의 마음을 알아주기를 마음속으로 바랐다. 이제야 그는 루시의 생각을 알지도 몰랐다. 왜 그녀가 그를 피했는지, 그가 자신에게 어떤 일을 했는지 깨달았을 것이다. 그는 낙담했을지도 모른다. 버려졌다고 생각했을지도 모른다. 루시는 그가 남동생에게 살해당했을 거라고는 절대 믿지 않았다. 다른 누군가가 그랬을 가능성도 생각할 수 없었다. 그런데 마리노한테 전화가 걸려온 것이다. 스스로를 호그라고 부르는 익명의 사람에게서.

"그만 일어나."

루시가 스티비에게 말했다.

루시는 침대 옆 테이블에 놓인 콜트 무스탕 38구경 권총을 집어 들었다.

"자, 이제 그만 일어나."

베이질 젠레트는 얇은 담요를 덮은 채 감방에 놓인 철제 침대에 누워 있었다. 화재가 발생할 경우 시안화물과 같은 유독가스가 나오지 않는 담요다. 매트리스는 얇고 딱딱하며 불이 나도 유독한 가스가 나오지 않는다. 주사를 놓아 사형을 집행하는 건 좋지 않고, 전기의자는 더 나쁘다. 하지만 가스실은 안 된다. 숨을 쉬지 못하도록 질식사 시키는 건 절대 안 된다.

잠자리를 준비하며 매트리스를 보던 베이질은 화재가 나서 숨을 쉴 수 없는 상황을 떠올렸다. 그는 그 정도로 나쁜 인간은 아니다. 적어도 그는 다른 사람에게 그런 짓을 한 적이 없었다. 그러나 그를 가르치던 피아노 선생은 레슨이 끝날 때까지 베이질에게 그렇게 했고, 그의 어머니가 벨트로 아무리 힘껏 자신을 내리치더라도 상관하지 않았다. 그는 고개를 가로저으며 재갈을 물고 거의 질식해서 죽을 뻔했던 경험을 떠올리지 않으려 애썼다. 베이질은 문득 가스실이 떠오르기 전까지는 그런 생각을 별로 하지 않았다. 그는 게인즈빌 교도소 지하에서 어떤 방식으로 사형수를 처형하는지 알고 있었다. 주사로 처형하기도 했고, 교도관들은 가스실에 넣어 버리겠다고 협박했고, 침대에 몸을 웅크린 채 누워 바들바들 떨고 있는 그를 비웃으며 야유를 보내곤 했다.

이제 그는 가스실이나 다른 어떤 처형 방법에 대해서도 걱정할 필요가 없었다. 그는 과학 실험 연구 대상이다.

그는 철제 문 아랫부분에 난 구멍에 귀를 기울였다. 문이 열릴 순간을, 자신이 먹을 아침식사가 도착하기를 기다렸다.

감방에 창문이 없어 바깥이 밝은지 볼 수 없지만, 교도관들이 감방을 도는 소리가 들리는 걸 보니 새벽녘이었다. 그들이 식사투입용 구멍의 문을 열면, 수감자들은 계란과 베이컨, 비스킷을 받는다. 계란 프라이가 나오기도 하고 스크램블이 나올 때도 가끔 있다. 그는 유독 가스가 나오지 않는 담요를 덮은 채 매트리스에 누워 자신의 우편물에 대해 생각했다. 우편물을 받아야만 한다. 그는 어느 때보다 더 긴장되고 화가 치밀었다. 발자국 소리가 들리더니 흑인 간수 리머스의 뚱뚱한 얼굴이 활짝 열린 그물망 너머에 나타났다.

베이질은 그를 리머스 삼촌이라고 부른다. 그를 그렇게 부르는 이유는 베이질이 더 이상 자신의 우편물을 받지 못하고 있기 때문이다. 그는 한 달 동안이나 우편물을 받지 못했다.

"우편물을 주세요. 내 우편물을 받는 건 헌법에도 나와 있는 기본 권리입니다."

그는 그물망 너머로 보이는 리머스 삼촌 얼굴에 대고 말했다.

"누군가가 너 같은 놈한테 우편물을 보냈다고 생각하는 이유가 뭐야?"

그물망 너머에서 목소리가 들려왔다.

베이질은 그물망 너머 얼굴이 잘 보이지 않았다. 거무스름한 얼굴 형태와 자신을 들여다보는 촉촉하게 젖은 눈동자만 희미하게 보일 뿐이었다. 베이질은 눈을 어떻게 할 수 있는지, 눈알을 어떻게 빼낼 수 있는지 잘 안다. 그러면 더 이상 앞이 보이지 않고, 봐서는 안 될 것을 못 본 채 어둠이 앞을 가려 미쳐 버릴 것이다. 그런 생각을 하자 베이질은 숨이 막힐 듯했다. 이 감방에서는 그럴 수 없다는 생각이 들자, 끓어오르는 불안과 분노를 억누를 수 없었다.

"우편물이 왔다는 거 압니다. 우편물을 주십시오."

베이질이 말했다.

그물망 너머로 보이던 얼굴이 사라지고 구멍이 열렸다. 베이질이 침대에서 내려와 아침식사를 받자, 두꺼운 철문이 요란한 소리를 내며 닫혔다.

"음식에 침 뱉은 사람이 아무도 없기를 바라네. 아침 맛있게 먹어."

리머스 삼촌이 그물망을 통해 말했다.

다시 침실로 들어가자 맨발 밑에 닿는 넓은 판자 바닥이 차갑게 느껴졌다. 스티비는 이불을 덮은 채 잠들어 있고, 루시는 침대 옆 테이블에 커피 두 잔을 내려놓았다. 그런 다음 매트리스 밑에 손을 밀어 넣자 권총 탄창이 손끝에 만져졌다. 어젯밤 행동은 경솔했지만 집 안에 낯선 사람을 들이고 총을 장전해둘 만큼 분별없지는 않았다.

"스티비? 자, 그만 일어나. 얼른!"

루시가 그녀를 불렀다.

눈을 뜬 스티비는 루시가 침대 옆에 서서 권총에 탄창을 밀어 넣는 모습을 말없이 바라봤다.

"아침부터 대단한 광경이네요."

스티비가 하품을 하며 말했다.

"난 나가봐야 해."

루시가 그녀에게 커피를 건네주며 말했다.

스티비는 권총을 바라보며 말했다.

"권총을 밤새 테이블 위에 올려둔 걸 보니 나를 신뢰하는 것 같군요."

"널 믿지 않을 이유가 없으니까."

"당신네 변호사들은 자신들이 삶을 망쳐버린 사람들 모두를 걱정해야 할 거예요. 요즘은 그 사람들이 어떻게 지내는지도 모르겠죠."

스티비가 말했다.

루시는 스티비에게 보스턴에서 변호사로 일하고 있다고 말했다. 스티비는 사실이 아닌 것에 대해 아마 많은 생각을 할 것이다.

"내가 블랙커피를 좋아하는 건 어떻게 알았죠?"

"몰랐어. 집에 우유나 크림이 없거든. 이제 정말 나가봐야 해."

루시가 말했다.

"나가지 말아요. 내가 잘 해줄게요. 우린 아직 끝까지 가보지도 않았잖아요, 안 그래요? 날 잔뜩 흥분시키고 황홀하게 해주었지만, 당신은 옷도 벗지 않았어요. 이런 일은 처음이에요."

"처음 경험하는 일이 무척이나 많은 것 같군."

"당신은 옷을 벗지 않았어요. 이런 일은 분명히 처음이에요."

스티비는 커피를 한 모금 넘기며 그 점을 상기시켰다.

"넌 그렇게 흥분하지도 않았어."

"흥분한 상태였고 하고 싶었어요. 지금도 늦지 않았어요."

스티비가 베개를 받치고 침대에 일어나 앉았다. 덮고 있던 이불 커버가 젖가슴 아래로 미끄러지자 차가운 공기에 단단해진 젖꼭지가 드러났다. 그녀는 자신이 가진 것을 잘 알고, 그걸 어떻게 이용해야 하는지 잘 알고 있었다. 루시는 어젯밤에 일어났던 일이 스티비에게 첫 번째 경험일 거라고는 생각하지 않았다.

"이런, 머리가 지끈거리네요. 좋은 데킬라를 마시면 머리가 아프지 않을 거라고 했잖아요."

스티비는 자신을 쳐다보고 있는 루시를 응시하며 말했다.

"보드카와 함께 마셔서 그럴 거야."

스티비가 등에 베개를 받치자 이불 커버가 엉덩이 주변을 감쌌다. 눈가에 흘러내린 금발을 빗어 넘기는 그녀의 모습이 환한 아침 햇살을 받아 아름답게 보였다. 하지만 그녀에게서 더 이상 아무것도 원하지 않는 루시는 다시 빨간색 문신을 쳐다봤다.

"어젯밤 내가 그것에 대해 물었던 거 기억나?"

루시가 문신을 쳐다보며 물었다.

"어젯밤 당신은 내게 많은 걸 물어봤어요."

"그걸 어디서 했는지 물었어."

"다시 침대로 올라오는 게 어때요?"

침대를 가볍게 두드리며 말하는 스티비의 눈빛이 금방이라도 타오를 것처럼 이글거렸다.

"영구 문신이라면 매우 아팠을 거야. 그렇지 않을 수도 있겠지만 가짜 문신이라는 생각이 들었어."

"매니큐어를 지우는 아세톤이나 베이비오일을 바르면 지워져요. 아세톤이나 베이비오일은 당연히 없겠죠?"

"말하고 싶은 게 뭐야?"

루시는 문신을 똑바로 쳐다보며 물었다.

"내가 원해서 한 건 아니에요."

"그럼 누가 원해서 한 거야?"

"짜증나는 사람 있어요. 그녀가 문신을 그렸고 난 그걸 지워야 해요."

루시는 얼굴을 찡그리며 그녀를 쳐다본다.

"누군가가 몸에 문신을 그리도록 내버려 두다니, 제정신이야?"

누군가 스티비의 알몸에 문신을 그리는 모습을 상상하자, 루시는 순간적으로 질투를 느꼈다.

"누구인지 말할 필요는 없어."

루시는 중요하지 않다는 듯 말했다.

"누군가에게 문신을 그리는 편이 훨씬 더 좋아요."

스티비의 말에 루시는 다시 질투를 느꼈다.

"이리로 와요."

스티비는 다시 침대를 가볍게 두드리며 부드러운 목소리로 말했다.

"우리 그만 여기서 나가야 해. 할 일이 있어."

검은색 카고 바지에 헐렁한 검은색 스웨터 차림의 루시는 권총을 들고 침실에 딸린 작은 욕실로 들어갔다.

그녀는 문을 닫고 안에서 잠갔다. 거울 속에 비친 자신의 모습을 보지 않고 옷을 벗으며 루시는 자신의 몸에 일어난 일이 단지 상상이거나 꿈이기를 바랐다. 혹시 어떤 변화가 있지 않은지 샤워를 하면서 몸을 더듬고, 수건으로 몸을 말리면서도 거울에 비친 자신의 모습을 애써 외면했다.

"와, 멋지네요."

루시가 옷을 다시 입고 다른 데 정신이 팔린 채 욕실에서 나오자 스티비가 말했다. 루시는 아까보다 기분이 더 나빠졌다.

"마치 비밀요원처럼 보여요. 정말 멋져요. 나도 당신처럼 되고 싶어요."

"넌 나에 대해 아무것도 몰라."

"어젯밤에 많은 걸 알게 되었어요. 당신처럼 되고 싶지 않은 사람이 누가 있겠어요? 당신은 아무것도 두려워하지 않는 것처럼 보여요. 당신도 두려워하는 게 있어요?"

그녀는 루시를 아래위로 훑어보며 말했다.

루시는 몸을 숙인 다음 스티비 주변에 엉클어진 침대를 정리하며 이불커버를 그녀의 턱까지 끌어올려 덮어주었다. 그러자 스티비의 표정이 변했다. 그녀는 굳은 표정으로 침대를 내려다봤다.

"미안해요. 당신을 화나게 할 생각은 아니었어요."

스티비는 뺨을 붉게 붉히며 힘없는 목소리로 말했다.

"방 안이 추워. 그래서 이불을 덮어준 거야…."

"괜찮아요. 처음 있는 일도 아닌 걸요."

그녀는 두려움과 슬픔으로 가득 찬, 끝이 보이지 않는 심연 같은 눈빛으로 말했다.

"내가 추하다고 생각하는 거죠, 그렇죠? 당신은 내가 못생기고 뚱뚱하다고 생각하고 날 좋아하지 않아요. 아침이 되니까 내가 싫어진 거예요."

"넌 못생기지도 뚱뚱하지도 않아. 그리고 난 널 정말 좋아해. 난 단지… 미안해. 내 마음은 그렇지 않아."

루시가 말했다.

"당연해요. 당신 같은 사람이 왜 나 같은 사람을 좋아하겠어요?"

스티비가 담요를 끌어당기며 말했다. 그녀는 몸 전체에 담요를 만 채 침대에서 일어났다.

"당신은 원하는 사람이면 누구든 가질 수 있겠죠. 당신에게 감사해요. 누구에게도 말하지 않을게요."

루시가 아무 말도 못한 채 서 있는 동안, 스티비는 몸을 바들바들 떨면서 거실에서 옷을 챙겨 입었다. 눈물을 참으며 깨물고 있던 입술이 일그러졌다.

"제발 울지 마, 스티비."

"적어도 내 이름은 똑바로 불러 줘요!"

"그게 무슨 뜻이야?"

스티비의 커다란 두 눈은 겁에 질려 있었다.

"이제 그만 갈게요. 아무에게도 말하지 않을게요. 고마워요. 정말 감사히 생각해요."

"왜 그런 말을 하는 거야?"

루시가 말했다.

스티비는 모자가 달린 긴 검은색 코트를 꺼내 입었다. 루시는 그녀가 눈보라를 맞으며 멀어져가는 모습을 창문을 통해 바라봤다. 그녀의 외투자락이 긴 검은색 부츠에 펄럭였다.

09

30분 후, 루시는 스키복의 지퍼를 올리고 권총과 여유분 탄창 두 개를 주머니 속에 집어넣었다.

현관문을 잠근 후 눈 덮인 계단을 걸어 내려와 길가를 걸어가던 루시는 스티비가 했던 이상한 행동을 떠올리자 죄책감이 들었다. 조니 생각을 하자 또다시 죄책감이 들고, 샌프란시스코가 기억나고, 그가 저녁식사를 하면서 모두 괜찮아질 거라고 말했던 때가 기억났다.

"당신은 괜찮을 거예요."

그가 약속하듯 분명히 말했다.

"이렇게 살 수는 없어요."

루시가 말했다.

그날은 마켓 가에 위치한 메카 레스토랑의 '여성을 위한 날'이어서 레스토랑은 많은 여자들로 붐볐다. 매력적으로 보이는 여자들은 행복하고, 자신감이 넘치고, 즐거운 표정이었다. 루시는 누군가가 자신을 뚫어지게 바라본다는 느낌이 들었고, 예전과는 달리 무척 신경이 쓰였다.

"무언가 조처를 취해야 해요. 지금 내 모습을 봐요."

루시가 말했다.

"루시, 당신은 멋져 보여요."

"열 살 이후로 이렇게 뚱뚱한 적은 없었어요."

"약 먹는 걸 관두고…."

"나도 지겹고 지쳐요."

"당신이 그런 경솔한 행동을 하도록 내버려두지 않을 겁니다. 날 믿어요."

촛불에 비친 그녀의 눈빛을 똑바로 쳐다보던 그의 표정은 영원히 루시 마음속에 기억될 것이다. 미남형인 그의 눈동자는 호랑이의 눈빛처럼 특이했고, 루시는 그에게서 아무것도 숨길 수 없었다. 그는 어떤 방식으로든 모든 걸 알아냈다.

케이프코드 만을 따라 눈 쌓인 보도를 걸어 내려가자 외로움과 죄책감이 밀려들었다. 그녀는 도망쳤다. 그가 죽었다는 소식을 들었던 순간이 기억났다. 절대 해서는 안 될 방법을 통해, 라디오를 통해 루시는 그의 죽음을 알게 되었다.

"저명한 의사가 할리우드 아파트에서 총상을 입고 사망했습니다. 조사에 따르면 자살로 추정되는데…."

루시는 물어볼 사람이 아무도 없었다. 그녀는 조니를 만나서는 안 되었고, 그의 남동생인 로럴과 그의 친구들을 만나지 말았어야 했다. 도대체 누구에게 물어볼 수 있단 말인가?

휴대전화 진동이 울리자, 루시는 이어폰을 귀에 꽂고 전화를 받았다.

"어디야?"

벤턴이 말했다.

"프로빈스타운에서 눈보라를 헤치며 걷고 있어요. 사실, 눈보라라고 할 수는 없어요. 눈발이 가늘어지기 시작했어요."

루시는 멍하고 약간은 붕 떠 있는 느낌이었다.

"흥미로운 소식은 없어?"

어젯밤 일을 생각하자 루시는 당혹스럽고 부끄러워졌다.

하지만 루시는 이렇게 대답했다.

"그가 죽기 일주일 전 이곳에 왔을 때 혼자가 아니라는 사실을 알아냈어요. 그는 수술 직후 이곳에 온 게 분명하고 그런 다음 플로리다로 내려갔어요."

"로럴도 함께 있었어?"

"아니오."

"동행이 있었을 거야."

"이미 말했지만, 그는 혼자 있지 않았던 것 같아요."

"누구한테 들었어?"

"바텐더에게서요. 그는 누군가를 만났던 게 분명해요."

"누굴 만났는데?"

"여자예요. 꽤 젊은 여자."

"이름은?"

"이름은 잰인데 다른 것에 대해선 모르겠어요. 조니는 성공적으로 마치지 못한 수술 때문에 신경이 곤두서 있었어요. 사람들은 겁에 질리면 많은 일을 저지르고 자기 자신에 대해 부정적으로 생각하죠."

"넌 괜찮니?"

"괜찮아요."

루시는 거짓말을 했다.

그녀는 겁쟁이다. 그리고 이기적이다.

"목소리는 그렇지 않군. 조니가 그렇게 된 건 네 잘못이 아니야."

"난 도망쳤어요. 그건 떳떳하지 못한 행동이었어요."

"당분간 우리와 함께 지내는 건 어떻겠니? 케이 이모가 이곳에서 일주일 동안 머무를 거야. 네가 보고 싶기도 하고. 우리 둘이 개인적인 이야기를 나눌 시간도 가질 수 있을 거야."

심리학자 벤턴이 말했다.

"이모를 만나고 싶지 않아요. 이모도 이해할 거예요."

"루시, 이모에게 계속 그러면 안 돼."

"누군가의 마음을 아프게 하려는 게 아니에요."

그 말을 하면서 루시는 스티비를 떠올렸다.

"그럼 이모에게 사실대로 말해. 그러면 간단하잖아."

"그런데 무슨 용건으로 전화한 거예요?"

루시는 갑자기 화제를 바꿨다.

"가능한 한 빨리 네게 부탁할 일이 있어. 지금 보안장비가 갖추어진 전화로 통화하는 거야."

"근처에 도청 장치가 없는 한 내 전화도 안전해요. 무슨 일인데요?"

벤턴은 약 2년 반 전 라스 올라스의 크리스마스 선물 가게에서 일어난 살인사건에 대해 루시에게 말했다. 그는 베이질 젠레트에게 들은 모든 이야기를 루시에게 말해줬다. 그리고 스카페타는 당시 사우스 플로리다에서 일하고 있지 않았고 그 사건에 대해 몰랐다고 덧붙여 말했다.

"사이코패스인 범인에게서 얻어낸 정보야. 그래서 가능한 한 빨리 어떤 조처를 취할 수 있는지 찾아내야 해."

벤턴은 그 사실을 루시에게 분명히 해뒀다.

"크리스마스 선물 가게에서 희생된 사람의 눈알이 빠져 있나요?"

"범인이 그런 말을 하지는 않았어. 그가 말하는 사건을 확인하기 전

까지는 많은 질문을 하고 싶지 않았거든. HIT에 들어가서 알아봐 줄 수
있어?"

"비행기에 타자마자 확인해 볼게요."

루시가 대답했다.

10

책장 위에 걸려 있는 벽시계가 낮 12시 반을 가리키고 있었다. 갓난아기 남동생을 살해한 혐의를 받고 있는 소년의 변호를 맡은 변호사가 케이 스카페타의 책상 옆에 앉아 서류를 훑어보고 있었다.

데이브는 젊고, 피부가 까무잡잡하고, 몸매가 탄탄하고, 특이하지만 매우 매력적으로 보이는 남자다. 그는 살아남기 힘든 법률계에서 언변이 유창하기로 유명하다. 그가 아카데미에 올 때마다 요원들과 여학생들은 갑자기 스카페타 사무실을 기웃거리는데, 물론 로즈만은 예외였다. 스카페타의 비서로 15년 동안 일한 로즈는 은퇴할 나이를 넘긴 데다, 마리노 이외에는 매력적인 남자들에게 민감하게 반응하지 않는다. 마리노를 반갑게 맞아주는 사람은 아마 로즈뿐일 것이다. 스카페타는 수화기를 들고 마리노가 어디에 있는지 로즈에게 물었다. 그가 오늘 아침 회의에 참석하기로 되어 있기 때문이다.

"어젯밤 마리노에게 여러 번 전화했어요."

스카페타는 수화기를 통해 로즈에게 말했다.

"그럼 제가 한 번 연락해 볼게요. 최근 마리노의 행동이 좀 이상했어요."

로즈가 말했다.

"최근에만 그런 건 아니죠."

데이브는 뿔테 안경을 코 아래쪽에 걸친 채 고개를 약간 뒤로 숙인 자세로 부검 감정서를 자세히 읽고 있었다.

"지난 몇 주 동안 더 이상했어요. 우습게도, 여자 문제 때문일 거라는 느낌이 들어요."

"한 번 연락해 보세요."

스카페타는 수화기를 내린 후 책상 맞은편에 보이는 데이브를 쳐다봤다. 상당한 수수료를 받고 까다로운 살인사건을 맡은 그는 사건이 해결될 거라고 확신하며 편견에 사로잡힌 여러 질문들을 던질 것이다. 경찰 측이 아카데미에서 일하는 과학 전문가와 의학 전문가의 도움을 의뢰하는 것과는 달리, 변호사들에게 큰 금액을 지불할 수 있는 사람들은 대개 죄가 무거운 사람들이었다.

"마리노는 오지 않습니까?"

데이브가 물었다.

"지금 연락하고 있는 중입니다. 모든 진술과 증거로 보아, 갑작스런 충돌이 있었을 뿐이라는 결론이 나올 겁니다."

"30분도 지나지 않아 분명히 알 수 있었습니다."

그는 감정서 페이지를 넘기며 말했다.

"난 법정에서 그렇게 말하지 않을 겁니다. 내가 말할 수 있는 건, 갑작스런 충돌로 경막하 혈종이 생길 수 있지만, 소파에서 바닥으로 떨어져 사망한 이번 사건은 그럴 가능성이 희박하다는 것입니다. 이번 사건에서는 가해자가 희생자를 심하게 뒤흔들고 희생자의 두개골 동공을 내리쳐 경막하 출혈과 척수 손상을 일으켰습니다."

그녀는 자신이 작성하지 않은 부검 감정서를 쳐다보며 말했다.

"망막 출혈에 대해서는, 머리를 타일 바닥에 심하게 부딪힌 것과 같은 외상 때문에 발생할 수 있고 그 결과 경막하 혈종이 생길 수 있다는 점에 동의하지 않았나요?"

"이번 사건처럼 낮은 높이에서 밑으로 떨어진 경우는 그렇지 않습니다. 다시 한 번 말하지만, 고개를 앞뒤로 심하게 흔든 결과 바닥에 떨어졌을 가능성이 큽니다. 부검 감정서를 보면 분명히 알 수 있을 겁니다."

"이번 사건에서는 당신의 도움을 많이 받지 못할 것 같군요, 케이."

"객관적인 의견을 듣고 싶지 않으면 다른 전문가를 찾아보도록 해요."

"다른 전문가는 없습니다. 당신과 견줄 만한 라이벌은 아무도 없으니까요."

그는 미소 지으며 물었다.

"비타민 K 부족에 대해서는 어떻게 생각합니까?"

"단백질 때문에 비타민 K가 부족하다는 것을 증명할 수 있는 사망 전 혈액이 있거나, 아니면 단지 요행을 바란다면 그렇게 주장할 수 있겠죠."

"문제는 사망 전 혈액이 없다는 겁니다. 병원에 도착하기 전에 이미 사망했으니까요."

"그게 문제군요."

"아이를 심하게 뒤흔들었다는 주장은 증명할 수 없습니다. 분명하지 못하고 그럴듯하지 않습니다. 적어도 그 점에는 동의하시죠?"

"분명히 말할 수 있는 건, 폭력 혐의로 소년원을 벌써 두 번씩이나 들락거리고 난폭한 기질로 악명 높은 열네 살짜리 소년이 자신의 갓난아기 동생을 돌보고 있었다는 사실입니다."

"그런 말을 하지는 않을 거죠?"

"네, 안 할 겁니다."

"내가 요구하는 건, 아이를 움켜쥐고 마구 흔들었다는 분명한 증거가 없다고 증언해 주시는 겁니다."

"그렇지 않다는 분명한 증거도 없다고, 문제의 부검 감정서에는 아무런 문제도 없다고 증언할 겁니다."

"아카데미는 멋집니다. 하지만 이곳에서 일하는 사람들은 날 거칠게 대하죠. 마리노는 결국 오지 않는군요. 자, 이제 그만 가보겠습니다."

데이브가 의자에서 일어나며 말한다.

"마리노가 오지 못한 점은 미안해요."

스카페타가 말한다.

"마리노에게 좀 더 엄격하게 대하셔야 할 것 같습니다."

"쉽게 그럴 수 있을 것 같지 않네요."

데이브는 과감한 줄무늬 셔츠를 고쳐 입고 과감한 실크 넥타이를 매만진 다음 실크 재킷을 입었다. 그리고 나서 악어가죽 서류가방에 서류를 챙겨 넣었다.

"조니 스위프트 사건에 관여하고 있다는 소문이 있던데요,"

그가 은색 잠금장치를 잠그자 '찰칵' 소리가 났다.

스카페타는 잠시 멍해졌다. 데이브가 도대체 어떻게 그 사실을 알아낸 걸까?

그녀는 이렇게 대답했다.

"데이브, 소문에는 별로 관심을 두지 않는 게 내 원칙입니다."

"그의 남동생이 사우스 비치에서 레스토랑을 운영하는데, 내가 매우 좋아하는 곳입니다. 아이러니컬하게도 레스토랑 이름이 소문을 뜻하는 루머스(Rumors)입니다."

데이브가 말했다.

"잘 아시겠지만, 로럴에게는 약간의 문제가 있었습니다."

"난 그에 대해서 전혀 아는 게 없습니다."

"레스토랑에서 일하는 사람들이 로럴이 돈 때문에 혹은 형이 자신에게 남겨줄 유산 때문에 형을 살해했다는 소문을 퍼뜨리고 있습니다. 로럴이 분수에 넘는 사치를 즐긴다고들 합니다."

"그냥 소문인 것 같군요. 혹은 원한을 가진 사람이 소문을 퍼뜨릴 수도 있겠고."

데이브는 출입문 쪽으로 걸어갔다.

"그녀와는 아직 통화 못했습니다. 전화를 걸 때마다 매번 통화가 되지 않습니다. 어쨌든 개인적으로는 로럴이 좋은 사람이라고 생각합니다. 소문이 들리기 시작한 시기에 사건의 재조사가 이루어진 점은 우연인 것 같군요."

"수사가 종결되지는 않았으니까요."

스카페타가 대꾸했다.

차가운 눈발이 매섭게 날리고 서리가 내린 보도와 길거리는 하얗게 변했다. 외출한 사람은 거의 눈에 띠지 않았다.

루시는 뜨거운 김이 나는 라테를 마시며 발걸음을 재촉해 앵커 모텔로 향했다. 며칠 전, 그녀는 허머를 렌트한 사실을 숨기기 위해 가명으로 이 모텔에 체크인 했다. 모텔 주차장에 차를 세워둔 적은 한 번도 없었고, 낯선 사람들이 자신의 차에 관심을 가지기를 바라지 않았다. 방향을 바꾸어 해안가에 있는 작은 주차장으로 이어지는 좁은 길을 따라가자 눈 덮인 허머가 눈에 들어왔다. 루시는 차문을 연 다음 시동을 걸고, 성에제거 장치를 틀었다. 눈으로 뒤덮인 차창 때문에 내부 공기가 차가웠고, 마치 어둑한 이글루 안에 갇힌 듯한 느낌이 들었다.

루시가 헬리콥터 조종사에게 전화를 걸고 있는데, 갑자기 창가에 누군가가 나타나 장갑 낀 손으로 눈을 걷어내자 검정 모자를 쓴 얼굴이 나타났다. 루시는 깜짝 놀라 수화기를 밑으로 떨어뜨렸다.

잠시 스티비를 말없이 바라보다가 창문을 내리는 루시의 머릿속에 여러 생각들이 스쳐지나갔다. 그녀가 자신을 따라온 건 좋은 일은 아니다. 그녀가 따라오고 있다는 사실조차 눈치 채지 못한 건 더 나쁜 일이다.

"도대체 여긴 웬일이야?"

루시가 물었다.

"당신한테 할 말이 있어서요."

스티비의 얼굴 표정은 가늠하기 힘들다. 화가 나고 마음에 상처를 받아 눈물을 글썽이는 것 같기도 하고, 바다에서 불어오는 차갑고 매서운 바람 때문일 수도 있을 것이다.

"당신은 내가 만난 사람들 가운데 가장 멋진 사람이에요. 당신은 내 영웅인 것 같아요. 나의 새로운 영웅."

스티비가 말했다.

스티비는 루시를 조롱하고 있는 걸까? 아마 그렇지는 않을 것이다.

"스티비, 난 공항으로 가야 해."

"아직 비행이 취소되지는 않았지만, 이번 주 남은 기간 동안 비행이 자주 취소될 거예요."

"기상정보 알려줘서 고맙군. 미안해. 네게 상처 줄 의도는 없었어."

루시는 사납고 불안해 보이는 스티비의 눈빛을 쳐다보며 말했다.

"나도 알아요."

스티비는 그런 말을 처음 듣는 사람처럼 말했다.

"괜찮아요. 당신을 이렇게 좋아할 거라고는 생각하지 않았어요. 그 말을 하려고 당신을 찾으려 했어요. 기억을 잘 떠올려보면 비가 오던 그 날이 생각날 거예요. 이렇게 당신을 좋아하게 될 줄은 정말 몰랐어요."

"그 말을 계속하는군."

"정말 흥미로워요. 당신은 자신에 대한 확신과 자만심으로 가득찬 사람이에요. 까다롭고 가까워지기 힘든 성격이죠. 하지만 당신 마음속은 그렇지 않다는 걸 깨달았어요. 상황이 당신이 기대하는 것과 다르게 돌아가는 게 흥미로워요."

창문 너머에서 들어온 눈발이 안에서 흩날렸다.

"날 어떻게 찾아낸 거야?"

루시가 물었다.

"다시 집으로 가보았지만 당신은 떠나고 없었어요. 눈 위에 찍힌 당신의 발자국을 따라왔어요. 발자국이 여기까지 이어져 있었어요. 신발 사이즈가 몇이에요? 혹시 250? 별로 어렵지 않았어요."

"스티비, 미안해…."

"그런 말 말아요. 당신은 날 마음속에 새기지 않았어요."

스티비는 강한 목소리로 힘주어 말했다.

"그런 건 아니야."

루시는 그렇게 말했지만 사실은 그렇지 않다.

마음속에 새긴다는 표현은 쓰지 않는다 해도 루시는 잘 알고 있었다. 스티비를 보면 기분이 좋지 않았다. 케이 이모도, 조니에 대해서도, 그녀가 저버린 모든 사람들에 대해서도 마찬가지였다.

"하지만 당신은 내 마음에 깊이 새겨졌어요."

스티비는 장난스럽게 유혹하는 듯 말했지만 루시는 다시 그런 감정을 느끼고 싶지 않았다.

스티비는 다시 자신감이 넘치고, 비밀로 가득 차 신비롭고, 놀라울 정도로 매력적인 모습이었다.

눈이 들이치자 루시는 허머를 후진했다. 바다에서 불어오는 매서운 눈보라 때문에 얼굴이 따끔거렸다.

스티비는 코트 주머니에 손을 찔러 넣어 종이를 꺼내더니 열린 창문을 통해 루시에게 건넸다.

"내 전화번호예요."

그녀가 말했다.

지역번호가 보스턴 지역인 617이다. 스티비는 자신이 어디에 사는지 루시에게 말한 적이 없었다. 물론 루시도 물어 본 적이 없었다.

"내가 말하고 싶었던 건 이것뿐이에요. 발렌타인데이 즐겁게 보내요."

스티비가 말했다.

두 사람은 열린 창문을 통해 서로를 쳐다봤다. 엔진이 돌아가는 소리가 나고 스티비의 검은색 코트가 눈보라에 휘날렸다. 아름다운 그녀의 모습을 보자 루시는 어젯밤 로렌 바에서 느꼈던 감정이 다시 일렁였다. 그런 감정은 이미 사라졌다고 생각했는데 또다시 마음이 흔들렸다.

"난 다른 사람들과는 달라요."

스티비는 루시의 눈빛을 들여다보며 말했다.

"나도 알아."

"내 휴대전화 번호예요. 사실 난 플로리다에 살아요. 하버드를 졸업한 이후 휴대전화 번호는 그대로예요. 무료 통화시간 같은 건 내겐 중요하지 않죠."

"하버드를 다녔어?"

"그런 이야기는 거의 하지 않아요. 사람들이 당혹스러워하는 경우가 많으니까요."

"플로리다 어디에 살아?"

"게인즈빌. 발렌타인데이 즐겁게 보내요."

그녀는 다시 한 번 말했다.

"지금껏 가장 특별한 발렌타인데이가 되길 바랄게요."

11

1A 강의실에 있는 스마트보드에는 남자 흉상을 찍은 다양한 색깔의 사진이 가득 차 있었다. 남자가 입고 있는 셔츠 버튼은 풀어져 있고, 가슴 털이 난 흉곽에 커다란 칼날이 꽂혀 있었다.

"자살입니다."

책상에 앉아 있는 한 학생이 나서서 말했다.

"이 사진으로는 구분할 수 없지만 또 다른 사실이 있습니다. 찔린 상처자국이 여러 군데 남아 있습니다."

스카페타는 이번 학기 강의를 듣는 열여섯 명의 학생들에게 말했다.

"살인사건이군요."

그 학생이 금방 말을 바꾸자 학생들 모두가 웃음을 터뜨렸다.

스카페타는 다음 슬라이드를 비췄다. 치명적인 흉곽 자상 근처에 보이는 찔린 상처자국 가운데 하나였다.

"상처자국이 얕은 것처럼 보입니다."

다른 학생이 말했다.

"각도는 어떻습니까? 스스로에게 상처를 가했다면 각도가 위로 향해야 하지 않습니까?"

"반드시 그렇지는 않지만, 여기 한 가지 의문점이 있습니다. 셔츠 단추가 열린 걸 보고 무엇을 추정할 수 있을까요?"

스카페타는 강의실 앞에 놓인 연단에 서서 말했다.

강의실에 침묵이 흘렀다.

"스스로를 찌르려 할 때 옷을 관통해서 상처를 낼까요?"

그녀는 학생들에게 물었다.

"그리고 아까 말했던 점은 옳습니다."

그녀는 상처자국이 얕다는 점을 지적한 학생을 가리키며 말했다.

"맨살에 상처자국을 내는 경우는 거의 없습니다."

그녀는 스마트보드 위에 있는 사진을 가리키며 말했다.

"그런 것을 '망설임의 표시'라고 부릅니다."

학생들은 필기를 했다. 모두들 명석하고 열의에 차 있고, 다양한 나이와 다양한 경력을 갖고 있었다. 두 명은 영국에서 온 학생이었다. 범죄 현장 조사를 위한 집중적인 의학 교육을 받기 위해 온 형사들이 몇몇 있고, 똑같은 목적으로 온 살인사건 조사관들도 있었다. 심리학, 핵생물학, 현미경학 등 석사과정을 밟고 있는 대학원생들이 있고, 마지막 한 명은 법정에서 더 많은 증거제출을 하고 싶어 하는 지역 변호사였다.

스카페타는 스마트보드로 사진 한 장을 더 보여줬다. 이번 사진은 특히 더 끔찍해 보이는 것으로, 복부에 찔린 상처자국에서 창자가 튀어나와 있었다. 몇몇 학생들은 신음소리를 내고, 외마디 탄식을 내뱉는 학생도 한 명 있었다.

"세푸쿠(일본 무사들이 행하던 할복 자살-옮긴이)에 대해 아는 학생 있습니까?"

스카페타가 물었다.

"하리카리(세푸쿠 중 가장 유명한 형태-옮긴이)."

출입문에서 어떤 목소리가 들려왔다.

이번 학기 법의학 강의를 수강하는 조 아모스 박사가 마치 자신이 맡은 강의인양 강의실 안으로 들어왔다. 그는 키가 크고 호리호리하고, 검은 머리칼은 심하게 엉클어져 있고, 턱은 길고 뾰족하고, 검은 눈동자는 반짝반짝 빛이 났다. 그의 모습을 바라보던 스카페타는 까만 까마귀를 떠올렸다.

"강의를 방해하려는 건 아니지만."

그러면서 그는 아무렇지도 않은 듯 말을 이었다.

"저 남자는 커다란 사냥용 칼을 들고 자신의 복부를 찌른 다음 옆으로 배를 갈랐습니다. 그걸 '동기'라고 부르죠."

그는 스마트 보드에 나타난 끔찍한 모습의 사진을 턱으로 가리켰다.

"박사님께서 직접 맡았던 사건인가요?"

이번에는 예쁘게 생긴 여학생이 질문을 했다.

아모스 박사는 무척 진지하고 심각한 표정으로 그 여학생에게 가까이 다가갔다.

"그렇진 않지만 이 점을 기억해야 해. 자살과 타살을 구별하는 방법 말이지. 자살일 경우는 칼로 복부를 가른 다음 칼날을 위로 향하기 때문에 하리카리에서 볼 수 있는 대문자 L 모양을 그리지. 하지만 이번 사건에서는 그렇지 않아."

그는 스마트보드를 가리키며 학생들에게 말했다.

스카페타는 화를 억눌렀다.

"살인사건에서 그렇게 하기는 꽤 힘들지."

아모스 박사가 덧붙여 말했다.

"저건 L자 모양이 아니에요."

"바로 그거지. 살인사건에 한 표 던질 사람?"

그가 묻자 몇몇 학생이 손을 들었다.

"나도 한 표 던지지."

그는 자신감 있게 말했다.

"아모스 박사님? 희생자는 얼마나 빨리 사망했을까요?"

"몇 분 후 곧 사망했을 거야. 출혈이 정말 빠른 속도로 진행되니까. 스카페타 박사님, 잠깐 이야기 좀 할 수 있을까요? 강의 중에 끼어들어 미안합니다, 여러분."

그는 학생들에게 말했다.

스카페타와 조 아모스는 복도로 걸어 나갔다.

"무슨 일이죠?"

그녀가 물었다.

"오늘 오후에 확인할 범죄 현장 말입니다. 그 스케줄을 조정하고 싶어서요."

그가 말했다.

"강의가 끝날 때까지 기다릴 수는 없었나요?"

"학생들 가운데 한 명이 자원할 수 있다는 생각이 들었습니다. 학생들이 박사님 말이라면 죽는 시늉이라도 할 테니까요."

스카페타는 귀에 듣기 좋은 말을 못 들은 척했다.

"오늘 오후 범죄 현장 조사를 도와줄 학생이 있는지 물어봐 주십시오. 하지만 모든 학생들이 있는 데서 세부 사항을 말씀하시면 안 됩니다."

"세부 사항이라는 게 정확히 뭐죠?"

"난 제니가 자원해줄 거라고 생각했습니다. 제니가 교수님의 오후 3시

강의를 빠질 수 있도록 허락해주면 우릴 도와줄 수 있을 겁니다."

제니는 조 아모스에게 그 끔찍한 사건을 직접 맡았는지 물었던 예쁜 여학생이다.

스카페타는 두 사람이 함께 있는 걸 벌써 한 차례 이상 봤다. 그는 약혼자가 있으면서도 매력적이고 예쁜 여학생을 멀리 하지 않았다. 아카데미 관계자들의 권고도 귀 기울여 듣지 않았다. 지금까지 그는 부정행위를 하다 발각된 적은 없지만, 스카페타는 한편으로 그랬으면 좋겠다는 생각이 들기도 했다. 그를 아카데미에서 내쫓고 싶기 때문이었다.

"제니를 데려갈 겁니다. 그녀는 너무나 순진하고 착해 보입니다. 학생 두 명을 데려가서, 용변을 보던 도중 총탄을 여러 차례 맞고 사망한 살인사건을 조사하도록 할 겁니다. 모텔 방에서 일어난 사건인데, 제니가 너무 놀라 발작을 일으키는 역할을 할 겁니다. 죽은 희생자의 딸 역할이죠. 학생들이 저들의 경계를 뚫을 수 있을지 확인할 수 있을 겁니다."

그는 흥분을 감추지 못하며 낮은 목소리로 말했다.

스카페타는 아무 대꾸도 하지 않고 침묵을 지켰다.

"물론 범죄 현장에 경찰들이 몇 명 있을 겁니다. 그들은 범인이 달아났다고 가정하며 현장 주변을 둘러보고 있을 겁니다. 내가 말하고 싶은 요점은 이렇습니다. 아름답고 젊은 아가씨가 용변을 보던 자신의 아버지를 쏴 죽인 범인이 아니라는 사실을 알아낼 정도로 똑똑한 사람이 있는지 알아낼 겁니다. 제니는 분명 똑똑합니다. 경찰의 경계를 무너뜨린 다음, 총을 꺼내어 발사할 수 있습니다. 그러니까 경찰에 의한 전형적인 자살사건이라는 말이죠."

"강의가 끝나면 제니한테 직접 물어보세요."

스카페타는 조 아모스의 이야기가 어디선가 들은 듯한 시나리오처럼 들리는 이유를 곰곰이 생각해 봤다.

아모스 박사는 범죄 현장에 집착했다. 마리노의 혁신적인 수사 방식에 집착하고, 마치 실제인 것처럼 위험이 따르고 섬뜩한 죽음을 그대로 보여주는 가상 범죄 현장에 집착했다. 스카페타는 아모스가 법의학을 포기하고 할리우드에 진출해 자신의 영혼을 파는 편이 더 나을 거라고 종종 생각하곤 했다. 그에게 영혼이라는 것이 있다면 말이다. 그가 방금 제안한 시나리오를 듣자 스카페타의 머릿속에 갑자기 어떤 생각이 떠올랐다.

"꽤 괜찮지 않습니까? 그런 일은 실제로 일어날 수도 있으니까요."

드디어 기억이 떠올랐다. 그건 실제로 일어났던 사건이다.

"버지니아에서 그런 사건이 있었어요. 내가 법의국장으로 일했을 때."

그녀는 당시를 상기했다.

"정말입니까? 정말 하늘 아래 새로운 건 없군요."

그는 깜짝 놀라며 말했다.

"그건 그렇고."

스카페타는 화제를 돌렸다.

"하리카리의 세푸쿠가 있는 대부분의 사건에서 직접적인 사인은 심장 발작입니다. 갑자기 창자가 튀어나와 복부 압력이 급작스럽게 떨어지고, 그 때문에 심장이 갑자기 멈추어 발작을 일으킨 겁니다."

"박사님이 직접 담당했던 사건입니까?"

그는 강의실을 가리키며 말한다.

"수 년 전 마리노와 함께 맡았던 사건입니다. 그리고 한 가지 말할 게 있어요."

그녀는 덧붙여 말했다.

"저 사건은 타살이 아니라 자살이에요."

12

시테이션 X기가 1마하 속도 이하로 남쪽을 향해 비행하고 있었고, 루시는 지역 방위대조차 침입할 수 없도록 안전장치가 잘 갖추어진 개인 네트워크를 통해 파일을 전송하고 있었다.

그녀는 적어도 자신이 보낸 정보가 안전하다고 믿고 있었다. 정부 해커를 포함해 해커가 없고, 약자로 HIT인 이질적 이미지 처리 데이터베이스(Heterogeneous Image Transaction database) 시스템에서 보내주는 데이터를 확인할 수 있다고 믿었다. 루시는 HIT 프로그램을 직접 개발해 만들었다. 그녀는 정부는 그 사실을 몰랐다고 확신했다. 그리고 그 사실을 아는 사람이 거의 아무도 없다는 것도 확실했다. HIT에는 특허권이 있기 때문에 소프트웨어를 쉽게 팔 수 있지만 루시에게는 돈이 필요하지 않았다. 이미 몇 년 전 다른 소프트웨어 개발로 큰돈을 벌었는데, 지금 바로 그 검색 엔진을 통해 사이버공간을 돌면서 사우스 플로리다에서 일어난 폭력 살인사건에 대한 정보를 찾고 있는 중이었다.

검색 결과 나올 거라고 기대했던 편의점, 주류 판매점, 안마 시술소, 상반신 노출 클럽에서 일어난 살인사건 이외에는, 베이질 젠레트가 벤턴에게 진술한 내용을 확인할 수 있는 해결 혹은 미결 상태인 강력 범죄에 대한 정보를 전혀 찾을 수 없었다. 하지만 '크리스마스 선물가게' 라는 상호명은 찾아냈다. 가게는 A1A 도로와 이스트 라스 올라스 대로가 만나는 지점에 위치해 있고, 가게 옆으로 여행자들을 위한 초라한 가게와 카페, 아이스크림 가게가 늘어서 있었다. 2년 전 그 크리스마스 선물가게는 티셔츠와 수영복, 기념품을 주로 파는 '비치범즈' 라는 체인에 팔렸다.

조 아모스는 스카페타가 상대적으로 짧은 경력 기간 동안 그렇게 많은 사건을 담당했다는 사실이 쉽게 믿기지 않았다. 법의학자들은 대개 서른이 되어서도 경력을 시작하지 못한 채 힘든 공부 과정을 계속해야 한다고 생각했다. 스카페타는 의과대학 대학원 과정을 밟는데 6년이 걸린 데다 로스쿨을 다니는 데 3년이 더 걸렸다. 그리고 서른다섯이 되었을 때, 미국에서 가장 뛰어난 법의학 시스템이 갖추어진 법의국의 수장이 되었다. 대부분의 법의국장과 달리 그녀는 행정가의 역할뿐 아니라 수천 구의 시신을 직접 부검했다.

그녀가 부검했던 시신에 관한 자료는 오직 그녀만 볼 수 있고, 그녀는 폭력, 성폭력, 마약 관련 폭력, 집안 폭력 등 모든 폭력 사건에 대한 다양한 연구를 시행할 수 있도록 주정주로부터 승인을 받았다. 그녀가 당시 법의국장으로서 맡았던 많은 사건에서 지역 살인사건 형사인 마리노 반장이 수사 책임을 맡았다. 그러므로 그가 작성한 사건 보고서도 데이터베이스 안에 들어 있다. 그 데이터베이스는 조 아모스에게 온갖 사탕이 즐비한 가게나 마찬가지였다. 고급 샴페인이 솟아나는 분수이

자, 흥분을 자아내는 원천이었다.

조는 오늘 오후에 만들 가상 범죄 현장의 모델이 된 어느 경찰의 자살 사건, 사건 번호 C328-93를 훑어봤다. 범죄 현장 사진을 다시 클릭하자 제니의 모습이 떠올랐다. 실제 사건에서, 딸은 얼굴을 바닥에 묻은 채 피가 고인 거실 바닥에 쓰러져 있었다. 그녀는 총상을 세 군데 입었는데, 복부에 한 군데 가슴에 두 군데였다. 그녀는 용변을 보던 아버지를 총을 쏴 죽인 다음 경찰 앞에서 연기를 하다가 다시 총을 꺼내들었다. 조는 그녀가 어떤 옷을 입고 있었는지 기억을 떠올렸다. 사망 당시 그녀는 맨발이었고, 올이 풀린 청 반바지와 티셔츠를 입고 있었고, 브라나 팬티는 입고 있지 않았다. 조는 그녀의 부검 사진을 클릭하지만, 철제 테이블에 알몸으로 누운 채 Y자 절개를 한 모습은 보고 싶지 않았다. 경찰의 총에 맞아 사망했을 때 그녀는 열다섯밖에 되지 않았다. 조는 다시 제니의 모습을 떠올렸다.

조는 고개를 들어 책상 반대편에 서 있는 그녀를 보고 미소를 지었다. 그녀는 지시사항을 기다리며 아까부터 인내심 있게 앉아 있었다. 그는 책상 서랍을 열어 9밀리 글록 소총을 꺼낸 다음, 탄창을 꺼내고 슬라이드를 뒤로 젖혀 약실이 비어 있는지 다시 한 번 확인했다. 그러고 나서 책상 반대편에 앉아 있는 그녀에게 소총을 넘겨줬다.

"총 쏴 본 적 있나?"

그는 새롭게 총애하기 시작한 여학생에게 물었다.

그녀의 코는 귀엽게 위로 말려 올라갔고 커다란 눈동자는 밀크 초콜릿 색깔이다. 조는 범죄 현장 사진에서 본 희생자처럼 제니가 알몸인 모습을 상상했다.

"저는 총을 접하면서 성장했어요. 그런데 지금 보고 계신 거 뭔지 물어봐도 될까요?"

"이메일."

그는 물어봐도 괜찮다는 진심은 말하지 않았다.

그는 진실을 말하지 않는 편을 좋아했다. 진실이 항상 진실인 것은 아니다. 진실은 무엇일까? 진실은 그가 진실이라고 결정한 것으로, 주관적인 해석의 문제다. 제니는 고개를 길게 빼며 조가 보고 있는 컴퓨터 화면을 들여다보려 했다.

"모든 사건 파일을 받을 수 있어서 좋으시겠어요."

"때로는 그렇지."

그가 다른 사진을 클릭하자 책상 뒤편에 있는 프린터가 작동하기 시작했다.

"우리가 진행할 사건은 기밀이야."

그는 잠시 뜸을 들인 다음 말한다.

"널 믿어도 될까?"

"물론이에요, 아모스 박사님. 기밀 사건에 대해서는 잘 알고 있습니다. 그러니 믿고 맡기셔도 됩니다."

거실에 고인 피에 얼굴을 묻고 죽은 여자의 칼라 사진이 프린터 트레이에 나왔다. 조는 몸을 돌려 사진을 훑어본 다음, 제니에게 사진을 건네줬다.

"오늘 오후에 네가 이렇게 될 거야."

"말 그대로 이렇게 되는 건 아니겠죠."

그녀는 아양을 떨었다.

"그리고 이건 네가 소지할 총이야."

그는 책상에 놓인 글록 소총을 쳐다보며 물었다.

"총을 어디에 숨길 생각이야?"

제니는 침착한 모습으로 사진을 내려다보며 물었다.

"그녀는 어디에 숨겼나요?"

"사진에는 나와 있지 않아. 어쨌든 그녀가 들고 있던 핸드백을 보고 누군가 눈치 챘어야 했는데 그렇지 못했지. 그녀는 아버지가 죽은 모습을 발견하고, 911에 신고하고, 경찰이 도착하자 핸드백을 든 채 문을 열어주었을 거야. 그녀는 몹시 당황해서 집 안에만 있었는데, 왜 계속 핸드백을 들고 있었던 걸까?"

"제가 그렇게 하면 되는 거죠?"

"소총은 핸드백에 넣어. 그리고 어느 시점에 엉엉 울다가 핸드백에 든 손수건을 찾는 척 하다가, 총을 꺼내어 발사하기 시작해."

"다른 지시사항은요?"

"넌 죽게 될 거야. 예뻐 보이도록 노력해."

그녀는 미소 지으며 물었다.

"다른 지시사항은요?"

"그녀가 입었던 옷."

조는 자신이 원하는 것을 눈빛으로 보여주려 했다.

그녀는 이미 알고 있었다.

"똑같은 옷은 없어요."

그녀는 순진한 척하며 약간 장난스럽게 그에게 말했다.

그녀는 유치원을 졸업한 이후로는 전혀 순진하지 않았을지도 몰랐다.

"제니, 비슷하게 입고 올 모습 기대할게. 반바지에 티셔츠, 신발과 양말은 신지 말고."

"속옷도 입고 있지 않은 것 같은데요."

"맞아."

"희생자는 헤픈 여자처럼 보여요."

"좋아, 그럼 헤픈 여자처럼 보이도록 해."

조가 말했다.

제니는 그의 말이 우습다고 생각했다.

"넌 헤픈 여자지, 그렇지? 그렇지 않다면 다른 학생에게 부탁했을 거야. 이 범죄 현장에서는 헤픈 여자가 필요하거든."

"다른 학생은 필요 없을 거예요."

"정말이니?"

"네, 정말이에요."

제니는 누군가 갑자기 들어올지도 몰라 걱정스러운 듯, 닫힌 출입문을 뒤돌아봤다. 조는 아무 말도 하지 않았다.

"곤란해질지도 몰라요."

그녀가 말했다.

"그렇지 않을 거야."

"난 쫓겨나고 싶지 않아요."

그녀가 말했다.

"나중에 커서 살인사건 조사관이 되고 싶은 거지?"

그녀는 고개를 끄덕이며 폴로셔츠의 맨 위 단추를 만지작거리며 그를 바라봤다. 폴로셔츠가 그녀에게 잘 어울렸다. 조는 폴로셔츠가 감싸고 있는 그녀의 몸매가 마음에 들었다.

"전 이미 다 컸어요."

그녀가 말했다.

"넌 텍사스 출신이더군. 텍사스에서는 모든 게 풍만하지, 그렇지 않아?"

그는 폴로셔츠에 몸에 꼭 맞는 카키색 카고 바지를 입은 그녀의 몸매를 바라보며 말했다.

"아모스 박사님, 날 유혹하는 건가요?"

그녀는 말을 천천히 끌면서 말했다.

조는 그녀가 죽은 모습을 상상했다. 총에 맞아 숨진 채 피가 흥건하게 고인 거실 바닥에 쓰러져 있는 모습을 상상했다. 철제 테이블에 벌거벗은 채 누워 있는 모습을 상상했다. 죽은 몸은 절대 섹시할 수 없다는 건 사람들이 꾸며낸 이야기다. 몸매가 아름답고 죽은 지 얼마 되지 않은 시신이라면, 알몸은 알몸으로 보인다. 남자들이 아름다운 여인의 죽은 모습을 한 번도 상상해보지 않았다는 건 거짓말일 것이다. 경찰들은 빼어나게 아름다운 여자 희생자들의 사진을 책상 위에 끼워두기도 한다. 남성 법의학자들은 경찰들에게 강의를 하면서 자신이 선호하는 사진을 선택해 보여준다. 조는 알게 되었다. 그는 남자들이 하는 짓을 알고 있었다.

"범죄 현장에서 죽는 역할 잘 해. 그럼 내가 직접 저녁을 만들어줄게. 난 와인 감식에도 일가견이 있지."

"약혼하셨잖아요."

"약혼자는 회의 참석차 시카고에 있어. 눈이 내려 꼼짝도 못할 거야."

제니는 자리에서 일어섰다. 그리고 손목시계를 확인한 다음 그를 쳐다봤다.

"이전엔 어느 학생을 총애하셨어요?"

그녀가 물었다.

"넌 특별해."

조가 대답했다.

13

포트 로더대일에서 한 시간을 비행한 루시는 자리에서 일어나 커피를 한 잔 더 마시고 화장실을 다녀왔다. 제트기의 조그마한 타원형 창문 너머로 보이는 하늘에 먹구름이 잔뜩 끼어 있었다.

가죽 의자에 다시 털썩 주저앉은 루시는 브로워드 카운티의 세금 부과와 부동산 기록에 대해 더 많은 의문점이 생겼다. 그리고 뉴스에 나온 내용과 예전에 크리스마스 선물가게였던 곳에 대해 더 알아낼 수 있는 정보는 없는지 생각해 봤다. 그곳은 70년대 중반부터 90년대 초반까지 '럼 러너'라는 식당이었다. 그 후 2년 동안은 사탕과 아이스크림을 파는 '코코 넛츠'라는 이름의 가게였다. 그런 다음 2000년, 웨스트 팜비치의 부유한 조경 설계사의 미망인인 플로리 안나 퀸시가 그 건물을 임차했다.

루시는 그 크리스마스 선물가게를 연지 얼마 지나지 않아 〈마이애미 헤럴드〉지에 실린 기사를 컴퓨터를 통해 유심히 보고 있었다. 기사에 따르면, 퀸시 부인은 시카고에서 성장했고, 상품 중개인이었던 그녀의 아버지는 매년 크리스마스가 되면 메이시 백화점에서 산타 할아버지 옷을 입고 자원봉사를 했다고 한다.

"크리스마스는 우리에게 가장 마법 같은 시간이었어요. 아버지는 나무를 무척 좋아하셨는데, 아마 캐나다 앨버타의 통나무 마을에서 자라셨기 때문일 거예요. 우리 집 정원에는 일 년 내내 크리스마스트리가 있었는데, 커다란 화분에 심은 가문비나무에 흰색 전구와 작은 장식품을 달았어요. 그래서인지 나도 일 년 내내 크리스마스 분위기를 즐기고 싶어 하는 것 같아요."

퀸시 부인이 말했다.

그녀가 운영하는 가게에는 놀라울 정도로 수많은 장식품, 뮤직 박스, 여러 가지 모양의 산타클로스, 겨울 동화나라 모형, 조그마한 철로 위를 달리는 전기 기차 모형 등이 있다. 상상으로 가득 찬 가게 안을 구경할 때는 물건을 떨어뜨리지 않도록 주의해야 한다. 가게 문밖을 나서면 곧 따가운 햇빛과 야자수, 시원한 바다가 있음을 잊어버리기 십상이다. 지난 달 크리스마스 선물 가게를 연 퀸시 부인은 많은 손님들이 몰려왔지만, 물건을 구매한 손님보다는 가게를 둘러보는 손님들이 훨씬 더 많다고 한다.

루시는 커피를 한 모금 마시며 나무 접시 위에 놓인 크림치즈 베이글을 쳐다봤다. 배가 고프지만 음식을 먹기가 두려웠다. 그녀는 음식에 대해 계속 생각하고, 다이어트에 도움이 되지 않을 것임을 알면서도 계속 몸무게에 집착했다. 그녀는 원하는 기간만큼 굶을 수도 있지만, 그렇다고 자신의 외모와 기분이 바뀌지는 않을 것이다. 완벽하게 조정할 수 있는 기계 같던 몸이 그녀 자신을 저버린 것이다.

또 다른 정보를 검색하며 루시는 의자 팔걸이에 부착된 전화로 마리노에게 전화를 걸었다. 전화를 걸면서도 검색 결과를 계속 확인했다. 마리노는 전화를 받지만 수신 상태가 그다지 좋지 않있다.

"지금 비행 중이에요."

루시가 화면에 나타난 내용을 읽으며 말했다.

"제트기 비행은 언제 배울 거냐?"

"아마 절대 못 배울 것 같아요. 필요한 모든 자격을 갖출 시간이 없어요. 요즘은 헬리콥터를 조종할 시간도 거의 없어요."

루시는 시간이 생기길 원치 않았다. 비행을 할수록 비행하는 걸 더 좋아하게 되는데, 그녀는 더 이상 비행을 좋아하기 원치 않기 때문이었다. 누구나 약국에서 구입할 수 있는 약이 아니라면 FAA(미 연방 항공국)에 신고해야 했다. 그리고 의료 증명서를 갱신하러 외과 의사를 찾아가면 도스티넥스를 복용하고 있다는 사실을 리스트에 작성해야 할 것이다. 그렇다면 사람들은 그녀에게 질문할 것이다. 정부 관료들은 그녀의 사생활에 관여할 것이고, 그녀의 비행 자격증을 폐기할 핑계를 찾을 것이다. 유일한 방법은 그 약을 다시는 복용하지 않는 것이고, 루시는 한동안 약을 복용하지 않으려 애썼다. 그렇지 않으면 비행을 영원히 포기해야 할 것이다.

"난 할리 오토바이만 탈 거야."

마리노가 말했다.

"방금 조언을 얻었어요. 그 사건이 아닌 다른 사건에 관해서요."

"누구한테서?"

마리노는 의심스러운 목소리로 물었다.

"벤턴 아저씨요. 어떤 실험 대상자가 라스 올라스에서 일어났던 미결 살인사건에 대해 이야기를 흘렸대요."

루시는 조심스럽게 말을 꺼냈다. 마리노는 아직 프레더터 연구 실험에 대해 알지 못했다. 마리노가 개입하기 원치 않는 벤턴은 그가 오해하거나 도와주려는 상황을 염려하고 있었다. 폭력 살인범에 대한 마리노의 생각은 그들을 거칠게 다루고, 감금하고, 가능한 한 잔인하게 사형시키는 것이었다. 마리노는 살인을 저지른 정신 이상자가 정말 정신적으로 이상이 있는지 상관하지 않는, 세상에서 유일한 사람일지도 모른다. 마리노는 어린이에 대한 이상 성욕자가 자신의 기질을 어쩔 수 없는 것은 망상에 사로잡힌 정신 분열자와 마찬가지라는 사실도 절대 인정하려 들지 않았다. 그는 심리 관찰과 두뇌 사진을 구조적이고 기능적인 관점에서 연구하는 과정은 모두 엉터리에 지나지 않는다고 생각했다.

"그자는 2년 반 전 크리스마스 선물가게에서 한 여자가 강간당하고 살해되었다고 주장했어요."

루시는 마리노에게 설명하면서, 벤턴이 수감자를 대상으로 실험을 하고 있다는 사실을 조만간 마리노가 알게 될까봐 걱정되었다.

마리노는 하버드 의과대학 부속의 맥린 병원이 법적으로 정신병 치료를 받은 환자들을 위한 기관이 아님은 분명히 알고 있었다. 맥린 병원은 부자들과 유명인들이 주로 찾는 정신치료 병원이다. 연구 실험을 위해 수감자들을 그곳에 이송해오고 있다면 무언가 이상하고 은밀한 일이 벌어지고 있는 것이다.

"뭐라고?"

마리노가 물었다.

루시는 방금 했던 말을 반복한 다음 덧붙여 말했다.

"플로리 안나 퀸시 부인 소유인데, 38세의 백인 미망인이에요. 남편이 웨스트 팜에 넓은 종묘원을 갖고 있었어요."

"종묘원이라면 묘목을 심어서 기르는 곳 말이야?"

"네. 주로 감귤나무 묘목이에요. 크리스마스 선물가게는 2000년에서 2002년까지, 2년밖에 운영하지 않았어요."

루시는 자판을 두드리며, 벤턴에게 이메일을 보낼 데이터 파일을 텍스트 파일로 전환했다.

"비치범즈라는 곳 들어본 적 있어요?"

"잘 안 들려."

마리노가 말했다.

"여보세요? 마리노 아저씨. 이젠 잘 들려요?"

"그래, 잘 들려."

"지금 그곳에 새로 연 가게 이름이에요. 퀸시 부인과 그녀의 열일곱 살짜리 딸 헬렌이 2002년 7월에 실종되었어요. 신문에서 기사를 하나 찾아냈어요. 중요한 기사는 아니고 이런저런 사소한 내용을 다루는 기사였어요."

"두 사람이 다시 나타났는데 언론이 찾아내지 못했을 수도 있겠군."

"그들이 살아 있음을 확인할 수 있는 자료는 찾지 못했어요. 사실, 작년 봄 그녀의 아들이 두 사람의 사망 신고를 하려 했지만 성공하지는 못했어요. 포트 로더대일 경찰서에 가서 퀸시 부인과 그녀의 딸 실종 사건을 기억하고 있는 사람이 있는지 확인해 볼 수 있을 거예요. 전 내일 비치범즈에 들를 계획이에요."

"타당한 이유가 없는 한 포트 로더대일 경찰들은 자료를 공개하지 않을 거야."

"타당한 이유를 찾아봐야죠."

루시가 말했다.

US항공 티켓 카운터에서 스카페타는 계속 언쟁을 벌이고 있었다.

"그럴 리가 없어요."

그녀는 또다시 그렇게 말했다. 너무 낙담한 나머지 금방이라도 분노가 폭발할 듯했다.

"이게 내 예약번호예요. 여기 영수증도 있잖아요. 자, 보세요. 1등석, 출발 시간은 6시 20분. 어떻게 예약이 취소되었을 수 있죠?"

"여기 컴퓨터에 나와 있습니다. 2시 15분에 예약이 취소되었습니다."

"오늘요?"

스카페타는 그 사실을 믿으려 하지 않았다.

착오가 있는 게 틀림없었다.

"네, 오늘 취소되었습니다."

"그럴 리가 없어요. 난 취소 전화를 한 적이 없어요."

"글쎄요, 그렇다면 다른 누군가가 했을 겁니다."

"그럼 다시 예약해 주세요."

스카페타는 가방에 들어 있는 지갑을 찾으며 말했다.

"만석입니다. 대기자 명단에 올려 드릴 수는 있지만 앞에 일곱 분이 계십니다."

스카페타는 로즈에게 전화를 걸어, 내일 비행기를 탈 수 있도록 스케줄을 조정하라고 했다.

"미안하지만 다시 공항으로 와서 날 태워다 줘요."

스카페타가 로즈에게 말했다.

"무슨 일이에요? 기상 악화로 결항된 거예요?"

"예약이 취소되었는데 남아 있는 좌석이 없어요. 로즈, 오늘 오후에 예약 확인전화 했어요?"

"분명히 했어요. 점심시간 무렵에요."

"어떻게 된 일인지 모르겠어요."

벤턴과 함께 발렌타인데이를 보내려했던 생각이 머릿속에 떠올랐다.

"이런 젠장!"

스카페타는 짧게 내뱉었다.

14

우거진 관목과 잡초, 짙은 나무그늘 위에 걸린 노란색 달이 무르익은 망고처럼 일그러져 있었다. 흐릿한 달빛 속에서도 호그는 사물을 분명히 분간할 수 있었다.

그것이 다가오는 모습이 보였다. 그는 어디를 봐야 하는지 알고 있기 때문이었다. 발열 감지기에 나타난 적외선 에너지를 확인한 그는 마치 마법의 지팡이가 움직이듯 어둠속에서 옆으로 천천히 움직였다. 올리브 그린색 PVC 튜브의 LED 윈도우 뒷면을 통해 연결된 선명한 붉은색을 띠는 가는 선이 따뜻한 물체와 지표면의 온도의 차이를 감지했다.

그는 호그이고, 그의 몸은 물체다. 그는 원하는 대로 자신을 조정할 수 있고 그의 모습은 아무에게도 보이지 않는다. 한밤중에 발열 감지기를 들고 있는 그의 모습은 아무에게도 보이지 않는다. 발열 감지기는 살아 있는 생명체에서 발산되는 온기를 감지하여 검은 유리판 위에 선명한 붉은색 선을 나타내며 그에게 경고해준다.

그 물체는 아마도 너구리일 것이다.

멍청한 놈. 모래투성이 바닥에 다리를 포갠 채 앉아 주변을 살펴보던 호그가 속으로 중얼거렸다. 그는 선명한 붉은색 선이 튜브 끝 렌즈를 통해 움직이는 모습을 봤다. 튜브 앞쪽 끝부분이 너구리를 가리키고 있었다. 그늘진 갓길을 찾던 그는 황폐해진 집이 뒤에 있음을 느꼈고, 그것이 자신을 잡아당기는 듯한 느낌이 들었다. 귀마개 때문에 머리가 부어오른 것처럼 크게 보이고, 거친 숨소리가 들렸다. 물 밑으로 내려가 스노클을 통해 호흡할 때처럼, 자신의 숨소리 이외에는 아무 소리도 들리지 않을 때처럼 빠르고 얕은 숨소리였다. 그는 귀마개를 좋아하지 않지만 반드시 귀마개를 써야 했다.

'무슨 일이 일어났는지 이제야 알겠군. 넌 잘 모르겠지만 말이야.'

그는 마음속으로 너구리에게 말했다.

그는 몸을 바짝 웅크린 채 기어가는 뚱뚱하고 시커먼 물체를 쳐다봤다. 그것은 털이 잔뜩 난 뚱뚱한 고양이처럼 움직이고 있고, 아마 고양이일지도 몰랐다. 멋대로 자란 잔디와 풀 사이를 움직이더니, 뾰족한 솔잎이 드리우는 나무 그늘과 죽은 나무 더미 사이를 왔다 갔다 했다. 호그는 너구리를 관찰하면서 렌즈 위에 나타나는 붉은색 선을 자세히 바라봤다. 너구리는 멍청하다. 바람이 반대 방향으로 불어와 너구리의 고약한 냄새가 그의 코끝을 자극했다.

그는 발열 감지기를 끄고 무릎 위에 내려놓은 다음, 총이 아닌 것처럼 위장한 모스버그835 울티맥 펌프를 집어 들었다. 트리튬 소재 링이 턱 밑에 닿자 딱딱하고 차가운 감촉이 전해졌다.

"어디로 갈 생각이야?"

그는 너구리를 놀렸다.

너구리는 꼼짝도 하지 않았다. '멍청한 놈.'

"얼른 도망 가. 사태 파악을 해야지."

너구리는 몸을 잔뜩 웅크린 채 여전히 상대방을 알아차리지 못하며 느릿하게 움직였다.

심장이 무겁고 느리게 박동하는 게 느껴지고, 호그는 자신의 가쁜 숨소리가 들리는 듯했다. 그가 너구리를 따라가면서 방아쇠를 당기자, 총소리가 조용한 밤공기를 갈랐다. 너구리는 갑자기 휙 움직이더니 쓰레기 더미에서 꼼짝도 하지 않았다. 그는 귀마개를 벗고 울음소리나 으르렁거리는 소리가 들리지 않는지 귀를 기울였지만 아무 소리도 들리지 않았다. 멀리 사우스 27번 도로에서 들리는 자동차 소리, 자리에서 일어나 경련이 이는 다리를 두드리며 털어내는 소리밖에 들리지 않았다. 그는 천천히 탄피를 주워 주머니에 넣은 다음 갓길을 따라 천천히 걸어갔다. 산탄총 슬라이드의 압축 패드를 누르자 붉은 불빛이 비쳤다.

그것은 고양이였다. 줄무늬 모양의 털이 북슬북슬하고 배가 부풀어 올랐다. 호그는 고양이를 슬쩍 건드려봤다. 고양이는 새끼를 밴 상태였고, 호그는 귀를 기울이면서 한 발 더 발사할지 고심했다. 아무 소리도 들리지 않고, 아무 움직임도 없고, 살아 있는 어떤 낌새도 없었다. 고양이는 음식을 찾으러 허물어진 집으로 살금살금 기어들어왔을 것이다. 고양이가 음식 냄새를 맡았을지도 모른다. 고양이가 버려진 집에 먹이를 구하러 왔다면 최근 누군가가 이 집에 있었다고 추정할 수 있다. 호그는 그럴 가능성을 곰곰이 생각하면서, 안전장치를 누른 다음 벌목꾼이 도끼를 어깨에 둘러메듯 개머리판에 팔뚝을 올리며 산탄총을 어깨에 걸쳤다. 죽은 고양이를 바라보며 호그는 크리스마스 선물 가게 입구에 서 있던 커다란 벌목꾼 나무 조각상을 떠올렸다.

"멍청한 놈."

그가 말했다. 그의 목소리를 듣는 사람은 아무도 없고, 죽은 고양이만 있을 뿐이다.

"아니지. 멍청한 건 너야."

뒤에서 신의 목소리가 들렸다.

호그는 귀마개를 벗고 뒤돌아봤다. 검은색 옷을 입고 서 있는 그녀의 모습이 달빛을 받아 흐르는 듯 보였다.

"그런 짓 하지 말라고 했잖아."

그녀가 말했다.

"여긴 아무도 듣는 사람이 없습니다."

그는 산탄총을 반대쪽 어깨에 바꿔 메면서 말했다. 커다란 벌목꾼 나무 조각상이 마치 그의 눈앞에 보이는 듯했다.

"이번이 마지막 경고야."

"여기 있는 줄 몰랐습니다."

"넌 내가 어디 있는지 항상 주시해야 해."

"〈필드 앤 스트림스〉 잡지 두 부를 가져다놨습니다. 종이와 반짝이는 레이저 용지도요."

"〈플라이 피싱〉 두 부, 〈앵글링 저널〉 두 부를 포함해서 모두 여섯 부 가져오라고 했잖아."

"훔쳐 온 겁니다. 한꺼번에 여섯 부를 훔치는 건 힘듭니다."

"그럼 다시 가서 훔쳐와. 왜 그렇게 멍청한 거야?"

그녀는 그에게 신적인 존재다. 그녀의 아이큐는 무려 150이다.

"내가 시키는 대로 해."

그녀가 말했다.

그녀는 여신이고 유일신이다. 그가 나쁜 짓을 하고 쫓겨났을 때, 춥고 눈이 내리는 매우 먼 곳으로 내쫓겼다가 되돌아왔을 때, 그녀는 신이 되었다. 그리고 그녀는 그가 자신의 손 안에 있다고 말했다. 신의 손

(Hand Of God). 호그.

그는 신이 어두운 밤 속으로 사라져가는 모습을 바라봤다. 그리고 그녀가 요란한 엔진소리를 내며 고속도로를 질주하는 소리를 들었다. 그녀가 다시 한 번 그와 섹스를 해줄지 의구심이 들었다. 그는 항상 그런 생각을 했다. 신이 된 이후부터 그녀는 그와 성관계를 하려 하지 않았다. 그녀는 그들의 결합은 신성한 거라고 말했다. 그녀는 다른 사람들과는 섹스를 하지만 그와는 하지 않았다. 왜냐하면 그는 그녀의 손이기 때문이다. 그녀는 그를 비웃으며, 자신의 손과 섹스를 할 수는 없다고 말했다. 그것은 마치 자위행위를 하는 것과 마찬가지라고 했다. 그러면서 그녀는 소리 내어 웃었다.

"넌 멍청했어, 그렇지?"

호그는 새끼를 밴 채 쓰레기 더미에서 죽은 고양이에게 말했다.

그는 섹스를 하고 싶다. 지금 당장 하고 싶다. 그는 죽은 고양이를 내려다보며 부츠로 슬쩍 건드리면서 자신의 신을 생각했다. 그리고 손으로 몸을 가린 그녀의 알몸을 떠올렸다.

"네가 원한다는 거 알아, 호그."

"맞습니다, 간절히 원합니다."

그가 말했다.

"네가 어디에 손을 올려놓고 싶어 하는지 알아. 내 말이 맞지, 그렇지?"

"그렇습니다."

"내가 다른 사람의 손을 허락하는 그곳에 손을 올리고 싶은 거지, 그렇지?"

"당신이 아무에게도 허락하지 않았으면 좋겠어요. 난 간절히 원합니다."

그녀는 그가 다른 사람들이 만지기 원하지 않는 곳에 붉은색 문신을 그리도록 지시했다. 그가 나쁜 짓을 했을 때 손을 댔던 곳이다. 그리고

나서 그는 쫓겨났다. 눈이 내리는 추운 곳으로 보내졌고, 사람들은 그
곳에서 그를 기계에 집어넣어 그의 분자를 재배열했다.

15

고양이 시체

그 다음날 목요일 아침, 멀리 보이는 바다 위로 구름이 잔뜩 끼어 있었다. 새끼를 밴 채 죽은 고양이는 뻣뻣해졌고 주변에는 파리가 몰려들었다.

"네가 무슨 짓을 했는지 알아? 넌 뱃속에 든 새끼를 모두 죽였어. 멍청한 놈."

죽은 고양이를 발로 슬쩍 건드리자 몰려든 파리 떼들이 한꺼번에 흩어졌다. 호그는 피가 엉겨서 굳은 고양이의 머리를 향해 파리 떼가 윙윙거리며 다시 몰려드는 모습을 쳐다봤다. 그는 아무렇지도 않은 듯 가만히 바라봤다. 파리 떼가 놀라 다시 흩어질 만큼 가까이 다가가 쭈그려 앉은 호그는 죽은 고양이의 냄새를 맡았다. 죽음의 냄새가 훅 끼쳤다. 며칠이 지나면 더 고약한 냄새가 풍길 것이다. 그리고 바람이라도 불면 악취가 멀리까지 퍼질 것이다. 파리 떼는 구멍 난 곳과 상처자국에 알을 낳을 것이고 곧 시체에 구더기가 들끓을 것이지만, 그는 상관하지 않을 것이다. 그는 시체가 썩어가는 모습을 관찰하는 걸 좋아한다.

그는 산탄총을 팔로 안은 채 허름한 집을 향해 걸어갔다. 멀리 사우스 27번 도로에서 자동차가 지나가는 소리가 들리지만 누군가 이곳에 찾아올 이유는 전혀 없었다. 언젠가는 이유가 생기겠지만 지금은 그렇지 않다. 허름한 현관으로 올라가자 휘어진 널빤지가 삐걱거리는 소리가 났다. 문을 열고 어두컴컴한 공간으로 안으로 들어가자 공기가 답답하고 먼지가 잔뜩 쌓여 있었다. 날씨가 맑은 날에도 집안은 어둑어둑하고 공기는 숨이 막힐 것처럼 답답했다. 폭풍이 몰려오고 있어서 오늘 아침은 집안이 더 어둑어둑했다. 아침 8시이지만 집안은 한밤중처럼 어두웠다. 호그는 몸에 땀이 나기 시작했다.

"왔어요?"

항상 그랬던 것처럼, 집 안 구석 어두운 곳에서 목소리가 들려왔다.

벽에는 임시로 마련한 합판 테이블과 콘크리트블록이 있고, 그 위에는 작은 수조가 놓여 있었다. 그가 수조를 향해 총을 겨누고 압축 패드를 슬라이드에 밀자, 유리에 크세논 빛이 밝게 비치면서 안에 든 검은색 독거미를 비췄다. 독거미는 모래와 나무 조각 위에서 꼼짝도 하지 않은 채, 물 스펀지와 즐겨 앉는 바위 옆에서 마치 검은 손처럼 앉아 있었다. 빛을 비추자 수조 구석에 있던 작은 귀뚜라미들이 꿈틀거렸다.

"이리 와서 이야기 좀 해요."

목소리는 단호하게 들리지만, 불과 하루 전과는 달리 약해진 것 같았다.

목소리가 들리는 걸 보니 아직 살아 있는가 보다. 그게 다행인지 확신할 수 없지만, 아마 그럴 것이다. 그는 수조 뚜껑을 열고 거미에게 낮은 목소리로 다정하게 말했다. 털이 빠지고 있는 거미의 배 부분에 접착제와 누런색 피가 굳어 있었다. 왜 털이 빠지고 무엇 때문에 출혈로 죽을 뻔 했는지 기억을 떠올리자, 갑자기 온몸이 증오로 부들부들 떨렸다. 거미는 허물을 벗을 때까지 다시 털이 나지 않을 것이다. 거미는 치료될 수도 있고 그렇지 않을 수도 있을 것이다.

"누구 잘못인지 알 거야, 그렇지? 그리고 나는 어떻게든 조처를 취했어, 그렇지?"

그는 거미에게 말했다.

"이리 와요. 내 목소리 들려요?"

그 목소리가 그를 불렀다.

미동도 하지 않는걸 보니 거미는 곧 죽을 지도 모른다. 그럴 가능성이 높다.

"오랫동안 혼자 있게 해서 미안해. 외로웠겠구나. 네 건강 상태가 나빠서 데리고 갈 수 없었던 거야. 아주 오랫동안 추운 곳을 돌아다녀야 했거든."

그는 거미에게 말했다.

그는 유리 수조 안에 손을 넣어 부드럽게 거미를 만져줬다. 거미는 거의 움직임이 없었다.

"안 들려요?"

목소리는 더 약해지고 목이 쉬었지만 무언가를 요구하는 듯하다.

목소리가 더 이상 들리지 않으면 어떨지 상상하던 그는 뻣뻣하게 죽은 채 파리 떼가 몰려든 죽은 고양이를 떠올렸다.

"들려요?"

그가 압착 패드를 누르자 산탄총이 가리키는 방향으로 빛이 나왔다. 마룻바닥은 쓰레기와 말라빠진 곤충 알의 껍질로 더러워져 있었다. 그는 움직이는 빛을 따라 발걸음을 옮겼다.

"누구세요? 거기 누구십니까?"

16

화기 연구실에서 조 아모스 박사는 36킬로그램 무게의 젤라틴 블록에 할리 데이비드슨 검은색 가죽 재킷을 입히고 지퍼를 올렸다. 맨 윗부분에 있는 작은 블록은 무게가 9킬로그램인데, 레이밴 선글라스를 끼우고, 해골과 뼈 모양이 그려진 검은색 천 조각을 걸쳐 놓았다.

조는 한 걸음 물러나 자신의 작품을 보며 감탄했다. 기분이 좋기는 하지만 약간 피곤했다. 새로 총애하는 학생과 밤늦도록 함께 있으면서 와인을 너무 많이 마신 탓이다.

"너무 웃겨, 그렇지 않아?"

그가 제니에게 말했다.

"웃기지만 역겨워요. 그에게는 말하지 않는 게 나을 거예요. 그는 말다툼을 벌일 만한 사람이 아니라고 들었어요."

그녀는 카운터탑에 앉아서 말했다.

"말다툼을 벌일 사람이 아닌 건 나야. 식용 색소를 넣을까 생각 중이야. 그럼 진짜 혈액처럼 보일 거야."

"좋아요."

"갈색을 약간 섞으면 부패 중인 것처럼 보일 거야. 고약한 냄새를 풍길 방법도 찾아 낼 수 있을 거야."

"박사님도 가상 범죄 현장도 대단해요."

"내 머릿속은 절대 멈추지 않아. 등이 아프군. 등이 너무 아파서 그녀를 상대로 고소라도 해야겠어."

그는 자신의 작품에 감탄하며 말했다.

젤라틴은 변성된 동물 뼈와 결합조직인 콜라겐으로 만든 탄성이 있는 투명한 물질로 다루기가 쉽지 않았다. 그가 옷을 입힌 블록들을 아이스박스에 담아 실내 사격 훈련장에 설치된, 패드를 덧댄 벽까지 옮기는 일도 무척 힘들었다. 연구실 문은 잠겨 있었다. 외벽에 설치된 붉은색 조명이 켜져 있는 것은 사격장 내부가 사용 중이라는 뜻이었다.

"모두 옷을 입혔는데 갈 데가 없군."

그는 밋밋한 블록을 쳐다보며 말했다.

가수분해 젤라틴으로 더 잘 알려진 그것은 샴푸나 컨디셔너, 립스틱, 단백질 음료, 관절염 완화제 그리고 조가 평생 동안 손도 대지 않을 다양한 제품에 사용된다. 조는 약혼자가 립스틱을 바르고 있으면 이제 더 이상 키스도 하지 않을 것이다. 지난 번 그녀의 입술이 와 닿았을 때 그는 눈을 감았고, 돼지와 물고기의 배설물이 커다란 냄비에 끓고 있는 모습이 갑자기 머릿속에 떠올랐다. 그는 이제는 성분표시를 꼭 확인했다. 가수분해한 동물 단백질이 들어간 제품은 쓰레기통에 버리거나 선반에 도로 갖다놓았다.

적절한 상태로 준비하면 젤라틴은 사람의 살집과 거의 유사했다. 젤라틴은 조가 선호하는 돼지 조직만큼이나 좋은 매개물이다. 그는 화기 연구실에서 죽은 돼지를 이용해 다양한 상황에서 총탄이 통과하고 넓게 퍼지는 실험을 한다는 이야기를 들은 적 있었다. 그는 차라리 호그(주로 거세한 수돼지나 다 자란 식용돼지를 가리키는 말—옮긴이)를 쏠 것이다. 죽은 호그 시체를 사람처럼 치장한 다음, 학생들에게 각기 다른 거리에서 쏜 다양한 종류의 총탄을 알아맞히라고 할 것이다. 그러면 멋진 가상 범죄 현장이 될 것이다. 살아 있는 호그를 쏘면 더 대단하겠지만, 스카페타는 절대 허락하지 않을 것이다. 그녀는 학생들이 죽은 돼지에게 총을 쏜다는 이야기도 들으려 하지 않을 것이다.

"그녀를 고소하려 해도 소용없을 거예요. 그녀 자신이 변호사잖아요."

제니가 말했다.

"젠장!"

"예전에도 시도했지만 결국 제대로 되지 않았다고 말했잖아요. 어쨌든 큰돈을 가진 건 루시예요. 그녀는 자신이 대단한 사람이라고 생각한다고 해요. 난 그녀를 만난 적이 없고, 우리 가운데 그녀를 만나 본 사람은 아무도 없어요."

"넌 어떤 정보도 놓치지 않는군. 조만간 누군가가 그녀를 원래 자리로 되돌려놓을 거야."

"누군가라면 혹시 박사님인가요?"

"벌써 시작했어."

그의 입가에 미소가 번졌다.

"분명히 말해둘 게 있어. 난 내 몫을 챙기지 않고 이곳을 떠날 수는 없어. 그녀가 시키는 대로 온갖 일을 도맡아 했으니 보상을 받을 자격이 있어."

그는 다시 스카페타를 떠올렸다.

"그녀는 나를 개처럼 다루었어."

"내가 졸업하기 전에 루시를 만날 수도 있을 거예요."

제니는 카운터탑에 앉은 채 곰곰이 생각에 잠긴 모습으로 말했다. 그녀는 마리노처럼 만든 젤라틴 모형과 조를 번갈아 응시하고 있었다.

"모두 쓰레기 같은 인간들. 망할 세 사람. 그들을 깜짝 놀라게 할 게 있어."

조가 말했다.

"그게 뭔데요?"

"두고 보면 알게 될 거야. 아마 너와 함께 하게 될 거야."

"말씀해 주세요."

"이렇게 하는 거야. 난 이걸로 무언가를 얻어낼 거야. 그녀는 날 과소평가하고 있는데 큰 실수를 저지르는 거야. 오늘 하루가 끝날 무렵 크게 웃을 일이 일어날 거야."

그가 특별 연구원으로 일하면서 맡은 임무 가운데에는 브로워드 카운티 시체 안치소에서 스카페타를 돕는 일이 포함되어 있었다. 그곳에서 스카페타는 그를 다른 사람과 똑같이 대했고, 부검이 끝난 시신을 봉합하라고 지시했고, 시신과 함께 들어온 처방전 약병에 든 알약을 세라고 했고, 각각의 효능 등을 분류해서 기록하라고 했고, 그를 박사가 아닌 공시소 하급 조수처럼 대했다. 스카페타는 시신의 몸무게를 재고, 시신을 측정하고, 사진을 찍고, 시신의 옷을 벗기는 일도 그에게 맡겼고, 시신을 담는 봉투 아래쪽에 남아 있는 역겹고 더러운 것을 면밀히 조사하는 일도 그에게 일임했다. 특히 심하게 부패한 시신일 경우, 익사체로 발견되어 구더기가 생긴 경우, 유골만 남은 채 악취가 심하게 나는 시신일 경우는 대개 그에게 맡겼다. 그 가운데 가장 모욕적인 일은 법의학자들과 학생들이 사용하는 젤라틴 블록을 만들기 위해, 10퍼센트 함량의 젤라틴을 섞는 잡일이었다.

"도대체 이유가 뭡니까? 타당한 이유를 말해 주십시오."

지난여름 스카페타가 그에게 그 일을 하라고 지시했을 때, 그가 반박했다.

"조, 이건 당신이 배우는 과정의 일부입니다."

그녀는 평소처럼 침착한 어조로 대답했다.

"나는 법의학자가 되기 위해 훈련받는 것이지, 연구실 기술자나 요리사가 되기 위해 훈련받는 게 아닙니다."

그가 투덜거렸다.

"내가 법의학자들을 훈련하는 방식은 밑바닥부터 시작하는 거예요. 당신은 모든 걸 해낼 수 있고, 어떤 것이든 기꺼이 해야 합니다."

그녀가 말했다.

"아, 그렇다면 당신이 초보 시절 만들곤 했던 젤리 블록을 이제 나더러 만들라고 시키겠군요."

그가 말했다.

"나는 지금도 여전히 그걸 만들고 있고, 내가 선호하는 비율을 전수해줄 수 있어서 기쁘게 생각해요. 개인적으로 Vyse를 선호하지만, Kind & Knox 타입 2-50-A를 사용하는 게 좋을 겁니다. 항상 섭씨 7도에서 10도 사이의 차가운 물로 시작해야 해요. 물에 젤라틴을 더해야 하고 반대로 하면 안 되고요. 계속 저어야 하지만, 공기가 들어가면 안 되니까 너무 세게 저으면 안 되고요. 그런 다음 9킬로그램의 블록 당 2.5밀리리터의 거품 제거제를 넣고, 모형 틀이 티끌 하나 없이 깨끗한지 확인해야 해요. 레지스탕스 모형을 만들 경우에는 계피 오일 0.5밀리리터를 추가해야 돼요."

그녀가 말했다.

"계피 오일까지 넣는단 말입니까?"

"계피 오일은 세균이 번식하는 걸 막아주거든요."

그녀는 자신만의 제조법과 필요한 장비를 적어 주었다. 필요한 장비로는 트리플 빔 밸런스, 눈금이 표시되어 있는 주전자, 물감을 섞어주는 교반기, 12cc 피하용 주사기, 프로피온산, 수조 호스, 알루미늄 호일, 커다란 스푼 등이 있었다. 그런 다음 마치 멋진 일을 선보이듯 실험실 부엌에서 마사 스튜어트(요리와 집안 인테리어 TV 프로그램에 출연하면서 전 세계적인 명성을 얻어 살림의 여왕이라는 애칭을 얻은 인물−옮긴이)처럼 시범을 보여주었다. 그는 11킬로그램 들이 통에서 동물사체로 만든 파우더를 퍼내어 무게를 재고, 단단하게 굳게 하거나 부풀렸고, 무거운 대형 상판을 끌고 가 아이스박스나 소형 냉장고 안에 넣은 다음, 모형 상태가 변하기 전에 학생들이 실내 사격장이나 실외 사격장에 모였는지 확인해야 했다. 모형은 젤오(제너럴 푸드 사의 차가운 젤리 디저트−옮긴이)처럼 쉽게 녹는데, 주변 온도에 따라 다르지만 대개 냉장고에서 꺼낸 후 20분 동안 최상의 상태를 유지한다.

조 아모스는 캐비닛에서 창문 가리개를 꺼내어 젤라틴으로 만든 블록 모형에 기대어 놓은 다음, 귀마개와 안전용 고글을 착용했다. 그는 고개를 끄덕이며 제니에게 똑같이 따라하라고 지시했다. 그는 복식 권총 가운데 최고 제품인 스테인리스 소재의 베레타 92를 집어 들었다. 탄창에는 9.5그램짜리 스피어 골드 닷을 장전했다. 탄약 테두리에는 여섯 개의 톱니모양이 있어서, 청바지 네 겹이나 두꺼운 라이더용 가죽재킷을 뚫고 지나간 이후에도 탄창 자국이 넓게 퍼졌다.

이번 시험 사격에서 달라지는 것은 탄알이 창문 가리개를 지난 후 블록 모형이 입고 있는 할리 가죽재킷을 관통하면서 만들어내는 톱니바퀴 모양이다. 탄알은 조 아모스가 미스터 젤오라고 부르는 블록 모형의 흉곽을 관통할 것이다.

그는 슬라이드를 다시 당긴 다음, 미스터 젤오가 마리노라고 상상하면서 열다섯 발을 발사했다.

17

회의실 창문 너머로 보이는 야자수가 바람에 심하게 흔들렸다. 스카페타는 비가 올 것 같다는 생각이 들었다. 천둥을 동반한 강한 폭풍우가 몰려오고 있는 듯한데, 마리노는 이번에도 늦고 부재중 통화를 남겨도 전화를 하지 않았다.

"자, 이제 시작하도록 합시다. 해야 할 일이 많은데 벌써 9시 15분이군요."

그녀는 직원에게 말했다.

스카페타는 일이 늦어지는 걸 몹시 싫어했다. 다른 사람 때문에 늦어지는 것도 몹시 싫어하는데, 이번에는 마리노 때문이었다. 또다시 마리노 때문이었다. 마리노가 그녀의 일과를 망치고 있고, 모든 걸 망치고 있었다.

"오늘 저녁에는 보스턴 행 비행기를 탈 수 있기를 바랍니다. 어제처럼 예약이 거짓말 같이 취소되지 않는다면 말이죠."

그녀가 말했다.

"항공사 운영이 엉망입니다. 모두 파산하는 것도 당연하죠."

조가 말했다.

"할리우드 사건을 확인해달라는 요청이 들어왔어요. 자살로 추정되는데 정황이 약간 의심스럽습니다."

"먼저 말씀드려야 할 사건이 있습니다."

화기 조사관 빈스가 말했다.

"말해 봐요."

스카페타는 20×25 사이즈 사진을 봉투에서 꺼내 테이블에 앉아 있는 직원들에게 돌리기 시작했다.

"약 한 시간 전, 누군가 실내 사격장에서 시험 사격을 하고 있었습니다. 미리 예약도 하지 않은 채 말입니다."

빈스는 조를 똑바로 쳐다보며 말했다.

"어제 실내 사격장 예약을 하려 했는데 잊어버렸습니다. 기다리는 사람도 아무도 없었습니다."

조가 말했다.

"반드시 예약을 해야 합니다. 사용자를 추적할 수 있는 방법은 그것밖에 없습니다."

"젤라틴을 만드는 새로운 방법을 시도하고 있었는데, 차가운 물 대신 뜨거운 물을 사용하면 시험에서 차이점이 있는지 확인하기 위해서였습니다. 결과는 1센티미터밖에 차이가 나지 않았습니다. 별 차이 없이 무사히 끝났습니다."

"그런 식으로 계속하면 1센티미터씩 더 짧거나 길어질 겁니다."

빈스는 짜증난 목소리로 말했다.

"정확하게 만들어지지 않은 블록을 사용해서는 안됩니다. 그렇기 때문에 정확하게 눈금을 재고 완벽을 기하는 겁니다. 그러려면 화기 실험실에서 많은 시간을 보내야만 하는데 그건 선택사항이 아닙니다."

조가 스카페타를 쳐다봤다.

"젤라틴 모형 제작은 내가 맡은 일 가운데 하나입니다."

그는 다시 스카페타를 쳐다봤다.

"실내사격 연습장에서 사정없이 총을 발사하기 전에 스토퍼 블록을 사용하는 걸 기억하기 바랍니다. 예전에도 그렇게 해달라고 요구하지 않았습니까."

빈스가 말했다.

"아모스 박사, 규칙을 따라야 한다는 걸 알 겁니다."

스카페타는 동료들 앞에서는 그를 조라고 부르는 대신 항상 아모스 박사라고 불렀다. 그에게 과분할 만큼 그를 존중해 줬다.

"우리는 모든 사실을 컴퓨터에 입력해야 합니다. 총기 반출과 사용된 탄알, 시험 발사 등을 모두 일일이 입력해야 하고 이곳의 규칙을 따라야 합니다."

그녀는 덧붙여 말했다.

"알겠습니다."

"법적으로 연루될 수도 있습니다. 대부분의 사건은 법정에서 결론이 납니다."

"잘 알겠습니다."

"좋아요."

그녀는 회의실에 모인 사람들한테 조니 스위프트 사건에 대해 이야기했다.

스카페타는 조니 스위프트가 11월 초에 손목수술을 한 직후 할리우드로 와서 동생 집에 머물렀다고 말했다. 그들은 일란성 쌍둥이였다.

추수감사절 하루 전에 동생 로럴이 장을 보러 갔다가 약 오후 4시 경에 집으로 돌아왔다. 장본 것을 들여놓은 직후, 그는 조니 스위프트가 가슴에 총상을 입은 채 소파에 죽어 있는 모습을 발견했다.

"그 사건이 얼핏 기억납니다. 뉴스에서 본 것 같습니다."

빈스가 말했다.

"나도 조니 스위프트 박사에 대해 자세히 기억하고 있습니다. 그는 셀프 박사에게 종종 전화를 하곤 했습니다. 한번은 내가 셀프 박사가 진행하는 프로그램에 나갔는데, 그가 손님으로 초대되어 투렛 증후군(뇌질환의 일종으로, 목의 연축이나 성대 경련 등 제어할 수 없는 갑작스런 움직임을 반복하는 신경 질환―옮긴이)에 대해 이야기하고 있었습니다. 나는 나쁜 행동에 대한 변명에 지나지 않는다며 셀프 박사의 의견에 동의했습니다. 그는 신경화학 기능 장애와 뇌 이상에 대한 이야기를 장황하게 늘어놓았습니다. 꽤 전문가 같더군요."

조는 빈정거리는 어투로 말했다.

조가 셀프 박사의 프로그램에 출연한 것에 대해서는 아무도 관심을 보이지 않았다. 그가 어떤 프로그램에 출연한다 해도 아무도 관심 없을 것이다.

"남은 탄피와 총기는 발견되었습니까?"

빈스가 스카페타에게 물었다.

"경찰 보고서에 따르면, 로럴 스위프트는 소파 뒤쪽에서 1미터 떨어진 바닥에 산탄총이 있었다고 했습니다. 탄피는 발견되지 않았습니다."

"약간 이상하군요. 가슴에 총을 쏘고 자살했는데, 어떻게 산탄총을 소파 뒤쪽으로 넘길 수 있었겠습니까? 나는 산탄총이 찍힌 사건 현장 사진은 보지 못했습니다."

조가 다시 끼어들며 말했다.

"로럴은 소파 뒤쪽 바닥에서 산탄총을 봤다고 주장하고 있습니다. 그의 주장이 그렇다는 말입니다. 그 부분은 잠시 후에 확인할 겁니다."

스카페타가 말했다.

"총상 자국은 어땠습니까?"

"마리노가 아직 도착하지 않아서 잘 모르겠습니다. 이 사건을 담당하고 있는 수사관으로, 할리우드 경찰과 긴밀히 협력하고 있습니다. 내가 알고 있는 사실은, 로럴의 옷에 대해 전기 피부 반응 검사를 하지 않았다는 것뿐입니다."

그녀는 마리노에 대한 자신의 감정을 숨긴 채 대답했다.

"손은 검사했습니까?"

"전기 피부 반응 시험 결과 양성으로 나왔습니다. 그는 형의 시신을 만지고, 흔들고, 핏자국에 손을 댔다고 주장하고 있습니다. 이론적으로는 설명이 가능합니다. 좀 더 세부적인 사항도 있습니다. 조니 스위프트는 사망 당시 손목에 부목을 대고 있었고 혈중 알코올 농도가 0.1이었습니다. 경찰 보고서에 따르면, 부엌에 빈 와인병이 여러 개 있었다고 합니다."

"그가 혼자 술을 마신 게 확실할까요?"

"확실한 건 아무것도 없습니다."

"수술을 마친 직후라면 무거운 산탄총을 들고 있는 게 쉽지 않았을 거란 이야기처럼 들리는군요."

"그럴 가능성도 있습니다. 만약 손을 사용할 수 없으면 어떻게 하죠?"

스카페타가 물었다.

"발을 사용하죠."

"그럴 수도 있습니다. 내가 소지하고 있는 12구경 레밍턴으로 시도해 봤어요. 물론 장전하지 않은 채로."

스카페타는 약간 유머러스하게 말한다.

유머를 구사한 건 마리노가 나타나지 않았기 때문이었다. 그는 전화도 하지 않았고 아무 상관도 하지 않고 있었다.

"증명할 사진은 갖고 있지 않습니다."

그녀는 사진을 보여줄 수 없는 이유가 마리노가 아직 나타나지 않았기 때문이라고 덧붙여 말할 만큼 경솔하지는 않았다.

"발포 이후에 총기가 뒤로 넘어갔을 수도 있고, 발을 홱 움직여 총을 차는 바람에 산탄총이 소파 뒤쪽에 떨어졌을 수도 있습니다. 그러면 자살일 겁니다. 어쨌든 양쪽 엄지발가락에는 찰과상 흔적이 없습니다."

"총기와 접촉해서 생긴 상처자국은요?"

빈스가 물었다.

"셔츠에 짙은 검댕이 묻어 있고, 상처자국의 가장자리와 반지름, 모양이 변형되었습니다. 탄알은 시신 안에 있었지만 탄알이 뚫고 들어간 자국은 남아 있지 않습니다. 문제는 정황상 일치하지 않는 점이 많다는 것인데, 내가 보기에는 법의관이 거리 측정을 방사선 전문가에게 일임했기 때문일 겁니다."

"담당 법의관이 누구였습니까?"

"브론슨 박사입니다."

스카페타의 대답을 들은 몇몇 사람들이 투덜댔다.

"맙소사, 그는 교황만큼이나 나이가 많습니다. 도대체 언제 은퇴할까요?"

"교황은 선종했습니다."

조가 농담을 했다.

"나도 CNN 뉴스로 봤어요."

"방사선 전문가의 말을 그대로 인용하면, '멀리서 입은' 총상이라고 합니다."

스카페타는 잠시 쉬었다가 다시 말을 이었다.

"적어도 90센티미터의 거리일 겁니다. 그렇다면 그 사건은 살인사건입니다. 자신의 가슴에서 90센티미터 떨어진 거리에서 산탄총을 들고 있을 수는 없을 테니까요. 그렇지 않습니까?"

마우스를 몇 번 클릭하자, 조니 스위프트의 흉부에 남은 치명적인 총상의 디지털 엑스레이 화면이 스마트보드에 나타났다. 산탄총 탄알이 마치 유령 같은 갈비뼈 사이를 떠돌아다니는 작은 흰색 거품처럼 보였다.

"탄알이 넓게 퍼져 있습니다."

스카페타가 화면을 가리키며 말했다.

"그리고 방사선 전문가의 의견을 빌리자면, 탄알이 흉부에 퍼져 있는 것으로 보아 1미터 정도 거리에서 총을 발사한 것으로 추정된다고 합니다. 하지만 내 생각으로는, 지금 우리가 보고 있는 이 사건은 '당구공 효과'의 전형적인 예로 볼 수 있습니다."

스카페타는 엑스레이 화면을 끄고 다양한 색깔의 필상돌기를 보여 줬다.

"먼저 쏜 탄알이 몸 안으로 들어온 다음 이어서 쏜 탄알에 맞아 옆으로 날리면서, 멀리서 쏜 것처럼 넓게 퍼진 것입니다."

그녀는 붉은 탄알이 마치 당구공처럼 푸른색 탄알을 맞히는 모습을 그리며 설명했다.

"그래서 멀리서 입은 총상과 유사해 보이는 겁니다. 하지만 사실, 멀리서 쏜 총상이 아니라 바로 앞에서 쏜 총상입니다."

"이웃 가운데 총성을 들은 사람은 아무도 없습니까?"

"네, 없습니다."

"많은 사람들이 해변에 나갔거나 추수감사절을 즐기러 시내를 떠났을 겁니다."

"그럴 수도 있지요."

"어떤 종류의 산탄총이고, 누구 소유였습니까?"

"분명하게 알 수 있는 건, 탄알로 보아 12구경 산탄총이라는 사실밖에 없습니다. 사실, 경찰이 나타났을 때 산탄총은 사라지고 없었습니다."

스카페타가 말했다.

18

이브 크리스천은 잠에서 깨어나 매트리스 위에 앉아 있었다. 그녀는 매트리스에 묻어 있는 검은 얼룩이 오래된 핏자국임을 깨달았다.

좁고 더러운 방의 천장은 움푹 들어가 있고, 벽지는 얼룩이 묻어 있고, 더러운 바닥에는 잡지가 여러 권 흩어져 있었다. 안경을 쓰지 않으면 앞이 잘 보이지 않는 그녀는 포르노그래프 사진이 실린 잡지 표지를 거의 알아볼 수 없었다. 바닥에 흩어져 있는 탄산음료 병과 패스트푸드 포장지도 거의 알아보지 못했다. 매트리스와 금이 간 벽 사이에는 여자아이가 신을 사이즈의 분홍색 테니스화가 한 켤레 놓여 있었다. 그 신발을 수도 없이 집어 올렸다 내려놓기를 반복한 이브는 왜 그 신발이 그곳에 있는지, 누가 신던 신발인지, 혹은 신발 주인인 여자아이가 죽은 건 아닌지 궁금해 견딜 수 없었다. 그가 방 안에 들어오면, 이브는 그에게 운동화를 빼앗길까 두려워 운동화를 뒤로 감추곤 했다. 그녀가 가진 거라곤 그 운동화가 전부였다.

그녀는 한두 시간 이상 잠을 잔 적이 없고 도대체 시간이 얼마나 지났는지 알 길이 없었다. 그곳에는 시간 같은 것은 없었다. 반대편에 있는 깨진 창문을 통해 흐릿한 빛이 비치고 햇빛은 보이지 않았다. 공기 중에 축축한 비 냄새가 났다.

이브는 그가 크리스틴과 남자아이들을 어떻게 했는지 몰랐다. 그들에게 무슨 짓을 저질렀는지 알지 못했다. 처음 몇 시간이 희미하게 기억난다. 그가 음식과 물을 가져와 어둠속에서 그녀를 응시하던 그 끔찍하고 비현실적이던 시간. 그는 칠흑처럼, 출입문에 떠다니는 어둠의 혼령처럼 검게 보였다.

"기분이 어때? 네가 곧 죽을 거라는 사실을 아니까 기분이 어때?"

그는 부드럽고 차가운 목소리로 그녀에게 물었다.

방 안은 항상 어두웠다. 그가 안에 있을 때면 훨씬 더 어두웠다.

"난 두렵지 않아요. 당신은 내 영혼을 건드릴 수 없어요."

"미안하다고 말해."

"지금 뉘우쳐도 늦지 않아요. 아무리 사악한 죄를 지었다 해도, 죄를 뉘우치면 신이 당신을 용서할 거예요."

"신이 아니라 여신이겠지. 나는 그녀의 손이야. 얼른 미안하다고 말해."

"신성모독이군요. 부끄러운 줄 알아요. 난 미안해야 할 일은 저지르지 않았어요."

"부끄러운 게 어떤 건지 내가 가르쳐 주지. 너도 곧 미안하다고 말하게 될 거야, 그녀가 그랬던 것처럼."

"그녀라면 크리스틴?"

그런 다음 그는 밖으로 나가 버렸고, 집 어딘가에서 목소리가 들렸다. 이브는 그들이 무슨 말을 하는지는 알아듣지 못했지만 그는 크리스틴에게 말하고 있는 게 틀림없었다. 그는 여자에게 말하고 있었다. 이브는 무슨 이야기인지는 들을 수 없었지만 그들의 목소리는 들을 수 있었다. 내용은 알아들을 수 없었지만, 발을 질질 끌던 소리와 벽 반대편에서 들려오던 목소리는 기억났다. 그러고 나서 크리스틴의 목소리가 들렸다. 분명히 그녀 목소리였다. 지금 다시 생각해보니 꿈이었는지도 모른다는 의구심이 들었다.

'크리스틴! 크리스틴! 나 여기 있어! 나 여기 있다고! 절대 그 아이를 해치면 안 돼!'

머릿속에서 자신의 목소리가 들렸지만, 꿈이었는지도 모른다.

'크리스틴? 크리스틴? 대답해! 절대 그 아이를 해치면 안 돼!'

그런 다음 다시 목소리가 들렸고, 아무 문제도 없었을지도 몰랐다. 하지만 이브는 확신이 서지 않았다. 꿈을 꾼 건지도 모른다. 꿈속에서 그가 부츠를 신은 채 복도를 내려가고 문이 닫히는 소리가 들렸는지도 모른다. 이 모든 일이 몇 분 혹은 몇 시간 동안 일어났다. 자동차 엔진 소리가 들렸는지도 모른다. 혹은 꿈을 꾸었거나 환영을 봤을 수도 있다. 크리스틴과 남자아이들의 목소리가 들리는지 어둠속에 앉아 귀를 기울여보았지만 아무 소리도 들리지 않자 이브는 심장이 터질 듯했다. 계속 소리를 질러서 목이 터질 듯하고, 앞도 거의 보이지 않고, 숨도 제대로 쉴 수 없었다.

햇빛이 비치다 사라지면, 물이 담긴 종이컵과 먹을 것을 든 그의 어두컴컴한 형체가 나타나곤 했다. 그는 자리에 서서 그녀를 쳐다보았지만, 그녀는 그의 얼굴을 볼 수 없었다. 그녀는 그의 얼굴을 한 번도 본 적이 없었다. 그가 맨 처음 그 집에 들어왔을 때도 보지 못했다. 그는 눈 주변에 구멍이 뚫린 검은색 머리씌우개를 쓰는데, 베갯잇처럼 길고 헐렁한 머리 씌우개가 어깨 주변까지 내려와 있었다. 머리씌우개를 쓴 그는 마치 동물원에 갇힌 동물에게 하듯 산탄총으로 그녀를 쿡쿡 찌르는 걸 좋아했는데, 그녀가 어떻게 반응할지 궁금해 하는 표정이었다. 그는 그녀의 은밀한 신체 부위를 찌르면서 반응을 지켜봤다.

"부끄러운 줄 알아요."

그가 찌르자 이브가 말했다.

"내 육체는 해칠 수 있지만 내 영혼은 건드릴 수 없어요. 내 영혼은 주님의 것이에요."

"그녀는 이곳에 있지 않아. 난 그녀의 손이야. 얼른 미안하다고 말해."

"주님은 다른 신을 섬기는 걸 좋아하지 않으십니다. '나 외에 다른 신을 섬기지 말라.'"

"그녀는 지금 이곳에 있지 않아."

그러면서 그는 산탄총으로 그녀를 찔렀다. 때로는 너무 힘껏 찔러서 피부에 검푸른 멍 자국이 남았다.

"미안하다고 말해."

그가 재촉했다.

이브는 혈액이 부패하면서 고약한 냄새가 풍기는 매트리스 위에 앉아 있었다. 그 매트리스는 예전에 사용한 적이 있었다. 끔찍하게 사용된 딱딱한 매트리스는 검게 얼룩져 있고, 그녀는 쓰레기가 흩어져 있는 답답한 방 안에 앉아 귀를 기울이며 생각을 떠올리려 했다. 귀를 기울이며 기도하고, 살려달라고 소리쳤다. 하지만 아무 대답 소리도 들리지 않았다. 그녀의 목소리는 아무에게도 들리지 않고, 그녀는 자신이 어디에 있는지 알 수 없었다. 아무에게도 그녀의 고함소리가 들리지 않는다면, 그녀는 도대체 어디에 있는 걸까?

그가 영리하게 묶어두었기 때문에 도망칠 수도 없었다. 양복걸이에 밧줄로 그녀의 손목과 발목을 묶은 다음 천장 서까래에 고리를 묶어 고정한 모습이 마치 기이한 꼭두각시 인형처럼 보였다. 몸에는 멍이 들고, 벌레에 물린 자국과 발진 투성이인데다, 벌거벗은 몸은 욱신거리고 통증이 심했다. 온 힘을 다하면 겨우 자리에서 일어설 수 있었다. 매트리스를 벗어나 용변을 보러갈 수도 있었다. 하지만 그럴 때면 고통이 너무 심해서 거의 기절할 지경이었다.

그는 어둠속에서 모든 걸 했다. 그는 어둠속에서도 앞을 볼 수 있었다. 어둠 속에서 그의 숨소리가 들렸다. 그는 검은 형체였다. 그는 사탄이었다.

"주님, 저를 도와주세요."

그녀는 깨진 창문을 향해, 창문 너머로 보이는 회색 하늘을 향해, 하늘 너머 어딘가 천국에 있을 신에게 기도했다.

"제발 저를 도와주세요, 주님."

19

멀리서 요란한 엔진소리와 함께 오토바이의 굉음이 들렸다.

오토바이가 건물을 지나 직원용 주차장을 향해 가까워오는 소리를 들으며 스카페타는 정신을 집중하려 애썼다. 마리노 생각을 하자 그를 해고해야 할지도 모른다는 생각이 들었다. 자신이 그를 해고할 수 있을지 확신이 서지 않았다.

스카페타는 로럴 스위프트의 집 안에는 전화기가 두 대 있고, 두 대 모두 선이 플러그에서 뽑힌 채 없어진 상태였다고 설명했다. 로럴은 자신의 휴대전화는 차 안에 두었고 형의 휴대전화는 찾을 수 없었기 때문에 도움을 청할 방법이 없었다고 말했다. 겁에 질린 로럴은 바깥으로 뛰어나가 지나가던 행인을 붙잡은 채 바닥에 주저앉고 말았다. 그는 경찰이 도착할 때까지 집 안으로 들어가지 않았고, 집 안에 들어갔을 때는 이미 산탄총이 사라지고 없었다.

"브론슨 박사에게 들은 정보입니다. 몇 번이나 이야기를 더 나누어

보았지만, 유감스럽게도 더 자세한 사항은 알아낼 수 없었습니다."

스카페타가 말했다.

"전화선은 나중에라도 발견되었습니까?"

"모르겠습니다."

스카페타는 아직 마리노에게서 보고를 받지 못했기 때문에 그렇게 대답했다.

"아무도 구조 전화를 하지 못하도록 조니 스위프트가 전화선을 없앴을 수도 있습니다. 자신이 총기로 자살을 시도했지만 즉사하지 않을 경우를 대비해서 말입니다."

조는 이번에도 자신이 생각해낸 창의적인 시나리오를 제시했다.

스카페타는 아무 대꾸도 하지 않았다. 브론슨 박사가 앞뒤가 잘 맞지 않는 모호한 방식으로 알려준 정보 이외에는 전화선에 대해 아는 게 전혀 없었기 때문이다.

"다른 사라진 물건은 없나요? 전화선, 사망한 조니 스위프트의 휴대 전화와 산탄총 이외에 없어진 물건은 없습니까? 그것 이외에도 또 있을 것 같은 느낌이 듭니다."

"마리노에게 물어봐야 할 겁니다."

그녀가 대답했다.

"마리노는 이제 도착했을 겁니다. 우주선 같은 굉음을 내며 오토바이를 타고 올 사람은 그밖에 없을 테니까요."

"내 개인적인 생각으로는 로럴이 살인 혐의를 받지 않은 게 놀랍습니다."

조가 말했다.

"자살인지 타살인지 결정되지 않은 상황에서 누군가에게 살인 혐의를 씌울 수는 없습니다. 자살인지 타살인지 혹은 사고사인지 결정할 만한 충분한 증거가 밝혀지지 않았지만, 내가 보기엔 사고사는 분명 아닌 것 같습니다. 브론슨 박사가 사건을 만족스럽게 해결하지 못한다면 미결 사건으로 처리할 겁니다."

스카페타가 말했다.

복도에서 무거운 발자국 소리가 쿵쿵 울렸다.

"도대체 상식이란 게 없군요."

조가 말했다.

"상식으로 자살인지 타살인지 결정할 수는 없습니다."

스카페타는 조가 달갑지 않은 생각을 입 밖으로 내지 않기를 바랐다.

회의실 문이 열리고 피트 마리노가 검은색 바지에 검은색 부츠, 등에 할리 로고가 찍힌 검은색 가죽조끼를 입은 채 들어왔다. 평소와 같은 복장에 서류가방, 크리스피크림 도넛 상자를 들고 있었다. 그는 스카페타를 못 본 척하며 평소처럼 그녀 옆자리에 앉은 다음 도넛 상자를 테이블 건너편으로 건네주었다.

"로럴 스위프트의 옷으로 GSR(전기 피부 반응) 검사를 해보면 좋겠습니다. 총격을 당했을 당시 그가 입고 있던 옷을 검사하면 됩니다."

조는 거드름을 피울 때 항상 그런 것처럼 의자에 등을 기댄 채 말했다. 그는 마리노가 있을 때면 평소보다 더 거드름을 피우는 경향이 있었다.

"약한 엑스선, 팩시트론, SEM 분광계를 옷에 비추어 봅시다."

마리노는 금방이라도 한 대 때릴 것처럼 조를 뚫어지게 쳐다봤다.

"총상 이외의 다른 것에서 증거물을 찾아내는 건 물론 가능합니다. 수도 배관, 배터리, 자동차 기름, 페인트 등을 들 수 있지요. 지난 달 내 연구실 실습 과목처럼 말입니다."

조는 초콜릿을 입힌 도넛을 꺼내며 말했다. 도넛은 찌그러져 있었고,

도넛 위에 뿌린 설탕과 초콜릿은 대부분 상자에 묻어 있었다.

"어떤 결과가 나왔는지 압니까?"

조는 테이블 반대편에 앉아 손가락을 핥고 있는 마리노를 쳐다보며 물었다.

"그건 실습 과목일 뿐이지. 당신이 어디서 아이디어를 얻었는지 궁금하군."

마리노가 말했다.

"내가 궁금한 건, 조니 스위프트의 옷이 어떻게 되었는지 아느냐는 겁니다."

조가 말했다.

"법정 드라마를 너무 많이 본 것 같군."

마리노는 커다란 얼굴로 조를 뚫어지게 노려보며 말을 이었다.

"대형 평면 텔레비전으로 해리 포터 시리즈를 너무 많이 봤어. 당신은 법의학자, 변호사, 과학자, 범죄 현장 수사관, 경찰, 커크 선장과 부활절 토끼(부활절이 되면 아이들에게 초콜릿이나 사탕을 가져다준다는 가상의 토끼—옮긴이) 등 모든 역할이 한 데 뒤섞인 것 같군."

"어쨌든 어제 실시한 가상 범죄 현장은 대단히 성공적이었습니다. 두 분도 직접 봤다면 좋았을 텐데요."

조가 말했다.

"옷은 어떻게 되었습니까, 피트? 로럴이 형의 시신을 발견했을 당시 어떤 옷을 입고 있었는지 알고 있습니까?"

빈스가 마리노에게 물었다.

"로럴의 말에 따르면, 아무것도 입고 있지 않았다고 합니다. 현관 대신 부엌문으로 들어와 장을 본 것을 싱크대 위에 두고 곧바로 욕실에 가서 소변을 본 것 같습니다. 그렇게 추정하고 있습니다. 그러고 나서 그날 밤 레스토랑에서 일을 해야 했기 때문에 샤워를 마친 다음 우연히 문밖을 내다봤는데 소파 뒤에 놓여 있는 산탄총을 발견한 겁니다. 그의 말에 따르면 당시 벌거벗고 있었다고 합니다."

마리노가 말했다.

"거짓으로 꾸며낸 이야기처럼 들리는군요."

조는 도넛을 입 안 가득 씹어 먹으며 말했다.

"내 개인적인 생각으로는 중간에 강도 사건이 일어났을 수도 있습니다. 혹은 다른 일이 일어났을 수도 있습니다. 부자 의사를 다른 사람으로 착각하고 사건을 저질렀을 수 있습니다. 혹시 내 할리 가죽 재킷 본 사람 있습니까? 한쪽 어깨에 해골과 뼈 모양이 그려져 있고 다른 쪽에는 성조기가 그려진 건데."

마리노가 말했다.

"어디에 두었어요?"

"그저께 루시와 함께 비행을 하는 동안 옷걸이에 걸어 두고 갔습니다. 되돌아와 보니 재킷이 사라지고 없었습니다."

"난 보지 못했어요."

"나도 못 봤어요."

"제기랄! 내겐 정말 소중한 건데. 어깨에 댄 장식도 정말 아끼는 거고. 누군가 훔쳐간 거라면 가만두지 않겠어⋯."

"여기 있는 사람들은 훔치지 않았습니다."

조가 말했다.

"그래? 그럼 생각을 훔치는 건 어떻게 생각해?"

마리노는 조를 노려보며 말한 뒤 스카페타에게 말했다.

"그러고 보니 생각납니다. 범죄 현장이라는 주제에 대해 토론하고 있을 때⋯."

"우리는 지금 그 주제에 대해 토론하고 있지 않습니다."

스카페타가 단호하게 말했다.

"오늘 아침 이곳에 온 건 그것에 대해 할 말이 있어서요."

"다음 번에 해요."

"좋은 건들이 있어서 책상 위에 파일을 놓아두었습니다. 휴가 기간 동안 흥미롭게 생각해 볼거리입니다. 혹시 거기 가서 폭설에 갇힌다면, 봄이 되어서야 만날 수 있지 않겠습니까."

마리노가 그녀에게 말했다.

스카페타는 분을 삭이면서, 아무에게도 보이지 않을 비밀스러운 곳에 자신의 감정을 숨기려 애썼다. 마리노는 일부러 직원회의에 불쑥 나타나, 15년 전 그녀가 버지니아 주의 신임 법의국장으로 임명되었던 때에 그랬던 것과 똑같은 방식으로 그녀를 대하고 있었다. 당시 마리노는 여성의 영역이 아닌 곳에 발을 들인 스카페타를 거만한 여자라고 생각했다. 그녀는 의학박사 학위뿐만 아니라 변호사 자격증까지 갖고 있기 때문이었다.

"조니 스위프트 사건은 굉장히 훌륭한 범죄 현장이 될 거라고 생각합니다. 전기 피부 반응 검사나 엑스레이 분광 광도계 그리고 다른 검사 결과를 보면 두 개의 다른 이야기가 나올 겁니다. 학생들이 파악해낼 수 있을지 모르겠습니다. 학생들이 '당구공 효과(당구공이 벽면을 맞고 반대쪽으로 튀는 것처럼 다른 결과가 나오는 것을 일컬음—옮긴이)'에 대해서는 들어본 적이 없을 겁니다."

조가 말했다.

"난 그런 삼류들한테 뭘 요청한 적은 없소. 여기 있는 사람 가운데 내가 아마추어한테 부탁하는 거 본 적 있습니까?"

마리노가 목소리를 높이며 말했다.

"당신의 창의력에 대한 내 의견을 말하자면, 솔직히 위험합니다."

조가 마리노에게 말했다.

"당신 의견이 어떻든 상관하지 않아."

"아카데미가 파산하지 않아서 다행입니다. 꽤 비용이 많이 들 수도 있었을 텐데 당신이 저지른 일이 그 정도로 끝난 건 정말 운이 좋았습니다."

조는 마리노가 자신을 넘어뜨릴 거라곤 생각지도 않은 듯 말했다.

작년 여름, 마리노가 실시한 가상 범죄 현장에 참가한 한 학생이 정신적 충격을 받고 아카데미를 그만두었다. 그 학생은 소송을 걸겠다고 협박했지만 다행스럽게도 그 후로는 소식이 들리지 않았다. 스카페타와 직원들은 가상 범죄 현장과 같은 실습 시간은 물론이고 심지어 강의실 수업에 마리노가 참여하는 것에 대해서도 예민하게 반응하고 있었다.

"제가 가상 범죄 현장을 만들 때, 그때 일어난 일을 염두에 뒀습니다."

조가 말했다.

"당신이 가상 범죄 현장을 만들었다고? 그 모든 아이디어를 나한테서 훔친 거잖아!"

마리노가 분개했다.

"괜한 억지 부리지 마십시오. 난 누구의 아이디어도 훔치지 않았고 당신 아이디어라면 더구나 훔칠 필요가 없습니다."

"오, 그래? 내가 내 것도 구분 못하는 바보인 줄 알아? 자넨 아직 멀었어. 제대로 된 법정 병리학자도 아닌 주제에."

"그만 해요."

스카페타가 목소리를 높였다.

조가 말했다.

"운전 중 총격사건으로 사망한 것으로 보이는 시신을 우연히 보았습니다. 하지만 총탄을 찾아냈을 때, 납 속에 특이한 격자무늬 혹은 톱니 바퀴 맞물림 같은 무늬가 있었습니다. 희생자가 차창을 통해 총상을 입었기 때문입니다. 시신의 상태는….”

“그것도 내가 말해 준 거잖아!”

마리노는 주먹으로 테이블을 힘껏 내리치며 말했다.

20

옥수수를 가득 실은 채 가스 펌프에서 약간 떨어진 곳에 주차되어 있는
흰색 픽업트럭은 세미놀(아메리카 인디언 종족—옮긴이) 사람의 것이었다. 호그
는 한동안 그를 주시하고 있었다.

"어떤 망할 놈이 내 지갑과 휴대전화를 갖고 갔어. 내가 샤워를 하고
있는 동안 가져갔을 거야."

남자가 시트고(CITGO) 역을 등진 채 공중전화로 통화하고 있는 동안,
18륜 트럭 엔진소리가 울렸다.

호그는 남자가 하룻밤을 지새웠다며 화를 내는 목소리에 귀를 기울
이면서도 기쁜 내색을 하지 않았다. 그는 휴대전화도 없고 모텔에 묵을
돈도 없기 때문에 트럭 안에서 잠을 자야 한다고 투덜거리며 욕을 내뱉
었다. 그는 샤워할 돈도 없는데, 샤워 시설을 이용하려면 보통 5달러가
들었다. 비누도 주지 않고 샤워만 하는 데 5달러라면 지나치게 비싸다.
어떤 사람들은 두 명이 함께 들어가 할인을 받으려고 시트고 푸드 마트

의 서쪽에 있는 울타리 너머로 사라졌다. 울타리 안 벤치에 옷과 신발을 올려둔 다음, 중앙에 녹슨 커다란 샤워기가 있고 벽면에 개인 샤워기가 달린 좁고 희미한 불빛이 비치는 샤워실 안으로 들어간 것이다.

샤워실 안은 항상 축축했다. 샤워기에서는 항상 물방울이 뚝뚝 떨어지고, 물을 잠그는 손잡이에서는 항상 삐걱거리는 소리가 났다. 남자들은 자신이 쓰는 비누와 샴푸, 칫솔과 치약을 주로 비닐봉투에 담아 들고 다녔다. 그리고 자신이 쓰는 타월도 가져왔다. 호그는 샤워장 안에는 한 번도 들어가 본 적이 없지만, 남자들이 벗어둔 옷을 보며 주머니 안에 무엇이 들어 있을지 알아낸 적은 있었다. 주머니 안에는 돈과 휴대전화가 들어 있었다. 마약이 있는 경우도 종종 있었다. 여성용 샤워 시설은 푸드 마트의 동쪽에 위치해 있었다. 여자들은 할인을 받을 수 있다 해도 절대 두 명이 함께 들어가지 않았다. 그들은 벌거벗은 채 샤워를 하고 있다는 부끄러움과 누군가가 안으로 들어올 수도 있다는 두려움 때문에 서둘러 샤워를 마쳤다. 덩치가 크고 힘이 센 남자가 안으로 들어와 무슨 짓을 저지를지 모르기 때문이다.

호그는 뒷주머니에 넣어 둔 초록색 전단지를 꺼내며 수화기를 들고 800번을 눌렀다. 그 직사각형 전단지는 길이가 20센티미터 정도이고 한쪽 끝에 커다란 구멍과 갈라진 틈이 있어 문손잡이에 끼워 넣을 수 있었다. 전단지에는 병충해에 대한 정보와, 열대 분위기의 셔츠를 입고 선글라스를 낀 감귤 만화가 그려져 있었다. 그는 신의 의지를 실천하고 있는 중이었다. 그는 신의 소명을 실천하는 신의 손이다. 신의 아이큐는 150이다.

"감귤 폐해 근절 프로그램에 전화 주셔서 감사합니다. 더 나은 서비스를 위해 통화 내용이 녹음될 수도 있습니다."

익숙한 녹음 목소리가 들렸다.

자동응답기에서 흘러나오는 여자 목소리는 팜 비치나 데이드 혹은 브로워드 카운티나 먼로 지역의 피해 신고를 위해서는 다음 번호를 누르라고 말했다. 그는 그 세미놀 사람이 픽업트럭 안으로 들어가는 모습을 지켜봤다. 그가 입고 있는 빨간색 격자무늬 셔츠를 보자, 크리스마스 선물가게 문 옆에 서 있던 커다란 벌목꾼 조각상이 떠올랐다. 그는 자동응답기에서 흘러나오는 번호를 눌렀다.

　"네, 농업부입니다."

　한 여자가 전화를 받았다.

　"감귤 조사관과 통화하고 싶습니다."

　그는 세미놀 사람을 응시하며 악어가 맞붙어 싸우는 모습을 떠올렸다.

　"무슨 일을 도와드릴까요?"

　"조사관이십니까?"

　그는 사우스 27번 도로를 따라 흐르는 좁은 운하 강둑에서 한 시간 전에 보았던 악어를 떠올리며 물었다.

　그는 그것을 좋은 징조로 여겼다. 길이가 최소한 1.5미터에 이르는 짙은 색깔의 악어는 덜컹거리며 지나가는 벌목 트럭에 별 관심을 보이지 않았다. 공간만 있었더라면 그는 악어를 트럭 위로 끌어올렸을 것이다. 악어가 아무런 두려움 없이 살아가는 모습과 미동도 하지 않다가 한순간 물속에 들어가거나 먹잇감을 잡아채 운하 밑으로 사라지는 모습을 유심히 지켜보았을 것이다. 물속으로 들어간 먹잇감은 서서히 썩어 악어에게 먹힐 것이다. 그는 오랫동안 악어를 지켜보고 싶었지만, 안전하게 고속도로를 벗어날 수도 없었던 데다 임무를 수행하고 있는 중이었다.

　"신고할 사항 있습니까?"

　수화기 너머에서 여자 목소리가 들렸다.

"저는 잔디 깎는 일을 하고 있습니다. 어제 잔디를 깎고 있는데 한 블록 떨어진 감귤나무 밭에 병충해가 있는 걸 우연히 보게 되었습니다."

"주소는요?"

그는 웨스트 레이크 파크 지역의 주소를 불러줬다.

"제보자 성함은요?"

"익명으로 제보하고 싶습니다. 사장님이 알게 되면 문제가 생길 수 있어서요."

"알겠습니다. 몇 가지 물어보겠습니다. 감귤 병충해를 목격한 곳에 직접 들어가 보았습니까?"

"개방된 곳이라 안으로 들어갈 수 있었습니다. 나무와 울타리가 정말 멋진데 풀이 웃자라 있었습니다. 도움이 필요하면 제가 도와줄 수도 있다는 생각이 들었는데, 의심스러워 보이는 잎을 발견했습니다. 몇몇 그루의 나무 잎사귀에 이상한 점이 있었습니다."

"나무 잎사귀 끝부분이 짓무른 것처럼 보였습니까?"

"최근에 병충해에 감염된 것처럼 보였는데, 아마 당신들이 그 지역을 조사하지 않았기 때문일 겁니다. 양쪽에 있는 밭이 걱정입니다. 감염된 감귤나무에서 어림잡아 600미터 정도밖에 떨어져 있지 않아서 감염되었을 것 같습니다. 그리고 건너편에 있는 감귤 밭도 600미터밖에 떨어져 있지 않습니다. 인접한 감귤 밭도 마찬가지일 겁니다. 그러니 걱정이 될 수밖에요."

"지금 말씀하신 그 지역을 우리가 조사하지 않았다고 생각하는 이유는 뭐죠?"

"조사관이 다녀갔다는 정황이 전혀 없었습니다. 나는 오랫동안 그 감귤 나무 밭에서 일해 왔고, 잔디 깎는 일을 평생 직업으로 삼고 있습니다. 과수원 전체를 불태워야 했던 최악의 경우도 직접 목격했습니다.

그 이후엔 사람들이 모두 떠났죠."

"과일에도 피해가 있었습니까?"

"이미 설명했던 것처럼, 초기 단계인 것 같습니다. 폐해 때문에 과수원 전체를 불태우는 경우도 봤습니다. 사람들이 삶의 터전을 잃어버리게 되지요."

"감귤 병충해가 있는 그 밭을 나온 이후에 소독은 했습니까?"

그녀가 물었다. 호그는 그 여자의 어투가 마음에 들지 않았다.

그녀가 마음에 들지 않았다. 멍청하고 권위적이었다.

"물론 소독했습니다. 나는 오랫동안 잔디 깎는 일을 해왔습니다. 정해진 법규에 따라 항상 GX-1027로 몸과 기구를 소독합니다. 나는 이 일에 대해 잘 알고 있습니다. 과수원 전체가 파괴되고, 불태워지고, 버려지는 모습도 보았습니다. 그리고 사람들도 파멸하죠."

"뭐라고요…?"

"매우 나쁜 일이 벌어집니다."

"실례합니다만…."

"병충해를 심각하게 여겨야 합니다."

호그가 말했다.

"업무용으로 사용하는 차량 등록번호가 몇 번입니까? 앞 유리창 왼쪽 측면에 노란색과 검은색의 관리 스티커가 붙어 있지요? 그 번호를 말해 주세요."

"내 번호는 아무 상관없습니다."

그는 조사관에게 말했다. 그녀는 자신이 호그보다 훨씬 더 중요하고 힘 있는 사람이라고 생각하는 듯했다.

"그 차량은 사장님 소유이고, 내가 전화한 사실이 사장님에게 알려지면 나는 곤경에 처할 겁니다. 병충해를 입은 감귤 나무가 이웃에 있는 나무들에게도 옮겨질 거라고 신고한 사실이 사람들에게 알려지면, 우리 회사가 어떻게 되겠습니까?"

"그 점은 이해하지만, 관리 번호를 기록하는 건 중요한 사항입니다. 그리고 필요할 경우 당신에게 연락할 번호도 알고 싶습니다."

"안 됩니다. 그러면 난 해고 당할 겁니다."

그가 강하게 반박했다.

21

트럭 운전사들이 시트고 역에 점점 더 몰려들고 있었다. 푸드 마트 뒤쪽에 트럭을 몰고 간 그들은 치키헛(Chickee Hut) 식당 옆으로 가서 숲 가장자리에 일렬로 주차한 다음 그 안에서 잠을 잘 것이고 아마 성관계도 할 것이다.

트럭 운전사들은 치키헛에서 식사를 했다. 그곳에 오는 사람들은 무식하기 때문에 '치키'의 철자가 잘못 쓰인지도 모르고, 그게 무슨 뜻인지도 아마 모를 것이다. 치키는 북아메리카 인디언의 한 종족인 세미놀족이 쓰는 말로, 세미놀족들도 그 철자를 몰랐다.

무식한 트럭 운전사들은 장거리 운전을 하다가 이곳 푸드 마트에 들러 돈을 썼다. 이곳에서는 디젤 연료, 맥주, 핫도그, 담배 그리고 유리 케이스 안에 든 다양한 접이식 칼을 구입할 수 있었다. 골든 티 게임룸에서 당구를 칠 수도 있고, 트럭을 수리하거나 타이어 점검 서비스를 받을 수도 있었다. 시트고 역은 허허벌판 한가운데에 서 있지만 모든 서비스를 다 제공하는 곳으로, 이곳을 지나는 사람들은 남의 일에 전혀 신경 쓰지 않았다. 아무도 호그에게 신경 쓰지 않았다. 그에게 눈길을 주는 사람도 아무도 없고, 치키헛 식당에서 일하는 사람을 제외하고 그를 두 번 쳐다보는 사람도 없었다.

그것은 주차장 모서리에 쇠사슬을 연결해 만든 울타리 뒤에 있었다. 울타리에는 넘어오는 자는 기소당할 것이라는 팻말이 보이고, K9(영국 텔레비전 시리즈 〈닥터후〉에 나오는 로봇 개의 이름―옮긴이) 이외에는 어떤 개도 출입이 허락되지 않고 야생동물도 위험에 처할 수 있다고 적혀 있었다. 하지만 호그에게는 상관없었다. 게임룸에서 당구를 치거나 주크박스에 돈을 낭비하지 않기 때문이다. 그는 술도 마시지 않고 담배도 피우지 않았다. 그리고 시트고 역에서는 어떤 여자와도 성관계를 갖고 싶지 않았다.

짧은 반바지에 꽉 끼는 웃옷을 입은 여자들은 보기에도 역겨웠다. 싸구려 화장품을 잔뜩 덧바르고 햇볕에 그을려 얼굴은 조악해 보였다. 여자들은 주로 야외 식당이나 바에 앉아 있었다. 바는 야자수 잎으로 지붕을 엮고 긁힌 나무 카운터에 예닐곱 개의 의자를 늘어놓은 게 전부였다. 그들은 바비큐 립, 잘게 다진 고기를 빵 덩어리 모양으로 오븐에 넣어 구운 요리인 미트로프, 시골방식으로 튀긴 스테이크 같은 특별한 저녁 메뉴를 먹고 술을 마셨다. 바로 그 자리에서 즉석으로 요리해 주고 음식 맛도 좋다. 호그는 트러커 버거를 좋아하는데 값도 3달러 95센트밖에 하지 않았다. 구운 치즈는 3달러 25센트였다. 역겹고 천한 여자들, 그런 여자들에게는 나쁜 일이 일어난다. 그들은 그런 일을 당해도 할 말이 없다.

그들은 그걸 원한다. 그들은 모든 사람에게 말을 건다.

"구운 치즈 포장해 주십시오. 그리고 트러커 버거는 여기서 먹겠습니다."

호그는 바 건너편에 있는 남자에게 말했다.

남자는 배가 튀어나왔고 더러운 흰색 앞치마를 두르고 있었다. 그는
얼음에 담가둔 맥주병을 꺼내 병뚜껑을 따느라 바빴다. 배가 나온 남자
는 주문을 받고서도 호그를 기억하지 못하는 것 같았다.

"구운 치즈와 버거를 함께 드릴까요?"

그는 트럭 운전사와 이미 술이 취한 여자에게 맥주 두 병을 밀어주며
호그에게 물었다.

"구운 치즈는 따로 포장해 주십시오."

"치즈와 버거를 한꺼번에 줄지 묻는 거요."

그는 짜증을 낸다기보다는 오히려 무관심하게 물었다.

"네, 그렇게 해주십시오."

"음료는 뭘로 하겠소?"

배 나온 남자가 맥주병을 따면서 물었다.

"그냥 플레인 워터 주십시오."

"플레인 워터가 뭐지?"

술 취한 트럭 운전사가 묻자, 옆에 있던 여자가 키득거리며 문신을
한 그의 우람한 팔뚝에 젖가슴을 가까이 갖다 댔다.

"비행기에서 먹는 물인가?"

"그냥 물 주십시오."

호그가 바 뒤에 있는 남자에게 말했다.

"나는 평범한 건 뭐든지 다 싫어해, 그렇지, 자기야?"

술 취한 트럭운전사의 술 취한 여자 친구가 혀 꼬인 목소리로 말했
다. 꽉 끼는 반바지를 입은 그녀는 굵은 다리로 의자를 꽉 붙들고 있었
고, 깊게 파인 웃옷 위로 풍만한 가슴이 솟아 있었다.

"어디로 갈 거예요?"

술 취한 여자가 물었다.

"드디어 북쪽으로."

그가 대답했다.

"이곳은 인적이 드무니까 조심해서 운전하세요. 미치광이들이 많거든요."

여자가 혀 꼬인 목소리로 말했다.

22

"그가 어디에 있는지 알아낼 수 있어요?"

스카페타가 로즈에게 물었다.

"사무실에도 없고 휴대전화도 받지 않네요. 직원회의가 끝나고 전화했을 때는 급한 용무를 끝내고 곧바로 전화하겠다고 말했어요."

로즈는 스카페타에게 다시 한 번 말했다.

"그게 한 시간 30분 전이었어요."

"비행기 타려면 몇 시에 나서야 한다고 했죠?"

창밖을 내다보자 야자수가 거친 바람에 휘날리는 모습이 보였다. 스카페타는 그를 해고해야 할까 또다시 생각했다.

"심한 폭풍우가 몰아칠 거예요. 여기서 이러고 앉아 마냥 그를 기다릴 수는 없어요. 이제 나서야 해요."

"비행 시각은 6시 반입니다."

로즈는 스카페타에게 전화 메시지 몇 개를 전해주며 말했다.

"왜 이렇게 신경이 쓰이는지 모르겠어요. 왜 굳이 그와 통화하려고 애쓰는지 모르겠어요."

스카페타는 전화 메시지를 훑어봤다.

로즈는 그녀만이 할 수 있는 독특한 방식으로 스카페타를 쳐다봤다. 그녀는 조용하고 사려 깊게 출입문에 서 있었다. 백발은 한 갈래로 묶어 올려 핀으로 고정했고, 유행은 지났지만 우아한 회색 마 정장을 입고 있었다. 10년이 지나도, 그녀가 신고 있는 도마뱀 가죽 회색 펌프스는 여전히 새 것처럼 보일 것이다.

"그와 이야기하고 싶어 하다가도 금방 또 마음이 바뀌시는군요. 뭐가 진심인 거죠?"

로즈가 물었다.

"그만 가야겠어요."

"뭐가 진심인지 말해 보세요."

"그를 어떻게 해야 할지 나도 모르겠어요. 그를 해고해야 한다는 생각이 계속 들지만, 그러느니 차라리 내가 사임하는 게 나을 겁니다."

"박사님은 법의국 국장 자리에 오를 수 있어요. 박사님이 동의하시면 브론슨 박사에게 은퇴하라고 강요할 수 있다고요. 그 점을 신중히 고려해야 할 거예요."

로즈가 그녀에게 상기시켰다.

로즈는 자신이 무슨 일을 하고 있는지 잘 알고 있었다. 스카페타가 꺼리는 일을 제안할 때면 로즈는 몹시 심각한 표정을 지었다. 결과는 짐작할 수 있었다.

"고맙지만 사양하겠어요. 혹시 잊었는지 모르겠지만, 마리노는 법의국 소속 수사관입니다. 그러므로 내가 아카데미에서 물러나 법의국 국장 자리에 오른다 해도 그를 해고하지는 않을 겁니다."

스카페타는 단호하게 말했다.

"시미스터 부인과 이 교회는 뭐죠?"

스카페타는 전화 메시지를 보며 어리둥절해졌다.

"누구인지 모르겠는데, 박사님과 아는 사이인 것처럼 말했어요."

"들어본 적 없는 이름인데."

"몇 분 전에 전화해서 웨스트 레이크 파크 지역에서 실종된 가족에 대해 통화하고 싶다고 하더군요. 전화번호는 남기지 않고 다시 전화하겠다고 했어요."

"실종된 가족이라고요? 이곳 할리우드에서요?"

"그렇게 말했어요. 하지만 박사님은 이제 곧 마이애미를 떠나야 해요. 마이애미 공항은 세계 최악일 걸요. 차가 얼마나 막히는지 박사님도 아실 테니 오후 4시에는 출발해야 할 거예요. 그러다 결국 수속 시간에 결항되는 경우도 허다하지요."

"일등석이고 취소하지 않은 거 확인했어요?"

"예약 확인은 받아 두었지만, 막바지 예약이라 공항에 가서 직접 탑승수속을 해야 해요."

"정말 믿기지 않아요. 예약이 취소되고 이제 막바지 예약이라니…."

"모든 게 잘 처리되었어요."

"로즈, 화를 내는 건 아니지만, 지난달에도 그렇게 말했어요. 컴퓨터에 내 이름이 없었고 결국 로스앤젤레스까지 이코노미 클래스로 갔어요. 그리고 어제 일어난 일을 생각해 봐요."

"오늘 아침에 최우선으로 예약을 확인했어요. 그리고 한 번 더 확인할게요."

"이 모든 게 마리노의 가상 범죄 현장 때문이라고 생각해요? 그 때문에 심사가 뒤틀렸을 수도 있어요."

"박사님이 자신을 피한다고 느끼는 것 같습니다. 예전처럼 신뢰하거나 존중해 주지도 않는다고 말이죠."

"그의 판단을 어떻게 신뢰할 수 있겠어요?"

"마리노가 한 행동에 대해 아직 잘 모르겠어요. 가상 범죄 현장에 대한 글을 타이핑하고 편집했지만 이미 말씀드렸던 것처럼, 그가 쓴 글에는 나이 들고 뚱뚱하고 덩치 큰 시신의 주머니 안에 피하 주사기가 들어 있다는 내용은 없었어요."

로즈가 대답했다.

"그는 가상 범죄 현장을 직접 만들고 감독했어요."

"그는 다른 누군가가 주머니에 피하 주사기를 넣은 게 틀림없다고 주장해요. 그녀가 그랬을 수도 있어요. 돈을 받기 위해서였을 텐데, 고맙게도 돈을 받지는 않았죠. 마리노의 기분은 공감해요. 가상 범죄 현장은 자신이 낸 아이디어인데, 아모스 박사가 나서서 하면서 학생들로부터 큰 관심을 받고 있죠. 하지만 학생들이 마리노를 대하는 태도는…."

"그는 학생들에게 친절하지 않아요. 첫 날부터 그랬어요."

"지금은 상황이 더 좋지 않아요. 마리노에 대해 알지 못하는 학생들은 그를 성질 고약하고 한물 간 구세대라고 생각하니까요. 한물 간 구세대라고 취급 받는 느낌, 그리고 실제로 자신이 한물 간 구세대라는 생각이 들면 어떤 기분인지 이해가 되죠."

"당신은 한물 간 구세대가 아니에요."

"적어도 내가 늙었다는 점은 동의하실 걸요."

로즈는 출입문을 나가며 덧붙였다.

"마리노에게 다시 연락해 볼게요."

조는 라스트 스탠드 모텔 112호실의 싸구려 책상에 앉아 스카페타의 탑승 예약 상황을 컴퓨터로 확인하고 있었다. 그는 비행 번호와 다른 정보를 메모한 다음 항공사에 전화를 걸었다.

자동응답기의 안내 멘트가 5분 동안 이어진 후, 마침내 안내원의 목소리가 들렸다.

"예약을 변경하고 싶습니다."

그가 말했다.

그는 여러 정보를 열거하면서 좌석의 위치를 가능한 한 비행기 뒤쪽으로 바꿨다. 그의 상사는 창가 자리나 복도 자리를 좋아하지 않기 때문에 가운데 자리를 달라고 했다. 지난번 그녀가 로스앤젤레스로 갈 때 그가 성공적으로 해냈던 것과 똑같다. 이번에도 비행 예약을 취소할 수도 있었지만, 자리를 바꾸는 편이 더 재미있다.

"네, 알겠습니다."

"전자 티켓을 받을 수는 없습니까?"

"네, 안 됩니다. 출발 직전 변경이라 공항에 오셔서 직접 탑승 수속을 해야 합니다."

조는 쾌재를 부르며 전화를 끊었다. 전지전능한 스카페타가 낯선 두 사람 사이에 끼어 앉아 있는 모습을 상상했다. 한 사람은 덩치가 크고 다른 한 사람은 고약한 냄새가 나는 사람이면 더 이상 바랄 게 없을 것이다. 슈퍼 하이브리드 시스템을 장착한 전화기에 디지털 리코더를 꽂는 그의 얼굴에 미소가 번졌다. 창문에 달린 냉방장치는 요란한 소리를 내며 덜컹거리지만 효과는 거의 없었다. 기분 나쁘게 후텁지근하고, 범죄 현장에서 고기가 썩는 희미한 냄새가 코끝을 자극했다. 범죄 현장에는 돼지갈비 날 것, 소 간 등이 있고 닭고기 껍질을 카펫에 말아 옷장 바닥 밑에 숨겨 두었다.

그는 가상 범죄 현장 실습 시간을 아카데미에서 비용을 부담하는 특별 점심 식사 직후로 잡았다. 점심 식사로 바비큐 립과 밥을 먹은 학생들은 고기가 썩어가는 물이 스며 나오고 구더기가 들끓는 모습을 보고 먹은 것을 게우고 말았다. 서둘러 가상 인간 유해를 만들고 범죄 현장을 치우느라 A팀은 냄새나는 더러운 바닥 밑에 있던 부러진 손톱을 확인하지 못했다. 결국 그것은 살인범의 신원을 확인할 수 있는 유일한 증거물로 밝혀졌다.

조는 성공적으로 끝난 가상 범죄 현장을 떠올리며 담배에 불을 붙였다. 마리노가 이번에도 자신의 아이디어를 훔쳤다고 주장하며 화를 내는 바람에 범죄 현장은 더 성공적이었다. 그 시골뜨기 경찰은 루시가 커뮤니케이션 모니터 시스템을 이용해 아카데미의 PBX와 접속하고 있음을 알아차려야 했다. 그것은 안전장치만 제거하면 자신이 원하는 사람이면 어떤 방식으로든 모니터할 수 있음을 의미했다.

루시는 부주의했다. 용감무쌍한 슈퍼 에이전트 루시는 손바닥 크기의 초고성능 커뮤니케이션 장치인 트레오를 헬리콥터 안에 두고 내렸다. 트레오는 휴대전화, 이메일, 카메라 등 거의 모든 기능을 갖춘 디지털 비서 같은 장치다. 그것을 헬리콥터 안에 두고 내린 건 거의 1년 전 일이었다. 당시 대단한 행운을 움켜쥐며 연구원으로 일을 시작한 그는 매우 예쁜 여학생과 격납고에 함께 있었다. 그 여학생에게 루시의 헬리콥터 벨 407기를 보여주다가 우연히 트레오를 발견한 것이다.

루시의 트레오를.

루시는 여전히 로그인 상태였다. 그는 패스워드 없이 루시의 모든 정보를 볼 수 있었다. 그는 트레오 안에 든 모든 파일을 다운로드한 이후에 헬리콥터 좌석 바닥에 도로 갖다 두었다. 그날 늦게 트레오를 찾아낸 루시는 무슨 일이 일어났는지 전혀 알지 못했다. 그리고 지금도 여전히 알지 못한다.

조에게는 열 개가 넘는 패스워드가 있고, 그 가운데에는 루시의 시스템 관리 패스워드도 있다. 그것은 사우스 플로리다 지역 본부, 크녹스빌 중앙 본부, 뉴욕과 로스앤젤레스의 위성 사무실의 컴퓨터와 전화통화를 확인하고 변경할 수 있는 패스워드다. 이제 루시뿐만 아니라 조도 확인할 수 있게 되었다. 시스템 관리 패스워드로 접근할 수 있는 것에는 벤턴 웨슬리와 그가 극비리에 진행하고 있는 프레더터 실험 연구, 그와 스카페타가 비밀리에 주고받는 모든 정보가 포함되어 있다. 조는 파일을 다른 사람에게 전송할 수 있고, 아카데미와 관련 있는 사람이라면 누구든 전화번호를 알아낼 수 있고, 아카데미 전체를 혼란에 빠뜨릴 수 있다. 그의 연구원직은 한 달 후에 끝난다. 그 무렵 그는 아카데미 전체와 모든 사람들을 곤경에 빠뜨릴 수 있을 것이다. 특히 멍청한 마리노와 지나치게 권위적인 스카페타가 서로를 미워할 수 있도록 만들 수도 있을 것이다.

마리노 사무실의 전화선을 감시하고 스피커폰을 몰래 엿듣는 건 어렵지 않았다. 그건 방 안에 마이크를 설치해 둔 것과 마찬가지였다. 마리노는 그의 가상 범죄 현장을 포함해 모든 것을 받아 적었다. 철자법과 문법이 엉망이기 때문에 로즈는 그 모든 것을 타이핑했다.

콜라 캔에 재를 털고 PBX 시스템에 로그인하면서, 조는 쾌감을 느꼈다. 그는 마리노의 사무실 전화선을 연결해서 스피커폰을 켠 다음, 그가 안에 있는지 혹은 사무실에서 무엇을 하는지 확인했다.

23

스카페타는 프레더터 연구 실험에 법의학자로 컨설팅을 해주기로 동의하면서도 마음이 내키지 않았다.

그녀는 벤턴에게 그 연구 실험을 하지 말라고 만류했고, 연구 진행자가 내과의사든 심리학자든 혹은 하버드대학교 교수라 해도 마찬가지라고 그에게 여러 차례 말했다.

"그들은 다른 사람들에게 그랬던 것처럼 당신의 목을 부러뜨리고 벽에 머리를 처박을 거예요. 그들을 막을 수 있는 건 아무것도 없어요."

스카페타가 말했다.

"난 그런 사람들을 평생 동안 봐왔어. 케이, 그게 내가 하는 일이야."

그가 대답했다.

"이러한 유형의 실험은 한 번도 하지 않았어요. 유죄 판결을 받은 살인자를 지금껏 한 번도 받은 적 없는 아이비리그 부속 정신병원에서 말이죠. 벤턴, 당신은 끝이 보이지 않는 심연을 들여다보고 있을 뿐 아니라, 거기에 불빛과 엘리베이터를 설치하고 있어요."

로즈가 옆 사무실에서 통화하는 목소리가 들렸다.

"도대체 어디 있었던 거예요?"

로즈가 말했다.

"그럼 몇 시에 태우러 가면 됩니까?"

마리노가 큰 소리로 물었다.

"이미 말했지만, 목소리가 잘 들리지 않아요. 전화기에 문제가 있는 것 같네요."

"당신이 검정 가죽옷을 입고 있는 환영이 보이는 것 같소."

"사무실로 찾아갔지만 자리에 없더군요. 아니면 사무실에 있으면서도 문을 열어주지 않았거나…."

"아침 내내 사무실에 없었소."

마리노가 대답했다.

"하지만 전화는 켜져 있었잖아요."

"그렇지 않소."

"몇 분 전에도 켜져 있었어요."

"또다시 나를 뒷조사하는 거요? 로즈, 당신은 내게 친절한 줄 알았는데."

마리노가 거친 목소리로 이야기를 이어가는 동안, 스카페타는 방금 벤턴이 보낸 이메일을 확인했다. 〈보스턴 글로브〉지와 인터넷에 낸 또 다른 구인 광고였다.

건강한 성인 대상의 MRI 연구

하버드 의과대학 부속 병원인 맥린 병원에서 건강한 성인을 대상으로 최근 뇌 구조를 연구하고 있다. 매사추세츠 벨몬트, 맥린 병원 브레인 이미징 센터.

"스카페타 박사님이 기다리고 계신데 당신은 이번에도 늦는군요. 갑자기 사라지는 행동은 이제 그만하세요."

로즈가 단호하면서도 다정한 어조로 마리노를 질책하는 소리가 들렸다.

연구 참가 신청 자격

- 17세에서 45세 사이의 남성
- 맥린 병원에 5회 방문이 가능한 자
- 두뇌 외상이나 마약 과다복용 경험이 없는 자
- 정신 분열증이나 조울증 진단을 받은 경험이 없는 자

광고의 나머지 부분을 훑어보던 스카페타는 벤턴이 보낸 이메일의 추신을 읽었다.

'얼마나 많은 사람들이 자신은 정상이라고 생각하는지 알면 아마 깜짝 놀랄 거야. 눈이 그쳤으면 좋겠어. 보고 싶어.'

덩치 큰 마리노가 출입문을 거의 가리며 서 있었다.

"무슨 일이요?"

마리노가 물었다.

"문 좀 닫아요."

스카페타는 전화기를 찾으며 말했다.

마리노는 문을 당겨 잠근 다음, 그녀의 맞은편이 아니라 그녀를 똑바로 쳐다볼 필요가 없는 각도에 자리를 잡고 앉았다. 스카페타는 커다란

가죽 의자에 앉았다. 그녀는 그의 서투른 행동방식에 대해서 잘 알고 있었다. 마리노는 커다란 의자에 앉은 그녀와 마주보고 싶지 않고, 동등한 사람처럼 가운데에 아무것도 두지 않고 앉고 싶은 것이다. 그녀는 사무실에서 함께 일하는 동료의 심리에 대해서 마리노보다 훨씬 더 많이 알고 있었다.

"잠시만 기다려줘요."

그녀가 말했다.

뎅, 뎅, 뎅, 뎅, 뎅, 자기장이 양성자를 일으키는 무선 주파수의 빠른 소리.

MRI 실험실 안에서는 이른바 정상 두뇌를 스캔하고 있는 중이었다.

"거긴 날씨가 얼마나 안 좋아요?"

스카페타가 수화기에 대고 물었다.

래인 박사가 인터콤 버튼을 누르며 최근 진행 중인 프레더터 실험 연구 대상자에게 물었다.

"괜찮습니까?"

그는 정상이라고 주장하지만 실제로는 그렇지 않을 것이다. 그는 연구 목적이 자신의 두뇌와 살인자의 두뇌를 비교하는 거라는 사실을 전혀 알지 못했다.

"모르겠습니다."

정상인이 편안한 목소리로 대답했다.

벤턴이 수화기에 대고 스카페타에게 말했다.

"괜찮아. 비행이 다시 지연되지 않는다면 말이지. 하지만 내일 밤은 날씨가 좋지 않을…."

웅… 웅… 웅… 웅….

"전혀 안 들려."

벤턴이 화를 내며 말했다.

수신 상태가 좋지 않았다. 휴대전화가 가끔씩 터지지 않는 데에 벤턴은 약이 오르고, 화가 나고, 지쳤다. 스캔도 잘 되고 있지 않았다. 오늘은 되는 일이 하나도 없었다. 래인 박사는 낙담해 있고 조시는 지루한 표정으로 화면 앞에 앉아 있었다.

"절망적이에요. 심지어 귀마개를 해도 마찬가지입니다."

래인 박사가 단념하는 듯한 표정으로 벤턴에게 말했다.

정상인 실험 대상자들이 자신의 뇌를 스캔하는 것을 오늘 벌써 두 번이나 거부했다. 실험 참가 신청 당시에 폐쇄 공포증이 있다는 걸 밝히지 않았던 것이다. 그리고 그 실험 대상자는 지옥에서 울리는 전자 베이스 기타 같은 소음이 난다며 불평하고 있었다. 적어도 그 표현력만큼은 창의적이었다.

"이륙하기 전에 전화할게요. 광고는 좋아 보였어요. 다른 어떤 광고보다도."

스카페타가 수화기에 대고 말했다.

"열성을 보여줘서 고마워. 이상한 증상을 보이는 신청자들이 점점 늘고 있어서 잘 대처해야 할 것 같아. 공기 중에 공포증을 유발하는 인자가 있는 것 같아. 게다가 정상인 실험 대상자 세 명 가운데 한 명은 정상이 아니야."

"이제는 뭐가 정상인지도 잘 모르겠어요."

벤턴은 통화음을 더 잘 듣기 위해 한쪽 귀를 막고 주변을 서성거렸다.

"유감스럽게도 큰 사건이 들어올 거야, 케이. 해야 할 일이 많을 거야."

"언제요?"

래인 박사가 인터콤을 통해 물었다.

"좋지 않습니다."

실험 대상자의 목소리가 들려왔다.

"우리가 만나려고 하면 항상 그런 식이군요. 어떻게든 당신을 도울게요."

이제 스카페타의 목소리는 빠른 속도로 나무를 두드리는 망치 소리처럼 들렸다.

"정말이지 이제 미칠 것 같습니다."

정상인 실험 대상자의 목소리가 들렸다.

"이번에도 잘 진행될 것 같지 않아."

벤턴은 MRI 튜브에 있는 정상인 실험 대상자를 들여다보며 말했다. 그는 테이프를 감은 머리를 움직이고 있었다.

"수전?"

벤턴이 래인 박사를 쳐다보며 말했다.

"알아요. 원위치로 되돌릴게요."

"행운을 빕니다. 하지만 내가 생각하기엔 그만둬야할 것 같군요."

"경계표가 무효화되었습니다."

조시가 실험 대상자를 올려다보며 말했다.

"알겠습니다. 이제 그만하겠습니다. 곧 안으로 들어가 나오도록 도와주겠습니다."

래인 박사가 실험 대상자에게 말했다.

"미안하지만 더 이상 못하겠습니다."

그는 스트레스 받은 목소리로 말했다.

"저런, 또 한 사람이 실험에 실패했군."

벤턴은 래인 박사가 MRI 안으로 들어가 더 이상 연구 실험을 진행할 수 없는 실험 대상자를 데리러가는 모습을 바라보며 스카페타에게 말한다.

"두 시간을 지켜보았는데 결국 이렇게 끝나는군. 실험 중단입니다. 조시. 택시 불러서 집으로 돌려보내도록 해요."

벤턴이 래인 박사에게 말했다.

마리노가 의자에 편안히 몸을 기대자 검은색 가죽 재킷이 버스럭거리는 소리가 났다. 그는 두 다리를 양 옆으로 벌린 채 의자에 몸을 깊게 묻으며 편안한 자세를 보여줬다.

"무슨 광고 말이요?"

스카페타가 통화를 마치자 마리노가 물었다.

"그가 진행하고 있는 다른 연구 실험이에요."

"그래요? 어떤 종류의 연구 실험인데요?"

그는 의심스러운 듯 물었다.

"신경심리학 연구예요. 다른 유형의 사람들이 다른 유형의 정보를 어떻게 받아들이는지 연구하는 실험이죠."

"그렇군. 기자들에게 전화 올 때마다 항상 아무 의미도 없는 똑같은 대답을 하지요. 무슨 일로 전화한 겁니까?"

"내가 보낸 메시지 받았어요? 어젯밤부터 네 번이나 남겼는데."

"잘 받았소."

"왜 바로 연락하지 않았죠?"

"911이라고 하지는 않았으니까."

응급 상황을 뜻하는 911은 휴대전화가 흔치 않던 오래 전부터 두 사람이 서로 무전기를 통해 연락하면서 사용해온 암호다. 휴대전화가 널리 보급된 이후로는 보안 문제 때문에 그 암호를 계속 사용하고 있었다. 이제는 루시가 도청 방지 기계와 안전하게 사생활을 보호해주는 장치를 만들어서 음성 메시지를 남겨도 안전했다.

"음성 메시지로는 911 암호를 남기지 않아요. 삐 소리 후에 911이라고 암호를 남기는 건 아무 소용없어요."

그녀가 말했다.

"내 말은, 응급상황이라고 말하지 않았다는 거요. 무슨 일로 전화한 겁니까?"

"당신 때문에 꼼짝도 못하고 있어요. 스위프트 사건을 재조사하기로 한 거 기억 안 나요?"

그녀는 마리노를 위해 저녁식사도 준비했지만 그 이야기는 하지 않았다.

"밖에서 계속 바빴소."

"도대체 어디서 무슨 일을 했는지 말해 봐요."

"새 오토바이를 타고 있었소."

"이틀 내내요? 주유소나 화장실에도 들르지 않았단 말인가요? 전화 한 통 걸 시간도 없었나요?"

커다란 책상 의자에 몸을 기대자 그녀는 자신이 조그맣게 느껴졌다.

"당신은 반대로만 하고 있어요."

"내가 뭘 하고 있는지 왜 박사에게 보고해야 하는 거요?"

"특별히 다른 이유가 없다 해도, 난 법의학 책임자이니까요."

"나는 수사를 책임지고 있는 담당자고, 수사과는 특별요원 소속이요. 그러므로 내 감독관은 박사가 아니라 루시입니다."

"루시는 당신의 감독관이 아니에요."

"그 점에 대해선 루시와 이야기해 보는 게 좋을 거요."

"수사과는 법의국 소속이에요. 마리노, 당신은 특별요원 소속이 아닙니다. 당신에게 월급을 지불하는 곳은 법의국이라고요."

그녀는 금방이라도 마리노를 몰아세우고 싶은 마음을 억눌렀다.

마리노는 굵은 손가락으로 의자 팔걸이를 툭툭 치면서 스카페타를 빤히 바라봤다. 그는 다리를 꼬더니 커다란 할리 부츠를 신은 다리를 흔들기 시작했다.

"당신이 맡은 임무는 사건 수사를 도와주는 겁니다. 내가 가장 믿고 의지하는 사람은 당신이에요."

그녀가 말했다.

"루시에게 의지하는 게 나을 거요."

그는 팔걸이를 툭툭 치고 다리를 흔들면서 냉혹한 눈빛으로 그녀를 흘깃 쳐다봤다.

"모든 걸 말할 테니 군소리 말고 잠자코 들어요. 박사는 자기 마음대로 모든 걸 해놓고 나한테는 설명조차 하지 않잖소. 나는 아무것도 모르는 멍청이처럼 이곳에 앉아 박사가 하는 거짓말을 듣고 있는 거요. 박사 마음에 들지 않으면 내게 아무 말도 하지 않고 아무것도 물어보지 않소."

"마리노, 난 당신 부하직원이 아니에요. 오히려 그 반대일 텐데요."

스카페타는 그 말을 내뱉지 않을 수 없었다.

"오, 그래요?"

얼굴이 벌겋게 달아오른 그는 그녀가 앉아 있는 책상 쪽으로 몸을 기울였다.

"루시에게 물어보시오. 이곳을 소유하고 있는 사람은 루시요. 이곳에서 일하는 모든 사람들의 월급을 주는 것도 루시고. 그녀에게 직접 물어보시오."

"조니 스위프트 사건에 대해 논의할 때 당신은 참석조차 하지 않았어요."

스카페타는 어조를 바꾸며 금방이라도 언쟁으로 치달을 상황을 막으려 했다.

"그게 무슨 상관이오? 그 정보를 갖고 있는 장본인은 바로 나요."

"우리는 그 정보를 함께 공유하길 원했어요. 우리는 같은 배를 탔으니까요."

"농담하지 마쇼. 모든 건 돌고 돕니다. 내가 갖고 있던 정보도 더 이상 내 것이 아니요. 내가 예전에 맡았던 사건의 범죄 현장도 모든 사람들에게 공개되었습니다. 박사 마음대로 까발려놓고 내 기분 따윈 상관하지 않잖소."

"그렇지 않아요. 벌컥 화부터 내지 말고 제발 진정해요."

"어제 범죄 현장에 대해 떠드는 이야기 들었습니까? 그 아이디어가 어디서 나왔다고 생각합니까? 그자가 우리의 파일을 훔쳐본 거요."

"그럴 리가 없어요. 컴퓨터의 인쇄 출력은 잠금장치를 걸어두었고, 전자 출력도 절대 불가능해요. 어제 논의했던 범죄 현장이 매우 비슷하다는 점은 나도 동의해요…."

"비슷한 정도가 아니라 아예 똑같소."

"마리노, 그건 뉴스에도 나왔어요. 그리고 직접 확인해 보니, 인터넷에서도 아직 찾아볼 수 있어요."

마리노는 벌겋게 달아오른 얼굴로 그녀를 노려봤다. 너무나 사납고 낯선 표정이라 마치 다른 사람처럼 보였다.

"잠시 동안만이라도 조니 스위프트 사건에 대해 이야기 좀 해요."

스카페타가 말했다.

"원하는 건 뭐든지 물어 보쇼."

마리노는 무뚝뚝하게 말했다.

"강도가 저지른 범행일지도 몰랐다는 의구심이 드는데, 실제로 강도가 들었나요?"

"신용카드 같은 걸 제외하면 집안에서 사라진 귀중품은 전혀 없었소."

"신용카드요?"

"그가 사망한 다음 주에 2천5백 달러가 현금으로 인출되었소. 할리우드 지역에 있는 다섯 대의 현금인출기에서 5백 달러씩 인출되었소."

"어느 현금인출기인지 알아냈나요?"

마리노는 어깨를 으쓱하며 대답했다.

"그렇소. 주차장에 있는 현금인출기로 각각 다른 날짜, 다른 시각에 인출했는데 금액만 똑같소. 모두 인출 한도인 5백 달러였지. 조니 스위프트의 사망 사실을 확인한 신용카드 회사는 다른 누군가가 현금을 인출하고 있음을 알아차리고 곧바로 인출을 정지시켰소."

"그 사람이 화면에 잡히지는 않았나요?"

"범인이 택한 현금인출기에는 카메라가 설치되어 있지 않았소. 미리 치밀하게 범행을 계획한 것으로 보여요."

"로럴은 비밀번호를 알고 있었나요?"

"손목 수술 때문에 조니 스위프트는 운전을 할 수 없었소. 그래서 현금 인출과 같은 모든 일을 로럴이 대신 해주었소."

"비밀번호를 알고 있는 다른 사람은 없나요?"

"우리가 알기로는 아무도 없소."

"그에게 상황이 불리해 보이는군요."

스카페타가 말했다.

"현금인출 카드 때문에 쌍둥이 형제를 죽이지는 않았을 거요."

"훨씬 더 사소한 것 때문에 살인을 저지르는 경우도 많아요."

"조니 스위프트가 우연하게 만났던 사람이 범인일 수도 있소. 조니 스위프트를 살해한 범인은 로럴이 차를 세우고 집 안으로 들어오는 소리를 들었을 거요. 산탄총이 바닥에 남아 있었던 건 범인이 급히 몸을 숙였기 때문일 거고. 그런 다음 로럴이 놀라 집 밖으로 뛰어나가자 범인은 산탄총을 들고 도망쳤을 거요."

"그런데 산탄총이 왜 바닥에 있었을까요?"

"범죄 현장을 자살 사건인 것처럼 꾸미려는데 갑자기 로럴이 들이닥쳤을 거요."

"살인사건이 분명하다는 말이군요."

"박사는 그렇게 생각하지 않는다는 거요?"

"그냥 물어보는 거예요."

마리노는 서류가 잔뜩 쌓여 있는 책상과 사무실 주변을 빙 둘러봤다. 그는 매서운 눈빛으로 그녀를 쳐다봤다. 예전에 그 눈빛에서 불안과 고통을 자주 보지 못했더라면, 섬뜩하게 느껴질 정도로 무서운 눈빛이었다. 빠지기 시작하는 머리를 깨끗하게 밀고 다이아몬드가 박힌 귀걸이를 했기 때문에 낯설고 차가워 보일 수도 있었다. 그는 비정상적일 정도로 운동을 열심히 하고 있어서 예전보다 체격이 더 커 보였다.

"내 범죄 현장을 검토해 준 점은 고맙게 생각합니다. 내가 만난 모든 사람들에 관한 정보는 저 디스크에 들어 있소. 박사가 유심히 읽어주길 바라오. 어차피 비행기 안에서 할 일은 아무것도 없을 테니까."

마리노가 말했다.

"비행기에서 할 일이 전혀 없지는 않을 거예요."

스카페타는 그에게 가벼운 농담을 던지며 기분 좋게 해주려 애썼다.

하지만 효과는 없었다.

"로즈가 작년부터 모든 정보를 디스크에 저장했고, 그 내용은 저 파일 안에 들어 있소. 봉투에 봉해서."

마리노는 책상 위에 놓인 파일을 가리켰다.

"노트북에 넣어 확인해 볼 수도 있소. 스크린 도어에 나타난 이상한 패턴의 탄알도 거기 들어 있어요. 그건 새빨간 거짓말이요. 맹세코 내가 제일 먼저 찾아냈소."

"인터넷에서 총격 대상을 검색해보면, 스크린 도어를 통해 총알을 쏜 사건이나 화기 테스트 결과를 찾아볼 수 있어요. 안타깝게도, 사람들에게 알려지지 않은 새로운 정보는 거의 없어요."

스카페타가 말했다.

"그자는 1년 전만 하더라도 실험실에서 현미경이나 들여다보고 살던 쥐새끼 같은 놈이요. 자신이 쓰고 있는 내용에 대해서 쥐뿔도 알 턱이 없지. 그럴 리가 없소. 바디팜(녹스빌에 있는 테네시대학교 부속 해부 기관—옮긴이)에서 일어난 사건 때문이지. 적어도 솔직히 까발리면 그렇다는 말이오."

"당신 말이 맞아요. 그 이후로 당신의 범죄 현장을 검토해보지 않는다고 미리 말했어야 했어요. 당신을 자리에 앉히고 설명했어야 했는데, 당신이 너무나 화가 나 있고 공격적이어서 아무도 말하지 못했던 거예요."

스카페타가 말했다.

"박사도 내 처지였다면 불같이 화를 내며 공격했을 거요."

"조는 바디팜은커녕 녹스빌에도 가보지 않았어요."

스카페타는 마리노에게 그 사실을 상기시키며 덧붙였다.

"그럼 그자가 어떻게 죽은 사람의 재킷 주머니 안에 피하 주사기를 넣을 수 있었는지 설명해 보세요."

"현장 학습의 목적은 학생들이 바디팜에서 썩어가고 있는 시신을 직접 목격한 다음, 그 끔찍한 상황을 극복하고 현장 증거물을 찾아낼 수 있는지 확인하기 위한 것이었소. 더러운 주사기는 증거물이 아니었습니다. 그자가 나를 곤경에 빠뜨리기 위해 주사기를 넣어둔 거요."

"모든 사람들이 당신을 곤경에 빠뜨리려 하지는 않아요."

"그가 나를 곤경에 빠뜨리지 않았다면, 왜 그 여학생이 소송을 걸지 않았겠소? 가짜이기 때문이지. 그게 바로 이유인 거요. 그 주사기는 에이즈에 감염되지도 않았고, 사용된 적도 없었소. 그 자가 잘못본 거요.”

“이제 말할 사항은 더 중대한 거예요.”

그녀는 서류 가방을 잠그며 말했다.

“나는 비밀이 있는 사람이 아니오.”

마리노는 그녀를 똑바로 쳐다보며 말했다.

“당신에겐 비밀이 아주 많아요. 당신이 어디에서 무엇을 하는지 도무지 알 수가 없죠.”

그녀는 사무실 문 뒤에 걸어두었던 재킷을 집어 들었다. 마리노는 매서운 눈빛으로 그녀를 계속 쳐다보았지만, 의자 팔걸이는 더 이상 툭툭 두드리지 않았다. 자리에서 일어서자 가죽 재킷이 버스럭거리는 소리가 났다.

“하버드 관계자들과 함께 일하다보니 벤턴은 자신이 대단한 인물이라고 생각하는 것 같소. 극비리에 연구를 진행하는 로켓 과학자들도 있을 테지.”

마리노가 그렇게 말하는 건 이번이 처음이 아니었다.

스카페타는 문손잡이를 잡은 채 그를 노려봤다. 또다시 편집증 증세가 나타나는 듯했다.

“그가 진행 중인 연구는 물론 흥미진진하겠지. 하지만 내 의견을 솔직히 말하자면, 박사가 거기서 시간을 낭비하지 않아 다행이오.”

마리노가 프레더터 연구 실험에 대해 언급할 리가 없었다.

“시간 낭비는 두말할 것도 없고, 그런 실험에 돈을 쏟아 부어야 무슨 소용이 있겠소? 그런 쓰레기 같은 일에 돈과 정성을 쏟아 붓는 건 나로서는 도저히 용납할 수 없는 일이오.”

프레더터 연구에 대해서 아는 사람은 연구 팀, 병원장, 〈인터널 리뷰

보드〉와 몇몇 중요 교도관들 이외에는 아무도 없어야 했다. 일반적인 연구의 실험 대상자들은 자신이 참여하고 있는 연구의 이름이나 주제에 대해서 전혀 알지 못했다. 스카페타의 이메일이나 파일 서랍에 넣어 둔 인쇄물을 훔쳐보지 않았다면, 마리노는 알 리가 없었다. 누군가가 안전장치를 제거하고 있다면, 그 장본인이 바로 마리노일 수도 있다는 생각이 처음으로 들었다.

"지금 무슨 얘길 하는 거죠?"

그녀는 목소리를 낮추며 물었다.

"파일을 전송하면서 다른 자료가 덧붙여지지 않았는지 확인하고 좀 더 주의해야 할 거요."

그가 대답한다.

"무슨 파일을 전송해요?"

"갓난아이가 사망한 사건에 대해 논의하기 위해 데이브와 처음 만나고 나서 전송한 메모 말이오. 그는 갓난아이를 흔들다가 생긴 사고사라고 주장했지."

"난 어떤 메모도 전송한 적 없어요."

"난 분명히 받았소. 지난 금요일에 전송되었는데, 토요일에 박사를 만난 이후 우연히 보게 되었지. 벤턴이 박사에게 보낸 이메일에 메모가 덧붙여져 있었소. 내가 절대 봐서는 안 되는 이메일이 분명했소."

"그럴 리가요…. 난 당신에게 아무것도 전송하지 않았어요."

그렇게 말하면서도 스카페타의 마음속에는 불안감이 점점 더 짙어졌다.

"고의로 보내지는 않았겠지요. 거짓말이 그렇게 탄로 나다니 우스꽝스럽소."

그때, 출입문을 가볍게 두드리는 소리가 들렸다.

"그래서 일요일 밤에 우리 집에 오지 않은 건가요? 그렇다면 어제 아침 데이브와 만나는 자리에는 왜 나타나지 않은 거죠?"

"실례합니다. 두 분 가운데 한 분이 처리해야 할 것 같은데요."

로즈가 사무실 안으로 들어오며 말했다.

"내게 미리 귀띔해 주든가 변명할 기회를 줄 수도 있었잖아요. 내가 항상 모든 걸 말하지는 않겠지만 거짓말은 하지 않아요."

스카페타가 그에게 말했다.

"빼먹고 아무 말 하지 않는 것도 거짓말이나 마찬가지오."

"실례합니다."

로즈가 다시 말을 꺼내려 했다.

"프레더터. 그것에 대해서도 거짓말 해보시오."

마리노가 스카페타에게 단호한 어조로 말했다.

"잠시 전 통화했던 시미스터 부인 전화예요. 말씀 중에 죄송하지만 무척 급한 일 같아요."

로즈가 목소리를 높이며 말했다.

마리노는 자신은 스카페타의 부하 직원이 아니고 그녀가 직접 전화를 받아야 한다는 사실을 상기시키려는 듯, 꼼짝도 하지 않고 수화기를 쳐다봤다.

"맙소사."

그녀는 다시 책상으로 걸어가며 말했다.

"연결해요."

24

마리노는 바지 주머니에 손을 찔러 넣고 출입문에 기댄 채, 스카페타가
시미스터 부인과 통화하는 모습을 지켜봤다.

예전에는 몇 시간 동안이나 스카페타의 사무실에 앉아서 커피를 마
시고 담배를 피우며 그녀의 이야기를 귀 기울여 듣는 걸 좋아했다. 이
해하지 못하는 건 설명해 달라고 서슴없이 요구했고, 그녀가 다른 용무
가 있는 경우도 잦았지만 아무 불평 없이 기다리곤 했다. 그녀가 예정
보다 늦어져도 상관하지 않았다.

이제 상황은 달라졌고, 그건 스카페타 탓이었다. 마리노는 이제 그녀
를 기다려줄 생각이 없었다. 그녀에게 의학적인 질문, 직업적이거나 개
인적인 문제를 물어보고 설명을 듣는 대신 그냥 모르는 편이 차라리 더
낫다. 하지만 예전에는 원하는 거라면 뭐든지 다 물어보곤 했다. 그녀
는 그를 배반했다. 그녀가 무슨 변명을 하든, 그녀는 의도적으로 그를
모욕했고, 지금도 여전히 그를 모욕하고 있었다. 그녀는 무엇이든지 자

신에게 유리하도록 정당화했고, 논리와 과학을 내세우며 그에게 상처를 주었다. 마치 그는 너무 멍청해서 논리와 과학을 전혀 이해하지 못한다는 듯이.

도리스도 마찬가지였다. 어느 날 그녀가 울면서 집으로 찾아왔고, 마리노는 그녀가 화가 났는지 슬픔에 잠겼는지 알 수 없었다. 하지만 그녀가 그 어느 때보다 당혹스러워 보이는 건 분명히 알 수 있었다.

"무슨 일이야, 그자가 당신을 이 지경으로 만든 거야?"

가장 좋아하는 의자에 앉아 맥주를 마시면서 뉴스를 보던 마리노가 그녀에게 물었다.

도리스는 소파에 앉아 흐느껴 울었다.

"도대체 무슨 일인데 그래?"

도리스는 얼굴을 묻고 금방이라도 숨이 넘어갈 것처럼 비통하게 울었고, 마리노는 곁에 앉아 그녀의 어깨를 감싸 안았다. 몇 분 동안 안고 있었고 그녀가 아무 말도 하지 않자, 마리노는 무슨 일이냐며 다그쳐 물었다. 도리스가 흐느껴 울면서 말했다.

"그가 날 건드렸어요. 이상하다는 생각이 들어서 왜 그래야 하는지 계속 그에게 따져 물었어요. 그러자 그는 자신은 의사이고 내게 진정하라고 했어요. 그가 무슨 일을 하는지 알면서도 마음속으로는 겁이 났어요. 내가 좀 더 현명하게 처신했어야 했어요. 안 된다고 말했어야 했지만, 도대체 뭘 어떻게 해야 할지 몰랐어요."

그러고 나서 그 치과의사 혹은 치근관 전문가는 치근 감염 때문에 구강 전체가 감염되었을 가능성이 있으므로 분비선(腺)을 확인해야 한다고 도리스에게 말했다. 도리스의 말에 따르면, 그는 분비선이라는 용어를 사용했다.

"잠시만 기다려요. 스피커폰으로 연결할게요. 옆에 수사관이 함께

175

있어서요."

스카페타는 시미스터 부인에게 말했다.

그녀는 시미스터 부인과 나눌 이야기가 걱정스럽다는 표정으로 마리노를 쳐다봤다. 마리노는 도리스에 대한 생각을 머릿속에서 몰아내려 애썼다. 그는 여전히 가끔 그녀 생각을 한다. 나이가 더 들수록 두 사람 사이에 있었던 일이 더 자주 떠오르고, 치과의사가 그녀를 건드렸을 때의 기분, 그녀가 그 보잘 것 없는 자동차 세일즈맨 때문에 자신을 떠났을 때 느꼈던 기분이 더 자주 떠올랐다. 모두가 그를 떠나가고 그를 배신한다. 모두가 그가 가진 걸 원한다. 모두가 그는 너무 멍청해서 음모나 계획을 눈치 채지 못할 거라고 생각한다. 지난 몇 주 동안은 도저히 참을 수 없는 지경에 이르렀다.

그리고 이제, 스카페타는 벤턴이 진행하고 있는 연구 실험에 대해 거짓말하고 있었다. 그를 밀어내고 있고 폄하하고 있었다. 자신이 원하는 건 뭐든지 하고, 그를 아무 쓸모없는 사람처럼 대했다.

"더 많은 정보를 얻고 싶습니다."

시미스터 부인의 목소리가 사무실에 울렸다. 나이 지긋한 할머니 목소리였다.

"나쁜 일이 일어나지 않길 바라지만 두려운 생각이 들어요. 경찰이 아무 신경도 쓰지 않는 걸 보니 기가 막힙니다."

마리노는 시미스터 부인이 무슨 이야기를 하는 건지, 그녀가 누구인지, 왜 국립 법의학 아카데미에 전화한 건지 도무지 알 수 없었고, 머릿속에서 도리스 생각을 몰아내지도 못했다. 빌어먹을 치과의사든 치근관 전문의든, 그를 협박하기만 하고 그만둔 게 후회스러웠다. 그 놈의 얼굴을 망가뜨리거나 손가락 몇 개를 부러뜨렸어야 했다.

"경찰이 아무 신경도 쓰지 않았다고 했는데, 마리노 수사관에게 자세히 말해 주세요."

스카페타가 스피커폰을 통해 말했다.

"지난 목요일 밤까진 삶의 흔적이 있었어요. 모두 흔적 없이 사라진 걸 알아채고는 곧바로 911에 신고했죠. 집에 경찰이 왔고 그 경찰이 형사를 불렀지만, 그녀는 전혀 신경 쓰지 않았어요."

"할리우드 경찰 말인가요?"

스카페타는 시미스터 부인에게 물으며 마리노를 쳐다봤다.

"맞아요, 와그너 형사였어요."

마리노는 깜짝 놀라 눈을 부릅떴다. 말도 안 된다. 아무리 운이 없다 해도, 이건 정말 심했다.

그는 출입문에 서서 물었다.

"레바 와그너 형사 말입니까?"

"뭐라고요?"

시미스터 부인의 까탈진 목소리가 들렸다.

마리노는 책상에 놓인 수화기에 가까이 다가가 다시 한 번 시미스터 부인에게 물었다.

"명함에 R. T.라는 이니셜이 적혀 있던 것만 기억나요. 그러니 레바 와그너가 맞을 거예요. 그 여형사는 정원과 집안을 둘러보더니 범행이 일어난 흔적이 없다고 말했어요. 범인들이 달아났기 때문에 경찰이 해줄 수 있는 건 아무것도 없다고 했어요."

"그 사람들과는 아는 사이입니까?"

마리노가 물었다.

"맞은편에 살고 있는 이웃이고, 그들이 운영하는 교회에 다녀요. 뭔가 나쁜 일이 일어난 게 분명해요."

"그렇군요. 시미스터 부인, 우리가 어떻게 해주길 원하십니까?"

스카페타가 물었다.

"적어도 그 집을 둘러봐주길 바라요. 교회가 그 집을 임차해서 사용했는데, 사람들이 사라진 이후로 계속 잠겨 있었거든요. 하지만 3개월 후면 임대 기간이 끝나기 때문에, 집주인은 위약금 없이 교회 운영자들을 내보내고 다른 사람에게 임대하겠대요. 교회 여성 신도들 몇몇은 아침에 그곳으로 가서 짐을 싸기 시작했어요. 그런데도 아무 일도 없단 말인가요?"

"알겠습니다. 어떻게 할지 말씀드리겠습니다. 우선 와그너 형사에게 연락할게요. 경찰의 허가 없이는 그 집 안으로 들어갈 수 없습니다. 당사자들이 우리의 도움을 청하지 않는 한 우리에게는 권한이 없어요."

스카페타가 말했다.

"나도 이해해요. 정말 감사합니다. 어떤 조처라도 취해 주세요."

"알겠습니다, 시미스터 부인. 다시 연락드릴 테니 전화번호를 남겨 주세요."

"저런, 정신 이상자가 연루된 사건 같군."

스카페타가 수화기를 내려놓자 마리노가 한숨을 쉬었다.

"서로 아는 사이인 것 같은데 와그너 형사한테 직접 연락하는 게 어때요?"

스카페타가 말했다.

"예전에 오토바이 경찰이었소. 멍청하지만 로드 킹 오토바이는 꽤 잘 다루었지. 그 여자를 형사 자리에 앉히다니 믿기지 않습니다."

트레오를 꺼내던 마리노는 레바 와그너의 목소리를 다시 들을 생각을 하자 끔찍했다. 그리고 도리스 생각이 더 이상 머릿속에 떠오르지 않길 바랐다. 그는 할리우드 경찰에게 급히 연락해서 레바에게 당장 전화해 달라고 전했다. 통화를 마치고 스카페타의 사무실을 빙 둘러보면서도 그녀만은 똑바로 쳐다보지 않았다. 마리노의 머릿속에는 도리스와 그 치과의사 그리고 자동차 세일즈맨이 떠올랐다. 치과의사든 치근관 전문가든 그를 두들겨 패주었더라면 얼마나 좋았을까? 술에 잔뜩 취해 치과로 찾아가서, 진료실에 앉아 있는 그자를 환자들이 기다리는 대기실로 몰아낸 다음, 자신의 아내의 젖꼭지를 왜 검사해야만 했는지, 젖꼭지가 치근관 검사와 무슨 상관이 있는지 설명해 달라고 요구했다면 어땠을까?

"마리노?"

여러 해가 지났는데 왜 그 사건이 다시 마음에 걸리는 걸까? 왜 온갖 일이 다시 신경 쓰이기 시작하는 걸까? 지난 몇 주 동안 그는 죽을 맛이었다.

"마리노?"

스카페타를 쳐다보며 그녀에게 다가가는 순간, 휴대전화가 울리기 시작했다.

"예."

그가 전화를 받았다.

"와그너 형사입니다."

"수사관 피트 마리노요."

그는 마치 그녀와 초면인 것처럼 말했다.

"무슨 일입니까, 피트 마리노 수사관님?"

그녀 역시 그와 모르는 사이인 것처럼 말했다.

"웨스트 레이크 지역에서 실종된 가족이 있다고 들었소. 지난 목요일 밤이었지."

"그 사건은 어떻게 들은 거예요?"

"범행이 일어났을 가능성이 있소. 중요한 건, 당신이 전혀 도움을 주지 못하고 있더군."

"범행이라고 생각했다면 그 사건을 수사하고 있겠죠. 어디서 들은 정보예요?"

"그 교회에 다니는 여자에게 들었소. 실종된 사람들의 이름을 알고 있소?"

"글쎄요…. 약간 이상한 이름이었는데, 에바 크리스천, 크리스털 아니면 크리스틴 크리스천. 이런 비슷한 이름이었어요. 남자아이의 이름은 기억나지 않습니다."

"크리스천 크리스천 아닐까?"

스카페타와 마리노는 서로를 쳐다봤다.

"그런 이름이었어요. 메모해 둔 걸 지금 갖고 있지는 않지만, 원하면 직접 확인해 드리겠습니다. 확실한 증거가 없는 한, 우리 형사과는 수사에 착수하지 않아요…."

"그러시겠지. 내일 짐을 싼다고 하던데, 집안을 수색하려면 지금밖에 시간이 없겠군."

마리노가 무례하게 말했다.

"그들이 사라진지 일주일이 지났는데 벌써 짐을 정리하지 않았을까요? 제가 생각하기엔, 그들은 그곳을 완전히 떠나 되돌아올 것 같지 않습니다. 수사관님은 어떻게 생각하세요?"

"확실히 조사해야겠지."

마리노가 대답했다.

카운터에 있는 남자는 루시가 생각했던 것보다 더 나이 들고 더 준수한 모습이었다. 루시가 예상했던 모습은 한때 윈드서핑을 했던 사람, 가죽 옷을 입고 온몸에 문신을 새긴 모습이었다. 비치범즈라는 가게에서 일하고 있는 사람은 분명 그런 유형일 거라는 생각이 들었다.

그녀는 카메라 케이스를 내려놓은 다음, 상어와 꽃, 야자수, 다른 열대 풍경이 그려진 헐렁한 티셔츠를 만지작거렸다. 밀짚모자와 샌들, 선글라스와 선크림을 자세히 둘러보면서 구매하고 싶은 마음이 생기길 바랐지만 아무 관심도 생기지 않았다. 그녀는 다른 손님 두 명이 나가기를 기다리며 가게 안을 천천히 둘러봤다. 그러자 보통 사람처럼 살면 어떤 기분일지, 기념품이나 화려한 장식품들, 일광욕 따위를 신경쓰는 건 어떤 기분일지, 거의 반나체로 수영복을 입고 해변에 있으면 또 어떨지 궁금해졌다.

"산화아연이 들어간 선크림 있어요?"

손님 가운데 한 명이 카운터에 앉아 있는 래리에게 물었다.

그는 머리숱이 많은 백발에 턱수염을 단정하게 정리했다. 나이는 예순둘, 알래스카에서 태어났고, 지프차를 몰고, 집을 소유한 적이 한 번도 없고, 대학을 다니지 않았고, 술에 취해 풍기 문란을 일으킨 죄로 1957년 체포되었다. 래리는 2년 동안 비치범즈를 운영해오고 있었다.

"산화아연이 들어간 제품은 손님들이 더 이상 찾지 않습니다."

그가 손님에게 말했다.

"난 그렇지 않아요. 다른 선크림과는 달리 피부 자극이 없어서요. 아무래도 난 알로에 알레르기가 있나 봐요."

"이 제품에는 알로에가 들어 있지 않습니다."

"마우이짐 선글라스 있어요?"

"그건 너무 비쌉니다. 가게에 있는 선글라스는 지금 보고 있는 게 전부입니다."

그런 대화가 잠시 더 오가더니 두 손님은 자그마한 물품을 구입하고 마침내 가게를 나갔다. 루시는 주변을 두리번거리며 천천히 카운터로 다가갔다.

"찾는 물건이라도 있습니까? 어디서 오셨습니까? 영화 〈미션 임파서블〉에서 금방 튀어나온 것 같은 모습인데."

래리는 루시의 옷차림을 유심히 보며 말했다.

"오토바이를 타고 왔어요."

"사려 깊은 사람들이 거의 없는데, 그 가운데 한 명이시군요. 밖을 내다보십시오. 모두들 반바지에 티셔츠를 걸쳤을 뿐 헬멧을 쓴 사람은 아무도 없습니다. 심지어 고무 샌들을 신고 오토바이를 타는 사람도 있지요."

"당신이 래리군요, 그렇죠?"

그는 깜짝 놀라며 루시에게 물었다.

"여기 온 적이 있습니까? 얼굴을 잘 기억하는 편인데, 기억이 나지 않는군요."

"플로리 퀸시와 헬렌 퀸시에 대해 이야기해드릴까 합니다. 그 전에 먼저 가게 문을 닫아 주세요."

루시가 말했다.

할리 데이비드슨 오토바이 기종 가운데 파란색 페인트를 칠한 크롬 소재 겉면에 불꽃이 그려진 이글 듀스가 직원용 주차장 구석에 세워져 있었다. 오토바이를 향해 걸어가는 마리노의 발걸음이 빨라지고 있었다.

"망할 자식!"

마리노는 시동을 걸었다.

마리노가 큰 소리로 소리치는 바람에, 화단에서 잡초를 뽑고 있던 관리인 링크가 하던 일을 멈추고 깜짝 놀라 일어섰다.

"무슨 일 때문에 그러십니까?"

"우라질 놈!"

새로 산 오토바이어 앞 타이어에 펑크가 났다. 반짝이는 크롬 소재의 바퀴 가장자리가 바닥에 닿아 있을 만큼 심하게 펑크가 났다. 화가 잔뜩 난 마리노는 아침에 건물로 들어올 때 못이나 나사 같은 날카로운 이물질이 타이어에 박히지 않았는지 몸을 구부려 자세히 살폈다. 그는 오토바이를 앞뒤로 움직이다가 펑크 난 자국을 찾아냈다. 0.3센티미터 정도의 펑크 자국은 날카롭고 단단한 도구로 찌른 것 같았는데, 칼로 찌른 것 같기도 했다.

스테인리스스틸 소재의 외과 수술용 메스인 것 같기도 해서, 마리노는 주변을 두리번거리며 조 아모스가 있는지 확인했다.

"나도 봤습니다."

관리인 링크가 흙 묻은 손을 푸른색 작업복에 닦으며 마리노에게 다가왔다.

"이제야 알려주다니 고마워 죽겠군요."

마리노는 화를 내며 안장에 다는 주머니를 뒤지며 타이어 용구가 들어 있는지 확인했다. 조 아모스를 생각할수록 점점 더 화가 치밀었다.

"타이어에 못이 박혔을 겁니다. 사정이 딱하게 됐군요."

링크는 몸을 숙이며 타이어를 더 자세히 들여다봤다.

"내 오토바이를 찾으며 두리번거리는 사람 못 봤습니까? 타이어 용구는 도대체 어디 있는 거야?"

"하루 종일 이곳에 있었지만 오토바이 근처에 얼씬거리는 사람은 아무도 없었습니다. 그런데 대단한 오토바이군요. 어라, 배기량이 1400cc입니까? 나도 한때 스피링거를 몰았는데, 어떤 미친 놈이 내게 달려드는 바람에 공중회전을 하고 말았습니다. 오늘 아침 10시부터 화단을 정리하기 시작했는데, 그때 벌써 타이어에 펑크가 나 있었습니다."

마리노는 돌이켜 생각해봤다. 그가 도착한 시간은 9시 15분에서 30

분 사이였다.

"이런 펑크자국이 생기면 타이어에 금방 바람이 빠지기 때문에 이 주차장 안으로 들어올 수도 없었을 거요. 도넛을 사러 오토바이를 세웠을 때만 해도 타이어는 멀쩡했습니다. 이곳에 오토바이를 주차한 이후에 펑크가 난 게 분명해요."

마리노가 말했다.

"글쎄요, 나는 잘 모르겠습니다."

마리노는 조 아모스를 떠올리며 주변을 둘러봤다. 만약 조가 한 짓이라면, 마리노는 그를 죽여 버릴 것이다.

"생각하고 싶지도 않지만, 환한 대낮에 주차장 안으로 들어와 그런 짓을 했다면 정말 대담한 짓입니다. 만약 그런 일이 일어났다면 말입니다."

"도대체 어디 있는 거야?"

마리노는 안장에 다는 다른 주머니를 뒤지며 타이어 용구를 찾았다.

"구멍을 막을 만한 것 있습니까? 젠장, 재수가 없으려니."

마리노는 주머니를 뒤지다말고 씩씩거렸다.

"이렇게 큰 구멍이 생겼으니 오토바이는 꼼짝도 하지 않겠군. 젠장!"

마리노는 타이어를 교체하려 했다. 차고에 여분의 타이어가 있었다.

"혹시 조 아모스 못 봤습니까? 그가 근처에 얼씬거리지 않았습니까?"

"아니요."

"그가 가르치는 학생은요?"

학생들은 마리노를 싫어했다. 예외 없이 모두 그를 싫어했다.

"못 봤습니다. 누군가 주차장 안으로 들어와 오토바이나 자동차에 못된 짓을 하려 했다면 제가 못 봤을 리 없습니다."

링크가 말했다.

"아무도 못 봤단 말입니까?"

링크에게 계속 강압적인 태도를 보이던 마리노는 링크가 이 사건에 연루되었을지도 모른다는 의심이 들었다.

아카데미에서 근무하는 사람들 가운데 마리노를 좋아하는 사람은 아무도 없을지도 모른다. 세상 사람들 가운데 절반은 마리노의 값비싼 할리 오토바이를 부러워하는지도 모른다. 마리노가 타는 할리 오토바이를 유심히 쳐다보는 사람들이 많았고, 주유소까지 따라오는 사람도 있었으며, 그 가운데는 주차한 오토바이를 자세히 들여다보는 사람들도 있었다.

"타이어가 있는 차고까지 오토바이를 끌고 가야 할 겁니다. 루시가 새로 구입한 V-로즈에 사용하는 트레일러를 쓰길 원하는 게 아니라면요."

링크가 말했다.

아카데미 지하 앞문과 뒷문을 떠올려보자 비밀번호 없이는 출입이 불가능하다는 생각이 들었다. 내부에서 일어난 일임에 틀림없었다. 조 아모스 생각을 하던 마리노는 중요한 사실을 깨달았다. 조는 직원회의에 참석 중이었다. 마리노가 나타났을 때, 그는 이미 회의실에 앉아 경솔하게 지껄이고 있었다.

25

흰색 지붕에 오렌지색으로 벽을 칠한 그 집은 스카페타가 태어난 50년대에 지어졌다. 그 집 정원을 걸으며 그곳에 살던 사람을 떠올리자 텅 빈 집이 황량하게 느껴졌다.

자신의 이름이 호그라던 그 사람이 머릿속을 떠나지 않았다. 그가 은밀하게 말하던 조니 스위프트도 계속 머릿속을 맴돌았다. 마리노는 호그가 언급한 사람이 크리스천 크리스천이라고 생각했지만 스카페타는 사실은 크리스틴 크리스천일 것이라고 확신했다. 조니 스위프트는 사망했고 크리스틴 크리스천은 실종되었다. 스카페타는 사우스 플로리다에는 시신을 버릴 만한 장소가 많다는 생각이 종종 들곤 했다. 늪지와 운하, 호수, 방대한 소나무 숲이 여럿 있었다. 아열대 기후에서는 시신이 빨리 부패하고, 벌레들이 시신을 게걸스럽게 먹어치우고, 동물들이 시신의 뼈를 갉아먹은 다음 막대기나 돌처럼 여기저기 흩뜨려 놓는다. 시신은 물속에서 오랫동안 그대로 있지 않고, 바닷물의 염분은 뼛속 미네랄을 걸러내어 완전히 용해시킨다.

집 뒤로 보이는 배수로는 더러운 핏빛이었다. 폭발로 생긴 부스러기 같은 썩은 물에 낙엽이 둥둥 떠 있었다. 초록과 갈색의 코코넛은 마치 참수당한 목처럼 이리저리 움직였다. 폭풍우가 몰려올 듯한 먹구름 사이에 이따금씩 햇빛이 비치고, 습기 찬 공기가 무겁게 가라앉았다. 그리고 바람이 갑자기 강하게 불어 닥쳤다.

와그너 형사는 사람들이 자신을 레바라고 불러주는 걸 좋아했다. 그녀는 매력적이기보다는 약간은 도가 지나칠 정도로 섹시하다. 숱이 많은 머리는 반짝거리는 백금색으로 염색했고 눈동자는 밝은 푸른색이다. 그녀는 변덕스럽지 않다. 멍청하지도 않고, 아직 마녀로 통하지도 않는다. 마리노는 레바를 수탉 스토커라 불렀는데, 스카페타는 그게 무슨 뜻인지 정확히 알 수 없었다. 레바는 경험이 부족하지만 노력하고 있는 듯했다. 스카페타는 익명의 제보자가 전화를 걸어 크리스틴 그리스천을 언급한 사실을 레바에게 말했다.

"그들은 한동안 이곳에서 거주했지만 이곳 시민은 아니었습니다."

레바는 두 남자아이를 양육하며 이 집에서 살던 두 자매에 대해 이야기했다.

"그들은 남아프리카공화국 출신입니다. 두 남자아이도 그곳 출신이라 아이들을 이곳에 데려온 것 같습니다. 네 사람이 함께 저곳에 살던 거죠."

레바는 집을 가리키며 말했다.

"그러다 어떤 이유 때문에 사라져버리거나, 남아프리카공화국으로 도망치기로 결심한 거 아닐까요?"

스카페타는 좁고 어두운 배수로를 가만히 응시하며 물었다. 축축한 기운이 마치 후텁지근하고 끈적거리는 손바닥처럼 그녀를 짓누르는 듯했다.

"그들이 남자아이를 입양하기 원했던 점은 이해합니다. 하지만 입양 가능성은 거의 없었죠."

"어떤 이유 때문이죠?"

"남아프리카공화국에 있는 아이들의 친척이 그들을 데려가길 원했지만, 더 큰 집으로 이사 가기 전까지는 아이들을 데려갈 수 없었던 겁니다. 그리고 두 자매가 광신도인 점도 불리하게 작용했을 겁니다."

스카페타는 배수로 건너편에 보이는 집에 대해 알고 있었다. 밝은 초록색 잔디밭과 연하늘색 수영장이 있다는 사실도 알고 있었다. 하지만 어느 집이 시미스터 부인의 집인지 확실히 알 수 없었고, 마리노가 벌써 그녀와 만났는지도 알 수 없었다.

"남자아이들은 몇 살이죠?"

그녀가 물었다.

"일곱 살과 열두 살이요."

공책을 보고 있던 스카페타는 몇 페이지를 뒤로 넘겼다.

"에바 크리스천과 크리스틴 크리스천. 그들이 왜 남자아이들을 돌보고 있는지 모르겠군요."

스카페타는 실종된 사람들을 현재 시제로 말하는 것이 조심스러웠다.

"이름이 에바(Eva)가 아닙니다. a가 없어요."

"그럼 이브(Ev) 혹은 이브(Eve)인가요?"

"a도 e도 없이, 그냥 이브(Ev)입니다."

검은색 노트북에 'Ev'라고 쓰면서 스카페타는 정말 특이한 이름이라고 생각했다. 배수로를 바라보자, 햇빛이 물 위에 비쳐 진한 홍차처럼 갈색으로 보였다. 이브 크리스천과 크리스틴 크리스천. 마치 유령처럼 사라진, 믿음이 깊은 여자에게 어울리는 이름이었다. 이윽고 해가

구름 뒤로 사라지고 물빛이 어두워졌다.

"둘 다 실명인가요? 혹시 가명이 아닐까요? 어느 시점에서 종교적인 이름으로 개명한 건 아닐까요?"

스카페타는 배수로 건너편에 보이는, 파스텔로 스케치한 것처럼 보이는 집을 가만히 바라보며 물었다.

검은색 바지에 흰색 셔츠를 입은 사람이 정원으로 나오는 모습이 보였는데, 시미스터 부인의 정원일 수도 있을 것이다.

"저희가 알기로는 실명입니다. 병충해 조사관들이 도처에 있습니다. 정치적인 술수죠. 사람들이 정원에 직접 감귤을 기르지 않고 사도록 하기 위해서입니다."

레바 형사는 스카페타가 바라보는 곳으로 시선을 옮기며 말했다.

"실제로는 그렇지 않아요. 감귤 병충해는 심각한 해를 끼치죠. 조처를 취하지 않으면 아무도 감귤 나무를 키울 수 없게 돼요."

"그건 음모입니다. 라디오에서 사람들이 하는 이야기를 들었습니다. 라디오에서 셀프 박사 이야기 듣지 못하셨어요? 셀프 박사가 하는 말을 꼭 들어야 합니다."

스카페타는 피치 못할 경우가 아니면 셀프 박사의 이야기를 절대 듣지 않았다. 배수로 건너편에 있던 사람이 쭈그리고 앉아 검은색 가방을 뒤지는 모습이 보였다. 그는 가방에서 무언가를 끄집어냈다.

"이브 크리스천은 허름한 교회의 목사였습니다. 규모가 작은 교회라 목사나 성직자로 부를 수 있을지는 잘 모르겠지만…. 교회 이름이 너무 길어서 잘 기억나지 않네요."

그러더니 레바 형사는 메모지를 뒤졌다.

"교회 이름이 '주님께서 증언해주신 진정한 하나님의 딸들' 이군요."

"그런 교회 이름이나 종파는 들어보지 못했는데요. 그럼 크리스틴 크리스천은 무슨 일을 했나요?"

스카페타가 메모를 하며 말했다.

병충해 조사관은 자리에서 일어나 과일 따는 기구처럼 보이는 것을 집어 들었다. 그것을 나무 위로 올려 자몽을 당기자 자몽이 정원 바닥에 떨어졌다.

"크리스틴도 교회에서 일했습니다. 예배 시간 동안 성경을 읽거나 기도하는 걸 도와주었습니다. 남자아이들의 부모는 1년 전 스쿠터 사고로 사망했습니다."

"어디에서요?"

"남아프리카공화국에서요."

"그 이야기는 어디서 들은 거죠?"

스카페타가 물었다.

"교회 사람한테서 들은 겁니다."

"사고 보고서는 확인했나요?"

"이미 말한 것처럼, 사건은 남아프리카공화국에서 발생했습니다. 사건 기록을 확인하려고 노력 중입니다."

레바가 대답했다.

스카페타는 호그라는 사람에게서 이상한 전화가 걸려온 이야기를 언제 꺼내야 할지 계속 고심 중이었다.

"남자아이들의 이름은 뭐죠?"

스카페타가 물었다.

"데이비드 럭과 토니 럭입니다. 행운을 뜻하는 럭(luck)이 성이라니, 우습지 않습니까?"

"남아프리카공화국 당국과 공조수사는 하지 않을 건가요? 남아프리카 공화국 어느 도시죠?"

"케이프타운입니다."

"크리스천 자매도 그곳 출신 아닌가요?"

"저도 그렇게 알고 있습니다. 부모님이 돌아가신 후 크리스천 자매가 아이들을 데려왔습니다. 교회는 여기서 20분 정도 떨어진 데이비 대로에 있는데, 바로 옆에 특수 애완동물 가게가 있습니다."

"케이프타운 법의국에 연락했나요?"

"아니오, 아직 안했습니다."

"내가 도와주겠습니다."

"그러면 좋죠. 교회 옆에 있는 특수 애완동물 가게에선 거미, 지네, 독성이 있는 개구리, 뱀의 먹이로 쓰이는 흰쥐 등을 판다고 합니다."

레바는 덧붙여 말했다.

"왠지 이교도일 것 같은 느낌이 듭니다."

"내 사무실에 사람을 들이고 사진을 찍도록 허락해주는 경우는 경찰청 관련 사무일 때뿐입니다. 오래 전 일입니다만, 예전에 한 번 도난을 당한 적이 있었거든요."

래리는 카운터 뒤에 놓인 등받이 없는 의자에 앉아 말했다.

창문 너머로 A1A 도로를 따라 계속 이어지는 차량들의 행렬이 보이고, 그 뒤로 바다가 보였다. 가는 빗줄기가 내리기 시작했고 폭풍우가 서서히 남쪽으로 내려가고 있었다. 루시는 몇 분 전 마리노에게 들었던 이야기를 곰곰이 생각 중이었다. 그 집과 실종된 사람들에 대한 이야기, 오토바이 타이어가 펑크 났다며 몹시 투덜거리던 기억이 났다. 그리고 이모인 케이 스카페타가 지금 무엇을 하고 있을지, 폭풍우가 서서히 남하하고 있다는 생각을 했다.

"물론 그 사건에 대해선 많은 이야기를 들었습니다."

사우스 플로리다가 얼마나 많이 변했는지, 알래스카로 되돌아갈 걸 심각하게 고려중이라며 오랫동안 여담을 나누던 래리는 다시 본론으로 되돌아와 플로리 퀸시와 헬렌 퀸시를 언급했다.

"늘 그렇듯이, 시간이 지나면서 사건에 대한 세부사항이 점점 더 과장되고 있어요. 그리고 비디오테이프로 녹화하는 건 안 됩니다."

그는 그 점을 재차 강조했다.

"이건 경찰청 문제예요. 그 사건을 은밀하게 조사해달라는 요청을 받았습니다."

루시는 반복해서 말했다.

"당신이 기자가 아니라는 걸 내가 어떻게 확인할 수 있겠습니까?"

"저는 전직 FBI 요원, 전직 ATF(화기국) 요원입니다. 국립 법의학 아카데미라고 들어보셨나요?"

"에버글레이드에 있는 큰 규모의 트레이닝캠프 말입니까?"

"정확히 에버글레이드 소재는 아니에요. 아카데미에는 부속 수사 연구소와 수사 전문가들이 일하고 있고, 플로리다에 있는 대부분의 경찰국과 협정을 맺고 있습니다. 그리고 필요한 경우에 그들을 도와주죠."

"나 같은 납세자가 부담하기에는 비용이 만만치 않겠군요."

"응당 받아야 할 대가를 받는 것뿐이에요. 그들은 우리를 도와주고, 우리는 그들을 다양한 방면에서 교육하고 훈련시키죠."

루시는 뒷주머니에서 검은색 지갑을 꺼내 래리에게 건네줬다. 그는 루시의 자격 증명서, 위조된 신분증, 역시 위조되어 놋쇠 덩어리에 지나지 않는 수사관 배지를 자세히 들여다봤다.

"신분증에 사진이 없군요."

래리가 말했다.

"운전면허증과는 다르죠."

그는 루시의 가명과 직함을 소리 내어 읽었다.

"방금 읽으신 대로입니다."

"그렇군요."

그는 루시에게 지갑을 되돌려주며 말했다.

"알고 계신 내용을 말씀해 주십시오."

루시는 카운터 위에 놓인 비디오카메라 작동 버튼을 누르며 말했다.

잠긴 출입문에서는, 몸에 꽉 끼는 수영복을 입은 젊은 커플이 문을 열려고 했다.

그들이 유리로 안을 들여다보자 래리는 고개를 가로저었다. 그는 문을 열어주지 않을 것이다.

"당신 때문에 가게 영업도 제대로 못 하는군요."

래리는 루시에게 그렇게 말하면서도 그다지 신경 쓰지 않는 듯했다.

"내가 이곳에 왔을 때는 퀸시 가족이 사라졌다는 이야기밖에 듣지 못했습니다. 내가 들은 바에 따르면, 그녀는 매일 아침 7시 반에 이곳에 와서 자그마한 전기 열차와 나무에 불을 밝히고, 크리스마스 음악을 틀고, 다른 소소한 일을 했다고 하더군요. 그날 그녀는 가게 문을 열지 않았습니다. 그녀의 아들이 걱정스런 얼굴로 찾아왔을 때, 가게는 여전히 닫힌 상태였죠."

루시는 카고 바지 주머니에 손을 넣어, 안에 숨겨둔 테이프 녹음기에 꽂힌 볼펜을 꺼냈다. 그리고 조그마한 수첩도 함께 꺼냈다.

"메모 좀 해도 괜찮을까요?"

루시가 물었다.

"내가 하는 말을 곧이곧대로 듣지는 마세요. 사건이 일어났을 당시 난 이곳에 없었기 때문에 사람들에게 들은 이야기를 전해주는 것뿐이니까요."

"퀸시 부인이 음식을 배달시켰다고 하더군요. 서류에 그런 내용이 적혀 있었습니다."

루시가 말했다.

"가봤는지 모르겠지만, 도개교 반대편에 플로리디언이라는 운치 있는 오래된 레스토랑이 있습니다. 내가 알기로는 그녀는 음식을 배달시키지 않았을 겁니다. 그녀는 항상 그곳에서 참치요리를 먹었죠."

"그녀의 딸 헬렌도 항상 그걸 먹었나요?"

"그건 기억나지 않습니다."

"퀸시 부인이 직접 딸아이를 태우러 갔나요?"

"아들이 근처에 없을 경우는 그랬습니다. 그가 근처에 없었던 것도 사건이 일어난 이유 가운데 하나입니다."

"그를 만나볼 수 있을까요?"

"나도 1년 동안 보지 못했습니다. 처음에는 그가 가끔씩 가게에 들르고 가벼운 이야기도 나누었지만 그 이후로는 오지 않았습니다. 가족들이 실종된 후 1년 동안 그는 몹시 괴로워했죠. 하지만 시간이 지나면서, 내 개인적인 생각입니다만, 너무 괴로운 나머지 가족에 대한 생각을 별로 하지 않는 것 같아요. 현재 할리우드의 고급 주택에 살고 있습니다."

루시는 가게 안을 둘러봤다.

"이곳에는 크리스마스 기념품이 없습니다."

래리는 루시가 그 점을 궁금해 할 거라 짐작하며 말했다.

루시는 퀸시 부인의 아들인 프레드에 대해서는 아무것도 물어보지 않았다. 이미 HIT를 통해 프레드 앤더슨에 대해 많은 정보를 얻었기 때문이다. 나이는 스물여섯이고, 컴퓨터 그래픽 분야의 웹디자이너로 활동하고 있다는 것. 주소도 알고 있었다. 래리는 사건에 대한 이야기를 계속했다. 퀸시 모녀가 실종된 날, 프레드는 그들에게 여러 차례 전화를 걸었고 마침내 가게로 왔을 때는 문이 잠겨 있었고 퀸시 부인의 차량인 아우디는 여전히 가게 뒤쪽에 주차되어 있었다고 했다.

"그날 아침 가게 문이 열려 있었던 게 확실한가요? 그들이 차에서 내린 뒤에 무슨 일이 일어났을 가능성은 없나요?"

루시가 물었다.

"모든 가능성을 열어놔야 할 겁니다."

"퀸시 부인의 지갑과 자동차 열쇠는 가게 안에 있었나요? 퀸시 부인과 헬렌이 가게 안에서 커피를 마셨거나, 통화를 했거나, 다른 일을 한 흔적은요? 예를 들어, 크리스마스트리에 불이 켜져 있었거나 장난감 열차가 달리고 있었나요? 혹은 크리스마스 캐럴이 흘러나오거나 가게에 불이 켜져 있었나요?"

"지갑이나 자동차 열쇠는 찾지 못했다고 했습니다. 가게에 불이 켜져 있었는지에 대해서는 사람들마다 말이 다릅니다. 어떤 사람들은 켜져 있었다고 했지만 어떤 사람들은 아니라고 했습니다."

루시는 가게 뒷문을 주의 깊게 쳐다봤다. 베이질 젠레트가 벤턴에게 했던 말이 떠올랐기 때문이다. 젠레트가 창고에서 어떻게 강간을 저지르고 살인을 할 수 있었는지 상상이 가지 않았다. 어떻게 주변을 깨끗이 정리하고 시신을 가게 밖으로 빼내어 사람들의 눈을 피해 차에 실을 수 있었는지, 믿기지가 않았다. 사건이 일어났을 때는 환한 대낮이었다. 7월 휴가철이라 해도 사람들이 붐비는 곳이었다. 그가 다른 희생자들에게 그랬던 것처럼 퀸시 부인의 딸인 헬렌을 유괴해 다른 곳으로 데려가 죽이지 않은 이상, 그런 시나리오는 불가능해 보였다. 일곱 살짜리 여자아이에게 그런 일을 저지르다니, 생각만 해도 끔찍했다.

"그들이 실종된 뒤 이 가게는 어떻게 되었나요? 다시 문을 열었나요?"

루시가 물었다.

"아닙니다. 크리스마스 선물을 파는 가게로는 쉽게 돈을 벌 수 없죠. 그런 가게를 운영한 건 특이한 경우죠. 가게는 다시 문을 열지 않았고, 그들이 실종된 후 한두 달이 지나자 아들인 프레드가 가게 물건을 처분했습니다. 그해 9월 비치범즈라는 새로운 가게가 들어섰고 그때부터 제가 이곳에서 일하고 있습니다."

"가게 뒤쪽을 보여주세요. 그러면 더 이상 귀찮게 하지 않고 갈게요."

루시가 말했다.

호그는 자몽 두 개를 더 딴 다음, 긴 손잡이가 달린 과일 따는 도구에 달려 있는, 집게발 같은 광주리에 자몽을 담았다. 그는 스카페타와 레바가 배수로 건너편에 보이는 수영장 근처를 걸어 다니는 모습을 주의 깊게 쳐다봤다.

레바는 분주하게 손짓을 하고, 스카페타는 모든 걸 유심히 관찰하면서 메모를 했다. 그 광경을 보며 호그는 극도의 흥분을 느꼈다. 바보들 같으니라고. 두 사람 다 자신들이 생각하는 것처럼 똑똑하지는 않다. 그들이 자신보다 한 수 아래라는 생각이 든다. 그리고 예상치 못한 타이어 펑크 때문에 마리노가 늦게 도착할 생각을 하자 입가에 미소가 번졌다. 보통 사람들이라면 아카데미 차량을 타고 신속하게 이곳에 왔겠지만 마리노는 그렇지 않았다. 그걸 참지 못하고 당장 수리해야 직성이 풀릴 것이다. 고집불통 얼간이 같은 놈. 호그는 풀밭에 쭈그리고 앉아 과일 따는 도구에 고정된 알루미늄 나사를 푼 다음, 검은색 나일론 가방에 다시 집어넣었다. 가방이 무거웠기 때문에, 그는 크리스마스 선물 가게에 서 있던 도끼를 짊어진 벌목꾼처럼 가방을 어깨 위에 짊어졌다.

그는 천천히 정원을 가로질러 흰색 벽토를 바른 옆집을 향해 걸어가면서, 그녀가 몸을 흔들며 앉아 있는 모습과 배수로 반대편에 있는 연한 오렌지색 집을 쌍안경을 통해 자세히 살폈다. 그녀가 며칠째 그 집을 유심히 살피고 있는 모습은 흥미로웠다. 호그가 연한 오렌지색 집을 벌써 세 번째 드나들고 있지만 아무도 눈치 채지 못했다. 집안을 드나들면서 예전에 일어났던 일을 기억하고, 되새기고, 원하는 만큼 그곳에서 시간을 보냈다. 그를 볼 수 있는 사람은 아무도 없다. 그는 흔적도 없이 사라질 수 있다.

호그는 시미스터 부인 정원으로 들어가 라임나무 하나를 유심히 살폈다. 그녀는 쌍안경을 조정해 그의 모습을 주시하고 있었다. 잠시 후 그녀는 미닫이문을 열지만 정원으로 나오지는 않았다. 호그는 그녀가 정원에 나오는 모습을 한 번도 보지 못했다. 정원을 손질하는 사람이 오가곤 하지만, 그녀는 집을 떠나는 법이 없었고 그에게 말 한 마디 건네지 않았다. 식료품은 항상 배달시키는데 매번 똑같은 사람이 배달해 왔다. 친척일 수도 있고 아들일 수도 있을 것이다. 그는 봉투를 들고 집안으로 들어가지만 오랫동안 머무는 법은 없었다. 그녀를 성가시게 하는 사람은 아무도 없었다. 그녀는 호그에게 감사해야 한다. 이제 얼마 지나지 않아, 그녀는 많은 사람들의 관심을 받게 될 것이다. 라디오에서 셀프 박사의 말이 끝나면, 그녀에 관한 소식이 많은 사람에게 전해질 것이다.

"괜히 나무에 손대지 말아요. 이번 주에 두 번씩이나 찾아오다니 정말 골칫거리네요."

시미스터 부인이 강한 억양이 남아 있는 목소리로 외쳤다.

"죄송합니다, 부인. 이제 거의 끝났습니다."

호그는 정중하게 말하며 라임 나무 나뭇잎을 떼어 살폈다.

"우리 집에서 나가지 않으면 경찰을 부를 거예요."

그녀의 목청을 더 높이며 말했다.

그녀는 겁에 질려 있었다. 소중한 나무를 베어내야 할지도 모른다는 두려움이 들자 화가 났다. 하지만 막상 나무를 베어내야 할 상황이 닥치면 그다지 상관하지 않을 것이다. 정원에 있는 나무는 병충해를 입었다. 적어도 20년이 된 나무는 피폐해졌다. 커다란 오렌지 트럭이 병충해를 입은 나무를 자르고 땅을 갈아엎는 곳마다, 땅바닥에 나뭇잎이 쌓였다. 그는 나뭇잎을 주워 물속에 집어넣은 다음, 박테리아가 마치 자그마한 거품처럼 올라오는 모습을 지켜봤다. 그런 다음, 그는 신이 자신에게 준 주사기를 채웠다.

호그는 검은색 가방 지퍼를 열고 붉은색 스프레이 페인트 캔을 꺼내어, 라임 나무 밑동 주변에 스프레이를 뿌려 빨간색 선을 그렸다. 마치 죽음의 천사처럼 핏자국이 튀었지만, 아무도 눈치 채지 못했다. 호그의 머릿속 어두운 저편에 숨겨진 상자 어딘가에서 설교 소리가 흘러나오는 듯했다.

거짓 증언을 하면 처벌받을 것이다.

나는 아무 말도 하지 않을 것이다.

거짓말을 하면 처벌받을 것이다.

나는 아무 말도 하지 않았다. 한 마디도.

내 손으로 처벌하는 일은 끝이 없다.

아니다, 나는 하지 않았다, 절대로!

"지금 뭐 하는 거예요? 그 나무에 손대지 말라고 했잖아요!"

"부인한테 기꺼이 설명해 드리겠습니다."

호그는 동정어린 목소리로 차분하게 말했다.

시니스터 부인은 고개를 가로저었다. 그러고 나서 급히 미닫이문을 닫고 안에서 잠갔다.

26

계절에 맞지 않게 기온이 높고 비가 많이 내린 탓인지, 신발 밑창에 닿는 풀밭이 스펀지처럼 축축하게 느껴졌다. 먹구름에 가린 햇빛이 다시 비치면서, 정원을 돌아다니는 스카페타의 머리와 어깨에 강렬한 빛이 내리쬐었다.

분홍색과 붉은색이 감도는 히비스커스 꽃, 야자수, 밑동에 붉은색 선을 그은 감귤나무 몇 그루가 보였다. 나이 든 여자의 고함소리가 방금 들렸고, 스카페타는 배수로 너머에서 검은색 가방을 잠그고 있는 조사관을 유심히 쳐다봤다. 나이 든 여자가 시미스터 부인일지도 모른다는 생각이 들었고, 마리노가 아직 도착하지 않았다는 데 생각이 미쳤다. 마리노는 항상 지각을 하고, 스카페타가 요청하는 일이라면 서두르는 법이 없었다. 콘크리트 벽으로 가까이 따라가 보자 배수로로 가파르게 이어졌다. 배수로에 악어가 살지는 않겠지만, 울타리가 없어서 어린아이나 강아지가 쉽게 빠져 익사할 수 있을 것 같았다.

이브와 크린스틴은 두 아이를 키우면서도 정원에 울타리를 치지 않았다. 정원을 바라보던 스카페타는 날이 어두워지면 정원과 배수로의 경계선을 구분하기 쉽지 않을 거라는 생각이 들었다. 배수로는 동쪽에서 서쪽 방향으로 흐르고, 집 뒤쪽에서는 폭이 좁지만 갈수록 넓어졌다. 멀리 보이는 요트와 모터보트는 이브와 크린스틴, 데이비드와 토니가 살았던 집보다 훨씬 더 고급스러워 보이는 저택 뒤에 정박해 있었다.

레바 말에 따르면, 크리스천 자매와 데이비드와 토니가 마지막으로 목격된 때는 2월 10일 목요일 밤이었다. 그리고 이튿날, 이름이 호그라고 밝힌 남자가 마리노에게 전화했다. 그때 그들은 이미 실종된 상태였다.

"그들이 실종된 사실이 뉴스에 나왔나요?"

스카페타가 레바에게 물었다. 그렇게 해서 익명의 제보자가 크리스틴의 이름을 알아냈을지도 모른다는 생각이 들었기 때문이다.

"그건 잘 모르겠습니다."

"직접 조서를 작성한 거 아닌가요?"

"스카페타 박사님, 그런 사건은 뉴스에 나오지 않습니다. 이곳 사우스 플로리다에서는 실종사건이 꽤 자주 일어나거든요."

"지난 목요일 밤 마지막으로 목격된 정황에 대해 자세히 말해 주세요."

레바는 당시 상황을 설명해줬다. 그날 이브는 교회에서 설교를 했고 크리스틴은 성경 구절을 읽었다. 이튿날 아침 기도 시간에 두 자매가 나타나지 않자 한 신도가 전화했지만 연락이 닿지 않았다. 그래서 그 여성 신도가 차를 몰고 그들 집으로 갔다. 그녀는 열쇠로 문을 열고 집 안으로 들어갔다. 크리스천 자매와 두 남자아이가 없어진 것 이외에 별다른 점은 없었고, 약하게 켜진 스토브 위에 빈 냄비가 올려져 있었다. 스토브에 관한 사항은 중요하다. 스카페타는 집 안으로 들어가면 그 점에 주목할 것이다. 하지만 아직 준비가 되지 않았다. 그녀가 범죄 현장으로 들어가는 태도는 마치 약탈자와 같다. 최악의 상황에 대비하며 밖에서 안으로 서서히 좁혀 들어간다.

루시는 래리가 2년 전 가게에서 일하기 시작했을 때는 창고의 모습이 지금과 달랐는지 물었다.

"창고는 전혀 손대지 않았죠."

래리가 대답했다.

루시는 창고 안을 둘러봤다. 머리 위에 켜진 전구 불빛이 커다란 마분지 상자와 티셔츠, 로션, 비치 타월, 선글라스, 세정제 등 선반에 놓인 여러 물건을 비췄다.

"이곳 창고는 왜 둘러보는 겁니까? 도대체 뭘 찾는 겁니까?"

욕실 안으로 들어가 보자, 창문도 없는 비좁은 공간에 세면대와 변기가 설치되어 있었다. 콘크리트 블록 벽은 연한 연두색이 칠해져 있고 바닥은 갈색 아스팔트 타일이었다. 머리 위에는 알전구가 하나 켜져 있었다.

"페인트를 다시 칠하거나 타일을 다시 깔지 않았죠?"

"2년 전 내가 이곳에 왔을 때와 똑같습니다. 이곳에서 사건이 벌어졌을 거라고 생각하는 건 아니겠죠?"

"다른 사람과 함께 다시 오겠습니다."

배수로 반대편에서는, 시미스터 부인이 무언가를 응시하고 있었다.

그녀는 흔들의자에 앉아 앞뒤로 왔다 갔다 하고 있었다. 흔들의자가 조용히 흔들리는 소리가 나고 슬리퍼를 신은 발은 바닥에 닿을락 말락했다. 그녀는 짙은 색 정장을 입고 연한 오렌지색 저택 정원을 걸어 다니는 금발의 여자를 찾고 있었다. 사유지에 들어와 귀찮게 시미스터 부인의 나무를 검사하고, 심지어 나무 밑동에 스프레이로 붉은색 선을 그린 남자를 찾았다. 그는 가버리고 없었다. 금발의 여자도 보이지 않았다.

처음에 시미스터 부인은 그 금발 여자가 광신도일 거라고 지레짐작했다. 많은 광신도들이 그 집을 찾아왔기 때문이다. 그래서 쌍안경을 쓰고 건너다봤지만 확실히 알 수는 없었다. 금발 여자는 검은색 가방을 어깨에 멘 채 무언가를 적고 있었다. 은행원이거나 변호사일 거라고 짐작하며 시미스터 부인은 두 번째 여자가 언제 나타날지 궁금해 하고 있었다. 두 번째 여자는 백발에 피부는 햇볕에 그을렸고, 카키 바지를 입고 어깨에 권총용 가죽 케이스를 매고 있었다. 아마 그저께 이곳에 왔던 사람과 동일 인물일지도 모른다. 그녀 역시 백발이었고 피부는 햇빛에 그을려 까무잡잡했지만 확신은 서지 않았다.

이야기를 나누던 두 여자가 집 측면을 따라 현관 쪽으로 걸어가면서 시미스터 부인의 시야에서 사라졌다. 그들은 되돌아올 수도 있을 것이다. 시미스터 부인은 첫 방문 때 몹시 다정했던 조사관이 다시 온 건지 눈여겨봤다. 그는 나무에 대해 자세히 물었고, 언제 심은 것인지, 그녀에게 어떤 의미가 있는 나무인지 물었다. 그러고 나서 그 남자가 다시 찾아와 나무에 붉은색 스프레이를 뿌린 것이다. 그 모습을 본 시미스터 부인은 오랫동안 잊고 지내던 권총을 처음으로 머릿속에 떠올렸다. 아들에게서 그 총을 받았을 때, 그녀는 나쁜 놈이 자신에게 그 권총을 겨누면 어떻게 하냐고 걱정했다. 그리고 아무 눈에도 띄지 않도록 침대 밑에 숨겨 두었다.

시미스터 부인이 실제로 그 조사관에게 총을 쏘지는 않았겠지만 겁을 주는 건 상관하지 않았을 것이다. 감귤나무를 베어내는 대가로 수당을 받는 조사관들은 반평생 나무를 베어낸 사람들이다. 라디오에서 그와 관련된 이야기가 흘러나왔다. 시미스터 부인의 정원에 있는 나무가 다음 차례가 될지도 몰랐다. 그녀는 감귤나무를 무척 아꼈다. 정원사가 나무를 정성껏 관리했고, 과일을 따 광주리에 담아 현관 입구에 두었다. 남편과 결혼한 직후 사들인 그 집에 남편은 그녀를 위해 정원 가득 감귤나무를 심어주었다. 옛 생각에 잠겨 있는데, 흔들의자 옆에 놓인 전화기가 갑자기 울렸다.

"여보세요?"

그녀는 수화기를 집어 들었다.

"시미스터 부인 되십니까?"

"누구세요?"

"피트 마리노 수사관입니다. 지난번에 통화했었죠."

"그랬나요? 누구시라고요?"

"몇 시간 전 국립 법의학 아카데미에 전화하지 않았습니까."

"그럴 리가요. 전화로 물건을 파는 분인가요?"

"아닙니다. 괜찮으면 잠깐 댁에 들러서 이야기를 나누고 싶습니다."

"아니오, 그건 곤란합니다."

그녀는 그렇게 말하고 전화를 끊었다.

시미스터 부인이 금속 소재의 흔들의자 팔걸이를 꽉 움켜쥐자 햇빛에 그을려 쭈글쭈글해진 손등이 핏기 없이 창백해졌다. 알지도 못하는 사람들에게서 전화가 걸려오는 경우가 한두 번이 아니었다. 돈을 벌기 위해 녹음한 응답기 목소리가 들리는데 왜 사람들이 가만히 앉아 녹음된 내용에 귀를 기울이는지, 시미스터 부인은 이해가 가지 않았다. 전화기가 다시 울렸지만 시미스터 부인은 전화를 받는 대신, 여자 둘이 말썽꾸러기 남자아이 둘과 함께 살던 연한 오렌지색 집을 쌍안경을 통해 들여다봤다.

시미스터 부인은 배수로를 살펴본 다음 그 건너편에 보이는 집을 살폈다. 초록색 정원과 하늘색 수영장이 갑자기 커다랗게 보였다. 정원과 수영장은 선명하게 보이지만, 짙은 색 정장을 입은 금발 여자와 총을 맨, 햇볕에 그을린 여자는 보이지 않았다. 그 여자들은 저기서 뭘 찾는 걸까? 저 집에 살던 두 여자는 어디에 있는 걸까? 그리고 말썽꾸러기 남자아이들은 어디 있는 걸까? 요즘 남자아이들은 모두 말썽꾸러기다.

초인종이 울리자 시미스터 부인은 흔들의자를 멈췄다. 심장 박동이 빨라지기 시작했다. 나이가 들수록 갑작스런 움직임이나 소리에 더 쉽게 놀라게 되고, 죽음과 실제로 있을지도 모르는 사후 세계가 더 두려워진다. 몇 분이 지나자 초인종이 다시 울렸지만, 그녀는 여전히 흔들의자에 앉아 꼼짝도 하지 않았다. 초인종이 다시 울렸고 큰 소리로 문을 두드리는 소리가 들렸다. 마침내, 시미스터 부인이 흔들의자에서 몸을 일으켰다.

"기다려요, 지금 나갑니다."

그녀는 불안하고 짜증난 목소리로 중얼거렸다.

"물건 판매하는 사람은 아니어야 할 텐데."

그녀는 카펫 위로 발을 천천히 끌면서 거실로 향했다. 걸음걸이도 예전 같지 않고 발걸음을 옮기기도 여의치 않았다.

"기다려요, 최대한 빨리 나가고 있으니까."

초인종이 다시 울리자 시미스터 부인이 성마른 목소리로 중얼거렸다.

우편물이 도착했을 수도 있다. 아들이 가끔 인터넷으로 물건을 주문하기 때문이다. 시미스터 부인은 현관에 난 핍홀을 통해 밖을 내다봤다. 현관에 서 있는 사람은 갈색이나 푸른색 유니폼을 입지도 않았고 우편물이나 소포를 들고 있지도 않았다. 그 남자가 또 찾아온 것이다.

"이번엔 또 무슨 일이야?"

그녀는 핍홀을 들여다보며 화난 목소리로 중얼거렸다.

"시미스터 부인, 이 양식 좀 작성해 주십시오."

27

현관문과 대문 사이에는 작은 정원이 있었다. 스카페타는 정원에 서서 히비스커스 꽃을 유심히 보고 있었다. 무성하게 우거진 히비스커스 꽃은 시미스터 부인의 집과 배수로가 끝나는 지점인 보도를 울타리처럼 나누고 있었다.

부러진 잔가지도 없고, 누군가 울타리를 넘어 집 안으로 들어온 흔적도 전혀 찾을 수 없었다. 스카페타는 범죄 현장에 늘 메고 다니는 검은색 나일론 가방 흰색 면장갑을 꺼내며, 정원 한 구석에 주차된 차를 쳐다봤다. 오래된 회색 스테이션 차량은 한쪽 타이어는 금이 간 콘크리트 바닥에, 다른 한쪽 타이어는 이미 잔디가 망가진 정원 끝자락에 닿도록 아무렇게나 주차돼 있었다. 장갑을 끼며 스카페타는 이브와 크리스틴이 왜 저렇게 함부로 차를 주차했는지, 두 사람 가운데 누가 운전을 했는지 궁금해졌다.

자동차 차장을 들여다보자, 회색 비닐 소재의 뒷좌석 좌석 커버와 앞

유리창 내부에 고정시킨 라디오 송수신기가 보였다. 스카페타는 메모를 했다. 벌써 윤곽이 드러나기 시작했다. 집 앞에 있는 정원과 수영장의 상태는 완벽했다. 햇빛을 가리는 안뜰과 주변에 있는 테이블과 의자도 티끌 하나 없이 깨끗했다. 차 안에는 쓰레기나 잡동사니는 없고, 단지 뒷좌석 매트에 검은색 우산 하나가 놓여 있었다. 하지만 차량은 앞이 잘 보이지 않았거나 몹시 서두른 것처럼 아무렇게나 주차되어 있었다. 스카페타는 몸을 구부려, 타이어에 진흙이나 마른 풀이 묻어 있는지 자세히 살폈다. 자동차 차대에 묻은 먼지가 오래된 유골처럼 회색으로 바랬다.

"비포장도로를 달린 것 같군요."

스카페타는 몸을 일으켜 반대편으로 걸어가며 진흙이 묻은 타이어를 계속 살폈다.

스카페타를 뒤따라가는 레바의 주름지고 햇볕에 그을린 얼굴에 호기심 어린 표정이 떠올랐다.

"타이어에 진흙이 묻어 있는 걸 보니 진흙길을 달린 것 같아요. 교회 주차장은 포장되어 있습니까?"

스카페타가 묻자 레바는 잔디밭을 망가뜨린 뒤쪽 타이어를 내려다보며 말했다.

"타이어가 잔디를 뭉개버렸군요."

"그것뿐만이 아니네요. 타이어 네 개 모두 진흙이 묻어 있어요."

"교회에 넓은 주차장이 있는데, 모두 포장되어 있습니다."

"교회 신도가 이브와 크리스틴을 찾으러 왔을 때, 차는 이곳에 있었나요?"

레바는 진흙 묻은 타이어를 유심히 관찰하며 주변을 맴돌았다.

"그렇다고 합니다. 그날 오후 내가 이곳에 도착했을 때도 차는 분명히 이곳에 주차되어 있었습니다."

"라디오 송수신기를 이용해 언제 어느 톨게이트를 통과했는지 확인하는 것도 괜찮을 것 같네요. 차문을 열어 보았나요?"

"네, 차문은 열려 있었는데, 중요한 단서가 될 만 한 건 찾지 못했습니다."

"그럼 차량 내부를 수사하지 않았다는 뜻이군요."

"범죄가 일어났다는 증거가 없는 상황에서 수사 요청을 할 수는 없습니다."

"그 점은 나도 이해합니다."

레바는 차창을 통해 스카페타를 쳐다봤다. 차창에는 먼지가 뽀얗게 쌓여 있었다. 스카페타는 한 걸음 뒤로 물러나 차량을 빙 돌면서 꼼꼼히 눈여겨봤다.

"누구 소유로 되어 있죠?"

스카페타가 물었다.

"교회 소유입니다."

"집은 누구 소유죠?"

"마찬가지로 교회 소유입니다."

"교회 측에서 집을 임차했다고 하던데요."

"아닙니다, 집의 소유주는 교회가 분명합니다."

"혹시 시미스터씨 부인에 대해 알아요?"

시미스터라는 이름을 내뱉는 순간 스카페타는 이상한 느낌이 들었다. 뱃속에서 서서히 목구멍으로 올라오는 그 이상한 감정은, 레바가 마리노에게 크리스천 크리스천이라는 이름을 말했을 때 든 느낌과 똑같았다.

"누구요?"

레바가 얼굴을 찌푸리며 묻는데, 갑자기 배수로 건너편에서 둔탁한 폭발음이 들렸다.

레바와 스카페타는 하던 이야기를 멈추고 대문으로 다가가 배수로 반대편 집을 쳐다봤다. 하지만 주변에는 아무도 보이지 않았다.

"자동차 엔진이 망가지는 소리입니다. 이곳에는 오래된 자동차를 몰고 다니는 사람들이 많거든요. 절대 몰아서는 안 되는 고물 자동차들이죠."

레바가 단언했다.

스카페타는 레바에게 시미스터 부인이라고 재차 말했다.

"모르는 이름인데요."

레바가 말했다.

"시미스터 부인은 당신과 여러 차례 이야기를 나누었다고 했습니다. 정확히 세 번이라고 말하더군요."

"이름도 들어본 적 없고 이야기를 나눈 적도 없습니다. 대놓고 나를 비방한 사람 같은데, 난 더 이상 신경 쓰지 않습니다."

"잠깐만 실례할게요."

스카페타는 휴대전화로 마리노에게 즉시 전화해 달라고 음성 메시지를 남겼다.

"시미스터 부인이 누구인지 언제 처음 알게 되었나요?"

레바가 물었다.

"뭔가 이상한 점이 있어서 물어보는 겁니다. 차량 내부에 지문이 남아 있는지 검색이라도 해 봐야 합니다. 별다른 목적이 없다 해도 말입니다."

"유감스럽지만 차량 내부에서 남자아이들의 지문을 검색할 수는 없어요. 나흘이 지나면 지문이 남아 있지 않기 때문에 집 안에서도 지문을 검색할 수 없고요. 특히 일곱 살짜리 남자아이의 지문은 검색할 수 없을 거예요."

스카페타가 말했다.

"그건 왜죠?"

"사춘기 전 아이들의 지문은 오래 남지 않거든요. 몇 시간, 길어야 2, 3일 밖에 남아 있지 않지요. 이유는 정확히 밝혀지지 않았지만, 사춘기를 지나면 몸에서 분비되는 오일과 관련이 있을 겁니다. 데이비드는 열두 살이니까 아마 지문이 남아 있을지도 모릅니다. 하지만 그것도 단언할 수는 없죠."

"그건 전혀 모르던 사실입니다."

"가능한 한 빠른 시간 내에 이 차량을 수사 연구실로 몰고 가서 증거가 남아 있는지, 지문이 남아 있는지 검사하길 바랍니다. 원하면 우리아카데미에서 해줄 수도 있어요. 아카데미에는 차량을 검사할 수 있는주차 공간이 따로 있거든요."

"그렇게 해도 좋겠군요."

"우선 집 안에 남아 있는 두 남자아이의 지문과 크리스천 자매의 지문을 찾아내는 게 급선무예요. 그들이 사용하던 칫솔과 빗, 신발과 옷에 묻어 있는 지문을 찾아내야 합니다."

그런 다음 스카페타는 크리스틴 크리스천의 이름을 언급하던 익명의 제보자에 대한 이야기를 레바에게 들려줬다.

시미스터 부인이 혼자 살고 있는 작은 흰색 벽토 집은 사우스 플로리다 주가 해체 가옥으로 분류한 집이었다.

벽은 없고 알루미늄 지붕만 덩그러니 있는 차고는 텅 비어 있지만, 그렇다고 그녀가 외출했다는 뜻은 아니었다. 그녀가 소유하고 있는 차가 없고 운전 면허증 유효 기간도 지났기 때문이다. 현관 오른쪽으로 젖혀둔 창문 커튼을 쳐다보던 마리노는 보도에 신문이 없음을 알아차렸다. 〈마이애미 헤럴드〉를 구독하는 걸 보면, 안경을 쓰고 글을 읽을 수 있을 정도로 시력이 좋은 게 분명했다.

지난 30분 동안 전화를 걸었지만 시미스터 부인은 계속 통화 중이었다. 마리노가 시동을 끄고 오토바이에서 내리자, 선팅을 한 흰색 시보레 차량이 옆으로 지나갔다. 길거리는 한산했다. 이곳 주민 대부분은 대개 오랫동안 이곳에 살아 온 노인들이고, 재산세를 낼만큼 경제적인 여유가 없을 것이다. 마리노는 2, 30년 동안 같은 집에 살면서 겨우 주택 융자금을 다 갚았는데 그곳을 탐내는 부자들 때문에 치솟은 재산세를 낼 여유가 없다고 생각하면 부아가 치밀었다. 생계비 보조를 받지 못하면, 시미스터 부인은 거의 75만 달러에 달하는 낡은 집을 곧 팔아야 할지도 모른다. 은행 계좌 잔액이 3천 달러밖에 되지 않기 때문이다.

마리노는 다그마라 슈드리치 시미스터 부인에 대해 꽤 많은 정보를 알아냈다. 자신이 시미스터 부인이라고 주장하는 사람과 스카페타의 사무실의 스피커폰으로 통화한 마리노는 곧바로 HIT를 검색했다. 시미스터 부인은 '대기'라는 이름으로 통했고 나이는 여든이었다. 유태인이고 지역 유대인 협회 회원이지만 몇 년째 모임에 참석하지 않았다. 배수로 건너편에 보이는 교회에는 한 번도 나간 적이 없기 때문에 전화로 말한 내용은 사실이 아니었다. 그리고 마리노는 전화한 사람이 대기 시미스터 부인일 거라고 믿지도 않았다.

폴란드 루블린 태생인 시미스터 부인은 나치스의 유대인 대학살에서 살아남았고 서른 살까지 폴란드에서 살았다. 몇 분 전 마리노가 그녀에게 전화했을 때 강한 폴란드 억양이 들렸던 그 때문일 것이다. 스카페타 사무실의 스피커폰으로 통화한 그 여자는 억양이 거의 없었다. 단지 나이 든 여자 목소리처럼 들렸을 뿐이었다. 시미스터 부인의 외동

아들은 포트 로더대일에 살고 있고, 지난 10년 동안 두 번의 음주운전과 세 번의 폭력범죄를 저지른 기록이 있었다. 아이러니하게도, 택지 개발업자로 일하고 있는 그는 자기 어머니의 재산세를 올리는 데 빌미를 제공한 사람 가운데 한 명이었다.

시미스터 부인은 관절염, 심장병, 발 질환, 시력 문제로 네 명의 의사로부터 치료를 받고 있었다. 여행은 거의 다니지 않고, 항공 여행은 절대 다니지 않았다. 대부분의 시간을 집에서 보내는 그녀는 주변 상황을 잘 알고 있을 것이다. 대부분의 주민들이 집에서 많은 시간을 보내는 이런 마을에서는 이웃 주민들이 서로 기웃거리며 시시콜콜한 것까지 모두 알고 지낸다. 마리노는 시미스터 부인이 배수로 반대편에 있는 연한 오렌지색 집에서 어떤 일이 벌어졌는지 모두 알고 있기를 바랐다. 그리고 시미스터 부인이라고 가장해 스카페타 사무실에 전화한 사람이 누구인지도 알아내기를 바랐다.

마리노는 초인종을 누르고 지갑에 든 경찰 배지를 꺼낼 준비를 했다. 경찰 배지에 약간 양심의 가책을 느끼는 이유는 이미 경찰에서 은퇴했고, 플로리다에서는 경찰로 일한 적이 없고, 은퇴할 때 경찰 신분증과 권총을 버지니아 경찰청에 되돌려주었기 때문이다. 소규모의 버지니아 경찰청에서 일했던 마리노는 자신이 항상 비주류에 속하고, 사람들로부터 인정받지 못하고 과소평가 당한다는 느낌이 들었다. 초인종을 한 번 더 누르며 마리노는 시미스터 부인에게 전화를 걸었다.

전화는 여전히 통화 중이었다.

"경찰입니다. 집에 아무도 없습니까?"

마리노는 문을 두드리면서 큰 소리로 외쳤다.

스카페타는 짙은 색 정장을 입은 탓에 더웠지만 옷을 벗으려 하지 않았다. 재킷을 벗으면 범죄 현장 어딘가에 걸치거나 걸어두어야 한다. 범죄 현장에 있으면 마음이 편치 않은 그녀는 범죄 현장이라고 확정되지 않은 장소에서도 마음이 불편하기는 마찬가지였다.

집안을 둘러보던 스카페타는 크리스천 자매 가운데 한 명은 강박관념에 시달리고 있을 거라는 확신이 들었다. 창문과 타일 바닥, 집 안에 놓인 가구는 티끌 하나 없이 깨끗하고 잘 정돈되어 있었다. 러그는 거실 정중앙에 놓여 있고, 테두리는 빗으로 빗어둔 것처럼 깔끔해 보였다. 벽에 설치된 온도 조절장치를 확인한 스카페타는 에어컨이 켜져 있고 실내 온도는 22.2도라고 수첩에 메모했다.

"온도 조절장치를 조정해 둔 건가요?"

스카페타가 레바에게 물었다.

"현장은 그대로 보존했습니다."

레바는 아카데미에서 온 범죄 현장 수사관인 렉스와 함께 부엌에서 대답했다.

"스토브를 끈 점만 다릅니다. 크리스천 자매가 교회에 나타나지 않자 직접 이 집을 찾아온 여성 신도가 스토브를 껐다고 합니다."

스카페타는 경보 장치가 없다고 메모했다.

레바는 냉장고를 열었다.

"우선 캐비닛 손잡이에 지문이 남아 있는지 확인하겠습니다."

그런 다음 렉스에게 말했다.

"여기 있는 동안 지문을 샅샅이 찾아봐야 할 겁니다. 성장기 남자아이가 둘인데 냉장고에 먹을 것이 별로 없군요."

레바는 스케페타에게 말했다.

"먹을 게 거의 없는 걸 보니 채식주의자일지도 모르겠습니다."

그렇게 말하며 와그녀는 냉장고 문을 닫았다.

"지문 채취용 분말을 사용하면 목재 가구가 망가질 텐데."

렉스가 말했다.

"알아서 하도록 해요."

"크리스천 자매가 지난 목요일 밤 대략 몇 시쯤 귀가했나요? 전해진 바에 따르면요."

스카페타가 물었다.

"예배는 저녁 7시에 끝났습니다. 크리스천 자매는 신도들과 이야기를 나누며 잠시 교회에 머물렀습니다. 그런 다음 회의를 하러 이브가 사무실로 사용하는 조그만 방으로 건너갔습니다. 규모가 아주 작은 교회로, 예배당에 50명을 채 수용하지 못할 것 같았습니다."

레바는 부엌에서 나와 거실로 왔다.

"누구와 회의를 했고, 당시 남자아이들은 어디에 있었죠?"

스카페타는 꽃무늬 모양 소파에 놓인 쿠션을 들어 올리며 물었다.

"교회 여성 신도들과 회의를 했습니다. 어떤 직함으로 부르는지는 모르겠지만 교회 일을 도와주는 신도들이었습니다. 남자아이들은 회의에는 참석하지 않고 주변에서 장난을 치고 있었을 겁니다. 그리고 8시 무렵, 크리스천 자매와 남자아이 둘은 교회를 떠났습니다."

"목요일 밤 예배 이후에는 항상 회의를 하나요?"

"그런 것 같습니다. 본 예배를 금요일 밤에 하기 때문에 그 전날 밤 만나는 겁니다. 신이 우리의 죄를 위해 돌아가신 금요일을 성스러운 금요일로 여기는 것 같습니다. 그들은 예수 그리스도에 대해서는 전혀 언급하지 않고 단지 신이라 부르며, 죄를 지으면 지옥에 간다고 굳건히 믿습니다. 약간 특이한 교회 분파로 일종의 이단인 것 같습니다."

렉스는 소량의 실크 블랙 산화물 분말을 종이 위에 덜었다. 흰색 싱크대 위에는 칼자국이 남아 있기는 하지만 깨끗하게 치워져 있었다. 그녀는 섬유유리 브러시를 파우더를 던 종이 위에 대고 부드럽게 젓기 시작했다. 기름이나 다른 잔여물이 분말에 달라붙자 울퉁불퉁한 숯덩이처럼 검은색으로 변했다.

"지갑이나 수첩 같은 건 찾아내지 못했습니다. 그들이 도망쳤을 거라는 제 추측이 더 그럴듯해지는군요."

레바가 스카페타에게 말했다.

"지갑을 든 상태에서 유괴됐을 수도 있죠. 지갑, 열쇠, 자동차, 어린 아이들과 함께 유괴될 수도 있어요. 몇 년 전 내가 담당했던 유괴 살인 사건에서는, 범인이 희생자에게 여행 가방을 싸도록 허락하기도 했거든요."

스카페타가 말했다.

"저도 그런 비슷한 사건을 맡은 적이 있습니다. 범죄 현장처럼 가장

한 다음 실제로는 도망친 거죠. 익명의 제보자에게서 걸려온 이상한 전화가 교회에 다니는 광신도의 짓일 가능성도 있습니다."

스카페타는 부엌으로 들어가 스토브를 살폈다. 뒤쪽 화구에 뚜껑이 덮인 채 놓인 구리 냄비가 검게 그을렸다.

"이 버너에 불이 켜져 있었나요?"

스카페타가 냄비 뚜껑을 열며 물었다.

냄비 안은 검게 그을었다.

렉스는 손목 힘을 이용해 테이프를 툭 찢었다.

"그 여성 신도가 집에 도착했을 당시 뒤쪽 왼쪽 버너에 불이 켜져 있었고, 뜨거운 냄비 안에는 아무것도 없었다고 합니다. 제가 들은 바로는 그렇습니다."

레바가 말했다.

스카페타가 냄비 안을 들여다보자, 옅은 회색의 미세한 재가 여기저기 남아 있었다.

"냄비 안에 무언가 들어 있었을 거예요. 음식이 아니라 쿠킹 호일일 수도 있어요. 싱크대에 내놓은 음식은 전혀 없었죠?"

스카페타가 물었다.

"제가 이곳에 도착했을 때와 똑같은 모습입니다. 이곳에 온 여성신도도 음식이 전혀 없었다고 말했고요."

"지문 자국이 남아 있기는 작지만 얼룩 투성이입니다. 찬장은 굳이 검사하지 않겠습니다. 특별한 이유는 없지만 목재에는 지문이 거의 남지 않죠."

싱크대 위에 테이프를 붙였다 떼던 렉스가 말했다.

냉장고 문을 열고 선반을 차례로 훑어보자 냉장고 속 차가운 공기가 스카페타의 얼굴에 와 닿았다. 칠면조 가슴살이 남아 있는 것으로 보아, 적어도 가족 중 한 사람은 채식주의가 아닌 것 같았다. 양상추와 신선한 브로콜리, 시금치, 셀러리, 당근이 있었는데, 특히 칼로리가 낮아 간식으로 쉽게 먹을 수 있는 껍질 벗긴 자그마한 당근이 열아홉 봉지나 들어 있었다.

시미스터 부인 집의 일광욕실로 이어지는 미닫이문이 열려 있었다. 마리노는 풀밭에 서서 주변을 둘러보며 일광욕실 밖에서 기다렸다.

배수로 너머로 보이는 오렌지색 집을 바라보던 마리노는 스카페타가 무언가 단서를 찾아냈는지 궁금해졌다. 그녀는 아마 범죄 현장을 샅샅이 뒤졌을 것이다. 마리노는 예정보다 늦게 도착했다. 오토바이를 트레일러에 실어 옮긴 다음 타이어를 교체하느라 시간이 걸렸다. 그리고 타이어 기술자들과 이야기를 나누고, 같은 주차장에 차를 주차한 학생과 아카데미 교직원들에게 정황을 물어보느라 시간이 더 지체되었다.

마리노는 미닫이문을 열고 시미스터 부인을 불렀다.

아무 대답이 없자 마리노는 유리문을 힘껏 두드렸다.

"집에 아무도 없습니까? 문 좀 열어요."

마리노가 소리쳤다.

시미스터 부인에게 다시 전화를 걸어보았지만 여전히 통화 중이었다. 휴대전화를 확인하자 스카페타에게 걸려온 부재중 전화 기록이 남아 있었다. 그가 오토바이를 타고 이곳으로 오던 중에 걸려온 전화일 것이다. 마리노는 스카페타에게 전화를 걸었다.

"거긴 어떻소?"

마리노는 다짜고짜 물었다.

"레바는 시미스터 부인을 전혀 몰랐다는군요."

"누군가 우리를 엿 먹이고 있는 게 분명해요. 시미스터 부인은 실종된 크리스천 자매가 운영하는 교회 신도도 아니오. 초인종을 눌러도 문을 열어주지 않으니 무작정 안으로 들어가야겠소."

마리노가 씩씩거리며 말했다.

마리노는 배수로 건너편에 보이는 오렌지색 집을 쳐다본 다음, 미닫이문을 열고 일광욕실 안으로 들어갔다.

"시미스터 부인? 경찰입니다! 아무도 집에 없습니까?"

마리노는 큰 소리로 외쳤다.

이중 미닫이문은 모두 열려 있었다. 일광욕실을 지나 부엌으로 들어간 마리노는 잠시 걸음을 멈추고 다시 시미스터 부인을 불렀다. 건너편에서 텔레비전 소리가 크게 들리고, 마리노는 시미스터 부인을 계속 부르며 텔레비전 소리가 들리는 곳으로 걸어갔다. 권총을 뽑아 들고 복도를 따라가자, 텔레비전 토크쇼에서 흘러나오는 웃음소리가 분명하게 들렸다.

"시미스터 부인? 집에 아무도 없습니까?"

텔레비전이 켜진 방은 침실인 것 같았는데 침실 문은 잠겨 있었다. 마리노는 약간 망설이며 다시 시미스터 부인을 불렀다. 그런 다음 노크를 한 뒤, 문을 활짝 열고 방 안으로 들어갔다. 그러자 피로 물든 침대와 그 위에 놓인 시신이 보였다. 시신의 머리 일부는 총상을 입어 훼손되고 없었다.

29

책상 서랍 안에는 연필과 볼펜, 매직 마커가 들어 있었다. 연필 두 자루와 볼펜 한 자루 끝을 이빨로 질겅질겅 씹은 흔적을 본 스카페타는 두 소년 가운데 누가 신경질적으로 필기구를 씹었을지 궁금해졌다.

스카페타는 연필과 펜과 마커를 각각 증거물 봉투에 담았다. 책상 서랍을 닫고 방 안을 둘러보며, 남아프리카공화국에서 고아가 된 후 이곳으로 온 두 소년의 삶이 어떠했을지 추측해봤다. 장난감도 하나 없고 벽에 포스터 한 장 붙어 있지 않은 방 안에는, 두 남자아이가 어떤 여자아이나 자동차, 영화나 음악, 스포츠 같은 것을 좋아했는지 알 수 있는 아무런 단서도 남아 있지 않았다.

오래된 욕실은 칙칙한 초록색 타일이 깔려 있고 흰색 변기와 욕조가 있었다. 욕실 서랍장 거울에 스카페타의 얼굴이 비쳤고, 그녀는 서랍장 문을 열었다. 좁은 금속 선반 위에는 치실, 아스피린, 모텔 욕실에 있을 법한 비누 등이 놓여 있었다. 스카페타는 흰색 뚜껑이 달린 오렌지색 플라스틱 통에 든 처방전 약을 집어 들었다. 약통에 매럴린 셀프 의사의 이름이 적힌 걸 본 스카페타는 깜짝 놀랐다.

유명 정신과의사인 셀프 박사가 데이비드 럭에게 리탈린 염산염을 처방해준 것이다. 데이비드는 매일 세 번씩 10밀리그램씩 리탈린을 복용했을 것이고 지난달, 실종되기 정확히 3주 전에 백 알을 다시 처방받았다. 스카페타는 약 뚜껑을 열고 초록색 알약을 손바닥에 부었다. 남아 있는 알약은 모두 마흔아홉 알이었다. 약을 처방받고 3주가 지났으므로 서른일곱 알이 남아 있어야 했다. 데이비드는 목요일 밤에 실종되었을 가능성이 높다. 5일 전이기 때문에 열다섯 알이 더 남는 것이다. 열다섯 알에 서른일곱 알을 더하면 쉰 두 알이다. 그러면 거의 정확히 맞아떨어진다. 데이비드가 자발적으로 집을 나간 거라면 왜 리탈린을 집에 두고 갔을까? 왜 스토브를 켜둔 상태로 나갔을까?

스카페타는 알약을 다시 약병에 넣은 다음 증거물 봉투에 봉했다. 복도로 나가자 끝부분에 침실이 하나 더 나왔다. 침실이 더 없는 것으로 보아 크리스천 자매가 함께 사용하던 방이 틀림없었다. 방에 놓여 있는 침대 두 개는 모두 초록색 침대커버로 덮여 있었다. 벽지와 카펫도 초록색이고, 가구도 초록색 라커로 칠한 것이었다. 램프와 천장에 설치한 팬, 창밖 햇살을 완전히 차단하고 있는 두꺼운 커튼도 모두 초록색이었다. 침대 옆에는 작은 전등이 켜져 있는데, 방 안에 전등이라곤 그것뿐이었다.

방 안에는 거울이나 예술 작품은 없고, 장식장 위에 사진 액자 두 개가 놓여 있을 뿐이었다. 사진 속에는 해가 지는 바다를 배경으로 두 남자아이가 수영복을 입은 채 웃고 있고, 아이들의 머리는 연한 노란색이다. 다른 사진은 짙푸른 하늘을 배경으로 두 여자가 막대기를 든 채 눈을 가늘게 뜨고 태양을 올려다보고 있는 사진이다. 그들 뒤로는 이상한 모양의 산이 버티고 있고, 산 위에는 짙은 증기처럼 올라와 층을 이룬 특이한 모양의 구름이 걸려 있다. 한 여자는 퉁퉁한 몸집에 키가 작고, 흰 머리가 생기기 시작한 긴 머리를 뒤로 넘겨 묶었다. 다른 여자는 키가 더 크고 날씬한 체격에, 바람에 날리는 긴 검은 파마머리를 쓸어 넘기고 있다.

스카페타는 어깨에 멘 가방에서 확대경을 꺼내어 사진을 더 자세히 들여다보며 햇볕에 그을린 남자아이들의 피부와 얼굴 생김새를 살폈다. 그리고 두 여자의 얼굴 생김새를 살피며 상처자국이나 문신, 신체적인 이상이 있는지 살피고, 특별한 장신구를 했는지도 확인했다. 몸이 호리호리하고 긴 흑발머리 여자를 확대경으로 보자, 얼굴빛이 건강해 보이지 않음을 알 수 있었다. 햇볕에 그을린 것처럼 약간 누렇게 보이는 얼굴빛은 자세히 살펴보자 선탠 크림을 바른 것 같고, 황달에 걸린 것처럼 누랬다.

스카페타는 옷장 문을 열었다. 옷장 안에는 저렴한 캐주얼 의상과 신발이 정리되어 있고, 8과 12사이즈인 정장이 걸려 있었다. 흰색 의상을 꺼내어 누런색 땀 얼룩이 옷에 묻어 있는지 살피자, 8사이즈의 흰색 블라우스 겨드랑이 부분에 얼룩이 묻어 있었다. 긴 흑발머리에 황달에 걸린 듯 얼굴이 누렇게 뜬 사진 속 여자를 보고 스카페타는 냉장고 안에 들어 있던 야채와 당근 그리고 매럴린 셀프 박사를 떠올렸다.

침대 옆 테이블에 갈색 가죽 정장의 성경책이 놓여 있을 뿐 침실에는 다른 책이 보이지 않았다. 오래된 성경책은 구약의 경외서(전거가 확실하지 않아 성경에 수록되지 않은 30여 편의 문헌으로, 구약 외전과 신약 외전으로 나누어진다―옮긴이)가 펼쳐져 있고, 희미한 전등 불빛에 비친 성경책은 오랜 세월의 흔적으로 누렇게 변색되었다. 스카페타는 안경을 쓰고 고개를 숙이며, 성경책이 솔로몬서 25장 12절에 펼쳐져 있고 소문자 엑스(x) 세 개가 표시되어 있다고 수첩에 기록했다.

'그러므로 너는 아이들을 이성적으로 다루지 않은 그들을 조롱하기 위해 벌을 내렸노라.'

스카페타는 마리노에게 휴대전화를 걸었지만 곧바로 음성 메시지로 넘어갔다. 그녀는 커튼을 젖혀 창문이 잠겨 있는지 확인한 다음, 마리노에게 다시 전화를 걸고 또다시 다급하게 음성 메시지를 남겼다. 빗방울이 떨어지기 시작하면서 수영장과 배수로에 빗방울이 듣고, 먹구름이 음산하게 끼어 있었다. 야자수가 심하게 휘날리고, 침실 창가 양쪽에 핀, 분홍색과 붉은색의 히비스커스 꽃이 바람에 나부꼈다. 스카페타는 유리 창문에 분명한 모양의 얼룩 두 개가 남아 있음을 알아차렸다. 레바와 렉스는 세탁실에 들어가 세탁기와 건조기에 증거물이 남아 있는지 확인하고 있었다.

"안방에 성경책이 한 권 있네요. 경외서에 펼쳐져 있고, 침대 옆 전등이 켜져 있어요."

스카페타가 레바에게 말했다.

레바는 어리둥절한 표정이었다.

"내가 알고 싶은 건, 침실 상태가 크리스천 자매가 집에 돌아왔을 때와 똑같은가 하는 거예요. 침실은 처음 봤을 때와 똑같은 상태인가요?"

"처음 침실에 들어갔을 때 다른 사람이 손 댄 흔적은 없었습니다. 커튼을 쳐둔 건 기억나지만 성경책이 펼쳐져 있거나 전등이 켜져 있지는 않았던 것 같습니다."

레바가 말했다.

"사진에 여자 두 명이 있던데, 크리스천 자매인가요?"

"그 여성 신도가 그렇다고 말했습니다."

"다른 사진은 토니와 데이비드인가요?"

"그런 것 같습니다."

"크리스천 자매 가운데 한 명은 섭식 장애가 있거나 몸이 아픈가요? 자매 모두 혹은 두 사람 가운데 한 명이 의사의 치료를 받고 있습니까? 그리고 사진 속 인물 가운데 누가 언니인지 동생인지 알고 있나요?"

레바는 어떻게 대답해야 할지 몰랐다. 지금껏 그녀에게 질문은 그다지 중요해 보이지 않았고, 스카페타처럼 질문한 사람은 아무도 없었다.

"침실에 나 있는 초록색 미닫이 유리창을 레바나 다른 사람이 열었나요?"

"아니오."

"창문이 잠겨 있지 않고 유리창 바깥쪽 얼룩이 남아 있어요. 귀가 유리창에 눌린 자국이에요. 지난 주 금요일 레바가 이 집을 수색할 때, 그들이 이곳에 있었을지도 모른다는 의구심이 듭니다."

"귓자국이라고요?"

"오른쪽 귓자국이 두 번 찍혔어요."

바로 그때 스카페타의 휴대전화가 울렸다.

스카페타가 시미스터 부인의 집에 도착하자 비가 억수같이 쏟아지고 있었다. 집 앞에는 경찰차 세 대와 응급차 한 대가 서 있었다.

차에서 내린 스카페타는 우산도 쓰지 않은 채 브로워드 카운티 법의국 관계자와 통화를 마쳤다. 브로워드 카운티 법의국은 팜 비치와 마이애미 사이에서 예상치 않게 발생한 의문의 사망사건을 갑작스럽게 떠맡게 되었다. 스카페타가 이미 도착했기 때문에 그녀가 현장에서 직접 시신을 검사할 것이고, 가능한 한 빨리 시신을 공시소로 옮길 수 있도록 담당자들이 도와줄 것이다. 스카페타는 부검을 당장 실시해야 한다고 자신의 의견을 밝혔다.

"내일 아침까지 기다리면 안 될까요? 우울증을 앓은 병력이 있으니 자살일 수도 있습니다."

법의국 행정관은 조심스럽게 말을 꺼냈다. 스카페타의 판단에 의문을 제기하는 것처럼 보이고 싶지 않아서였다.

그는 이번 사건이 긴급한 사항이라고 직접적으로 말하고 싶지는 않았다. 그는 조심스럽게 말했지만 스카페타가 그의 의중을 모를 리 없었다.

"마리노 말로는 범죄 현장에 총기가 없다고 하더군요."

스카페타는 비에 흠뻑 젖은 채 서둘러 현관 계단을 올라갔다.

"그렇군요, 전 몰랐습니다."

"자살사건일 거라고 추정하는 사람이 있을 줄은 몰랐습니다."

스카페타는 아까 레바와 함께 총을 거꾸로 쏜 이야기를 들었던 기억이 떠올랐다. 그리고 그 이야기를 언제 들었는지 기억하려고 애썼다.

"안으로 들어가시려고요?"

"물론이죠. 아모스 박사에게 집 안으로 들어와 준비하라고 전해요."

스카페타가 대꾸했다.

스카페타가 문을 열고 집 안으로 들어가 젖은 머리를 쓸어 넘기자, 마리노가 집 안에서 그녀를 기다리고 있다.

"레바는 어디 있소? 함께 오는 줄 알았는데. 젠장, 그 멍청한 형사는 필요 없게 됐소."

마리노가 말했다.

"내가 떠나고 몇 분 후에 뒤따라왔는데, 지금 어디 있는지 모르겠어요."

"아마 길을 잃었을 겁니다. 그렇게 방향 감각이 둔한 사람은 처음 봤으니까."

스카페타는 크리스천 자매 침실에 펼쳐져 있던 성경책과 x 표시를 해둔 구절을 들려줬다.

"호그란 놈이 전화해서 말한 구절과 똑같군."

마리노가 깜짝 놀라며 말했다.

"젠장, 일이 어떻게 돌아가고 있는 거람? 멍청한 인간 같으니라고."

마리노는 또다시 레바를 탓했다.

"사건이 더 복잡하게 꼬이지 않도록 레바 대신 능력 있는 형사와 손을 잡아야겠소."

스카페타는 마리노가 다른 사람을 비방하는 소리를 듣는 데 신물이 났다.

"부탁 하나 할게요. 레바를 나쁘게만 보지 말고 최선을 다해 도와줘요. 이번 사건에 대해 알아낸 사실은요?"

스카페타는 약간 열린 현관문을 통해 거실 안을 쳐다봤다. 두 명의 응급 의료요원들이 장비를 갖고 애써 보지만 시간 낭비인 것 같았다.

"입 안에 총상 자국이 있고 머리 윗부분이 날아갔습니다."

마리노는 응급요원들이 지나갈 수 있도록 길을 비켜주며 말했다.

"희생자는 옷을 입은 채 등을 대고 침대에 누워 있었고 텔레비전은 켜져 있었소. 누군가가 집에 침입했거나 강도, 성폭행을 저지른 흔적은 전혀 없소. 욕실 세면대에 라텍스 장갑 한 켤레가 있었는데, 그 중 하나에 피가 묻어 있었어요."

"어느 욕실에서요?"

"침실에 딸린 욕실이요."

"범인이 범행을 저지르고 현장을 깨끗하게 치운 흔적은 없나요?"

"없어요. 세면대에 놓여 있는 장갑 이외에는 아무런 흔적도 없소. 피 묻은 수건이나 핏자국은 보이지 않았소."

"내가 직접 둘러봐야겠군요. 신원은 확인되었나요?"

"이 집 주인은 대기 시미스터 부인인데, 침대에서 사망한 사람의 신원과 동일한지는 아직 확실히 몰라요."

스카페타는 가방에 든 장갑을 꺼내어 낀 다음 거실 안으로 들어갔다. 그러다 발걸음을 멈추고, 배수로 건너편에 있는 크리스천 자매의 침실 창문이 잠겨 있지 않았던 사실을 떠올렸다. 그녀는 대리석 부스러기를 박아 윤을 낸 시멘트 바닥과 연한 하늘색 벽지, 좁은 거실을 자세히 둘러봤다. 좁은 거실에는 다양한 가구와 사진 액자, 도자기로 만든 새와 다른 모형들이 빼곡하게 놓여 있었다. 누군가가 침입한 흔적은 전혀 없었다. 마리노는 거실을 건너며 스카페타를 부엌과 침실로 안내했다. 시미스터 부인은 배수로가 내다보이는 그 침실에서 사망했다.

시미스터 부인은 분홍색 트레이닝복에 분홍색 슬리퍼를 신은 채 등을 대고 침대에 누워 있었다. 입은 약간 벌어져 있고 흐릿한 눈동자는 아래를 향하고 있었다. 머리는 마치 윗부분이 깨진 달걀처럼 상부가 날아가 버렸다. 뇌가 밖으로 튀어나와 있었고, 부서진 뼛조각들이 피로 물들어 이제 응고하기 시작한 베개 위에 흩어져 있었다. 너덜너덜해진 두뇌와 피부 조각이 핏자국이 선명하게 튀어 있는 침대 머리판에 붙어 있었다.

스카페타는 피 묻은 트레이닝 상의에 손을 집어넣고 가슴과 복부를 만진 다음 희생자의 손을 잡았다. 체온이 그대로 남아 있고 사후 경직 증상은 아직 나타나지 않았다. 그녀는 트레이닝복 지퍼를 열고 오른쪽 겨드랑이 밑에 체온계를 끼웠다. 체온계 수치가 나타나기 기다리는 동안, 머리 이외에 부상을 입은 곳이 있는지 살폈다.

"죽은 지 얼마나 된 것 같소?"

마리노가 물었다.

"아직 체온이 따뜻하고 사후 경직도 일어나지 않았어요."

레바와 함께 나누었던 이야기를 떠올리며 스카페타는 약 1시간 전일 거라고 단정했다. 벽에 설치된 온도조절 장치는 켜져 있고, 침실 온도는 20도로 약간 한기가 느껴졌다. 스카페타는 온도를 수첩에 메모한 다음, 침실 안을 자세히 살폈다. 침실 바닥은 대리석 부스러기를 박아 윤을 낸 시멘트 바닥이고, 침대에는 푸른색 침구가 덮여 있었다. 침실 바닥의 절반 크기인 짙은 푸른색 러그가 침대 중간 지점부터 배수로가 내다보이는 창문까지 깔려 있었다. 창문 블라인드는 내려와 있었다. 침대 옆 낮은 테이블에는 물잔 하나, 대형본으로 나온 댄 브라운의 소설책과 안경이 놓여 있었다. 언뜻 보아서는 누군가와 몸싸움을 벌인 흔적이 없는 듯했다.

"내가 도착하기 직전에 사망한 것 같군. 오토바이를 타고 이곳에 도착하기 불과 몇 분 전에 사건이 일어났을 수도 있소. 누군가 오토바이 타이어를 펑크 낸 바람에 약간 늦게 도착했거든요."

마리노는 한껏 흥분된 마음을 애써 감추며 말했다.

"누군가 고의적으로 그랬단 말인가요?"

스카페타는 하필이면 그때 타이어가 펑크난 게 우연의 일치일지 의구심이 들었다.

마리노가 좀 더 일찍 왔더라면 침대에 누워 있는 희생자는 죽지 않았을 수도 있었다. 스카페타가 마리노에게 총상에 대해 말하고 있는데, 제복 입은 경관이 욕실에서 처방전 약통을 들고 나와 약통을 장식장 위에 내려놓았다.

"그렇소, 고의적으로 그런 게 분명합니다."

마리노가 대답했다.

"사망한 지 얼마 되지 않은 건 분명해요. 희생자를 발견한 건 몇 시였죠?"

"박사에게 전화하고 15분쯤 지났을 거요. 무엇보다 집 안을 먼저 수색했소. 범인의 짓이라면 옷장이나 다른 곳에 숨어 있지는 않았을 테니까요."

"이웃은 아무 소리도 못 들었나요?"

마리노는 양쪽 이웃집에 사람이 아무도 없었다고 대답했다. 제복 입은 경관이 벌써 그 사실을 확인했다고 했다. 그는 땀을 비 오듯 흘리고 있었고, 벌겋게 달아오른 얼굴로 눈을 휘둥그렇게 뜬 모습은 제정신이 아닌 듯했다.

"도대체 어떻게 된 건지 모르겠소. 누군가 일을 꾸민 것 같은 느낌이 듭니다. 박사와 레바는 배수로 건너편에 있었고, 나는 펑크 난 타이어 때문에 늦게 도착하고."

마리노가 말했다.

마리노가 말을 마치자 지붕에 빗방울이 요란하게 듣는 소리가 들렸다.

"그리고 조사관도 있었어요. 저쪽 정원에서 감귤나무를 확인하고 있었어요."

스카페타는 조사관이 과일 따는 도구를 분해해 커다란 검은색 가방에 집어넣었다고 말했다.

"그 조사관도 당장 확인해 봐야겠어요."

희생자의 오른쪽 겨드랑이 밑에 넣어둔 온도계를 꺼내 확인하자 36.1도였다. 스카페타는 수첩에 온도를 기록했다. 그런 다음 욕실로 들어가 샤워부스 안을 들여다봤다. 변기와 욕실 쓰레기통도 확인했다. 세면대에는 물기나 핏자국이 전혀 남아 있지 않았다. 어떤 흔적도 남아 있지 않은 점이 수상했다.

"라텍스 장갑이 이곳 침실 세면대에 있었나요?"

스카페타는 마리노를 쳐다보며 물었다.

"그렇소."

"범인이 범행을 저지른 후 장갑을 벗어 세면대에 두었다고 가정하면, 장갑에 핏자국이 묻어 있어야 해요."

"장갑에 묻은 핏자국을 닦아내 말리지 않았다면 당연히 그럴 거요."

"그랬을 리가 없어요. 범인은 핏자국이 마를 정도로 오랫동안 장갑을 끼고 있지 않았을 거예요."

스카페타가 욕실 장을 열자 흔히 볼 수 있는 진통제와 소화제가 들어 있었다.

"그렇게 오래 걸리지 않았을 거요."

"맞아요. 증거물 봉투는 근처에 있어요?"

두 사람은 욕실에서 나가고, 마리노는 범죄 현장용 가방에서 커다란 갈색 증거물 봉투를 꺼냈다. 마리노가 봉투를 열자 스카페타는 손을 대지 않고 라텍스 장갑을 들여다봤다. 한쪽은 깨끗하고 다른 한쪽은 짙은 갈색의 마른 핏자국이 묻어 있었다. 장갑은 탈크 처리를 하지 않았고, 깨끗한 장갑은 한 번도 끼지 않은 것처럼 보였다.

"장갑 안에 DNA와 지문이 남아 있는지 확인해야겠어요."

스카페타가 말했다.

"라텍스 장갑 안에도 지문이 남는다는 사실을 범인이 몰라야 할 텐데."

마리노가 말했다.

"텔레비전을 보지 않는 사람이어야 가능한 일이군요."

근처에 있던 경관이 마리노에게 대꾸했다.

"엉터리 텔레비전 프로그램 이야기는 하지도 마. 그것 때문에 내 인생이 이 모양 이 꼴이지."

침대 밑을 조사하던 경관이 맞장구를 치다가 갑자기 화제를 돌렸다.

"여기 보십시오."

그는 손전등을 든 채 자리에서 일어났다. 다른 한쪽 손에는 스테인리스 소재에 손잡이는 나무 소재인 소형 권총이 들려 있었다. 그는 가능한 한 금속 부분에 지문이 남지 않도록 조심스럽게 탄창을 열었다.

"장전되어 있지 않는 걸 보니 다행입니다. 탄알이 없는 것으로 보아 총을 쏜 것 같지는 않습니다."

경관이 말했다.

"어쨌든 권총에 지문이 남아 있는지 검색해 보도록 하지. 이상한 곳에 총을 숨겨 두었군. 침대 밑에서 얼마나 멀리 있었나?"

마리노가 경관에게 물었다.

"너무 멀리 떨어져 있어서, 제가 방금 했던 것처럼 몸을 숙이고 침대 밑으로 기어들어가야 했습니다. 22구경인데, 처음 들어보는 블랙 위도우군요."

"그것도 모른단 말인가?"

마리노는 권총을 쳐다보며 말을 이었다.

"노스 아메리칸 암즈 사에서 생산하는 단발식 권총으로, 손마디 힘이 약한 노인들이 주로 사용하는 총이지."

"누군가 호신용으로 이 총을 주었을 것이고 시미스터 부인은 별로 신경도 쓰지 않았을 겁니다."

"탄약 상자는 찾았나?"

"아니오, 아직까지는."

경관은 권총을 증거물 봉투에 넣어 장식장 위에 두고, 다른 경관은 그곳에서 처방전 약의 목록을 작성하고 있었다.

"애큐래틱(Accuretic), 디우레스(Diurese), 엔드론(Endron)."

경관은 약통에 적힌 약 이름을 읽었다.

"도대체 무슨 약인지 모르겠군."

"억제제와 이뇨제입니다. 고혈압 약이죠."

스카페타가 설명했다.

"베라파밀(Verapamil)은 오래된 것으로 7월에 처방 받은 것입니다."

"고혈압, 협심증, 부정맥 때문에 먹는 약이에요."

"아프레솔린(Apresoline), 로니텐(Loniten). 그리고 이 약은 어떻게 발음하는 겁니까? 처방 받은 지 1년도 더 지난 겁니다."

"바소딜레이터(Vasodilator)로 혈관 확장제예요. 그것 역시 고혈압 약이죠."

"그럼 뇌졸중으로 사망했을 수도 있겠군요. 비코딘(Vicodin)은 저도 아는 약이고, 여기 울트람(Ultram)도 있습니다. 이 약은 최근에 처방 받은 것입니다."

"진통제인데, 아마 관절염 때문에 처방 받았을 거예요."

"지트로맥스(Zithromax)도 있는데, 혹시 항생제 아닙니까? 처방 받은 시기는 12월입니다."

"다른 건 더 없어요?"

스카페타가 경관에게 물었다.

"네, 이게 전부입니다."

"시미스터 부인에게 우울증 병력이 있다고, 누가 법의국에 알려줬죠?"

스카페타는 마리노를 똑바로 쳐다보며 물었다.

아무도 나서서 대답하지 않았다.

그러자 마리노가 말문을 열었다.

"나는 절대 그런 적 없소."

"누가 법의국에 전화했죠?"

스카페타가 묻자 경관 두 명과 마리노는 서로 얼굴만 쳐다봤다.

"이런, 젠장."

마리노가 욕설을 내뱉었다.

"잠시만 기다려요."

스카페타는 휴대전화로 법의국에 전화를 걸어 행정관에게 물었다.

"총기 사망사건을 법의국에 알린 사람이 누구죠?"

"할리우드 경찰서에서 연락이 왔습니다."

"어느 경관에게서죠?"

"와그너 형사요."

"와그너 형사라고요?"

스카페타는 당혹스러웠다.

"신고 시각이 언제였죠?"

"잠시만요…. 2시 11분입니다."

스카페타는 마리노를 처다보며 물었다.

"내게 정확히 몇 시에 전화했는지 알아요?"

마리노는 휴대전화를 확인한 다음 대답했다.

"2시 21분."

스카페타는 손목시계를 확인했다. 시각은 3시 30분을 가리키고 있다. 오늘 오후 6시 30분 비행기는 타지 못할 것이다.

"무슨 문제라도 있습니까?"

법의국 행정관이 전화로 물었다.

"와그너 형사로 추측되는 사람에게서 전화를 받았을 때, 발신자 번호는 확인했나요?"

"추측되는 사람이라고요?"

"여자 목소리였다는 거죠?"

"네."

"혹시 수상한 점은 없었나요?"

"전혀 없었습니다."

행정관은 잠시 뜸을 들이다 말을 이었다.

"신뢰감이 가는 목소리였습니다."

"억양은요?"

"무슨 문제라도 있습니까, 스카페타 박사님?"

"상황이 좀 이상해요."

스카페타는 말끝을 흐렸다.

"다시 확인해보겠습니다. 시간은 2시 11분이었고, 발신자 번호는 뜨지 않았습니다."

"당연히 그랬을 겁니다. 한 시간 후에 만나죠."

스카페타는 행정관에게 말했다.

스카페타는 침대에 몸을 숙여 시미스터 부인의 손을 자세히 살피더니, 조심스럽게 손을 뒤집었다. 시신은 아무런 감각도 느끼지 못하지만, 시신을 다루는 스카페타의 손길은 항상 부드럽다. 끈에 묶였거나 반항한 흔적이 될 만한 찰과상이나 상처자국, 멍 자국은 전혀 남아 있지 않았다. 그런 다음 확대경으로 들여다보자, 양쪽 손바닥에 섬유조각과 먼지가 묻어 있음을 확인할 수 있었다.

"사망하기 전 손을 바닥에 짚은 것 같아요."

스카페타가 그렇게 말했을 때 레바가 창백한 낯빛으로 침실 안으로 들어왔다. 비에 흠뻑 젖은 레바는 몸을 부들부들 떨고 있었다.

"이 지역 골목길은 미로처럼 복잡하네요."

레바가 말했다.

"이봐요, 몇 시에 법의국에 전화한 거요?"

마리노 형사가 레바에게 다짜고짜 물었다.

"무슨 전화요?"

"중국에서 달걀 값이 얼마인지 알아보려는 전화 말이요."

마리노가 엉뚱한 농담을 던졌다.

"뭐라고요?"

레바는 침대에 묻은 핏자국을 쳐다보며 되물었다.

"이 사건 신고를 몇 시에 한 거요? 잘 생각해 봐요. 내 말 무슨 뜻인지 아직 못 알아듣겠소?"

마리노가 무뚝뚝하게 물었다.

"법의국에 전화한 적 없어요. 박사님이 바로 옆에 계신데 뭐하러 법의국에 전화해요?"

그녀는 스카페타를 쳐다보며 대답했다.

"시신의 손과 발을 봉투로 묶어야겠어요. 퀼트와 깨끗한 비닐봉투로 시신을 봉하고, 침대보도 함께 가져가야겠습니다."

스카페타가 말했다.

스카페타는 정원과 배수로가 내다보이는 창가로 다가갔다. 비에 젖은 감귤나무를 바라보다 아까 보았던 조사관 생각이 났다. 조사관은 분명히 그곳에 있었고, 스카페타는 그를 보았던 정확한 시간을 추측하려고 애썼다. 총성이 울렸을 가능성이 있고, 만약 그랬다면 불과 얼마 전이었을 것이다. 다시 침실 안을 둘러보자 감귤나무와 배수로가 내다보이는 창가에 놓인 러그에 거무스름한 얼룩이 두 군데 남아 있었다.

러그 색깔이 짙은 푸른색이라 얼룩을 알아보기가 매우 힘들었다. 스카페타는 가방에 들어 있는 혈액 키트와 화학약품과 약품 스포이트를 꺼냈다. 두 군데의 얼룩은 약 10센티미터 정도 떨어져 있었다. 얼룩 크기는 25센트 동전만하고 타원형이었다. 얼룩을 면봉에 묻힌 다음 이소프로필알코올을 떨어뜨리고, 다시 페놀프탈레인, 과산화수소를 차례로 떨어뜨리자 면봉이 연분홍색으로 변했다. 얼룩이 혈액이라는 뜻은 아니지만, 그럴 가능성도 충분이 있었다.

"희생자의 혈액이라면 왜 바닥까지 튄 걸까?"

스카페타는 혼잣말로 중얼거렸다.

"누운 상태에서 튄 게 아닐까요?"

레바가 나섰다.

"그건 불가능해요."

"핏자국은 정확히 원형이 아니오. 똑바로 서 있는 자세에게 핏자국이 튄 게 분명해."

마리노는 그렇게 말한 뒤, 핏자국이 더 있는지 침실 바닥을 살핀 다음 말을 이었다.

"핏자국이 여기에만 있는 점이 이상해요. 피를 흘렸다면 핏자국이 더 많이 튀었을 텐데."

마리노는 레바를 쳐다보지도 않은 채 혼잣말처럼 중얼거렸다.

"이런 짙은 색 러그에 남아 있는 핏자국을 찾기가 쉽지 않지만, 다른 얼룩 자국은 보이지 않는군요."

스카페타가 말했다.

"루미놀을 가져와서 혈흔 검사를 다시 해야겠어요."

레바를 쳐다보는 마리노의 얼굴에 분노가 어려 있었다.

"기술요원들이 도착하면 이 러그 섬유 샘플을 채취하라고 해요."

스카페타가 주변에 있는 사람들에게 지시했다.

"러그에 증거물이 남아 있는지 진공청소기로 빨아들여 보도록."

마리노는 레바의 시선을 피하며 말했다.

"시신을 어떻게 발견하게 되었는지, 이곳을 떠나기 전에 제게 진술해 주셔야겠습니다. 어떻게 이 집으로 들어오게 되었는지 아직 자세히 듣지 못했거든요."

레바가 마리노에게 말했지만 마리노는 그녀의 말을 듣지 못한 것처럼 아무 대꾸도 하지 않았다.

"잠시 밖으로 나가서 이야기 나누시겠습니까?"

와그녀는 마리노에게 그렇게 말한 다음 경관에게 지시했다.

"마리노 수사관에게 발포 흔적이 남아 있는지 조사해."

"무슨 개소리야?"

마리노가 씩씩거렸다.

스카페타는 마리노의 어투에 불만이 묻어 있음을 알아차렸다. 그런 어조로 시작해서 대개 큰 싸움으로 이어지곤 했다.

"형식적인 수사일 뿐입니다. 괜히 다른 사람들의 의심을 받을 필요는 없지 않습니까."

레바가 침착한 어조로 말했다.

"와그너 형사님, 전기 피부 반응 탐지기를 가져오지 않았습니다. 범죄 현장 기술요원들이 맡아서 할 겁니다."

함께 있던 경관이 말했다.

"기술요원들은 도대체 어디 있는 거야?"

레바는 아직 수사과정에 익숙하지 않은 듯, 짜증스럽고 당혹스러운 표정으로 내뱉었다.

"마리노, 시신을 곧 옮길 수 있는지 확인해 봐요."

스카페타가 말했다.

"궁금한 게 한 가지 있는데, 시신이 있는 범죄 현장에 도대체 몇 번이나 와 본 거요?"

마리노가 가까이 다가가자 레바는 한 걸음 뒤로 물러섰다.

"마리노 수사관과 스카페타 박사님 모두에게 분명히 말씀드립니다. 이제 수사를 시작해도 됩니다."

레바가 말했다.

"한 번도 없다는 대답이로군."

마리노는 레바의 말에 개의치 않고 계속 떠들었다.

"정말 한 번도 없는 모양이군."

마리노는 점점 더 목청을 높였다.

"시간 있으면 경찰서에 되돌아가 수사 서적이나 확인해 보시오. 시신은 법의관에게 관할권이 있기 때문에, 당신이 아니라 스카페타 박사님이 시신을 맡는 거요. 나로 말하자면, 화려한 경력을 가진 살인사건 전문 수사관인데다 박사님을 오랫동안 돕고 있으니, 나한테 함부로 이래라 저래라 명령하지 마시오."

제복 입은 경관은 터져 나오는 웃음을 애써 참고 있었다.

"마지막으로 한 가지 덧붙일 게 있지."

마리노는 계속 말을 이었다.

"이 사건을 담당하고 있는 장본인은 바로 나와 박사님이고, 당신은 아무것도 모르는 신출내기에 불과해."

"어떻게 감히 그런 말을!"

레바는 눈물을 글썽이며 외쳤다.

"여기 진짜 형사는 없나?"

그러고 나서 마리노는 제복 입은 경관에게 말했다.

"자네가 먼저 나가야 수사를 할 수 있겠군."

31

벤턴은 인지 신경이미지 연구소 건물의 1층 연구실에 앉아 있었다. 96만 제곱미터에 달하는 넓은 캠퍼스에는 벽돌과 슬레이트로 지은 수백 년 된 오래된 건물이 들어서 있었고, 과일 나무와 연못이 군데군데 보일 뿐이지 신경이미지 연구소 같은 현대식 건물은 거의 찾아보기 힘들었다. 맥린 병원에 있는 다른 사무실과는 달리, 벤턴의 사무실 창은 전망도 없이 곧바로 장애인용 주차장으로 연결되어 있었다. 그 너머에는 길, 그리고 그 너머에는 캐나다 기러기들이 몰려드는 들판이 보였다.

좁은 사무실 안은 서류와 서적이 어수선하게 어질러져 있고, H 모양의 연구소 건물 한가운데에 위치해 있었다. 연구실 구석마다 설치된 MR 스캐너의 자기장을 한데 합하면 철로에서 기차를 당길 정도로 강한 힘이 발생할 것이다. 연구소에서 사무실을 차지하고 있는 범죄 심리학자는 벤턴뿐이었다. 프레더터 연구 때문에 신경학자들과 원할 때면 언제든지 만나야 하기 때문이었다.

벤턴은 버튼을 누르고 실험 진행자에게 말했다.

"최근 실험 대상자인 케니 점퍼에게서 아직 전화오지 않았나요?"

창밖을 내다보자 기러기 두 마리가 길가 주변을 돌아다니는 모습이 보였다.

"잠시만요, 방금 그에게 전화 온 것 같습니다."

실험 진행자는 잠시 후 말을 이었다.

"웨슬리 박사님? 그와 전화 연결 해드리겠습니다."

"여보세요? 케니? 웨슬리 박사입니다. 잘 지냈어요?"

벤턴이 수화기를 집어 들며 말했다.

"나쁘진 않습니다."

"목소리를 들어보니 감기 걸린 것 같군요."

"앨러지인 것 같습니다. 고양이를 만졌거든요."

"케니, 몇 가지 더 물어보겠습니다."

벤턴은 전화 설문 내용을 확인했다.

"벌써 모두 물어보지 않았습니까."

"이번에 물어볼 건 다른 질문입니다. 모든 실험 참가자에게 묻는 일 반적인 질문이죠."

"알겠습니다."

"우선, 지금 어디서 전화하고 있습니까?"

벤턴이 물었다.

"공중전화인데, 발신만 가능하기 때문에 전화를 받는 건 불가능합니다."

"집에는 전화가 없습니까?"

"이미 말했던 것처럼, 월트햄에 있는 친구 집에 머물고 있고, 친구 집에는 전화가 없습니다."

"알겠습니다. 어제 말했던 것 가운데 몇 가지를 확인하겠습니다. 미혼이라고 했죠?"

"네."

"나이는 스물네 살."

"네."

"백인."

"네."

"케니, 오른손잡이입니까 왼손잡이입니까?"

"오른손잡이입니다. 아직 면허증이 없기 때문에 신분증으로 제시할 만한 게 없습니다."

"괜찮습니다. 신분증은 필요하지 않습니다."

벤턴이 말했다.

실험 참가자에게 신분을 증명하라고 요구하거나 사진을 찍는 행동 혹은 실험 대상자가 실제 누구인지 알아내기 위해 하는 기타 행동은 히파(HIPPA: 1996년 제정된 것으로 건강 보험의 이전과 책임을 규정한 법령—옮긴이)의 건강 정보 제한 규정을 위배하는 것이다. 벤턴은 질문 사항을 훑어보며 케니에게 틀니나 치열교정기 혹은 임플란트를 했는지, 금속판이나 핀을 끼운 게 있는지, 생계는 어떻게 해결하는지 질문했다. 그리고 고양이털 이외에 다른 앨러지가 있는지, 호흡 질환이 있는지, 질병이 있거나 복용하는 약이 있는지, 뇌 손상을 입은 적이 있는지 물었다. 그리고 자해를 하거나 다른 사람에게 상처를 입힌 적이 있는지, 최근에 치료를 받거나 보호 관찰을 받은 적이 있는지 물었다. 항상 그렇듯이, 응답자는 모두 그렇지 않다고 대답한다. 정상적인 자제력이 있다며 실험에 참가한 사람들 가운데 3분의 1은 실험에서 제외된다. 왜냐하면 그들은 정상이 아니기 때문이다. 하지만 지금까지 대답하는 것으로 보아, 케니는 정상일 가능성이 무척 높아 보였다.

"지난 달 술은 얼마나 마셨습니까?"

벤턴은 설문 내용을 차례로 진행해나가는 매 순간순간이 유쾌하지 않았다.

전화 설문은 단조롭고 지루하지만 자신이 직접 해야만 했다. 실험 보조들이나 경험이 없는 사람들이 얻은 정보는 신뢰할 수 없기 때문이다. 길거리에서 무작위로 연구 대상자를 선택해서 실험을 진행하는 것은 별다른 도움이 되지 않는다. 실험 진행요원들이 수십 시간을 들여 실험 대상자를 선별하고, 분석을 위한 인터뷰하고, 눈금을 측정하고, 신경인지 실험을 하고, 뇌 이미지 연구 실험을 해도, 결국 부적합하거나 불안정한 경우가 많고 때로는 잠재적으로 위험한 인물도 있다.

"가끔씩 맥주 한두 잔 정도 마셨습니다. 술도 별로 마시지 않는 편이고 담배도 피우지 않습니다. 연구 실험은 언제 시작하죠? 광고에는 8백 달러와 택시비를 지불한다고 하던데요. 저는 자동차나 다른 교통수단이 없어서 그 비용도 받을 수 있겠군요."

케니가 말했다.

"이번 주 금요일 오후 2시에 왔으면 좋겠습니다. 괜찮습니까?"

"마그넷 실험 말입니까?"

"그렇습니다. 뇌를 스캔하는 실험입니다."

"금요일은 안 되고 목요일 오후 5시에 가능합니다."

"그럼 그렇게 합시다. 목요일 5시."

벤턴을 시간을 메모했다.

"그리고 택시를 보내 주십시오."

택시를 보내주겠다며 주소를 묻던 벤턴은 당혹스러워졌다. 그가 택시를 불러달라며 가르쳐 준 주소는 에버렛에 위치한 '알파와 오메가'라는 장례식장이기 때문이다. 그다지 부촌은 아닌 보스턴 외곽 에버렛에 그런 장례식장이 있다는 이야기는 한 번도 들어보지 못했다.

"왜 장례식장입니까?"

벤턴은 서식에 연필을 톡톡 두드리며 물었다.

"제가 살고 있는 곳에서 가깝고 공중전화도 있습니다."

"케니, 내일 다시 전화해서 모레 오는 걸 확정하도록 합시다. 목요일 오후 5시 맞죠?"

"알겠습니다, 이 공중전화로 전화하겠습니다."

통화를 마친 벤턴은 전화번호부에 에버렛 소재 알파와 오메가라는 장례식장이 있는지 확인했다. 전화번호부에 그 장례식장이 나와 있었다. 그곳에 전화를 걸자 후바스탱크(2001년 결성된 4인조 모던록 밴드-옮긴이)의 〈더 리즌(The Reason)〉이라는 곡이 흘러나왔다.

도대체 무슨 이유(reason)란 말인가, 죽을 이유라는 건가, 벤턴이 조바심을 누르지 못하며 마음속으로 중얼거렸다.

"벤턴?"

고개를 들자 수전 래인 박사가 보고서를 든 채 출입문에 서 있었다.

"어서 와요."

벤턴은 수화기를 내렸다.

"베이질 젠레트에 대한 소식이 있어요."

래인 박사는 벤턴의 얼굴을 자세히 쳐다보며 말했다.

"스트레스가 심한가 보군요."

"항상 그렇죠 뭐. 그런데 벌써 분석이 끝났습니까?"

"그만 퇴근해요, 웨슬리. 너무 지쳐 보여요."

"일이 바빠 어젯밤 늦게 잠들었습니다. 베이질의 뇌 실험 결과가 어떻게 나왔는지 말해 줘요. 그렇지 않아도 몹시 궁금하던 터였으니까."

벤턴이 말했다.

래인 박사는 구조와 기능별 이미지 분석 보고서 복사본을 건네주며 설명하기 시작했다.

"감정적인 자극에 편도선 활동이 증가하는 것으로 나타났습니다. 특히 얼굴에 대한 반응이 두드러지는데, 두려운 표정의 맨 얼굴이나 가면을 쓴 얼굴, 부정적인 표정의 얼굴에 민감하게 반응했습니다."

"흥미로운 결과가 계속되는군요. 범인들이 결국 어떻게 범행 대상자를 선택하는지 실험을 통해 밝혀지기를 바랄 뿐입니다. 놀라움이나 호기심으로 보이는 어떤 사람의 얼굴 표정을, 범인들은 분노나 두려움으로 해석할 수 있을 겁니다. 그리고 곧 범행을 저지르는 거죠."

벤턴이 말했다.

"그런 생각을 하니 마음이 편치 않네요."

"실험 대상자들과 이야기를 나눌 때 더 끈기 있게 대처해야 합니다."

벤턴은 서랍을 열어 아스피린 약통을 꺼냈다.

"언어 간섭 실험을 진행하는 동안 뇌 뒷부분 활동이 감소했습니다. 전두엽 측면은 활발해졌고요."

래인 박사가 보고서를 보며 말했다.

"결론만 요약해서 말해 줘요, 래인 박사. 두통이 있어서요."

벤턴은 손바닥에 아스피린 세 알을 던 다음 물 없이 삼켰다.

"도대체 어떻게 약을 그렇게 먹어요?"

"버릇이 되어 괜찮습니다."

"그렇군요. 전반적으로, 실험 결과를 보면 정면 대뇌 변연계가 정상이 아님을 알 수 있는데, 비정상적인 반응을 억제할 수 있었던 것은 여러 중간 과정에서 불리한 조건이 있었기 때문일 겁니다."

래인 박사는 베이질의 두뇌 분석 실험을 요약해서 말했다.

"행동을 관찰하고 억제할 수 있는 능력이 있음을 뜻하는군요. 버틀러 주립병원 환자들에게서도 많은 유사점을 찾을 수 있습니다. 조울증 질환으로 볼 수 있지 않습니까?"

벤턴이 말했다.

"물론 그럴 수도 있습니다. 다른 정신 질환 증세로 볼 수도 있고요."

"잠시만 기다려줘요."

벤턴은 수화기를 들어 실험 연구 보조원을 연결했다.

"인터넷에 들어가서 케니 점퍼가 전화한 공중 전화 번호 확인해주겠어?"

"확인되지 않습니다."

"음, 번호가 확인되지 않는 공중전화는 없는 걸로 아는데."

"사실, 버틀러 주립병원과 방금 통화를 마쳤습니다."

연구 보조원이 말했다.

"베이질이 잘 지내지 못하는 것 같아요. 박사님이 방문해 주길 바란답니다."

오후 5시 반, 브로워드 카운티 법의국 주차장은 거의 텅 비어 있었다. 직원들, 특히 법의관이나 의학 담당 직원이 아닌 직원들이 퇴근 시간 이후에 시체 안치소에 머무는 경우는 거의 없었다.

브로워드 카운티 법의국이 위치한 사우스웨스트 31번가는 비교적 개발이 덜 된 지역으로, 야자수와 떡갈나무, 소나무가 우거져 있고, 이동식 주택들이 여기저기 흩어져 있다. 전형적인 사우스 플로리다 건축 양식의 법의국 건물은 벽토와 산홋빛의 석재로 지은 1층짜리 건물이다. 건물 뒤에 나 있는 좁은 수로에는 모기들이 들끓고, 염분기가 있는 물속에서는 거의 볼 수 없는 악어들이 뜻하지 않게 출몰하기도 한다. 공시소 옆 건물은 소방서로, 응급 의료 기술요원들이 살려내지 못한 사망자들은 곧바로 시체 안치소로 이송된다.

비가 거의 멎었다. 스카페타와 조가 은색 H2 허머 쪽으로 걸어가는 길에 물웅덩이가 여기저기 고여 있었다. 스카페타는 허머를 타고 싶지 않았지만, 비포장도로의 범죄 현장에 무거운 장비를 들고 가기에는 허머가 적합했다. 루시는 허머로 비행하는 걸 좋아했지만, 스카페타는 허머를 어디에 착륙해야 할지 항상 걱정이었다.

"어떻게 밝은 대낮에 권총을 들고 집 안으로 들어갈 수 있었는지 이해가 안 됩니다."

조는 한 시간 동안 계속 그 말만 반복하고 있었다.

"총열을 톱으로 잘라냈다면 방법을 알아낼 수 있을 겁니다."

"톱질을 하고 총을 부드럽게 닦지 않았다면, 총의 화약 마개에 도구를 사용한 자국이 남아 있을 거예요."

스카페타가 대꾸했다.

"하지만 도구를 사용한 흔적이 없는 걸 보면 톱질을 하지 않았다는 뜻입니다."

"맞아요."

"톱으로 잘라낸 총열 부분을 부드럽게 손질했기 때문일 겁니다. 만약 그가 그렇게 했다면, 총을 찾지 않고 알아낼 수 있는 방법은 없습니다. 확실하게 알고 있는 사실은 12구경이라는 것뿐입니다."

처참하게 상처 입은 시미스터 부인의 머릿속에서 스카페타가 찾아낸 총 화약 마개는 플라스틱 소재로 꽃잎 네 개가 붙어 있는 모양인 파워 피스톤이었다. 그 사실 이외에도 스카페타가 확실하게 단언할 수 있는 사실들이 더 있었다. 시미스터 부인을 공격한 양상도 그 가운데 하나였는데, 부검 결과 사람들이 추정했던 것과 다른 결과가 나왔다. 시미스터 부인은 총상을 입지 않았다 해도 사망할 수밖에 없었을 것이다. 스카페타는 범인이 시미스터 부인의 입 안에 총을 넣고 방아쇠를 당겼을 때 그녀는 이미 의식을 잃었을 거라고, 거의 확신하고 있었다. 하지만 정확한 결론을 내리기란 쉽지 않았다.

희생자가 범인과 사투를 벌이며 입었을 상처자국을 가리기 위해, 범인은 희생자의 머리에 총을 쐈을지도 모른다. 법의학 수사 과정에서 때때로 성형 수술을 해야 하는 경우가 있는데, 스카페타는 시미스터 부인의 머리 손상을 복구하기 위해 최선을 다했다. 뼛조각과 두피를 이어 맞춘 다음 머리카락을 깨끗이 밀었다. 그 결과 머리 뒷부분에 찢어진 자국이 있고 두개골이 골절되었음을 알 수 있었다. 머리 아래쪽에 충돌로 인해 경막하 혈종이 생겼는데, 머리 아래쪽은 총상을 입은 후에도 비교적 손상을 입지 않은 채로 남아 있었다.

시미스터 부인의 침실 창가 카펫에 남은 얼룩이 그녀의 혈흔이라고 밝혀진다면, 그 지점에서 범인의 습격을 받았을 것이고 손바닥에 남아 있는 먼지와 푸르스름한 섬유조각도 설명할 수 있을 것이다. 희생자는 뒤쪽에서 날아오는 둔기에 얻어맞고 바닥에 쓰러진 것이다. 그런 다음 범인은 39킬로그램 나가는 시미스터 부인을 들어 올려 침대에 눕혔을 것이다.

"총열을 톱으로 자른 산탄총이라면 배낭에 넣어오기 쉬웠을 겁니다."

조가 말했다.

스카페타는 리모컨으로 허머의 문을 열며 지친 목소리로 대답했다.

"반드시 그렇지는 않아요."

스카페타는 조와 함께 있는 게 피곤했다. 날이 갈수록 그를 대하는 것이 더 짜증났다.

"총열을 30센티미터나 45센티미터를 잘라 내거나 개머리판을 15센티미터 잘라내도 마찬가지예요. 그래도 자동 장전 산탄총이라고 가정하면 총 길이가 최소한 45센티미터에 이르죠."

스카페타가 말했다.

감귤나무 조사관이 메고 있던 커다란 검은색 가방이 스카페타의 머릿속에 떠올랐다.

"수동 장전일 경우 총 길이는 더 길 거예요. 굉장히 큰 배낭이 아니면 총을 넣어 다닐 수 없겠죠."

"그럼 손에 드는 큰 가방이겠군요."

스카페타는 감귤나무 조사관이 과일 따는 도구의 긴 손잡이를 분해해 가방에 넣던 모습을 떠올렸다. 예전에도 조사관을 본 적은 있지만 그런 도구를 사용하는 모습은 처음 봤다. 그들은 손이 닿는 거리의 감귤들을 주로 살폈다.

"손에 드는 가방을 들었을 게 분명합니다."

조가 말하자 스카페타는 그의 말을 잘랐다.

"난 잘 모르겠군요."

부검을 하는 내내 조가 거드름을 피우며 쓸데없는 소리를 하고 이런저런 억측을 늘어놓는 바람에, 스카페타는 생각을 할 수 없을 지경이었다. 그는 자신이 하고 있는 모든 행동, 클립보드에 끼워둔 보고서를 작성하는 모든 내용을 입 밖으로 내뱉어야 직성이 풀리는 것 같았다. 각각의 장기 무게가 얼마인지, 위장에 남아 있는 고기와 야채를 근거로 시미스터 부인이 언제 마지막으로 식사를 했을지 주절주절 늘어놓았다. 그리고 메스로 관상동맥을 열 때 칼슘 퇴적물이 부스럭거리는 소리를 들었는지 스카페타에게 확인하면서 동맥 경화증으로 사망했을 가능성도 있다고 말했다.

스카페타는 헛웃음을 지었다.

시미스터 부인은 건강 상태가 그다지 좋지 않았다. 심장 상태가 좋지 않았고, 폐렴을 앓아 폐가 유착되었고, 뇌가 약간 수축된 걸로 보아 알

츠하이머 증세가 있었는지도 모른다.

"살인을 당할 거라면 차라리 건강이 나쁜 상태에서 당하는 게 낫습니다."

조는 그렇게 말했다.

"총 개머리판으로 희생자의 머리 뒷부분을 친 것 같습니다. 이렇게 말입니다."

조는 가상의 산탄총을 들고 머리를 내려치는 시늉을 했다.

"시미스터 부인의 키는 152센티미터에 불과합니다."

조는 자신이 상상하는 시나리오를 계속 이어갔다.

"그러므로 톱으로 자르지 않은 산탄총이라면, 무게가 30킬로그램 정도 나가는 개머리판으로 머리를 내리쳤을 겁니다. 범인은 시미스터 부인보다 훨씬 힘이 세고 키도 컸을 게 분명합니다."

"그건 전혀 알 수 없는 일입니다. 범인이 어느 위치에 있었느냐에 따라 다릅니다. 그리고 시미스터 부인이 총에 맞았는지도 정확히 알 수 없습니다. 그리고 범인이 남자라는 사실도 아직 단언할 수 없습니다. 조심해요, 조."

스카페타는 주차장을 빠져나가며 말했다.

"뭘 조심하라고요?"

"희생자가 왜, 어떻게 사망했는지 열성적으로 추론하는 과정에서, 이론과 진실을 혼동하고 사실을 허구로 바꿔버리는 위험에 빠지게 됩니다. 이건 가상 범죄 현장이 아닙니다. 실재하는 인간이 실제로 사망한 사건이란 말입니다."

"창조적으로 생각하는 게 무슨 잘못이란 말입니까?"

조는 앞을 똑바로 응시한 채 대꾸했다. 조급해질 때마다 항상 그런 것처럼, 그는 얇은 입술은 꼭 다물고 주걱턱을 앞으로 약간 당겼다.

"창조적으로 생각하는 건 좋아요. 그러면 왜, 어디를 주시해야 하는지 가늠할 수 있지만, 영화나 텔레비전 드라마에 나오는 걸 그대로 따라야 할 필요는 없어요."

스카페타가 대답했다.

32

셀프 박사

조그마한 크기의 진료실은 스페인 풍의 타일이 깔린 수영장 뒤에 위치해 있었다. 수영장 양쪽으로 과실수와 꽃이 피는 관목 숲이 우거져 있었다. 환자들을 진료하기에 평범한 장소도 최고의 장소도 아니지만, 주변 환경은 시적이고 아름다웠다. 비가 올 때면, 매릴린 셀프 박사는 촉촉하게 젖은 대지처럼 마음이 편안해지는 듯한 느낌이 들었다.

셀프 박사는 문을 열고 들어오는 환자들의 상태가 바깥 날씨로 그대로 드러난다고 생각하곤 했다. 급류처럼 억눌려 있던 환자들의 마음은 그녀의 치료 공간에서 안전하게 배출됐다. 그녀 주변에는 일어나는 변덕스러운 날씨 변화는 그녀에게 독특한 의미를 갖고, 그녀를 위해 의도된 듯했다.

폭풍우 속에 들어온 걸 환영합니다. 자, 이제 당신의 폭풍우에 대해 이야기해 보도록 하죠.

셀프 박사는 그 표현이 마음에 들었다. 예전부터 출연해온 라디오 프

251

로그램과 새로 시작하게 된 텔레비전 프로그램에서도 그 표현을 종종 사용했다. 인간의 감정은 내부적인 기후 시스템과 유사하다고, 셀프 박사는 환자와 수많은 청취자들에게 설명했다. 앞에 보이는 폭풍은 어떤 무언가에 의해 야기된다. 이유 없이 생기는 것은 아무것도 없다. 날씨에 대해 이야기하는 건 무익하지도 유익하지도 않다.

"얼굴 표정을 보아하니, 다시 비가 그쳤을 때의 표정이군요."

셀프 박사는 안락한 거실처럼 꾸민 진료실 가죽 의자에 앉아 말했다.

"매번 말씀드리지만 난 표정이 없소."

"비가 그친 표정인 걸 보니 흥미롭군요. 비가 내리기 시작하거나 한참 내릴 때가 아닌, 지금처럼 비가 갑자기 그쳤을 때의 표정입니다."

그녀가 말했다.

"난 표정이 없소."

"방금 비가 그쳤고, 비가 그친 표정이 당신 얼굴에 나타나 있습니다. 진료를 마친 후 얼굴에 나타나는 표정과 똑같습니다."

셀프 박사가 반복해서 말했다.

"그렇지 않소."

"아닙니다, 분명히 그렇습니다."

"폭풍우 이야기나 하려고 진료비를 3백 달러나 낸 건 아니오. 난 표정이 없단 말이오."

"마리노, 보이는 것을 말해주는 겁니다."

"내겐 표정이 없습니다. 헛소리 그만 하십시오. 폭풍우가 나랑 무슨 상관이란 말입니까? 사막에서 산 게 아니니 폭풍우는 평생 동안 봐 왔습니다."

피트 마리노는 셀프 박사 맞은편에 놓인 의자에 앉아 대답했다.

셀프 박사는 마리노의 얼굴을 유심히 살폈다. 매우 거칠고 남성적인 관점에서 보면 못생긴 얼굴은 아니었다. 그녀는 금속 테 안경을 낀 채 회색 눈동자로 그를 응시했다. 머리카락이 빠진 두상을 보자, 희미한 불빛에 비친 푸르죽죽한 신생아 엉덩이가 떠올랐다. 살집이 많은 둥그스름한 대머리 두상은 한 대 찰싹 때리고 싶은 어린이의 엉덩이 같았다.

"우리는 서로 신뢰하는 관계라고 믿고 있는데요…."

셀프 박사가 말했다.

마리노는 아무 대꾸도 하지 않고 의자에 앉아 있었다.

"마리노, 폭풍우가 몰려오고 물러가는 것에 대해 왜 신경 쓰는지 말해 봐요. 난 그렇게 믿고 있기 때문이에요. 우리가 이야기를 나누고 있는 지금도 그 표정입니다. 분명하게 말하지만, 바로 그런 표정입니다."

셀프 박사가 말했다.

마리노는 자신의 얼굴이 마치 가면인양, 자신의 일부분이 아닌 것처럼 어색하게 만졌다.

"내 얼굴은 정상이요. 이상한 점은 아무것도 없소."

마리노는 살집 많은 턱과 넓은 이마를 가볍게 두드리며 말을 이었다.

"표정이 있으면 있다고 말했겠죠. 하지만 난 표정이 없소."

차를 몰고 할리우드 경찰서 주차장으로 되돌아가는 동안 두 사람은 말이 없었다. 조가 주차장에 주차해 둔 빨간색 코르벳 차량을 타고 가 버리면, 더이상 스카페타를 귀찮게 하지 않을 것이다.

그러다 갑자기 조가 말문을 열었다.

"제가 스쿠버다이빙 자격증 땄다고 말했던가요?"

"축하해요."

스카페타는 아무렇지 않게 대꾸했다.

"케이먼 섬에 콘도를 구입할 생각입니다. 정확하게 말하면, 여자 친구와 함께 구입하기로 했습니다. 여자 친구가 저보다 돈을 더 많이 벌거든요. 그런데 좀 이상하지 않습니까? 전 박사학위가 있고 여자 친구는 변호사도 아닌 변호사 보조원인데 저보다 돈을 더 많이 벌거든요."

"큰돈을 벌기 위해 법의학을 선택했을 거라고는 생각지 않았는데요."

"가난뱅이가 되려고 법의학을 선택한 것도 아닙니다."

"그럼 다른 일을 고려해 보는 게 좋을 거예요."

"박사님은 돈을 많이 벌고 싶지 않은가 보군요."

정지신호에 차를 멈추자, 조가 스카페타를 똑바로 쳐다봤다. 스카페타는 그의 시선을 느꼈다.

"빌 게이츠처럼 돈 많은 조카를 둔 게 나쁘지는 않을 것 같은데요. 게다가 애인도 부유한 뉴잉글랜드 가문 출신이고 말입니다."

조가 덧붙여 말했다.

"하고 싶은 말이 정확히 뭐죠?"

그렇게 말하자 문득 마리노 생각이 났다. 그리고 그가 생각해낸 가상 범죄 현장이 생각났다.

"돈이 많으면 돈에 신경 쓰지 않아도 된다는 뜻입니다. 그리고 그 큰돈을 박사님이 직접 벌지는 않았다는 뜻이기도 하고요."

"내 재정 문제는 당신이 상관할 바가 아니에요. 나처럼 오랫동안 그리고 현명하게 일해 나가면 형편이 괜찮아질 겁니다."

"괜찮아진다는 기준을 어느 정도로 잡느냐에 따라 달라지겠지요."

조는 서류상으로는 대단한 인물이었다. 그가 아카데미 연구원으로 지원했을 당시, 스카페타는 그가 어느 누구보다도 더 전도유망한 연구원이 될 거라고 기대했다. 어떻게 그런 어리석은 판단을 내렸는지 이해가 가지 않을 정도다.

"박사님 캠프에서 일하는 사람 가운데 괜찮아진 사람은 아무도 없습니다. 심지어 마리노조차 저보다 더 많이 법니다."

조의 어조는 점점 더 비열해졌다.

"그가 얼마를 버는지 당신이 어떻게 안단 말이에요?"

바로 그때, 도로 왼쪽에 서 있는 할리우드 경찰서가 보였다. 4층짜리 경찰서 건물은 골프장과 인접해 있어서 담장이나 경찰차에 골프공이 잘못 날아오는 경우가 종종 있었다. 조가 아끼는 빨간색 코르벳 차량이 주차장 먼 구석에 세워져 있는 게 보였다.

"사람들이 얼마나 버는지는 누구나 알고 있는 법입니다. 공공연한 비밀이죠."

조가 말했다.

"그렇지 않아요."

"좁은 곳에서는 비밀을 지키기가 어렵습니다."

"아카데미는 그렇게 좁은 곳이 아니고, 기밀로 유지해야 하는 사항도 많습니다. 봉급 액수도 그 가운데 하나고요."

"저는 월급을 더 받아야 합니다. 마리노는 박사학위도 없지 않습니까. 고등학교도 제대로 졸업하지 못했는데 저보다 더 많은 돈을 법니다. 루시가 하는 일이라고는 페라리와 헬리콥터, 제트기와 오토바이를 타면서 비밀요원 노릇을 하는 것뿐입니다. 무슨 일을 하기에 그 모든 걸 가질 수 있는지 모르겠습니다. 사람들을 대하는 태도도 무례하고 오만하지요. 학생들이 그녀를 싫어하는 것도 당연합니다."

스카페타는 그의 코르벳 차량 앞에 차를 세운 다음, 그 어느 때보다 더 심각한 표정으로 그를 쳐다봤다.

"조. 연구원 기간이 한 달 남았죠? 그걸로 끝냅시다."

그녀는 단호한 어조로 말했다.

셀프 박사의 전문적인 의견에 의하면, 마리노가 살면서 많은 어려움을 겪는 이유 가운데 하나는 방금 그의 얼굴에 나타난 표정이다.

얼굴 표정 자체와는 상관없는 미묘한 부정적인 느낌의 표정이 문제다. 그 표정을 보면, 그는 마치 상황을 더 나쁘게 만들려는 의도가 있는 것처럼 상황을 더 나쁘게 몰아간다. 그가 남들에게 숨기는 두려움, 혐오감, 자포자기, 성적인 위축감, 편협한 마음 그리고 다른 억압된 부정적인 측면을 의식하지 않는다면 괜찮을 것이다. 셀프 박사는 마리노의 입가와 눈가에 나타나는 긴장감을 알아차렸다. 다른 사람들이라면 의식적으로 알아차리지는 못하겠지만 무의식적으로 알아차리고 반응할 것이다.

마리노는 언어폭력, 무례하고 부정직한 행동, 거부, 배신 등을 빈번하게 당하며 살아간다. 그는 싸움에 휘말리고 고군분투하며 힘겹게 살아왔다. 힘들고 위험한 형사 일을 하는 동안 사람을 몇 명 죽였다고 말하기도 했다. 어리석게도 마리노 뒤를 쫓아간 사람이라면 훨씬 더 호되게 당했을 것이다. 하지만 마리노는 그런 식으로 생각하지 않는다. 그의 말대로라면, 사람들은 별다른 이유도 없이 그에게 집적거린다. 그리고 사람들에게 적개심을 갖는 것도 그의 직업과 관련 있다고 주장한다. 그가 겪는 대부분의 문제는 그가 가난한 뉴저지에서 자라면서 갖게 된 편견 때문이다. 그는 사람들이 왜 평생 자신을 못살게 구는지 도무지 이해할 수 없다고, 입버릇처럼 말하곤 한다.

지난 몇 주 동안 마리노의 상황은 훨씬 더 악화되었다. 그리고 오늘 오후에도 상황은 그다지 좋지 않았다.

"남은 몇 분 동안 뉴저지에 대해 이야기해 봅시다."

셀프 박사는 진료 시간이 곧 끝난다는 사실을 상기시키기 위해 일부러 그렇게 말했다.

"지난주에 뉴저지에 대한 이야기를 몇 번 언급했습니다. 뉴저지에 살았던 경험이 왜 아직도 중요하다고 생각하는 거죠?"

"뉴저지에서 성장해보면 그 이유를 알 수 있소."

마리노의 얼굴 표정이 더 굳어졌다.

"내 질문에 대한 답은 아니에요, 마리노."

"아버지는 술주정뱅이였소. 평생 잘못된 길을 걸었죠. 사람들은 여전히 나를 뉴저지 출신으로 보는데, 그게 문젭니다."

"마리노, 사람들의 태도가 아닌 당신 얼굴에 나타난 표정이 문제일 수 있습니다. 문제는 당신 자신일 수 있습니다."

셀프 박사는 재차 말했다.

셀프 박사가 앉은 가죽의자 옆에 있는 자동응답기가 울리자, 마리노의 표정이 굳어졌다. 셀프 박사가 전화를 받지 않는다 해도 마리노는 진료 중에 전화가 울리는 걸 몹시 싫어했다. 소리가 울리지 않는 음성메일 대신 왜 굳이 오래된 자동응답기를 사용하는지 이해가 가지 않았다. 음성메일은 누군가 메시지를 남길 때 '삐' 소리가 나지도 않고, 대화를 방해하지도 않는데 말이다. 마리노는 셀프 박사에게 그 점을 종종 불평하곤 했다. 셀프 박사는 몰래 손목시계를 확인했다. 순금시계에 로마숫자가 커다랗게 새겨져 있어서 돋보기 없이도 시간을 확인할 수 있었다.

12분 후면 진료시간이 끝날 것이다. 마리노는 무언가를 끝내고, 피날레를 장식하고, 마무리 짓고, 끝맺음을 하는 데 어려움을 겪는다. 셀프 박사가 늦은 오후 시간, 특히 5시 무렵에 마리노의 진료 시간을 잡는 건 우연의 일치가 아니었다. 그 무렵이면 밖이 어두워지기 시작하거나 오후에 갑자기 들이닥친 소나기가 멎는다. 마리노는 흥미를 자아내는 환자다. 그렇지 않았다면 환자로 받아주지 않았을 것이다. 그에게 전국적으로 방송되는 라디오 프로그램이나 새로 시작한 텔레비전 프로 그램에 환자로 출연해보지 않겠냐고 제안하는 건 시간문제일 것이다. 볼품없고 어리석은 아모스 박사보다는 마리노가 카메라 앞에 서는 편이 훨씬 더 나을 것이다.

셀프 박사의 환자 가운데 아직 경찰은 아무도 없었다. 그녀가 국립 법의학 아카데미 여름 특강에 강사로 초빙되어 만찬에 참석했을 때, 옆자리에 앉아 있던 마리노를 보자마자 문득 어떤 생각이 떠올랐다. 그를 방송에 출연시키면 굉장할 것 같았고, 가능하면 자주 참석시키고 싶었다. 물론 마리노는 치료를 받아야 할 상황이었다. 술을 많이 마셨고, 그녀 앞에서도 버번위스키를 넉 잔이나 마셨다. 흡연자여서 늘 입에서 담배 냄새가 났다. 그리고 디저트를 세 접시나 먹을 정도로 폭식을 했다. 그를 처음 만났을 때, 마리노는 자기 파괴적이고 자기를 혐오하는 경향이 강했다.

"당신을 도와줄 수 있어요."

그날 밤 셀프 박사가 마리노에게 말했다.

"뭘 도와준단 말이오?"

마리노는 마치 그녀가 몰래 손이라도 잡은 것처럼 화들짝 놀란 표정이었다.

"당신의 폭풍우, 마음속의 폭풍우를 잠재울 수 있도록 도와줄게요. 당신이 겪는 폭풍우에 대해 이야기해 봐요. 내가 이 총명한 학생들에게 강의하듯 당신에게도 똑같은 이야기를 해드리죠. 그러면 당신의 마음속에 있는 모든 기후에 대해 잘 알게 될 거고, 당신이 원하는 대로 조정할 수 있을 겁니다. 폭풍우나 화창한 날을 마음대로 선택할 수 있는 거죠. 몸을 움츠려 숨을 수도 있고, 밖으로 걸어 나올 수도 있죠."

"나 같은 일을 하는 사람은 밖으로 걸어 나올 때 조심해야 하오."

마리노가 말했다.

"마리노, 난 당신이 죽기 바라지 않아요. 당신은 관대하고 영리하고 잘생겼어요. 당신이 오랫동안 곁에 있어 주었으면 좋겠어요."

"당신은 날 잘 모르지 않소."

"당신이 생각하는 것보다 더 잘 알아요."

그때부터 마리노는 그녀에게 진료를 받기 시작했다. 그리고 한 달 동안 5킬로그램을 감량했고 술과 담배도 줄였다.

"난 아무 표정도 없소. 도대체 무슨 말을 하는 건지 모르겠군요."

마리노는 마치 장님처럼 손으로 얼굴을 만지며 말했다.

"아닙니다. 바로 비가 그친 순간의 표정입니다. 마리노, 당신이 어떤 감정을 느끼든 얼굴에 그대로 나타납니다."

셀프 박사는 그 점을 특히 강조했다.

"그 표정이 뉴저지 시절부터 있었는지 궁금하군요. 본인은 어떻게 생각해요?"

"말도 안 되는 헛소리요. 내가 원래 이곳에 온 이유는 담배를 끊지 못하고 과음과 과식을 했기 때문이오. 내 얼굴 표정을 보기 위해 온 건 아니란 말이오. 내 얼굴 표정에 대해 불만을 늘어놓은 사람은 지금껏 아무도 없었소. 도리스는 내가 뚱뚱하고 과음과 과식을 한다고 투덜거리긴 했지만, 내 얼굴 표정을 불평한 적은 없었소. 마누라가 나를 떠난 건 내 얼굴 표정 때문이 아니었소. 다른 여자들도 마찬가지고."

"스카페타 박사는요?"

마리노는 긴장했다. 스카페타 이야기를 할 때마다 그는 항상 움츠러들게 된다. 셀프 박사가 진료 시간이 거의 끝날 때까지 기다렸다가 스카페타 이야기를 꺼낸 건 우연이 아니었다.

"이제 공시소로 가봐야겠소."

마리노가 무뚝뚝하게 말했다.

"공시소에 걸어 들어갈 수 있어서 다행이에요."

셀프 박사는 가벼운 농담을 던졌다.

"농담할 기분 아니오. 사건을 맡고 있다가 제외되었소. 요즘 하는 일이 죄다 이 모양입니다."

"스카페타가 당신을 제외시켰나요?"

"그럴 겨를도 없었소. 서로 갈등을 일으키기 싫었고, 누군가 나를 비난하기 전에 먼저 부검에 참여하지 않고 나온 겁니다. 게다가 희생자의 사인도 분명한 상태고."

"무엇 때문에 당신을 비난하죠?"

"사람들은 항상 어떤 꼬투리를 잡아 날 비난합니다."

"다음 주는 과대망상증에 대해 이야기하겠습니다. 그것 역시 결국 얼굴 표정으로 귀결되죠. 스카페타 박사가 당신의 얼굴 표정을 알아차렸을 거라고 생각지 않습니까? 난 분명히 그랬을 거라고 생각합니다. 그녀에게 직접 물어봐야 할 겁니다."

"그런 헛소리 그만 하시오."

"모독에 대해 했던 말을 기억하기 바랍니다. 우리는 서로를 모독하지 않기로 동의했습니다. 상대방을 모독하지 않고 본인의 느낌을 이야기하기 바랍니다."

"이 모든 게 헛소리라는 느낌이 드는군."

셀프 박사는 한 대 때려주고 싶은 장난꾸러기 소년인양 마리노를 쳐다보며 웃었다.

"실제로 있지도 않은 얼굴 표정에 대한 이야기를 들으러 여기 온 게 아니오."

"스카페타 박사께 직접 물어보는 게 어때요?"

"젠장, 어떤 염병할 느낌도 없단 말이오."

"행동으로 해결하려 하지 말고 터놓고 이야기해요."

셀프 박사는 자신이 이야기해놓고서도 만족스러웠다. 그녀가 출연하는 라디오 프로그램을 홍보할 방법을 생각해냈다. '셀프 박사와 터놓고 이야기하세요.'

"실은 오늘 무슨 일이 있었던 거죠?"

그녀가 마리노에게 물었다.

"지금 농담하는 겁니까? 한 노파가 권총으로 자신의 머리를 쐈고, 그 현장에 간 수사관이 누구겠소?"

"마리노, 아마 당신 담당이겠죠."

"정확히 내 담당이라 할 수는 없소."

마리노는 말을 번복했다.

"예전 같았으면 당연히 내가 맡았을 거요. 예전에도 말했지만, 나는 강력사건 수사관으로 박사를 도왔습니다. 하지만 지금은 관할구역이 사건을 내게 넘겨주지 않는 한 전적으로 사건을 맡을 수 없는데, 레바가 그러려고 하지 않아요. 쥐뿔도 모르면서 내게 고집을 피우는 거지."

"당신 말에 따르면, 레바는 당신을 무시하고 깔아뭉개려 했군요."

"형사가 되지 말았어야 할 여자요."

마리노는 얼굴이 벌게진 채 소리쳤다.

"자세히 이야기해 봐요."

"아무리 진료상담이라 해도 내 일에 대해서는 말할 수 없습니다."

"사건이나 수사 사항을 자세히 묻는 게 아닙니다. 이곳에서 말한 모든 이야기는 비밀로 유지됩니다."

"라디오나 텔레비전 프로그램에 나가지 않는다면 그렇겠죠."

"우리가 함께 라디오나 텔레비전에 출연하지는 않잖아요. 출연할 의사가 있으면 내가 알아볼게요. 아모스 박사보다는 당신이 출연하는 게 훨씬 더 재밌을 거예요."

셀프 박사는 다시 미소를 지었다.

"그 우라질 놈."

셀프 박사는 마리노에게 경고했다. 하지만 물론 부드러운 어조였다.

"그를 좋아하지 않는 건 알지만, 그에 대해 피해망상을 갖고 있어요. 지금 이곳에는 마이크도 카메라도 없고, 오직 당신과 나 두 사람뿐입니다."

마리노는 그녀 말을 믿어야 할지 확신이 서지 않는 듯 주변을 둘러봤다.

"그녀가 내 앞에서 그와 이야기하는 게 마음에 들지 않았소."

"그는 벤턴이고 그녀는 스카페타 박사이겠군요."

"회의를 소집해 나를 자리에 앉혀 놓고 그와 통화를 합디다."

"이곳에서 자동응답기가 울릴 때와 비슷한 느낌이겠군요."

"내가 없을 때 통화할 수도 있는데, 고의로 그런 것 같소."

"스카페타 박사의 습관입니다. 그렇죠? 당신이 어떤 기분일지, 당신이 질투할 걸 알면서 일부러 당신 앞에서 애인과 통화하는 거죠."

셀프 박사가 말했다.

"젠장, 뭐라고요? 질투한다고요? 그는 부자인데다 전직 FBI요원으로 지금은 잘나가는 프로파일러요."

"지금은 그렇지 않죠. 그는 현재 하버드 의과대학에서 법정 심리학을 가르치고 있고 뉴잉글랜드의 명문가 출신이죠. 말만 들어도 정말 대단한 사람 같군요."

셀프 박사는 벤턴을 만난 적이 없었다. 실제로 그를 만나고 싶고, 그를 프로그램에 출연하게 하고 싶었다.

"그는 한물 간 사람이오. 한물 간 사람들이 대학에서 학생을 가르치는 거요."

"학생을 가르치는 것 이외에도 다른 활동을 하고 있어요."

"그는 한물 간 사람이란 말이오."

"당신이 알고 있는 대부분의 사람들은 한물 간 사람 같군요. 스카페타에 대해서도 같은 말을 한 적이 있거든요."

"보는 대로 말하는 것뿐입니다."

"본인도 한물 간 사람이라는 기분이 드는지 궁금하군요."

"뭐요? 지금 농담하는 겁니까? 내 체중의 두 배를 벤치프레스 할 수 있고, 그저께는 러닝머신도 달렸습니다. 20년 만에 처음으로 말이오."

"시간이 거의 다 됐군요."

그녀는 다시 한 번 그에게 상기시켰다.

"스카페타에 대한 분노에 대해 이야기해 봅시다. 그건 신뢰의 문제입니다, 그렇죠?"

"존중에 대한 문제요. 그녀는 나를 옆집 강아지처럼 대하고 거짓말까지 합니다."

"작년 여름 녹스빌에서 있었던 일 때문에 그녀가 당신을 신뢰하지 않는다고 생각하는군요. 녹스빌에서 시신을 연구하던 곳을 뭐라고 불렀죠?"

"바디팜."

"아, 맞아요."

그녀가 라디오 프래그램에서 논의할 주제치고는 너무 당혹스럽다.

'바디팜은 헬스 스파가 아닙니다. 죽음이란 무엇인가? 셀프 박사와 터놓고 이야기하세요.'

그녀는 벌써 프로그램 예고 문구를 정했다.

손목시계를 흘깃 확인한 마리노는 시계를 낀 두툼한 손목을 과장된 몸짓으로 들어올렸다. 진료시간이 끝나가는 건 아무 상관도 없다는 듯, 진료시간이 끝나기만을 기다리고 있었다는 듯.

셀프 박사는 마리노의 속임수에 넘어가지 않았다. 그리고 상담 내용을 요약하기 시작했다.

"자신이 더 이상 중요한 존재가 아니고 혼자 남겨진 것 같은 실존적인 두려움이 들 때가 있습니다. 하루가 끝날 때, 폭풍우가 그칠 때. 그리고 어떤 일이 마무리될 때. 어떤 일이 끝난다는 건 두려운 일입니다, 그렇지 않습니까? 부도, 명예도, 젊음도 사랑도 언젠가는 끝이 납니다. 스카페타와의 관계도 언젠가는 끝이 나겠죠? 결국엔 그녀가 당신을 거부하지 않을까요?"

"내가 하는 일 이외에 끝나는 건 아무것도 없소. 내가 황천길로 떠난 이후에도 망할 놈의 인간들은 살인을 저지를 것이기 때문입니다. 이제 다시는 이곳에 오지 않을 거고 이런 헛소리도 더 이상 듣지 않겠소. 당신이 하는 거라곤 스카페타 박사 이야기가 전부요. 분명히 말하지만, 내 문제는 그녀와 상관없소."

"이제 상담을 끝마쳐야겠습니다."

셀프 박사는 의자에서 일어나 미소 짓는 얼굴로 그를 바라봤다.

"처방해 준 약도 끊었습니다. 2주전에 그만뒀는데 잊어버리고 말하지 않았군요."

마리노가 의자에서 일어서자 커다란 덩치 때문에 진료실이 꽉 차는 듯했다.

"아무 효과도 없는데 뭐하러 복용하겠습니까?"

마리노가 자리에서 일어날 때마다 셀프 박사는 그의 몸집을 보며 깜짝 놀라곤 했다. 햇볕에 그을린 두툼한 손을 보면 야구공을 잡는 포수의 글러브나 구운 햄이 떠올랐다. 손이 어찌나 뭉툭해 보이는지, 다른 사람의 두개골이나 목을 마치 감자칩처럼 부셔버릴 수 있을 것 같았다.

"복용 약에 대해선 다음 주에 이야기하도록 하죠. 그럼 다음 예약은…."

그녀는 책상에 놓인 예약 일지를 확인했다.

"다음 주 화요일 5시로 하죠."

마리노는 열린 출입문 너머로 보이는 작은 일광욕실을 뚫어지게 바라봤다. 일광욕실에는 테이블 하나와 의자 두 개, 화분이 여러 개 놓여 있었다. 화분에 심은 야자수는 천장까지 높이 뻗어 있었다. 기다리는 환자는 아무도 없었다. 이 시간이면 당연히 아무도 없을 것이다.

"서둘러 제시간에 마쳐서 다행이군요. 당신이 다른 환자를 기다리게 하는 건 나도 싫소."

"예약한 진료비는 미리 지불하겠어요?"

그것은 셀프 박사가 3백 달러의 진료비를 받아내는 방식이었다.

"그래야죠, 그런데 수표책을 두고 왔소."

마리노가 대꾸했다.

물론 사실이었다. 그는 그녀에게 빚지고 싶지는 않다. 마리노는 다시 그녀를 찾아올 것이다.

33

벤턴은 자신의 포르셰를 방문객 주차장에 주차했다. 주차장은 물결치는 파도 모양처럼 흰 높다란 금속 울타리 밖에 위치해 있고, 지붕은 가는 철사 코일로 덮여 있었다. 구름 낀 하늘을 배경으로 주차장 구석마다 감시 타워가 높이 솟아 있었다. 금속 칸막이가 쳐진 흰색 소형 화물차가 측면 주차장에 주차되어 있었다. 차창도 실내 잠금장치도 없는 차량으로, 베이질 같은 수감자를 밖으로 이동시키는 데 사용하는 이동식 감방이었다.

보스턴에서 남서쪽으로 한 시간 거리에 위치한 8층짜리 버틀러 주립 병원은 창문을 쇠창살로 막아 두었고, 80제곱킬로미터에 이르는 주변은 숲과 연못으로 둘러싸여 있었다. 버틀러 주립 병원은 정신이상으로 범죄를 저지른 수감자, 교화된 모습으로 다른 수감자들에게 모범이 될 만한 수감자들을 작은 병실에 수용하는 곳이었다. 수감자들은 각각 다른 안전장치와 주의가 요구되었다. 본부 건물에서 멀리 떨어져 있지 않은 D동 건물은 약 백여 명의 위험한 죄수들을 수용하고 있었다.

그들은 나머지 건물에 수용된 사람들과 격리된 채 독방에서 대부분의 시간을 보내는데, 수용자의 상황에 따라 각각 달랐다. 독방에 딸려 있는 샤워기는 매일 10분 동안 사용할 수 있다. 변기는 매 시간 당 두 번 물을 내릴 수 있다. 범죄 심리학자 팀은 D동에 배치되었고, 벤과 같은 의학 전문가나 법률 전문가들은 정기적으로 출입이 가능하다. 버틀러 주립병원은 인간적이고 건설적인 곳, 사람들을 더 건강하게 하는 장소로 여겨졌다. 벤턴에게는 그곳이 절대 교화할 수 없는 사람들을 최대한 안전하게 수용할 수 있는 장소에 지나지 않았다. 벤턴은 환상을 갖지 않는다. 베이질 같은 사람들에게는 정상적인 삶이 없고, 예전에도 마찬가지였다. 그들은 다른 사람들의 삶을 망쳤고, 앞으로도 기회가 있는 한 항상 그럴 것이다.

벤턴은 베이지색으로 칠한 로비의 방탄유리로 다가가 인터폰에 대고 말했다.

"잘 지냈어요, 조지?"

"지난번보다 나아진 게 없습니다."

"안됐군요."

그때 요란한 금속음이 울리면서 공기를 차단한 첫 번째 문이 열렸다.

"그렇다면 아직 병원을 찾아가지 않았다는 말이군요."

벤턴 뒤에서 문이 닫히고, 그는 서류가방을 조그만 금속 테이블 위에 올렸다. 60대인 조지는 늘 건강이 좋지 않았다. 그는 자신이 하는 일을 무척 싫어했다. 아내도 싫어하고 이곳 기후도 못마땅해 했다. 정치인도 싫어해서, 가능할 때면 로비에 걸려 있는 주지사 사진을 내려놓기도 했다. 작년부터 그는 심한 피로감과 위장 장애, 통증으로 힘들어하고 있었다. 그는 의사들도 몹시 싫어했다.

"약을 먹지 않는데 병원에 가봐야 무슨 소용이 있겠습니까? 의사들은 약을 처방해 주는 게 전부입니다."

조지는 벤턴의 서류가방을 검사한 다음 그에게 되돌려주며 말했다.

"수감자들은 늘 있던 곳에 있습니다. 좋은 시간 보내십시오."

다시 금속음이 울리고 벤턴은 두 번째 문을 통과했다. 갈색 유니폼을 입은 안전요원인 제프리가 윤이 반짝반짝 나는 복도로 그를 안내했다. 안전 문을 한 번 더 지나자 특수 안전장치를 갖춘 병동으로 이어졌다. 창문도 없고 콘크리트 블록으로 만든 방이 늘어서 있는 그곳은 변호사나 의료전문가들이 수감자들과 대면하는 장소였다.

"베이질 말로는 우편물을 받지 못하고 있다더군요."

벤턴이 말했다.

"그는 말이 많습니다. 하는 일도 없이 입만 놀리지요."

제프리는 웃음기 없는 얼굴로 대꾸했다.

그는 회색 철제문의 잠금장치를 풀고 문을 열어주었다.

"수고했습니다."

벤턴이 말했다.

"저는 밖에서 기다리고 있겠습니다."

제프리는 베이질을 노려보며 문을 잠갔다.

작은 목재 테이블에 앉아 있던 베이질은 자리에서 일어나지 않았다. 그는 수갑을 푼 채 평소처럼 푸른색 죄수복에 흰색 티셔츠, 양말에 고무 슬리퍼를 신고 있었다. 충혈된 눈은 다른 데 정신이 팔린 듯하고 고약한 냄새가 났다.

"기분은 어때, 베이질?"

벤턴은 그와 마주 앉으며 물었다.

"끔찍한 하루였습니다."

"나도 그렇게 들었는데, 자세히 말해줘."

"몹시 불안합니다."

"잠은 푹 잤나?"

"밤새 잠을 설쳤습니다. 당신과 나눈 이야기가 계속 머릿속을 맴돌았습니다."

"안절부절 못하는 것처럼 보이는군."

벤턴이 말했다.

"당신에게 말한 걸 생각하면 가만히 앉아 있을 수가 없습니다. 웨슬리 박사님, 부탁할 게 있습니다. 아티반이나 다른 신경안정제 좀 갖다 주십시오. 사진은 아직 보지 못했습니까?"

"무슨 사진?"

"내 머릿속을 찍은 사진들 말입니다. 분명히 보셨을 겁니다. 당신은 호기심이 많을 거고, 이곳에서 일하는 사람들 모두 그런 것 같습니다. 그렇지 않습니까?"

베이질은 불안한 표정으로 어색하게 미소를 지었다.

"그것 때문에 날 보자고 한 건가?"

"그렇습니다. 그리고 내 우편물도 돌려주십시오. 우편물을 받지 못해 잠도 못 자고 식사도 못하겠습니다. 너무 화가 나고 스트레스가 심합니다. 신경안정제라도 갖다 주십시오. 당신도 생각했기 바랍니다."

"무슨 생각?"

"살해당한 여자 이야기."

"크리스마스 선물가게에서 살해당한 여자 말인가?"

"그렇습니다."

"맞아, 자네가 한 이야기에 대해 오랫동안 생각해보았지."

벤턴은 베이질이 했던 이야기가 사실인 걸 인정하는 양 말했다.

벤턴은 상대방이 거짓말하고 있다고 생각해도 절대 겉으로 내색하는 법이 없었다. 지금 이 순간, 베이질이 거짓말을 하는지 그렇지 않은지 확실히 알 수 없었다.

"2년 반 전, 7월의 그날 이야기로 되돌아 가보세."

벤턴이 말했다.

마리노는 자신이 진료실을 나서자마자 기다렸다는 듯 셀프 박사가 문을 잠그고 잠금장치를 거는 게 거슬렸다.

그녀의 태도는 그를 무시하는 듯했다. 마리노는 항상 무시당한다. 그녀는 마리노를 특별하게 대해주지 않는다. 그는 단지 예약 환자에 지나지 않는다. 그녀는 마리노가 진료를 마치고 나가서 기분이 좋고, 앞으로 일주일 동안 그를 상대하지 않아도 될 것이다. 그러고 나서 일주일이 지나면 50분 동안만 상담해주면 된다. 그가 약을 끊었다 해도 50분에서 1초도 더 상담해 주지 않을 것이다.

마리노가 복용하는 약은 고약했다. 그는 성관계를 가질 수 없었다. 성관계를 할 수 없다면 항우울제를 처방 받아서 좋을 게 뭐란 말인가. 항우울제는 성관계를 망쳐서 더 우울하게 만들 뿐이다.

마리노는 셀프 박사의 일광욕실 밖에 서서 멍한 표정으로 안을 들여다봤다. 일광욕실 안에는 초록색 쿠션을 댄 의자 두 개, 잡지가 여러 권 쌓여 있는 초록색 유리 테이블이 있었다. 약속시간에 항상 일찍 도착한 탓에 마리노는 그 잡지를 모두 다 읽었다. 생각해보면 그것 역시 기분 나쁘다. 그는 미리 도착하기보다는 더 중요한 일이 있는 것처럼 늦게 오는 걸 더 선호한다. 하지만 행여 늦기라도 하면 진료 시간이 짧아진다. 비싼 진료비가 부담되는 마리노에게는 1분도 놓칠 여유가 없다.

정확히 1분에 6달러다. 진료시간은 50분으로, 1분 심지어 1초도 더 주지 않는다. 그녀는 덤으로 1분도 더 상담해 주지 않을 것이고, 그럴 아량도 이유도 없다. 그가 자살할 거라고 협박을 해도, 그녀는 손목시계를 확인하며 '이제 시간이 다 됐군요.'라고 말할 것이다. 사람을 죽일 기세로 권총 방아쇠를 당기려 해도, 그녀는 '시간이 다 됐군요.'라고 말할 것이다.

예전에 마리노가 그녀에게 물어본 적이 있다.

"궁금하지도 않습니까? 내가 이야기를 다 끝내지도 않았는데 어떻게 항상 제시간에 마칠 수 있는 겁니까?"

"마리노, 나머지 이야기는 다음 진료 때 하면 됩니다."

그녀는 항상 미소 지으며 대답했다.

"다음번에 하지 않을지도 모릅니다. 내 이야기를 들을 수 있다니 당신은 운이 좋소. 내 이야기를 듣기 위해 많은 사람들은 기꺼이 돈을 낼 거요."

"다음번에 들을게요."

"이번이 마지막일지도 모릅니다."

시간이 끝나면 그녀는 마리노와 더 이상 언쟁을 하지 않는다. 1, 2분을 끌기 위해 마리노가 무슨 짓을 하든, 그녀는 자리에서 일어나서 그가 나갈 수 있도록 문을 열어준다. 마칠 시간이 되면 어떤 협상도 할 수 없다. 뭣 하러 1분에 6달러를 낸단 말인가? 기껏해야 모욕을 당하기 위해서다. 마리노는 자신이 왜 다시 셀프 박사를 찾아가는지 도무지 이해할 수 없었다.

마리노는 테두리를 스페인 풍 타일로 장식한, 콩팥 모양의 수영장을 바라봤다. 그리고 과일이 잔뜩 달린 오렌지나무와 자몽나무를 쳐다봤다. 나무 밑동에 빨간색 선이 칠해져 있었다.

매달 1200달러가 들었다. 그런데도 왜 다시 셀프 박사를 찾는 걸까?

그 돈이면 V-10 엔진이 달린 다지(Dodge) 트럭 한 대를 살 수 있다. 한 달에 1200달러면 다른 많은 걸 살 수 있었다.

닫힌 문 건너편에서 그녀의 목소리가 들렸다. 그녀는 통화 중이었다. 마리노는 잡지를 읽는 척하며 전화 통화를 엿들었다.

"실례합니다만 누구시죠?"

셀프 박사의 목소리가 들렸다.

그녀의 목소리는 라디오 프로그램에 어울릴 만한 진중하고, 총을 차거나 배지를 단 사람처럼 권위가 느껴졌다. 그녀의 목소리가 마리노에게 분명하게 전달되었다. 마리노는 그녀의 목소리가 마음에 들고 뭔가 특별한 느낌이 들었다. 외모도 무척 아름다워 다른 남자가 같은 자리에 앉아 그녀를 쳐다보는 모습을 상상하기 싫을 정도였다. 짙은 머리색에 섬세한 용모, 밝게 빛나는 눈동자와 희고 완벽한 치열. 그녀가 새로 텔레비전 프로그램에 나가는 게 마리노는 맘에 들지 않았다. 다른 남자들이 그녀의 섹시한 모습을 보기 원치 않기 때문이다.

"누구세요? 그리고 전화번호는 어떻게 알아냈죠?"

잠긴 문 너머에서 셀프 박사의 목소리가 들렸다.

"아닙니다. 그녀는 그런 전화를 직접 받지 않습니다. 그런데 누구시죠?"

잠긴 문 밖 일광욕실에 서 있는 마리노는 몸이 점점 더 더워졌다. 초저녁의 일광욕실 안은 습기 차다. 나뭇잎에서 물방울이 떨어지고 유리창에는 물방울이 맺혀 있었다. 셀프 박사의 목소리를 들어 보니 기분이 별로 좋지 않은 것 같고, 모르는 사람과 통화 중인 듯했다.

"사생활 보호를 걱정하는 건 이해합니다. 하지만 누구인지 신원을 밝히지 않는 한 당신이 묻는 말에 확답을 해줄 수 없습니다. 이런 일은 자세히 밝혀야겠지만, 셀프 박사님은 그 문제와 관련 있을 리가 없습니다. 그리고 셀프라는 이름은 실명이 아닙니다. 네, 그렇습니다."

마리노는 그녀가 다른 사람인양 가장하고 있음을 알아차렸다. 전화를 건 사람이 누구인지 몰라 불편해 하는 기색이 역력했다.

"네, 알겠습니다. 그렇게 해도 좋습니다."

셀프 박사가 다른 사람인양 가장하며 말했다.

"프로듀서에게 직접 말해도 괜찮습니다. 만약 사실이라면 흥미롭겠지만, 당신이 프로듀서와 직접 이야기해야 합니다. 지금 당장 통화하는 게 좋을 겁니다. 이번 주 목요일 프로그램에서 그 소재를 다루거든요. 아닙니다, 그녀가 새롭게 출연하는 텔레비전 프로그램입니다."

그녀는 평소처럼 강인한 목소리로 말했다. 목소리는 나무문을 통과해 마리노가 서 있는 일광욕실까지 분명하게 들렸다.

진료할 때 목소리보다 전화 통화하는 목소리가 훨씬 더 컸다. 그나마 다행이었다. 마리노가 비싼 비용을 지불하고 50분 동안 셀프 박사와 나누는 이야기 한 마디 한 마디를 일광욕실에 앉아 있는 다른 환자가 엿듣는다면 곤란하기 때문이다. 셀프 박사는 마리노와 함께 진료실에 있을 때는 그렇게 큰 소리로 말하지 않는다. 그리고 그가 진료를 하는 동안 다른 환자가 일광욕실에서 기다리고 있는 적도 한 번도 없었다. 마리노는 항상 마지막 환자고, 그 때문에라도 더욱이 1분 1초도 더 끌지 않고 단호하게 끝내는 것이다. 다른 환자가 기다리지 않도록 배려하는 건 아니다. 밖에는 아무도 없기 때문이다. 마리노 이후에는 예약을 잡는 경우는 절대 없다. 하지만 앞으로 마리노가 너무나 감동적이거나 중요한 이야기를 하면 그녀는 덤으로 몇 분을 더 줄 것이다. 지금껏 한 번도 그렇게 한 적은 없지만, 마리노에게는 그렇게 해줄 것이다. 그녀는 그렇게 하고 싶을 것이다. 하지만 그럴 경우, 시간을 더 내주지 못할 사람은 바로 마리노일 것이다.

"그만 가봐야 하오."

마리노는 자신이 그렇게 말하는 모습을 상상했다.

"제발 더 있어 줘요. 무슨 일인지 꼭 듣고 싶어요."

"그럴 수 없소. 가야 할 곳이 있어서."

마리노는 의자에서 일어나며 말을 이을 것이다.

"다음에 하죠. 나머지 이야기는 다음에… 그러니까 다음 주에 하도록 하죠. 그때 말하면 끝까지 들려주겠습니다. 이제 됐소?"

셀프 박사가 통화를 끝내자 마리노는 조용히 일광욕실을 지나 유리문 밖으로 나갔다. 소리가 나지 않도록 유리문을 잠근 다음 수영장을 돌아, 빨간색 선을 칠한 오렌지나무와 자몽나무가 있는 정원을 지나갔다. 정원 옆에는 셀프 박사가 살고 있는, 흰색 벽토로 지은 아담한 집이 있었다. 그녀는 저곳에 살아서는 안 된다. 사생활을 보호할 수 없기 때문이다. 누구든 집 현관에 갈 수 있고, 야자수 그늘이 진 수영장 옆에 있는 진료실에도 누구든 들어갈 수 있어서 안전하지 않다. 매주 수백만 명의 청취자들이 그녀의 프로그램을 듣는데 그녀는 이런 곳에 살고 있다. 이곳은 안전하지 않다. 마리노는 그녀에게 되돌아가 그렇게 말해야 했다.

마리노가 타고 온 엔진소리 요란한 이글 듀스 오토바이가 길가에 세워져 있었다. 그는 진료를 받은 동안 오토바이에 아무 문제가 없는지 가까이 다가가 살폈다. 타이어가 펑크 났던 일, 누군가가 타이어에 손을 댔던 일이 떠올랐다. 푸른색 페인트를 칠한 크롬 위에 먼지가 얇게 쌓여 있는 모습을 보자 짜증이 났다. 오늘 아침 이른 시각, 마리노는 오토바이를 자세히 살펴본 다음 윤이 나도록 깨끗하게 닦아 두었다. 그런데 타이어가 펑크 났었고 이제 먼지까지 쌓여 있는 것이다. 셀프 박사는 진료실 옆에 지붕이 있는 차고를 환자들에게 따로 마련해 주어야 한다. 그녀가 타고 다니는 흰색 메르세데스 컨버터블이 정원에 주차되어 있기 때문에, 환자들은 모두 길가에 주차를 해야 했다. 그건 안전하지 않다.

앞바퀴에 채운 쇠스랑 잠금장치를 풀고 용사처럼 당당하게 오토바이에 올라타자, 마리노는 이제는 더 이상 가난한 경찰로 살아가지 않아도 된다는 생각에 가슴이 뿌듯했다. 아카데미는 그에게 터보 디젤 V8과 250마력 엔진을 장착한 검은색 H2 허머를 제공해주었다. 마리노는 자신이 직접 구입한 듀스 오토바이를 보며 만족했고, 정신과의사에게 진료를 받을 수 있을 만큼 경제적 여유도 있다.

마리노는 오토바이를 중립 상태도 조정하고 시동 버튼을 누른 다음, 셀프 박사가 살고 있는 아담한 흰색 집을 바라봤다. 그녀는 저 집에 살아서는 안 된다. 마리노는 전동장치를 켜고 오토바이를 출발시켰다. 요란한 엔진 소리가 울릴 때, 멀리서 번개가 치고 바다 위에 떠 있는 짙은 먹구름이 서서히 물러났다.

34

낚시 잡지

베이질의 얼굴에 다시 미소가 번졌다.

"살인자에 대해 아무 사실도 알아내지 못했어. 하지만 2년 반 전, 크리스마스 선물 가게를 운영하던 여자와 그녀의 딸이 실종된 사실을 확인했어."

벤턴이 그에게 말했다.

"내가 그렇게 말해주지 않았나요?"

베이질이 소리 없이 웃으며 말했다.

"사람들이 실종되었다거나 딸에 대해서는 아무 말도 하지 않았어."

"내 우편물을 주지 않습니다."

"확인하고 있는 중이야."

"일주일 전에도 확인 중이라고 하지 않았습니까. 우편물을 받게 해주십시오. 오늘 당장 받고 싶습니다. 그 일이 일어난 직후부터 우편물을 주지 않습니다."

"제프리에게 화를 내며 리머스 삼촌이라고 불렀을 때?"

"그 벌로 우편물을 받지 못하고 있습니다. 그리고 내가 먹는 음식에 침을 뱉는 것 같습니다. 한 달 동안 받지 못한 우편물을 모두 받고 싶습니다. 그리고 다른 감방으로 보내 주십시오."

"그럴 수 없어, 베이질. 자네를 위한 조치야."

"더 이상 내 얘길 듣고 싶지 않은가 보군요."

베이질이 말했다.

"모든 우편물을 오늘까지 받을 수 있도록 해주겠다고 약속하면?"

"우편물을 받고 크리스마스 선물가게 이야기는 그만하고 싶습니다. 당신이 진행하는 실험 프로젝트가 이제는 싫증납니다."

"크리스마스 선물가게를 찾아보니 라스 올라스 해변에 있는 가게뿐이었어. 7월 14일, 플로리 퀸시 부인과 열일곱 살짜리 딸 헬렌이 실종되었어. 베이질, 떠오르는 생각이라도 있어?"

벤턴이 물었다.

"난 이름 외우는 덴 젬병입니다."

"크리스마스 선물가게가 어떻게 생겼는지 자세히 설명해줄 수 있겠어?"

"가게 안에는 전구를 단 나무들, 장난감 기차와 장식품들이 많았습니다."

베이질의 얼굴에는 더 이상 웃음기가 없었다.

"그런 건 이미 다 말해주지 않았습니까. 내 두뇌에 대해 뭘 알아냈는지 알고 싶습니다. 사진은 봤습니까?"

그는 자신의 머리를 가리키며 물었다.

"당신은 알고 싶은 건 뭐든지 다 보겠죠. 더 이상 시간 낭비 하지 말고 내 우련물이나 주십시오!"

"돌려주겠다고 이미 약속했어, 그렇지 않아?"

"그리고 가게 안쪽에 트렁크가 하나 있었습니다. 침대 밑에 두는 커다란 사물함이었는데 아주 형편없는 물건이었죠. 그녀에게 열어봐 달라고 하자, 독일산이라고 적힌 나무 박스 안에는 여러 장식품들이 들어 있었습니다. 헨젤과 그레텔, 스누피와 리틀 레드 라이딩 후드 같은 인형이 들어 있었습니다. 그녀는 비싼 물건이라며 그 사물함을 항상 잠가 두었고, 나는 그녀에게 이렇게 말했습니다. '훔쳐 가면 그만인데 뭣 하러 잠급니까? 트렁크를 잠가 두면 못 훔쳐갈 거라고 생각하는 겁니까?'"

베이질은 갑자기 말을 멈추더니 콘크리트블록 벽을 가만히 바라봤다.

"그녀를 살해하기 전에 또 무슨 말을 했지?"

"'넌 곧 죽을 거야, 더러운 년.' 이라고 말했습니다."

"가게 안쪽에 있던 트렁크에 대해서 말한 의도는 뭐지?"

"아무 의도도 없었습니다."

"하지만 자네 말로는…."

"그녀에게 그것에 관해 말했다고 한 적은 없습니다."

베이질은 조바심을 냈다.

"왜 진정제를 주지 않는 겁니까? 잠도 잘 수 없고 가만히 앉아 있을 수도 없습니다. 흥분이 극에 달한 이후 다시 우울해져서 침대에서 빠져나올 수가 없습니다. 제발 우편물 좀 주십시오."

"하루에 수음을 몇 번이나 하지?"

벤턴이 물었다.

"예닐곱 번. 열 번일 수도 있을 겁니다."

"일반적인 경우보다 많군."

"어젯밤 당신과 짧은 대화를 나눈 것 말고는 아무것도 하지 않았습니다. 오줌 누러 침대에서 나온 걸 제외하곤 하루 종일 침대에 누워 있었습니다. 식사도 거의 하지 않고 샤워도 하지 않았습니다. 난 그녀가 어디 있는지 알고 있습니다."

그는 잠시 뜸을 들이다가 말을 이었다.

"우편물 가져다주십시오."

"퀸시 부인 말인가?"

"난 어차피 여기 갇힌 몸입니다. 더 잃을 게 뭐가 있겠습니까? 옳은 일을 해봐야 무슨 보상을 얻겠습니까? 이곳 사람들이 호의를 베풀어주거나 약간 특별히 대해주는 게 전부일 겁니다. 내가 원하는 건 우편물이란 말입니다."

베이질은 의자에 몸을 기댔다.

벤턴은 자리에서 일어나 문을 연 다음, 제프리에게 우편 보관실에 가서 베이질의 우편물을 가져오라고 말했다. 제프리의 반응을 보자, 그는 베이질의 우편물에 대해 알고 있었던 게 분명했다. 그는 베이질을 기분 좋게 해주고 싶지 않았던 것이다. 그러므로 그는 베이질의 우편물을 고의로 빼돌렸을 것이다.

"그렇게 해주시오. 중요한 일입니다."

벤턴이 제프리의 눈을 똑바로 쳐다보며 말했다.

제프리는 고개를 끄덕이며 멀어져갔다. 벤턴은 문을 닫고 다시 자리에 앉았다.

그로부터 15분 후, 거짓 정보와 속임수로 얽힌 벤턴과 베이질의 대화가 끝났다. 벤턴은 짜증이 났다. 감정을 내색하지 않던 그는 제프리를 보자 안도의 한숨을 쉬었다.

"우편물은 침대 위에 올려놨어."

제프리는 단호하고 차가운 눈빛으로 베이질을 노려보며 출입문에 서서 말했다.

"내 잡지는 훔쳐보지 않는 게 좋을 겁니다."

"네가 보는 낚시 잡지에 관심 있는 사람은 아무도 없어. 잠시만 실례하겠습니다."

그런 다음 제프리는 베이질에게 말했다.

"침대에 네 권 있어."

베이질은 가상의 낚싯대를 던지는 시늉을 했다.

"놓치는 놈은 항상 제일 큰놈인 법입니다. 어렸을 때 아버지가 내 낚싯대를 가져가버리곤 했습니다. 엄마를 때리지 않을 때 말이죠."

"웨슬리 박사님 앞에서 분명하게 말하지만, 다시 한 번 말썽을 일으키면 우편물과 낚시 잡지를 뺏는 것에서 그치지 않을 거야."

제프리가 말했다.

"보십시오, 이런 식입니다. 이런 취급을 받고 지냅니다."

베이질이 벤턴에게 말했다.

35

스카페타는 허머 헬리콥터에서 갖고 내린 범죄 현장 가방을 증거물 보관실에서 열어 봤다. 과붕산염과 탄산나트륨과 루미놀이 든 유리병을 꺼내어 용기에 담은 증류수에 섞어 흔든 다음, 검은색 펌프 스프레이 병에 옮겨 담았다.

"예정대로 주말을 쉬지 못하게 됐네."

루시가 35밀리미터 카메라를 삼각대에 부착하며 말했다.

"주말을 편히 보내긴 힘들 것 같구나. 적어도 우리 두 사람이 서로 얼굴을 봐야 하니까."

스카페타가 말했다.

두 사람 모두 1회용 흰색 작업복에 신발 커버를 신고, 안전용 안경과 얼굴가리개, 모자를 착용하고 있다. 증거물 보관실 출입문은 닫아 두었다. 시간은 저녁 8시가 다 되었고, 비치범즈는 영업시간이 끝나기 전에 이미 닫혀 있었다.

"잠시 후면 상황을 파악할 수 있을 거야."

루시는 카메라 전원 스위치에 연결된 선을 고정하면서 말했다.

"양말을 사용하던 시절 기억나?"

스프레이 병을 사진에 나오지 않게 하는 게 중요한데, 병과 노즐이 검은색이거나 검은색 물건으로 반드시 가려야 한다. 다른 방법이 없을 경우, 검은색 양말을 씌우면 문제를 간단히 해결할 수 있다.

"예산이 늘어서 다행이야."

루시는 사진기의 릴리스 버튼을 누르며 덧붙여 말했다.

"이모와 함께 일하는 게 얼마만인지 모르겠군. 어쨌든 돈 문제는 재미없어."

카메라 화면에 선반과 콘크리트 바닥이 나타났다가 제 자리에 고정되었다.

"글쎄, 지금까지 항상 어떻게든 해냈잖아. 대부분의 경우는 더 좋아졌지. 변호사들이 끊임없는 질문에 대처해야 했으니까. 예를 들어 이런 질문들이지. 미니 크라임 스코프(Mini-Crime scope: 범죄 현장 분석에 사용되는 작은 크기의 관찰경-옮긴이)를 사용했습니까? 슈퍼 스틱을 사용했습니까? 레이저 궤적기를 사용했습니까? 주사액 병에 든 살균수를 사용했습니까? 뭐라고요? 병에 든 증류수를 사용했다고요? 어디서요? 세븐 일레븐에서요? 범죄 현장 증거물 물품을 편의점에서 구입했단 말입니까?"

스카페타가 말했다.

루시는 사진을 한 장 더 찍었다.

"정원에 있는 나무와 새, 다람쥐의 DNA는 검사했어?"

스카페타는 왼손에 낀 면장갑 위에 낀 검은색 고무장갑을 잡아당기며 루시에게 물었다.

"증거물이 남아 있는지 찾기 위해 마을 전체를 검사해야 하지 않을까?"

"이모, 기분이 정말 안 좋아 보여."

"이젠 네가 날 회피하는 데 신물이 난 것 같아. 이런 일이 아니고는 내게 전화도 하지 않잖아."

"이모가 최고의 적임자이니까."

"내가 너한테 그런 존재밖에 안 되니? 그냥 한 사람의 직원밖에 안 되는 거니?"

"어떻게 그런 말을 할 수 있어? 불 끄려는데, 준비됐어?"

"그래."

루시가 전선을 당겨 머리 위에 켜진 전구를 끄자, 일순간 보관실 안이 캄캄해졌다. 스카페타는 우선 혈흔 샘플에 스프레이를 뿌렸다. 마분지에 스프레이 한 방울이 닿자마자, 초록색이 도는 푸른빛이 반짝이다가 희미해졌다. 바닥에 스프레이를 뿌리자, 마치 바닥 전체에 초록색이 도는 푸른색의 네온이 켜지는 것처럼 선명하게 빛나기 시작했다.

"세상에, 이런 건 처음 봐."

루시는 그렇게 말하며 셔터를 한 번 더 누르고, 스카페타는 스프레이를 뿌렸다.

초록색이 도는 밝은 푸른색 빛이 스프레이를 뿌리는 리듬에 맞추어 서서히 밝아졌다가 다시 어두워졌다. 스프레이 뿌리는 걸 멈추자 밝은 빛이 어둠 속으로 사라졌다. 루시가 다시 불을 켜자, 두 사람은 콘크리트 바닥을 자세히 들여다봤다.

"먼지 이외엔 아무것도 보이지 않는데."

루시는 당혹스러운 표정으로 말했다.

"바닥을 밟기 전에 붓으로 깨끗이 쓸어 보자."

"이런! 소형 관찰경으로 먼저 확인해 봤더라면 좋았을 걸."

"지금은 아니지만 나중에 할 수 있을 거야."

스카페타가 말했다.

루시는 깨끗한 붓으로 바닥에 묻은 먼지를 덜어 증거물 봉투에 담은 다음, 카메라와 삼각대의 위치를 원래대로 조정했다. 사진을 더 찍고 다시 불을 끄자, 이번에는 루미놀의 반응이 다르게 나타났다. 얼룩이 묻은 구역이 푸른색으로 빛나며 불꽃이 튀듯 요란하게 움직였다. 루시는 카메라 셔터를 계속 눌렀다. 스카페타가 스프레이를 뿌리자 푸른색 빛은 더 빠르게 움직이고, 일반적인 혈액과 화학 발광에 반응하는 대부분의 다른 물질보다 어두웠다가 다시 밝아지는 속도가 훨씬 더 빨랐다.

"표백제 때문일 거야."

루시가 말했다. 물질이 착오로 양성 반응을 보이는 경우가 많은데, 표백제가 많은 경우이다. 반응하는 모습을 봐서도 표백제임이 분명한 것 같았다.

"다른 스펙트럼이 나타나는 걸 보니 표백제가 분명한 것 같아."

스카페타가 대답했다.

"염산염 표백제가 들어간 세정제일 수도 있고. 클로록스와 드라노를 합치니 환상적인 결과가 나오는군. 여기서 그런 걸 발견한다 해도 놀랍지 않겠지."

"불 켜도 될까?"

"응."

머리 위에 있는 전구에 갑자기 밝은 불이 들어오자 두 사람은 눈을 가늘게 떴다.

"베이질이 표백제로 바닥을 청소했다고 벤턴에게 말했대. 하지만 2년 반이 지났으니 루미놀이 표백제에 반응하지는 않을 거야, 그렇지 않아?"

루시가 말했다.

"목재 바닥에 스며들어 남아 있는 경우는 그럴 수도 있지. 다른 방법이 없고, 그런 실험을 아직 해본 사람도 아직 없잖아."

스카페타는 가방에서 조명등이 부착된 확대경을 꺼내어, 스노클 장비와 티셔츠가 쌓여 있는 플라이보드 모서리에 갖다 댔다.

"자세히 들여다보면 목재 이곳저곳에 희미한 자국이 보일 거야. 표백제가 튄 흔적일 수도 있어."

루시는 스카페타에게 다가가 확대경을 받아들었다.

"보이는 것 같아."

루시가 말했다.

오늘 그는 구운 치즈 샌드위치와 물을 더 갖다 주었을 뿐 그녀를 못본 척했다. 그는 이곳에 살지 않는다. 이곳에서 밤을 보낸 적도 없고, 혹시 그럴 경우가 있다 해도 쥐 죽은 듯 조용히 있을 것이다.

늦은 시각이지만 그녀는 얼마나 늦었는지 알지 못했다. 깨진 창문 너머로 보이는 달이 구름 뒤에 가려져 있었다. 그가 집 주변을 돌아다니는 소리가 들렸다. 그의 발자국이 가까이 다가올수록 그녀의 맥박이 빨라졌고, 작은 분홍색 운동화를 등 뒤로 숨겼다. 그녀가 운동화를 소중하게 여기는 걸 알면 그가 빼앗아갈 것이기 때문이다. 불빛이 비치자 그의 긴 그림자가 드리워졌다. 그는 손등에 거미를 올린 채 다가왔다. 지금껏 그녀가 본 거미 가운데 가장 큰 놈이었다.

크리스틴과 남자아이들을 생각하고 있는데, 갑자기 부어오른 발목과 손목에 불빛이 비쳤다. 그는 더러운 매트리스와 그녀의 다리를 감싸고 있는 밝은 초록색 원피스를 자세히 들여다봤다. 은밀한 신체 부위에 불빛이 비치자, 팔로 무릎을 감싸 안았다. 몸을 동그랗게 말고 있어도 자신을 노려보는 그의 시선은 느낄 수 있었다. 그는 항상 검은색 옷을 입었다. 대낮에도 얼굴 가리개를 써서 얼굴을 가리는데, 머리부터 발끝까지 모두 검은색이었다. 밤이 되면 그의 모습은 보이지 않고 형체만 겨우 가늠할 수 있었다. 그는 그녀의 안경을 벗겨 가져갔다.

그가 억지로 그녀를 이 집 안에 끌고 들어왔을 때 맨 처음 했던 행동 도 안경을 벗긴 거였다.

"안경 벗어, 지금 당장."

그가 말했다.

그녀는 온몸이 마비된 것처럼 부엌에 서 있었다. 두려움과 불신 때문 에 꼼짝도 할 수 없었다. 아무 생각도 할 수 없었고, 온몸에서 피가 빠 져나가는 듯한 느낌이었다. 팬에 두른 올리브 오일에서 연기가 나기 시 작했고 아이들은 울기 시작했고, 그는 그들에게 총을 겨누었다. 그는 크리스틴에게 총을 겨누었다. 그는 검정 옷에 검정 모자를 쓰고 있었 다. 토니가 뒷문을 열어주는 바람에 그는 쉽게 부엌 안으로 들어왔고, 사건은 순식간에 일어났다.

"안경 벗어."

"얼른 안경을 벗어줘."

크리스틴은 아이들에게 말한 다음 그에게 말했다.

"제발 해치지 말아요. 원하는 건 뭐든지 가져가요."

"입 닥쳐. 지금 당장 너희들 모두 죽여 버릴 거야."

그는 아이들에게 거실 바닥에 엎드리라고 명령한 다음 뒤통수를 때 렸다. 남자아이들이 도망칠 수 없도록 총 개머리판으로 뒤통수를 친 것 이다. 그는 집안의 불을 모두 끈 다음, 쓰러진 남자아이들을 복도로 끌 고 가 침실 미닫이문 밖으로 옮기라고 크리스틴과 이브에게 명령했다. 바닥에 핏자국이 떨어져 스며들었고, 그녀는 누군가 그 피를 봐야 한다 는 생각이 머릿속을 떠나지 않았다. 누군가 집안에 있어서 무슨 일이 일어났는지 알아내고, 그 핏자국을 봤어야 했다. 도대체 경찰은 어디에 있는 걸까?

수영장 옆 잔디밭에 누운 남자아이들은 꼼짝도 하지 않았다. 그는 전화선으로 아이들을 묶고, 아이들이 꼼짝도 하지 않고 소리도 내지 않는데도 행주로 아이들의 입에 재갈을 물렸다. 그런 다음 크리스틴과 이브에게 어둠 속을 지나 차량까지 걸어가라고 강요했다.

이브가 차를 몰았다.

크리스틴은 운전석에 앉았고, 그는 뒷좌석에 앉아 그녀의 머리에 총을 겨누고 있었다.

그는 냉정한 목소리로 어디로 몰아야 하는지 이브에게 말했다.

"너를 어딘가로 데리고 간 다음, 아이들을 돌볼 거야."

그는 차가운 목소리로 침착하게 말했고 이브는 계속 차를 몰았다.

"제발 누구든 불러와요. 애들을 병원에 옮겨야 해요. 저렇게 죽도록 내버려둘 수 없어요. 아직 어린 아이들이잖아요."

크리스틴이 애걸했다.

"나중에 하겠다고 했잖아."

"도움이 필요한 아이들이에요. 아직 나이도 어리고 고아예요. 아이들 부모님 모두 돌아가셨다고요."

"아이들을 애타게 찾을 사람이 없다니 다행이군."

차갑고 침착한 그의 목소리는 사람 목소리처럼 들리지 않았다. 어떤 감정이나 기질도 느껴지지 않는 목소리였다.

그녀는 나폴리 방향이라는 표지판을 본 기억이 났다. 그들은 에버글레이드 방향인 서쪽으로 가고 있는 것이다.

"안경을 끼지 않고는 운전을 할 수 없어요."

이브가 말했다. 심장이 너무 세차게 뛰어 갈비뼈가 부러질 것 같았다. 숨도 제대로 쉴 수 없었다. 그녀가 어깨를 더듬자 그는 그녀에게 안경을 건네주었다. 그러고 나서 어떤 어두운 곳에 도착하자마자 다시 안경을 빼앗아가 버렸고, 그들은 지금까지 그 무시무시한 곳에 머물고 있었다.

스카페타가 욕실 안 콘크리트블록에 스프레이를 뿌리자, 빗자루로 닦고 걸레로 문지르고 액체가 튄 모양으로 빛이 나기 시작했다. 불이 켜져 있을 때는 보이지 않던 것이다.

"누군가 청소를 했어."

루시가 어둠속에서 말했다.

"혹시라도 혈액이 남아 있을 수 있으니 당장 그만두는 게 좋겠어. 사진은 찍었어?"

"응."

루시가 불을 키며 대답했다.

스카페타는 혈액 키트를 꺼내어 루미놀 반응이 있었던 지점을 면봉으로 닦아냈다. 청소한 이후에도 콘크리트의 작은 구멍에 끼어 혹시라도 남아 있을 핏자국을 검출하기 위해서다. 스포이트로 화학 물질을 면봉에 떨어뜨리자 밝은 분홍색으로 변했다. 벽에서 밝게 빛나던 것이 인간의 혈액일 가능성을 다시 한 번 입증하는 것이다. 정확한 결과는 연구실에서 확인할 수 있을 것이다.

2년 반 전의 혈액으로 밝혀져도 스카페타는 별로 놀라지 않을 것이다. 루미놀은 적혈구 안에 든 헤모글로빈에 반응하기 때문에, 혈액이 오래된 것일수록 산화과정이 더 길어져 더 강한 반응이 나타난다. 스카페타는 증류수를 묻힌 면봉으로 벽을 닦아 샘플을 더 채취한 다음 증거물 봉투에 봉해 이름표와 테이프를 붙이고 이니셜을 기록했다.

그 과정이 한 시간 동안 계속되자, 보호복을 입고 있는 스카페타와 루시는 더위를 느꼈다. 문 반대편에서는 래리가 가게 안을 왔다 갔다 하는 소리가 들렸다. 전화벨이 서너 번 울리기도 했다.

창고로 되돌아온 루시는 투박한 검은색 가방을 열고 소형 관찰경을 꺼냈다. 그것은 휴대할 수 있는 네모난 금속물질로, 파장을 조정할 수 있는 빛 도파로에 꼭 맞는 반짝이는 금속 호스처럼 생긴 장치가 부착된 고강도 램프다. 플러그를 꽂고 전원을 켜자 팬이 돌아가기 시작했다. 루시는 강도를 조정하고 파장을 455 나노미터에 맞추었다. 그런 다음 더 강한 대비를 보여주고 눈을 보호해주는 오렌지색 고글을 착용했다.

불이 꺼지자 스카페타는 도구 손잡이를 잡고 벽과 선반, 바닥에 비치는 푸른색 빛을 닦았다. 루미놀에 반응하는 혈액과 다른 물질이 반드시 이전 불빛에 반응하는 것은 아니다. 아까 밝게 빛났던 부분이 어둡게 보였다. 하지만 바닥에 작은 얼룩이 갑자기 밝은 빨간색으로 변했다. 루시는 불을 켜고 다시 삼각대를 세운 다음 카메라 렌즈에 필터를 끼웠다. 그리고 다시 불을 끄고 형광색으로 반짝이는 빨간색 얼룩을 사진으로 찍었다. 다시 불을 켜자 얼룩은 거의 보이지 않았다. 육안으로 보면 더러운 자국과 변색한 타일에 지나지 않지만, 확대경을 통해 보면 희미한 붉은색을 구분할 수 있었다. 그 물질이 무엇인지 알 수는 없지만 증류수에 용해되지는 않았다. 스카페타는 솔벤트를 사용해서 혹시라도 그 안에 있을지 모르는 물질을 없애버리는 위험을 무릅쓰고 싶지는 않았다.

"샘플을 채취해야 해."

스카페타는 콘크리트블록을 자세히 들여다보며 말했다.

"금방 돌아올게."

루시는 문을 열고 래리를 불렀다. 카운터에서 통화 중이던 그는 머리에서 발끝까지 투명한 비닐 보호복을 입고 있는 루시를 아래위로 훑어봤다.

"우주 정거장에라도 다녀온 겁니까?"

래리가 놀란 표정으로 말했다.

"차에 가기 번거로운데 간단한 공구 있어요?"

"뒤편에 작은 공구박스가 있습니다. 벽 선반 위에 빨간색 작은 공구박스가 있습니다."

그는 벽 쪽을 가리키며 말했다.

"잠시만 바닥을 어질러야할 것 같네요."

무슨 말을 하려던 래리는 마음을 고쳐먹고 어깨만 으쓱한 다음 문을 닫았다. 루시는 공구박스 안에 든 망치와 나사드라이버를 꺼내더니 빨간색 얼룩이 묻은 부분을 잘라내 증거물 봉투에 봉했다.

루시와 스카페타는 입고 있던 보호복과 장비를 벗어 쓰레기통에 집어넣었다. 그리고 장비를 챙긴 다음 그곳을 떠났다.

"우리한테 왜 이러는 겁니까?"

이브는 그가 들어올 때마다 목쉰 소리로 매번 같은 질문을 했다. 그가 불빛을 들이대면 밝은 불빛이 날카로운 칼날처럼 그녀의 눈을 파고들었다.

"불빛은 저리 치워요."

"너처럼 뚱뚱한 여잔 처음 봐. 널 좋아하는 사람이 아무도 없는 게 당연하지."

그가 말했다.

"그런 말로는 내게 상처 줄 수 없어요. 당신은 내게 상처 입힐 수 없어요. 난 온전히 주님의 것입니다."

"네 꼴을 봐. 누가 널 가지려하겠어? 내가 너에게 관심 보이는 걸 고마워해야지, 그렇지 않아?"

"다른 사람들은 어디 있어요?"

"미안하다고 말해. 네가 무슨 짓을 했는지 잘 알 거야. 죄를 지은 사람들은 벌을 받아야 해."

"그들에게 무슨 짓을 한 거예요?"

이브는 항상 똑같은 질문을 했다.

"날 내보내줘요. 주님도 당신을 용서할 겁니다."

"미안하다고 말해."

장화 신은 발로 발목을 걷어차이자 심한 통증이 느껴졌다.

"주님, 저 사람을 용서해 주십시오."

이브는 소리 내어 기도했다.

"지옥에 가고 싶지 않다면 아직도 늦지 않았어요."

그녀가 그 사악한 남자에게 말했다.

36

주변은 칠흑처럼 어두웠다. 엑스레이에 나타난 그림자 같은 희미한 달이 구름 뒤로 언뜻 보였다. 작은 날벌레들이 가로수 불빛 주변에 무리지어 모여들었다. A1A 도로에는 차량이 끊이지 않고 밤이 되어도 소음은 그치지 않았다.

"뭐가 문제니?"

스카페타는 운전하고 있는 루시에게 대뜸 말을 꺼냈다.

"단둘이 함께 있는 게 얼마 만인지 기억도 나지 않는구나. 제발 이야기 좀 해봐."

"렉스에게 전화할 수도 있었어. 이모한테 나와 달라고 할 생각은 아니었어."

"나도 그렇게 하라고 말할 수도 있었어. 오늘밤 범죄 현장에 굳이 함께 갈 필요는 없었으니까."

두 사람 모두 지쳤고 농담할 분위기도 아니었다.

"이렇게 생각할 수 있겠군. 이모와 단둘이 있을 기회를 만들기 위해 이번 사건을 이용했다고. 렉스를 부를 수도 있었지만 그렇게 하지 않았으니까."

루시는 앞만 똑바로 쳐다보며 운전했다.

"날 놀리는 것처럼 들리는구나."

"그렇지 않아."

루시는 웃음기 없는 얼굴로 스카페타를 슬쩍 쳐다봤다.

"여러 가지로 미안하게 생각해."

"당연히 그래야지."

"그렇게까지 말할 필요는 없잖아. 내가 어떻게 사는지 잘 알지도 못하면서."

"문제는, 네가 어떻게 사는지 알고 싶다는 거야. 넌 나를 계속 밀어냈어."

"케이 이모, 이모는 본인이 생각하는 것보다 나에 대해 별로 알고 싶어 하지 않아. 내가 이모에게 잘하려고 노력하고 있다는 생각해 본 적 있어? 나머지 시간은 나 혼자 내버려둔다고 생각해 본 적 있어?"

"나머지 시간이라니?"

"난 이모와 달라."

"같은 점도 많아, 루시. 우리 둘 모두 많이 배우고, 당당하게 일하고 있고, 열심히 살아가지. 상황을 변화시키기 위해 노력하고 위험을 무릅쓰지. 우리는 정직하고, 정말 열심히 노력하잖아."

"난 이모가 생각하는 만큼 당당하지 않아. 내가 하는 모든 일 때문에 다른 사람들이 상처를 받아. 난 그런 데 능하고, 시간이 지날수록 점점 더 능해지고 있어. 그리고 그럴 때마다 상대방에 대해 덜 신경 쓰게 돼. 베이질 젠레트처럼 변해가고 있는 것 같아. 벤턴 아저씨의 연구 실험에 나도 포함시켜야 할까봐. 내 두뇌도 베이질이나 다른 정신병환자들과 비슷한 게 분명해."

"무슨 일 때문에 그러는지 모르겠구나."

스카페타가 조용한 목소리로 말했다.

"그건 혈액이 맞을 거야."

루시는 잠시 말을 멈추더니 갑자기 화제를 바꿨다.

"베이질은 사실을 말하고 있는 것 같아. 그가 가게 뒤편 창고에서 사람을 죽인 것 같아. 창고 안에서 찾아낸 게 혈액이 맞을 거야."

"실험실에서 어떤 결과가 나올지 기다리면 알 수 있을 거야."

"바닥 전체가 환하게 빛난 게 너무 이상해."

"베이질이 왜 그 사건에 대해 말하는 걸까? 왜 하필 지금이고 왜 하필 벤턴에게 말하는 걸까? 그 점이 맘에 걸리고 몹시 걱정돼."

스카페타가 말했다.

"그런 사람들이 그럴 때에는 항상 이유가 있지. 교묘하게 조작하는 거지."

"걱정 돼."

"그는 자신이 원하는 걸 얻기 위해, 무거운 짐을 벗어버리기 위해 말하는 거야. 도대체 어떤 속셈일까?"

"그는 크리스마스 선물가게에서 실종된 사람들에 대해 알 수도 있어. 그는 전직 마이애미 경찰이었다고 서류에 나와 있어. 다른 동료에게 들었을 수도 있고."

스카페타가 말했다.

루시와 더 이야기를 나눌수록, 스카페타는 베이질이 실제로 퀸시 부인과 딸이 실종된 사건에 연루되었을지도 모른다는 걱정이 들었다. 하지만 베이질이 어떻게 가게 뒤편 창고에서 퀸시 부인을 강간하고 살해할 수 있을지 상상조차 할 수 없었다. 피가 흐르는 시신을 어떻게 창고 밖으로 끌고 나왔을지, 헬렌마저 살해했다면 어떻게 시신 두 구를 끌고 나왔을지 믿기지 않았다.

"맞아. 나도 그 모습이 상상이 안 돼. 그리고 그들을 살해했다 해도 왜 시신을 그냥 그곳에 두지 않았을까? 그들이 살해당한 걸 아무도 모르게 하고 싶었고, 살해된 게 아니라 실종된 거라고 생각하길 바랐던 게 분명해."

"범행 동기도 추정해볼 수 있어. 충동적인 강간 살인사건이 아닐 거야." 스카페타가 말했다.

"깜빡하고 물어보지 않았는데, 이모 집으로 데려다주면 되는 거야?" 루시가 물었다.

"늦은 시각이니 집으로 가야겠지."

"벤턴 아저씨한테 가야 하지 않아?"

"시미스터 부인 사건을 해결해야 하니까 지금은 갈 수 없어. 밤에 할 일이 있고 와그너 형사도 마찬가지야."

"레바는 우리가 수사에 참여하는 데 동의한 거지?"

"응, 함께 하는 한 그렇게 동의했고, 아침에 수사를 진행할 거야. 벤턴에게 아예 가지 않을 생각도 하고 있는데, 벤턴을 생각하면 그래선 안 될 것 같아. 우리 두 사람을 생각해도 마찬가지고."

스카페타의 목소리에 실망감이 묻어 있었다.

"항상 이런 식이야. 나도 갑작스럽게 사건을 맡고 그도 갑작스럽게 사건을 맡지. 앞으로도 우리는 일밖에 하지 않을 거야."

"벤턴 아저씨가 맡은 사건은 어떤 거야?"

"월든 호수 근처에서 여자 시신이 버려진 채 발견되었는데, 시신에 남아 있는 문신이 사망 이후에 새겨진 것 같아. 붉은색 가짜 문신이야."

루시는 운전대를 꽉 잡았다.

"가짜 문신이라니, 그게 무슨 뜻이야?"

"몸에 새기는 게 아니라 그린 거야. 벤턴 말로는 바디 아트라고 하더군. 머리에 모자를 쓰고 있고, 직장에 탄알이 박혀 있고, 심하게 훼손된 상태야, 지금은 잘 모르지만, 곧 상세히 알게 되겠지."

"신원은 밝혀졌어?"

"밝혀진 게 거의 없어."

"그 지역에서 비슷한 사건이 일어나지 않았어? 유사한 살해사건이나 붉은색 문신이 나온 사건은?"

"루시, 네가 원하는 대로 대화를 끌고 갈 수는 있겠지만 결국 아무 소용도 없어. 넌 많이 변했어. 체중이 늘었고, 체중이 늘었다는 건 어떤 문제가 있었다는 뜻이야. 중요한 문제겠지. 외형적으로 나빠 보이는 건 전혀 아니지만, 난 네가 어떤 사람인지 잘 알아. 넌 많이 지쳤고 건강해 보이지 않아. 다른 사람들에게 그런 이야기도 들었고. 지금껏 네게 아무 말도 하지 않았지만, 뭔가 문제가 있다는 건 알고 있어. 오래전부터 알고 있었지. 나한테 털어놓는 게 어떻겠니?"

"몸에 그린 문신에 대해 더 자세히 이야기해 줘."

"내가 아는 건 모두 말했어. 그런데 왜 그래?"

스카페타는 루시의 긴장한 얼굴에서 눈을 떼지 못했다.

"무슨 일인데 그러는 거야?"

루시는 앞만 똑바로 쳐다보며 무슨 대답을 해야 할지 궁리하는 듯했다. 루시는 그렇게 대처하는 데 능하고, 재빠르고, 기민하다. 머릿속에서 정보를 재조합해서 사실보다 더 그럴듯한 이야기를 만들어내고, 그녀의 말을 의심하거나 의문을 제기하는 사람은 거의 아무도 없다. 하지만 다행인 것은 루시는 자신이 꾸며낸 이야기를 믿지 않는다는 점이다.

그녀는 한 순간도 사실을 잊어버리는 법이 없고 자신이 만든 덫에 걸려들지도 않았다. 루시가 하는 일에는 항상 어떤 이유가 있었고, 때로는 그 이유가 대의명분이기도 했다.

"배고프겠구나."

스카페타가 다시 말문을 열었다. 어린 시절 많은 상처를 받아 일부러 못되게 굴던 루시를 달래던 것처럼, 부드럽고 낮은 목소리로 말했다.

"다른 방법이 없으면 이모는 항상 내게 음식을 먹이지."

루시가 기운 없이 대답했다.

"예전엔 효과가 좋았지. 어렸을 땐 피자만 만들어준다고 하면 뭐든지 했잖아."

루시는 아무 대꾸도 하지 않았다. 앞 차량의 붉은 불빛이 비친 루시의 얼굴이 낯설게 느껴졌다.

"루시? 오늘 밤 한번이라도 내게 웃어주거나 내 얼굴을 똑바로 쳐다본 적 있니?"

"계속 어리석은 짓을 저지르고 있어. 그저께 프로빈스타운에서 하룻밤 관계를 가졌어. 사람들에게 상처를 주는 줄 알면서도 또다시 그런 짓을 한 거야. 난 누구와도 가까워지고 싶지 않고 혼자 있고 싶어. 나도 어쩔 수 없는 것 같아. 이번엔 정말 어리석었어. 주의를 기울이지 않았고 전혀 신경도 쓰지 않았어."

"네가 프로빈스타운에 갔다는 사실도 몰랐어."

스카페타는 루시를 나무라는 어투가 아니었다.

루시의 성적 경향에 대해서는 상관하지 않기 때문이다.

"예전에는 무척 조심했었잖아. 넌 내가 아는 어떤 사람보다도 더 주의 깊은 사람이야."

"케이 이모, 나 아파."

37

독거미

그의 손등에 놓인 거미의 검은 형체가 그녀의 얼굴에서 불과 몇 센티미터 떨어진 곳까지 가까이 다가왔다. 그가 거미를 이렇게 가까이 들이댄 적은 한 번도 없었다. 그는 매트리스 위에 가위를 놓은 다음 잠시 불빛을 비추었다.

"미안하다고 말해. 모든 게 네 잘못이야."

그가 말했다.

"너무 늦기 전에 이 끔찍한 짓을 그만둬요."

이브가 말했다. 가위가 손에 닿을 만큼 가까이 있었다.

그는 그녀가 가위를 잡도록 유혹하고 있는지도 몰랐다. 불빛이 비치지만 이브는 가위가 잘 보이지 않았다. 크리스틴과 남자아이들을 생각하고 있는데, 거미가 얼굴 앞에 희미하게 보였다.

"이런 일이 일어나지 않을 수도 있었어. 네가 자초한 일이고 이제 그 벌을 받는 거야."

"이러지 말아요."

"이제는 벌을 받을 시간이야. 미안하다고 말해."

그녀의 심장이 빠르게 뛰었다. 두렵다 못해 구토가 나올 지경이었다. 그녀는 아무런 죄도 저지르지 않았기 때문에 절대 사과하지 않을 것이다. 미안하다고 말하면, 그는 그녀를 죽일 것이다. 그녀는 그럴 것임을 알고 있었다.

"미안하다고 말해!"

그가 소리쳤다.

그녀는 미안하다고 말하기를 거부했다.

그는 그녀에게 사과하라고 강요하지만 그녀는 거부했다. 그리고 설교를 했다. 그녀가 섬기는 신에 대해 어리석고 멍청한 설교를 늘어놓았다. 그녀가 섬기는 신에게 힘이 있다면, 그녀는 그곳에 있지도 않을 것이다.

"아무 일도 없었던 것처럼 해줄 수도 있어요."

그녀는 쉰 목소리로 간청했다.

그는 그녀의 두려움을 느낄 수 있었다. 그는 그녀에게 사과하라고 요구했다. 그녀가 아무리 설교를 늘어놓는다 해도 그녀는 두려움에 떨고 있었다. 거미를 보고 놀라서 매트리스 위에서 펄쩍 뛰었다.

"용서받을 겁니다. 뉘우치고 우리를 돌려보내 주면 용서받을 겁니다. 경찰에는 절대 신고하지 않을게요."

"물론 절대 신고하지 않겠지. 다른 사람에게 알리면, 상상도 할 수 없는 끔찍한 방법으로 벌을 받거든. 거미의 엄니에 손가락을 물리면 손톱까지 뚫고 나오지."

그러더니 그는 거미에게 말했다.

"어떤 독거미는 사람을 계속 물지."

거미가 그녀의 얼굴에 거의 닿았다. 그녀는 숨을 몰아쉬며 고개를 뒤로 젖혔다.

"사람에게서 떨어질 때까지 계속 물고 또 물지. 동맥을 물리면 죽는 거야. 눈을 공격하면 실명하게 되고 고통도 몹시 심하지. 얼른 미안하다고 말해."

호그는 그녀에게 사과하라고 말했다. 그때 갑자기 문이 닫히는 게 보였다. 나무문은 오래되어 페인트가 벗겨져 있고, 더러운 매트리스는 낡은 바닥에 놓여 있었다. 그러고 나서 삽으로 땅을 파는 소리가 들렸다. 그는 나쁜 짓을 하더라도 그녀에게 입도 뻥긋하지 말라고 했고, 입을 뻥긋할 경우 상상도 할 수 없는 끔찍한 방법으로 신에게 벌 받을 거라고 말했다.

"용서를 구하세요. 주님은 당신을 용서해 줄 겁니다."

"미안하다고 말해!"

그는 그녀의 눈에 불빛을 비추었다. 그녀는 눈을 꾹 감고 고개를 돌렸지만 그는 집요하게 불빛을 비추었다.

그녀는 울지 않을 것이다.

그가 나쁜 짓을 했을 때 그녀는 울었다. 그는 그녀가 울 거라고 말했고, 결국 그녀는 눈물을 흘렸다. 그녀가 말하자 호그는 사실대로 털어놓을 수밖에 없었다. 그녀가 말한 게 사실이었기 때문이다. 그는 자신이 나쁜 짓을 했고, 그의 어머니는 단 한마디도 믿지 않는다고 말했다. 자신의 아들이 정상이 아니고 망상에 사로잡혀 있다는 걸 도저히 믿을 수 없었을 것이다.

그날은 추웠고 눈이 내리고 있었다. 그는 텔레비전이나 영화에서 그런 날씨를 본 적은 있지만, 실제로 그런 날씨를 경험해 본 적은 한 번도 없었다. 차창 밖으로 보이던 오래된 벽돌 건물이 기억나고, 의사가 오기 전 어머니와 함께 앉아 있던 좁은 로비가 기억났다. 밝은 불빛이 켜진 곳에서 한 남자가 그곳에 있지 않은 가상의 인물과 대화를 나누던 모습이 생각났다. 그는 의자에 앉아 눈을 부릅뜬 채 혼자 중얼거리고 있었다.

그의 어머니는 그를 혼자 로비에 남겨두고 의사와 상담하러 들어갔다. 그녀는 호그가 나쁜 짓을 저질렀다고 자신에게 말했지만, 그것은 사실이 아니라고 의사에게 말했다. 그리고 자신의 아들이 정상이 아니고, 이 문제는 남들에게 알려서는 안 되는 사적인 것이고, 그녀가 원하는 건 아들이 정상적으로 되돌아오는 거라고 말했다. 아들이 계속 거짓말을 하며 돌아다니는 바람에 가족이 오명을 쓰고 있다고도 말했다.

그녀는 그가 나쁜 짓을 저질렀다고 믿지 않았다.

그녀는 의사에게 말하려고 했던 것을 아들에게 말했다.

"넌 정상이 아니야."

호그의 어머니는 아들에게 말했다.

"너 자신도 어쩔 수 없는 상황이야. 넌 머릿속에서 상상한 이야기를 떠벌리고 다니고 남들에게 쉽게 영향을 받아. 널 위해 기도할게. 너도 주님께 용서해 달라고 기도하고, 너에게 잘해 준 사람에게 상처를 줘서 미안하다고 기도해. 네가 정상이 아닌 건 알지만, 너무나 부끄러운 일이구나."

"거미를 네 얼굴에 올릴 거야."

호그는 그녀에게 불빛을 가까이 비추며 말했다.

"만일 그녀가 그랬던 것처럼 거미를 해치기라도 하면, 벌의 진정한 의미를 알게 될 거야."

그는 산탄총 총열로 그녀의 이마를 찌르며 말했다.

"부끄러운 줄 알아요."

"그런 말은 하지 말라고 했을 텐데."

산탄총 총열로 더 세게 찌르자 그녀는 울부짖기 시작했다. 그는 부어올랐고, 얼룩이 묻고, 못생긴 그녀의 얼굴에 불빛을 비추었다. 얼굴에 피가 흘러내렸다. 지난번에는 거미를 바닥에 떨어뜨렸고, 복부가 터져 누런 피가 흘러나왔다. 호그는 풀로 다시 거미를 붙여야만 했다.

"미안하다고 말해. 그녀는 미안하다고 말했어. 몇 번씩이나 말했는지 알아?"

그는 거미가 그녀의 오른쪽 어깨 위를 기어 다니다가 살갗을 가볍게 움켜쥘 느낌을 상상했다. 그녀는 벽에 기댄 채 강하게 저항하면서 매트리스 위에 놓여 있는 가위를 쳐다봤다.

"보스턴으로 가는 길은 무척 길었지. 몹시 추웠고 그녀는 알몸으로 묶여 있었어. 앉을 의자도 없이 차가운 강철 바닥이었지. 그녀는 몹시 추웠어. 난 그들에게 생각할 거리를 주었지."

그는 회색이 도는 푸른색 슬레이트 지붕을 얹은 오래된 벽돌 건물을 떠올렸다. 그가 나쁜 짓을 저지르면 그의 어머니는 그를 차에 태우고 그곳으로 갔다. 몇 년이 지난 후 그는 혼자 다시 그곳에 와서 오래된 벽돌 건물에서 살았지만 오랫동안 지속되지는 못했다. 그가 나쁜 짓을 저질렀기 때문에 오래 머물지 못했다.

"아이들에게 무슨 짓을 한 거죠? 아이들을 내보내 줘요."

그녀는 강인하고 의연하게 보이려 애썼다.

그가 그녀의 은밀한 부위를 총열로 찌르자 그녀는 깜짝 놀라 벌떡 일어섰다. 그러자 그는 껄껄 웃으며 그녀에게 못생긴 돼지라고, 그녀를 가지길 원하는 사람은 아무도 없을 거라고 말했다. 그는 나쁜 짓을 할 때에도 똑같은 말을 했었다.

"그럴 수밖에. 행운인 줄 알아. 내가 아니면 아무도 이렇게 관심 가져 주지 않을 테니까. 널 보면 구역질이 나."

그는 그녀의 축 늘어진 젖가슴과 뚱뚱한 몸을 노려보며 말을 이었다.

"아무한테도 말하지 않을 테니 그냥 보내줘요. 크리스틴과 아이들은 어디 있죠?"

"되돌아가서 그 불쌍한 고아들을 데려왔어. 사실이야. 심지어 당신 차도 돌려줬어. 난 마음이 순수한 사람이야. 너 같은 죄인과는 다르지. 걱정하지 마. 이미 말한 대로 그들을 이곳에 데려왔으니까."

"아이들의 인기척이 들리지 않아요."

"미안하다고 말해."

"아이들을 보스턴으로 데려갔나요?"

"아니."

"크리스틴을 데려온 게 맞아요?"

"그들에게 생각할 거리를 주었지. 그는 분명 감명 받았을 거야. 그는 언젠가 곧 알게 될 거야. 남은 시간이 얼마 없어."

"지금 누구에게 말하는 거죠? 내게 말해요. 난 당신을 미워하지 않아요."

그녀는 그를 동정하듯 말했다.

그는 그녀가 뭘 의도하는지 알고 있었다. 그녀는 그와 친구가 될 수 있다고 생각하고 있었다. 그와 충분히 이야기하고 두려워하지 않는 척하면, 심지어 그를 좋아하는 척하면 서로 친구가 되어 그가 벌하지 않을 거라고 생각하는 것이다.

"그래봐야 소용없어. 그들도 모두 그렇게 했지만 아무 소용없었어. 특별한 걸 가져다주었지. 그가 알았다면 감명 받았을 텐데. 난 그쪽 사람들을 계속 바쁘게 하고 있어. 남은 시간이 얼마 없어. 남은 시간을 잘 이용하는 게 좋을 거야. 얼른 미안하다고 말해!"

호그가 말했다.

"도대체 무슨 말 하는 거예요?"

이브는 여전히 위선적인 목소리로 말했다.

그녀의 어깨 위에 있던 거미가 꿈틀거렸다. 그가 어둠 속에 손을 뻗자 거미가 다시 그의 손등으로 기어갔다. 그는 가위를 매트리스 위에 두고 방을 가로질러 갔다.

"더러운 머리를 잘라. 한 올도 남기지 말고 다 잘라. 내가 되돌아올 때까지 자르지 않으면 더 끔찍한 일이 벌어질 거야. 밧줄을 끊을 생각은 하지 않는 게 좋을 거야. 도망갈 곳이 없을 테니까."

호그가 그녀에게 말했다.

고백

흰 눈에 비친 밝은 달빛이 벤턴 사무실 창문으로 비쳐들고, 사무실 조
명등은 모두 꺼져 있었다. 컴퓨터 화면에 나타난 사진을 검색하던 벤턴
은 마침내 찾고 있던 사진을 발견했다.

보기 역겨운 기괴한 사진이 197장이나 있었다. 그 가운데 원하는 사
진을 골라내기란 고역이었다. 앞에 놓인 사진을 보면 당혹스럽고 불안
해지기 때문이다. 명백하게 알 수 없는 일이 일어났고 그리고 지금도 계
속 진행 중이라는 느낌이 들었다. 이 사건을 맡으면서 벤턴은 괜히 마음
이 불안해졌다. 지금까지 광범위한 경험을 쌓아왔지만, 상상할 수 없을
정도로 힘들었다. 정신을 다른 데 팔고 일련번호를 기록해 두지 않았기
때문에 문제의 사진인 62번부터 74번까지 사진을 찾는 데 족히 30분은
더 소요되었다. 벤턴은 매사추세츠 경찰청 소속인 스러쉬 형사를 보고
깊은 인상을 받았다. 살인사건에서 특히 이번 경우와 같은 살인사건에
서는 아무리 노력해도 별다른 성과가 나타나지 않기 마련이다.

강력범죄의 경우, 시간이 지나도 수사에는 별 진전이 없다. 범죄 현장은 사라지거나 더럽혀지고, 예전 상태로 되돌릴 수도 없다. 시신도 시간이 지나면서 변하는데, 특히 부검이 이루어지면 이전 상태로 절대 되돌릴 수 없다. 그렇기 때문에 형사들은 극도로 주의를 기울이고, 많은 증거를 사진으로 남긴다. 스러쉬 형사가 찍어둔 많은 양의 사진과 비디오 녹화에 압도당한 벤턴은 베이질 젠레트를 면담하고 나서 집에 돌아온 후 사진과 비디오 화면을 자세히 확인하고 있었다. 벤턴은 20여 년 동안 FBI에 몸담으면서 산전수전 다 겪었다고 생각했다. 범죄 심리학자로 일하면서 온갖 기괴한 사건은 직접 봤을 거라고 짐작했다. 하지만 이런 사건은 지금껏 보지 못했다.

62번 사진과 74번 사진이 가장 끔찍하다고는 할 수 없었다. 신원이 밝혀지지 않은 여자의 뇌 부분이 보이지 않기 때문이다. 얼굴 형체가 없어진, 유혈이 낭자한 사진은 아니었다. 사진 속의 희생자 얼굴이 마치 중간 부분이 오목하게 패인 스푼처럼 보였다. 부스스하게 자른 검은 머리카락에 뇌 조직과 피가 엉겨 붙어 말라 있었다. 62번과 74번 사진은 목에서 무릎까지 신체 부위를 클로즈업해서 찍은 사진이었다. 그 사진을 보자 말로 표현할 수 없는 감정이 밀려들었다. 마치 어떤 걸 보면서 어떤 불편한 일이 떠오르지만 기억은 분명히 나지 않는 느낌. 사진을 보면 이미 알고 있는 사실이 떠오르지만, 그것이 무엇인지는 알 수 없는 느낌. 그게 무엇일까? 도대체 무엇일까?

62번 사진은 부검 테이블 위에 놓인 상반신을 찍은 것이었다. 74번 사진은 시신을 뒤집은 후 상반신 뒷면을 찍은 것이었다. 두 사진을 번갈아 클릭하면서 시신의 상반신 앞뒷면을 자세히 살피던 벤턴은 선명한 붉은색 문신과 견갑골 사이에 피부를 문질러 벗겨진 부분에 주목했다. 가로 세로 길이는 각각 15센티미터와 20센티미터 정도이고, 부검 감정서에는 '목재조각과 진흙처럼 보이는 것'을 피부가 벗겨진 부분에 채워 넣었다고 적혀 있었다.

벤턴은 여자가 사망하기 전 붉은 문신을 새겨 넣을 수 있었고, 문신이 살인사건과 아무 상관없을지도 모른다는 가능성에 대해 곰곰이 생각해봤다. 범인과 만나기 전, 희생자는 어떤 이유에서든 이미 문신을 하고 있었을지도 몰랐다. 벤턴은 그 가능성을 고려해야 하지만 도저히 믿기지 않았다. 그녀가 저항을 할 수 없거나 사망한 후 범인이 그녀의 젖가슴을 움켜잡고 강제로 다리를 벌린 다음 문신을 그렸을 가능성이 높다. 시신을 욕되게 한 짓으로 보아 성폭력을 저질렀을 가능성도 높다. 하지만 벤턴은 알 수 없었다. 상황을 파악할 수 없었다. '스카페타가 이 사건을 맡았더라면, 그녀가 범죄 현장에 가서 부검을 했으면 좋았을 텐데.' 하는 아쉬움이 들었다. 그녀가 곁에 있다면 좋을 텐데. 하지만 항상 그랬던 것처럼 어떤 사건이 일어났고, 그녀는 예정대로 이곳에 오지 못했다.

벤턴은 더 많은 사진과 부검 감정서를 다시 확인했다. 희생자는 30대 중반에서 40대 초반으로 추정되고, 론스대일 박사가 시체 안치소에서 말했던 사실이 부검 감정서에 그대로 쓰여 있었다. 시신은 링컨 지역 부촌인 월든 호수에서 멀지 않은 월든 우즈로 이어지는 곳에서 발견되었고, 사망한 지 얼마 지나지 않은 시각에 발견되었다. 생체 치료 키트 분석 결과 정액은 검출되지 않았다. 벤턴은 희생자를 살해한 후 숲속에 시신을 유기한 범인은 성적 환상을 범행을 통해 구체적으로 드러낸 가학성 변태 성욕자일 가능성이 높다고 추정했다.

그녀가 어떤 사람이든, 범인에게는 아무 상관도 없었을 것이다. 범인에게 그녀는 사람이 아니라 하나의 상징이었고, 그저 즐길 대상에 불과했다. 그리고 그녀를 욕보이고, 겁에 질리게 하고, 벌주고, 고통을 가하고, 그녀를 끔찍하고 치욕적으로 살해하며 쾌락을 느꼈을 것이다. 희생자는 입에 산탄총 총열을 문 채 범인이 방아쇠를 장기는 모습을 지켜보며 죽어갔을 것이다. 범인은 그녀가 누구인지 알고 있었겠지만 그녀는 범인이 누구인지 전혀 몰랐을 것이다. 범인은 예전부터 그녀를 스토킹했다가 마침내 유괴했을 것이다. 매사추세츠 경찰청에 따르면, 뉴잉글랜드에서 실종되었다고 신고 된 사람 가운데 그녀로 추정되는 사람은 없다고 했다. 그녀로 추정되는 사람이 실종된 곳은 아무데도 없었다.

수영장 너머로 해안가의 부두가 보였다. 부두의 규모는 18미터 높이의 보트를 정박할 수 있을 정도로 크지만, 스카페타는 어떤 크기나 모양의 보트도 갖고 싶은 생각이 없었다.

스카페타는 바다에 떠다니는 보트를 바라보곤 했다. 특히 엔진 소리 이외에 아무 소리도 들리지 않는 조용한 밤바다를 배 끝부분에 불빛을 밝히고 부유하는 보트는 마치 항공기처럼 보였다. 선실에 불이 켜져 있으면 사람들이 왔다 갔다 하거나 자리에 앉아 웃고 떠드는 모습이 보였는데, 스카페타는 그들이 부럽지도, 그들과 함께 어울리고 싶지도 않았다.

스카페타는 그런 사람들과는 완전히 달랐다. 그리고 그런 사람들과 상관있기를 바라지도 않았다. 가난하고 외롭게 자란 그녀는 그들과 달랐고 그들과 함께 있을 수도 없었다. 그것은 그들이 선택한 삶이었다. 이제 그녀는 그런 삶을 선택할 수 있다. 그녀는 자신과는 아무 상관없고, 우울하고, 공허하고, 끔찍해 보이는 삶을 바깥에서 구경하고 있다. 어떤 비극적인 일이 조카 루시에게 일어날 수 있다는 두려움이 항상 스카페타의 마음속에 자리 잡고 있었다. 사랑하는 사람을 염려하는 건 당연하지만, 루시에 대한 걱정은 정도가 지나쳤다. 스카페타는 루시가 끔찍한 죽음을 맞게 될 거라는 걱정을 떨쳐버릴 수가 없었다. 병에 걸려 자연스럽게 죽을 거라는 생각은 쉽게 상상할 수 없었다. 자신의 일이라서 그런 게 아니라 자신의 일이 아니었기 때문에 더욱 그런 생각을 지울 수 없었다.

"이상한 증상이 나타나기 시작했어."

루시가 어둠 속에서 말했다. 양쪽에는 목재로 만든 말뚝 두 개가 서 있고 두 사람은 티크나무 의자에 앉아 있었다.

앞에 놓여 있는 테이블에는 술과 치즈와 크래커가 놓여 있었다. 치즈와 크래커는 손도 대지 않았다. 술은 벌써 두 잔째였다.

"담배를 피우고 싶을 때가 가끔 있어."

루시가 데킬라 잔을 들며 말했다.

"갑자기 이상한 말을 하는구나."

"이모가 몇 년 동안 담배 생각이 났을 때는 이상하다고 생각하지 않았으면서. 그리고 아직도 담배를 피우고 싶어 하잖아."

"내가 뭘 원하는지는 중요하지 않아."

"이모는 다른 사람들과는 다르다는 듯 항상 그런 식으로 말하지. 이모가 뭘 원하는지는 중요해. 그걸 가질 수 없을 때는 특히 더 그렇지."

루시는 어둠 속에서 바다를 바라보며 말했다.

"그녀를 원해?"

스카페타가 물었다.

"누구?"

"누군지는 모르겠지만 네가 지난번에 함께 있었던 여자."

스카페타가 루시에게 상기시켰다.

"최근 프로빈스타운에서 정복했던 여자."

"여자들을 정복할 대상으로 보지는 않아. 마치 마약처럼 잠시 도피하는 대상으로 볼 뿐이지. 그게 가장 실망스러운 부분이야. 아무 의미도 없으니까. 하지만 이번에는 어떤 의미가 있는 것 같아 혼란스러워. 무언가에 홀린 것처럼 맹목적이고 멍청하게 굴었어."

루시는 스카페타에게 스티비와 그녀의 붉은색 문신에 대해 이야기 해줬다. 그녀에 대해 말하는 게 힘들었지만, 루시는 마치 다른 사람에 대해 이야기하듯, 객관적인 사건에 대해 언급하듯 제 3자 입장에서 말하려고 애썼다.

스카페타는 아무 대꾸도 하지 않았다. 술잔을 들어 올리며 방금 루시가 했던 이야기를 곰곰이 생각할 뿐이었다.

"아무 의미 없는 우연의 일치일 수도 있어."

루시가 말을 이었다.

"바디 아트나 아크릴 물감이나 라텍스를 온몸에 뿌리는 이상한 짓에 몰두하는 사람은 얼마든지 있으니까."

"우연의 일치라면 이제 신물이 나. 요즘 우연의 일치가 많이 있었거든."

스카페타가 말했다.

"데킬라 맛이 꽤 좋은데. 당장 마리화나 피워도 괜찮겠어."

"날 깜짝 놀라게 할 생각이야?"

"마리화나는 이모가 생각하는 것처럼 나쁘지 않아."

"의사라도 되는 것처럼 말하는구나."

"정말이라니까."

"루시, 너 자신을 왜 그렇게 미워하는 것처럼 보이니?"

"케이 이모, 그거 알아?"

루시가 스카페타를 쳐다보며 말했다. 부둣가 희미한 등대 불빛에 비친 루시의 얼굴은 강인하고 날카로워 보였다.

"내가 무슨 짓을 했고 무슨 짓을 하고 있는지 이모는 전혀 몰라. 그러니 아는 척 하지 마."

"무슨 고발장이라도 읽는 것 같구나. 오늘밤 했던 말 모두 그랬어. 네게 신경 써주지 못했다면 미안해. 네가 생각하는 것보다 훨씬 더 미안해하고 있어."

"난 이모에게 미안하지 않아."

"물론 그렇겠지. 항상 그렇게 말했으니까."

"난 영원한 무언가를 찾는 게 아니야. 정말 중요하고, 함께 하지 않고서는 살 수 없는 사람을 찾는 게 아니야. 난 벤턴 같은 아저씨는 원하지 않아. 금방 잊어버릴 수 있는 하룻밤 관계를 원해. 내가 얼마나 많은 하룻밤 관계를 가졌는지 알아? 사실, 잘 기억나지도 않아."

"지난 몇 년 동안 나와 거의 만나지 않았던 이유는 뭐야?"

"그러는 편이 더 쉬우니까."

"내가 널 나무랄까봐 두려운 거니?"

"날 나무랄 수밖에 없을 거야."

"내가 걱정하는 건 네가 누구와 잠자리를 가지느냐가 아니라 나머지 생활이야. 아카데미에서 넌 항상 혼자 지내고, 학생들과 교류하지 않아. 혼자 체육관에서 자신을 혹사하거나, 헬리콥터를 타거나, 사격장에서 사격 훈련을 하거나 혹은 위험한 기계로 어떤 실험을 하지."

"내가 친하게 지내는 건 기계밖에 없는 것 같아."

"루시, 네가 어떤 것에 실패하든 있는 그대로 받아들여."

"내 몸도 망쳤어."

"네 마음과 정신은? 그것부터 시작해야 해."

"내 마음과 정신은 너무 차가워."

"난 그렇게 느끼지 않아. 루시, 네 건강은 나 자신의 건강보다 더 중요해."

"그녀는 내가 바에 있다는 걸 알고 의도적으로 접근한 것 같아."

루시는 벤턴이 담당하고 있는 사건 희생자와 유사한 문신이 있던 스티비를 다시 떠올렸다.

"벤턴에게 이야기해야 해. 스티비에 대해 어떤 사실을 더 알고 있어? 성은 뭐야?"

"그녀에 대해 아는 게 거의 없어. 그녀가 아무 상관없다는 확신이 들지만, 이상하긴 해. 스티비는 그 사건 희생자가 살해되고 버려진 시점에 그 지역에 있었어."

스카페타는 아무 말도 하지 않았다.

"그 지역에 어떤 사이비 종교 집단이 있는지도 몰라."

루시가 잠시 쉬었다 다시 말을 이었다.

"온몸에 문신을 그리는 사람들이 많을지도 몰라. 날 나무라지는 마. 내가 얼마나 멍청하고 무모한지는 이미 잘 알고 있으니까."

루시의 얼굴을 쳐다보는 스카페타는 여전히 아무 말이 없었다.

루시는 눈물을 닦았다.

"루시, 널 나무라는 게 아니야. 네가 좋아하던 모든 일에 왜 등을 돌리게 되었는지 이해하려고 애쓰는 것뿐이야. 아카데미는 네가 설립한 것이고, 너의 오래된 꿈을 실현한 거잖아. 넌 법률 집행 조직, 특히 FBI를 무척 싫어했고 그래서 네가 직접 조직을 만든 거야. 그런데 이제 아무 관심도 갖지 않고 있어. 도대체 어디에 정신을 팔고 있는 거니? 대의명분을 실현하기 위해 네가 데려온 사람들은 모두 버림받은 것 같아. 작년 학생들 대부분은 네 얼굴도 보지 못했고, 교수진들 가운데 네가 누구인지 모르는 사람들도 많아."

루시는 돛을 말아 올린 보트가 밤바다를 가로지르는 모습을 바라보며 눈물을 훔쳤다.

"이모, 뇌에 종양이 생겼어."

벤턴은 범죄 현장에서 찍은 사진 한 장을 더 확대했다.

사진 속 희생자는 끔찍한 포르노에 등장하는 인물처럼 보였다. 팔과 다리를 벌린 채 누워 있고, 피 묻은 헐렁한 바지가 기저귀처럼 엉덩이 주변에 둘둘 감겨 있었다. 배설물과 희미한 핏자국이 묻은 흰색 팬티가 마치 가면처럼 얼굴을 가리고 있었고, 눈 주변에 구멍 두 개가 나 있었다. 벤턴은 의자에 몸을 기댄 채 생각에 잠겼다. 범인이 월든 숲 속에 시신을 방치한 것은 사람들에게 충격을 주기 위해서라고 가정하는 건 지나치게 단순했다. 무언가 다른 의도가 있을 것이다.

또 다른 생각이 떠올랐다.

벤턴은 기저귀처럼 몸을 감싸고 있던 바지에 대해 곰곰이 생각해봤다. 뒤집혀 있는 것으로 보아 몇 가지 상황을 추론할 수 있었다. 그녀가 감금당한 어떤 시점에서 바지를 벗었다가 다시 입었을 수도 있다. 범인이 그녀를 살해한 후 바지를 벗겼을 가능성도 있다. 바지 소재는 리넨이었다. 이맘때 뉴잉글랜드에서 리넨 소재 바지를 입는 사람은 거의 없다. 종이가 덮인 부검 테이블 위에 펼쳐진 바지를 보니 핏자국 패턴이 선명하게 드러났다. 바지 무릎 부분에서 위쪽까지 짙은 핏자국이 묻어 질감이 뻣뻣해 보였다. 무릎 아래쪽에는 작은 얼룩이 서너 군데 묻어 있는 게 전부였다. 벤턴은 희생자가 무릎을 꿇은 채 총을 맞았을 모습을 상상해 봤다. 스카페타에게 전화를 걸어보았지만 전화를 받지 않았다.

희생자에게 모욕을 주고 철저하게 욕보인 다음, 희생자를 어린아이처럼 완전히 무력하게 만들었다. 곧 처형당할 사람처럼 머리에 씌우개를 씌웠는지도 모른다. 전쟁 포로를 고문하고, 겁주기 위해 씌운 머리 씌우개를. 범인은 어린 시절 하던 놀이를 그대로 따라했을지도 모른다. 성적 학대나 가학적 변태 성욕 때문에 사건을 저지르는 경우도 종종 있다. 남에게 당한 것을 다른 사람에게 그대로 되갚는 것이다. 벤턴은 스카페타에게 다시 전화해 보았지만 이번에도 전화를 받지 않았다.

갑자기 베이질 생각이 떠올랐다. 그는 희생자 가운데 몇 명을 무언가에 기대어 세워 두었는데, 휴게소 여자 화장실 벽에 기대어 세워둔 적도 있었다. 벤턴은 범죄 현장과 베이질에게 희생된 피해자들의 사진을 떠올렸다. 눈알이 없는 그 끔찍한 시신 사진에 대해 아는 사람은 아무도 없었다. 그게 바로 유사점인지도 모른다. 팬티에 뚫은 구멍 두 개는 베이질이 살해한 뒤 눈알을 없앤 희생자들을 암시하는 걸 수도 있다.

머리 씌우개도 유사해 보이는데, 가능성은 더 높아 보였다. 누군가에게 머리 씌우개를 씌우는 것은 그 사람을 완전히 지배하고, 반항하거나 도망칠 수 있는 가능성을 완전히 없애고, 그 사람을 고문하고 겁주고 벌주는 것을 의미했다. 베이질에게 살해된 피해자 가운데 머리 씌우개를 쓰고 있는 경우는 없었지만, 그건 아무도 알 수 없는 사실이다. 가학적 변태 성욕 살인사건에서 실제 무슨 일이 일어났는지는 아무도 모른다. 죽은 희생자들은 아무 말도 해주지 않는다.

벤턴은 베이질 생각을 너무 많이 하고 있다는 걱정이 들었다.

그는 다시 스카페타에게 전화를 걸었다. 이번에는 스카페타가 전화를 받았다.

"나야."

"나도 전화하려던 참이었어요."

스카페타는 불안한 목소리로 차갑게 말했다.

"목소리가 왜 그래?"

"신경 쓰지 말아요, 벤턴."

스카페타의 목소리는 평소와는 전혀 다르게 들렸다.

"울고 있었어? 사건에 대해 이야기 나누려고 전화했어."

벤턴은 스카페타가 무엇을 감추고 있는지 알 수 없었다.

벤턴이 이런 감정, 두려운 감정을 느끼는 유일한 상대가 바로 스카페타였다.

"당신과 이야기를 나누고 싶었어. 지금 사건 자료를 보고 있는 중이었거든."

"나와 이야기를 나누고 싶다니 반갑네요."

스카페타는 '이야기'를 강조하며 말했다.

"무슨 일이야, 케이?"

"루시 때문이에요. 당신은 1년 전부터 알고 있었으면서 어떻게 내게 이럴 수 있어요?"

스카페타가 말했다.

"루시에게 들었나 보군."

벤턴은 턱을 만지며 대꾸했다.

"당신이 일하는 병원에서 검사했다는데, 당신은 내게 한 마디도 하지 않았어요. 루시는 당신 조카가 아니라 내 조카예요. 당신에겐 그럴 권리가 없어요….”

“루시가 내게 약속하라고 했어.”

“루시도 그럴 권리가 없어요.”

“그렇지 않아. 루시가 동의하지 않는 한 아무도 당신한테 말할 수 없었어. 루시의 주치의도 마찬가지고.”

“하지만 당신한테는 말했잖아요.”

“그럴 만한 이유가 있었어.”

“이 일을 진지하게 의논해야겠어요. 이제 앞으로 당신을 믿을 수 있을지 모르겠어요.”

벤턴은 한숨을 내쉬었다. 배가 돌멩이처럼 딱딱해졌다. 배가 아픈 경우는 거의 없지만, 한 번 아프면 고통이 끔찍했다.

“그만 끊을게요. 나중에 진지하게 의논하도록 하죠.”

그녀는 재차 강조했다.

스카페타가 인사도 하지 않고 전화를 끊자, 벤턴은 잠시 의자에 앉은 채 꼼짝도 하지 않았다. 화면에 나타난 사진을 멍하니 보다가 다시 사진을 클릭하고, 보고서를 읽고, 스러시 형사가 써 준 진술서를 읽으며 방금 있었던 일을 잊어버리려 애썼다.

주차장에서 시신이 발견된 지점까지, 눈이 쌓인 길에 시신을 끌고 간 자국이 남아 있었다. 희생자의 것으로 보이는 발자국은 전혀 남아 있지 않고 범인의 발자국만 남아 있었다. 사이즈 9나 10으로 보이는 커다란 발자국으로, 하이킹용 신발을 신은 것 같았다.

스카페타가 그를 비난하는 건 옳지 않았다. 벤턴에게는 선택의 여지가 없었다. 루시는 비밀을 지킬 것을 맹세하라고 했고, 다른 사람에게 특히 스카페타나 마리노에게 말하면 절대 용서하지 않겠다고 했다.

범인이 시신을 끌고 지나간 곳에 핏자국이 남아있지 않은 것으로 보아, 시신을 무언가로 싼 다음 옮겼을 거라고 추정할 수 있었다.

스카페타는 화살을 다른 곳으로 돌렸다. 벤턴을 나무란 것은 루시를 공격할 수 없기 때문이었다. 뇌종양이 있는 루시를 공격할 수는 없다. 몸이 아픈 사람에게 화를 낼 수는 없었다.

시신에서 찾아낸 증거물은 손톱 밑과 핏자국에 들러붙어 남아 있는 섬유와 미세한 부스러기, 약간 벗겨진 피부와 머리칼이었다. 임시 실험 분석 결과, 대부분의 증거물은 카펫과 면섬유와 일치하는 것으로 드러났다. 그리고 미네랄, 곤충과 식물 부스러기, 토양에서 발견된 꽃가루 그리고 법의관의 표현을 그대로 빌리자면 '진흙'이 나왔다.

책상에 놓인 전화기가 울리고 발신자 정보가 나타나지 않자, 벤턴은 스카페타일 거라 짐작했다. 그는 얼른 수화기를 집어 들었다.

"여보세요."

"맥린 병원 교환원입니다."

몹시 실망한 벤턴은 곧바로 말을 잇지 못하며 머뭇거렸다. 스카페타는 마음만 먹으면 그에게 전화할 수도 있었다. 그녀가 마지막으로 전화했던 때가 언제였는지도 기억나지 않았다.

"웨슬리 박사님 계신가요?"

교환원이 말했다.

사람들이 그를 웨슬리 박사라고 부를 때마다 이상한 느낌이 들었다. FBI 요원으로 일할 당시 박사학위를 따고 오랜 시간이 지났지만, 그는 사람들이 자신을 박사라고 부르는 걸 원하지 않았다.

"접니다."

벤턴이 수화기에 대고 말했다.

루시는 스카페타 집으로 왔다. 데킬라를 너무 많이 마셔서 운전을 할 수 없기 때문이다. 그녀는 방 안의 불도 켜지 않은 채 침대에 등을 기대고 앉아 있었다. 트레오 액정에 지역번호 617 번호가 떴다. 약간 머리가 어지럽고 졸음이 몰려왔다.

스티비 생각이 떠오르고, 갑자기 숙소를 떠나던 모습이 기억났다. 헬리콥터를 세워둔 주차장까지 자신을 따라왔던 일, 로렌에서 처음 만났을 때처럼 매혹적이면서도 신비롭고 자신감 넘치는 모습이 기억났다. 로렌에서 그녀를 처음 만났던 순간을 떠올리자, 그때 느꼈던 감정이 되살아났다. 그 감정을 느끼고 싶지 않은 루시는 마음이 불안해졌다.

스티비 생각만 하면 루시는 마음이 불안해졌다. 스티비는 뭔가 알고 있는지도 몰랐다. 어떤 여자가 살해당한 후 월든 호숫가에 버려진 똑같은 시점에 스티비는 뉴잉글랜드에 있었다. 두 사람 모두 몸에 붉은색 문신이 있었다. 스티비는 자신이 직접 한 게 아니라 다른 누군가가 문신을 그려주었다고 주장했다.

누가 그린 걸까?

루시는 통화버튼을 눌렀다. 앞이 흐릿해지고, 약간 겁이 났다. 스티비에게서 받은 번호 617을 추적했어야 했는데 하지 못했다. 실제 누구에게서 걸려온 번호인지, 실제로 스티비의 번호가 맞는지, 그녀의 이름이 스티비가 맞는지 확인했어야 했다.

"여보세요?"

"스티비?"

그녀의 전화번호가 맞다.

"나 기억나?"

"어떻게 당신을 잊을 수 있겠어요. 아무도 당신을 잊진 못할 거예요."

스티비의 목소리는 매혹적이었다. 감미로운 그녀의 목소리를 듣자 루시는 로렌에서 느꼈던 감정이 되살아났다. 루시는 그녀에게 전화한 목적을 마음속으로 되새겼다.

문신 때문이다. 어디서, 누가 문신을 그려주었을까?

"다시는 전화하지 않을 줄 알았는데."

스티비가 여전히 매혹적인 목소리로 말했다.

"이렇게 전화했잖아."

루시가 말했다.

"왜 그렇게 조용한 목소리로 말해요?"

"집에서 전화하는 거 아니야."

"그게 무슨 뜻인지 물어서는 안 될 것 같지만, 그래도 궁금하군요. 누구와 함께 있어요?"

"아무도 아니야. 아직 프로빈스타운에 있어?"

"당신이 떠난 후 나도 곧바로 차를 몰고 집으로 왔어요."

"게인즈빌에?"

"지금 어디에요?"

"내게 풀네임(full name)을 말해준 적 없지?"

루시가 물었다.

"당신 집이 아니라면 어디에요? 정확히 모르겠지만 당신은 저택에 살 것 같은데요."

"남부에 와본 적 있어?"

"남부 어느 곳이요? 난 원하는 곳이면 어디든지 갈 수 있어요. 지금 보스턴에 있어요?"

"지금 플로리다에 있어. 만나고 싶어. 할 이야기도 있고. 서로 알고 지내는 사이니까 풀네임 알려줄 수 있지?"

루시가 말했다.

"무슨 얘길 하고 싶은 거죠?"

스티비는 루시에게 풀네임을 가르쳐주지 않으려 했다. 다시 물어봐야 소용없다. 그녀는 루시에게 아무 말도 하지 않으려 했다. 적어도 전화상으로는 그랬다.

"직접 만나서 이야기해."

루시가 말했다.

"그게 더 낫겠네요."

루시는 스티비에게 내일 밤 10시 사우스 비치에서 만나자고 말했다.

"듀스라는 데 알아?"

루시가 물었다.

"꽤 유명한 곳이죠. 나도 잘 아는 곳이에요."

스티비가 여전히 매혹적인 목소리로 말했다.

40

컴퓨터 화면에 나타난 둥근 두상이 달처럼 빛났다.

화기 전문가 톰은 매사추세츠 주 경찰청 화기 실험실 안에 있는 컴퓨터와 현미경에 둘러싸여 앉아 있었다. 그가 NIBIN(국립 탄도학 통합 정보 네트워크)에 보낸 질의에 대한 대답이 마침내 도착했다.

그는 산탄총 금속 부분에서 탄피 두 개의 머리 부분까지 이어진 가는 줄무늬와 홈을 확대한 이미지를 자세히 들여다봤다. 두 이미지가 서로 겹치도록 이은 모습이 완벽하게 연결되어 있었다.

"비교해서 확인하기 전까지는 물론 일치할 가능성이 있다고 말할 수 있습니다."

톰은 웨슬리 박사에게 전화로 설명했다.

전설적인 인물로 알려진 벤턴 웨슬리와 통화하며 톰은 흥분을 감추지 못했다.

"그러므로 브로워드 카운티 법의관에게서 증거물을 받아야 하는데,

다행히 문제없을 것 같습니다."

톰이 설명을 계속했다.

"제가 보기에는, 컴퓨터에서 데이터를 찾아내는 데는 문제가 없을 것 같습니다. 그리고 역시 제 개인적인 의견입니다만, 탄피 두 개가 동일한 산탄총에서 발사한 것 같습니다."

벤턴의 반응을 기다리며 톰은 마치 위스키 두어 잔을 마신 것처럼 흥분되었다. 컴퓨터에 나타난 데이터가 일치한다고 말하는 것은 복권에 당첨되는 것과 마찬가지다.

"할리우드 사건에 대해 어떤 사실을 알아냈습니까?"

웨슬리는 고마운 마음을 별로 드러내지 않고 말했다.

"그 사건은 해결되었습니다."

톰은 기분이 상해서 대답했다.

"무슨 말인지 모르겠군요."

벤턴은 여전히 무뚝뚝한 어투로 말했다.

벤턴은 톰에게 고맙다는 인사도 하지 않고 고압적으로 대했다. 실제로 그를 한 번도 만난 적이 없는 톰은 그에 대해 잘 알지 못했다. 하지만 그에 대한 소문과 예전에 FBI 요원으로 일한 경력에 대해서는 알고 있었다. FBI에서 거물이었던 그가 수사관들을 얕보고 착취했고, 수사관의 업적을 자신의 공으로 돌린다는 소문도 파다했다. 그는 오만한 인물이었다. 스러시 형사가 전설적인 벤턴 웨슬리 박사와 직접 통화하라고 톰에게 말한 것도 어쩌면 당연할지도 몰랐다. 스러시는 벤턴 웨슬리와 직접 만나고 싶지 않거나 전, 현직 FBI 혹은 FBI와 관련된 사람은 누구와도 만나고 싶지 않을 것이다.

"2년 전에 해결되었습니다."

톰은 더 이상 우호적인 태도를 보이지 않았다.

그의 목소리는 우둔하게 들렸다. 그가 자존심이 상하거나 그런 반응을 보일 때면, 그의 아내도 그를 우둔하다고 불렀다. 그는 반응을 보일 권리는 있지만, 자신이 우둔해지길 바라지는 않았다. 아내의 표현에 따르면, 그는 마치 나무판자로 머리를 얻어맞은 것처럼 우둔해 보였다.

"할리우드 지역 편의점에 강도가 들었습니다."

톰은 우둔하게 들리지 않도록 애쓰며 말을 이었다.

"가이'라는 이름의 범인이 고무 마스크를 쓰고 들어와 산탄총을 겨누었습니다. 범인은 바닥에 엎드려있던 아이를 총으로 쏘았고, 편의점 관리인은 카운터 밑에 숨겨 두었던 권총으로 범인의 머리를 쐈습니다."

"NIBIN에서 산탄총 탄피를 검사했습니까?"

"물론입니다. 복면을 쓴 범인이 다른 미결 사건과 연관되어 있는지 확인하기 위해서입니다."

"그게 무슨 말입니까?"

벤턴은 또다시 조바심을 내며 물었다.

"복면을 쓴 범인이 살해당한 후 산탄총은 어떻게 된 겁니까? 경찰이 즉각 회수조처를 했어야죠. 그런데 그 산탄총이 이곳 매사추세츠 살인 사건에 사용되었단 말입니까?"

"저도 브로워드 카운티 법의관에게 똑같은 질문을 했습니다."

톰은 고압적이고 우둔하게 들리지 않도록 무척 애쓰며 대답했다.

"법의관은 산탄총을 검사한 후 할리우드 경찰서에 돌려줬다고 합니다."

"분명하게 말하지만, 그 산탄총은 지금 그곳에 있지 않습니다."

벤턴은 톰을 마치 바보인양 대했다.

손거스러미를 물어뜯자 톰의 손톱에서 피가 났다. 그는 아내의 잔소리를 들을 때마다 손거스러미를 물어뜯곤 했다.

"어쨌든 수고했습니다."

벤턴은 그렇게 말하며 전화를 끊었다.

톰은 문제의 산탄총 탄피를 올려둔 NIBIN 현미경을 다시 들여다봤다. 12구경 붉은색 플라스틱 탄피의 놋쇠로 만든 머리 부분에는 특이하게 공이에 끌린 자국이 남아 있었다. 톰은 그 사건을 우선적으로 처리하기로 했다. 하루 종일 의자에 앉아 있었고 어느새 밤이 되었다. 링 조명과 측면 조명을 비추고, 3시 방향과 6시 방향으로 불빛을 비추며 각각의 사진을 파일로 정리했다. 그리고 개머리판과 공이 자국, 이젝터 자국으로도 이 과정을 반복한 다음 NIBIN 데이터베이스를 찾아봤다.

그리고 나서 결과가 나올 때까지 네 시간을 더 기다렸고, 그의 가족들은 그만 남겨두고 영화를 보러갔다. 그런 다음 스러시 형사가 저녁을 먹으러 와서 벤턴 웨슬리 박사에게 전화하라고 했지만 직통 전화번호는 잊어버리고 가르쳐주지 않았다. 톰은 맥린 병원 프론트에 직접 전화를 걸었고 자동응답기가 그를 마치 환자처럼 다루었다. 약간의 감사는 표시하는 게 도리다. 그런데 웨슬리 박사는 '수고했다', '그렇게 빨리 결과가 나오다니 믿기지 않는다' 같은 인사치레도 하지 않았다. NIBIN을 통해 탄피 검사를 하는 게 얼마나 어려운 일인지 알기나 할까? 대부분의 연구원들은 시도할 엄두도 내지 못할 것이다.

손목시계를 확인한 톰은 스러시 형사 자택으로 전화를 걸었다.

"한 가지만 말해주십시오. 저한테 그 전직 FBI 요원과 직접 통화하라고 한 이유가 뭡니까? 고맙다는 인사 한 마디도 못 들었습니다."

톰이 스러시 형사에게 말했다.

"웨슬리 벤턴 말인가?"

"아니오, 본드, 제임스 본드 말입니다."

"알고 보면 좋은 사람이야. FBI 요원 시절 괴팍한 인물로 통했지만 실제로는 그렇지 않아. 뭘 알고 싶어서 전화한 거야?"

목소리를 들어보니 스러시는 술을 약간 마신 것 같았다.

"똑똑한 분들께 한마디만 하겠네. NIBIN도 FBI 소속이야. 자네가 사용하는 모든 장비가 어디에서 왔다고 생각해? 어디서 교육을 받아서 그곳에 앉아 하루 종일 일을 할 수 있는 것 같아? 도대체 누구 덕분이겠어? 바로 FBI라네."

"지금 당장은 필요하지 않습니다."

톰은 수화기를 턱에 괸 채 말했다. 컴퓨터 키보드를 두드려 파일을 끈 다음, 가족들이 영화를 보러 가 텅 비어 있는 집으로 돌아갈 채비를 했다.

"게다가 벤턴은 오래 전에 FBI를 그만두었고 지금은 아무 상관도 없어."

"어쨌든 내게 감사 인사라도 해야 했습니다. NIBIN에서 산탄총 탄피가 일치한 건 이번이 처음입니다."

"감사 인사? 지금 농담하는 거야? 뭘 고마워해야 한다는 거야? 젠장, 죽은 여자에게서 나온 탄피가 할리우드 경찰서에 보관되어 있어야 할 죽은 남자의 산탄총의 것과 일치하는 걸 고마워해야 한다고?"

스러시가 소리를 버럭 질렀다. 그는 술을 마시면 말이 거칠어지는 경향이 있었다.

"젠장, 한 마디만 더 하도록 하지. 고마워하기는커녕, 나처럼 술이나 잔뜩 퍼마시고 싶은 심정일 거야."

41

폐허가 된 집 안은 덥고 환풍이 되지 않아 답답했다. 곰팡이 냄새가 나고 고약한 화장실 냄새가 진동했다.

어두운 집 안을 자유롭게 돌아다니는 호그는 집 안의 냄새와 느낌으로 자신이 어느 곳에 있는지 정확히 파악했다. 한쪽 모퉁이에서 다른 곳으로 민첩하게 옮겨갈 수 있고, 오늘 밤처럼 달빛이 밝을 때면 대낮인양 모든 걸 분명하게 볼 수 있었다. 그는 그림자 너머까지, 그곳에 있어서는 안 되는 것까지 볼 수 있었다. 여자의 목과 얼굴에 나타난 붉은 상처자국, 그녀의 살갗 위에 맺힌 땀방울, 그녀의 눈동자에 어린 두려움, 매트리스와 바닥에 어질러진 머리칼을 볼 수 있었다. 하지만 그녀는 그를 볼 수 없었다.

그가 그녀에게 다가갔다. 썩어가는 마룻바닥에 놓인 더러운 매트리스에 기대어 앉아 있는 그녀에게 다가갔다. 그녀는 반짝이는 초록색 예배복을 입은 채 벽에 등을 기대고 다리를 앞으로 쭉 뻗은 채 앉아 있었다. 가위로 자르고 남은 머리칼은 마치 감전이 된 것처럼, 마치 귀신이라도 본 것처럼 하늘 위로 쭈뼛 솟아 있었다. 그녀는 머리를 자른 다음, 현명하게도 가위를 매트리스 위에 올려 두었다. 그는 가위를 집어 들고, 그녀가 입고 있는 초록색 치마를 발끝으로 툭 건드리고, 그녀의 숨소리를 듣고, 자신을 바라보는 그녀의 망연자실한 시선을 느꼈다.

그는 소파에 걸쳐 둔 아름다운 초록색 원피스를 이곳에 가져왔다. 그녀가 교회에서 입었던 예배복을 집으로 가져와 소파 위에 걸쳐 둔 것이었다. 그가 그 예배복을 가져온 것은 마음에 꼭 들어서였다. 이제 구겨지고 더러워진 초록색 예배복은 처참하게 죽은 용을 연상시켰다. 그는 용을 생포했다. 용은 이제 그의 것이다. 용이 그를 폭력적으로 만든 것은 실망스러웠다. 용은 그의 뜻에 따라주지 않았고 그를 배신했다. 아름다운 초록색 용이 하늘 위로 자유롭게 날아오를 때, 사람들은 그 모습에 눈을 떼지 못한 채 귀를 기울였다. 그리고 그는 그 모습을 선망했다. 그것을 원했고, 사랑하는 감정마저 품게 되었다. 그런데 지금의 모습을 보라.

그는 그녀에게 가까이 다가가, 초록색 예배복 자락이 드리운 발목을 걷어찼다. 밧줄에 발목이 묶인 그녀는 미동도 하지 않았다. 아까는 정신을 바짝 차리고 있었지만 거미 때문에 거의 탈진한 듯했다. 평소처럼 그에게 설교를 늘어놓지도 않았고 아무 말도 하지 않았다. 그가 이곳에 도착한 지 한 시간도 지나지 않아서 그녀가 오줌을 지렸다. 암모니아 냄새가 코를 찔렀다.

"정말 구역질나는군."

호그가 그녀를 내려다보며 말했다.

"아이들 소리가 들리지 않는데, 지금 자고 있어요?"

그녀는 제정신이 아닌 듯했다.

"아이들 이야기는 꺼내지도 마."

"당신이 아이들을 해치지 않을 거라는 거 알아요. 당신은 좋은 사람이에요."

"그래봐야 소용없으니 그냥 닥치고 있어."

호그가 빈정거렸다.

"넌 아무것도 모르고 앞으로도 절대 알 수 없을 거야. 넌 멍청하고 추해. 구역질이 나. 네 말을 믿을 사람은 아무도 없어. 미안하다고 말해. 이건 모두 네 잘못이야."

그는 그녀의 발목을 다시 걷어찼다. 이번에는 더 힘껏 걷어차자 그녀가 고통스러워하며 소리를 내질렀다.

"지금 네 꼴이 어떤지 알아? 넌 쓰레기 같은 인간이야. 버릇없고 고마워할 줄 모르는 어린애 같아. 네게 겸손을 가르쳐주지. 얼른 미안하다고 말해."

그가 발목을 더 힘껏 걷어차자 그녀는 비명을 질렀다. 그녀 눈에 고인 눈물이 달빛을 받아 유리알처럼 빛났다.

"넌 이제 숭고하지도 대단하지도 않아. 네가 다른 사람들보다 더 훌륭하고 똑똑하다고 생각해? 지금 네 꼴을 봐. 이제 더 혹독하게 벌줄 작정이야. 다시 신발을 신어."

그녀의 눈동자에 혼란이 어른거렸다.

"다시 밖으로 나갈 거야. 네가 유일하게 귀 기울여 듣는 말이지. 미안하다고 말해!"

그녀는 눈물이 그렁그렁 맺힌 눈으로 말없이 그를 바라봤다.

"다시 스노클을 물고 숨 쉬고 싶어? 그럼 미안하다고 말해!"

그가 산탄총으로 그녀의 다리를 찌르자 경련이 일었다.

"다시 스노클을 하고 싶다고 말할 참이지, 그렇지? 넌 너무 추하게 생겨서 아무도 네게 손대지 않을 테니 내게 감사해야 해. 영광인줄 알아."

어떻게 하면 그녀를 더 겁에 질리게 하는지 알고 있는 그는 목소리를 낮췄다.

그는 이번에는 그녀의 젖가슴을 찔렀다.

"멍청하고 더러운 년! 얼른 신발 신어. 더 이상 다른 선택의 여지가 없어."

그녀는 아무 말도 하지 않았다. 그에게 발목을 세게 걷어차이자, 피범벅이 된 얼굴에 눈물이 흘러내렸다. 코뼈도 부러진 것 같았다.

그녀는 호그의 코뼈를 부러뜨렸다. 그를 힘껏 때렸을 때 코피가 몇 시간 동안 흘렀고 코뼈가 부러졌다. 콧마루가 부어오른 게 느껴졌다. 그가 나쁜 짓을 했을 때 그녀는 그를 때렸다. 페인트가 벗겨진 출입문 안에서 나쁜 짓을 했을 때, 처음에 그녀는 저항했다. 그리고 나서 그의 어머니가 오래된 건물로 그를 데려갔고 밖에 눈이 내렸다. 그때 그는 눈이 내리는 걸 처음 보았고, 그렇게 추웠던 것도 처음이었다. 그의 어머니가 그를 그곳에 데려간 것은 그가 거짓말을 했기 때문이었다.

"아프지, 그렇지?"

호그가 그녀에게 말했다.

"옷걸이로 발목뼈를 찌르거나 발목을 걷어차면 더럽게 아프지. 내 말에 복종하지 않은 대가를 치르는 거야. 거짓말을 한 대가지. 그런데 스노클을 어디 두었더라…."

그가 다시 걷어차자 그녀는 신음 소리를 냈다. 그녀의 초록색 예배복 아래에, 죽은 용의 허물 아래에 있는 다리가 부들부들 떨렸다.

"아이들의 목소리가 들리지 않아요."

그녀의 목소리는 점점 더 희미해졌다.

"미안하다고 말해."

"당신을 용서합니다."

그녀는 눈물이 고인 눈을 크게 뜨며 말했다.

그는 산탄총을 들어 그녀의 머리에 겨누었다. 그녀가 더 이상 상관없다는 듯 총열을 똑바로 쳐다보자, 그는 분노가 끓어올랐다. 호그가 말했다.

"네가 용서하겠다고 말하지만 신은 내 편이야. 넌 벌을 받아 마땅하고 그 때문에 여기 있는 거야. 무슨 말인지 알아? 이건 모두 네 잘못이야. 네 스스로 무덤을 판 거야. 내가 시키는 대로 해! 미안하다고 말해!"

그는 발자국 소리도 거의 내지 않고 더운 방 안 공기를 지나 출입문에 서서 방 안을 응시했다. 축 늘어진 초록색 용이 꿈틀거리고 깨진 창문을 통해 더운 공기가 들어왔다. 창문이 서향으로 나 있어서 늦은 오후 시간이 되면 깨진 창문 사이로 햇빛이 스며들었다. 반짝이는 초록색 용에 햇빛이 비치자 에메랄드처럼 빛이 났다. 하지만 초록색 용은 움직이지 않았다. 부러지고 더러운 그것은 이제 아무것도 아닌 존재다. 그리고 그 모든 건 그녀의 잘못이다.

창백한 그녀의 살갗을 쳐다보니 벌레 물린 자국과 뾰루지가 잔뜩 나 있었다. 고약한 냄새는 복도까지 풍길 정도였다. 그녀가 몸을 움직일 때, 죽은 초록색 용도 꿈틀거렸다. 용을 생포한 후 그 아래에 있는 걸 발견하는 장면을 떠올리며 그는 격노했다. 그녀가 그 아래에 있었다. 그는 속았다. 그녀의 잘못이다. 그녀는 이런 일이 일어나기를 바랐고, 그를 속였다. 그녀의 잘못이다.

"미안하다고 말해!"

"당신을 용서합니다."

그녀는 눈물을 글썽이며 말했다.

"이제 무슨 일인지 아는 것 같군."

그가 말했다.

그녀의 입술은 거의 움직이지 않고 아무 소리도 새나오지 않았다.

"아니, 아직 모르는 것 같군."

더러운 매트리스 위에 역겨운 모습으로 망가진 그녀를 응시하자, 그는 가슴이 서늘해졌다. 그 서늘함은 죽음처럼 무심했고, 그의 감정도 죽은 용과 함께 사라져버린 듯했다.

"정말 모르는 것 같군."

산탄총을 장전하는 소리가 텅 빈 집안에 요란하게 울렸다.

"도망쳐."

그가 소리쳤다.

"당신을 용서합니다."

그녀는 눈물 젖은 눈을 크게 뜨며 힘겹게 입술을 움직여 말했다.

그가 복도로 발걸음을 옮기자, 갑자기 현관문이 닫히는 소리가 들렸다.

"벌써 온 겁니까?"

호그가 소리쳐 물었다.

그는 총을 낮추고 현관문을 향해 걸어갔다. 심장이 빠르게 박동하기 시작했다. 벌써 그녀가 올 거라고는 기대하지 않았다.

"그렇게 하지 말라고 했을 텐데."

여신의 목소리가 들렸지만 그녀의 모습은 아직 눈앞에 보이지 않았다.

"내가 시키는 것만 해."

어둠속에서 그녀의 모습이 서서히 드러나더니 미끄러지듯 그에게 다가왔다. 그녀는 너무나 아름답고 강인했다. 그는 그녀를 사랑하고 그녀 없이는 살 수 없다.

"지금 무슨 짓을 하는 거야?"

그녀가 호그에게 말했다.

"미안하다는 말을 하지 않습니다. 계속 고집을 피울 것 같습니다."

호그는 그녀에게 설명하려 했다.

"아직 시간이 안 됐어. 이곳에 올 때 페인트 챙겨왔어?"

"여긴 없고 트럭에 있습니다. 트럭에서 페인트를 사용한 후 거기 그냥 두었습니다."

"이리 가져와. 항상 준비를 해야 해. 자제력을 잃으면 어떻게 될 것 같아? 어떻게 해야 하는지 잘 알고 있을 테니 날 실망시키지 마."

여신은 그에게 더 가까이 다가왔다. 그녀의 IQ는 150이었다.

"이제 시간이 얼마 남지 않았습니다."

호그가 말하자 신이 대꾸했다.

"내가 없으면 넌 아무것도 아니야. 날 실망시키지 마."

42

수영장을 내다보며 책상에 앉아 있는 셀프 박사는 시간 때문에 마음이 초조해졌다. 매주 수요일이면 아침 10시까지 스튜디오에 가서 생방송으로 진행되는 라디오 프로그램을 준비해야 한다.

"확실하게 말씀드릴 수 없습니다."

그녀는 수화기에 대고 말했다. 서두를 상황이 아니라면 기꺼이 상대방과 통화를 하고 싶었을 것이다.

"당신이 데이비드 럭에게 리탈린 염산염을 처방해 준 데에는 의문의 여지가 없습니다."

케이 스카페타가 단언했다.

셀프 박사는 마리노 생각이 났고 그가 스카페타에 대해 말했던 내용이 떠올랐다. 셀프 박사는 위축되지 않았다. 스카페타를 꼭 한 번 만났고 거의 매주 그녀에 대한 이야기를 들었지만, 지금 이 순간 셀프 박사는 그녀보다 유리한 입장에 있었다.

"하루 세 번 10밀리그램이더군요."

수화기에서 스카페타의 목소리가 흘러나왔다.

스카페타는 지치고 낙담한 듯한 목소리였다. 셀프 박사는 그녀를 도울 수도 있을 것이다. 지난 6월 아카데미에서 셀프 박사를 위한 만찬을 열었을 때, 셀프 박사는 이렇게 말했다.

"우리처럼 자신의 일에서 성공한 전문직 여성들은 자신의 감정 상태를 주의 깊게 살펴야 하지요."

셀프는 화장실에서 우연히 만난 스카페타에게 그렇게 말했다.

"아카데미에서 강의해 주셔서 감사합니다. 학생들이 강의를 무척 좋아하더군요."

스카페타가 대답했고 셀프 박사는 그녀를 똑바로 주시했다.

스카페타 성을 가진 사람들은 사적이고 비밀스러운 것을 숨기는 데워낙 뛰어나다.

"학생들이 강의를 듣고 감동 받더군요."

스카페타는 마치 수술 후 손을 씻듯이 강박적으로 손을 씻으며 말했다.

"바쁘신데 이렇게 시간 내 주셔서 감사합니다."

"진심은 아닌 것 같군요."

셀프 박사는 솔직하게 말했다.

"의학계에서 일하는 대부분의 동료들은 개인병원에서 환자를 치료하거나 라디오나 텔레비전에 출연하는 의사를 경시하죠. 물론 대개는 질투심 때문이지요. 나를 비판하는 사람 가운데 절반은 방송에 출연할 수만 있다면 영혼이라도 팔 겁니다."

"그럴지도 모르지요."

스카페타는 손을 말리며 대답했다.

스카페타가 한 말은 여러 의미로 해석할 수 있었다. 셀프 박사의 말은 옳다. 의학계에 종사하는 대다수의 사람들은 분명히 셀프 박사를 경시한다. 혹은 그녀를 비판하는 사람들 가운데 절반은 그녀를 질투한다. 그것도 아니면 그들이 자신을 질투한다는 건 셀프 박사의 짐작일 수도 있다. 그들은 전혀 부러워하지 않을지도 모르는데 말이다. 셀프 박사는 화장실에서 그들이 나눈 대화를 아무리 여러 번 되풀이하며 분석한다 해도, 그 의미를 알아내지 못할 것이다. 자신이 미묘하게, 은근슬쩍 모욕을 당했는지 판단하지도 못할 것이다.

"목소리를 들어보니 무슨 문제가 있나 보군요."

셀프 박사가 전화기에 대고 스카페타에게 말했다.

"그래요. 당신이 치료한 환자인 데이비드에게 무슨 일이 있었는지 알고 싶습니다. 약 3주 전에 다시 백 알을 처방 받았더군요."

스카페타는 사적인 이야기는 피했다.

"그건 확인해줄 수 없습니다."

"당신이 확인해주지 않아도 됩니다. 그의 집에서 처방전을 찾아냈으니까요. 당신이 리탈린 염산염을 처방했다는 사실도 알고 있고, 정확히 언제 어디서 약을 구입했는지도 알고 있습니다. 크리스천 자매의 교회가 위치한 거리에 있는 약국이더군요."

셀프 박사가 확인해주지 않지만, 그건 사실이었다.

"환자들의 비밀을 보장해주어야 한다는 사실은 누구보다도 잘 알고 있을 겁니다."

셀프 박사가 말했다.

"데이비드와 남동생 그리고 그들과 함께 살았던 크리스천 자매에 대해 무척 걱정하고 있다는 사실을 이해해 주시기 바랍니다."

"남자아이들이 남아프리카공화국을 그리워했을 거라는 생각은 안 해보셨습니까? 그들이 꼭 그랬다는 게 아니라 그런 가정도 해볼 수 있다는 겁니다."

"아이들의 부모님은 작년 케이프타운에서 사망했습니다. 그곳 법의관과 직접 이야기를 나누었는데…"

스카페타가 말했다.

"압니다. 끔찍한 비극이었죠."

셀프 박사는 스카페타의 말을 잘랐다.

"남자아이 둘 다 치료를 받았나요?"

"얼마나 심각한 정신적 충격을 받았는지 상상이나 할 수 있어요? 다른 사람들에게 들은 이야기에 의하면, 아이들을 임시로 양육하고 있었습니다. 아이들을 양육하기 위해 좀 더 큰 집이 필요한 케이프타운의 친척 집으로 언젠가 적절한 시기가 오면 되돌아갈 거라는 게 기정사실이었습니다."

셀프 박사는 더 자세한 내용을 말하면 안 되었지만 스카페타와의 대화에 지나치게 몰두해 있었다.

"어떻게 당신을 찾아오게 되었나요?"

스카페타가 물었다.

"이브 크리스천이 날 찾아왔습니다. 물론 라디오 프로그램을 통해 나를 알게 되었죠."

"그런 일이 빈번하겠군요. 라디오 프로그램을 듣고 병원을 찾아올 테니까요."

"물론입니다."

"그리고 대부분의 환자를 거절해야 한다는 뜻이기도 하죠."

"다른 선택의 여지가 없으니까요."

"그렇다면 데이비드와 남동생을 환자로 받은 이유가 뭐죠?"

셀프 박사는 수영장 근처에 두 사람이 있음을 알아차렸다. 흰색 셔츠에 검은색 야구모자와 짙은 선글라스를 낀 남자 두 명이 과일나무와 과일나무 주변에 칠한 붉은색 선을 바라보고 있었다.

"침입자가 들어온 것 같습니다."

셀프 박사가 짜증 난 목소리로 말했다.

"뭐라고요?"

"조사관들입니다. 내일 텔레비전 프로그램에서 바로 그 문제를 다룰 예정입니다. 방송에서 그들을 비난하면 위험에 처할 테니, 실제로 무장을 해야 할지도 모르겠습니다. 남의 정원에 들어와서 마음대로 하고 있어요. 내가 직접 나가봐야겠습니다."

"셀프 박사님, 이건 몹시 중요한 일입니다. 그럴 만한 이유가 없다면 전화도 하지 않았을 겁니다…."

"정말 서둘러야 해요. 저 멍청한 조사관들이 내 정원에 있는 과일나무를 베어내러 온 겁니다. 그루터기를 자를 톱을 들고 정원 안에 들어온 거라면 큰일입니다. 두고 보면 알 겁니다."

셀프 박사는 위협하는 어투로 말을 이었다.

"더 자세한 정보를 얻고 싶으면 법원 명령이나 환자로부터 동의를 받아야 할 겁니다."

"실종된 사람에게서 동의를 받아내는 건 힘든 일이죠."

셀프 박사는 전화를 끊고 밝은 아침 햇살이 비치는 정원으로 나가서, 흰색 셔츠를 입은 남자들을 향해 걸어갔다. 자세히 들여다보면 셔츠 앞쪽에 작은 로고가 보이고, 그들이 쓰고 있는 모자에도 똑같은 로고가 새겨져 있었다. 셔츠 뒷면에는 '플로리다 농업국'이라는 검은색 고딕체 글씨가 쓰여 있었다. 한 조사관은 PDA를 조작하고 있고 다른 조사관은 휴대전화로 통화를 하고 있었다.

"실례합니다만 무슨 일로 왔습니까?"

셀프 박사는 공격적인 어투로 물었다.

"안녕하십니까, 농업국에서 나온 감귤나무 조사관입니다."

PDA를 들고 있는 남자가 대답했다.

"농업국에서 나온 분들이군요."

셀프 박사가 웃음기 없는 얼굴로 말했다.

두 조사관 모두 사진이 있는 초록색 배지를 달고 있지만, 셀프 박사는 안경을 끼고 있지 않아 배지에 쓰인 이름이 보이지 않았다.

"초인종을 눌렀는데 대답이 없어서 집에 아무도 없는 줄 알았습니다."

"그래서 남의 집에 마음대로 들어온 건가요?"

셀프 박사가 따져 물었다.

"우리는 출입문이 따로 없는 정원에 들어가도 괜찮다는 허가를 받았습니다. 이미 말했던 것처럼, 집에 아무도 없는 줄 알았습니다. 초인종을 서너 차례나 눌렀습니다."

"진료실에서는 초인종 소리가 들리지 않습니다."

셀프 박사는 마치 그들의 잘못인 양 말했다.

"죄송합니다만 나무를 검사해야 했습니다. 이미 조사관이 다녀간 줄도 모르고…."

"이미 다녀갔다고요? 그렇다면 남의 집에 침입했다는 사실을 인정하는 거군요."

"우리가 그런 건 아니고 다른 누군가가 이미 검사를 했다는 뜻입니다. 기록은 남아 있지 않지만 말입니다."

PDA를 들고 있는 조사관이 셀프 박사에게 말했다.

"부인, 이 선을 직접 칠한 겁니까?"

셀프 박사는 나무 밑동에 칠해진 붉은색 선을 멍하니 바라봤다.

"내가 뭣 하러 그랬겠어요? 당신들이 그린 거라고 생각했는데요."

"아닙니다. 우리가 도착하기 전부터 이미 있던 겁니다. 그렇다면 지금껏 붉은색 선을 보지 못했단 말입니까?"

"아니에요, 벌써 봤어요."

"언제 처음 봤습니까?"

"확실하지는 않지만 3, 4일 전일 겁니다."

"붉은 색 선을 칠했다는 건 나무가 병충해를 입어 잘라내야 하고, 수 년 동안이나 병충해에 감염되었다는 뜻입니다."

"수 년 동안이라고요?"

"이미 오래 전에 베어냈어야 했다는 뜻입니다."

옆에 서 있던 다른 조사관이 설명했다.

"도대체 지금 무슨 말을 하고 있는 거죠?"

"붉은 색 선을 칠하는 건 2년 전부터 중지했고 지금은 오렌지색 테이프를 사용합니다. 누군가 나무를 잘라내야 한다는 표시를 했는데 아무도 처리하지 않은 것 같습니다. 어찌된 영문인지 알 수 없지만, 사실 이 나무는 병충해를 입은 것으로 보입니다."

"하지만 병충해를 입은 지 오래된 것은 아닙니다."

"부인, 병충해 증상이 나타나면 1800번으로 전화하라는 통보 받지 못했습니까? 보고서 견본 같은 걸 보여준 사람이 아무도 없었습니까?"

"무슨 이야기를 하는지 모르겠군요."

셀프 박사는 어젯밤 마리노가 떠난 직후 걸려왔던 익명의 전화를 떠올렸다.

"나무가 병충해를 입은 게 사실입니까?"

그녀는 감귤나무 가까이 다가간다. 과일이 많이 달렸고 그녀가 보기에는 나무에 아무 문제가 없는 것처럼 보였다. 그녀가 나뭇가지를 더 자세히 들여다보자, 조사관은 거의 알아차릴 수 없을 정도로 희미한 부채꼴 모양 자국이 있는 나뭇잎을 장갑 낀 손으로 가리켰다.

"이거 보입니까?"

조사관이 설명했다.

"최근에 병충해가 발생했음을 알 수 있습니다. 몇 주밖에 안 됐지만 특이한 병충해입니다."

"그런데 이상한 점이 있습니다. 붉은색 선을 칠했다면 나뭇가지가 고사하고 과일이 떨어져야 정상입니다. 얼마나 오래되었는지 알아보려면 나이테를 확인하면 됩니다. 1년에 싹이 트는 시기가 네다섯 번 있기 때문에…."

다른 조사관이 말했다.

"나이테를 확인하거나 과일이 떨어지는 건 아무 상관없어요! 지금 도대체 무슨 이야기를 하는 겁니까?"

셀프 박사가 소리쳤다.

"나도 마찬가지 생각이야. 붉은색 선을 2년 전에 칠한 거라면…."

조사관이 동료에게 말했다.

"그건 말도 안돼."

"지금 농담하는 거예요?"

셀프 박사가 그들에게 소리쳤다.

"전혀 웃기지 않으니 그만해요."

부채꼴 모양의 자국을 보자 어제 걸려온 익명의 전화가 계속 생각났다.

"오늘 이곳에 온 이유가 뭐죠?"

"이상한 일입니다. 이 나무를 검사했다는 기록도 없고 잘라낼 일정도 잡혀 있지 않습니다. 모든 사항은 컴퓨터에 등록해야 하는데, 이 상황은 이해가 가지 않습니다. 나뭇잎에 나타난 증상이 매우 특이합니다, 보이십니까?"

PDA를 든 조사관이 그렇게 말하면서 나뭇잎을 보여주자, 그녀는 이상하게 생긴 부채꼴 모양의 증상을 다시 한 번 확인했다.

"일반적으로 이런 증상은 없습니다. 병리학자를 이곳으로 불러야겠습니다."

"왜 하필 오늘 우리 집 정원을 검사하는 거죠?"

그녀는 그 이유를 알고 싶었다.

"이 집 정원에 있는 나무가 병충해를 입었다는 전화를 받았지만…."

"전화라고요? 누구한테요?"

"이 지역에서 정원 일을 하는 사람입니다."

"그건 말도 안 돼요. 우리 집 정원사는 과일나무에 이상이 있다는 말을 한 적이 없어요. 말의 앞뒤가 맞지 않잖아요. 사람들이 화를 내는 게 당연해요. 당신네들은 자신이 뭘 하고 있는지도 모르고, 남의 집 정원에 침입해서 어느 나무를 잘라야 하는지도 제대로 판단하지 못하죠."

"부인 심정은 이해합니다. 하지만 병충해가 있는 건 사실입니다. 조처를 취하지 않으면 과일나무를 모두 베어낼 수밖에 없습니다."

"전화한 사람이 누구인지 알고 싶어요."

"그건 저희도 모릅니다만 분명히 확인하도록 하겠습니다. 불편을 끼친 점은 사과드립니다. 병리학자와 함께 다시 찾아와야 하는데, 언제가 편하겠습니까? 오늘 오후 늦게 집에 있을 겁니까?"

"병리학자에게 말하든 상사에게 말하든 당신네들 좋을 대로 해요. 내가 어떤 사람인지 알기나 해요?"

"글쎄요."

"오늘 정오에 라디오 틀어 봐요. '셀프 박사와 터놓고 이야기하세요'"

"그게 정말입니까? 그 프로그램은 매번 듣고 있습니다."

PDA를 들고 있는 조사관이 깜짝 놀라며 말했다.

"그리고 새로운 텔레비전 프로그램도 나가게 됐어요. 내일 오후 1시 반 ABC 방송인데, 매주 목요일에 방송되죠."

갑자기 기분이 좋아진 그녀는 그제야 그들에게 약간 더 우호적으로 대했다.

깨진 창문 너머에서 들리는 소리는 누군가 땅을 파고 있는 소리인 듯했다. 이브는 두 팔을 머리 위로 올린 채 낮은 숨을 몰아쉬었다. 그녀는 낮은 숨을 몰아쉬며 귀를 기울였다.

며칠 전에도 똑같은 소리를 들었던 것 같았다. 언제였는지 기억나지는 않지만 밤이었던 것 같다. 그녀는 누군가 집 뒤편에서 삽으로 땅을 파는 소리에 귀를 기울였다. 매트리스에 앉은 채 자세를 바꾸자, 누군가에게 얻어맞는 것처럼 발목과 손목이 쑤시고 어깨가 뻐근했다. 방 안은 덥고 목이 말랐다. 머릿속이 하얘지고 몸에는 열이 나는 것 같았다. 상처가 심해지고 연약한 부분은 견딜 수 없을 정도로 따가웠다. 그녀는 팔조차 아래로 내릴 수 없었다.

그녀는 죽을 것이다. 그에게 먼저 살해되지 않는다 해도 그녀는 어떻게든 죽을 것이다. 집 안은 고요했고, 다른 사람들은 그곳에 없음을 알고 있었다.

그가 그들에게 무슨 짓을 했는지 알 수 없지만, 그들은 더 이상 여기에 없었다.

이제 그녀는 그 사실을 안다.

"물 좀 주세요."

그녀는 애써 소리쳤다.

몸속에 고여 있던 말을 힘겹게 입 밖으로 뱉어내자 거품처럼 흩어졌다. 더럽고 더운 공기 속에 거품만 떠다니다 사라질 뿐, 아무 소리도 나지 않았다.

"제발, 물 좀 주세요."

그녀가 내뱉는 말은 방 안을 벗어나지 못했고, 그녀는 흐느껴 울기 시작했다.

흐느껴 울자 더러워진 초록색 예배복 자락에 눈물이 떨어졌다. 그녀는 마치 어떤 일이 일어난 것처럼, 상상도 할 수 없었던 운명 같은 일이 벌어진 것처럼 흐느껴 울면서, 설교할 때 입었지만 지금은 더러워진 초록색 예배복에 떨어진 눈물 자국을 가만히 내려다봤다. 원피스 아래에는 조그마한 분홍색 운동화 한 짝이 놓여 있었다. 여자아이의 분홍색 운동화가 허벅지 아래에 놓여 있지만, 팔이 위로 묶여 있어서 운동화를 움켜쥐거나 숨길 수가 없었다. 그녀의 슬픔은 더 깊어졌다.

창문 너머에서 땅을 파는 소리에 귀를 기울이자 고약한 냄새가 진동하기 시작했다. 땅 파는 소리가 더 들릴수록 방 안에 냄새는 더 고약해졌다. 그 고약한 냄새는 끔찍했다. 뭔가 죽은 것이 부패하는 것 같은 역겨운 냄새였다.

'저를 데려가 주세요. 제발 저를 데려가 주세요.'

그녀는 기도했다.

그녀는 힘겹게 무릎을 꿇었다. 땅을 파는 소리가 멈추었다가 다시 들리고, 잠시 후 다시 멈췄다. 그녀는 몸이 흔들리다가 거의 넘어질 뻔하고, 다시 일어서려고 안간힘을 쓰다가 넘어지고, 다시 일어나려 고군분투하면서 흐느껴 울었다. 마침내 자리에서 일어서자 통증이 심하고 방 안은 칠흑처럼 어두웠다. 심호흡을 하자 앞이 서서히 보이기 시작했다.

'저를 데려가 주세요.' 그녀는 기도했다.

얇은 흰색 나일론 줄로 그녀를 묶어 두었다. 한쪽은 옷걸이에 묶고 다른 한쪽은 그녀의 부어오른 손목에 묶어 두었다. 그녀가 자리에서 일어서자 나일론 줄이 느슨해졌다. 자리에 앉으면 나일론 줄에 묶인 팔이 머리 위로 올라갔다. 그녀는 더 이상 자리에 누울 수 없었다. 더욱 잔인해진 그가 나일론 줄을 더 짧게 줄이는 바람에 그녀는 벽에 기대어 서 있어야만 했다. 견디지 못하고 바닥에 앉으면 팔이 위로 올라갔다. 점점 더 잔인해진 그는 그녀의 머리를 가위로 자르게 했고 나일론 줄을 더 짧게 했다.

그녀는 천장을 올려다보며 옷걸이에 묶은 나일론 줄이 손목까지 연결되어 있는 모습을 바라봤다.

'제발 절 데려가 주세요.'

땅을 파는 소리가 갑자기 멈췄고 고약한 냄새가 진동하면서 갑자기 켜진 불빛이 눈을 아프게 찔렀다.. 그녀는 그 고약한 냄새가 어떤 냄새인지 알고 있었다.

그들은 모두 가 버렸다. 남은 사람은 이제 그녀밖에 없다.

그녀는 옷걸이에 묶인 나일론 줄을 올려다봤다. 자리에서 일어서면 줄이 헐렁해져서 목에 감을 수 있을 것이다. 고약한 냄새가 풍기고 그녀는 그 냄새가 무엇인지 알고 있었다. 그녀는 다시 기도를 한 다음, 나일론 줄을 목에 감고 힘껏 발을 굴렀다.

43

탁한 공기가 파도처럼 일렁이며 세차게 뺨을 때렸지만 V 로드는 전혀 흔들리지 않았다. 루시는 허벅지로 가죽 좌석을 힘껏 조이면서 시속 195킬로미터까지 속도를 올린다. 말을 모는 기수처럼 고개를 숙이고 팔꿈치를 고정한 채 새로 구입한 오토바이를 시험 운전한다.

아침 햇살이 밝게 비치고 계절과는 어울리지 않게 날씨가 더웠다. 어제 몰려왔던 폭풍우는 흔적도 없이 사라져버렸다. 루시가 속도를 낮추자 rpm이 13900에 이르렀다. 캠 장치와 피스톤, 뒷 사슬바퀴와 높은 마력의 엔진 조정 모듈 장치가 장착된 할리 오토바이가 필요할 때 도로를 질주할 수 있는 점이 만족스러웠다. 하지만 루시는 행운이 오랫동안 지속되기를 바랄 수 없었다. 시속 180킬로미터만 되더라도 실제로 보는 것보다 더 빠른 느낌이기 때문에, 오토바이를 빠른 속도로 주행하는 건 좋은 습관이 아니었다. 그녀가 예전부터 사용해 온 트랙을 벗어나면 국도가 나왔다. 국도에서 그렇게 빠른 속도로 달릴 경우 도로 표면에 약간의 흠집이나 부스러기가 있어도 치명적인 사고로 이어질 수 있다.

"어때?"

헬멧을 쓰고 있는 루시의 귀에 마리노의 목소리가 들렸다.

"정상이에요."

루시는 속도를 시속 129킬로미터로 갑자기 낮췄다. 오토바이 핸들을 가볍게 잡아당기자 길가에 서 있는 밝은 오렌지색 원뿔 모형이 넘어졌다.

"너무 조용해서 이쪽에서는 아무 소리도 들리지 않아."

관제탑에서 마리노가 말했다.

'당연히 조용해야지.' 루시는 마음속으로 생각했다. V 로드는 할리사에서 만들어낸 오토바이로, 일반 오토바이처럼 보이지만 심한 소음이 나지 않아 사람들의 관심을 끌지 않는 경주용 오토바이다. 루시는 좌석에 몸을 기대며 속도를 시속 100 킬로미터까지 낮췄다. 그러고 나서 자동적으로 일정 속도를 유지하는 장치를 엄지손가락으로 눌러 고정한 다음, 커브를 돌면서 검은색 바지 오른쪽 허벅지에 고정해 둔 권총용 가죽 케이스에서 40구경 글록 권총을 꺼냈다.

"사격장에 아무도 없어요."

루시가 무전기를 통해 말했다.

"주변에도 아무도 없어."

"그럼 시작해요."

마리노는 루시가 1.6킬로미터 길이의 트랙 북쪽에서 급커브를 도는 모습을 관제탑에서 지켜봤다.

그는 흙으로 만든 트랙과 푸른 하늘, 잔디가 깔린 사격장, 트랙 한가운데에 난 길을 유심히 살피며 1.6킬로미터 길이를 활주로를 내려다봤다. 개인용 차량이나 비행기가 없는지 확인했다. 트랙이 뜨거울 때면

1.6킬로미터 반경 내에 아무것도 들어오지 못하도록 통제했다. 공군의 작전공역도 제한됐다.

　루시를 바라보자 마리노는 여러 감정이 교차했다. 아무 두려움 없이 맞서는 패기와 다양한 능력을 보면 감탄이 나왔다. 마리노는 루시를 사랑하고 루시에게 불같이 화를 내기도 하지만, 한편으로는 루시와 전혀 얽히고 싶지 않은 바람도 있었다. 루시는 어떤 면에서는 이모를 많이 닮았다. 마리노가 마음속으로는 좋아하면서도 용기가 없어 겉으로 마음을 드러낼 수 없는 유형의 여자다. 마치 오토바이와 한 몸인 양 급커브를 도는 루시의 모습을 바라보면서 마리노는 벤턴을 만나기 위해 공항으로 가고 있을 스카페타를 생각했다.

　"5분 후에 시작할 거야."

　마리노가 마이크를 통해 루시에게 말했다.

　루시가 부드럽게, 거의 아무 소리도 내지 않고 멋진 검은색 오토바이를 주행하는 모습이 관제실 유리창 너머로 보였다. 마리노는 루시가 오른쪽 손에 권총을 꽉 붙잡고 있는 모습을 주시했다. 권총이 바람에 날려가지 않도록 팔꿈치를 허리춤에 힘껏 고정하고 있었다. 탁자에 부착된 전자시계의 초침을 보던 마리노는 2존의 버튼을 눌렀다. 40구경 권총을 발사하자, 트랙의 동쪽에 위치한 금속 소재의 작고 둥근 모양의 과녁을 맞히는 소리가 났고 둔탁한 소리가 울렸다. 루시는 과녁을 놓치지 않는다. 아주 쉽게 과녁을 맞힌다.

　"장거리 사격 중이에요."

　루시의 목소리가 마리노의 헤드폰에 울렸다.

　"바람은 순방향인가?"

　"네, 맞아요."

그는 흥분한 것처럼 힘차게 발걸음을 옮기며 복도로 걸어왔다. 오래되어 긁힌 자국이 많은 마룻바닥을 걸으면서 그는 자신의 감정을 정확히 느낄 수 있었다. 한 손에는 권총을 들고 있었고, 다른 한 손에는 에어브러시와 붉은색 페인트, 스텐실이 들어 있는 신발 상자를 들고 있었다.

이제 준비가 되었다.

"이제는 미안하다고 말하겠지."

그는 복도 끝에 보이는 열린 방문을 향해 말했다.

"이제 응당 해야 할 걸 하겠지."

그는 힘껏 발걸음을 옮기며 말했다.

그는 고약한 냄새가 나는 방 안으로 걸어 들어갔다. 출입문을 통해 들어가자 벽을 지나가는 듯한 느낌이고, 구덩이가 있는 바깥이 차라리 나은 것 같았다. 방 안에 공기가 움직이지 않아 고약한 냄새가 진동했다. 방 안을 들여다 본 그는 소스라치게 놀랐다.

이런 일이 일어날 리가….

신이 이곳에 있는데 어떻게 이런 일이 벌어질 수 있단 말인가!

신이 복도를 지나 방으로 달려오는 소리가 들렸다. 그녀는 그를 보며 고개를 가로저었다.

"나는 준비를 마쳤습니다!"

그가 소리쳤다.

처벌을 받기도 전에 목을 맨 그녀를 보며, 신은 고개를 가로저었다. 모든 건 호그의 잘못이었다. 멍청한 그는 그런 일이 일어날 거라 예견하지 못했다. 그런 일이 일어나지 않도록 미리 조처를 취했어야 했다.

그녀는 미안하다고 말하지 않았다. 그들이 입 안에 총구를 들이밀자 결국 말했다.

"미안합니다, 정말 미안합니다."

출입문에 서 있던 신은 밖으로 나갔다. 더러운 매트리스 위에 놓인 분홍색 운동화를 보자 그는 몸을 부들부들 떨기 시작했다. 자신의 실수에 너무 화가 치밀어서 어떻게 해야 할 지 갈피를 잡을 수 없었다.

그는 그녀의 대소변이 한데 엉겨 붙은 더러운 바닥을 왔다 갔다 하며 소리를 내질렀다. 목숨이 끊긴 더러운 시신을 온힘을 다해 세게 걷어찼다. 발로 걷어찰 때마다 시신이 이리저리 흔들렸다. 오른쪽으로 고개를 기울인 채 목에 나일론 줄이 감겨 있고, 마치 그를 조롱하듯 혀를 길게 내밀고 있었다. 매트리스 위에 무릎을 꿇은 자세로 마치 신에게 기도를 올리듯 고개를 숙이고 있었다. 나일론 줄에 묶여 위로 향하고 있는 두 손은 마치 승리를 축하하는 것처럼 보였다. '내가 이겼어!'

나일론 줄에 매달린 채 승리감에 젖어 이리저리 흔들리는 그녀 옆에는 자그마한 분홍색 운동화 한 짝이 놓여 있었다.

"닥쳐!"

호그가 미친 듯 소리쳤다.

그는 지친 나머지 더 이상 발길질을 할 수 없을 때까지 시신을 걷어차고 또 걷어찼다.

더 이상 팔이 아파 때릴 수 없을 때까지 시신을 때리고 또 때렸다.

44

사격장

마리노는 관목 숲이나 커브 길에 서 있는 나무 뒤에서 갑자기 솟아오르는 인체 모양의 과녁을 작동하려고 준비했다. 루시는 그곳을 '시신들이 늘어선 커브길'이라고 불렀다.

마리노는 바람이 아직 동쪽에서 불어오는지 확인했다. 루시가 오른쪽 손에 글록 소총을 든 채 안장에 부착한 커다란 주머니를 만지면서 시속 100킬로미터를 유지한 채 커브를 돌아 바람 부는 방향으로 직선 코스를 똑바로 질주하는 모습이 보였다.

루시는 베레타 Cx4 스톰 카빈총을 부드럽게 뽑아들었다.

"곧 시작할 거야."

마리노가 말했다.

스톰은 루시가 무척 아끼는 총으로, 빛이 반사되지 않는 검은색 폴리머 소재에 잠수용 총에 사용되는 동일한 확대경 볼트가 부착되어 있었다. 무게는 2.7킬로그램밖에 나가지 않고 손잡이 버팀대가 있어서 다루

350 약탈자

기 쉬웠다. 탄환을 빼내는 방향도 왼쪽에서 오른쪽으로 바꿀 수 있었다. 스톰은 민첩하게 다룰 수 있는 총이다. 마리노가 3존을 작동시켰다. 루시가 놋쇠 탄약통을 꺼내들자 탄약통이 햇빛을 받아 번쩍였다. 루시는 시신 과녁을 모두 맞혀 죽이고, 모두 한 번 이상 확인 사살을 했다. 마리노가 세어보자 열다섯 번 사격을 했다. 모든 과녁이 쓰러졌고 루시에게 마지막 한 발의 기회가 남았다.

마리노는 스티비라는 이름의 여자에 대해 생각했다. 루시가 오늘밤 듀스에서 그녀를 만날 모습을 떠올렸다. 스티비가 루시에게 가르쳐준 617 전화번호는 매사추세츠 주 콘코드에 거주하는 '더그'라는 이름의 남자 전화번호였다. 그는 며칠 전 프로빈스타운에 있는 술집에 가서 휴대전화를 잃어버렸다고 했다. 어떤 여자가 전화기를 발견했기 때문에 아직 번호를 취소하지 않았다고 했다. 그 여자는 휴대전화에 있는 더그의 친구에게 전화를 걸어 더그의 집 전화번호를 알아냈다. 그녀는 더그에게 전화를 걸어, 휴대전화를 찾았고 우편으로 보내겠다고 약속했다.

하지만 지금까지 그녀는 약속을 지키지 않았다.

마리노가 생각하기엔 교활한 수법이었다. 휴대전화를 우연히 줍거나 훔친 다음 주인에게 보내주기로 약속한다면, 그는 신원이 확실하지 않은 사람이다. 주인이 현명하게 대처하기 전까지 당분간 그 전화를 사용하겠다는 속셈인 것이다. 마리노가 이해할 수 없는 것은, 스티비라는 여자가 왜 그런 곤경을 자초하느냐 하는 것이었다. 휴대전화 회사에 계좌번호를 가르쳐주고 싶지 않다면, 선불 휴대전화를 사용하면 되지 않은가?

스티비가 누구이든 분명히 골칫거리일 것이다. 루시는 최근 1년 동안 아슬아슬한 위험을 겪으며 지내왔다. 루시는 변했다. 예전과는 달리 부주의하고, 무관심해졌다. 루시가 자기 자신을 몹시 괴롭히고 있는 것 같다는 생각이 종종 들기도 했다.

"또 다른 차가 뒤에서 추월했어. 조심해야지."

마리노가 무전기를 통해 말했다.

"다시 장전했어요."

"그럴 리가."

마리노는 믿기지가 않았다.

루시는 빈 탄창을 버리고 마리노가 알아차리지 못하는 사이에 새 것을 장전했다.

루시는 오토바이 속도를 줄이며 관제탑 앞에 멈추어 섰다. 마리노는 헤드폰을 벗어 테이블 위에 둔 다음 계단을 걸어 내려갔다. 계단을 다 내려갔을 무렵, 루시는 헬멧과 장갑을 벗고 재킷 지퍼를 내리고 있었다.

"어떻게 한 거야?"

마리노가 물었다.

"눈속임이에요."

"그럴 줄 알았어."

마리노는 따가운 햇빛을 피하며 눈을 가늘게 떴다. 새로 산 레이밴 선글라스를 어디에 두었는지 기억이 가물가물했다. 마리노는 요즘 물건을 어디 두었는지 기억나지 않을 때가 많았다.

"여분 탄창이 여기 있었어요."

루시가 주머니를 가볍게 두드렸다.

"실전에서는 그렇지 못할 거야. 어쨌든 눈속임을 했군."

"살아남은 자들이 새로운 규칙을 만드는 법이죠."

"Z 로드에 대해서는 어떻게 생각해?"

마리노는 루시가 어떻게 생각하는지 잘 알면서도, 마음을 바꾸었기를 바라며 물어봤다.

1150cc를 1318cc로, 엔진 용량을 13퍼센트 더 늘인 건 말도 안 되었

다. 이미 대단한 속도인 120 마력을 170마력으로 올린 것도 마찬가지였다. 그렇게 하면 오토바이는 9.4초 만에 시속 225킬로미터까지 속도를 끌어올릴 수 있다. 오토바이 무게가 줄어들수록 주행 속도는 더 빨라진다. 하지만 가죽 안장과 뒷 바퀴덮개를 섬유 유리로 교체하고 안장에 다는 주머니를 달아도 된다는 뜻은 아니다. 마리노는 루시가 특수 오토바이에 관심을 갖지 않길 바랐다. 루시가 가지고 있는 것만으로도 충분하기 때문이다.

"비실용적이고 불필요해요."

예상치 못한 루시의 말을 듣고 마리노는 깜짝 놀랐다.

"Z로드 엔진은 16000킬로미터밖에 지속되지 못하기 때문에 관리하기가 골치 아플 거예요. 게다가 이걸 타고 나가면 사람들의 관심이 쏠릴 거예요. 공기 주입이 늘어나기 때문에 소음이 심해지는 건 두말할 필요도 없고요."

"그렇겠군."

마리노가 무뚝뚝하게 대꾸하는 순간, 그의 휴대전화가 울렸다.

아무 말 없이 상대방의 말을 듣던 마리노는 통화를 끝내고 짧게 욕설을 내뱉은 다음 루시에게 말했다.

"자동차 검사를 실시할 모양이야. 시미스터 부인 집에서 나 없이도 시작할 수 있겠지?"

"렉스가 그쪽으로 올 테니 걱정하지 마세요."

루시는 허리띠에 차고 있던 쌍방향 무전기를 떼어내 무전을 쳤다.

"0-0-1."

"0-0-1이 무슨 뜻이냐?"

"저걸 타고 갈 테니 가스를 채워주세요."

"렉스가 타기에는 안장이 너무 작지 않을까?"

"저 정도면 괜찮아요."

"다행이군. 금방 해줄게."

"9시쯤 사우스 비치로 갈 거예요. 거기서 만나요."

루시가 마리노에게 말했다.

"같이 가는 게 더 낫지 않을까?"

마리노는 루시를 쳐다보며 그녀의 속마음을 읽으려 애썼다.

마리노는 루시의 마음을 도저히 읽을 수 없었다. 마음이 조금만 더 복잡해지면 통역의 도움이 필요할지도 몰랐다.

"우리가 같은 차에 있는 걸 그녀가 볼 수도 있는데, 그런 위험을 무릅쓸 수는 없어요."

비행 재킷을 벗으며 루시는 소매가 중국산 수갑 같다고 투덜거렸다.

"사이비 단체 같은 걸 수도 있어. 이상한 마녀들이 예배당에 한 데 모여 붉은색 문신을 몸에 그리는 거지."

마리노가 말했다.

"마녀들은 예배당에 모이지 않고 마녀집회를 열어요."

루시가 마리노의 어깨를 툭 치며 농담을 했다.

"네가 새로 사귄 친구도 마녀일지 몰라. 휴대전화를 훔치는 마녀 말이야."

마리노가 말했다.

"만나서 직접 물어볼게요."

루시가 대꾸했다.

"사람들을 조심해야 해. 잠깐 만나는 사람들이 어떤 사람인지 잘 판단해야 해. 네가 좀 더 조심했으면 좋겠구나."

"아저씨와 난 똑같은 장애가 있는 것 같아요. 아저씨도 만나는 사람들을 조심스럽게 대해야 할 것 같거든요. 이모 말로는 레바는 정말 친절한데 아저씨가 심하게 대했다고 하던데요."

"박사는 뭐하러 그런 말을 한담. 아무 말도 안 하고 입 다무는 편이
나은데."

"이모가 그 말만 한 게 아니에요. 레바는 일을 맡은 지 얼마 되지 않
았지만 꽤 유능하다고 했어요. 아저씨가 말하는 것처럼 멍청하지도 않
고요."

"말도 안 되는 헛소리야."

"아저씨가 한동안 데이트했던 여자임에 틀림없어요."

루시가 말했다.

"누구한테 들었어?"

마리노가 무심결에 물었다.

"아저씨가 지금 말했잖아요."

45

발자국

종양의 크기는 꽤 컸다. 뇌 아랫부분에 위치한 시상하부에서 실처럼 이어진 뇌하수체에 종양이 있었다.

정상적인 뇌하수체는 크기가 완두콩만 했다. 뇌하수체가 가장 중요한 선으로 불리는 이유는 여러 중요한 기능을 맡고 있기 때문이다. 갑상선과 신장, 난소나 정소에 신호를 보내고, 대사, 혈압, 생식 등 여러 중요한 기능에 영향을 끼치는 호르몬 생성을 조정한다. 루시의 뇌종양 반지름 길이는 대략 12밀리미터이다. 양성 종양이자만 저절로 없어지지는 않을 것이다. 증상으로는 두통이 나타나고, 프롤락틴이라는 성호르몬이 과다하게 분비되어 마치 임신한 것처럼 속이 울렁거리는 증상이 나타난다. 루시는 당분간 프롤락틴 수치를 낮추고 종양 크기를 줄이기 위한 약물 치료를 받고 있었다. 환자로서의 루시의 태도는 별로 좋지 않았다. 약을 먹는 걸 워낙 싫어해서 꾸준히 약을 복용하지 않았다. 결국에는 수술을 받아야 할지도 모른다.

356 약탈자

스카페타는 루시가 제트기를 격납고에 보관하고 있는 포트 로더데일 공항 주차장에 주차를 했다. 차에서 나와 조종사를 만나며 스카페타는 벤턴을 떠올렸다. 그를 용서해줄 수 있을까? 상처와 분노 때문에 심장 박동이 빨라지고 손이 떨렸다.

"상공에는 눈발이 날리고 있습니다."

기장인 브루스가 말했다.

"시간은 두 시간 이십 분 정도 소요될 것이고 약한 역풍이 불고 있습니다."

"음식물 서비스는 원하지 않으셨지만 치즈가 준비되어 있습니다. 맡기실 가방 있습니까?"

부조종사가 물었다.

"아니오."

스카페타가 대답했다.

루시가 고용한 조종사들은 유니폼을 입지 않는다. 그들은 루시의 의도대로 특별히 훈련받은 조종사들이고, 담배나 술을 마시지 않고 어떤 마약도 하지 않는다. 그리고 개인 신변보호 훈련도 철저히 받았다. 그들의 에스코트를 받아 활주로에 도착하자, 사이테이션 X기가 마치 배가 나온 거대한 흰 새처럼 활주로 위에 웅크리고 있었다. 비행기를 보자 루시의 배가 왜 나왔는지, 그녀에게 무슨 일이 있었는지, 스카페타의 머릿속이 복잡해졌다.

제트기 안에 들어온 스카페타는 넓은 가죽 의자에 기대어 앉았다. 조종실 안에는 조종사들이 분주히 움직이고 있었다. 스카페타는 벤턴에게 전화를 걸었다.

"1시나 1시 15분쯤에 도착할 거예요."

그녀가 벤턴에게 말했다.

"케이, 당신 기분이 어떨지 잘 알지만 이해하려고 노력해 줘."

"도착하면 이야기하도록 해요."

"우린 절대 일을 이런 식으로 내버려두진 말아야 해."

벤턴이 말했다.

그것은 그들만의 규칙이자 오래된 격언이었다. 해가 지도록 분을 품지 말라. 화가 났을 때 차나 비행기를 몰거나 집 밖으로 나가지 말라. 벤턴과 스카페타는 비극적인 사고가 일순간에, 누구에게나 일어날 수 있음을 누구보다 잘 알고 있었다.

"조심해서 와. 그리고 사랑해."

벤턴이 그녀에게 말했다.

렉스와 레바는 무언가를 찾는 것처럼 집 주변을 돌아다니고 있었다. 루시가 시미스터 부인 집 드라이브웨이 안으로 들어오자 두 사람은 하던 일을 멈췄다.

루시는 V 로드 시동을 끈 다음, 검은색 헬멧을 벗고 검은색 비행용 재킷의 지퍼를 내렸다.

"다스 베이더(영화 〈스타워즈〉 시리즈에 등장하는 인물로 최고의 악당으로 손꼽히는 캐릭터―옮긴이)처럼 보여."

렉스가 즐거운 표정으로 말했다.

루시는 렉스처럼 항상 유쾌한 사람은 지금껏 본 적이 없었다. 렉스는 뛰어난 학생이고, 아카데미는 졸업 이후에도 그녀를 다른 데로 보내지 않을 것이다. 그녀는 똑똑하고, 주의 깊고, 언제 물러나야 할지를 잘 알았다.

"뭘 찾고 있는 거죠?"

루시가 좁은 정원을 둘러보며 물었다.

"제가 형사는 아니지만 저기 있는 과일나무가 좀 이상해요. 사람들이 실종된 집에 갔을 때 스카페타 박사님이 감귤나무 조사관에 대해 말씀하셨거든요."

렉스는 배수로 맞은편에 보이는 연한 오렌지색 집을 가리키며 말을 이었다.

"조사관이 옆집 감귤나무를 감사하고 있는 것 같다고 말했어요. 여기서는 잘 보이지 않지만, 저기 보이는 나무에도 이것과 마찬가지로 붉은색 선이 둘러져 있어요."

렉스는 배수로 맞은편에 보이는 집을 한 번 더 가리켰다.

"병충해는 순식간에 번집니다. 이곳 나무가 병충해를 입었다면 이 마을에 있는 많은 나무들도 마찬가지일 겁니다. 어쨌든 저는 레바 와그너라고 합니다."

레바는 루시에게 자기소개를 했다.

"저에 대해선 마리노에게 이야기 들었을 테지요."

루시는 레바의 눈을 똑바로 쳐다봤다.

"그럼 마리노에게 어떤 이야기를 들었을 거라고 생각해요?"

"정신 지체가 의심된다고 말했을 겁니다."

"마리노는 그 정도로 어휘력이 풍부하지 못해요. 아마 지진아라고 말했던 것 같습니다."

"그렇군요."

"안으로 들어갑시다."

루시는 현관으로 향했다.

"정신 지체가 의심된다고 하니, 우선 어떤 걸 놓쳤는지 확인하도록 하죠."

루시가 레바에게 말했다.

"농담하는 거예요."

렉스는 현관 문 옆에 두었던 범죄 현장 가방을 집어 들며 레바에게 말했다.

"먼저, 여러분이 범죄 현장을 처리한 이후로 이 집을 출입금지시켰는지 확인해야겠습니다."

"물론입니다. 창문과 출입문도 모두 잠가 두었습니다."

"경보장치는요?"

"이곳 마을에는 경보장치가 달린 집이 거의 없습니다."

루시는 창문에 붙어 있는 H&W 경보회사 스티커를 확인하며 말했다.

"시미스터 부인은 걱정이 많았던 것 같습니다. 경보장치를 설치할 금전적인 여유는 없으면서도 나쁜 사람들을 내쫓길 원했던 것 같군요."

"문제는 나쁜 사람들은 그게 가짜 스티커라는 걸 안다는 거죠. 강도들은 화단에 붙어 있는 스티커를 보고 집안을 한 번 둘러보면, 집 안에 경보장치가 없다는 사실을 알 수 있죠. 집 주인이 경보장치를 달 여유가 없거나 너무 나이가 많아 상관하지 않는다는 사실을 간파하는 겁니다."

레바가 대꾸했다.

"나이 든 사람들이 대수롭지 않게 생각하는 건 사실이에요. 우선 그들은 비밀번호를 잊어버리죠. 농담이 아닙니다."

루시가 말했다.

레바가 현관문을 열자, 오래전부터 집 안에 사람이 살지 않은 것처럼 곰팡내가 훅 끼쳤다. 그녀는 집 안으로 들어가 불을 켰다.

"수사는 어디까지 진척되었나요?"

렉스가 대리석 조각을 박아 윤을 낸 거실 바닥을 내려다보며 물었다.

"침실 이외에는 어느 곳도 수사하지 않았습니다."

"그럼 이곳에 잠시 서서 생각해 보세요. 우리는 두 가지 사실을 알고 있습니다. 범인은 문을 부수지 않고 집 안으로 침입했습니다. 그리고 시미스터 부인을 총으로 쏜 다음 이곳을 떠났습니다. 떠날 때도 문을 통해 나갔나요?"

루시가 레바에게 물었다.

"그런 것 같습니다. 모두 미늘살창문이라 창문으로 들어오기는 여의 치 않았을 겁니다."

"그렇다면 우선 이 출입문에 스프레이를 칠한 다음, 희생자가 살해된 침실로 가 봅시다. 그러고 나서 다른 방문에도 똑같이 스프레이를 칠하도록 해요. 세 부분으로 나누어 봅시다."

"세 부분으로 나누면 현관 출입문, 부엌문, 부엌에서 일광욕실로 이어지는 미닫이문으로 나눌 수 있습니다. 마리노가 도착했을 무렵, 일광욕실 이중 미닫이문은 모두 잠금장치가 열려 있었다고 했습니다."

레바가 말했다.

그들은 일회용 작업복을 입었다. 레바가 현관 안으로 들어가자 루시와 렉스가 뒤따라 들어가며 문을 잠갔다.

"시미스터 부인이 살해되었을 무렵 스카페타 박사가 우연히 목격했다는 그 감귤나무 조사관에 대해 알아낸 사실 없습니까?"

루시가 물었다. 그녀는 공적인 자리에서는 스카페타를 절대 이모라고 부르지 않았다.

"두어 가지 사실을 알아냈습니다. 우선, 항상 두 사람씩 짝을 지어 일하는데, 우리가 본 사람은 혼자였습니다."

"함께 일하는 동료가 근처 정원에 있을 수도 있는데, 그가 혼자였다는 걸 어떻게 확신할 수 있죠?"

루시가 물었다.

"확신할 수는 없지만, 우리가 본 사람은 한 명뿐이었습니다. 그리고 조사관이 이곳 마을을 검사했다는 기록도 없습니다. 또 한 가지 알아낸 사실은 그가 긴 막대 같은 걸 사용하고 있었다는 점입니다. 막대 끝부분에 집게 같은 게 달려 있어서, 높은 곳에 달린 과일을 딸 수 있는 도구 말입니다. 제가 들은 바에 의하면, 조사관들은 그런 도구를 사용하지 않는다고 합니다."

"요점이 뭐죠?"

루시가 물었다.

"그는 그 장비를 분해해 커다란 검은색 가방에 집어넣었습니다."

"가방에 다른 어떤 물건들이 있었을까요?"

렉스는 그 점이 궁금했다.

"산탄총이 들어 있었을 수도 있습니다."

와그너 형사가 대답했다.

"모든 가능성을 열어둬야 합니다."

루시가 말했다.

"그렇다면 정말 대단한 놈입니다."

레바가 덧붙여 말했다.

"배수로 반대편에 경찰인 내가 버젓이 서 있었으니 말입니다. 스카페타 박사님과 함께 주변을 둘러보며 수사하고 있었는데, 그 놈이 우리를 쳐다보며 나무를 검사하는 척 한 겁니다."

"그럴 수도 있지만 확실하지는 않습니다. 모든 가능성을 열어둬야 합니다."

루시가 다시 한 번 그들에게 상기시켰다.

렉스는 차가운 바닥에 웅크리고 앉아 범죄 현장용 가방을 열었다. 집 안의 블라인드를 모두 닫은 다음 루시는 삼각대를 세우고 그 위에 카메라와 릴리스를 부착했다. 렉스는 루미놀을 섞어 검은색 스프레이 병에 담았다. 현관문 내부 사진을 찍은 다음 불을 켜자, 첫 번째 결과부터 행운이 따랐다.

"와, 이럴 수가."

레바의 목소리가 어둠 속에서 들려왔다.

분명한 발자국 모양이 푸른 초록색으로 빛났다. 렉스는 바닥에 스프레이를 뿌렸고 루시는 그 모습을 사진으로 찍었다.

"범인이 이 집을 나간 이후에도 신발 밑창에는 오랫동안 핏자국이 남아 있을 게 분명합니다."

레바가 말했다.

"한 가지 주목할 사실이 있어요."

어둠 속에서 루시가 말했다.

"발자국 방향이 반대예요. 이 집에서 나가는 게 아니라 집 안으로 들어오고 있어요."

46

어려운 관계

긴 검은색 스웨이드 코트를 입은 그의 모습은 음울해 보이기도 했지만 멋지기도 했다. 보스턴 레드삭스 야구모자 밖으로 희끗한 머리칼이 삐져나와 있었다. 벤턴을 오래간만에 만날 때마다 스카페타는 그의 세련된 모습, 훤칠한 키에 점잖은 모습을 보며 새삼 놀라곤 했다. 그녀는 그에게 화내고 싶지 않았다. 그 점을 참을 수가 없었다. 토할 것 같은 기분이 들었다.

"항상 그렇지만 이번에도 함께 비행해서 즐거웠습니다. 떠나는 날이 확정되면 전화 주십시오. 필요한 일 있으면 연락 주시고요. 제 전화번호 갖고 계시죠?"

기장인 브루스가 따뜻하게 악수를 나누며 그녀에게 말했다.

"네, 고마워요."

스카페타가 대답했다.

"기다리게 해서 죄송합니다. 역풍이 꽤 심해서 늦어졌습니다."

기장이 벤턴에게 설명했다.

벤턴의 태도는 전혀 우호적이지 않았다. 그는 아무 대꾸도 하지 않고 기장이 멀어져가는 모습을 쳐다봤다.

"저 사람이 누구인지 알아맞혀볼까? 경찰이면서 동시에 강도처럼 보이는 철인 3종 경기 선수 아니야? 내가 루시의 제트기를 타고 싶지 않은 이유지. 근육질 몸매의 기장이 마음에 들지 않아."

벤턴이 스카페타에게 말했다.

"저들과 함께 있으면 안전하다는 느낌이 들어요."

"난 그렇지 않아."

스카페타는 모직 코트 단추를 잠그며 주차장 밖으로 나갔다.

"저 사람이 말을 걸거나 귀찮게 하지는 않았어? 내가 보기엔 그럴 유형인데."

벤턴이 말했다.

"만나서 반가워요, 벤턴."

스카페타는 한발짝 그에게 가까이 다가서며 말했다.

"별로 반가운.것처럼 보이지 않는데."

벤턴이 앞서 걸어가 유리문을 열자, 차가운 공기와 작은 눈송이가 안으로 들어왔다. 어느새 날이 어두워져 주차장에는 불이 켜져 있었다.

"루시가 고용하는 남자들은 모두 잘생기고 운동 중독인데다, 자신이 액션 영웅이라고 생각하지."

벤턴이 말했다.

"무슨 말인지 충분히 알아들었어요. 내가 싸움 걸기 전에 미리 선수치는 거예요?"

"사람들을 단순히 친절하다고 여기지 말고 뭔가 이상한 점이 있는지 알아차리는 게 중요해. 당신이 중요한 조짐을 알아채지 못할까 걱정이야."

"말도 안돼요. 문제가 있다면 오히려 너무 많은 조짐을 알아채는 거예요. 하지만 작년에는 중요한 조짐을 놓친 게 분명해요. 싸우고 싶다면 이제 싸움거리가 생겼군요."

스카페타는 화난 목소리로 대꾸했다.

두 사람은 눈 내리는 주차장을 걸어갔다. 눈발 때문에 가로등이 희미하게 비치고 주변은 아무 소리도 들리지 않고 조용했다. 두 사람은 보통 손을 잡고 걸었다. 스카페타는 벤턴이 어떻게 자신에게 그럴 수 있었는지 이해할 수 없었다. 눈가가 촉촉해졌다. 아마 바람 때문일 것이다.

"누가 저기 있을지 걱정이야."

벤턴은 4륜구동 SUV 포르셰 차문을 열면서 이상한 어투로 말했다.

벤턴은 자동차를 무척 좋아했다. 그와 루시는 파워에 열광했다. 차이점이 있다면, 벤턴은 자신에게 힘이 있음을 알지만 루시는 그렇게 느끼지 않는다는 점이었다.

"항상 그렇게 걱정해요?"

스카페타가 물었다. 벤턴은 그녀가 놓쳤다고 생각하는 조짐에 대해 이야기하는 것 같았다.

"이곳에서 희생된 여성을 살해한 범인에 대해 이야기하는 거야. 2년 전 할리우드에서 발생했던 살인사건에서 사용된 것과 똑같은 산탄총에서 발사한 탄피를 NIBIN에서 찾아냈어. 2년 전 편의점에서 발생한 살인사건인데, 마스크를 쓴 범인이 편의점 안에서 어린아이를 죽이자 편의점 관리인이 범인을 쏴 죽였지. 예전에 들어본 사건 아니야?"

벤턴은 공항 주차장을 빠져나오며 스카페타를 잠시 쳐다보더니 물었다.

"들은 기억이 나요. 일곱 살짜리 아이는 자루걸레밖에 들고 있지 않았죠. 그 산탄총을 왜 수거하지 않았는지 알아낼 수 없어요?"

그렇게 말하는 스카페타의 마음속에 분노가 끓어올랐다.

"아니, 아직 밝혀지지 않았어."

"최근에 산탄총을 맞고 사망한 사건이 많아요."

스카페타는 직업적인 입장에서 냉정하게 말했다.

벤턴이 사무적이고 냉정하기 바란다면 그녀도 그럴 수 있었다.

"어떻게 된 일인지 모르겠어요. 조니 스위프트 사건에서 사용되었다가 사라진 산탄총이 시미스터 부인 사건에서 또다시 사용되었어요."

스카페타가 객관적인 어투로 덧붙여 말했다.

스카페타는 아직 시미스터 부인 사건에 대해 모르고 있는 벤턴에게 상황을 설명해줬다.

"보관하거나 처분되어야 할 산탄총이 다시 나타난 거죠. 그리고 실종된 사람들의 집에서 성경책이 나왔어요."

"실종된 사람들이라니?"

벤턴이 물었다.

스카페타는 호그라고 자칭하는 익명의 남자로부터 걸려온 전화에 대해 벤턴에게 설명해줬다. 그리고 실종된 성인 여자 두 명과 남자아이 둘이 살던 집에서 발견된 수백 년 된 성경책이 솔로몬서에 펼쳐져 있었고, 호그라는 사람이 마리노에게 전화를 걸어 바로 그 솔로몬서 구절을 인용했다고 말했다.

'그러므로 너는 아이들을 이성적으로 다루지 않은 그들을 조롱하기 위해 벌을 내렸노라.'

"연필로 그 구절에 X 표시를 해두었어요. 성경책은 1756년에 발행된 것이고요."

스카페타가 말했다.

"그렇게 오래된 성경책을 갖고 있는 건 흔치 않은 경우지."

"레바 말에 따르면, 집 안에 다른 오래된 책은 없었다고 해요. 아참, 레바가 누군지 모르겠군요. 교회 신도들도 그 성경책은 한 번도 본 적이 없다고 진술했어요."

"지문이나 DNA 검사는 했어?"

"범인의 것으로 추정되는 지문도 DNA도 나오지 않았어요."

"그들이 어떻게 되었을 거라고 가정하고 있어?"

벤턴이 물었다. 스카페타가 개인 제트기를 타고 이곳에 온 이유가 오로지 사건에 대해 토론하기 위해서인 것처럼.

"좋은 가정일 리는 없겠죠."

스카페타는 분노가 점점 더 끓어올랐다.

벤턴은 최근 그녀의 생활이 어땠는지 거의 아무것도 몰랐다.

"범죄 증거는?"

"실험실에서 여러 증거를 분석하고 있는 중이에요. 침실 창문 밖에 귓불 자국이 남아 있었는데, 누군가 창문 유리에 귀를 댄 것 같아요."

"남자아이들이 그랬을 수도 있겠군."

"그렇지 않아요. 남자아이들의 옷이나 칫솔, 처방전 약통에 묻어 있는 DNA를 검출했으니까요."

스카페타는 점점 더 화가 났다.

"귓불 자국은 유용한 법의학 증거물로 볼 수 없지. 귓불 자국 때문에 오판을 한 사건이 많았어."

"거짓말 탐지기 때문에 오판을 하는 경우도 많죠."

스카페타는 벤턴의 말을 자르며 끼어들었다.

"케이, 당신과 말싸움하자는 게 아니야."

"귓불 자국에서 DNA를 채취하는 방법은 지문에서 DNA를 채취하는 방법과 똑같아요."

스카페타가 말했다.

"벌써 결과가 나왔는데, 그 집에 살고 있던 사람의 귓불 자국은 아닌 것으로 드러났어요. CODIS에는 들어 있지 않았어요. 사라소타에 있는 DNA 프린트 게놈 연구소에서 일하는 지인에게 성별과 인종 등을 검사해 달라고 부탁했지만, 며칠이 더 걸릴 거예요. 일치하는 귓불 자국을 찾아낼 수 있을 거라곤 생각하지 않아요."

벤턴은 아무 대꾸도 하지 않았다.

"집에 먹을 거 있어요? 한낮이지만 술도 좀 마셔야겠어요. 그리고 일 이야기 외에 다른 이야기도 좀 해야겠어요. 일 이야기를 하려고 눈보라를 헤치고 이곳까지 날아온 건 아니니까요."

"아직 눈보라가 몰아친 건 아니야. 하지만 곧 몰아칠 기세로군."

벤턴은 음울한 표정으로 말했다.

벤턴이 캠브리지를 향해 차를 몰자 스카페타는 차창 밖을 내다봤다.

"집에 먹을 것도 많고 당신이 마시고 싶어 하는 술도 모두 있을 거야."

벤턴이 목소리를 낮추어 말했다.

그리고는 한마디를 덧붙였다. 스카페타는 방금 그에게 들은 말이 도저히 믿기지 않았다.

"방금 뭐라고 말했어요?"

스카페타가 깜짝 놀라 물었다.

"분명히 확인하고 싶다면, 당신 입으로 직접 말해봐."

"내 입으로 직접 말해보라고요?"

스카페타는 믿기지 않는 표정으로 그를 쳐다봤다.

"진심이에요, 벤턴? 서로 생각이 다르니까 관계를 끝내는 것에 대해 이야기해보자고요?"

"당신에게 선택권을 주는 거야."

"내게 그런 선택권을 줄 필요는 없어요."

"당신이 내 허락을 받아야 한다는 뜻은 아니었어. 다만, 당신이 나를 더 이상 믿지 못하면 앞으로 어떻게 해나가야 할지 모르겠어."

"당신 말이 옳을지도 모르겠군요."

스카페타는 눈물을 삼키며 고개를 돌려 창밖에 내리는 눈을 바라봤다.

"그러니까 더 이상 나를 믿지 않는다는 말이군."

"입장을 바꿔 생각해봐요."

"내가 당신 입장이라도 무척 화가 났을 거야. 하지만 나라면 왜 그랬는지 이해하려고 노력할 거야. 루시는 자신의 사생활을 지킬 수 있는 법적인 권리가 있어. 루시에게 뇌종양이 있다는 사실을 알게 된 건, 루시가 맥린 병원에서 검사할 수 있는지 알아봐달라고 내게 부탁했기 때문이야. 그리고 절대 아무에게도 알리지 말라고 했어. 루시는 다른 어떤 병원에도 진찰 예약을 하길 원치 않았어. 루시가 어떤 아이인지, 특히 요즘 어떤지 당신도 잘 알잖아."

벤턴이 대답했다.

"예전에는 잘 알았지만 지금은 그렇지 않아요."

"케이."

벤턴은 스카페타를 응시하며 말을 이었다.

"루시는 기록을 남기는 걸 원치 않아. 패트리어트 법안(2001년 911 테러 직후 부시 대통령이 사인한 법안으로, 테러리스트들에게 자금이 유입되는 걸 막기 위해 필요할 경우 개인 정보를 의무적으로 공개하는 것을 골자로 한다—옮긴이)이 통과한 이래로 병원의 모든 기록을 공개할 수 있게 되었어."

"그 문제에 대해선 왈가왈부하고 싶지 않아요."

"모든 의학기록과 처방전 기록, 은행 거래내역, 쇼핑 습관 든 모든 사적인 생활을 FBI가 테러를 막는다는 명목으로 확인하고 있어. 루시가 FBI와 ATF에서 일한 경력 때문이지. 루시는 저들이 모든 걸 알아낼 거라고 믿고 있어. 그리고 결국 IRS의 회계 검사를 받았고, 비행금지 리스트에 올라 있고, 내부인과 거래한다고 기소를 당하고, 뉴스에도 나왔어."

"당신도 FBI와 그다지 좋지 않은 인연이 있었잖아요."

빠른 속도로 차를 몰며 벤턴은 어깨를 으쓱했다. 약한 눈발이 차창 유리에 거의 닿지 않았다.

"저들이 내게 할 수 있는 일은 별로 많지 않아."

벤턴이 천천히 말문을 열었다.

"사실, 나를 감시해 봐야 시간 낭비일 테니까. 할리우드 경찰서에 보관하거나 파기되어야 할 산탄총이 다시 돌아다니고 있다는 점이 훨씬 더 걱정스럽군."

"서류나 전자 기록이 남을까 걱정이라면 루시는 처방전 약은 어떻게 받고 있어요?"

"루시도 걱정하고 있을 거야. FBI는 원하는 거라면 뭐든지 입수할 수 있으니까. 법원 명령을 받아야 하겠지만, 실제로 FBI가 법원 명령을 요청하면 현 정부가 임명한 판사는 어떻게 할 것 같아? 협조하지 않으면 어떤 결과가 뒤따를지 걱정하겠지. 그럴 가능성은 얼마든지 있어."

"미국은 살기 좋은 나라였는데…."

"병원 내부에서 루시를 위해 해줄 수 있는 건 모두 다 했어."

벤턴은 맥린 병원에 대해 계속 이야기하면서 루시에게는 최선의 선택이었다고 말했다. 그리고 맥린 병원의 의료진은 국내에서 아니 세계에서 최고라고 덧붙여 말했다. 하지만 어떤 이야기를 들어도 스카페타의 기분은 나아지지 않았다.

캠브리지로 접어들자 브래틀 가에 늘어선 웅장한 저택들이 눈에 들어왔다.

"병원 치료를 포함해서 루시는 일반적인 경로를 통해서는 아무것도 하지 않았어. 누군가가 실수를 저지르거나 부주의하지 않는 한 아무 기록도 남지 않을 거야."

벤턴이 말했다.

"세상에 비밀은 없어요. 루시는 뇌종양이 생긴 사실을 다른 사람들이 알아낼까봐 전전긍긍하며 평생을 살아갈 수는 없어요. 지금은 호르몬 분비를 조절해 종양을 치료하고 있지만, 필요할 경우 수술을 해야 할 수도 있어요."

스카페타는 힘겹게 말했다. 종양 제거 수술이 통계적으로 거의 성공한다 하더라도, 잘못될 가능성도 없진 않다.

"암에 걸린 건 아니잖아. 암이었다면, 루시가 무슨 말을 했든 당신에게 사실대로 말했을 거야."

벤턴이 말했다.

"루시는 내 조카예요. 내 딸처럼 키운 아이예요. 무엇이 루시의 건강에 치명적인지 결정하는 건 당신의 권리가 아니에요."

"뇌하수체 종양이 흔히 생길 수 있다는 사실은 당신이 누구보다 잘 알잖아. 전체 인구 가운데 약 20퍼센트 가량이 뇌하수체 종양이 생긴다는 조사 결과도 있어."

"어느 기관에서 조사했는지에 따라 다르겠죠. 10퍼센트든 20퍼센트든, 난 통계 따위는 상관하지 않아요."

"부검을 하면서도 봤을 거야. 자신에게 뇌종양이 있다는 사실도 모르는 경우가 있는데, 사망 후 부검 결과 뇌종양을 발견하는 거지."

"루시는 뇌종양이 있다는 사실을 알고 있어요. 그리고 통계는 큰 종양이 아니라 자각 증상이 전혀 없는 작은 종양을 기준으로 작성한 거예요. 루시는 자각 증상이 있고, 비정상적으로 높은 프롤락틴 수치를 낮추기 위해 약을 복용해야 해요. 그리고 종양을 제거하지 않는 한 평생약을 복용해야 해요. 수술이 잘못 될 확률은 낮지만, 혹시라도 수술이 성공하지 못하면 종양은 그대로 남아 있을 거예요.”

벤턴이 드라이브웨이로 들어가며 리모컨을 누르자 차고 문이 자동으로 열렸다. 차고는 지은 지 백 년이 넘은 마차 차고를 개조한 것으로 집과 떨어져 있었다. 벤턴이 포르셰 차량 옆에 SUV를 주차하고 차문을 잠그는 동안, 두 사람 다 말이 없었다. 그들은 하버드 스퀘어에서 얼마 떨어져 있지 않은, 짙은 갈색 벽돌로 지은 고풍스러운 빅토리아 저택 현관으로 들어갔다.

“루시의 주치의는 누구죠?”

스카페타가 부엌 안으로 들어가며 물었다.

“당분간은 아무도 없는 상태야.”

스카페타는 코트를 벗어 가지런하게 의자 위에 걸치는 벤턴을 쳐다봤다.

“주치의가 없다고요? 그럴 리가요. 도대체 그곳 병원에서 루시를 어떻게 대하고 있는 거죠?”

스카페타는 코트를 벗어 신경질적으로 의자 위에 걸치며 말했다.

벤턴은 오크나무 장식장을 열어 스카치와 술잔 두 개를 꺼낸 다음 잔에 얼음을 채웠다.

“설명을 들어도 기분이 별로 좋아지진 않을 거야. 주치의가 사망했으니까.”

아카데미의 법정 증거물 건물로 사용하는 격납고에는 차고 문이 세 군데 나 있었다. 차고 문은 통행로로 나 있고, 통행로는 다시 두 번째 격납고로 연결된다. 두 번째 격납고에는 루시의 헬리콥터와 오토바이, 방탄 험비(주로 미국 육군이 사용하는 고기동 다목적 차량—옮긴이), 보트, 열기구 등이 보관되어 있다.

레바는 루시가 헬리콥터와 오토바이를 소유하고 있다는 사실을 알고 있었고, 그 사실을 모르는 사람은 아무도 없었다. 하지만 마리노가 격납고에 보관되어 있다고 말한 것에 대해서는 믿어야 할지 확신이 서지 않았다. 그가 우스갯소리로 그녀를 화나게 하려 했는지도 몰랐다. 하지만 그 우스갯소리는 전혀 웃기지 않았다. 그의 말을 믿고 다른 사람에게 옮기다가는 망신당하기 일쑤이기 때문이다. 마리노는 그녀에게 수도 없이 거짓말을 했다. 마리노는 그녀를 좋아한다고 말했다. 그녀와 가진 성관계가 가장 좋았다고 말하기도 했다. 어떤 일이 있더라도 서로 좋은 사이로 남자고 했다. 그 모든 건 거짓말이었다.

레바가 몇 달 전 마리노를 처음 만난 건 그녀가 오토바이를 타고 다니던 때였다. 어느 날 마리노는 소프테일을 타고 오더니 그 다음엔 할리 사의 듀스를 타고 나타났다. 그녀가 경찰서 뒷문 입구에 로드킹 오토바이를 주차하자, 요란한 엔진소리가 들리더니 마리노가 나타났다.

"그 오토바이 파시오."

마리노는 카우보이가 말에서 내리듯 요란하게 오토바이에서 내리며 말했다.

레바가 그 모습을 보며 안장주머니에서 몇 가지 물건을 꺼내고 있는데, 마리노가 바지를 끌어올리며 다가와 그녀의 오토바이를 자세히 살폈다.

"당신 것이나 팔아요."

레바가 말했다.

"몇 번이나 떨어졌소?"

"한 번도 안 떨어졌어요."

"오토바이를 타는 사람들은 두 종류지. 이미 떨어져 본 사람 그리고 앞으로 떨어질 사람."

"세 번째 종류도 있어요. 떨어졌으면서 그렇지 않다고 거짓말하는 사람."

제복을 차려입고 검은색 긴 부츠를 신은 레바는 기분이 꽤 좋았다.

"난 그런 유형은 아니오."

"소문과는 다르네요. 소문에 의하면, 가스 펌프에 뒤 받침살 대는 것도 잊어버릴 정도로 덜렁거린다고 하더군요.

레바는 마리노를 약간 놀리면서 희롱했다.

"이런 젠장."

"포커를 치다가 다음 술집으로 가면서 오토바이를 잠그는 것도 잊어버린다는 소문도 들리더군요."

"그건 말도 안 되는 헛소리요."

"우회전 신호 대신 시동을 끄는 스위치를 누른 건 또 어떻고요?"

마리노는 껄껄 웃으면서 마이애미로 가서 바다 위에 떠 있는 몬티 트레이너 식당에서 점심을 먹자고 제안했다. 그 이후로 두 사람은 몇 번 오토바이 주행을 했고, 키웨스트에 간 적도 한 번 있었다. U.S.1 도로를 새처럼 날아서, 마치 물 위를 걷는 것처럼 바다 위를 지나갔다. 오래된 플래글러 철도 교각을 지나 서쪽으로 향하면 폭풍우를 견디며 오랜 세월을 견뎌온, 시대는 각각 다르지만 재키 글리슨(1916~1987 미국 코미디언이자 배우–옮긴이)과 헤밍웨이가 찾아오던 사우스 플로리다가 아르 데코 호텔의 열대 낙원이었던 과거 시대로 이어진다.

레바가 형사 부서로 승진하기 전인 한 달 전까지만 하더라도 아무 문제가 없었다. 마리노는 그녀와 성관계를 가지는 걸 피하고 이상하게 행동하기 시작했다. 레바는 승진 때문인지 혹은 자신이 더 이상 매력이 없기 때문인지 걱정되었다. 예전에 사귀던 남자들도 싫증을 내며 떠났고 그런 일이 또 일어나지 말라는 법도 없었다. 두 사람의 관계에 완전히 금이 간 것은 후터스 레스토랑에서 저녁식사를 했을 때였다. 그녀가 별로 좋아하지도 않는 그 레스토랑에서 두 사람은 케이 스카페타에 대해 이야기하고 있었다.

"경찰서에 일하는 남자들 가운데 절반은 그녀를 흠모하죠."

레바가 말했다.

"허."

마리노의 안색이 변했다. 그는 완전히 다른 사람 같았다.

"난 금시초문인데."

그렇게 말하는 그의 모습은 레바가 좋아하는 마리노의 모습이 더 이상 아니었다.

"바비 알아요?"

레바가 물었다. 하지만 묻지 않았더라면 좋았을 걸, 곧 후회가 밀려왔다.

마리노는 커피에 설탕을 넣고 저었다. 레바가 마리노가 커피에 설탕을 넣는 걸 본 건 그때가 처음이었다. 그는 설탕은 더 이상 입에 대지 않는다고 말했었다.

"바비가 처음 맡았던 살인사건 현장에서 스카페타 박사님은 시신을 안치소로 옮길 준비를 하고 있었대요. 바비가 내게 귓속말로 말했어요. 스카페타 박사의 손길만 닿아도 죽을 것 같다고. 그래서 내가 말했어요. 만약에 네가 죽으면 스카페타 박사님한테 말해서 전기톱으로 두개골을 열어 실제로 뇌가 있는지 확인해 보겠다고."

마리노는 설탕을 탄 커피를 마시며, 가슴 큰 웨이트리스가 샐러드를 나르는 모습을 쳐다봤다.

"바비는 스카페타에 대해 이야기했어요."

이야기를 계속 하던 레바는 마리노가 무슨 생각을 하는지 알 수 없었다. 굳은 표정으로 멍하니 다른 곳을 바라보지 말고 자신의 이야기에 웃어주거나 반응을 보여주면 좋겠다는 생각이 들었다.

"그때 그녀를 처음 만났어요."

레바는 불안한 마음으로 이야기를 계속했다.

"그리고 당신과 그녀가 비슷한 사람일 거라고 생각했던 게 기억나요. 사실은 그렇지 않다는 걸 나중에 알고 무척 다행이라 여겼죠."

"모든 사건을 바비와 함께 맡아야겠군."

그런 다음 마리노는 레바가 했던 이야기와 아무 상관없는 말을 하기 시작했다.

"자신이 무슨 짓을 하고 있는지 알기 전까지는 사건을 혼자 맡아서는 안 되겠어. 솔직히 말하자면, 당신은 형사팀에서 나오는 게 좋겠어. 당신이 어떤 일을 하는지도 깨닫지 못하는 것 같아. 현실은 텔레비전 드라마에 나오는 것과 달라."

바다를 내다보던 레바는 자신이 아무 소용없는 사람처럼 느껴졌다. 늦은 오후 시간이었다. 법의학자들은 몇 시간째 일을 하고 있었다. 수압 승강기 위에 올려진 회색 스테이션왜건 차량의 차창은 강력접착제 증기를 뿌려 뿌옇게 보였고, 카펫은 이미 진공청소기로 증거물을 확보했다. 운전석 아래 매트에서 무언가가 반짝였는데, 아마 핏자국일 것이다.

법의학자들은 타이어에서 증거물을 수집하고 있었다. 타이어 접지면에 묻어 있는 먼지와 흙을 붓에 묻혀 흰색 종이 위에 털어낸 다음 노란색 증거물 테이프로 봉했다. 잠시 전 어느 젊고 예쁜 여성 법의관이 금속 증거물 캔은 사용하지 않는다고 레바에게 말했다. SEM을 통해 증거물 분석을 할 경우 문제가 있기 때문이라고 했다.

"SEM이라니, 그게 뭐죠?."

레바가 물었다.

"에너지 분산 엑스레이 시스템이 갖춰진 전자 현미경이에요."

"아, 그렇군요."

레바는 멍한 표정으로 고개를 끄덕였다. 미모의 여성 법의관은 증거물을 금속 캔에 보관하면 캔에서 묻은 입자 때문에 철이나 알루미늄 양성 반응이 나올 가능성이 있기 때문이라고 설명했다.

레바는 그런 생각은 하지 못했다. 그들이 나누는 이야기 가운데 대부분은 레바가 생각지도 못한 것이었다. 레바는 자신이 경험이 부족하고 멍청하다는 느낌이 들었다. 마리노가 자신에게 혼자서 수사를 맡지 말라고 했던 사실과 그때 표정과 태도를 떠올리자 침울해졌다. 주변을 둘러보자 구조차와 수압 승강기, 테이블이 눈에 들어왔다. 테이블 위에는 사진 장비, 소형 관찰경, 발광 파우더와 붓, 증거물을 체취용 진공청소기, 보호복, 강력접착제, 커다란 낚시도구 상자처럼 보이는 범죄 현장 키트 등이 놓여 있었다. 격납고 저 끝에는 심지어 썰매와 동체 모형도 보였고, 마리노의 목소리가 들렸다. 바로 앞에서 말하는 것처럼 분명하게 들렸다.

"현실은 텔레비전 드라마에 나오는 것과 달라."

그는 그렇게 말할 권리가 없었다.

"당신은 형사팀에서 나오는 게 좋겠어."

그때, 마리노의 목소리가 실제로 들렸다. 레바는 깜짝 놀라 고개를 돌렸다.

마리노는 한 손에 커피를 든 채 스테이션왜건으로 다가와 그녀 곁을 지나갔다.

"새로 알아낸 거라도 있소?"

마리노는 접은 종이를 봉하고 있는 미모의 여성 법의관에게 물었다.

수압 승강기 위에 올라가 있는 차량을 바라보며 마리노는 마치 레바가 그림자인양, 하늘에 떠 있는 신기루인양, 아무 존재도 아닌 양 행동했다.

"루미놀 반응이 나타난 걸 보면 차량 내에 혈흔이 남아 있는 것 같아요."

미모의 법의관이 대답했다.

"커피를 마시고 확인해 봐야겠군. 지문은 나왔습니까?"

"아직 확인해보지 않았어요. 이제 준비되었으니 지체하고 싶지 않아요."

미모의 법의관의 긴 갈색머리를 보자 레바는 갈색 말이 떠올랐다. 피부도 아름답고 흠 잡을 데 없이 완벽했다. 수 년 동안 플로리다의 강한 햇살을 받았지만 레바는 그녀처럼 피부가 아름답지 않았다. 더 이상 관리를 해도 소용없었고, 주름진 얼굴이 창백하면 더 보기 싫기 때문에 차라리 햇볕에 그을렸다. 젊고 아름다운 여성 법의관의 매끈한 피부와 젊음이 넘치는 몸매를 보자 그녀는 울고 싶어졌다.

거실 바닥은 전나무 마루를 깔았고 마호가니 패널로 장식을 했다. 대리석 벽난로는 불을 피울 수 있도록 준비되어 있었다. 벤턴이 벽난로 앞에 웅크려 앉아 성냥을 켜자 불쏘시개에서 연기가 피어올랐다.

"조니 스위프트는 하버드 의과대학을 졸업한 후 매스 제너럴 병원에서 수련의 과정을 밟았고, 맥린 병원에서 신경학 분야 특별연구원으로 일했어."

벤턴은 자리에서 일어나 소파로 되돌아가며 말을 이었다.

"2년 전 스탠포드에서 전문의로서 진료를 시작했는데, 마이애미에 개인 병원도 열었지. 그는 맥린 병원에서 잘 알려진 의사였기 때문에 우리는 그에게 루시 이야기를 했어. 신경 전문의인 그는 루시의 주치의가 되었고, 두 사람은 좋은 친구가 된 것 같아."

"루시는 내게 미리 말했어야 했어요."

스카페타는 여전히 상황을 이해할 수 없었다.

"조니 스위프트 사건이 수사 중인데 루시는 계속 비밀을 유지하려 한단 말이에요?"

스카페타는 벌써 그 말을 몇 차례나 반복했다.

"그가 살해되었는데 루시는 함구하고 있단 말이에요?"

"케이, 그는 자살한 것으로 추정돼. 그가 살해되었다는 말이 아니야. 내가 하고 싶은 말은, 그가 하버드 의과대학에 다녔고, 감정 조절에 문제가 생겨서 맥린 병원에서 치료를 받았고, 조울증 진단을 받아서 리튬염을 복용했다는 사실이야. 이미 말한 대로, 그는 맥린 병원의 저명한 의사였어."

"그가 무작위로 선택한 의사가 아니라 자격이 충분하고 저명한 의사라는 점을 계속 반복해서 말할 필요는 없어요."

"자격이 충분한 정도가 아니라 훌륭한 의사였고 무작위로 선택한 의사도 아니었어."

"우리는 그의 사망 사건을 수사하고 있는 중이에요. 의문점이 많은 사건이죠. 그리고 루시는 내게 사실대로 말할 만큼 솔직하지 않아요. 루시가 어떻게 객관적일 수 있겠어요?"

스카페타가 말했다.

스카치를 마시며 벽난로 불빛을 응시하는 벤턴의 얼굴에 불꽃 그림자가 어렸다.

"케이, 상관있다고 단정할 수 없잖아. 그의 죽음은 루시와 아무 상관없어."

"그렇지만 상관없다고 단정할 수도 없어요."

스카페타가 대꾸했다.

47

레바는 미모의 여성 법의관이 깨끗한 흰 종이 위에 붓을 놓고 차량의 운전석 차문을 여는 모습을 유심히 바라보고 있는 마리노를 예의 주시하고 있었다.

마리노는 차량 안에서 강력 접착제 포장지를 꺼내어 생물학적 위험 물질을 버리는 오렌지색 쓰레기통에 넣는 여성 법의관 바로 곁에 서 있었다. 두 사람은 서로 어깨를 맞댄 채 차량 앞좌석과 뒷좌석, 오른쪽 좌석과 왼쪽 좌석을 조사하면서 서로 이야기를 나누었지만, 레바에게는 아무 소리도 들리지 않았다. 미모의 여성 법의관이 마리노가 하는 말에 웃음을 터뜨리는 모습을 보자 레바는 침울해졌다.

"차창 유리에는 아무것도 보이지 않는데요."

마리노가 허리를 펴며 큰 소리로 말했다.

"나도 마찬가지예요."

몸을 웅크리고 다시 운전석 뒤쪽 차창 안을 들여다보던 마리노는 마치 무언가를 찾아낸 것처럼 유심히 들여다봤다.

"이쪽으로 와 봐요."

마리노는 레바가 옆에 없는 것처럼 미모의 여성 법의관에게 말했다.

두 사람은 종이 한 장 들어갈 틈도 없이 꼭 붙어 있었다.

"바로 그겁니다. 버클 안에 들어가는 금속 부분입니다."

마리노가 말했다.

"지문의 능선이 부분적으로나마 보이는군요."

미모의 법의관이 말했다.

두 사람은 더 이상 다른 지문은 찾아내지 못했고 얼룩조차 보이지 않았다. 마리노는 차량 내부를 닦아냈는지 그녀에게 물었다.

레바가 가까이 다가와도 마리노는 길을 비켜주지 않았다. 이건 레바가 맡은 사건이다. 그녀는 그들이 말하고 있는 것을 직접 확인할 권리가 있다. 마리노가 맡은 사건이 아니라 그녀가 맡은 사건이다. 마리노가 그녀에 대해 어떤 생각을 하고 어떤 말을 하든, 그녀는 형사이고 이 사건은 그녀가 맡은 것이다.

"실례합니다."

레바는 형사로서 권위 있게 말하려 하지만 쉽지 않다.

"나도 좀 봅시다."

그러고 나서 미모의 여성 법의관에게 말했다.

"카펫에서는 뭘 찾아냈습니까?"

"깨끗한 편이었습니다. 카펫을 털거나 흡입력이 별로 좋지 않은 진공청소기로 청소했을 때처럼 먼지가 약간 나왔습니다. 혈흔이 있을 수도 있으니 검사를 해봐야 할 것 같습니다."

"그렇다면 범인은 이 차량을 사용한 후 희생자의 집에 다시 주차해 둔 것 같군요. 그리고 희생자들이 실종된 이후에 어떤 톨게이트도 통과

하지 않았습니다."

레바가 대담하게 말하자, 후터스 레스토랑에서 그랬던 것처럼 마리노의 얼굴이 다시 험악하게 굳어졌다.

"그게 무슨 뜻이오?"

마리노는 마침내 그녀의 얼굴을 쳐다보며 물었다.

"톨게이트 통과 내역을 확인해 보았지만 별다른 기록이 없었어요. 톨게이트가 없는 도로도 많습니다. 톨게이트가 없는 도로로 주행했을 겁니다."

레바 역시 나름대로 정보를 조사한 것이었다.

"그럴 가능성이 크겠군."

마리노는 그녀를 쳐다보지도 않고 말했다.

"아무래도 그럴 가능성이 크겠죠."

레바가 대꾸했다.

"법정에서도 통할 거라고 생각해요? 법정에서 가능성 운운하면 변호사한테 먹잇감을 던져주는 거나 마찬가지오."

마리노는 이제 그녀의 시선을 외면한 채 말했다.

"가능성을 고려해보는 건 나쁘지 않아요. 범인 한 사람 혹은 두 사람 이상의 범인이 희생자들을 차에 태워 유괴한 다음, 나중에 그 차를 다시 희생자의 집으로 몰고 와 차문도 잠그지 않고 정원에 대충 주차해 두었다고 가정할 수도 있어요. 그랬다면 범인들은 영리하게 머리를 쓴 거예요. 차량이 집에 있으니 이웃사람들이 이상하다고 의심하지 않을 테니까요. 그리고 어두운 저녁 시간이라 아무에게도 눈에 띄지 않았을 게 분명해요."

레바가 대꾸했다.

"증거물을 당장 분석하고 지문은 AFIS를 통해 검사해야 합니다."

마리노는 위압적으로 말하면서 자신의 우월한 입지를 굳히려 애썼다.

"당연하죠. 매직 박스를 들고 금방 올게요."

미모의 법의관이 비꼬듯 말했다.

"궁금한 게 있는데요. 저기 보이는 격납고에 루시의 방탄 험비와 스피드보트, 열기구가 있다는 게 사실인가요?"

와그너 형사가 그녀에게 물었다.

미모의 법의관은 웃음을 터뜨리며 장갑을 벗어 쓰레기통에 버렸다.

"도대체 누가 그런 얘길 하던가요?"

"어떤 얼간이가요."

레바가 대답했다.

그날 저녁 7시 반, 시미스터 부인의 집 안 조명과 현관 등이 모두 꺼졌다.

카메라 릴리스를 들고 있는 루시는 모든 준비를 마친 상태였다.

"시작해."

루시의 지시에 따라 렉스는 현관에 루미놀을 분사하기 시작했다.

그들은 어두워질 때까지 기다렸다가 이제야 조사를 시작했다. 발자국이 빛나다가 희미해졌는데, 이번에는 대비가 더 강했다. 루시는 사진을 찍다 말고 멈췄다.

"무슨 문제라도 있어요?"

렉스가 물었다.

"기분이 이상해. 스프레이 병 이리 줘봐."

루시가 대답했다.

렉스는 스프레이 병을 루시에게 건네줬다.

"루미놀 분사에 양성반응으로 잘못 나오는 가장 흔한 경우는?"

"표백제입니다."

"그리고 또?"

"구리도 마찬가지입니다."

루시가 정원을 걸어 다니며 곳곳에 루미놀을 분사하자, 잔디밭이 마치 빛을 받아 반짝이는 바다처럼 푸른 초록색으로 빛나다가 다시 희미해졌다. 루시는 그런 모습을 한 번도 본 적이 없었다.

"살균제가 분명해. 병충해를 막기 위해 감귤나무에 구리 스프레이를 뿌린 거야. 물론 효과는 전혀 없지. 병충해를 입은 나무에 누군가 빨간색 선을 칠한 걸 봐."

루시가 말했다.

"누군가가 정원으로 들어와 흔적을 남긴 거군요. 감귤나무 조사관이 분명해요."

렉스가 대꾸했다.

"조사관이 누구인지 알아내야 해."

루시가 말했다.

사우스 비치에 늘어선 최신 유행의 레스토랑을 탐탁지 않게 여기는 마리노는 그 근처에 절대 오토바이를 주차하지 않았다. 이 시간 무렵 보도에는 일본산 오토바이들이 늘어서 있었다. 마리노는 해안선 도로를 따라 천천히 오토바이를 몰고 있었다. 멋지게 차려 입고 촛불이 켜진 야외 테이블에 앉아 마르티니나 와인을 마시고 있는 손님들은 오토바이의 시끄러운 엔진 소리에 얼굴을 찌푸렸다.

마리노는 이탈리아산 스포츠카인 붉은색 람보르기니 바로 뒤편에 따라붙으며, 모든 사람들에게 자신이 도착했음을 알리려는 듯 요란하게 레버를 회전하면서 요란한 엔진소리를 냈다. 마리노의 오토바이가 람보르기니 범퍼에 닿을락 말락 가까이 다가가 요란하게 레버를 회전하자, 람보르기니도 요란한 엔진소리를 울렸다. 마리노의 오토바이가 사자처럼 으르렁거리자, 람보르기니를 운전하던 여성 운전자가 빨간 매니큐어를 칠한 가운뎃손가락을 세워 창밖으로 내밀었다.

마리노는 씩 웃으며 다시 레버를 회전시켜 차량 틈새를 지나 람보르기니 옆에 오토바이를 세우고 차량 안을 들여다봤다. 운전석에 앉아 있는 여자는 스무 살 정도로 보이고 청 조끼에 반바지만 걸친 차림이었다. 옆 좌석에 앉아 있는 촌스러운 여자는 가슴만 겨우 가려주는 탑을 걸치고 중요 부위도 제대로 가려지지 않을 정도로 짧은 반바지를 입고 있었다.

"그런 손톱으로 자판은 어떻게 치고 집안일은 어떻게 하지?"

요란한 엔진소리가 울리는 오토바이에 탄 마리노는 뭉툭한 손을 고양이 발톱처럼 사납게 세워 여자 운전자의 손톱을 가리키며 말했다. 빨간색 매니큐어를 칠한 손톱은 아크릴 소재를 덧대었는지 무척 길어 보였다.

정지 신호등을 올려다보고 있는 예쁘장한 얼굴의 운전사는 얼른 초록색 주행 신호로 바뀌어 고집불통 마리노에게서 벗어나고 싶은 심정일 것이다. 그녀는 마리노를 보며 욕설을 내뱉었다.

"재수 없는 아저씨, 저리 꺼져요."

라틴 아메리카 억양이 강하게 남아 있는 어투였다.

"숙녀가 그런 식으로 말하면 곤란하지. 그러면 내가 섭섭하지."

마리노가 능청스럽게 말했다.

"저리 꺼져요."

"내가 아가씨들에게 술 한잔 사주면 안 될까? 그리고 나서 같이 춤추러 가자."

"귀찮게 굴지 말아요."

운전석에 앉은 여자가 말했다.

"경찰에 신고할 거예요!"

옆 좌석에 앉은 여자가 위협했다.

마리노가 총탄 자국과 로켓이 그려진 헬멧을 벗자 신호등이 주행 신호로 바뀌었다. 람보르기니는 전속력으로 질주했고, 마리노는 14번 가에 들어서 루 문신 전문점과 스쿠터 시티 앞에 오토바이를 세우고 시동을 껐다. 그는 오토바이 잠금장치를 잠그고 길을 건너 사우스 비치에서 가장 오래된 술집으로 향했다. 마리노가 그 지역에서 다니는 술집은 맥스 클럽 듀스밖에 없는데, 오토바이 기종인 할리 듀스와 헷갈리지 않도록 그냥 듀스라고 불렀다. 듀스를 타고 듀스에 가는 것이다. 듀스는 흰색과 검은색 체크무늬 바닥으로 된 어두운 술집으로, 당구대가 놓여 있고 바(bar) 위에는 네온으로 된 누드 형상이 걸려 있었다.

로지가 마리노에게 버드와이저 드래프트를 따랐다. 굳이 주문하지 않아도 미리 알아서 따라줬다.

"누구 기다려요?"

로지는 거품이 생긴 긴 유리잔을 오래된 오크나무 바 너머로 밀어줬다.

"당신은 모르는 사람이지. 오늘밤 오는 사람은 아무도 모를 걸."

마리노가 그녀에게 말했다.

"알았어요."

로지는 마리노 옆에 앉아 있는 나이 든 남자에게 줄 보드카를 따라주며 말했다.

"여기 있는 사람도 모르지만, 당신들 두 분은 더구나 모르죠. 괜찮아요, 어차피 당신에 대해 알고 싶지 않으니까요."

"섭섭한 소리 하지 말고 라임 좀 넣어 주시오."

마리노는 그녀에게 맥주잔을 다시 밀어줬다.

"오늘 밤 멋지지 않아요? 당신 마음에 들어요?"

그녀는 라임 몇 조각을 맥주잔에 넣으며 말했다.

"정말 멋지군."

"멋지냐고 물은 게 아니라 당신 마음에 드는지 물었어요."

듀스를 찾은 지역 주민들은 평소에도 그렇듯이 다른 사람들에게 신경을 쓰지 않았다. 그들은 바 건너편 의자에 앉아 텔레비전 야구 중계를 물끄러미 쳐다보고 있었다. 마리노는 그들의 이름을 모르고, 알 필요도 없었다. 염소수염을 기른 뚱뚱한 남자, 항상 투덜거리는 초고도비만 여자와 그녀 몸집의 3분의 1밖에 되지 않는 족제비처럼 생긴 애인이 보였다. 두 사람이 어떻게 성관계를 하는지 궁금해진 마리노는 거세게 날뛰는 황소 위에 탄 카우보이가 물고기처럼 파닥거리는 모습을 상상했다. 듀스를 타고 듀스에 오는 날이면, 마리노는 셀프 박사의 조언을 무시하고 담배를 몇 개비 피웠다. 이곳에서 일어난 일은 어차피 아무도 모를 테니까.

마리노는 라임을 넣은 맥주잔을 들고 당구대로 가져가, 구석에 어울리지 않게 서 있는 큐대를 집어 들었다. 입에 담배를 문 채 당구공을 툭 건드리고 당구대를 빙 돌면서 큐대에 초크를 칠했다. 족제비 같은 남자를 곁눈으로 쳐다보자 자리에서 일어나 맥주잔을 들고 화장실로 가는 모습이 보였다. 누군가 자신의 술을 훔쳐 마실까봐 항상 술잔을 들고 가는 것이다. 마리노의 시선은 어떤 사람도, 어떤 대상도 놓치지 않았다.

노숙자처럼 보이는 비쩍 마른 한 남자가 술집 안으로 걸어 들어왔다. 덥수룩한 턱수염에 머리는 한 갈래로 묶고, 몸에 맞지 않은 싸구려 옷에 더러워진 마이애미 돌핀스 야구 모자를 쓰고 이상한 분홍색 선글라스를 쓰고 있었다. 그는 출입문 근처 의자에 앉더니 헐렁한 바지 뒷주머니에 수건을 쑤셔 넣었다. 창밖에 보이는 보도에서는, 한 어린놈이 아까 마리노의 돈을 삼킨 고장 난 주차 미터기를 마구 흔들고 있었다.

마리노는 큐대로 당구공 두 개를 가운데 구멍에 툭 쳐 넣으며 담배

연기 사이를 응시했다.

"좋아요. 계속 잘 넣고 있군요. 그런데 어디 다녀오는 길이에요?"

로지가 맥주 한 병을 더 따라주며 말했다.

그녀는 섹시하고 고집이 셌다. 남자들이 아무리 술에 취해도 그녀를 마음대로 할 수 없었다. 한번은 마리노가 그녀의 엉덩이를 움켜잡고 놓지 않자, 맥주병으로 손목을 내리친 적도 있었다.

"모든 사람의 시중을 들려고 하지 말고 이리로 와요."

마리노는 8번 공을 치면서 말했다.

공은 초록색 펠트 한가운데로 굴러가 멈췄다.

"집어치워."

마리노는 당구대에 큐대를 고정한 채 공이 굴러가는 모습을 바라보며 혼잣말로 중얼거렸다. 그가 주크박스 쪽으로 발걸음을 옮기는 동안, 로지는 밀러 라이트 두 병을 따서 뚱뚱한 여자와 족제비 같은 애인에게 가져다줬다.

로지는 항상 정열적으로 일했다. 그녀는 바지 뒷주머니에 손을 닦고 있었고, 마리노는 주크박스에 든 70년대 인기곡 중에서 몇 곡을 고르고 있었다.

"뭘 그렇게 쳐다보는 거요?"

마리노는 옆에 앉아 있는 노숙자처럼 보이는 남자에게 물었다.

"게임 한 판 하겠소?"

"다른 할 일이 있어서 안 되겠소."

마리노는 고개도 돌리지 않고 주크박스에서 음악을 골랐다.

"술값을 내지 않으면 어떤 게임도 할 수 없어요. 그리고 아무 할 일도 없이 여기 오지 말라고 몇 번이나 더 말해야 해요?"

로지가 문 옆에 털썩 앉아 있는 노숙자처럼 보이는 남자에게 말했다.

"저 남자가 나와 게임하고 싶어 하는 줄 알았습니다."

그는 뒷주머니에 있던 수건을 꺼내어 신경질적으로 비틀기 시작했다.

"지난번에도 술은 마시지 않고 화장실만 사용하고 나갔잖아요. 이곳에 있고 싶으면 술값을 내요."

로지는 허리에 손을 얹고 그의 얼굴을 똑바로 쳐다보며 말했다.

그는 천천히 자리에서 일어나 수건을 비틀며 마리노를 쳐다봤다. 비참하고 피곤에 지친 눈빛이지만 무언가를 말하려는 듯한 눈빛이었다.

"나와 게임하고 싶어 하는 줄 알았습니다."

그가 마리노에게 말했다.

"당장 나가요!"

로지가 그에게 소리쳤다.

"내게 맡겨요."

마리노는 그에게 걸어가며 로지에게 말했다.

"너무 늦기 전에 내가 배웅해 주지. 저 여자 성질 건드리지 마쇼."

남자는 저항하지 않았다. 마리노가 생각했던 것처럼 고약한 냄새도 나지 않았다. 그를 데리고 술집 밖으로 나오자, 그 멍청한 어린놈이 아직도 주차 미터기를 흔들고 있었다.

"그건 사과나무가 아니야."

마리노가 그에게 말했다.

"상관 말고 저리 꺼져요."

마리노가 가까이 다가가자 그는 깜짝 놀라 눈을 동그랗게 떴다.

"방금 뭐라고 했어?"

마리노는 귀 기울이는 시늉을 하며 그에게 몸을 굽혔다.

"내가 잘못 들은 건 아니겠지?"

"25센트짜리 동전을 세 개나 넣었단 말이에요."

"별로 딱한 사정도 아니군. 공공재산 파손 죄로 체포하기 전에 당장 차 타고 꺼지는 게 어때?"

마리노는 이제 더 이상 그를 체포할 권리도 없으면서 그렇게 말했다.

노숙자 같은 남자는 천천히 보도를 걸어가면서, 마치 마리노가 뒤따라오기 바라듯 힐끔 뒤돌아봤다. 어린놈이 무스탕에 올라타 시동을 걸자, 노숙자처럼 보이는 남자가 뭔가를 중얼거렸다.

"나한테 말하는 거요?"

마리노가 노숙자처럼 보이는 남자에게 물었다.

"남자아이는 항상 저러고 있어요. 동전은 한 푼도 넣지 않고 기계가 망가질 때까지 흔드는 겁니다."

노숙자 같은 남자가 낮은 목소리로 부드럽게 말했다.

"말하고 싶은 게 뭐요?"

"사건이 일어나기 하루 전날 밤 조니가 이곳에 왔습니다."

남자가 말했다. 그가 입은 옷은 몸에 맞지 않고 신발 뒤축은 닳아 떨어져 버렸다.

"지금 누구 얘길 하는 거요?"

"누구 이야기 하는지 잘 알 겁니다. 그는 자살하지 않았습니다. 누가 범인인지 알고 있습니다."

느낌이 왔다. 시미스터 부인 집으로 들어갈 때 느꼈던 것과 똑같은 기분이었다. 마리노는 한 블록 떨어진 곳에서 천천히 걷고 있는 루시를 발견했다. 항상 입는 헐렁한 검은색 옷을 입지 않았다.

"사건이 일어나기 전날 밤 그와 함께 당구 게임을 했어요. 그는 팔에 깁스를 하고 있었고, 사람들은 그에게 신경 쓰지 않았어요. 그는 당구를 꽤 잘 쳤어요."

마리노는 너무 티 나지 않게 루시를 주시했다. 그녀는 주변과 잘 어울렸다. 남성적이지만 매력적인 레즈비언처럼 보이는 그녀는 색이 바랬지만 고급스러워 보이는 청바지와 부드러운 검은색 가죽 재킷을 입고 있었다. 재킷 안에는 가슴이 강조되어 보이는 딱 달라붙는 흰색 셔츠를 입었다. 그래선 안 되겠지만 마리노는 루시의 가슴이 항상 마음에 들었다.

"그가 여자와 함께 온 모습은 꼭 한 번 봤어요."

바를 등진 채 앉아 있는 노숙자 남자는 왠지 불안한 듯 주변을 둘러봤다.

"그 여자를 찾아야 해요. 내가 하고 싶은 말은 그것뿐이에요."

"그 여자가 누구고, 왜 그 여자를 찾아야 하는 거야?"

마리노는 자신을 알아보는 사람이 아무도 없는지 주변을 둘러보면서 루시를 주시했다.

"예쁜 여자였습니다. 남자와 여자 모두 눈길이 갈 정도로 섹시하게 차려 입고 있었습니다. 그녀에게 가까이 다가가고 싶어 하는 사람은 아무도 없었습니다."

남자가 말했다.

"당신에게 가까이 다가가고 싶어 하는 사람도 아무도 없는 것 같군. 당장 쫓겨날 행색이니까."

루시는 마리노와 노숙자를 보지 못한 것처럼 듀스 안으로 들어왔다.

"그날 밤 쫓겨나지 않은 이유는 조니가 내 술값을 내주었기 때문입니다. 우리 두 사람이 당구 게임을 하고 있는 동안, 그 여자는 주크박스를 난생 처음 본 것처럼 신기해하며 둘러보고 있었습니다. 여자 화장실을 두어 번 다녀왔는데, 그때부터 담배 냄새가 났습니다."

"당신이 여자 화장실을 갔단 말이야?"

"어떤 여자가 하는 얘길 들었습니다. 문제가 있는 여자 같았습니다."

"그 여자 이름이 뭐였는지 기억나?"

"그건 전혀 모릅니다."

마리노는 담뱃불을 붙이며 말을 이었다.

"그 여자가 조니에게 일어난 사건과 관련 있다고 생각하는 이유가 뭐지?"

"난 그녀가 마음에 들지 않았습니다. 그녀를 좋아한 사람은 아무도 없었습니다. 그게 전부입니다."

"확실해?"

"그렇습니다."

"이 얘긴 아무에게도 말하지 마, 알겠어?"

"별로 중요한 얘기도 아닌데요."

"중요하든 그렇지 않든 입 다물란 말이야. 그리고 내가 오늘 밤 이곳에 올 거라는 걸 어떻게 알았는지, 왜 내게 말을 걸었는지 말해봐."

"당신이 타고 온 오토바이 때문입니다."

노숙자가 길 건너편을 내다보며 말했다.

"눈에 띄는 오토바이죠. 그리고 이곳 사람들은 당신이 전직 강력계 형사였고 이곳 근처에 있는 경찰 캠프 같은 곳에서 수사를 맡고 있다는 사실을 알고 있습니다."

"뭐라고? 내가 시장처럼 유명 인사라도 된단 말이야?"

"당신은 이곳에 자주 오지 않습니까. 할리 오토바이를 타고 이곳에 오는 걸 몇 번이나 봤습니다. 몇 주 동안 지켜보다가 말할 기회가 생기기를 바랐습니다. 요즘은 이곳 주변을 배회하고 다니며 최선을 다하고 있습니다. 지금은 인생의 전성기가 아니지만 앞으로 계속 좋아지기를 바라고 있습니다."

마리노는 지갑을 꺼내더니 그에게 50달러짜리 지폐를 줬다.

"이곳에서 만난 여자에 대해 더 많은 걸 알아내면 보상해 주겠네. 어디로 찾아가면 만날 수 있나?"

마리노가 말했다.

"매일 밤마다 다릅니다. 이미 말한 것처럼, 그래도 최선을 다하고 있습니다."

마리노는 그에게 휴대전화 번호를 가르쳐줬다.

"한잔 더 할래요?"

로지가 술집에 되돌아온 마리노에게 말했다.

"이번엔 알코올 없는 걸로 주쇼. 추수감사절 직전에 잘생긴 금발 의사가 어떤 여자와 여기 왔던 거 기억나지 않아? 그날 밤 그 의사와 노숙자가 당구 게임을 했다던데."

로지는 곰곰이 생각에 잠긴 표정으로 바를 닦으며 고개를 가로저었다.

"이곳엔 많은 사람들이 와요. 추수감사절이라면 오래 전인데, 추수감사절 며칠 전 말인가요?"

마리노는 출입문 옆에 있는 시계를 쳐다봤다. 10시가 다 된 시각이었다.

"아마 하루 전일 거요."

"믿기지 않겠지만 나도 내 생활이 있는 사람이라 매일 밤 이곳에서 일하는 건 아니랍니다. 추수감사절에는 이곳에 없었어요. 아들과 애틀랜타에 있었거든요."

"사람들 말로는 내가 말한 그 의사가 이상한 여자와 함께 있었다는데. 그리고 그 다음 날 그 의사가 죽었소."

"난 전혀 모르는 일이에요."

"당신이 자리를 비웠을 때 그녀가 그 의사와 함께 이곳에 왔겠군."

로지는 바를 계속 닦으며 말했다.

"괜히 문제 만들고 싶지 않아요."

루시는 주크박스 근처 창가 자리에 앉아 있었고, 마리노는 휴대전화기 이어폰처럼 보이는 도청장치를 귀에 꽂은 채 바 반대편 테이블에 앉았다. 마리노는 무알코올 맥주를 마시며 담배를 피웠다.

반대편에 앉아 있는 손님들은 다른 사람들에게 신경을 쓰지 않았다. 그들은 절대 남에게 신경 쓰는 법이 없었다. 루시가 마리노와 함께 이곳에 올 때마다, 한심해 보이는 사람들이 매번 똑같은 의자에 앉아 멘톨 담배를 피우며 맥주를 마시고 있었다. 그들이 술집 안에서 이야기를 주고받는 사람은 로지뿐이었다. 루시는 로지에게 고도 비만 여자에 대한 이야기를 들은 적이 있었다. 고도 비만 여자와 비쩍 마른 남자친구는 마이애미에 있는 고급 주택에 살았는데, 남자가 잠복 경찰에게 마약을 팔다 구속되어 감옥에 다녀온 이후로는 사정이 좋지 않다고 했다. 지금은 고도 비만 여자가 은행 금전출납원으로 일하며 번 수입으로 남자를 부양하고 있다고 했다. 염소수염을 기른 뚱뚱한 남자는 루시가 한 번도 가보지 않은 레스토랑의 요리사다. 그는 매일 밤 이곳에 와 술을 마신 다음 힘겹게 운전해서 귀가한다고 했다.

루시와 마리노는 서로 모른 척했다. 다양한 사건을 맡으며 여러 차례 그렇게 해오면서도 여전히 어색하고 조심스러웠다. 루시가 직접 생각해낸 아이디어지만, 그녀는 다른 사람이 자신을 정탐하는 걸 좋아하지 않았다. 오늘 밤 마리노가 그곳에 있는 게 타당하긴 하지만 루시는 그가 있는 게 여전히 불쾌했다.

루시는 가죽 재킷 안에 부착한 무선 마이크를 확인했다. 신발 끈을 묶듯이 몸을 숙여서 그녀가 말하는 모습을 아무도 눈치 채지 못했다.

"지금까지는 별일 없음."

루시가 마리노에게 말했다.

시간은 10시 3분이었다.

루시는 기다렸다. 마리노에게 등을 돌린 채 무알코올 맥주를 마시며 말없이 기다렸다.

손목시계를 흘끗 내려다보자 10시 8분이었다.

문이 열리고 남자 둘이 들어왔다.

몇 분 뒤 루시가 마이크에 대고 마리노에게 말했다.

"뭔가 잘못됐어요. 내가 나가서 볼 테니 아저씨는 그대로 있어요."

루시는 해안 산책로를 따라 아르 데코 지역을 둘러보면서, 사람들 틈에 스티비가 있는지 살펴봤다.

시간이 흐를수록 사우스 비치에 모인 사람들은 더 시끄럽게 떠들고 술에 취했다. 이리저리 돌아다니는 사람들과 주차할 곳을 찾는 사람들로 붐비고 있고 길이 막혀 차들이 거의 움직이지 않았다. 그렇게 붐비는 곳에서 스티비를 찾는다는 건 말도 되지 않았다. 스티비는 약속한 장소에 나타나지 않았다. 아마 이곳에서 수백 킬로미터 떨어진 곳에 있을지 모르지만 루시는 그녀를 찾아다녔다.

스티비가 눈에 찍힌 발자국을 보고 숙소 뒤에 세워둔 허머까지 따라왔다고 했던 말이 떠올랐다. 스티비가 했던 말을 왜 의심하지 않고 그냥 믿었던 걸까? 집 근처에서는 루시의 발자국이 분명하게 보였겠지만, 보도를 지나며 다른 사람들의 발자국과 뒤섞였을 것이다. 그날 아침 보도를 걸어간 사람은 루시 이외에도 여럿 있었을 것이기 때문이다. 더그라는 남자의 명의로 된 휴대전화, 붉은색 문신, 조니 스위프트에 대해 생각하자 루시는 자신이 얼마나 부주의하고 근시안적이고 자기 파괴적이었는지 신물이 날 것 같았다.

스티비는 듀스에서 루시를 만날 의도도 없이, 그날 밤 로렌에서 그랬던 것처럼 단지 그녀를 조롱한 건지도 모른다. 스티비에게는 어떤 것도 처음이 아니다. 그녀는 기이하고 역겨운 게임의 고수다.

"스티비 찾았어?"

마리노의 목소리가 이어폰을 통해 들렸다.

"둘러볼 테니 아저씨는 거기 있어요."

루시가 11번가를 지나 법원이 위치한 워싱턴대로를 걸어갈 무렵, 차창을 검게 물들인 흰색 시보레 차량이 지나갔다. 천천히 발걸음을 옮기는 루시는 불안했고 갑자기 겁이 덜컥 났다. 발목에 채워둔 권총용 가죽 케이스를 조심스럽게 만지며 길게 숨을 내쉬었다.

49

겨울 폭풍을 몰고 올 먹구름이 또다시 캠브리지 상공을 뒤덮고 있어서, 길 건너편에 보이는 집조차 구분할 수 없을 지경이었다. 굵은 눈발이 몰아치고 있고 주변은 온통 흰 눈으로 뒤덮였다.

"원하면 커피를 더 끓일게요."

스카페타는 거실로 들어오며 벤턴에게 말했다.

"난 이미 충분히 마셨어."

그는 그녀를 등진 채 대답했다.

"나도 그래요."

스카페타가 벽난로 앞에 앉아 위에 머그잔을 내려놓는 소리가 들렸다. 그녀의 시선을 느낀 벤턴은 고개를 돌려 그녀를 바라보지만 무슨 말을 해야 할지 알 수 없었다. 머리는 젖어 있었고 실크로 된 검은색 가운을 입었을 뿐 속옷은 입지 않았다. 새틴 소재 옷감이 그녀의 몸을 부드럽게 감싸고 있고, 벽난로 옆에 비스듬히 앉은 자세 때문에 가슴골이

깊게 패였다. 강인한 팔로 무릎을 감싼 채 앉아 있는 그녀는 나이 치고
는 깨끗하고 매끈한 피부를 갖고 있었다. 짧게 자른 금발과 아름다운
얼굴이 벽난로 불빛을 받아 환하게 드러났다. 벤턴은 그녀를 사랑한다.
그녀의 모든 것을 사랑하지만 지금은 무슨 말을 해야 할지 알 수 없었
다. 어떻게 상황을 풀어가야 할지 알 수 없었다.

어젯밤 그녀는 그와 헤어질 거라고 말했다. 여행 가방이 있었다면 짐
을 꾸렸겠지만 그녀는 여행 가방을 들고 다니지 않는다. 이곳에 소지품
이 있기 때문이다. 이곳은 그녀의 집이기도 하다. 매일 아침 벤턴은 그
녀가 서랍을 여닫는 소리가 들리지는 않는지, 그녀가 외출했다가 돌아
오는 소리가 들리지는 않는지 귀를 기울였다.

"눈이 너무 많이 쌓여서 운전을 할 수 없을 거야."

벤턴이 말했다.

흰 눈이 쌓인 앙상한 나뭇가지가 기다란 연필처럼 보이고, 주변에 보
이는 차량은 한 대도 없었다.

"당신 기분이 어떨지, 뭘 원하는지 알아. 하지만 오늘은 아무 데도
못 가. 꼼짝도 할 수 없어. 이곳 캠브리지 거리 중에는 곧바로 눈을 치
우지 않는 데도 있을 테니까. 지금 이 길도 눈을 치우지 않았어."

벤턴이 말했다.

"4륜구동 차량이잖아요."

스카페타는 무릎 위에 가지런히 올린 손을 내려다보며 말했다.

"강설량이 60센티미터 정도라고 했어. 공항으로 데려준다고 해도 비
행기가 이륙하지 못할 거야. 오늘은 안 돼."

"뭘 좀 먹어야 해요."

"난 배고프지 않아."

"버몬트 체다 치즈를 넣은 오믈렛 어때요? 먹으면 기분이 좋아질 거

예요."

스카페타는 벽난로 앞에 앉아 턱을 괸 채 그를 올려다봤다. 검은색 가운을 입고 허리띠를 꼭 졸라맨 모습이 육감적인 조각상 같았다. 항상 그랬던 것처럼 벤턴은 그녀를 간절히 원했다. 약 15년 전 그녀를 처음 만났을 때에도 그녀를 간절히 원했다. 당시 두 사람 모두 자신이 몸담고 있던 기관의 수장이었다. 벤턴은 FBI의 행동 과학 연구소 소장이었고, 스카페타는 버지니아 법의국의 국장이었다. 두 사람은 어떤 흉악한 사건을 함께 맡게 되었고 그녀가 회의실 안으로 걸어 들어왔다. 그녀를 처음 만났을 때 모습이 아직도 눈앞에 보이는 것처럼 선명했다. 진주빛이 도는 얇은 회색 줄무늬 정장 위에 흰색 가운을 입고 있었고, 손에는 사건 파일을 들고 있었다. 벤턴은 그녀의 손을 보고 호기심을 느꼈다. 강인하고 유능해 보이면서도 우아한 손이었다.

벤턴은 자신을 응시하고 있는 스카페타의 시선을 느꼈다.

"조금 전 통화하는 소리가 들리던데 누구랑 통화한 거야?"

벤턴이 물었다.

벤턴은 스카페타가 변호사에게 전화했을 거라고 생각했다. 루시에게 전화한 걸 수도 있었다. 벤턴과 헤어지겠다고, 이번에는 진심이라고 말했을 것이다.

"셀프 박사에게 전화했어요. 통화가 연결되지 않아 메시지를 남겼어요."

스카페타가 대답했다.

벤턴은 어리둥절한 표정을 지었다.

"분명히 기억날 거예요. 라디오 프로그램에도 출연하니까요."

스카페타는 비꼬듯 덧붙였다.

"그렇게 비꼴 필요는 없잖아."

"수백만 명의 청취자들이 그 프로그램을 들어요."

"그녀에겐 왜 전화한 건데?"

벤턴이 물었다.

스카페타는 셀프 박사가 데이비드 럭에게 처방전을 써준 이야기를 했다. 그리고 처음 통화했을 당시 셀프 박사가 전혀 협조해 주지 않았다고 덧붙여 말했다.

"좀 괴상한 데다 병적으로 자기중심적인 사람이니까 당연하겠지. 셀프라는 가명이 어울리게 살아가고 있군."

"사실 그녀는 그럴 권리가 있어요. 내겐 권한이 없고, 사망 사실이 확인된 것도 아니니까요. 셀프 박사는 이런 시점에서 법의관이 묻는 질문에 대답할 필요가 없어요. 그녀를 괴상하다고 해도 될지 모르겠네요."

"매춘부 정신과의사라 부르는 건 어때? 최근 라디오 프로그램 들은 적 있어?"

"그렇다면 당신은 그 프로그램을 듣는다는 뜻이군요."

"다음번에는 라디오 프로그램이 아니라 아카데미에 직접 그 정신과의사를 초대한다는군."

"그건 내 생각이 아니에요. 나는 반대 입장을 분명히 밝혔지만 루시는 그렇지 않았어요."

"말도 안 돼. 루시는 셀프 박사 같은 사람을 그냥 두고 보지 못해."

"셀프 박사를 특별 강사로 초대하자는 건 조 아모스의 생각이었는데 이곳에서 연구원 생활을 시작하면서 처음으로 제안한 거죠. 여름 학기에 유명 인사들 강연을 하자고 했어요. 그는 셀프 박사 프로그램에 고정 출연을 하고 싶어 했고, 아카데미 이야기를 방송에 내보내려고도 했어요. 하지만 난 그러고 싶지 않아요."

"멍청한 사람들 같으니라고. 두 사람이 죽이 잘 맞는군."

"루시는 별다른 주의를 기울이지 않았어요. 강연에 대해서는 더구나 관심이 없었고 조가 무슨 일을 하든 상관하지 않았어요. 루시가 더 이상 관심을 갖지 않는 일이 많아졌어요. 이제 어떻게 해야 할까요?"

스카페타는 루시 이야기는 하고 싶지 않았다.

"잘 모르겠어."

"당신은 심리학자니까 잘 알잖아요. 기능 장애와 비참한 상황을 매일 다루잖아요."

"오늘 아침 내 심정도 비참하군. 당신 말이 맞아. 내가 심리학자로서 당신을 대한다면, 당신은 고통과 분노를 나한테 풀고 있다고 말할 거야. 뇌종양이 생긴 루시에게 풀 수는 없을 테니까."

벤턴이 말했다.

스카페타가 벽난로 가리개를 젖히고 모닥불에 땔감을 얹자 탁탁, 불꽃이 타오르는 소리가 났다.

"루시 때문에 이렇게 화난 적은 처음이에요. 이렇게 내 인내심을 시험한 사람도 아무도 없었어요."

스카페타는 솔직히 털어놓았다.

"루시는 신경과민 증세를 보이는 어머니 밑에서 외동으로 자랐어. 루시의 어머니이자 당신 여동생은 지나치게 성욕이 강한 자기도취자야. 게다가 루시는 특별한 재능이 있고 다른 사람들과는 사고방식이 달라. 그리고 동성애자야. 그리고 오래 전부터 혼자서 모든 걸 이겨내는 걸 배웠지."

벤턴이 말했다.

"극단적으로 이기적인 사람이라는 뜻이군요."

"사람은 정신적인 손상을 입으면 이기적으로 변하는 법이지. 루시는 자신이 뇌종양에 걸린 사실을 알면 당신의 태도가 달라질까봐 두려웠던 거야. 그러면 자신의 비밀스런 공포에 꼼짝 못하게 되는 거지. 당신이 알게 되면 어쨌든 현실이 되어버리니까."

스카페타는 벤턴 뒤로 보이는 창밖에 시선을 고정했다. 벌써 눈이 20센티미터나 쌓여서 길에 주차해둔 자동차들이 거대한 눈덩이처럼 보였다. 이웃 어린아이들이 눈싸움을 하는 모습조차 보이지 않았다.

"장을 미리 봐둬서 다행이야."

벤턴이 말했다.

"말이 나온 김에, 점심 때 뭘 해 먹을지 봐야겠어요. 맛있는 점심을 먹고 좋은 하루를 보내야겠어요."

"문신한 거 본 적 있어?"

벤턴이 물었다.

"내 몸에 아니면 다른 사람 몸에 한 거요?"

벤턴은 희미하게 웃었다.

"당신 몸은 절대 아니지. 내가 맡은 사건 희생자의 몸에 붉은색 문신이 있는데, 살아 있을 때 한 건지 죽고 나서 한 건지 알 수가 없어. 구별할 수 있는 방법이 있으면 좋을 텐데."

스카페타는 오랫동안 벤턴을 바라봤다. 등 뒤의 벽난로는 쉬익, 바람소리를 내며 타올랐다.

"범인이 희생자가 살아 있을 때 문신을 그린 거라면, 우리가 생각하는 것과는 다른 유형의 범죄자일 거야. 너무나 끔찍하고 모욕적인 일이야. 감금된 상태에서…."

"희생자가 감금된 게 확실한가요?"

"희생자의 손목과 발목에 벌겋게 변한 자국이 남아 있는데, 법의관은 타박상 자국일 가능성이 있다고 보고 있어."

"타박상으로 단정하지 않고 가능성이 있다고 본다고요?"

"사후 증상과는 반대되고 특히 시신이 추위에 노출되었기 때문에 특히 더 그렇다고 여성 법의관이 말했어."

"여성 법의관이라고요?"

"이곳 법의국장이 여성이야."

"보스턴 법의국에서의 경력은 그다지 대단하지 못했죠. 그녀가 독단적으로 일하는 바람에 법의국 행정을 망쳤어요."

스카페타가 말했다.

"부검 보고서가 책상 위에 있으니 한 번 검토해주면 고맙겠어. 문신과 다른 사항에 대한 당신의 의견을 듣고 싶어. 범인이 희생자가 살아있을 때 혹은 죽은 이후에 문신을 그렸는지 알아내는 게 내겐 무척 중요해. 희생자의 뇌를 검사하고 무슨 일이 있었는지 되돌려볼 수 있다면 좋을 텐데."

스카페타는 벤턴의 말을 곧이곧대로 받아들였다.

"그럴 수 있다면 끔찍할 거예요. 혹시 가능하다 해도 당신은 그렇게 하고 싶지 않을 거예요."

"베이질은 내가 그렇게 해주길 바랄 거야."

"맞아요, 베이질이라면 그럴 거예요."

스카페타는 베이질 젠레트가 벤턴의 삶의 일부분이 된 게 마음에 걸렸다.

"솔직히 말해서, 당신이라면 보고 싶지 않겠어? 가능하다면 사건을 되돌려보고 싶지 않아?"

벤턴이 되물었다.

"죽기 직전의 순간을 되돌려 볼 수 있는 방법이 있다 해도, 그것이 얼마나 믿을 만한지는 잘 모르겠어요. 인간의 두뇌는 외상과 고통을 최소화할 수 있도록 사건을 인식하는 놀라운 능력이 있어요."

스카페타는 벽난로 앞에 앉은 채 대답했다.

"어떤 사람들은 의식이 분열되겠지."

그때 스카페타의 휴대전화가 울렸다. 마리노에게서 걸려온 전화였다.

"내선 번호 243으로 전화해요. 지금 당장!"

마리노가 다급한 목소리로 말했다.

50

내선 번호 243은 지문 연구실 전화번호다. 지문 연구실은 아카데미 직원들이 한 가지 이상의 분석 방법이 요구되는 증거물에 대해 함께 모여 토론하는 장소이기도 하다.

지문은 이제 더 이상 지문으로 끝나지 않는다. 지문에서 DNA를 채취할 수도 있고, 지문을 남긴 사람의 DNA뿐만 아니라 범인이 손을 댄 희생자의 DNA도 채취할 수 있다. 지문에서 마약의 흔적을 찾아낼 수도 있고, 그 사람의 손에 묻어 있던 잉크나 페인트도 찾아낼 수 있다. 그러한 분석 과정에는 가스 색층 분석기나 적외선 분광 광도계, 푸리에 적외선 현미경을 이용한다. 예전에는 각각의 증거물을 따로 분석했지만 요즘은 여러 기구와 분석과정이 복잡해지고 미세해졌다. 예전의 솔로 연주가 이제는 현악4중주나 오케스트라 교향곡으로 발전한 것이다. 하지만 무엇을 먼저 해야 할지는 여전히 문제로 남아 있다. 뭔가를 먼저 분석하면 다른 뭔가가 없어질 가능성이 있기 때문이다. 그러므로 아카데미 연구원들이 종종 매튜의 연구실에 함께 모여 토론을 한다. 그들은 한 자리에 모여 무엇을 누가 먼저 해야 할지 토론하고 결정한다.

시미스터 부인의 집에서 발견된 라텍스 장갑을 받았을 때 매튜는 여러 가능성에 직면했고, 그 가능성 가운데 간단명료한 건 아무것도 없었다. 그는 실험용 면장갑을 낀 다음 내부를 라텍스 처리한 장갑을 덧입혀 꼈다. 라텍스 소재 덕분에 장갑이 흘러내리지 않아서 남아 있을 지문을 채취하고 사진을 찍기가 더 수월했다. 그렇게 하더라도 강력 접착제 때문에 지문이 사라질 가능성이 있고, 여러 종류의 빛이나 발광 파우더, 닌하이드린이나 다이아자플루오렌과 같은 화학물질 검사 과정에서도 지문이 없어질 위험이 있었다.

시간은 8시 반, 매튜의 작은 실험실 안에서 임시 직원회의라도 열린 것 같았다. 매튜와 마리노, 조 아모스 그리고 세 명의 연구원들이 커다란 투명 플라스틱 박스 주변에 둘러앉아 있었다. 박스 안에는 내부를 라텍스 처리한 장갑 두 켤레가 들어 있었고, 피 묻은 장갑은 집게로 고정해 걸어 두었다. 라텍스로 처리한 장갑의 다른 부분도 가능한 지문을 손상하지 않는 방법으로 DNA 검출을 위해 면봉으로 닦아냈다. 그런 다음 매튜는 본능과 경험에 의해 그리고 행운을 빌며 순서를 정해야만 했다. 그는 장갑, 강력 접착제가 든 호일 팩, 따뜻한 물을 담은 접시를 선택했다.

눈에 보이는 지문 하나를 검출했는데, 강력한 흰색 접착제로 보존한 엄지손가락 지문이었다. 매튜는 검은색 젤로 들어 올린 다음 사진을 찍어 두었다.

"모두들 모였습니다."

매튜가 스피커폰을 통해 스카페타에게 말했다.

"누구부터 시작할까?"

그는 실험실에 모인 사람들에게 물었다.

"랜디, 먼저 하겠어?"

DNA 연구원 랜디는 키가 작고 이상하게 생겼는데, 코가 크고 눈이 처졌다. 매튜는 자신이 랜디를 별로 좋아하지 않는 이유가 뭔지 새삼 깨달았다. 순간, 랜디가 말문을 열었다.

"DNA를 검출할 가능성이 있는 세 개의 증거물을 받았습니다. 장갑 두 개와 귓불 자국 두 군데입니다."

랜디는 항상 그런 것처럼 현학적인 어투로 말했다.

"그럼 네 개의 증거물이군요."

스카페타의 목소리가 스피커폰을 통해 실험실에 울렸다.

"그렇습니다, 정확하게 말하면 넷이군요. 핏자국이 남아 있는 장갑 겉면에서 DNA가 검출되기를 기대하지만, 양쪽 장갑 안에서도 검출될 수 있습니다. 그리고 귓불 자국에서 벌써 DNA를 검출했습니다."

그는 연구실에 모인 모든 이들에게 그 점을 강조했다.

"안텔릭스의 내부가 늘어나는 현상 등 각각의 변형이나 잠재적인 특징을 갖고 있는 것을 훼손하지 않고 면봉으로 검출했기 때문입니다. 그 프로필을 CODIS에 보낸 뒤 아무런 결과도 얻지 못했지만, 귓불 자국에서 얻어낸 DNA가 장갑 안에서 검출한 DNA와 일치한다는 사실은 알아냈습니다."

"DNA는 장갑 한쪽에서 검출되었나요?"

스카페타가 물었다.

"핏자국이 남아 있는 장갑에서 검출했고 다른 장갑에서는 나오지 않았습니다. 다른 장갑을 한 번이라도 착용했는지도 확실치 않습니다."

"이상하군요."

스카페타는 당혹스러운 목소리로 대꾸했다.

"귓볼의 해부학적 구조를 분석하는 건 매튜가 도와주었습니다. 지문 분석 역시 그의 전문분야지요."

랜디는 마치 중요한 사실인 것처럼 덧붙여 말했다.

"이미 말한 것처럼 귓볼 자국에서 DNA를 검출했는데, 구체적으로 귓바퀴와 둥근 돌출부에서 검출한 것입니다. 그리고 장갑을 낀 사람에게서도 똑같은 DNA가 검출되었습니다. 그러므로 사람들이 실종된 그 집 유리창에 귓볼 자국을 남긴 사람이 시미스터 부인을 살해한 범인과 동일하다고 추론할 수 있는 것입니다. 적어도 범죄 현장에서 그 장갑을 끼고 있었다고 추론할 수 있습니다."

"도대체 연필심을 몇 번이나 깎는 거요?"

마리노가 혼잣말처럼 중얼거렸다.

"뭐라고요?"

"아무리 작은 부분이라도 놓치고 싶지 않은 겁니까? 보도블록에 틈새가 몇 개나 나 있는지 세고, 섹스할 때 타이머도 맞춰둘 게 뻔합니다."

마리노가 목소리를 너무 낮추는 바람에 스카페타에게는 들리지 않았다.

"랜디, 계속해 줘요. CODIS에서 아무 결과도 나오지 않은 건 유감이에요."

스카페타가 말했다.

랜디는 CODIS라고 부르는 종합 DNA 색인 시스템의 데이터베이스를 검색했지만 일치하는 결과가 없었다고, 다시 한 번 현학적이면서도 장황하게 늘어놓았다. DNA를 남긴 사람이 데이터베이스에 들어 있지 않은 걸로 보아 전과가 없는 사람일 가능성이 높았다.

"라스 올라스 해변 가게에 남아 있던 혈흔에서 검출한 DNA도 성과를 얻지 못했습니다. 시료 가운데 일부는 핏자국이 아니었습니다."

랜디는 테이블 위에 놓인 검은색 전화기에 대고 말했다.

"거짓 양성 반응이 나왔는데 그게 뭔지는 잘 모르겠습니다. 루시는 구리일 가능성이 있다고 말했습니다. 병충해 방지를 위해 사용하는 살균제가 루미놀에 반응했을지도 모른다고 했습니다. 살균제를 뿌리는 구리 스프레이 말입니다."

"어떤 근거가 있습니까?"

조가 물었다. 매튜는 랜디뿐만 아니라 조도 마음에 들지 않았다.

"시미스터 부인 집 안팎에서 구리가 다량으로 검출되었습니다."

"비치범즈 가게 어디에서 혈흔이 검출되었나요?"

스카페타가 물었다.

"화장실에서요. 창고 바닥에서 검출된 것은 혈흔이 아니었는데 아마 구리인 것으로 추정됩니다. 스테이션왜건에서도 혈흔이 검출되었습니다. 차량 운전석 밑에 깔린 매트도 루미놀에 반응했지만 혈흔은 아니었습니다. 거짓 양성 반응을 보인 그것 역시 구리로 추정됩니다."

"필, 거기 있어요?"

"네, 옆에 있습니다."

증거물 연구원인 필이 대답했다.

"미안하게 생각하지만, 무리해서라도 실험을 계속해 주세요."

스카페타는 그렇게 말했고 정말 미안한 것 같았다.

"이미 무리하고 있습니다. 이러다 탈이 날지도 모르겠습니다."

조는 물에 빠져도 입을 다물지 못하고 계속 떠들어댈 것이다.

"아직 분석하지 못한 생물학적 시료들을 가능한 한 빨리 분석해주기 바랍니다. 크리스천 자매와 남자아이 둘이 실종된 할리우드 집에서 채취한, DNA를 검출할 가능성이 있는 증거물도 포함해서 말입니다. CODIS에 있는 DNA도 다 조사해요. 모든 사람을 마치 죽은 사람처럼 다루는 겁니다."

스카페타는 더 완강한 목소리로 힘주어 말했다.

연구원들과 조, 마리노가 서로를 번갈아봤다. 스카페타가 그런 말을 하는 걸 들은 적이 없기 때문이다.

"그건 박사님만의 낙관주의인가요?"

조가 말했다.

"필, 카펫에서 나온 증거물, 시미스터 부인 집과 스테이션왜건에서 나온 증거물 모두 SEM-EDS을 통해 검사하는 게 어때요? 실제로 구리가 맞는지 확인해 봅시다."

스피커폰에서 스카페타의 목소리가 흘러나왔다.

"그건 어디든지 있을 겁니다."

"아니오, 그렇지 않습니다. 집집마다 감귤나무가 있는 건 아니니까요. 하지만 지금까지 사건 정황을 보면 그럴 가능성이 높습니다."

스카페타가 말했다.

"해안가에 있는 그 가게는 어떻습니까? 그곳 주변에 감귤나무가 있을 것 같지는 않은데요."

"맞습니다. 좋은 지적이군요."

"그렇다면 증거물 가운데 몇몇이 구리에 양성 반응을 보였다고 칩시다…."

"그 점은 중요할 겁니다. 누가, 왜 창고에 구리를 묻히고 들어갔는지, 누가 구리를 스테이션왜건에 묻혔는지 추론해야 할 것입니다. 그리고 사람들이 실종된 집으로 가서 그곳에도 구리가 남아 있는지 검사해야 할 겁니다. 붉은색 물감이나 콘크리트 부스러기 같은 게 바닥에서 발견되지는 않았나요?"

스카페타가 말했다.

"헤나 물감이 나왔는데, 페인트나 마무리칠 페인트는 확실히 아니었습니다."

필이 대답했다.

"일회용 문신이나 바디페인트에 사용하는 물감이었나요?"

"그럴 가능성이 높지만, 알코올이 함유되어 있으면 알아낼 수 없습니다. 지금쯤 에탄올과 이소프로파놀은 증발해 버렸을 겁니다."

"그곳에서 헤나 물감이 검출되었다니 흥미롭군요. 지금 우리가 이야기하고 있는 걸 루시에게 알려야 합니다. 루시는 지금 어디에 있죠?"

"모르겠소."

마리노가 대답했다.

"플로리 퀸시와 그녀의 딸 헬렌의 DNA가 필요합니다. 해변 가게인 비치범즈에 그들의 혈흔이 남아 있는지 조사해 보세요."

"화장실에서는 한 사람의 혈흔밖에 검출되지 않았는데, 두 사람의 혈액은 절대 아닙니다. 두 사람의 혈흔이 나온다면 두 사람이 연관 있는지 밝힐 수 있을 겁니다. 예를 들어, 부녀지간일 수 있겠지요."

랜디가 대답했다.

"SEM 부분을 조사해 보겠습니다."

필이 말했다.

"대체 몇 개의 사건이 있는 겁니까? 그 사건들이 모두 연결되어 있다고 생각하십니까? 그 때문에 모든 사람들이 죽었다고 생각하라는 겁니까?"

조가 끼어들며 물었다.

"모든 사건이 연결되어 있다고 생각하지는 않습니다. 하지만 그럴 가능성도 있다는 걱정이 듭니다."

스피커폰에서 스카페타의 목소리가 들렸다.

"이미 말했던 것처럼 시미스터 부인 사건에 대해서는 CODIS 성과가 없었습니다. 하지만 혈흔이 묻은 라텍스 장갑 안에서 검출된 DNA는 장갑 겉에 묻어 있는 혈액의 DNA와 다른데, 충분히 그럴 수도 있습니다. 장갑 안에는 장갑을 낀 사람의 피부 세포가 남아 있을 테니까요. 장갑 겉면에 묻은 혈흔은 다른 사람의 것이거나, 적어도 그렇다고 추정할 수 있습니다."

랜디가 설명하자 매튜는 저런 남자가 어떻게 결혼할 수 있었는지 의구심이 들었다.

도대체 누가 저런 남자와 살까? 누가 저런 남자를 견딜 수 있을까?

"시미스터 부인의 혈흔인가요?"

스카페타가 무뚝뚝하게 물었다.

다른 모든 사람들이 그런 것처럼, 스카페타 역시 시미스터 부인 집에서 발견된 장갑에서 검출된 혈흔은 의심할 필요 없이 그녀의 것이라고 추론했을 것이다.

"사실, 카펫에 묻어 있는 혈흔이 그녀의 것입니다."

"시미스터 부인이 머리에 상해를 입은 것으로 추정되는 창가 카펫 말입니다."

조가 끼어들며 말했다.

"내가 말하고 있는 건 장갑에 묻은 혈흔입니다. 그 혈흔이 시미스터 부인의 것인가요?"

스카페타의 목소리에 긴장감이 느껴지기 시작했다.

"아닙니다. 장갑에 묻은 혈흔은 시미스터 부인의 것이 아닌데, 그 점이 이상합니다. 박사님은 그 혈흔이 그녀의 것이라고 생각하셨군요."

랜디가 대답했다.

매튜는 랜디가 또다시 설명을 늘어놓는 모습을 보며 고개를 절레절레 흔들었다.

"범죄 현장에 라텍스 장갑이 있었고, 한쪽 장갑 바깥에만 혈흔이 남아 있었습니다. 안에는 없고요."

"왜 혈흔이 장갑 안에 묻어 있겠나?"

마리노가 물었다.

"장갑 안에 묻어 있지 않습니다."

"그건 나도 아는데, 장갑 안에 묻을 일이 뭐가 있겠냔 말일세."

"글쎄요, 예를 들어, 장갑을 낀 채 손을 다쳤을 수도 있고 장갑을 끼고 있는 동안 상처가 났을 수도 있겠지요. 이전에 살인 사건에서 본 적이 있습니다. 범인이 장갑을 낀 채 상처를 입어서 장갑 안에 핏자국이 남았는데, 이번 경우는 그렇지 않습니다. 그러므로 다음과 같은 질문에 직면합니다. 혈흔이 시미스터 부인을 살해한 범인의 것이라면, 왜 장갑 겉면에만 묻어 있을까요? 그리고 동일한 장갑 안에서 검출한 DNA와는 왜 다를까요?"

"문제점이 분명해진 것 같군요."

끊임없이 이어지는 랜디의 일방적인 이야기를 겨우 참으며 매튜가 말했다.

하지만 매튜는 1분도 지나지 않아 그의 말을 듣는 걸 참지 못해, 화장실을 가거나 급한 용무나 약속이 있는 척하며 연구실 밖으로 나가야 할 것이다.

"범인이 피 묻은 물건이나 사람을 만졌다면 장갑 겉면에 혈흔이 남았겠죠."

랜디가 말했다.

연구실에 모인 모두는 답을 알고 있었지만 스카페타는 그렇지 않았다. 랜디가 구구절절 계속 이야기를 이어갔지만 아무도 막을 수 없었다. DNA는 그의 전문분야이기 때문이었다.

"랜디?"

스카페타의 목소리가 들렸다.

랜디가 다른 사람들을 혼란스럽게 하고 짜증나게 할 때 스카페타는 그런 목소리로 말했다.

"장갑에 묻은 혈흔이 누구 것인지 밝혀졌나요?"

스카페타가 다시 랜디에게 물었다.

"네, 거의 밝혀졌다고 할 수 있습니다. 조니 스위프트나 그의 남동생인 로럴의 것입니다. 두 사람은 일란성 쌍둥이이기 때문에 DNA가 똑같습니다."

랜디는 마침내 그렇게 말했다.

긴 침묵이 흐르자 매튜가 스카페타에게 말했다.

"여보세요, 들리십니까?"

그러자 마리노가 말문을 열었다.

"그게 어떻게 로럴의 혈흔일 수 있는지 도무지 이해가 안 가. 조니 스위프트가 머리에 총을 맞고 사망했을 당시에도 로럴의 혈액은 검출되지 않았어."

"저 역시 무척 당혹스럽습니다."

독물학자인 메리가 대화에 끼어들었다.

"조니 스위프트는 작년 11월에 총상을 입고 사망했는데, 어떻게 10주가 지나서 아무 상관없는 다른 사건에 갑자기 혈흔이 나타날 수 있는 거죠?"

"그의 혈흔이 어떻게 시미스터 부인의 집에서 나올 수 있는 거죠?"

스카페타의 목소리가 연구실을 가득 채웠다.

"고의로 장갑을 사건 현장에 갖다 두었을 가능성도 분명히 있을 겁니다."

조가 말했다.

"분명히 그렇겠군. 시미스터 부인을 살해한 범인은 자신이 조니 스위프트 사건과 관련 있다고 우리에게 말하고 있는 겁니다. 누군가 우리를 엿 먹이려 하고 있군."

마리노가 조의 말을 자르며 끼어들었다.

"조니 스위프트는 사망하기 직전에 손목 수술을 했습니다."

"헛소리! 그 빌어먹을 장갑이 손목 관절 수술에서 나온 것일 리는 없어. 맙소사. 당신은 말밖에 없는 곳에서 유니콘을 찾고 있군."

"뭐라고요?"

얼굴이 벌겋게 달아오른 마리노는 연구실을 왔다 갔다 하며 큰 소리로 말했다.

"시미스터 부인을 살해한 범인은 자신이 조니 스위프트도 살해했다고 말하고 있는 거야. 그리고 우리를 조롱하기 위해 범행 현장에 장갑을 남긴 거고."

"로럴의 혈흔이 아니라고 단정할 수 없겠군요."

스카페타의 목소리가 스피커폰을 통해 들렸다.

"만약 그의 혈흔이 맞다면 상황은 분명해집니다."

랜디가 말했다.

"분명하긴 뭐가 분명해? 로럴이 시미스터 부인을 살해했다면 도대체 왜 자신의 DNA를 남겼겠어?"

마리노가 씩씩거리며 반박했다.

"그럼 조니 스위프트의 혈흔일 수도 있겠군요."

랜디가 대답했다.

"그만 해, 랜디. 자네 때문에 머리카락이 쭈뼛할 정도니까."

"남아 있는 머리칼도 없지 않습니까?"

랜디가 심각한 표정으로 되물었다.

"조니 스위프트와 로럴의 DNA가 동일하다면 도대체 어떻게 알아낼 수 있단 말인가? 정말 기가 막힐 노릇이군."

마리노는 버럭 소리를 지르며 랜디를 나무라는 표정으로 쳐다보다가 매튜를 쳐다보더니, 다시 랜디를 노려봤다.

"실험을 진행하는 도중에 뭔가 잘못 섞인 건 아니야?"

마리노는 다른 사람을 나무랄 때면 곁에 누가 있는지 신경 쓰지 않고 불쾌한 태도를 여과 없이 드러냈다.

"당신들 두 사람 혹은 두 사람 가운데 한 명이 면봉으로 증거물을 채취하면서 뭔가 섞였을 거야."

마리노가 단정적으로 말했다.

"아닙니다, 절대 그렇지 않습니다."

랜디가 반박했다.

"매튜가 시료를 받았고 저는 추출과 분석 과정을 마친 다음 CODIS로 넘겼습니다. 일련의 증거물 분석 과정에서 문제점은 없었고, 조니 스위프트의 DNA는 데이터베이스에 들어 있었습니다. 요즘은 부검을 실시한 모든 사람의 DNA를 데이터베이스에 올리므로, 조니 스위프트의 DNA도 작년 11월에 CODIS에 등록되었습니다. 저는 올바르게 일을 처리했다고 생각합니다. 듣고 계십니까, 박사님?"

랜디가 스피커폰에 대고 스카페타에게 말했다.

"네, 듣고 있습니다."

스카페타가 짧게 대답했다.

"작년에는 모든 경우를 등록하는 게 원칙이었습니다. 자살이든 사고사이든 심지어 자연사의 경우도 마찬가지였습니다."

항상 그런 것처럼, 이번에도 조가 스카페타의 말을 자르며 거드름을 피웠다.

"범인에게 살해당해 죽은 경우가 아니라 해도, 생전에 범죄 사건에 관련되었을 가능성이 있기 때문이죠. 조니 스위프트와 로럴이 일란성 쌍둥이인 점은 확실합니다."

"생긴 것도 비슷하고, 말하는 것도 비슷하고, 옷 입는 것도 비슷하고, 여자 취향도 비슷하겠군."

마리노가 혼잣말처럼 중얼거렸다.

"마리노? 조니 스위프트가 사망했을 때 경찰이 로럴의 시료를 제출했나요?"

스카페타가 자신의 존재를 드러내며 다시 대화에 참여했다.

"아닙니다. 그럴 이유가 없었으니까요."

"예외적인 경우도 있지 않습니까?"

조가 끼어들었다.

"무슨 예외 말인가? DNA는 아무 관계없었어."

마리노가 조에게 쏘아붙였다.

"로럴의 DNA는 그 집 어디에든 있었으니까. 그는 그곳에 살고 있었어."

"로럴의 DNA를 검사해볼 수 있으면 좋겠군요."

스카페타의 목소리가 스피커폰에서 들렸다.

"매튜? 시미스터 부인 집에서 발견한 피 묻은 장갑에 화학물질을 사용했나요? 더 실험을 할 때 문제가 되는 화학 물질을 사용하지는 않았나요?"

"강력 접착제를 사용했습니다. 어쨌든 지문을 하나 검출했는데, AFIS에는 등록되지도 않았고 스테이션왜건의 안전벨트에 남아 있는 것과도 일치하지 않았습니다."

매튜가 대답했다.

"메리? 장갑에 묻어 있는 혈흔의 샘플을 채취하도록 해요."

"강력접착제는 피부 오일에 들어 있는 아미노산과 땀에는 반응하지만 혈액에는 반응하지 않기 때문에 별다른 문제는 없을 겁니다. 아마 괜찮을 겁니다."

조는 자신이 설명해야 한다는 의무감을 느꼈다.

"메리가 샘플을 채취할 수 있어 다행입니다. 라텍스 장갑에는 혈액이 많이 남아 있습니다."

매튜가 스피커폰에 대고 말했다.

"마리노. 법의국 사무실에 가서 조니 스위프트 사건 파일을 가져다 줘요."

스카페타가 그를 찾았다.

"제가 할 수 있습니다."

조가 재빨리 대답했다.

"마리노."

스카페타는 다시 마리노를 불렀다.

"파일 안에는 DNA카드도 들어 있어야 해요. DNA 카드는 항상 하나 이상 만들어 두니까요."

"사건 파일에 손대면 그날이 자네 제삿날인줄 알게."

마리노가 목소리를 낮추며 조에게 귓속말을 했다.

"카드를 증거물 봉투에 넣어 메리에게 전해줘요. 그리고 메리. 그 카드의 혈액 샘플과 장갑에 묻은 혈액 샘플을 채취해 줘요."

스카페타가 말했다.

"잘 할 수 있을지 모르겠습니다."

메리가 솔직히 대답하자, 매튜는 그녀를 나무라지 않았다.

DNA 카드에 기록된 혈흔과 장갑 안에 묻은 소량의 혈흔으로 독물학자가 뭘 해낼 수 있을지, 매튜는 상상도 할 수 없었다.

"랜디가 하는 게 어떨까요? DNA 검사를 더 하라는 말씀인가요?"

메리가 제안했다.

"아닙니다. 리튬 검사를 해주기 바랍니다."

스카페타가 대답했다.

스카페타는 싱크대에서 영계 한 마리를 물에 헹구고 있었다. 주머니에 들어 있는 트레오를 이어폰으로 연결해 듣고 있었다.

"당시에는 그의 혈액을 검사하지 않았기 때문일 거예요."

스카페타는 마리노와 통화 중이었다.

"그가 리튬을 복용하고 있었다 해도, 그의 남동생은 굳이 경찰에게 알리지 않았을 겁니다."

"범행 현장에서 처방전 약병이 나왔을 겁니다. 그런데 방금 들린 건 무슨 소리입니까?"

마리노가 대답했다.

"닭고기 스프 캔을 따고 있어요. 함께 먹지 못해서 유감이군요. 그런데 왜 경찰이 리튬을 찾아내지 못했는지 모르겠군요."

스카페타는 캔에 든 스프를 냄비에 부으며 말한다.

"로럴이 처방받은 약병을 모두 치운 바람에 경찰이 찾아내지 못했을 수도 있어요."

"그걸 왜 숨긴단 말입니까? 코카인 같은 마약도 아닌데 말이오."

"조니 스위프트는 저명한 신경과 의사였어요. 자신이 정신 질환을 앓고 있다는 사실을 사람들에게 알리기 원치 않았을 겁니다."

"정신 질환이 있는 의사가 뇌수술을 해주기 바라는 사람은 세상에 아무도 없을 거요."

스카페타는 양파를 잘게 썰며 말을 이었다.

"사실, 조울증이 있었다 해도 내과의사로서의 그의 경력에 전혀 영향을 끼치지 않았지만, 세상에는 무지한 사람들이 많죠. 로럴이 자신의 형의 문제를 경찰이나 다른 사람들에게 알리기 원치 않았을 가능성은 충분히 있습니다."

"그건 말도 안 됩니다. 그가 말한 게 사실이라면, 그는 시신을 보자마자 곧바로 집에서 뛰쳐나갔습니다. 집안을 돌아다니며 약병을 치울 시간이 없었을 겁니다."

"그에게 직접 물어봐야 할 것 같군요."

"리튬 결과가 나오는 대로 물어보겠습니다. 사태 파악이 우선인데, 지금은 더 심각한 문제가 있습니다."

마리노가 말했다.

"이런 상황에서 더 심각한 문제가 있다니, 그게 뭐죠?"

스카페타는 닭고기를 칼로 자르며 물었다.

"탄피 문제입니다. NIBIN에 보낸 탄피가 월든 호숫가 사건에서 나온 탄피와 일치합니다."

마리노가 대답했다.

"모든 사람들이 지켜보는 상황에서 말하고 싶지 않았소."

마리노의 목소리가 수화기를 통해 들렸다.

"내부인의 소행이 틀림없소. 다른 가능성은 없소."

마리노는 사무실 문을 걸어 잠근 채 책상에 앉아 말했다.

"사람들 있는 데서는 아무 말도 하고 싶지 않았던 거요."

마리노는 재차 말했다.

"오늘 아침 일찍 할리우드 경찰서 증거물 담당자로 있는 친구와 잠시 이야기를 나누었는데, 그가 컴퓨터로 자료를 확인해주었소. 확인한지 5

분도 지나지 않아, 2년 전 편의점에서 일어났던 강도 살인사건에서 사용된 산탄총을 찾을 수 있었소. 그리고 그 산탄총이 지금 어디 있는지 생각해 보시오. 지금 내 이야기 듣고 있는 거요?"

"그래요, 계속 말해 봐요."

"빌어먹을 참고 자료실에 있소."

"아카데미에 있는 참고 화기 자료실 말인가요?"

"2년 전 할리우드 경찰서가 더 이상 필요 없는 총기류를 우리에게 건네줄 때 넘어온 거요. 그때 기억납니까?"

"직접 화기 자료실에 들어가 총기가 없어진 걸 확인했나요?"

"그럴 필요도 없소. 시미스터 부인을 살해하는 데 바로 그 총이 사용되었으니까."

"지금 당장 확인해 봐요. 확인한 다음 곧바로 전화해 줘요."

스카페타가 말했다.

51

호그는 줄을 서서 기다렸다.

요란한 분홍색 정장을 입은 뚱뚱한 여자 뒤에 서 있었다. 한 손에는 부츠와 토트백, 신분증을 들고 있고 다른 한 손에는 탑승권을 쥐고 있었다. 그는 앞으로 움직이며 부츠와 코트를 플라스틱 통에 담았다.

플라스틱 통과 가방을 검은색 벨트에 올리자 그에게서 서서히 멀어져갔다. 그는 흰색 발자국이 그려진 자리에 정확히 발을 디딘 채 서 있었고, 공항 안전 요원은 엑스레이 스캐너를 통과하라고 고개를 끄덕였다. 신호음은 울리지 않았다. 그는 안전 요원에게 탑승권을 보여준 다음, 플라스틱 통 안에 든 부츠와 재킷, 가방을 집어 들었다. 그리고 21번 게이트를 향해 발걸음을 옮겼다. 그에게 주의를 기울이는 사람은 아무도 없었다.

썩어가는 시체 냄새가 아직도 남아 있는 것 같았다. 고약한 냄새가 코끝을 떠나지 않았다. 아마 환각일 것이다. 예전에도 그런 적이 있었다. 그는 종종 올드 스파이스 콜론 냄새를 맡았다. 그가 매트리스에서 나쁜 짓을 하고, 눈이 오고 추운 오래된 벽돌집에 보내졌을 때 그 냄새를 맡았다. 지금 그는 그 집으로 가고 있었다. 그는 공항으로 가는 택시를 타기 전에 일기예보를 확인했다. 자신의 블레이저 차량을 오랫동안 주차장에 두고 싶지 않았다. 비용도 많이 들고, 누군가 차량 뒷좌석을 들여다보면 안 되기 때문이다. 차량 뒷좌석을 아직 깨끗이 닦지 못했다.

가방 안에는 몇 가지 소지품이 들어 있을 뿐이었다. 필요한 것은 갈아입을 옷과 세면도구, 발에 더 잘 맞는 부츠뿐이었다. 오래된 부츠는 더 이상 필요 없었다. 그 부츠가 생물학적 위험물질이라는 생각을 하자 기분이 좋아졌다. 부츠를 신고 게이트를 향해 걸어가자, 부츠를 영원히 갖고 있어야 할지도 몰랐다는 생각이 들었다. 부츠에는 많은 사연이 있었다. 부츠를 신고 마치 주인인 양 이곳저곳을 걸어 들어갔고, 마치 주인인 양 사람들을 유괴해갔으며, 그 장소로 되돌아가 담장을 넘고 정탐을 하고, 뻔뻔스럽게 그곳 안으로 들어갔다. 그 부츠를 신고 이 방에서 저 방으로, 이곳에서 저곳으로 옮겨 다니며 신이 시키는 일을 했다. 사람들을 벌주고, 혼란스럽게 하고, 총을 쏘고, 장갑을 꼈다. 그들에게 본때를 보여주기 위해서.

신의 아이큐는 150이다.

그는 부츠를 신고 집 안으로 곧바로 들어갔고, 사람들이 무슨 일이 일어날지 알기 전에 머리 씌우개를 썼다. 멍청한 광신도들. 멍청한 어린 고아들. 약국 안으로 들어가는 멍청한 어린 고아. 1번 엄마가 그의 손을 잡고 있고, 아이는 정신 질환 약을 받았다. 호그는 루나틱과 광신도들이 싫었고, 어린 남자아이들과 여자아이들이 싫었고, 올드 스파이스 향이 싫었다. 멍청한 경찰 마리노도 올드 스파이스를 바른다. 호그는 셀프 박사도 싫었다. 그녀를 더러운 매트리스로 데려갔어야 했는데.

나일론 줄에 묶어 벌주었어야 했는데.

호그에겐 시간이 없었다. 신의 심기가 불편했다.

심기를 가장 심하게 건드린 사람을 벌 줄 시간이 없었다.

"넌 그만 돌아가야 해. 이번에는 베이질과 함께."

신이 말했다.

호그는 부츠를 신은 채 발걸음을 옮기며 베이질에게 가고 있었다. 두 사람은 다시 함께 좋은 시간을 보낼 것이다. 예전에 호그가 나쁜 짓을 한 다음 멀리 보내지고, 다시 되돌아와 바에서 베이질을 만났을 때처럼.

호그는 베이질 바로 옆에 앉아 함께 데킬라를 마셨던 첫 만남부터 지금까지 그를 두려워한 적이 단 한 순간도 없었다. 두 사람은 몇 차례 만났고, 호그는 베이질에게 무언가 특별한 게 있음을 알았다.

호그는 말했다.

"넌 다른 사람들과 달라."

"난 경찰이야."

베이질이 말했다.

호그가 섹스와 마약을 찾아 헤매 다니곤 하던 사우스 비치에서였다.

"넌 그냥 평범한 경찰이 아니야."

호그가 그에게 말했다.

"그래?"

"분명히 그래. 난 한눈에 사람을 알아볼 수 있거든."

"내가 다른 곳으로 안내할게."

호그는 베이질 역시 한눈에 자신을 알아보았음을 직감할 수 있었다.

"네게 부탁할 일이 있어."

베이질이 호그에게 말했다.

"내가 왜 네 부탁을 들어줘야 하지?"

"네가 좋아할 일이니까."

그날 밤 늦은 시각, 호그는 베이질의 차를 타고 있었다. 그가 타고 다니는 경찰차가 아니라, 눈에 띄지 않는 경찰차처럼 보이지만 실제로는 그렇지 않은 흰색 포드 LTD를 타고 있었다. 그것은 그의 자가용이었다. 그들은 마이애미에 있지 않았고, 데이드 카운티에서 눈에 띄는 차를 운전하고 다닐 수는 없었다. 누군가가 차를 본 걸 기억할 수 있기 때문이다. 호그는 약간 실망했다. 그는 경찰차가 좋았고 경찰차에서 울리는 경적과 조명등을 좋아했다. 불이 켜진 조명등을 보면 크리스마스 선물가게가 생각나곤 했다.

"그들에게 말을 걸어도 절대 의심하지 않을 거야."

두 사람이 처음 만난 날 밤, 베이질은 마약을 하면서 차를 타고 주변을 둘러본 다음 그렇게 말했다.

"왜 나를 선택한 거야?"

호그가 물었다. 그는 베이질이 털끝만큼도 두렵지 않았다.

상식적으로 보자면 호그는 베이질을 두려워해야 했다. 베이질은 원하는 사람이면 누구든지 죽이는 살인마였다. 원한다면 호그도 손쉽게 죽일 수 있었다.

신은 호그에게 무엇을 해야 하는지 말해주었다. 그러므로 호그는 안전할 것이다.

베이질은 그 소녀를 찾아냈다. 나중에 알게 되었지만, 그녀는 열여덟 살밖에 되지 않았다. 그녀는 차 시동을 끄지 않은 채 근처에 세워둔 채 현금인출기에서 현금을 찾고 있었다. 멍청한 짓이다. 어두워진 이후에 현금을 찾는 건 위험하다. 특히 어리고 예쁜 여자일 경우, 짧은 반바지에 몸에 꽉 끼는 티셔츠를 입고 혼자일 경우에는. 어리고 예쁜 여자라면 나쁜 일이 일어날 수 있다.

"칼과 총을 줘."

호그가 베이질에게 말했다.

호그는 권총을 허리띠에 끼운 다음 칼로 엄지손가락을 벴다. 얼굴에 핏자국을 문지른 다음 좌석에 등을 기대고 누웠다. 베이질은 현금인출기 쪽으로 차를 몰고 간 다음 차에서 내렸다. 뒷좌석 문을 열고 호그를 확인하자 곤경에 처한 것처럼 그럴듯하게 보였다.

"다 잘될 거야."

베이질이 호그에게 말했다. 그런 다음 그 소녀에게 말했다.

"실례합니다, 내 친구가 다쳤는데 가까운 병원이 어디에 있죠?"

"어머, 911을 불러야겠어요."

소녀가 깜짝 놀라 가방에서 휴대전화을 꺼낼 때, 베이질은 그녀를 뒷좌석에 밀어 넣었고 호그는 그녀의 얼굴에 총을 들이댔다.

그런 다음 그들은 차를 몰고 유유히 멀어져갔다.

"실력이 대단한 걸. 어디론가 가야 해."

베이질은 그렇게 말하며 껄껄 웃었다.

"제발 절 해치지 마세요."

어린 소녀가 울며 말했다. 울며 애원하는 소녀에게 총을 겨누던 호그는 어떤 느낌이 들었다. 그 소녀를 겁탈하고 싶었다.

"닥쳐, 그런다고 달라지는 건 없을 테니까."

베이질이 소녀에게 말했다.

"어딘가로 가야겠어. 공원으로 갈까? 아니야, 경찰이 순찰을 돌고 있을 거야."

"내가 아는 곳이 있어. 아무도 찾아내지 못할 완벽한 곳이지. 거기서는 천천히, 원하는 만큼 천천히 일을 진행해도 돼."

그의 마음속에서 감정이 일었다. 섹스를 하고 싶었다. 끔찍하고 기괴한 섹스를.

호그는 베이질을 그 집으로 안내했다. 전기도 수도도 끊긴, 뒷방에 매트리스와 더러운 잡지들이 있는 그 집으로. 팔을 올리지 않고서는 앉을 수 없도록 팔에 나일론 줄을 묶는 방법을 생각해낸 건 호그였다.

"손들어!"

마치 만화에 나오는 모습 같았다.

"손들어!"

마치 우스꽝스러운 서부극에 나오는 모습 같았다.

베이질은 호그에게 대단하다고, 지금껏 만나온 사람 가운데 가장 뛰어나다고 말했다. 여자들 몇 명을 그곳에 데려다가 고약한 냄새가 나고, 더럽게 감염이 되고, 더 이상 쓸모가 없어진 이후에, 호그는 베이질에게 크리스마스 선물 가게 이야기를 했다.

"가게 본 적 있어?"

"아니."

"찾기 쉬워. A1A 도로를 따라가다 보면 해변 오른쪽에 있지. 가게 주인이 부자야."

호그는 토요일이면 가게 주인과 딸밖에 없다고 말했다. 찾아오는 손님이 거의 없기 때문이다. 7월에 해변에서 누가 크리스마스 선물을 사겠는가?

정말이지 아무도 없다.

그는 그곳에서 그 짓을 할 생각이 아니었다.

무슨 일이 벌어지고 있는지 호그가 알아차리기도 전에, 베이질은 그녀를 가게 뒤편으로 데려가 강간하고, 칼로 찌르고, 핏자국이 사방에 튀었다. 그 모습을 지켜보던 호그는 그곳을 어떻게 치울지 궁리하고 있었다.

가게 문 옆에 서 있는 벌목꾼 조각상은 높이가 1미터 50센티미터 정도였다. 벌목꾼 손에는 진짜 도끼가 들려 있었는데, 목재 손잡이에 강철 소재 도끼날의 절반은 빨간색 페인트가 칠해져 있었다. 그걸 이용하겠다고 생각한 건 호그였다.

한 시간 후, 호그는 주변에 아무도 없는지 확인하며 쓰레기봉투를 가져왔다. 그리고 그것을 베이질의 차에 실었다. 그들을 목격한 사람은 아무도 없었다.

"운이 좋았어."

두 사람의 비밀 장소인 오래된 집으로 돌아와서 구덩이를 파며 호그가 베이질에게 말했다.

"다시는 그러지 마."

한 달 후, 그는 다시 일을 저질렀고, 한꺼번에 두 여자를 납치했다. 호그는 그와 함께 있지 않았다. 베이질이 그들을 차에 실었을 때 문제가 생겼다. 베이질은 호그에 대한 이야기를 누구에게도 한 적이 없었다. 그는 호그를 보호했다. 이제 호그가 그렇게 해줄 차례였다.

"저들이 연구 실험을 진행하고 있어. 그 사실을 알고 있는 교도소는 실험에 자발적으로 참가할 지원자를 찾고 있어. 너한테 도움이 될 거야. 건설적인 일을 해낼 수 있을 거야."

호그는 베이질에게 편지를 썼다.

기분 좋고 악의가 없는 편지였다. 두 번 생각하는 교도관은 아무도 없었다. 베이질은 매사추세츠 주에서 진행하고 있는 실험에 참가하고 싶고, 자신의 죄 값을 치를 수 있는 어떤 일을 하고 싶다고 교도관에게 말했다. 자신과 같은 사람에게 어떤 문제가 있는지 실험에서 밝혀진다면, 상황이 나아질 거라고 말했다. 교도관이 베이질의 속임수에 넘어갔는지 그렇지 않은지는 생각해볼 문제다. 어쨌든 작년 12월 베이질은 버틀러 주립병원으로 이송되었다.

그 모든 게 신의 손(Hand Of God), 호그(HOG) 때문이었다.

그 이후로 두 사람은 더 신중하게 연락을 주고받아야 했다. 신은 호그가 원하는 걸 베이질에게 어떻게 전달하는지 가르쳐주었다. 신의 아이큐는 150이다.

호그는 21번 게이트 주변에 있는 자리에 앉았다. 가능한 한 사람들과 멀리 떨어져 앉아 오전 9시 비행을 기다렸다. 정시에 출발하기 때문에 정오에 도착할 것이다. 그는 가방을 열고, 한 달 전 베이질에게 받은 편지를 꺼내 읽었다.

낚시 잡지 잘 받았어. 정말 고마워. 기사를 보며 항상 많은 걸 배울 수 있어. 베이질 젠레트.

추신: 2월 17일 목요일, 그 빌어먹을 MRI 튜브에 다시 들어갈 것 같아. 하지만 금방 끝날 거라고 했어. '오후 5시에 들어가서 5시 15분에 나온다고' 분명히 약속했어.

내리던 눈이 멎었고 스토브 위에는 닭고기 스프가 부글부글 끓고 있었다. 스카페타는 이탈리아산 쌀 두 컵을 덜고 드라이 백포도주를 땄다.

"내려올래요?"

그녀는 문간에 다가가 2층에 있는 벤턴을 불렀다.

"당신이 올라와 주겠어?"

2층 계단 바로 옆에 있는 서재에서 벤턴의 목소리가 들렸다.

스카페타는 소스팬에 버터를 녹인 다음 닭고기를 구우며 스프 냄비에 쌀을 부었다. 그때 휴대전화가 울렸다. 벤턴이었다.

"말도 안 돼."

그녀는 어이없다는 표정으로 2층 서재로 이어지는 계단을 올려다봤다.

"지금 요리 중이니 당신이 내려와 줄래요? 플로리다에서 일이 복잡해지고 있어요. 당신과 의논해야 해요."

그녀는 굽고 있는 닭고기에 스프를 약간 부었다.

"당신에게 보여줄 게 있어."

벤턴이 대답했다.

2층에서 들리는 그의 목소리와 수화기에서 들리는 목소리를 동시에 듣는 건 정말 이상했다.

"말도 안 돼."

스카페타는 다시 한 번 어이없다는 표정으로 말했다.

"물어볼 게 있어."

동일한 두 사람이 동시에 말하는 것처럼, 계단 위와 수화기에서 그의 목소리가 동시에 들렸다.

"견갑골 사이에 왜 부서진 조각이 있는 거지? 그럴 이유가 없잖아."

"부서진 나무 조각 말인가요?"

"피부가 긁힌 부분에 부서진 나무 조각이 박혀 있어. 그게 사망하기 전인지 후인지 알아낼 수 있어?"

"마룻바닥에 질질 끌려갔거나 나무 막대 같은 것으로 맞았다면 그럴 수 있어요. 그 외에도 여러 이유가 있을 수 있어요."

스카페타는 굽고 있는 닭고기를 포크로 밀며 움직였다.

"마룻바닥에 질질 끌려갔다면, 어깨 말고 다른 곳에도 나무 조각이 남아 있어야 하지 않을까? 벌거벗은 상태로 나무 부스러기가 남아 있는 마룻바닥에 끌려갔을 테니까."

"반드시 그렇지는 않아요."

"위층으로 올라와주겠어?"

"저항하다 생긴 상처 자국은 없어요?"

"그만 올라오는 게 어때?"

"점심 준비는 끝내고요. 성폭행을 당한 흔적은요?"

"그런 흔적은 남아 있지 않지만, 성적인 범행 동기를 가졌을 게 분명해. 난 배고프지 않아."

스카페타는 스프에 넣은 쌀을 저은 다음 스푼을 키친 타월 위에 놓았다.

"DNA를 검출할 수 있는 다른 증거물 있어요?"

그녀가 물었다.

"예를 들어서?"

"모르겠어요. 범인의 코나 손가락을 물었다면 위 속에서 그걸 다시 찾아낼 수도 있어요."

"진심은 아니겠지?"

"침이나 머리카락, 혈액도 있어요. 희생자의 온몸을 면봉으로 닦아 검사했길 바라요."

"위에 올라와서 이야기하는 게 어때?"

스카페타는 앞치마를 벗고 휴대전화로 통화를 하면서 2층 계단으로 올라갔다. 같은 집 안에 있으면서 휴대전화로 통화하는 건 너무 웃기는 일이다.

"전화 끊을게요."

마지막 계단에 올라선 그녀가 벤턴을 쳐다보며 말했다.

검은색 가죽 의자에 앉아 있던 벤턴은 그녀와 시선을 마주쳤다.

"이제 올라오다니 다행이군. 방금 전 대단한 미모의 여자와 통화하던 중이었거든."

벤턴이 농담을 건넸다.

"내가 부엌에서 통화하던 남자도 너무나 멋진 사람이에요."

스카페타가 맞받아 농담을 했다.

벤턴에게 의자를 가까이 당겨 앉으며 스카페타는 컴퓨터 화면에 나타난 사진을 봤다. 부검 테이블에 엎드린 채 누워 있는 시신을, 몸에 그려진 붉은색 문신을 들여다봤다.

"스텐실로 그렸거나 에어브러시를 사용했을 수도 있어요."

벤턴이 견갑골 사이의 피부 표면을 확대하자 스카페타는 찰과상 부분을 자세히 관찰했다.

"나무 조각이 박혀 있는 찰과상이 사망 전에 생긴 건지 후에 생긴 건지 구분할 수 있을 것 같아요. 세포 조직 반응 여부에 달렸어요. 조직 구조가 있는지 모르겠네요."

"슬라이드가 있는지 잘 모르겠어."

벤턴이 대답했다.

"SEM-EDS, 에너지 분산 엑스레이 시스템이 있는 현미경이 스러시 형사에게 있어요?"

"주립 경찰서 연구실에는 모든 설비들이 갖추어져 있지."

"내가 물어보고 싶은 건, 스러시 형사에게 그 나무 조각 샘플을 100배에서 500배 확대해서 어떻게 생겼는지 확인할 수 있는가 하는 거예요. 그리고 구리가 있는지 확인해 보는 것도 좋을 거예요."

벤턴은 그녀를 쳐다보며 어깨를 으쓱했다.

"그건 왜?"

"구리가 도처에서 검출되고 있거든요. 심지어 크리스마스 선물가게 창고에서도 나왔어요. 구리 스프레이를 뿌렸을 가능성이 있어요."

"퀸시 가족은 조경 사업을 하고 있었어. 상업적으로 감귤나무를 재배하는 사람들은 구리 스프레이를 사용할 거야. 퀸시 가족이 크리스마스 선물가게 창고에 구리 스프레이를 보관했을지도 모르지."

"바디페인트 제품일지도 모르죠. 혈흔이 나온 그 창고에서 말이죠."

벤턴은 아무 말이 없었다. 그의 머릿속에 또 다른 생각이 떠올랐다.

"베이질이 저지른 살인사건의 일반적인 특징은, 발견된 시신 모두에서 구리 성분이 나왔다는 거야. 증거물에서 구리가 나왔고, 감귤나무 꽃가루도 나왔는데 그건 별다른 의미는 없어. 감귤나무 꽃가루는 플로리다 전역에 있으니까. 구리 스프레이에 대해 생각한 사람은 아무도 없었어. 그는 구리 스프레이를 사용하는 곳, 감귤나무가 있는 곳에 그걸 가져갔을 거야."

벤턴이 말했다.

흐린 하늘이 보이는 창밖을 내다보자, 제설기가 요란한 소리를 내며 눈을 치우고 있었다.

"몇 시에 출발해야 해요?"

스카페타는 사진 속 시신의 등에 벗겨진 부분을 클릭하며 물었다.

"오후 늦게 나가도 돼. 베이질이 5시에 오기로 했어."

"잘됐네요. 특정 부분이 심하게 부어올랐어요."

그녀는 사진을 가리키며 설명했다.

"거친 표면의 물질로 피부를 문지르는 바람에 상피 조직이 제거되었어요. 줌인해서 보면, 시신을 깨끗하게 닦기 전에 찰과상을 입은 부분에 혈청이 남아 있었음을 알 수 있어요. 보여요?"

"딱지가 앉은 자국이 보이는데, 전체적으로는 그렇지 않군."

"찰과상이 꽤 깊으면 혈관에서 액이 흘러나와요. 찰과상을 입은 부위 전체에 딱지가 앉지 않은 걸 보면, 표면이 거친 물체로 같은 부위를 몇 년에 걸쳐 여러 차례 문질렀을지도 몰라요."

"거참 이상하군. 상상하기도 쉽지 않고."

"조직 구조가 있었으면 좋겠어요. 다형핵 백혈구를 확인하면 찰과상이 4시간에서 6시간 정도 된 거라고 나올 거예요. 갈색 딱지는 대개 최소 여덟 시간이 지나야 나타나기 시작해요. 희생자는 이 찰과상을 입은 후 최소한 어느 정도는 살아 있었던 거죠."

스카페타는 사진을 더 자세히 들여다보며 종이에 메모를 했다. 그런 다음 다시 말을 이었다.

"13번 사진에서 18번 사진까지 살펴보면, 다리 뒷부분과 엉덩이에 벌겋게 부풀어 오른 부분을 미세하게나마 보일 거예요. 내가 보기에는 벌레에 물렸다가 아물기 시작하는 자국인 것 같아요. 그리고 찰과상이 나타난 사진에도 거의 보이지 않을 정도로 적은 출혈 자국이 보이는데, 거미에 물린 자국일 수 있어요. 혈관의 충혈과 백혈구의 침윤, 특히 호산구를 현미경으로 확인해야 할 거예요. 정확한 결과를 얻을 수는 없지만, 희생자에게 과민증이 있다면 트립타제(면역 활성 비만 세포로부터 히스타민과 함께 방출되는 중성 단백질 분해 효소—옮긴이) 수치로 알아낼 수 있을 거예요. 그래도 희생자가 벌레에 물린 과민충격으로 사망했을 리는 없어요. 조직 구조가 있으면 정말 좋을 텐데. 날카로운 조각이나 쐐기풀 같은 것에 찔렸을 수 있어요. 거미, 특히 독거미가 방어 조직을 물었을지도 모르죠. 크리스천 자매가 다니던 교회 옆 애완동물 가게에서 독거미를 팔고 있어요."

"가려워서 긁었단 말이야?"

벤턴이 물었다.

"독거미에 물렸다면 가려워 견디지 못해 심하게 긁었을 거예요. 무언가에 대고 심하게 긁어서 살이 벗겨졌을지도 모르고요."

스카페타가 대답했다.

그녀는 고통 받았을 것이다.

"범인이 희생자를 어디에 가뒀든, 그녀는 벌레에 물린 자국이 아프고 가렵고 끔찍해서 고통 받았을 거예요."

스카페타가 말했다.

"모기에 물린 걸까?"

벤턴이 가능성을 제시했다.

"견갑골 한군데만 심하게 물렸을 거라고요? 벌겋게 부어오른 비슷한 찰과상 자국이 다른 곳엔 없고 팔꿈치와 무릎에만 있어요."

그녀는 잠시 뜸을 들이다가 다시 말을 이었다.

"무릎을 꿇거나 거친 표면에 팔꿈치를 디디고 일어섰을 때 생길 수 있는 약한 찰과상이에요. 하지만 저 부위는 그렇지 않아요."

스카페타는 견갑골 사이에 벌겋게 부어오른 염증 자국을 다시 가리 켰다.

"바지에 묻은 혈액 자국을 감안할 때, 범인에게 총을 맞을 당시 희생자가 바닥을 기고 있었을 가능성이 있어. 바지를 입은 채 바닥을 길 경우 무릎에 찰과상을 입을 가능성이 있어?"

벤턴이 물었다.

"물론이죠."

"그렇다면 범인이 그녀를 먼저 살해한 다음 옷을 벗겼을 텐데, 그렇다면 이야기가 달라지지. 범인이 희생자에게 성적인 모욕을 주고 겁주고 싶었다면, 먼저 옷을 벗긴 다음 알몸으로 무릎을 꿇게 한 다음 희생자의 입 안에 총을 겨누고 방아쇠를 당겼을 거야."

"희생자 직장 속에서 탄피가 발견된 점에 대해선 어떻게 생각해요?"

"분노 때문일 거야. 범인은 우리가 그 탄피를 찾아내고 플로리다에서 일어난 사건과 연관시키기 바랐겠지."

"범인이 충동적으로 그리고 분노 때문에 범행을 저질렀다고 생각하는군요. 또한 범인이 자신이 저지른 사건과 플로리다에서 일어났던 강도 살인 사건을 서로 연관 지으려는 것처럼, 게임을 즐기듯 미리 계획했을 거라고 생각하고 있군요."

스카페타는 벤턴을 쳐다보며 말했다.

"그게 적어도 범인에게는 중요한 의미가 있었을 거야. 폭력적인 사이코패스의 전형적인 특징이지."

"한 가지 사실은 분명해요. 희생자는 불개미나 거미 같은 벌레들이 있는 곳에서 한동안 인질로 붙잡혀 있었어요. 1년 중 이맘때면 호텔 방이나 일반 가정집에서도 불개미나 거미 방역이 허술할 수 있어요."

스카페타가 단언했다.

"하지만 독거미는 예외지. 기후와는 상관없이 주로 애완동물로 기르니까."

벤턴이 말했다.

"희생자는 어딘가로 유괴되었어요. 시신은 정확히 어디에서 발견되었어요? 월든 호수에서 발견된 건가요?"

스카페타가 물었다.

"길에서 약 15미터 떨어진 곳으로, 이맘때에는 사람들이 거의 다니지 않지만 그래도 간혹 지나가는 사람들이 있지. 호숫가 주변에서 하이킹을 하던 가족이 시신을 발견했어. 가족과 함께 있던 검은색 개가 숲 속으로 뛰어 들어가 짖기 시작했다고 해."

"월든 호숫가에 나갔다가 그런 일을 당하는 건 너무나 끔찍해요."

스카페타는 컴퓨터 화면에 나타난 부검 감정서를 자세히 들여다봤다.

"부검 감정서가 정확하다면, 시신은 어두워진 후에 버려졌고 오랫동안 방치되지 않았어요. 시신이 어두워진 후에 버려진 건 일리가 있어요. 범인은 사람들의 눈에 띄지 않기 위해 어두워진 후에 숲 속에 시신을 버렸을 거예요. 그럴 가능성은 낮지만 어두워진 후에 혹시 사람이 나타나더라도 숲 속에 몸을 숨길 수 있으니까요. 그리고 이렇게 처리하는 건, 몇 분 안에 가능해요."

그녀는 기저귀 같은 것으로 얼굴을 가린 부분을 가리키며 말했다.

"팬티에 구멍을 내고 미리 계획했다면 말이죠. 모든 정황으로 보아 범인이 이곳 주변을 잘 알고 있을 가능성이 높아요."

"그렇다고 봐야 할 거야."

"하루 종일 이 일에만 매달리고 있는데 배고프지도 않아요?"

"뭘 만들었는지 들어보고 대답할게."

"리조토 알라 스비라글리아. 닭고기 리조토를 만들었어요."

"스비라글리아?"

벤턴이 그녀의 손을 잡으며 되물었다.

"이국적인 베네치아 닭 품종인가?"

"스비리라는 어원에서 온 건데, 경찰을 경멸적으로 부르는 말이죠. 유머지만 별로 웃기지 않아요."

"경찰이 닭이랑 무슨 연관이 있는지 모르겠군."

"요리책에서 본 기억이 정확하다면, 오스트리아인들이 베니스를 점령했을 당시 이 닭고기 요리를 꽤 좋아했다고 해요. 소아베나 피아베 피놋 비앙코(이탈리아산 화이트 와인-옮긴이) 포도주를 요리에 넣으면 어떨까 생각했는데, 두 가지 모두 와인 저장고에 있더군요. 베네치아 사람들은 '좋은 포도주를 마시는 사람은 숙면을 하고, 숙면을 하는 사람은 악마 생각을 하지 않고 천국에 간다.' 그런 비슷한 말을 해요."

"내 머릿속에서 악마 생각을 몰아내줄 와인이 세상에 한 병이라도 있을지 모르겠어. 그리고 난 천국이 있을 거라고 믿지 않아. 지옥은 있겠지만 말이야."

벤턴이 말했다.

54

아카데미의 넓은 본부 1층에 위치한 화기 실험실 밖에 빨간 불이 켜지고, 복도에서는 희미한 발포 소리가 들렸다. 마리노는 발포 소리에 신경 쓰지 않고 사격장 안으로 걸어 들어갔다. 사격 연습을 하고 있는 사람이 빈스라면 괜찮기 때문이다.

빈스는 수직으로 늘어선 스테인리스 소재의 탄알 복구 탱크에 난 총안에서 작은 권총을 꺼냈다. 탱크에 물을 채우면 무게가 5톤에 달하는데, 화기 실험실이 그곳에 위치하는 것도 그 때문이다.

"벌써 비행을 마치고 돌아온 겁니까?"

마리노는 사격 훈련장으로 이어지는 바둑판무늬의 알루미늄 계단을 올라가며 물었다.

빈스는 검은색 비행복에 발목까지 올라오는 검은색 가죽 부츠를 신고 있었다. 화기 연구에 몰두하지 않을 때면 빈스는 루시의 헬리콥터를 모는 조종사이기도 했다. 루시가 채용하는 직원들이 그렇듯이, 빈스의 외모는 그가 하는 일과 어울리지 않았다. 65세인 빈스는 베트남에서 블랙 호크를 조종했고 지금은 화기국에서 일하고 있었다. 다리는 짧고 가슴은 두툼하며, 10년째 자르지 않아 길게 자란 흰 머리칼을 한 갈래로 묶고 다녔다.

"무슨 말 했어?"

빈스는 귀마개와 사격용 고글을 벗으며 마리노에게 물었다.

"무슨 소리가 들리기는 하는 겁니까?"

"예전처럼 잘 들리지는 않네. 아내 말로는 귀머거리나 마찬가지라는군."

마리노는 빈스가 시험 사격을 하고 있는 권총을 알아봤다. 시미스터 부인의 침대 밑에서 발견된 블랙 위도우로, 손잡이는 자단 나무 소재다.

"자그마한 22구경 권총이야. 이걸 데이터베이스에 추가해도 괜찮을 거라 생각했어."

빈스가 말했다.

"한번도 발사하지 않은 것 같군요."

"별로 놀랄 일도 아니지. 안전용으로 권총을 구입한 후 그 사실을 잊어버리거나, 어디에 두었는지 기억 못하거나, 없어졌는지조차 모르는 사람들이 많으니까."

"뭔가가 없어지면 문제가 생기는 법이지요."

마리노가 말했다.

빈스는 탄약 상자를 열고 22구경 탄약통을 탄창 안에 넣기 시작했다.

"한번 쏴 보겠어? 늙은 부인이 자기 보호를 위해 구입한 것 같지는 않고 누군가에게 받았을 것 같아. 레이디 스미스 38구경이나 불테리어 개 같은 사용자 친화적인 게 낫지. 권총을 손에 닿지 않는 침대 밑에 둔 게 당연해."

빈스가 말했다.

"그건 누구한테 들었어요?"

마리노가 물었다. 최근 자주 그런 것처럼 이상한 느낌이 들었다.

"조 아모스 박사에게 들었어."

"그는 범죄 현장에 없었어요. 도대체 그자가 어떻게 알아낸 거지?"

"그는 자신이 생각하는 것만큼 많은 걸 알고 있지 않아. 이곳에 자주 오는데 볼 때마다 화가 치밀어. 연구원 경력이 끝난 후 스카페타 박사가 그를 재임용하지 않았으면 좋겠어. 만약 그렇게 되면 차라리 내가 슈퍼마켓에서 일할 수도 있어. 자, 받아."

빈스는 마리노에게 권총을 내밀었다.

"사양하겠습니다. 지금 같아선 그에게 총이라도 쏠 것 같습니다."

"무언가 없어졌다니, 그게 무슨 뜻인가?"

"자료실에서 산탄총이 분실되었습니다."

"그럴 리가."

빈스는 고개를 가로저었다.

두 사람은 사격장에서 내려왔다. 빈스는 증거물 테이블 위에 권총을 내려놓았다. 테이블 위에는 꼬리표가 붙은 여러 화기들과 탄약 상자, 거리를 조정하기 위한 테스터 파우더가 묻은 표적들, 자동차 유리조각 등이 흩어져 있었다.

"모스버그 835 구경 얼티 맥(Ulti-Mag) 수동. 2년 전 강도 살인사건에 사용된 산탄총입니다. 카운터 뒤에 있던 소년이 용의자를 쏴 죽인 사건이었습니다."

마리노가 말했다.

"자네가 그런 말을 하니 이상하군."

빈스는 어리둥절한 표정으로 말했다.

"아모스 박사가 5분 전에 내게 전화를 걸어 실험실로 내려와 컴퓨터로 뭔가 확인해 봐도 괜찮은지 물었거든."

빈스는 현미경과 디지털 방아쇠 측정기, 컴퓨터가 놓여 있는 테이블로 다가갔다. 엄지손가락으로 키보드를 눌러 메뉴가 뜨자 자료를 선택했다. 그러자 문제의 산탄총이 화면에 나타났다.

"조 아모스에게 안 된다고 분명히 말했어. 시험 사격을 하고 있었기 때문에 아무도 들어올 수 없었으니까. 무엇을 확인하고 싶은지 물었더니 별 일 아니라고만 대답하더군."

"그가 어떻게 이 사실을 알게 됐는지 모르겠습니다. 할리우드 경찰서에서 일하는 내 친구는 한 마디도 하지 않았을 텐데 말입니다. 내가 그 사실을 말해준 사람은 스카페타 박사와 당신뿐입니다."

마리노가 말했다.

"카모 스톡, 총 길이 61센티미터, 트리튬 소재 고스트 링 사이트(아이언 사이트라고도 불리는 시스템으로, 과녁을 확대하지 않은 상태로 보여주어 총을 발사하는 데 도움을 준다—옮긴이)"

빈스가 컴퓨터 화면에 나타난 정보를 소리 내어 읽었다.

"자네 말이 맞군. 살인사건에 사용되었고, 용의자는 사망. 작년 3월 할리우드 경찰서로부터 기증받았군."

빈스는 마리노를 올려다보며 말을 이었다.

"내 기억에 따르면, 할리우드 경찰서 화기 목록 가운데 열두어 개를 우리에게 기증했어. 우리가 무료 훈련이나 상담을 해주거나 맥주나 추첨 상품을 주면 화기를 우리에게 기증했지. 자, 확인해 보자고."

그는 컴퓨터 화면을 아래로 내렸다.

"기록에 의하면 산탄총이 이곳에 들어온 후 확인한 횟수는 두 차례뿐이야. 한 번은 지난 4월 8일 내가 직접 확인했는데, 별다른 문제가 없는지 원격 발사장에서 발사해 보았어."

"교활한 놈."

마리노는 빈스의 어깨 너머로 컴퓨터 화면을 보며 욕설을 내뱉었다.

"그리고 아모스 박사가 올해 6월 28일 오후 3시 15분에 확인했군."

"뭣 하러 확인했을까요?"

"젤라틴 모형을 대상으로 시험 발사했겠지. 작년 여름은 스카페타 박사가 그에게 요리 강습을 해주기 시작한 시기야. 그가 여기저기를 들락거렸는데, 정확하게 기억하기는 힘들어. 기록에 의하면, 6월 28일에 사용한 다음 같은 날 오후 5시 15분에 반납했어. 컴퓨터에서 그 날짜를 확인해보면, 그 날짜에 받아서 보관실에 둔 것으로 나와 있어."

"그런데 어떻게 그 총이 바깥으로 유출되어 사람을 죽이는 데 사용된 겁니까?"

"컴퓨터에 나타난 기록이 오류라면 가능하지."

빈스는 이마를 찌푸리며 곰곰이 생각에 잠겼다.

"아마 그 때문에 그가 컴퓨터를 확인하려 했을지도 모르겠습니다. 교활한 놈 같으니라고. 컴퓨터는 누가 관리합니까? 당신 이외에 이 컴퓨터에 손을 대는 사람이 있습니까?"

"실질적으로는 내가 직접 관리하고 있어. 저기 있는 서류에 신청을 받고 있지."

빈스는 전화기 옆에 놓인 용수철이 달린 공책을 가리켰다.

"신청하고 되돌려줄 때 서명을 하는데, 모두 직접 손으로 하고 이니셜을 쓰도록 되어 있어. 그 이후에 내가 컴퓨터로 들어가서 총기를 사용하고 원래 자리에 되돌려주었는지 확인하지. 자네는 이곳에서 총기를 사용한 적이 한 번도 없는 것 같군."

"난 화기를 검사하는 전문가가 아니니까 당신에게 맡기는 겁니다.

그 빌어먹을 놈."

"신청을 할 때 어떤 종류의 화기를 원하는지, 언제 시험 발사하기 원하는지 기입해야 하지. 신청서를 보여줄게."

빈스는 공책을 가져와 기입 사항이 적힌 마지막 페이지를 펼쳤다.

"또다시 아모스 박사로군. 2주 정 타우루스 PT-145로 젤라틴 모형 시험 발사 신청을 했군. 적어도 이번에는 그가 직접 했어. 그저께 이곳에 왔으면서도 기록을 남기지 않았어."

빈스가 말했다.

"그가 화기 보관실에는 어떻게 들어간 겁니까?"

"그는 자신의 권총을 가져왔어. 권총을 수집하는 무모한 취미를 갖고 있지."

"모스버그 산탄총이 언제 컴퓨터에 입력됐는지 알 수 있습니까? 그 파일을 언제 봤는지, 마지막으로 정보가 저장된 시간과 날짜를 알 수 있겠습니까? 궁금한 건, 조 아모스가 컴퓨터에 저장된 내용을 변경했거나, 그 총을 받은 다음 다시 보관실에 되돌려준 것처럼 꾸몄을지도 모른다는 겁니다."

마리노가 말했다.

"그건 로그라고 불리는 워드프로세서 파일일 뿐이야. 그렇기 때문에 저장하지 않고 파일을 닫은 뒤에 마지막 사용시간만 확인하면 돼."

화면을 유심히 쳐다보던 빈스는 충격 받은 표정이었다.

"마지막으로 저장된 시간이 23분 전이라니, 믿을 수 없어!"

"비밀번호도 없단 말입니까?"

"물론 없어. 이 정보에 접근할 수 있는 사람은 나밖에 없으니까. 물론 루시는 예외지. 아모스 박사가 왜 이곳에 내려와 컴퓨터를 확인하고 싶어 했는지 모르겠군. 컴퓨터 로그를 바꿀 수 있는데 왜 굳이 내게 전화한 걸까?"

"해답은 간단합니다. 그럼 당신이 파일을 열었다가 저장한 뒤에 닫을 테니 새로운 날짜와 시간이 남겠죠."

"그렇다면 아모스는 머리가 꽤 영리하군."

"정말 그런지는 두고 봐야죠."

"매우 불쾌하군. 만약 그의 짓이라면 그가 내 비밀번호를 알아낸 게 분명해."

"어디 적어 두었습니까?"

"아니, 매우 신중하게 관리했어."

"당신 외에 화기 보관실에 들어갈 수 있는 사람이 누구입니까? 이번에는 어떤 방법을 동원해서라도 그를 붙잡고 말겠습니다."

"나 이외엔 루시가 있어. 그녀는 모든 정보에 접근할 수 있으니까. 자, 들어가 보자고."

불연성 소재로 지은 화기 보관실의 철문은 비밀번호를 입력해야 열린다. 보관실 안 서랍에는 수 천 개에 달하는 탄알과 탄약통 견본품이 들어 있었고, 선반과 말판에는 모두 일련번호가 붙어 있는 수백 개의 소총과 산탄총, 권총 등이 정렬되어 있었다.

"와, 대단한 걸요."

마리노가 보관실을 둘러보며 감탄했다.

"한번도 들어와 본 적 없나?"

"총을 별로 좋아하지 않아서요. 총에 관해 좋지 않은 경험도 있고."

"예를 들어서?"

"총을 사용해야만 하는 경험."

빈스는 선반 위에 놓인 어깨에 메는 총기류를 자세히 살피며, 각각의 산탄총을 집어 올려 꼬리표를 확인했다. 두 번을 확인했다. 두 사람은 선반을 옮겨 다니며 모스버그 산탄총이 있는지 확인했다. 그 총은 화기 보관실에 보이지 않았다.

스카페타는 사망 후 푸르죽죽하게 변색된 부분을 가리켰다. 중력으로 인해 혈액이 더 이상 순환하지 않고 가라앉아 색깔이 변하는 현상이었다. 죽은 여자의 오른쪽 뺨, 가슴, 복부, 허벅지와 팔뚝 안쪽이 창백하게 변한 것은 단단한 표면, 아마도 바닥에 눌려 생긴 자국일 것이다. 스카페타가 말했다.

"한동안 얼굴을 바닥에 대고 있었어요. 머리를 왼쪽으로 돌린 채 적어도 몇 시간 동안은 그 자세로 있었는데, 그 때문에 오른쪽 뺨이 창백하게 변색된 거예요. 평평한 바닥에 얼굴을 대고 누워 있었을 거예요."

스카페타는 컴퓨터 화면에 나타난 사진을 한 장 더 확인했다. 얼굴을 아래로 향한 채 부검 테이블 위에 누워 있는 사진으로, 시신을 씻은 이후여서 몸과 머리카락이 물에 젖어 있었다. 문신 자국이 선명하게 남아 있는 걸 보니 방수 처리가 된 게 분명했다. 그녀는 방금 전에 봤던 사진으로 되돌아간 다음 여러 사진을 왔다 갔다 하며 확인하면서, 시신이 죽음에 이르게 된 사실을 조합해내려 애썼다.

"그렇다면 범인이 희생자를 살해한 후 얼굴을 바닥에 댄 채, 몇 시간 동안 등에 문신을 그려 넣었을 수도 있겠군. 그 결과 혈액이 가라앉으면서 창백한 자국이 생겼을 거야."

벤턴이 추측했다.

"다른 가능성도 염두에 두고 있어요. 범인이 희생자를 똑바로 눕힌 상태에서 먼저 문신을 그린 다음, 희생자의 몸을 뒤집고 문신을 그렸을 수도 있어요. 범인은 이 모든 과정을 어두워진 후 추운 바깥에서 했을 리가 없어요. 범인이 산탄총을 쏘는 소리가 들리거나 시신을 차 안으로 싣는 모습이 들키지 않는 곳이었을 거예요. 사실, 범인은 이 모든 과정을 시신을 옮기는 데 사용한 밴이나 SUV, 트럭 안에서 했을 거예요. 희생자를 총으로 쏜 후 문신을 그리고 시신을 운반한 거죠."

스카페타가 말했다.

"한 곳에서 모두 해결했군."

"그러면 위험을 줄일 수 있어요. 희생자를 유괴해 차를 타고 먼 지역으로 옮긴 다음, 뒷좌석에 충분한 공간이 있는 차량 안에서 죽인 거죠. 그럼 다음 시신을 버린 거죠."

더 많은 사진을 클릭하던 스카페타는 이미 봤던 한 사진에 시선을 고정했다.

희생자의 남은 뇌 부분을 판 위에 올려놓고 찍은 그 사진이 이번에는 다르게 보였다. 두개골 안에 보이는 거친 섬유 점막인 경뇌막은 크림색이 도는 흰색이어야 했다. 그런데 사진에서 보이는 경뇌막은 노란색이 도는 오렌지색으로 얼룩져 있었다. 그 모습을 본 스카페타는 크리스천 자매를 떠올렸다. 침실 장식장 위에 있던, 하이킹 지팡이를 들고 햇빛에 눈을 가늘게 뜬 채 찍은 사진이 떠올랐다. 두 자매 가운데 한 사람이 황달에 걸려 얼굴색이 누렇게 변한 사실을 기억해낸 스카페타는 부검 감정서를 클릭하여, 죽은 희생자의 눈의 흰자위인 공막을 확인했다. 공막은 정상이었다.

크리스천 자매 집의 냉장고에 생야채와 당근 열아홉 봉지가 들어 있던 사실이 떠올랐다. 그리고 죽은 여자가 마치 기저귀처럼 입고 있던 흰색 리넨 바지도 생각났다. 따뜻한 기후에나 어울릴 옷을 입고 있었다.

벤턴은 궁금한 표정으로 스카페타를 쳐다봤다.

"피부병의 일종인 황색종이에요. 피부가 누렇게 변하는 증상이지만 눈의 공막에는 영향을 미치지 않죠. 카로틴 때문에 생겼을 수도 있어요. 희생자가 누구인지 알아낼 수 있을 것 같아요."

스카페타가 말했다.

브론슨 박사는 복합 현미경의 대물렌즈 위에 놓인 슬라이드를 움직이고 있었다.

영리하고 유능한 그가 풀을 먹인 흰색 가운을 입고 있는 모습은 항상 깔끔해 보였다. 그는 법의국장으로서 훌륭하게 일해 왔지만 과거로부터 자유롭지는 못했다. 지금도 예전 방식대로 일을 처리하고 있었고, 다른 사람들을 평가하는 방식도 예전과 달라지지 않았다. 마리노는 브론슨 박사가 과연 요즘 기준에 맞추어 상황을 확인하고 조목조목 검사할지 의구심이 들었다.

마리노가 이번에는 좀 더 큰 소리로 노크를 하자, 현미경을 들여다보던 브론슨 박사가 고개를 들었다.

"들어오세요. 이렇게 만나게 되어 무척 기쁘군요."

그가 환하게 웃으며 말했다.

브론슨 박사는 구시대에 속하는 예의바르고 온화한 인물이다. 깨끗이 면도한 대머리에 눈동자는 흐릿한 회색이었다. 깨끗이 정돈된 책상 위에 놓인 재떨이에 찔레나무로 만든 파이프가 가지런히 놓여 있고, 향기가 도는 담배 냄새가 은은하게 풍겼다.

"햇볕 좋은 이곳 남쪽에서는 아직도 실내에서 담배를 피울 수 있나 보군요."

마리노가 의자를 당겨 앉으며 말했다.

"사실, 담배를 피워서는 안 됩니다. 아내 말로는 담배를 계속 피우다가는 후두암이나 설암에 걸릴 거라고 하더군요. 혹시라도 그렇게 세상을 떠난다 해도 불평하지 않겠다고 대답했지요."

브론슨 박사가 말했다.

문을 닫지 않았다는 사실을 떠올린 마리노는 자리에서 일어나 문을 닫고 다시 의자에 앉았다.

"혀나 후두를 잘라내야 한다 해도 난 별로 투덜거리지 않을 겁니다."

브론슨 박사는 마리노가 아까 농담을 알아듣지 못한 것처럼 재차 말했다.

"필요한 게 두어 가지 있습니다. 우선, 조니 스위프트의 DNA 샘플이 필요합니다. 스카페타 박사 말로는, 사건 파일에 DNA 카드가 있을 거라고 합니다."

마리노가 단도직입적으로 말을 꺼냈다.

"스카페타 박사가 내 자리에 앉아야겠군. 그녀가 내 후임이 된다 해도 난 반대하지 않을 겁니다."

그의 말을 듣자, 마리노는 브론슨 박사가 다른 사람들이 어떤 생각을 하는지 잘 알고 있다는 사실을 깨달았다.

모두들 그가 은퇴하기를 바라고 있었다. 벌써 오래 전부터 그의 은퇴를 기다리고 있었다.

"내가 직접 이곳을 세웠습니다. 아무에게나 이곳을 물려주고 싶지는 않습니다. 그건 이곳 시민에게도, 우리 직원들에게도 옳지 못한 일입니다."

브론슨 박사는 그렇게 말한 뒤, 수화기를 들어 올리고 버튼을 눌렀다.

"폴리? 조니 스위프트 사건 파일 찾아서 가져오도록 해요. 모든 서류를 다 챙겨 와야 할 겁니다."

그는 잠시 상대방의 말에 귀를 기울였다.

"DNA카드를 마리노에게 전해줘야 하기 때문인데, 연구실에서 사용될 겁니다."

브론슨 박사는 수화기를 내린 다음, 안경을 벗어 손수건으로 깨끗이 닦았다.

"수사에 약간의 진전이 있다고 봐도 되겠습니까?"

그가 물었다.

"이제 진전이 보이기 시작했습니다. 확실한 결과가 나오면 제일 먼저 박사님께 알려드리겠습니다. 그리고 조니 스위프트가 살해되었을 가능성이 제기되고 있습니다."

마리노가 대답했다.

"분명한 증거를 제시할 수 있다면 다행이겠군요. 그 사건에 대해선 내내 마음이 편치 않았어요. 증거물을 확인했지만 별다른 의문점을 찾아낼 수 없었기에 자살로 추정하고 있었지요."

"범죄 현장에서 산탄총이 없어진 점이 수상합니다."

마리노는 그 사실을 그에게 상기시키지 않을 수 없었다.

"마리노, 세상에는 이상한 일이 많이 일어납니다. 유가족들이 사랑하는 가족의 위엄을 지키기 위해 범죄 현장을 완전히 바꿔버리는 경우를 얼마나 여러 번 목격했는지 모릅니다. 특히 자위행위를 하다 질식사한 경우는 특히 그렇지요. 막상 그곳에 도착하면 포르노 잡지나 기이한 옷차림이나 장신구는 보이지 않습니다. 자살 사건도 마찬가지입니다. 유가족들은 다른 사람에게 알리거나 보험금을 받기를 원하지 않기 때문에 총이나 칼과 같은 무기를 치우는 겁니다. 그리고 모든 걸 알아서 처리하지요."

"조 아모스에 대해서 말씀드릴 게 있습니다."

마리노가 말했다.

"그에게 실망했습니다."

브론슨 박사의 얼굴에 항상 어려 있는 온화한 표정이 희미해졌다.

"아카데미에 그를 추천한 점에 대해 미안하게 생각합니다. 훨씬 더 훌륭한 사람을 추천했어야 하는데 그렇게 오만한 자를 보내다니, 특히 스카페타 박사에게 미안합니다."

"저도 그렇게 생각합니다. 그런데 어떤 근거로, 무엇 때문에 그럴 추천하신 겁니까?"

"학력과 경력이 매우 뛰어났습니다."

"그의 파일은 어디 있습니까? 원본은 직접 보관하고 계신가요?"

"물론입니다. 원본은 내가 보관하고 있고 스카페타 박사에겐 복사본을 주었습니다."

"학력과 경력이 화려하다는데, 믿을 만한 것인지 확인은 해보셨습니까?"

마리노는 내키지 않았지만 마지못해 그에게 물었다.

"요즘은 사람들이 많은 걸 조작할 수 있습니다. 특히 컴퓨터 그래픽과 인터넷이 발달했기 때문입니다. 위조 문제가 부각되는 원인 가운데 하나도 그때문입니다."

브론슨 박사는 파일 캐비닛이 있는 쪽으로 의자를 끌고 가 서랍을 열었다. 그리고 가지런히 정리해둔 서류를 훑어보다가 조 아모스의 이름이 적힌 서류를 꺼내 마리노에게 건네줬다.

"천천히 보세요."

그가 말했다.

"잠시 여기 앉아서 봐도 괜찮겠습니까?"

"폴리가 사건 파일을 찾는데 왜 이렇게 시간이 오래 걸리는지 모르겠군."

브론슨 박사가 의자를 다시 책상 쪽으로 끌고 오며 혼잣말처럼 중얼거렸다.

"마리노, 원하는 만큼 오랫동안 보도록 해요. 난 현미경 슬라이드를 다시 확인해야겠어요. 수영장에서 죽은 채 발견된 어떤 불쌍한 여자의 사망 사건입니다."

그는 초점을 맞추고 렌즈에 눈을 갖다 댔다.

"10살짜리 딸아이가 엄마의 시신을 발견했어요. 문제는 물에 빠져 익사했느냐 아니면 심근 경색 같은 치명적인 질병 때문에 사망했느냐입니다."

마리노는 의과대학과 다른 병리학자들이 조 아모스에게 써준 추천서를 읽어 내려갔다. 그리고 5페이지에 달하는 그의 이력서도 훑어봤다.

"브론슨 박사님? 이 사람들에게 전화 걸어 본 적 있습니까?"

마리노가 물었다.

"무슨 전화 말입니까? 심장에는 오래된 상처자국이 없군요. 심근 경색 이후 몇 시간 정도 더 살아 있었다면, 아무 증상도 나타나지 않을 겁니다. 희생자가 그 전에 설사약을 먹었는지 물어보았습니다. 그러면 전해질이 망가질 수 있지요."

브론슨 박사는 고개도 들지 않은 채 대답했다.

"이 유명한 박사들이 진짜로 조 아모스와 아는 사이인지 전화해 보셨습니까?"

"물론 그럴 겁니다. 그래서 내게 추천서를 써준 것 아니겠습니까."

마리노가 추천서 한 부를 들어 불빛을 비추자, 왕관처럼 보이는 수위표가 검과 함께 드러났다. 다른 추천서도 한 장씩 불빛에 비추자, 모두 수위표가 보였다. 인쇄 문구는 확실해 보이지만, 새겨 넣거나 돋을새김은 아니기 때문에 컴퓨터 그래픽으로 스캔하거나 조작했을 수도 있었다. 마리노는 존스 홉킨스 병리학과 과장이 작성했다는 추천서에 적힌 전화번호로 전화를 걸었다.

"지금 안 계신데요."

안내원이 마리노에게 말했다.

"조 아모스 박사 문제로 전화했습니다."

마리노가 말했다.

"누구요?"

마리노는 그녀에게 상황을 설명한 다음 파일을 확인해 줄 수 있냐고 물었다.

"병리학과 과장이 조 아모스에게 추천서를 써주었습니다. 추천서 밑부분에 LFC라는 이니셜을 가진 사람이 추천서를 타이핑했다고 적혀 있습니다."

"그런 이니셜을 가진 사람은 이곳에 없습니다. 추천서는 제가 주로 타이핑하는데, 그건 제 이니셜이 아닙니다. 무슨 일 때문에 그러시죠?"

"문서 위조 확인을 위해섭니다."

마리노가 말했다.

루시는 V-로드를 몰고 A1A 도로 북쪽으로 향했다. 프레드 퀸시가 살고 있는 집으로 가는 도중 빨간색 정지신호가 계속 길을 막았다.

프레드 퀸시는 할리우드 자택에서 웹 디자인 사업을 운영하고 있었다. 그는 루시가 오고 있다는 사실을 몰랐지만, 루시는 그가 집에 있음을 알고 있었다. 한 시간 전 그에게 전화를 걸어 〈마이애미 헤럴드〉 구독 신청을 받아냈을 때 그는 집에 있었다. 그는 예의 바르게 전화를 받았다. 루시라면 전화 판매원의 전화를 그렇게 예의 바르게 받아주지 않았을 것이다. 해변에서 서쪽으로 두 블록 떨어진 곳에 사는 걸 보면 부자임이 틀림없었다. 연한 초록색 벽토를 바른 2층집에는 정교한 검은색 철제 대문이 달려 있었고 자동차가 들어가는 드라이브웨이에 문이 따로 달려 있었다. 루시는 인터콤이 설치된 곳에서 오토바이를 세우고 버튼을 눌렀다.

"누구세요?"

남자 목소리가 인터콤을 통해 들렸다.

"경찰입니다."

루시가 말했다.

"경찰 부른 적 없는데요."

"당신 어머니와 여동생에 대해 물어볼 게 있어서 왔습니다."

"어느 경찰서인가요?"

남자는 의심스러운 목소리로 물었다.

"브로워드 세리프 경찰서입니다."

루시는 지갑을 꺼내 가짜 경찰 신분증을 보여줬다. 경찰 배지 안에는 폐쇄회로 카메라가 숨겨져 있었다. 삐, 소리가 울린 다음 철제 대문이 열리기 시작했다. 루시는 화강암이 깔려 있는 커다란 검은색 대문 앞에 오토바이를 주차한 다음 시동을 걸었다.

"오토바이가 멋지군요."

프레드 퀸시로 추정되는 남자가 말했다.

그는 보통 키에 어깨가 좁고 몸매가 호리호리했다. 머리칼은 짙은 금발이고 눈동자는 푸른색이 감도는 회색이었다. 섬세해 보이면서도 꽤 미남형이었다.

"이렇게 생긴 할리 오토바이는 처음 봅니다."

그는 오토바이를 둘러보며 말했다.

"오토바이 타고 다니나요?"

"아닙니다. 위험한 물건은 다른 사람들에게 맡기는 편이죠."

"프레드 퀸시 되시죠?"

루시는 그와 악수를 했다.

"잠시 들어가도 되겠습니까?"

대리석 타일이 깔린 현관을 지나 거실 안으로 들어가자 안개 낀 좁은 운하가 내려다보였다.

"어머니와 여동생에 대한 수사는 어떻게 진행되고 있습니까? 단서는 찾아냈나요?"

그는 명목상 그렇게 물어봐야 하는 것처럼 말하지만, 실제로 궁금해하거나 걱정하는 것처럼 보이지는 않았다. 눈에는 고통이 가득하고, 희망의 빛은 희미해 보였다.

"프레드, 난 브로워드 카운티에 있는 세리프 경찰서 소속이 아닙니다. 내 밑으로 사설 형사와 연구원들이 있는데, 도움을 요청받았습니다."

루시가 그에게 말했다.

"그렇다면 아까 거짓 자기소개를 했군요. 그러시면 안 되죠. 그리고 목소리를 들어보니 아까 〈마이애미 헤럴드〉라고 전화한 사람인 것 같군요. 내가 집에 있는지 확인하기 위해서 그랬겠죠."

그의 눈빛이 불친절하게 변했다.

"두 가지 모두 당신 말이 맞아요."

"나한테 할 말이 있다고요?"

"미안합니다. ·인터콤으로 설명하기에는 너무 길어서요."

루시가 말했다.

"다시 관심을 보이는 이유가 뭐죠? 왜 하필 지금입니까?"

"미안하지만, 그 질문은 내가 해야 할 것 같군요."

"샘 삼촌이 '당신'을 노려보면서 '네 감귤나무를 원해.'라고 말합니다."

셀프 박사가 잠시 말을 끊는 시점은 드라마틱했다. 〈터놓고 이야기하세요〉 세트장 가죽 의자에 앉아 있는 그녀의 모습은 편안하고 자신감이 넘쳐 보였다. 이번 코너에는 초대 손님이 나오지 않았다. 초대 손님이 필요하지 않기 때문이었다. 그녀가 앉은 의자 옆 테이블에는 전화기가 놓여 있었고, 다양한 각도에서 카메라가 그녀의 모습을 비추고 있었다. 그녀는 버튼을 누르며 말했다.

"저는 셀프 박사입니다. 전화 연결되었습니다."

그녀는 말을 이었다.

"미국농무부가 네 번째 수정조항(부당한 수색이나 체포로부터 개인을 보호해 주는 법안—옮긴이)을 어기고 있는 건가요?"

그녀는 방금 전화 연결된 멍청한 청취자의 목구멍을 당장이라도 틀어막고 싶은 심정이었다. 모니터를 확인해 보니 자신을 비추고 있는 조명과 카메라 각도가 마음에 들었다.

"당연하죠."

멍청한 청취자의 목소리가 스피커폰을 통해 들렸다.

"이름이 뭐라고 했죠? 샌디인가요?"

"네, 저는…."

"잠깐만요, 샌디."

"왜요?"

"도끼를 든 샘 삼촌(Uncle Sam: United States를 다른 말로 바꾼 표현으로, 미국 정부나 전형적인 미국인을 뜻한다—옮긴이)이라고 했는데, 사람들이 연상하는 걸 말하는 건가요?"

"사람들이 우리를 곡해하고 있어요. 음모예요."

"그렇다면 착한 샘 삼촌이 나무를 자르고 있다고 생각하는 건가요?"

그녀는 카메라맨과 프로듀서가 미소 짓고 있는 모습을 알아챘다.

"나쁜 사람들이 허락도 없이 우리 정원으로 들어오더니 나무를 자르려고 하는 거예요…."

"사는 곳이 어디죠, 샌디?"

"쿠퍼 시티요. 사람들이 총을 쏘고 싶어 하거나 개를 괴롭히는 행동을 비난하지는 않지만….”

“이렇게 생각해 봐요, 샌디.”

셀프 박사가 요점을 정리하려 하자 카메라가 그녀의 얼굴을 줌인해서 비췄다.

“사람들은 사실에 신경을 쓰지 않습니다. 회의에 참석해 보거나 입법부 위원들의 이름을 써본 적이 있나요? 아무런 요점도 없는 질문을 하면서, 농무부가 제시한 설명이 혹시, 혹시라도 일리 있을 거란 생각은 해보지 않았나요?”

셀프 박사는 다른 사람들과 반대 의견일 때 항상 이런 식으로 말했다. 어떻게 대처해야 하는지 방법을 알고 있었다.

“허리케인에 대한 일은 삐—.”

멍청한 청취자가 말을 낚아챘다. 셀프 박사는 곧 신성모독이 시작될지도 모른다는 생각이 들었다.

“‘삐’ 하는 신호음이 아닙니다.”

셀프 박사는 신호음을 따라했다.

“‘삐’ 신호음이 울릴 일이 아닙니다. 사실은 작년 가을 네 번의 큰 태풍이 몰려왔고, 감귤나무 병충해는 바람을 타고 퍼졌습니다. 잠시 후 광고가 끝나면, 매우 특별한 손님과 함께 이 끔찍한 병충해의 현실에 대해 이야기 나눠보도록 하겠습니다. 잠시 후에 다시 찾아오겠습니다.”

그녀는 카메라를 똑바로 응시하며 말했다.

“자, 광고 나갑니다.”

한 카메라맨이 말했다.

셀프 박사는 물병을 들어 립스틱이 번지지 않도록 빨대로 물을 마시며 분장사가 이마와 코에 분을 발라주기를 기다렸다. 분장사가 천천히 다가오자 셀프 박사는 조바심을 냈고, 분장사는 서둘러 다가와 화장을 마무리했다.

"됐어요, 이제 충분해요."

셀프 박사는 손을 들어 올려 분장사에게 그만 물러나라고 손짓하며 프로듀서에게 말했다.

"다음 시간에는 심리학에 좀 더 초점을 맞추어야 할 것 같네요. 그 때문에 사람들이 이 프로그램을 청취하니까요. 청취자들이 관심 갖는 문제는 정치가 아니라, 자신들의 여자 친구, 상사, 부모님과의 문제일 겁니다."

"날 가르치려 들지 말아요."

프로듀서가 말했다.

"그런 뜻이 아니라…."

"이 프로그램이 특별한 건 시사 문제와 사람들의 감정적인 대응을 함께 이끌어낸다는 점입니다."

"그야 당연하죠."

"준비하시고, 3, 2, 1."

"자, 다시 시작하겠습니다."

셀프 박사는 카메라를 들여다보며 미소 지었다.

57

아카데미 건물 밖 야자수 나무 아래에 선 마리노는 레바가 크라운 빅토리아 차량으로 걸어가는 모습을 바라봤다. 마지못해 걸음을 옮기는 모습을 보며 마리노는 그녀가 실제로 그런지 아니면 연기를 하고 있는지 알아내려고 애썼다. 레바는 마리노가 담배를 피우며 야자수 아래에 서 있는 모습을 보았을까?

레바는 마리노를 멍청이라고 불렀다. 다른 사람들에게는 많이 들었지만 그녀가 그런 말을 할 거라고는 한 번도 생각하지 못했다.

레바는 자동차 문을 열었지만 차 안으로 들어가지는 않았다. 마리노가 서 있는 곳을 쳐다보지는 않았지만, 그가 트레오를 손에 들고 이어폰을 낀 채 담배를 피우며 야자수 그늘 아래에 서 있다는 사실을 알고 있는 듯했다. 그녀는 마리노에게 그런 말을 해서는 안 되었다. 그녀는 스카페타에 대해 이야기할 권리가 없었다. 항우울제 에펙소르를 복용한 탓에 상황을 망쳤다. 마리노가 예전에 우울증에 걸리지 않았다면 스카페타에 대한 이야기, 남자 경찰들이 그녀를 흠모한다는 말은 하지 않았을 텐데.

에펙소르는 식물의 마름병과 같았다. 셀프 박사는 마리노의 성생활을 망칠 약을 처방해줄 권리가 없다. 스카페타가 마리노의 인생에서 가장 중요한 사람인 양, 줄곧 그녀에 대해 이야기할 권리도 없다. 레바는 마리노에게 그 사실을 상기시켜야 했다. 그녀는 그가 성생활을 할 수 없다는 사실을 상기시키기 위해, 그리고 스카페타와 섹스를 할 수 있고 하기 원하는 남자들이 있다는 사실을 알려주기 위해 그런 말을 했다. 마리노는 몇 주 동안 에펙소르 복용을 중단했고, 우울해지는 걸 제외하고는 문제가 개선되고 있었다.

레바는 운전석에서 트렁크 열림 장치를 연 다음 트렁크로 가서 문을 열었다.

마리노는 그녀가 뭘 하고 있는지 궁금해졌다. 그는 자신이 다른 사람을 체포할 수 없고 그녀의 도움을 받아야 한다는 사실을 알릴 정도로 사려 깊게 행동하는 게 낫다고 마음먹었다. 다른 사람들을 위협할 수는 있지만 합법적으로 체포할 수는 없었다. 그가 경찰 일을 하면서 할 수 없는 유일한 일이 바로 체포였다. 레바는 빨랫감을 가방을 마치 화가 난 것처럼 뒷좌석에 던져 넣었다.

"시체라도 들었어?"

마리노가 담배꽁초를 비벼 끈 후 아무렇지도 않은 듯 그녀에게 다가오며 물었다.

"쓰레기통에 시체 넣는다는 이야기 들어 봤어요?"

레바는 마리노를 쳐다보지도 않은 채 차문을 쾅 닫았다.

"가방 안에는 뭐가 들었어?"

"일주일 내내 갈 시간이 없어서 못 갔던 세탁소에 가야 해요. 당신이 상관할 문제가 아니에요. 날 그런 식으로 대하지 말아요, 적어도 다른 사람들 앞에서는. 멍청이가 되고 싶지 않으면 신중하게 처신해요."

그녀는 선글라스를 낀 채 그의 시선을 외면했다.

마리노는 마치 자신이 가장 아끼는 장소인 것처럼 야자수를 뒤돌아봤다. 푸른 하늘을 배경으로 서 있는 아카데미 건물을 쳐다보며 그는 어떻게 말을 해야 할지 고심했다.

"당신이 경솔하게 구니까 그런 대접을 받는 거야."

마리노가 말했다.

레바는 어이없는 표정으로 그를 쳐다봤다.

"내가요? 도대체 무슨 말을 하는 거예요? 지금 제정신이에요? 지난번에 오토바이를 신나게 타고 날 후터스로 끌고 갔어요. 내가 어디로 가고 싶어 하는지 물어보지도 않았어요. 선정적이고 시끄럽기만 한 그런 곳에 왜 날 데려간 거죠? 내가 경솔하게 굴었다니, 제정신으로 하는 말이에요? 날 거기 앉혀 놓은 채 지나가는 여자들한테 추파를 던진 게 누군데요?"

"난 그런 적 없어."

"그렇겠죠."

"정말 그런 적 없어."

마리노는 담배 곽을 꺼냈다.

"담배는 왜 그렇게 많이 피워요?"

"난 아무 여자도 쳐다보지 않았어. 난 그저 커피만 마시고 있었는데, 당신이 스카페타 박사 얘길 꺼낸 거지. 그런 쓸데없는 소리를 어떻게 꾹 참으며 들을 수 있겠어?"

레바가 질투하고 있다는 생각이 들자 마리노는 흐뭇해졌다. 레바는 마리노가 후터스 레스토랑에서 일하는 웨이터리스들을 뚫어지게 쳐다봤다고 생각했기 때문에 그 얘기를 했던 것이다. 사실, 정확하게 말하자면, 그는 웨이터리스에게 추파를 던졌을 것이다.

"스카페타 박사와 함께 일한 세월이 너무 길어서 그런 이야긴 그냥 듣고 있을 수가 없었어. 이제는 그러지 않을게."

마리노는 담뱃불을 붙이며 눈부신 햇살에 눈을 가늘게 떴다. 야외 실습복을 입은 학생들이 주차장에 세워진 SUV 쪽으로 걸어가는 모습이 보였다. 할리우드 경찰서에 가서 무기 처리 팀의 시범을 보게 될 것이다.

학생들은 오늘 원격조정 로봇인 에디를 볼 것이다. 로봇이 트랙터 벨트 위에서 움직이는 모습을 보고, 광섬유 케이블로 연결된 트레일러의 알루미늄 램프를 게처럼 옆으로 기어가는 소리를 들을 것이다. 그리고 폭탄을 찾아내는 훈련견인 벙키가 나타나고, 큰 소방차를 타고 소방관들이 나타날 것이다. 폭탄 수색용 작업복을 입은 그들은 다이너마이트와 데트 코드(폭발물에 설치된 얇고 구부릴 수 있는 튜브—옮긴이), 소방차를 날려버릴 폭발기를 소지하고 있을 것이다.

마리노는 혼자 남겨지는 데 이제 신물이 났다.

"미안해요. 그녀에 대해 나쁘게 말할 생각은 없었어요. 내가 말하려던 건 함께 일하는 동료들…."

레바가 말했다.

"체포해야 할 사람이 있어."

마리노는 그녀의 말을 자르며 손목시계를 확인했다. 레바가 후터스에서 했던 이야기를 다시 듣고 싶지도 않고, 자신에 대한 이야기도 반복해서 듣고 싶지 않았다.

레바가 하는 이야기의 대부분은 자신에 관한 것이었다.

에펙소르, 그 약이 문제였다. 레바는 조만간 곧 알게 될 것이다. 그 망할 약이 그를 망친 것이다.

"당신이 빨래방 가는 걸 미루면, 30분 후에 체포하게 될 거야."

"빨래방이 아니라 세탁소예요."

레바는 쌀쌀맞게 말하지만 속마음은 전혀 그렇지 않은 것 같았다.

레바는 마리노를 여전히 좋아했다.

"트레일러에 사는 것도 아닌데, 집에 세탁기와 건조기는 당연히 있어요."

마리노는 루시에게 전화를 걸며 레바에게 말했다.

"내게 생각이 있어. 잘 될지 모르겠지만 행운이 따를 거야."

루시는 전화를 받지만 통화하기 곤란하다고 말했다.

"중요한 이야기야."

마리노는 루시와 통화하며 레바를 쳐다봤다. 약을 복용하지 않던 시기에 그녀와 함께 키 웨스트에서 주말을 함께 보낸 기억이 문득 떠올랐다.

"잠깐이면 돼."

루시가 잠깐 동안 통화해야 한다고 다른 사람에게 말하는 소리가 들렸다. 괜찮다고 대답하는 남자 목소리에 이어서 루시가 걸음을 옮기는 소리가 들렸다. 마리노는 레바를 쳐다보면서, 홀리데이 인 호텔의 파라다이스 라운지에서 술에 취해 해넘이를 보던 기억을 떠올렸다. 약을 복용하지 않았던 때라 뜨거운 물을 받은 욕조에서 밤늦게 그녀와 함께 시간을 보냈다.

"듣고 있어요?"

루시가 그에게 물었다.

"두 대의 휴대전화로 3자간 회의가 가능할까? 하나의 통신선으로 두 사람이 통화할 수 있을까?"

마리노가 물었다.

"멘사(IQ가 전체 인구 상위 2퍼센트 안에 드는 사람들로 구성된 단체—옮긴이) 가입 문제라도 내는 건가요?"

"내가 원하는 건 실제로는 너와 휴대전화로 통화하면서 사무실 전화로 통화하는 것처럼 보이는 거야. 여보세요? 내 말 들려?"

"누군가 PBX 시스템에 연결된 멀티라인 전화로 아저씨 통화를 도청하고 있단 말인가요?"

"내 책상에 있는 전화기를 도청하고 있어."

마리노는 자신을 쳐다보고 있는 레바를 바라보며, 그녀가 깊은 인상을 받은 표정인지 살폈다.

"나도 그런 뜻으로 말했어요. 그런데 누구 짓이죠?"

루시가 물었다.

"알아내고 있는 중인데 누구인지 거의 알 것 같아."

"시스템 비밀번호 없이는 아무도 그런 짓을 할 수 없어요."

"누군가 시스템 비밀번호를 알아낸 것 같아. 그러면 상황은 쉽게 설명되지. 내가 말한 게 가능한 거니?"

마리노는 재차 루시에게 물었다.

"사무실 전화기로 전화한 다음 다시 휴대전화로 전화해도 될까? 그런 다음 전화선을 연결한 상태로 둔 채 아직도 통화 중인 것처럼 꾸미고 사무실을 나오면 어떨까?"

"네, 그렇게 해요. 하지만 지금 당장은 안 돼요."

루시가 대답했다.

셀프 박사는 깜박거리는 전화기 버튼을 눌렀다.

"다음 전화주신 분은 몇 분 동안 통화를 기다리셨는데 별명이 특이하군요. 호그? 기다리게 해서 미안합니다. 잘 들립니까?"

"네."

부드러운 남자 목소리가 스튜디오에 울렸다.

"방송에 출연하게 되셨는데, 먼저 별명에 대해서 이야기 좀 해주겠어요? 모든 사람들이 궁금해 할 테니까요."

"사람들이 저를 그렇게 부릅니다."

침묵이 흐르자 셀프 박사가 곧바로 말을 이었다. 방송 중에는 침묵이 흘러서는 안 되기 때문이다.

"아, 그렇군요. 깜짝 놀랄 만한 사연으로 전화를 주셨군요. 잔디 관리 일을 하고 있고, 이웃 정원에 감귤나무 병충해가 있다는 걸…."

"아닙니다, 그렇지 않습니다."

셀프 박사는 짜증이 났다. 호그가 미리 연습한 대본을 따라 읽지 않았기 때문이다. 지난 화요일 오후 그에게 전화가 걸려왔을 때, 그녀는 다른 사람인 척했다. 그는 할리우드 지역에 사는 노파의 정원에서 감귤나무 병충해를 발견했다고 분명히 말했다. 그 집 정원의 감귤나무 모두가 병충해를 입었고 이웃집에 있는 감귤나무도 모두 베어내야 한다고 했고, 정원 주인인 노파에게 그 문제를 말하자 노파는 병충해 사실을 농무부에 신고하면 자살해 버리겠다며 협박했다고 말했다. 노파는 죽은 남편이 사용하던 산탄총으로 자살하겠다고 으름장을 놓았다.

그 나무는 그들이 결혼하던 해 남편이 심은 것이었다. 남편은 죽었고 이제 그녀에게 남은 살아 있는 거라곤 그 나무뿐이었다. 그 나무를 잘라내는 건 그녀 삶의 소중한 부분을 앗아가는 것이었고, 아무도 그녀의 삶을 방해할 권리가 없었다.

"그 나무를 잘라내면 노파가 큰 상실감을 겪게 될 겁니다."

셀프 박사가 청취자들에게 설명했다.

"그렇게 되면 그녀에게는 삶을 살아갈 가치가 더 이상 남아 있지 않아 죽기를 원할 겁니다. 당신이 그런 딜레마에 빠진 겁니다, 그렇죠?

마치 중대한 결정을 내려야 하는 신의 입장이 된 것 같죠, 호그?"

셀프 박사가 스피커폰으로 말했다.

"나는 신이 아니라 신이 말하는 걸 옮길 뿐입니다."

셀프 박사는 혼란스러웠지만 통화를 계속했다.

"당신이 선택해야겠군요. 정부의 규칙을 따랐나요, 아니면 본인의 마음에 귀 기울였나요?"

"나무에 빨간 줄무늬를 칠했습니다. 그녀는 죽었습니다. 다음은 당신 차례입니다. 시간이 없습니다."

호그가 말했다.

그들은 안개가 낀 좁은 운하가 내려다보이는 부엌 창가에 놓인 식탁에 앉아 있었다.

"경찰이 개입하더니 어머니와 여동생의 DNA를 확인할 수 있는 몇 가지 물건을 요구했습니다."

프레드 퀸시가 루시에게 말했다.

"머리빗, 칫솔 등을 가져갔는데, 다른 건 잘 기억나지 않습니다. 그들이 그 물건으로 뭘 했는지는 듣지 못했습니다."

"아마 분석하지 않았을 겁니다."

루시는 방금 전 마리노와 나누었던 이야기가 머릿속에 떠올랐다.

"아직 증거물 보관실에 있을 수도 있고요. 더 이상 기다리지 않고 그들에게 물어보겠습니다."

누군가 아카데미 시스템으로 들어갈 수 있는 비밀번호를 알아냈다는 건 믿기지 않는 일이었다. 도저히 그럴 리가 없고 마리노가 오해한 것이리라. 루시는 그 생각을 머릿속에서 지울 수가 없었다.

"그들에게 그 사건은 우선순위가 아닌 게 분명합니다. 어떤 범죄 흔적도 없기 때문에 우리 가족이 도망쳤다고 믿고 있는 겁니다. 저항한 흔적이 있거나 목격자가 있어야 한다고 했습니다. 밝은 오전이었고 주변에 사람들도 많았으니까요. 그리고 어머니가 몰던 SUV도 사라졌습니다."

프레드가 말했다.

"어머니의 차량인 아우디가 그곳에 있다고 들었습니다."

"절대 그렇지 않습니다. 아우디는 어머니가 몰던 차가 아니라 내 차입니다. 내가 가족을 찾으러 나중에 도착했을 때 누군가가 내 차를 본 게 틀림없습니다. 어머니가 몰던 차는 셰비 블레이저입니다. 주로 그 차를 타고 다녔지요. 사람들은 상황을 더 복잡하게 꼬이게 만드는 것 같습니다. 하루 종일 전화했지만 통화가 되지 않아 가게로 직접 갔습니다. 어머니의 손가방과 차는 보이지 않았고, 어머니나 여동생의 흔적은 전혀 없었습니다.

"두 사람이 가게 안에 있었던 흔적은 없었나요?"

"조명이 모두 꺼져 있었고, 가게를 닫았다는 표시가 걸려 있었습니다."

"사라진 건 없었나요?"

"없는 것 같았는데, 확실한 건 아무것도 없습니다. 현금입출금기에는 돈이 들어 있지 않았지만, 그렇다고 누군가 가져갔다고 단정할 수는 없습니다. 그 전날 밤 돈을 그냥 두었다 해도 큰 금액은 아닐 겁니다. 갑자기 가족의 DNA가 필요하다니, 무슨 일이 있는 게 틀림없군요."

"수사가 진행되는 대로 알려드리겠습니다."

"아직 말해줄 수 없습니까?"

"분명히 알려드리겠습니다. 가족들을 찾으러 가게에 차를 몰고 갈

때 가장 먼저 어떤 생각이 떠올랐습니까?"

"솔직히 말하자면, 가족들이 사라졌을 거라고 생각하지 않습니다. 차를 몰고 무지개 너머 어디론가 갔을지도 모르지요."

"왜 그런 표현을 하는 거죠?"

"많은 문제들이 있었습니다. 집안 재정도 오르락내리락했고, 개인적인 문제들도 있었습니다. 아버지는 조경 사업에서 큰 성공을 거두었습니다."

"팜비치에서 말이군요."

"그곳에 회사 본부가 있었지만, 다른 지역에 온실과 수목 농장이 있었습니다. 그런데 80년대 중반에 감귤나무 병충해로 사업이 흔들렸습니다. 감귤나무를 모두 잘라내야 했고, 직원들을 거의 내보내야 했고 파산 신청 직전까지 갔습니다. 당시 어머니가 무척 힘들어했습니다. 아버지는 재기에 성공해 이전보다 더 크게 사업을 벌였지만, 어머니는 그것도 힘들어했습니다. 초면에 이런 이야기를 해도 되는지 모르겠습니다."

"프레드, 난 당신을 도와주려고 애쓰고 있어요. 당신이 말해주지 않으면 당신을 도울 수가 없어요."

"여동생이 열두 살 때 이야기부터 해드리죠."

프레드가 다시 말문을 열었다.

"당시 난 대학교 1학년이었습니다. 여동생과 나이 차이가 꽤 났죠. 여동생 헬렌은 6개월 동안 작은아버지 집에서 살았습니다."

"왜요?"

"헬렌은 예쁘고 똑똑한 아이였습니다. 열여섯의 나이에 하버드에 입학했지만 한 학기도 마치지 못하고 낙담한 채 집으로 되돌아왔습니다."

"그게 언제죠?"

"어머니와 여동생이 실종되기 전 가을이었을 겁니다. 하버드에는 9월부터 11월까지 있었습니다."

"그럼 어머니와 여동생이 실종되기 8개월 전인가요?"

"네. 헬렌은 유전적으로 문제가 많았습니다."

프레드는 이야기를 계속해야 하는지 고심하는 듯 잠시 멈추었다가 다시 말을 이었다.

"어머니는 심리적으로 안정적이지 못했습니다. 당신도 이미 알아차렸겠지만, 크리스마스에 지나치게 집착했습니다. 그리고 가끔씩 발광 증세를 보였습니다. 헬렌이 열두 살이 될 무렵 증세가 심각해졌습니다. 어머니는 비이성적인 행동을 하곤 했습니다."

"정신과 치료는 받았나요?"

"경제적으로 여유가 있었기 때문에 뭐든 다 했습니다. 유명한 정신과 의사인 셀프 박사에게 치료도 받았는데, 당시 그녀는 팜비치에 살고 있었습니다. 그녀는 입원을 권유했습니다. 헬렌을 작은아버지 댁에 보내게 된 진짜 이유는 바로 그 때문입니다. 어머니는 병원에 입원했고, 아버지는 사업으로 너무 바빠 열두 살짜리 딸을 혼자 돌볼 여력이 없었죠. 시간이 지난 후 엄마와 여동생은 모두 집으로 돌아왔지만, 두 사람 모두 정상은 아니었습니다."

"헬렌도 정신과 치료를 받았나요?"

"당시에는 치료를 받지 않았습니다. 그저 이상하게 보인 정도였으니까요. 어머니처럼 불안해 보이지는 않고 그냥 조금 이상해 보였습니다. 학교 성적이 무척 좋아서 하버드에 입학했는데, 다치고 화상을 입은 채 그곳 장례식장 로비에서 발견되었습니다. 당시 헬렌은 자신이 누구인지 알지 못했습니다. 그것으로도 불행이 모자랐는지, 아버지가 돌아가셨습니다. 어머니의 증세는 더 나빠졌고, 주말이면 어디를 다녀오고선 어디에 갔는지는 아무 말도 하지 않았습니다. 어머니를 보면 무척 화가 났고 끔찍했습니다."

프레드가 대답했다.

"그렇다면 경찰은 어머니가 변덕스러운 기질을 견디지 못하고 헬렌과 함께 도망갔다고 여기는 건가요?"

"나 자신도 그럴 거라고 생각합니다. 어머니와 여동생이 어딘가에 있을 거라는 생각이 듭니다."

"아버지는 어떻게 돌아가셨죠?"

"희귀본을 수집해 놓은 서재 사다리에서 떨어져 돌아가셨습니다. 3층짜리 팜비치 저택은 바닥이 모두 대리석과 석재 타일이었거든요."

"혼자 있을 때 돌아가셨나요?"

"여동생이 2층 서재에서 아버지를 발견했습니다."

"당시 집에 있었던 사람은 여동생뿐이었나요?"

"아마 남자 친구와 함께 있었을 텐데, 누구인지는 잘 모르겠습니다."

"그게 언제였죠?"

"어머니와 여동생이 실종되기 전 두어 달 전입니다. 당시 여동생은 열일곱 살이었고 조숙했습니다. 하버드에서 돌아온 이후에는 완전히 통제 불가능한 상태였습니다. 여동생이 아버지와 작은아버지, 친가 가족들에 반항하는 건지 항상 궁금했습니다. 극단적으로 종교에 집착하며 교회에 나가더군요. 집사와 주일학교 선생을 맡기도 했고, 항상 사람들을 전도하려 애썼습니다."

"헬렌의 남자 친구를 만난 적 있나요?"

"아니오. 여동생은 이리저리 돌아다니고 며칠 동안 집에 들어오지 않으며 말썽을 부렸습니다. 나는 피치 못할 경우가 아니면 집에 자주 가지 않았습니다. 어머니가 크리스마스에 집착한 것도 너무 우스꽝스

럽습니다. 정작 집에서는 크리스마스를 기념하지 않았고, 항상 끔찍했
었죠."

프레드는 자리에서 일어나며 물었다.

"맥주 한 잔 마셔도 괜찮겠습니까?"

"좋을 대로 하세요."

프레드는 맥주병을 꺼내어 뚜껑을 돌려 연 다음, 냉장고 문을 닫고
다시 자리에 앉았다.

"여동생이 병원에 입원한 적 있나요?"

루시가 물었다.

"하버드에서 돌아온 지 한 달 후에 어머니가 입원했던 병원에 있었
어요. 오래된 가족 유전자 때문에 맥린 병원에 입원한 거죠."

"매사추세츠 주에 있는 맥린 병원 말인가요?"

"그렇습니다. 메모라도 해두었습니까? 어떻게 이 모든 사실을 다 알
고 있는 거죠?"

루시는 손에 쥐고 있는 펜과 주머니 안에 보이지 않게 넣어둔 작은
녹음기를 가리켰다.

"어머니와 여동생의 DNA가 필요합니다."

루시가 말했다.

"만약 경찰이 갖고 있지 않다면 이제 어떻게 구해야 할지 모르겠군요."

"당신 것도 괜찮습니다. DNA 가계도를 생각해 보세요."

루시가 말했다.

발신자 번호

스카페타는 창밖으로 내다보이는 흰 눈 쌓인 거리를 내다봤다. 시간은 거의 오후 3시가 다 되었고, 그녀는 거의 하루 종일 통화 중이었다.

"프로그램 참여자를 어떤 식으로 선별하죠? 방송에 출연하는 사람들을 제어하기 위한 시스템이 분명히 있을 텐데요."

스카페타가 말했다.

"물론입니다. 프로듀서 가운데 한 명이 직접 인터뷰를 하면서 미친 사람이 아닌지 확인합니다."

정신과 의사가 그런 단어를 선택하다니, 이상하게 들렸다.

"이번 경우도, 잔디 관리 일을 한다는 그 사람과 미리 이야기를 해봤습니다. 설명하자면 무척 길어집니다."

셀프 박사가 다급하게 말했다.

"처음 이야기를 나눴을 때도 자신의 이름이 호그라고 하던가요?"

"그 이름에 대해서는 대수롭게 생각하지 않았습니다. 이상한 별명이 있는 사람들은 얼마든지 있으니까요. 물어볼 게 있는데, 나이 든 여자가 자살을 범한 후 갑자기 죽은 상태로 발견되었나요? 당신은 알고 있을 겁니다, 그렇죠? 그는 날 죽이겠다고 협박했어요."

"유감스럽게도 나이 든 여자들이 시신 상태로 발견되는 경우는 드물지 않습니다."

스카페타는 우회적으로 대답했다.

"그가 뭐라고 말했는지 좀 더 자세히 설명해주겠습니까?"

셀프 박사는 남편의 죽음을 슬퍼하던 한 노파의 정원 감귤나무가 마름병에 걸렸고, 호그라는 이름의 잔디 관리인에게 만일 나무를 베어내면 남편이 사용하던 산탄총으로 자살할 거라고 협박했다는 이야기를 전달했다. 벤턴이 커피 두 잔을 들고 거실로 들어오자, 스카페타는 전화기의 스피커폰 버튼을 눌렀다.

"그러고 나서 나를 죽이겠다고 협박했습니다."

셀프 박사가 다시 한 번 말했다.

"그리고 죽이려고 했지만 마음을 고쳐먹었다고 말했습니다."

"이 통화를 함께 들을 사람이 있습니다."

스카페타는 벤턴을 소개한 다음 말을 이었다.

"방금 내게 했던 말을 다시 들려주세요."

벤턴이 자리에 앉으며 스피커폰에 귀를 기울이자, 셀프 박사는 매사추세츠에 사는 범죄 심리학자가 도대체 왜 플로리다에서 일어난 자살 사건에 관심을 가지는지 이해할 수 없다고 말했다. 하지만 자신의 목숨을 위협한 사건에 대해서는 고견을 갖고 있을 것이므로 언젠가 자신이 진행하는 프로그램에 초대하고 싶다고도 했다. 도대체 어떤 사람이 그런 식으로 자신을 위협하는지, 자신이 정말 위험에 처한 것인지도 덧붙여 물었다.

"방송국 스튜디오 전화기에 발신자 추적 장치가 있습니까? 발신자 전화번호는 저장됩니까?"

벤턴이 물었다.

"아마 그럴 거예요."

"우선 그것부터 확인하기 바랍니다. 그가 어디서 전화했는지부터 확인하는 게 좋겠습니다."

"발신자 번호가 확인되지 않는 전화는 접수하지 않는 게 원칙입니다. 예전에도 방송에서 날 죽이겠다고 협박한 미치광이 여자가 있었기 때문에, 발신자 신원을 반드시 확인합니다. 이런 일이 일어난 게 처음이 아닙니다. 그 미치광이 여자가 발신자 제한 번호로 전화했기 때문에, 이제는 더 이상 그렇게 하지 않습니다."

"그렇다면 발신자 번호를 분명히 확인했겠군요. 오늘 오후 방송을 하는 동안 걸려온 전화번호를 다 출력해 주기 바랍니다. 잔디 관리인과 이전에도 통화한 적이 있다고 했는데, 처음으로 통화한 게 언제였죠? 지역번호 없이 근처에서 걸려온 전화였습니까? 그리고 그 번호를 기록해 두었습니까?"

벤턴이 말했다.

"지난 화요일 오후에 처음으로 통화했는데, 저는 발신자 번호 확인 서비스를 신청하지 않았어요. 내 전화번호는 등록되지도 않은 번호라 그런 건 필요가 없었죠."

"그는 자신의 이름을 밝혔습니까?"

"호그라고 했습니다."

"자택으로 전화가 왔습니까?"

"내 개인병원으로 전화했습니다. 자택 뒤에 개인병원 진료실이 있는데, 원래는 수영장 옆에 있는 손님방이었어요."

"그가 어떻게 전화번호를 알아냈을까요?"

"잘 모르겠어요. 동료들이나 일을 통해 만난 사람들, 내 개인병원에서 치료 받는 환자들은 내 전화번호를 갖고 있어요."

"그가 당신 병원에서 치료받았을 가능성은 전혀 없습니까?"

"처음 듣는 목소리였어요. 그였을 거라고 짐작되는 사람이 전혀 없습니다. 더 많은 일이 벌어지고 있을 겁니다."

셀프 박사는 이야기를 강하게 밀어붙였다.

"난 이보다 더한 일이 있는지 알아야 할 권리가 있어요. 우선, 마름병에 걸린 감귤나무 때문에 산탄총으로 자살한 노파가 있는지 확인해 주기 바랍니다."

"그런 사건은 없습니다. 하지만 방금 말한 것과 유사한 사건이 있는데, 감귤나무를 잘라내야 하는 상황에 처한 노파가 산탄총에 맞아 사망했습니다."

스카페타가 대신 대답했다.

"맙소사. 이번 주 화요일 오후 6시 이후에 일어난 사건인가요?"

"아마 그 이전에 일어났을 겁니다."

스카페타는 셀프 박사가 왜 그런 질문을 하는지 분명히 알고 있었다.

"다행이군요. 그렇다면 호그라는 잔디 관리인이 내게 전화하기 전에 그녀는 이미 사망했겠군요. 그는 저녁 6시 5분에서 10분경에 전화해서 내가 진행하는 프로그램에 참여하고 싶다면서, 자살을 하겠다고 으름장을 놓는 노파 이야기를 했습니다. 당시 노파는 이미 사망했을 게 분명합니다. 그녀의 죽음과 호그가 라디오 프로그램에 참여하고 싶어 하는 것과 서로 연관이 있을 거라고 생각하고 싶지 않습니다."

벤턴은 '너무나 자아도취적인 냉혈한이군.' 이라고 말하는 것 같은 표정으로 스카페타를 쳐다보며 다시 말문을 열었다.

"다른 상황에 대해서도 알아내려고 노력 중이군요. 데이비드 럭에 대해 좀 더 정보를 준다면 도움이 될 겁니다. 그에게 리탈린 처방전을 써 주었죠?"

"설마 그에게도 끔찍한 일이 일어났다는 말은 아니겠죠? 실종되었다는데 아직 아무 연락도 없어요?"

"매우 걱정되는 상황입니다."

스카페타는 예전에 했던 말을 반복해서 말했다.

"함께 살았던 크리스천 자매와 데이비드의 남동생도 걱정입니다. 데이비드는 얼마 동안 병원을 다녔나요?"

"작년 여름으로 7월에 처음으로 왔습니다. 7월 말이었을 겁니다. 양쪽 부모님이 사고로 사망했기 때문에 억압된 감정을 행동으로 드러냈고 학업 성적도 부진했습니다. 데이비드와 남동생은 학교에 다니지 않고 집에서 공부를 했습니다."

"병원에는 얼마나 자주 왔습니까?"

"보통 일주일에 한 번 왔습니다."

"병원에는 누구와 함께 왔죠?"

"크리스틴과 함께 올 때도 있었고 이브와 함께 올 때도 있었습니다. 두 사람이 함께 올 때도 종종 있었습니다.

"데이비드가 어떻게 처음 병원에 찾아왔죠? 치료는 어떤 식으로 끝났나요?"

이번에는 스카페타가 물었다.

"약간 특이한 경우인데, 크리스틴이 내가 진행하는 프로그램에 전화를 걸어 참여했습니다. 내 프로그램을 자주 듣던 그녀는 그런 식으로 나를 만날 수 있다고 생각했던 것 같습니다. 라디오 프로그램에 전화를 걸어, 양쪽 부모가 모두 사고사로 죽은 남아프리카공화국에서 온 남자아이들을 돌보고 있으니 도움이 필요하다고 이야기를 늘어놓았습니다. 가슴 아픈 사연이었기 때문에 남자아이가 직접 방송에 출연하는 데 나도 선뜻 동의했습니다. 그 이후로 얼마나 많은 청취자들이 내게 메일을 보내는지 알면 깜짝 놀랄 겁니다. 많은 사람들이 남아프리카공화국에서 온 고아 남자아이들이 잘 지내고 있는지 궁금해 하지요."

"방금 이야기한 방송 테이프를 갖고 있습니까?"

벤턴이 물었다.

"모든 방송분은 테이프로 녹음해서 갖고 있습니다."

"녹음한 테이프와 오늘 방송분 테이프를 언제까지 보내줄 수 있습니까? 이곳에서 할 수 있는 일은 진행하고 있지만, 폭설이 내리고 있어서 제약이 많습니다."

"그곳에 폭설이 내린다는 소식은 들었습니다만 힘내시기 바랍니다."

셀프 박사는 지난 30분 동안 즐거운 대화를 나눈 것처럼 말했다.

"지금 당장 프로듀서에게 전화하면 방송 녹화 테이프를 당신에게 이메일로 보내 줄 겁니다. 언젠가 방송에 출연해 달라는 부탁도 분명히 할 겁니다."

"발신자 번호를 보내는 것도 잊지 마십시오."

벤턴은 그녀에게 거듭 말했다.

"셀프 박사. 데이비드와 동생 토니의 관계는 어땠나요?"

스카페타가 불안하게 창밖을 내다보며 물었다.

다시 눈발이 날리기 시작했다.

"자주 싸웠습니다."

"토니도 직접 만났나요?"

"만난 적은 없습니다."

셀프 박사가 대답했다.

"크리스천 자매와 아는 사이라고 했는데, 둘 가운데 섭식 장애가 있는 사람이 있었나요?"

"두 사람을 진료한 적은 없습니다."

"겉모습으로도 판단할 수 있을 겁니다. 두 사람 가운데 한 명이 당근만 먹는 식이요법을 하고 있었어요."

"겉모습만 보자면 크리스틴일 겁니다."

스카페타는 벤턴을 쳐다봤다. 경뇌막이 누렇게 변했다는 사실을 알아내자마자 아카데미 DNA 연구실에 전화해서 스러시 형사에게 연락하라고 지시했다. 이곳에서 사망한 채 발견된 여자의 DNA와 크리스천 자매의 집에서 가져온 흰색 블라우스에 묻은 얼룩에서 채취한 DNA가 일치하는 것으로 드러났다. 보스턴에 있는 시신은 크리스틴일 가능성이 높았지만, 스카페타는 그 사실을 셀프 박사에게 알려줄 의향이 전혀 없었다. 방송에서 그 사실을 말해버릴 수 있기 때문이다.

스카페타가 수화기를 내려놓자 벤턴은 소파에서 일어나 장작을 벽난로에 던져 넣었다. 창밖을 내다보자 빠르게 떨어져 내리는 눈발이 현관 등불에 비쳤다.

"신경이 예민한 걸 보니 커피는 그만 마셔야겠어."

벤턴이 말했다.

"눈은 치웠을까요?"

"시내 거리는 벌써 깨끗하게 치웠을 거야. 놀라울 정도로 빨리 치우거든. 남자아이들은 이 사건과 관계없을 것 같은데."

"아니에요, 분명히 상관있어요."

스카페타는 벽난로 앞으로 가서 앉으면서 말했다.

"아이들이 실종되었고 크리스틴은 죽은 것 같아요. 그들 모두 죽었을지도 몰라요."

60

마리노가 조 아모스에게 전화를 거는 동안, 레바는 가상 범죄 현장을 유심히 둘러보며 말없이 옆에 앉아 있었다.

"함께 확인해야 할 사항이 있어. 문제가 생겼거든."

마리노가 조에게 말한다.

"어떤 문제입니까?"

조가 조심스럽게 물었다.

"내 말 잘 들어. 난 사무실에 전화를 걸어 확인해야 할 게 있어. 자넨 앞으로 한 시간 동안 어디에 있을 건가?"

"121호실에 있을 겁니다."

"지금도 그곳에 있나?"

"그곳으로 가는 길입니다."

"그렇다면, 내게서 훔친 가상 범죄 현장을 또 구상하고 있겠군."

"그 일로 전화한 거라면…."

"그 일로 전화한 건 아니야. 그보다 훨씬 더 나쁜 일이지."

마리노가 말했다.

"당신 정말 대단해요. 이런 아이디어를 떠올리다니 정말 대단해요."

레바는 가상 범죄 현장 파일을 책상 위에 내려놓으며 마리노에게 말했다.

"5분 후에 시작할 건데, 그가 사무실로 갈 시간을 주는 거지."

마리노는 이제 루시와 통화 중이었다.

"이제 내가 어떻게 해야 할 지 말해봐."

"전화를 끊은 다음 책상 위에 놓인 전화기의 회의 버튼을 누르고 나서 내 휴대전화에 전화해요. 내가 전화를 받으면 회의 버튼을 다시 누르고 아저씨 휴대전화로 전화하세요. 그러고 나서 책상 위에 놓인 전화 수화기를 들어 통화 중으로 설정해 두세요. 누군가 우리의 통화를 감시하고 있다면, 아저씨가 사무실에 있을 거라고 짐작할 거예요."

마리노는 3~4분 정도 기다린 다음 루시가 말했던 대로 했다. 그는 레바와 함께 건물 밖으로 나오며 루시와 휴대전화로 통화를 했다. 조가 전화 내용을 엿듣기 바라기라도 하듯, 마리노는 진지하게 루시와 대화를 나누었다. 지금까지 마리노와 루시에게는 운이 따랐다. 통화음도 좋아서 마치 바로 옆에서 통화하는 것 같았다.

두 사람은 새로 출시된 오토바이에 대해 잡담을 나누었다. 마리노는 레바와 함께 걸어가면서 루시와 이런저런 이야기를 했다.

라스트 스탠드 모텔은 트레일러 두 대를 이어서 가상 범죄 현장을 만드는 데 필요한 방 세 개를 만든 곳이었다. 각각의 방에는 문이 달려 있고 호수가 적혀 있었다. 112호실은 가운데에 위치한 방이었다. 창문에는 커튼이 쳐져 있고 에어컨이 돌아가는 소리가 들렸다. 문손잡이를 돌리자 안에서 잠겨 있었다. 마리노가 육중한 할리 부츠를 신은 발로 문을 걷어차자 값싼 소재의 문이 활짝 열리더니 벽까지 날아갔다. 조는 수화기를 귀에 댄 채 책상에 앉아 있었고, 테이프 녹음기가 전화선에 연결되어 있었다. 그의 얼굴에 충격이 스치더니 곧 두려움으로 변했다. 마리노와 레바는 그를 쳐다보았다.

"이곳을 왜 라스트 스탠드 모텔이라고 부르는지 알아?"

마리노는 조에게 다가가 의자에 앉아 있던 그를 가벼운 종잇장처럼 번쩍 들어올렸다.

"자넨 이제 죽은 목숨이기 때문이지."

"이것 놔요."

조가 고래고래 소리를 질렀다.

조는 공중에 떠서 두 발을 버둥거렸다. 마리노가 조의 겨드랑이에 손을 넣고 들어 올리자 두 사람의 얼굴이 맞닿을 듯 가까웠다.

"놔 줘요! 아파 죽겠어요!"

마리노가 팔을 빼자 조는 바닥에 나동그라졌다.

"와그너 형사가 왜 이곳에 온지 알아?"

마리노가 레바를 가리키며 말했다.

"불쌍한 네 놈을 체포하기 위해서지."

"난 아무 짓도 하지 않았어요!"

"공문서를 위조하고, 중대한 절도를 저질렀어. 희생자의 머리를 날려버린 살인사건에 사용된 총을 훔쳤으니까. 아, 사기 혐의도 있지."

마리노는 확실한 증거가 있든 말든 개의치 않고 죄목을 덧붙였다.

"그런 적 없습니다. 지금 무슨 말을 하고 있는지 모르겠습니다."

"나 귀먹지 않았으니 소리 좀 그만 질러. 자, 여기 와그너 형사가 증인이야, 그렇죠?"

레바는 굳은 표정으로 고개를 끄덕였다. 마리노는 레바의 그렇게 무서운 표정은 지금껏 한 번도 본 적이 없었다.

"내가 이 사람 털끝 하나 건드리던가?"

마리노가 레바에게 물었다.

"아니오, 절대 그런 적 없습니다."

레바가 여전히 굳은 표정으로 대답했다.

조는 겁에 잔뜩 질려서 식은땀을 흘리고 있었다.

"왜 그 산탄총을 훔쳤는지, 그리고 누구에게 주었는지 혹은 돈을 받고 팔았는지 말할 텐가?"

마리노는 책상 의자를 뺀 다음 돌리더니, 육중한 팔을 의자 등받이에 올린 채 반대로 앉았다.

"아니면 자네가 직접 그 여자의 머리를 날렸을 수도 있겠지. 가상 범죄 현장을 그대로 현실에 옮긴 거겠지. 자넨 다른 누군가에게서 총을 훔친 게 틀림없어."

"그 여자를 죽이다니요? 난 아무도 죽이지 않았습니다. 그리고 산탄총이라니요? 난 총을 훔치지 않았습니다."

"지난 6월 28일 오후 3시 15분에 확인한 총 말이네. 자네는 컴퓨터 기록을 업데이트하고 조작했지."

조는 놀란 눈을 휘둥그렇게 뜬 채 입을 다물지 못했다.

마리노는 바지 뒷주머니에 들어 있던 종이를 꺼내 펼친 다음 조에게 건네줬다. 조가 모스버그 산탄총을 반출하고 반환했음을 보여주는 문서 복사본이었다.

조는 손을 부들부들 떨며 복사본을 뚫어지게 쳐다봤다.

"맹세코 이 총을 가져가지 않았습니다."

조가 말문을 열었다.

"분명히 기억하지만, 젤라틴 모형으로 시험 발사를 한 적은 한 번 있었습니다. 그런 다음 무언가 할 일이 있어서 실험실 부엌으로 갔습니다. 방금 만들어둔 블록을 확인하기 위해서였는데, 비행추락 사고에 승객으로 쓸 모형 말입니다. 비행기 동체를 추락시키기 위해 루시가 커다란 헬리콥터를 사용했던 거 기억하십니까?"

"요점이나 말해!"

"되돌아와 보자 산탄총이 사라지고 없었고, 빈스가 저장실에 다시 가져갔을 거라고 생각했습니다. 늦은 시간이었거든요. 퇴근을 준비하던 빈스가 그 총을 다시 가져갔을 거라고 생각했던 거죠. 두어 번 더 발사하고 싶었기 때문에 몹시 화가 났던 기억이 선명합니다."

"내 가상 범죄 현장 아이디어를 훔쳐간 게 분명하군. 그렇게 상상력이 빈약해서야, 쯧쯧."

"사실대로 말하는 겁니다."

"와그너 형사가 수갑을 채워주길 바라는가보군."

마리노는 엄지손가락으로 레바를 가리키며 말했다.

"아무것도 증명하지 못하잖아요."

"자네가 문서를 위조했다는 건 증명할 수 있어. 이곳 아카데미 연구원으로 취직하기 위해 위조한 추천서에 대해 말해 볼까?"

마리노가 반박했다.

잠시 아무 말도 하지 못하던 조는 곧 침착함을 되찾았다. 그리고 영리해 보이는 표정이 다시 그의 얼굴에 떠올랐다.

"증명해 보시죠."

조가 말했다.

"모든 추천서에 똑같은 수위표가 나타났어."

"그것으로는 아무것도 증명할 수 없어요. 정식으로 고소하겠습니다."

조는 자리에서 일어나 등 아랫부분을 문질렀다.

"그렇다면 나도 더 세게 나가야겠군. 자네 목을 부러뜨릴지도 몰라. 와그너 형사, 내가 이 사람 패는 거 본 적 없죠?"

마리노가 주먹을 만지며 상대방을 위협했다.

"물론 한 번도 없어요."

레바는 그렇게 대답한 다음 조에게 물었다.

"당신이 산탄총을 가져가지 않았다면 누가 가져갔겠어요? 그날 오후 화기 연구실에 다른 사람과 함께 있었나요?"

잠시 생각에 잠긴 조의 눈빛이 순간 빛났다.

"아니오, 아무도 없었습니다."

조가 무덤덤하게 대답했다.

61

통제실에서 근무하는 교도관은 자살 위험이 있다고 여기는 수감자들을 하루 24시간 동안 감시한다.

교도관들은 베이질 젠레트를 감시하고 있었다. 그가 자고, 샤워하고, 먹는 모습을 유심히 관찰하고, 철제 변기를 사용하는 모습을 지켜봤다. 그가 폐쇄회로 카메라에 등을 돌린 채, 좁은 철제 침대에 누워 시트를 뒤집어 쓴 채 성적 긴장을 해소하는 모습을 주시했다.

베이질은 교도관들이 자신을 비웃는 모습을 상상했다. 통제실 안에서 모니터 화면으로 자신을 바라보면서 교도관들이 무슨 이야기를 할지 상상했다. 그들은 다른 교도관에게 떠벌리고 다닌다. 식사를 가져다 주거나 운동이나 전화 통화를 하기 위해 밖으로 내보내 주는 교도관들의 능글맞은 웃음을 보면 알 수 있다. 말을 한두 마디 던질 때도 있다. 그가 자위행위를 하는 순간 감방에 나타나기도 하고, 소리를 흉내 내며 껄껄 웃으면서 감방 문을 쾅쾅 두드리기도 한다.

베이질은 맞은편 벽 반대편에 설치된 카메라를 올려다보면서 침대에 앉아 있었다. 낚시 잡지 〈필드 앤 스트림〉 이번 달 호를 훑어보자, 벤턴 웨슬리를 처음 만났던 날 실수로 한 가지 질문에 정직하게 대답했던 기억이 떠올랐다.

"자신이나 다른 사람을 해칠 생각을 해 본 적 있어?"

"이미 다른 사람을 해친 적이 있으니 그렇다고 볼 수 있겠군요."

베이질이 대답했다.

"베이질, 자넨 어떤 생각을 갖고 있어? 다른 사람과 자신을 해칠 생각을 할 때 어떤 모습을 떠올리는지 설명해줄 수 있겠어?"

"예전에 저질렀던 일을 떠올립니다. 여자를 보면 충동을 느낍니다. 그 여자를 내 경찰차로 유인한 다음, 총이나 경찰 배지를 꺼내며 그녀를 체포한다고 말합니다. 그 여자가 저항하거나 차문을 열려고 발버둥치면, 그녀를 총으로 쏠 수밖에 없지요. 하지만 모두 잘 협조해 주었습니다."

"여자들 가운데 저항한 사람은 아무도 없었군."

"마지막 두 여자는 그렇지 않았습니다. 자동차 문제 때문이었는데 지금 생각해도 짜증납니다."

"마지막 두 여자를 제외한 다른 여자들은 자네가 경찰이고 자기들을 체포한다고 믿었나?"

"그들은 내가 경찰이라고 믿었지만, 무슨 일이 벌어지고 있는지 알고 있었습니다. 나는 그들이 알기를 바랐습니다. 그들에게 겁을 주며 어떤 상황인지 알게 하려 했습니다. 그들은 곧 죽을 목숨이었습니다. 멍청한 거죠."

"뭐가 멍청하다는 거지, 베이질?"

"정말 멍청합니다. 벌써 수백 번이나 말했습니다. 내가 말한 거 들었죠, 그렇죠? 차 안에서 곧바로 총에 맞는게 낫겠어요, 아니면 다른 곳으로 끌려가 나쁜 일을 당하는 게 낫겠어요? 왜 여자들은 비밀스러운 장소로 끌려가 손발이 묶이는 걸 자초하는 걸까요?"

"베이질, 그들을 어떻게 묶었는지 말해 봐. 항상 똑같은 방법으로 묶었나?"

"예. 정말 괜찮은 방법이 있거든요. 세상에서 유일무이한 특이한 방법입니다. 여자들을 체포하기 시작할 때 고안해낸 겁니다."

"여자들을 유괴하고 성폭행하기 위해 체포한 건가?"

"처음에는 그랬습니다."

여자들의 손목과 팔목에 밧줄을 감아 끈으로 매달던 스릴을 떠올리던 베이질의 얼굴에 미소가 번졌다.

"여자들은 내가 마음대로 할 수 있는 꼭두각시였죠."

그는 벤턴과의 첫 번째 면담에서 그렇게 말하면서 그가 어떤 반응을 보일지 궁금해했다.

베이질이 어떤 말을 해도 벤턴은 유심히 상대방을 응시하며 귀를 기울일 뿐 어떤 감정도 얼굴에 드러내지 않았다. 그는 아무 감정도 느끼지 않았을지도 모른다. 그도 베이질 같은지도 모른다.

"내 비밀 장소는 서까래가 드러나고 천장이 내려앉았는데, 특히 뒷방이 더 심했습니다. 서까래에 밧줄을 던져 올려 단단히 고정할 수도 있었고 원할 때면 길고 짧게 혹은 느슨하게 조정할 수 있었습니다."

"여자들은 전혀 저항하지 않았다고? 여자들을 그곳으로 데려간 후 자신들이 어떻게 될지 깨달았을 때도 마찬가지였어? 그곳을 건물, 아니 집이라고 해야 할까?"

"기억나지 않습니다."

"베이질, 여자들이 저항하지 않았어? 여자들에게 총을 겨눈 채 그렇게 정교한 방법으로 묶기가 쉽지 않았을 텐데."

"난 항상 누군가가 지켜보고 있다는 환상을 품고 있었습니다."

베이질은 벤턴이 묻는 질문에 대답하지 않았다.

"그런 다음 섹스를 하고 나면 끝이었습니다. 그 매트리스 위에서 몇 시간 동안 섹스를 했죠."

"죽은 시신에 대고 했다는 건가 아니면 또 다른 사람과 했다는 건가?"

"그짓이 좋아서 한 건 아니었습니다. 내 취향은 아니에요. 난 그들이 내는 소리를 듣는 게 좋았을 뿐입니다. 고통이 무척 심했을 겁니다. 가끔 어깨가 탈골되기도 했습니다. 그럴 때면 끈을 느슨하게 풀어 화장실을 사용할 수 있도록 해주었지요. 양동이를 비우는 일은 싫었습니다."

"여자들의 눈은 어떻게 했나, 베이질?"

"글쎄요, 어디 보자. 아, 말장난은 아닙니다."

벤턴 웨슬리가 웃지 않자 베이질은 약간 짜증이 났다.

"여자들이 밧줄에 매달린 채 춤을 추게 했어요. 농담 아닙니다. 당신은 웃을 줄도 모릅니까? 웃긴 이야기를 들어도 왜 웃지 않는 겁니까?"

"베이질, 난 듣고 있어. 자네가 하는 한 마디 한 마디 모두 다 듣고 있어."

적어도 그건 다행이었다. 벤턴 웨슬리는 귀 기울여 듣고 있었고, 베이질이 말하는 한마디 한마디가 중요한 것처럼, 그가 만나본 가장 흥미롭고 특이한 사람인 것처럼 생각하는 듯했다.

"그들과 성관계를 가지려 할 때, 바로 그때 여자들의 눈을 멀게 했습니다. 내 음경의 크기가 준수했다면 그럴 필요가 없었겠죠."

"여자들은 앞을 보지 못하는 상태에서도 알아차렸을 거야."

"내가 여자들의 눈알을 뽑아내는 동안 할 수만 있었다면 여자들을 기절시켰을 겁니다. 여자들이 소리 지르고 경련을 일으키며 몸을 뒤트는 걸 좋아하지 않았거든요. 하지만 여자들의 눈이 먼 이후에야 성관계를 할 수 있었습니다. 나는 여자들에게 설명해 주었습니다. 이렇게까지 하게 돼서 정말 미안하다, 가능한 한 빨리 끝내겠지만 약간 아플 거라고. 약간 아플 거라는 말, 정말 웃기지 않습니까? 누군가 내게 그렇게 말할 때면 눈물이 날 만큼 아픈 법이지요. 그러고 나서 성관계를 할 수 있도록 줄을 풀어 주겠다고 말했습니다. 도망치거나 괜한 어리석은 짓을 하면 내가 이미 저질렀던 일보다 더 나쁜 짓을 하겠다고 했습니다. 그런 다음 우린 성관계를 했습니다."

"얼마나 오래 걸렸지?"

"성관계 말입니까?"

"얼마나 오랫동안 여자들을 살려두고 성관계를 했던 거야?"

"상황에 따라 달랐습니다. 성관계가 마음에 들 때면 며칠 동안 살려두었는데, 가장 오랫동안 살려둔 건 열흘인 것 같습니다. 하지만 결국 여자가 성병에 감염된 것으로 드러나 정말 재수 없었죠."

"여자들에게 눈을 멀게 하고 성관계를 가진 것 이외에 또 다른 짓을 했어?"

"실험을 약간 했습니다."

"여자들을 고문했나?"

"눈알을 찔러 뺐습니다…."

베이질이 대답했다. 그 말은 하지 않았더라면 좋았을 것을. 지금은 후회스러웠다.

완전히 새로운 질문이 시작되었다. 벤턴 웨슬리는 옳고 그름을 구분하는 것, 그리고 베이질이 다른 사람에게 준 고통을 인식하는 것에서부터 시작했다. 자신이 한 짓이 고문이었다는 걸 안다면, 그는 그짓을 하면서 그리고 후에 회상했을 때 자신이 무슨 짓을 하고 있는지 인지했음을 의미한다. 정확히 그런 식으로 말하지는 않았지만 그런 의도였다. 정신과의사들이 그가 연구 실험을 견딜 수 있을지 알아내기 위해 게인즈빌에서 그에게 들려 주었던 그 오래된 노래와 춤. 그는 그들에게 자신이 실험을 견딜 수 있다는 걸 알려주지 말았어야 했다. 그 역시 어리석은 짓이었다. 교도소에 비하면 범죄심리 연구 병원은 5성급 호텔이었다. 특히 푸른색 줄무늬 바지에 오렌지색 티셔츠를 입은 채, 폐쇄 공포증을 느낄 정도로 좁은 독방에 갇혀 있어야 하는 사형수라면 더욱 그랬다.

베이질은 철제 침대에서 일어나 기지개를 켰다. 벽 높은 곳에 설치된 카메라에는 관심이 없는 척 했다. 종종 자살을 하는 환상을 떠올린다는 사실을 시인하지 말았어야 했다. 선호하는 자살 방법은 손목을 칼로 그은 다음 피가 뚝, 뚝, 뚝 떨어지는 모습을 지켜보고, 바닥에 핏물이 고이는 걸 지켜보는 것이고, 그 방법을 좋아하는 이유는 예전에 살해한 여자들과 보낸 즐거운 시간을 떠올릴 수 있기 때문이라고 말하지 말았어야 했다. 여자들이 몇 명이었는지 정확히 셀 수 없지만 아마 여덟 명이었을 것이다. 그는 벤턴 웨슬리에게 여덟 명이라고 말했다. 아니면 열 명이라고 말했던가?

그는 기지개를 더 켠 다음 철제 변기를 사용하고 침대로 되돌아갔다. 〈필드 앤 스트림〉 최근호를 가져와 52페이지를 폈다. 그 페이지에는 22구경 소총에 대한 칼럼, 토끼와 주머니쥐 사냥에 대한 즐거운 기억과 미주리 지역에서의 낚시에 대한 이야기가 실려 있었다.

52페이지는 진짜가 아니었다. 진짜 52페이지는 찢어서 컴퓨터로 스캔했다. 그런 다음 동일한 글씨체와 포맷으로 쓰인 편지를 잡지 사이에 끼워 넣었다. 스캔한 52페이지도 풀을 약간 발라서 잡지에 조심스럽게 붙여 넣었다. 사냥과 낚시에 관한 재밌는 칼럼처럼 보이는 것은 실은 베이질을 위한 비밀 교신이었다.

교도관들은 수감자들이 낚시 잡지를 받아보는 건 상관하지 않았다. 섹스와 폭력적인 내용이 전혀 없는 낚시 잡지는 훑어보지도 않았다.

베이질은 침대 시트를 뒤집어 쓴 다음, 성적 긴장을 해소할 때처럼 카메라를 등지고 왼쪽으로 모로 누웠다. 그리고 매트리스 아래에 숨겨둔, 일주일 내내 느슨한 흰색 트렁크 속옷 두 벌에서 뽑아낸 실을 잡아당겼다.

시트를 뒤집어 쓴 채 그는 이빨로 천을 찢었다. 각각의 조각을 단단하게 이으면 2미터 길이의 밧줄이 된다. 두 개의 밧줄을 더 만들 수 있을 만큼 섬유조각이 남아 있었다. 그는 다시 이빨로 천을 찢었다. 그는 마치 성적 긴장감을 해소하듯 숨을 깊게 내쉬며 몸을 흔든 다음, 천 조각을 찢어 밧줄에 잇고 다시 마지막 조각에 천을 묶었다.

62

아카데미 컴퓨터 센터 안에서 루시는 세 개의 대형 비디오 화면 앞에서 서버로 복구시킨 이메일들을 읽고 있었다.

지금까지 루시와 마리노가 알아낸 것은 조 아모스가 아카데미에서 연구원 생활을 시작하기 전 케이블 방송에서 법의학 프로그램을 만들려는 텔레비전 프로듀서와 긴밀히 의견을 주고받았다는 사실이다. 조는 프로그램이 방송될 경우 회당 5천 달러를 받기로 약속받았다. 실제로 조는 1월 말에 참신한 아이디어를 내기 시작했다. 루시가 헬리콥터 항공 기술을 시험하던 도중 배탈이 나는 바람에 트레오를 그냥 두고 화장실로 달려갔던 무렵이었다. 처음에 조는 명민하게 굴었고 마리노의 가상 범죄 현장을 표절했다. 그 이후로 점점 더 대담해져서 데이터베이스 안으로 들어가 정보를 훔치기 시작했다.

루시는 1년 전 2월 10일에 작성된 또 다른 이메일을 복구시켰다. 작년 여름 인턴으로 일했다가 아카데미를 고소하겠다고 날을 세우며 위협했던 잰 해밀턴에게서 온 메일이었다.

친애하는 아모스 박사님께

어제 저녁 당신이 셀프 박사의 라디오 방송에 출연해서 국립 법의학 아카데미에 대해 한 얘기 잘 들었어요. 아주 멋진 곳인 것 같더군요. 그리고 연구원으로 일하게 된 거 축하해요. 믿기지 않을 정도로 대단한 일이에요. 내가 여름 동안 그곳에서 인턴으로 일할 수 있도록 도와줄 수 있어요? 저는 현재 하버드 대학에서 핵생물학과 유전학을 공부하고 있는데 DNA를 전문분야로 하는 법의학자가 되고 싶어요. 제 사진과 다른 개인 정보가 들어 있는 파일을 첨부해 보내 드립니다.

잰 해밀턴.

추신: 아래 주소로 답신 부탁드립니다. 하버드 대학 인터넷은 보안이 철저해서, 제가 캠퍼스에 없으면 사용할 수 없습니다.

"젠장, 이런 젠장."

마리노가 거칠게 욕설을 내뱉었다.

루시는 이메일을 더 저장하면서 수십 통의 메일을 열어봤다. 메일 내용은 점점 더 사사롭게 변하다가 로맨틱해지고, 잰이 아카데미에서 인턴으로 일하는 동안 음란한 내용이 오갔다. 이어지는 이메일은 올해 7월 초에 쓴 것으로, 조는 바디팜에서 하기로 예정되어 있던 가상 범죄 현장을 좀 더 창의적으로 해보라고 잰에게 제안했다. 그는 잰에게 자신의 사무실에 들러 피하주사 바늘과 원하는 건 뭐든지 가져가라고 했다.

루시는 그렇게 엉터리인 가상 범죄 현장 영화는 본 적이 없고, 지금껏 가상 범죄 현장 영화는 본 적이 없다. 지금까지는 전혀 관심이 없었다.

"그곳 명칭이 뭐라고요?"

루시가 몹시 흥분한 목소리로 물었다.

"바디팜."

마리노가 대답했다.

루시는 비디오 파일을 찾아 열었다.

화면에는 루시가 지금껏 본 사람 가운데 가장 뚱뚱한 시신 주변을 학생들이 걸어 다니는 모습이 나타났다. 시신은 값싼 회색 양복을 입은 채 바닥에 누워 있었는데, 갑작스런 심장마비로 쓰러질 당시 옷차림 그대로인 듯했다. 시신은 부패하기 시작했고 얼굴에 구더기가 우글거렸다.

카메라 앵글은 시신이 입고 있는 코트 주머니를 뒤지는 예쁜 여자에게 향했다. 카메라를 바라보던 그녀는 손을 코트 주머니에서 빼내더니 장갑을 꼈다고 소리쳤다.

스티비.

루시는 벤턴에게 전화를 걸었지만 그는 전화를 받지 않았다. 이모인 스카페타에게도 전화해 보지만 역시 통화가 되지 않았다. 신경 이미징 연구실에 전화를 걸자 수전 레인 박사가 전화를 받았다. 그녀는 벤턴과 스카페타가 베이질 젠레트와 함께 곧 그곳에 도착할 거라고 루시에게 말했다.

"비디오 파일을 이메일로 보내줄게요. 약 3년 전 헬렌 퀸시라는 여성 환자를 스캔했죠? 비디오 화면에 나오는 인물과 동일한지 확인해 주세요."

루시가 말했다.

"그럴 순 없습니다."

"알아요. 하지만 정말 중요한 일이니 꼭 부탁드립니다."

'윙, 윙, 윙, 윙.' 기계음이 울렸다.

케니 점퍼가 MRI 검사를 받고 있었다. 래인 박사는 그의 MRI를 분석하고 있었고, 검사실은 여느 때처럼 소음으로 가득 차 있었다.

"데이터베이스에 들어가서 헬렌 퀸시라는 이름의 환자를 스캔한 적 있는지 확인해 주겠어? 아마 3년 전일 거야."

래인 박사는 연구 조교에게 말한 다음 MRI 기술자인 조시에게 말했다.

"조시 계속해. 내가 잠시 자리 비워도 할 수 있겠지?"

"한번 해볼게요."

조시가 미소 지으며 대답했다.

카운터 위에 놓인 컴퓨터 키보드를 두드리기 시작한 연구 조교 베스는 시간이 얼마 지나지 않아 헬렌 퀸시라는 이름을 찾아냈다. 래인 박사는 루시와 통화 중이었다.

"그녀 사진 갖고 있어요?"

루시가 물었다.

이미지가 드러나는 윙윙거리는 기계음이 마치 잠수함의 수중 음파 탐지기 소리처럼 들렸다.

"뇌 사진밖에 없습니다. 환자의 얼굴은 사진을 찍지 않습니다."

"방금 이메일로 보내준 비디오 파일 봤어요? 무언가 단서를 찾을 수 있을 겁니다."

루시는 몹시 낙담한 목소리였다.

'툭, 툭, 툭, 툭.' 기계음이 들렸다.

"잠시만 기다려요. 그런데 내가 그 비디오 파일로 뭘 할 수 있을지 모르겠군요."

래인 박사가 말했다.

"그녀가 그곳에 왔던 때가 기억나요? 당신은 3년 전 그곳에서 일하고 있었어요. 당신이 직접 혹은 다른 누군가가 그녀의 뇌를 스캔했을 거예요. 조니 스위프트도 그 당시 연구원으로 일하고 있었으니 그녀를 봤을 수도 있겠죠. 그녀의 뇌 스캔을 확인했을 수도 있고요."

래인 박사는 루시가 무슨 말을 하고 있는지 감이 잡히지 않았다.

"당신이 그녀를 스캔했을 거예요. 3년 전 그녀를 봤을 거고, 사진을 보면 그녀를 기억할 수 있을 거예요."

루시는 자신의 주장을 굽히지 않았다.

래인 박사는 기억하지 못할 것이다. 많은 환자를 만났고 3년이라는 긴 시간이 흘렀다.

"잠시만 기다려요."

래인 박사가 반복해서 말했다.

'붕, 붕, 붕, 붕.' 기계음이 울렸다.

래인 박사는 컴퓨터로 가서 의자에 앉지도 않은 채 이메일을 확인했다. 비디오 파일을 열고 서너 번 확인하면서 짙은 금발에 짙은 갈색 눈동자의 아름다운 여자를 쳐다봤다. 여자는 얼굴이 구더기로 뒤덮인 굉장히 뚱뚱한 남자의 시신을 외면했다.

"맙소사."

래인 박사가 신음을 토해냈다.

비디오에 나오는 예쁜 여자는 주변을 둘러보다가 카메라를 정면으로 응시했다. 그녀의 눈빛이 래인 박사를 똑바로 쳐다봤다. 그런 다음 그 미모의 여성은 죽은 남자의 회색 재킷 주머니에 장갑 낀 손을 찔러 넣었다. 바로 그 지점에서 비디오 화면이 멈추었고, 래인 박사는 그 화면을 계속 돌려보다가 뭔가를 깨달았다.

래인 박사가 플렉시글래스를 통해 케니 점퍼를 바라보자, MRI 반대편에서는 그의 머리가 거의 보이지 않았다. 그는 키가 작고 마른 체형으로, 헐렁한 짙은 색 옷에 잘 맞지 않는 부츠를 신고 있었다. 노숙자처럼 보이지만 짙은 금발을 한 갈래로 뒤로 묶은 모습은 섬세한 미남형이었다. 그의 눈동자는 짙은 갈색이고, 래인 박사가 깨달은 생각은 점점 더 확고해졌다. 그는 사진 속에 보았던 여자와 너무나 비슷해 보이고, 두 사람은 남매이거나 쌍둥이일 수도 있다.

"조시."

래인 박사가 MRI 기술자인 그를 불렀다.

"SSD로 자네 재주 좀 보여주겠어?"

"저 남자에게요?"

"응, 지금 당장."

래인 박사가 긴장한 목소리로 지시했다.

"베스, 조시에게 헬렌 퀸시 사건 시디 넘겨 줘. 지금 당장."

63

도발

신경이미지 연구실 밖에 주차된 택시를 보고 벤턴은 약간 이상하게 여겼다. 푸른색 SUV 택시로 차량 안에는 아무도 없었다. 알파와 오메가 장례식장에서 케니 점퍼를 태워 오기로 한 택시일지도 모른다. 그런데 택시는 왜 이곳에 주차되어 있고, 택시 운전수는 어디 있는 걸까? 택시 근처에는 베이질이 이곳에서 5시에 인터뷰를 할 수 있도록 수송해 온 교도소 밴이 주차되어 있었다. 그는 상태가 좋지 않았다. 자살을 범하고 싶은 충동을 느끼고 실험을 중단하고 싶어 했다.

"우린 그에게 많은 걸 투자해 왔어."

벤턴은 연구실 안으로 걸어 들어가며 스카페타에게 말했다.

"저런 사람들이 도중하차하는 게 얼마나 치명적인지 몰라. 특히 베이질은 더욱 그렇지. 젠장. 당신이 그에게 좋은 영향을 끼칠 수도 있을 거야."

"난 한마디도 하지 않을 거예요."

스카페타가 말했다.

벤턴이 베이질과 이야기를 나눌 작은 방 밖에는 두 명의 교도관들이 지키고 있었다. 벤턴은 그에게 프레더터 실험을 중단하지 말라고, 자살 시도를 하지 말라고 설득할 것이다. 그 방은 MRI실에 따린 공간으로, 예전에 베이질과 이야기를 나누었을 때도 그곳을 사용했다. 스카페타는 교도관들이 무장하고 있지 않다는 사실을 상기했다.

그녀와 벤턴이 인터뷰실 안으로 들어가자, 베이질은 작은 테이블에 앉아 있었다. 그는 구속된 상태가 아닌 데다가 플라스틱 수갑도 차고 있지 않았다. 스카페타는 프레더터 실험이 더 싫어졌다. 예전에도 실험 이 가능할 거라 생각하지 않았다.

"이분은 스카페타 박사. 실험 연구 팀의 일원인데, 여기 앉아도 괜찮 겠지?"

벤턴이 베이질에게 말했다.

"네, 그러세요."

베이질이 대답했다.

베이질의 눈동자가 핑 도는 것 같았다. 섬뜩해 보이는 그의 눈빛이 스카페타를 보는 순간 핑 돌았다.

"자, 어떤 일이 있었는지 말해 보게."

벤턴은 스카페타와 함께 자리에 앉으며 베이질에게 말했다.

"두 사람은 가까운 사이군요."

베이질이 그녀를 쳐다보며 말했다.

"당신 탓이 아닙니다."

그는 벤턴에게 말했다.

"변기에 빠져 죽으려고 했는데 정말 웃긴 게 뭔지 압니까? 저들이 알 아차리지도 못했다는 사실입니다. 정말 너무하지 않습니까? 날 감시하려고 카메라를 달아놓고선 정작 내가 자살을 시도할 땐 아무도 보지 못한 겁니다."

베이질은 청바지에 흰색 티셔츠에 테니스화를 신고 있었다. 벨트는 메고 있지 않고 장신구도 하고 있지 않았다. 스카페타가 상상했던 모습과는 완전히 달랐다. 스카페타는 그가 훨씬 더 몸집이 클 거라고 상상했다. 그는 왜소하고, 머리는 가느다란 금발이고, 지극히 평범해 보였다. 못생긴 건 아니지만 하찮은 사람처럼 보였다. 그가 접근해왔을 때 희생자들 역시 그를 대수롭지 않게 여겼을 것이다. 적어도 처음에는 그랬을 것이다. 그는 온화하게 미소 짓는 평범한 사람이었을 것이다. 그에게서 유일하게 두드러져 보이는 것은 눈빛이다. 지금 그의 눈빛은 기이하고 불안하다.

"뭐 하나 물어봐도 되겠습니까?"

베이질이 그녀에게 말을 걸었다.

"물어 보세요."

스카페타는 그를 특별히 친절하게 대하지는 않았다.

"만약 길거리에서 당신을 만나서 차에 타지 않으면 총으로 쏘겠다고 하면, 어떻게 하겠습니까?"

"총을 쏘라고 하겠어요. 차는 절대 타지 않을 겁니다."

그녀가 대답했다.

베이질은 벤턴을 보면서 손으로 총 쏘는 시늉을 했다.

"빙고! 정답입니다. 지금 몇 시죠?"

방 안에는 시계가 없었다.

"5시 11분. 베이질, 왜 자살 충동을 느끼는지 말해보도록 하지."

벤턴이 말했다.

2분 후, 래인 박사는 헬렌 퀸시의 뇌 사진을 컴퓨터 화면을 통해 보고 있었다. 바로 옆에는 일반인의 뇌 사진이 나와 있었다.

케니 점퍼.

그가 인터콤으로 몇 시인지 물어본 지 1분도 채 지나지 않았다. 그러고 나서 1분도 지나지 않아 불안해하며 불평을 늘어놓기 시작했다.

'윙, 윙, 윙, 윙.' 기계음이 울렸다. MRI실에서 조시는 창백하고 머리칼과 눈이 보이지 않는 케니 점퍼의 머리를 회전시켰다. 머리 아랫부분에서 신호 감지가 끝나기 때문에 마치 참수형을 당한 것처럼 턱 바로 밑에서 화면이 뭉툭하게 끊어졌다. 조시는 화면에 나타난 이미지를 더 회전시키면서 헬렌 퀸시의 뇌 사진과 정확히 겹치게 하려 애썼다.

"이런."

조시가 당혹스러워했다.

"나가야 할 것 같습니다. 지금 몇 십니까?"

케니의 목소리가 인터콤을 통해 들렸다.

"이런."

조시는 두 화면을 번갈아보며 이미지를 더 회전시키고 있었다.

"나가야겠습니다."

"조금만 더 기다려요."

래인 박사는 창백하고 머리칼과 눈이 보이지 않는 두 뇌를 번갈아보며 케니에게 말했다.

"나가야겠습니다!"

"이제 됐어! 아, 이럴 수가."

래인 박사가 말했다.

"맙소사!"

조시는 어안이 벙벙해졌다.

베이질은 점점 더 불안해하며 닫힌 문을 흘끗 쳐다봤다. 그는 또다시 몇 시인지 물었다.

"5시 15분. 어디 가야할 때라도 있어?"

밴턴이 비꼬듯이 물었다.

베이질이 어디 갈 데가 있단 말인가? 좁은 감방을 나와 이곳에 있는 건 행운이다. 그는 그럴 만한 자격이 없다.

베이질은 소매에서 무언가를 꺼냈다. 스카페타는 처음에는 그게 무엇인지, 무슨 일이 일어나는 건지 알 수 없었다. 하지만 그는 순식간에 자리에서 일어나 테이블을 돌더니, 그걸 스카페타의 목에 둘렀다. 길고 가늘고 흰 그것을 그녀의 목에 둘렀다.

"허튼짓하면 이걸로 목을 졸라 버리겠어!"

베이질이 말했다.

스카페타는 벤턴이 자리에서 일어나 그에게 소리치는 걸 알아차렸다. 맥박이 빨리 뛰고 있었다. 그런 다음 문이 열리고, 베이질은 그녀를 밖으로 데려갔다. 맥박이 점점 더 빨라졌다. 스카페타는 손으로 목을 감싸고, 베이질은 길고 가는 흰 줄을 그녀의 목에 감은 채 잡아당겼다. 벤턴과 교도관들은 고함치고 있었다.

64

헬렌 퀸시는 3년 전 맥린 병원에서 정신분열이라는 진단을 받았다.

그녀는 15~20명 정도의 서로 다른 인물일 수도 있고, 단지 3~4명 혹은 8명의 인물이었을 수도 있다. 벤턴은 자신의 정체성을 잃어버리고 정신분열을 앓는 환자들이 겪는 장애에 대해 설명을 계속하고 있었다.

"지나친 외상으로 인한 적응 반응을 보이는 사람들 가운데 97퍼센트는 신체적 혹은 성적 폭력을 당했거나 둘 모두를 당한 사람들이지."

벤턴은 에버글레이를 향해 서쪽으로 차를 몰면서 스카페타에게 말했다.

"그리고 DID를 겪는 비율은 여자들이 남자들보다 9배나 높아."

환한 햇살이 앞 유리창에 비쳐들자 스카페타는 선글라스를 끼고 있어도 눈이 부셨다.

저 앞에는 루시의 헬리콥터가 버려진 감귤나무 과수원 위를 맴도는 모습이 보였다. 그 과수원은 퀸시의 가족인 헬렌의 삼촌, 애드거 퀸시가 아직 소유하고 있는 부동산의 일부였다. 20년 전 갑작스런 병충해로 과수원의 모든 감귤나무를 잘라 불태워야만 했다. 그 이후로 과수원은 잡초가 무성하게 자라 집도 황폐해졌고, 결국 택지 개발 투자가 진행되고 있었다. 애드거 퀸시는 생존해 있었고, 체구가 작고 외모는 그다지 눈에 띄지 않는 인물이었다. 마리노의 표현에 따르면, 성경책을 목숨처럼 소중하게 여기는 광신도라고 했다.

애드거는 헬렌이 열두 살 때 플로리다 맥린 병원에 입원한 동안 자신의 집에 함께 살면서 이상한 일은 전혀 없었다고 부인했다. 그는 헬렌과 함께 사는 동안 구원해야 할, 통제 불가능하고 미혹된 어린 소녀에게 많은 관심을 기울였다고 말했다.

"나는 최선을 다했습니다."

그가 말하는 동안, 마리노는 어제 그와 나눈 인터뷰를 테이프에 녹음했다.

"과수원과 오래된 집을 헬렌이 어떻게 알게 되었습니까?"

마리노가 그에게 던진 질문 가운데 하나였다. 애드거는 과수원에 대해 이야기하고 싶지 않은 것 같았지만, 열두 살짜리 소녀인 헬렌을 데리고 오래된 과수원에 가끔씩 가서 무언가를 확인했다고 말했다.

"뭘 확인했습니까?"

"파괴되었거나 망가진 게 없는지 확인했습니다."

"거기에 파괴할 게 있습니까? 40제곱킬로미터 면적에 불타버린 나무와 쓰러져가는 집밖에 없지 않습니까?"

"확인하는 게 뭐가 문젭니까? 그리고 헬렌과 함께 기도하면서 주님에 대한 이야기를 들려주곤 했습니다."

"애드거 퀸시가 그런 식으로 말한 걸 보면, 자신이 무언가 잘못했다는 사실을 알고 있는 거야."

벤턴이 차를 운전하면서 말했다. 루시의 헬리콥터는 애드거 소유의 버려진 과수원 아래로 깃털처럼 가볍게 착륙했다.

"괴물 같은 인간."

스카페타가 말했다.

"그와 다른 사람들이 헬렌에게 어떤 짓을 했는지 아마 영원히 알 수 없을지도 몰라."

벤턴은 애써 마음을 가라앉히며 턱을 꽉 물었다.

벤턴은 화가 났다. 무슨 일이 있었을지 생각만 해도 화가 치밀었다.

"하지만 이건 분명해."

그는 말을 이었다.

"헬렌이 여러 질환을 겪으며 다중 인격으로 살아온 건, 아무도 의지할 수 없는 상황에서 견디기 힘든 정신적 쇼크에 적응하기 위한 반응이었을 거야."

"괴물 같은 놈."

"그는 병적인 사람이고, 어린 헬렌마저 그렇게 만든 거지."

"흔적을 없애 버리지 않았어야 할 텐데요."

"벌써 없앴을 수도 있을 거야."

"그가 지옥에 갔으면 좋겠어요."

스카페타가 말했다.

"이미 지옥에 있는지도 모르지."

"왜 그를 방어하는 거죠?"

스카페타는 그를 쳐다보며 아무렇지 않은 듯 목덜미를 문질렀다.

목에 타박상 자국이 남아 있었다. 희미한 자국이지만 만질 때마다 베이질이 직접 만든 끈으로 목을 조르던 기억이 떠올랐다. 혈관에 혈액이 들어오는 걸 막음으로써 뇌의 산소 공급이 일시적으로 중단된 것이다.

그녀는 잠시 의식을 잃었다. 지금은 괜찮지만, 교도관들이 재빨리 베이질을 떼어놓지 않았더라면 그렇지 않았을 것이다.

그와 헬렌은 버틀러 주립병원에 안전하게 격리되었다. 베이질은 벤턴이 진행해오던 프레더터 연구 실험에 더 이상 참여하지 않고, 맥린 병원을 방문하지도 않을 것이다.

"그를 방어하는 게 아니라 상황을 설명하려는 거야."

벤턴이 말했다.

사우스 27 도로를 달리던 그는 시트고 트럭 정거장으로 이어지는 출구 근처에서 속도를 늦추었다. 좁은 진흙길로 우회전을 한 다음 차를 세웠다. 녹슨 사슬이 진흙길을 가로질러 막고 있고, 타이어 자국이 여러 군데 남아 있었다. 벤턴은 차에서 내려 녹슨 두꺼운 쇠사슬을 갈고리에서 벗겼다. 쇠사슬을 한쪽으로 던지자 철커덕, 소리가 울렸다. 벤턴은 차에 올라타 쇠사슬을 지난 다음 다시 차를 멈추고 밖으로 나와 쇠사슬을 원래 위치에 걸어 두었다. 기자들과 호기심이 많은 사람들은 아직 이곳에서 어떤 일이 벌어지고 있는지 몰랐다. 녹슨 쇠사슬이 초대받지 못한 손님들을 막아주지는 못하겠지만, 그래도 막아두는 편이 나을 것이다.

"어떤 사람들은 DID질환 환자 한두 명을 보고 모든 걸 다 본 것처럼 말하지."

벤턴이 다시 말문을 열었다.

"나는 그렇게 생각하지 않아. 하지만 믿기지 않을 전도로 복잡하고 기이한 경우라도 증상은 일치하지. 한 인물이 다른 인물로 바뀔 때 드라마틱한 변형이 일어나고, 각각 두드러지는 분명한 행동이 나타나는 거지. 표정 변화, 마음가짐의 변화, 걸음걸이 매너리즘, 심지어 어조나 목소리도 완전히 변해. 그런 증상은 종종 악마에 홀려서 나타나기도 하지."

"헬렌이 잰, 스티비 혹은 감귤나무 조사관으로 변해 사람을 죽이고 다녔을 때, 그리고 그 외에 또 누구로 변했는지 모르지만, 그렇게 변한 인물들은 서로를 인지했을까요?"

"맥린 병원에 있을 당시, 그녀는 자신이 여러 인물의 역할을 하고 있다는 사실을 부인했어. 병원 직원들이 그녀가 여러 인물로 바뀌는 모습을 여러 차례 목격했을 때도 마찬가지였지. 그녀는 환청과 환각에 시달렸는데, 임상의와 대화를 나누다가 다른 사람으로 변한 경우도 종종 있었어. 그리고 나서는 다시 헬렌 퀸시 자신으로 되돌아와 공손하게 의자에 앉은 채, 자신을 다중 인격이라고 믿는 임상의가 제정신이 아닌 것처럼 행동하곤 했어."

"헬렌은 더 이상 헤어나올 수 없었겠군요."

스카페타가 말했다.

"베이질과 함께 자신의 어머니를 살해한 다음, 그녀는 자신의 정체성을 잰 해밀턴으로 바꾸었어. 케이, 그건 변형이 아니라 실리를 따른 거야. 물론 잰 해밀턴이 인격을 갖춘 한 개인이라고 생각하지도 않아. 그건 단지 헬렌, 스티비, 호그 그리고 그 뒤에 숨어 있는 인물의 가짜 정체성에 지나지 않아."

잡초가 웃자란 흙길로 차를 몰고 가자 먼지가 일고, 잡초와 관목이 우거진 황폐한 집이 멀리 보였다.

"비유적으로 표현하자면, 헬렌 퀸시는 열두 살 때부터 더 이상 존재하지 않았을지도 모르겠군요."

스카페타가 말했다.

루시가 조종하는 헬리콥터가 착륙했고, 엔진을 끈 이후에도 프로펠러가 돌아갔다. 집 근처에는 철거용 밴과 경찰차 세 대, 아카데미 SUV 차량과 레바의 포드 LTD가 세워져 있었다.

씨브리즈 리조트는 너무 내륙에 위치해서 해풍이 불어오지 않았다. 리조트 건물도 아니었고 수영장도 없었다. 음침한 프런트 사무실에는 에어컨이 덜커덩거리며 돌아가고 플라스틱으로 만든 가짜 식물이 놓여 있었다. 데스크에 앉아 있는 남자는 장기 투숙을 할 경우 특별 할인을 해준다고 말했다.

그는 잰 해밀턴이 수상하게 보였다고 말했다. 며칠씩 사라지기도 했고 특히 최근에는 이상한 복장을 하고 다녔다고 했다. 섹시한 옷을 입었다가 곧이어 누더기 같은 옷을 걸치고 돌아다녔다.

"내 인생 모토요? 그냥 내버려 두는 겁니다."

마리노가 이곳에서 잰을 추적할 때 데스크 일을 보던 남자가 말했다.

어렵지 않은 일이었다. 그녀가 MRI 기계에서 기어 나오고 교도관들이 베이질을 잡아 바닥에 눕히고 모든 게 끝난 뒤, 그녀는 구석에 몸을 웅크리고 울음을 터뜨렸다. 그녀는 더 이상 케니 점퍼가 아니었고, 그에 대해 들어본 적도 없고, 사람들이 하는 이야기도 전혀 모른다고 했다. 베이질이 누구인지, 자신이 왜 매사추세츠 벨몬트에 위치한 맥린 병원의 MRI 검사실에 있는지도 알지 못했다. 그녀는 매우 공손했고 벤턴에게 협조해 주었으며, 자신의 주소를 말해 주었다. 그리고 로럴 스위프트라는 사람이 운영하는 사우스 비치의 루머스라는 레스토랑에서 파트타임 바텐더로 일한다고 말했다.

마리노는 열린 옷장 앞에 웅크리고 있었다. 옷장 문은 달려 있지 않고 옷을 걸 수 있는 막대 하나만 걸려 있었다. 더러워진 카펫 위에는 깔끔하게 갠 옷가지가 쌓여 있었다. 마리노가 장갑 낀 손으로 옷가지를 훑어보자 얼굴에 땀이 흘러내렸다. 창문에 설치한 에어컨이 제대로 작동하지 않았다.

"모자가 달린 긴 검은색 코트. 어디선가 많이 들어본 이야기군."

마리노는 루시의 특별요원 가운데 한 명인 거스에게 말했다.

마리노가 접어둔 코트를 넘겨주자, 거스는 그것을 갈색 종이봉투에 담고 날짜와 발견된 장소를 기입했다. 지금까지 수십 개의 갈색 종이봉투에 물건을 담았고, 모두 증거물 테이프로 봉했다. 잰이 사용하던 방에 있던 모든 물건을 봉투에 담아 봉한 것이다. 마리노는 다음과 같이 수색 영장에 썼다. '방 안과 부엌 싱크대에 있는 모든 물건을 증거물로 취했다.'

마리노는 장갑 낀 큰 손으로 여러 옷가지, 헐렁하고 남루한 남자 옷가지, 뒤꿈치를 잘라낸 운동화, 마이애미 돌핀스 야구모자, 등판에 농무부라고 적힌 흰색 티셔츠를 분류했다. 티셔츠 등판에는 '플로리다주 농무부와 소비자부'라는 정식 명칭 대신 '농무부'라는 문구만 대문자로 쓰여 있었다. 지워지지 않는 마커로 직접 쓴 것 같았다.

"그가 실제로 여자였다는 걸 어떻게 모를 수가 있었습니까?"

거스가 다른 증거물 봉투를 봉하며 마리노에게 물었다.

"자네라고 별반 다르지 않았을 거야."

"새겨듣겠습니다."

거스는 손을 내밀어 검은색 반바지를 받았다.

거스는 무장을 하고 작업복을 입고 있었다. 루시의 특별요원들은 굳이 그럴 필요가 없어도 항상 그런 옷차림을 하기 때문이다. 기온이 30도까지 오른 날, 혐의자인 스무 살짜리 여자가 매사추세츠 주립 병원에 안전하게 감금되어 있을 때, 특별요원 네 명을 씨브리즈 리조트로 데려올 필요는 없었다. 하지만 루시는 그러길 원했다. 그리고 요원들도 그러길 원했다. 마리노가 벤턴에게서 들은, 헬렌의 다중 인격 변화에 대한 이야기를 아무리 자세하게 설명해도, 요원들은 다른 위험한 인물이 돌아다닐 거라고는 생각하지 않았다. 헬렌에게 베이질 젠레트 같은 실재하는 공범자가 있을 거라고 생각했다.

요원 두 명은 주차장이 내다보이는 방 창가 책상에 있는 컴퓨터를 확인하고 있었다. 책상 위에는 스캐너와 컬러 프린터, 잡지 인쇄용 종이와 낚시 잡지가 열두어 권 놓여 있었다.

그 집은 에버글레이드에서 멀지 않은 곳에 위치해 있었다. 현관에 댄 두꺼운 판자는 뒤틀려 있었는데, 일부는 썩고 일부는 판자가 떨어져 나가서 페인트가 벗겨진 구조물이 훤히 드러나 있었다.

주변은 조용했다. 멀리서 들리는 자동차 소리는 강하게 몰아치는 바람 소리, 삽으로 흙을 퍼내는 소리처럼 들렸다. 죽음은 공기를 더럽혔다. 구덩이에 가까이 다가갈수록, 늦은 오후의 뜨거운 공기 속에 스멀스멀 퍼지던 냄새가 더 고약해졌다. 요원들과 경찰들, 연구원들은 구덩이 네 개를 찾아냈다.

토양이 변색한 것으로 보아 구덩이는 더 많이 있는 듯했다.

스카페타와 벤턴이 문을 열고 현관 안으로 들어가자, 어항과 바위 위에 몸을 말고 죽은 커다란 거미가 보였다. 벽에는 모스버그 22구경 산탄총이 기대어져 있고 탄약통 다섯 개가 놓여 있었다. 스카페타와 벤턴은 양복 차림에 넥타이를 매고 니트릴 고무장갑을 낀 두 남자가 땀을 흘리며 이브 크리스천의 유해를 들것에 실어 나르는 모습을 지켜봤다. 그들은 활짝 열린 문에서 발걸음을 멈췄다.

"시신을 안치소로 옮긴 후 곧바로 되돌아오도록 해요."

스카페타가 그들에게 말했다.

"우리도 그럴 생각이었습니다. 이렇게 끔찍한 사건은 처음입니다."

요원 가운데 한 명이 말했다.

"일 처리는 저희가 알아서 하겠습니다."

다른 요원이 덧붙여 말했다.

오랫동안 자리에 앉아 있었던 탓인지 그들이 일어서자 무릎이 삐걱거리는 소리가 났다. 그들은 이브 크리스천의 시신이 놓인 들것을 감색 밴으로 옮겼다.

"법정에서는 어떻게 될까?"

요원 가운데 한 명이 현관 계단을 내려오며 물었다.

"이 여자가 자살한 거라면 어떻게 혐의자에게 살인죄를 씌울 수 있지?"

"잠시 후에 보도록 해요."

스카페타가 요원들에게 말했다.

요원들은 잠시 머뭇거리다가 발걸음을 옮기고, 집 뒤편에서 루시가 나타났다. 보호복과 짙은 선글라스를 끼고 있던 루시는 얼굴 가리개와 장갑을 벗었다. 그런 다음 조 아모스가 연구원 생활을 시작한 지 얼마 지나지 않아 트레오를 두고 내렸던 헬리콥터를 향해 발걸음을 옮겼다.

"그녀의 범행이 아니라고 판단할 정황이 없어요."

스카페타는 일회용 보호복 묶음을 펼치며 벤턴에게 말했다. 한 벌은 자신이 입을 것이고 다른 한 벌은 벤턴이 입을 것이다. 그리고 그녀란 헬렌 퀸시를 뜻했다.

"그녀의 범행이라고 판단할 정황도 없지. 저들의 말이 옳아."

벤턴은 들것을 옮기고 있는 요원들을 바라보며 말했다. 요원들은 밴 뒷문을 열 수 있도록 들것의 알루미늄 다리를 접었다.

"살인사건이자 자살사건인 셈이지. 그런데 가해자가 너무 많군. 법조인들이 열띤 공방을 벌일 거야."

잡초가 무성하게 자란 바닥에 놓인 들것을 본 스카페타는 시신이 떨어지지 않을까 걱정했다. 예전에도 시신이 바닥에 떨어진 경우가 있었는데, 매우 적절치 못한 행동이고 시신에 대한 예의가 아니었다. 그녀는 시간이 지날수록 점점 더 초조해졌다.

"부검을 해보면 목을 매서 자살한 건지 밝혀질 거예요."

스카페타는 밝은 오후 햇살이 비치는 밖을 내다보며 말했다. 루시가 헬리콥터 뒤편에서 아이스박스를 꺼내는 모습이 보였다.

루시가 깜박 잊고 트레오를 두고 내린 헬리콥터였다. 바로 그 때문에 모든 일이 시작되었고 모든 이들이 이 지옥 같은 집에 오게 되었다.

"부검 결과 무엇 때문에 사망한지 밝힐 수는 있겠지만, 나머지 상황은 그렇지 않을 거예요."

나머지 상황이란 이브가 겪은 고통과 괴로움, 서까래에 고정한 밧줄에 벌거벗은 채 묶여 있었던 점, 그리고 밧줄이 목에 매어 있었던 점이다. 몸에는 벌레에 물린 자국과 발진 자국이 남아 있었고, 손목과 발목은 심하게 부어올랐다. 이브의 머리를 손으로 만져보자, 뼈가 부서진 게 느껴졌다. 얼굴과 두개골은 심하게 훼손되었고 온몸에는 타박상을 입었고, 죽음 당시 입었을 상처 자국이 벌겋게 부어올랐다. 이 집 안에서 이브를 고문한 사람이 잰이든, 스티비든, 호그이든, 이브가 목을 매 자살한 사실을 알고 시신을 심하게 그리고 계속적으로 발로 걷어찼을 것이다. 이브의 뒷목과 복부, 엉덩이에는 신발 밑창 자국이 희미하게 남아 있었다.

집 측면에 있던 레바는 낡은 계단을 조심스럽게 올라와 현관 안으로 들어갔다. 밝은 흰색 보호복을 입은 그녀는 마스크를 얼굴 위로 당겨 올렸고, 깨끗하게 접은 갈색 종이봉투를 들고 있었다.

"낮게 판 구덩이에서 검은색 쓰레기봉투가 나왔습니다. 안에는 부서진 크리스마스 장식품 두어 개가 들어 있었습니다. 산타 모자를 쓰고 있는 스누피와 마차를 몰 때 쓰는 빨간색 모자인 것 같습니다."

레바가 말했다.

"그럼 시신이 몇 구란 말입니까?"

벤턴은 우울한 목소리로 물었다.

아무리 끔찍한 죽음을 대하더라도 벤턴은 움찔하지 않았다. 이성을 유지하는 듯 했고 침착해 보였다. 스누피와 빨간색 모자 장식은 단지 첨부해야 할 정보에 지나지 않은 것처럼, 겉으로는 아무 상관도 하지 않는 것처럼 보였다.

그는 이성을 유지할지는 모르나 침착할 수는 없었다. 스카페타는 몇 시간 전 벤턴이 차 안에 있던 모습, 방금 전 이 집에서 범죄의 본질을 훨씬 더 선명하게 파악하는 모습을 지켜봤다. 그는 헬렌 퀸시가 열두 살이었을 때 일어난 범죄의 본질을 깨달았다. 부엌에 있는 녹슨 냉장고 안에 초콜릿 음료, 사과와 오렌지 맛 탄산음료, 8년 전 유효기간이 끝난 초코우유가 한 통 들어 있었다. 8년 전 헬렌은 열두 살이었고 작은 아버지와 작은어머니와 함께 살아야 했다. 똑같은 시기에 나온 포르노 잡지가 있는 것으로 보아, 열성적인 주일학교 교사인 애드거가 어린 조카를 이곳에 한 번이 아니라 여러 번 데려왔을 것으로 추정되었다.

"두 남자아이의 머리를 후려친 것처럼 보이지만 내가 판단할 분야는 아닌 것 같습니다. 유해가 한데 섞여 있고, 벌거벗은 것처럼 보이지만 옷도 들어 있습니다. 시신을 구덩이에 넣은 다음 옷을 위에 던진 것처럼 보입니다."

레바는 얼굴 가리개를 턱까지 내리며 스카페타에게 말했다.

"그는 자신이 말했던 것보다 더 많은 사람을 살해했을 게 분명합니다. 어떤 희생자들은 감추고 어떤 희생자들은 매장했을 겁니다."

벤턴이 말했다.

레바가 종이봉투를 열자 잠수 호흡 장치인 스노클과 여자아이가 신을 크기의 더러워진 분홍색 운동화가 보였다.

"매트리스 위에 있던 운동화와 일치합니다. 시신이 더 있을 것으로 추정되는 구덩이에서 찾아냈는데, 구덩이에는 이 신발밖에 없었습니다. 루시가 찾아냈는데 저는 단서를 전혀 찾지 못하겠습니다."

레바는 스노클과 분홍색 운동화를 가리키며 말한다.

"유감스럽게도 단서를 찾은 것 같네요."

장갑 낀 손으로 스노클과 분홍색 운동화를 집어 올리자 스카페타는 열두 살짜리 헬렌이 그 구덩이 안에 들어가 고문 받았을 모습이 떠올랐다. 스노클은 헬렌이 숨을 들이마실 수 있는 유일한 수단이었을 것이다.

"아이들을 트렁크에 넣고 지하에 감금하고 지표면으로 이어지는 호스 하나만 남겨두고 땅에 묻은 겁니다."

스카페타가 말하자 레바는 그녀를 빤히 쳐다봤다.

"그녀가 이 모든 사람의 역할을 한 게 분명해. 악마 같은 인간."

벤턴은 이제 더 이상 냉철한 모습이 아니었다.

레바는 고개를 돌려 외면하며 힘겹게 침을 삼켰다. 몸을 가누면서 갈색 종이봉투 윗부분을 천천히, 조심스럽게 접었다.

"마실 것 가져왔습니다."

레바가 목소리를 가다듬으며 말했다.

"아무것도 손대지 않았습니다. 스누피 장식품이 있던 구덩이에 든 쓰레기봉투도 열지 않았는데, 냄새나 느낌으로 보아 시신이 들어 있는 것 같습니다. 봉투가 찢어진 부분에 빨강머리가 삐져나와 있었는데, 헤나 염색제로 염색한 것 같았습니다. 팔 한쪽과 소매 한쪽도 보였는데, 시신은 옷을 입고 있는 것 같습니다. 나머지는 잘 모르겠습니다. 다이어트 콜라, 게토레이, 생수가 있는데, 어떤 걸로 하시겠습니까? 다른 걸 원하시면 사람을 보내겠습니다. 사올 수 없을지도 모르지만."

레바는 집 뒤쪽으로 보이는 구덩이를 쳐다봤다. 계속 침을 삼키고 눈을 깜박이고 있었고, 아랫입술이 떨렸다.

"지금 당장 우리들 가운데 어느 누구도 사람들에게 다가가서는 안될 것 같네요."

레바가 다시 목소리를 가다듬으며 말했다.

"이런 냄새를 풍기며 편의점에 들어가서는 안 될 것 같아요. 어떻게 이런 일이…. 그의 짓이라면 반드시 그를 체포해야 해요. 그가 그녀에게 저질렀던 똑같은 짓을 그도 당해봐야 해요. 그를 생매장한 다음 숨쉴 스노클도 주지 않는 거죠! 그놈 거길 잘라버려야 해요!"

"보호복을 입도록 해요."

스카페타는 목소리를 낮추며 벤턴에게 말했다.

두 사람은 일회용 보호복을 펼친 다음 착용하기 시작했다.

"증명할 방법이 없어요. 절대."

레바가 말했다.

"그렇게 확신하진 말아요. 범인은 우리가 올 거라고 생각지 못했기 때문에 많은 흔적을 남겼을 거예요."

스카페타는 벤턴에게 신발 덮개를 건네주며 말했다.

그들은 머리 씌우개를 쓴 다음 장갑을 끼고 마스크로 얼굴을 가리며 오래되어 뒤틀린 나무 계단을 걸어 내려갔다.

〈끝〉

감.사.의.말.

하버드 의과대학 부속인 맥린 병원은 국내 최고의 정신병 치료 병원이자, 신경과학 분야 연구 실험으로 세계적 명성을 얻고 있다. 가장 어렵고 중요한 영역은 외부에 있는 게 아니라, 바로 인간의 두뇌와 정신병에 있어서의 뇌의 생물학적인 역할이다. 맥린 병원은 정신질환 연구의 기준을 제시해 주었을 뿐만 아니라 신경 쇠약으로 겪는 고통에 대한 대안을 제시해 주었다.

그들이 살아가는 놀라운 세상을 내게 친절하게 보여주신 의사 선생님들과 연구원들에게 진심으로 감사한다.

특히 맥린 병원장이자 정신과 과장인 브루스 M. 코헨 박사,

브레인 이미징 센터 책임자인 데이비드 P. 올슨 박사,

인지 신경이미지 연구실 부책임자인 스태치 A. 그루버 박사에게 가장 깊은 감사를 표한다.

—퍼트리샤 콘웰

1990년 《법의관》으로 전 세계적으로 큰 반향을 불러일으키며 1억 부가 넘는 판매부수를 기록한 스카페타 시리즈가 어느덧 열네 번째 작품을 내놓게 되었다. 퍼트리샤 콘웰의 데뷔작이자 스카페타 시리즈의 첫 번째 작품을 세상에 처음 선보인지 20년의 세월이 흘렀다. 콘웰이 탄탄한 필력과 작가적 사명감으로 오랜 시간 동안 한 시리즈로 작품을 꾸준히 써왔기에, 한국을 비롯한 전 세계의 독자들은 오랜 세월을 거치며 변해가는 등장인물들의 모습과 그들을 중심으로 펼쳐지는 여러 사건을 보면서 함께 울고 웃을 수 있었던 것 같다.

《법의관》을 필두로 한 스카페타 시리즈는 《소설가의 죽음》과 《사형수의 지문》, 《시체 농장》과 《카인의 아들》 그리고 《마지막 경비구역》 등을 거치면서 살인과 범죄, 욕망과 죽음을 둘러싼 다양한 사건을 법의국이라는 낯선 무대를 중심으로 숨 가쁘게 펼쳐보였다. 콘웰 이전에는 거의 금기시되었던 법의국이라는 공간은 독자들에게 신선한 충격과 호기심을 자아냈고, 이후 전 세계적으로 수많은 시청자를 사로잡은 스릴러드라마 〈CSI〉 등의 원조로 평가받기도 했다.

스카페타 시리즈의 열세 번째 작품이자 《약탈자》의 바로 전작인 《흔적)에서 콘웰은 작가로서 새롭게 변화된 모습을 보여주었다. 《흔적》은 시체공시소를 배경으로 긴박하게 펼쳐지는 사건의 속도를 조금씩 늦추면서, 인간과 범죄 심리에 대한 성숙해진 성찰이 단연 돋보이는 작품이었다. 이번에 소개할 《약탈자》 역시 《흔적》과 궤를 같이 하면서 한층 더 심화된 심리 분석이 돋보이는 작품이라 할 만하다.

소설의 시작은 벤턴이 진행하는 이른바 프레더터라는 실험으로 시작한다. '인간의 공격적인 성향에 대한 전두엽 결정요소를 연구하는 실험'의 약자인 프레더터(Predator)는 이 소설의 원제로, 약탈자 혹은 육식 동물을 뜻한다. 연쇄 살인범 베이질 젠레트를 대상으로 한 실험을 통해, 독자들은 살인사건을 볼 때마다 떠올리게 되는 의문점을 갖게 될 것이다. '어떻게 인간이 저럴 수 있을까?' 《약탈자》는 잔인한 살인사건과 흉악범을 보면서 떠올리게 되는 우리의 의문점에 대한 작가의 의문과 대답을 동시에 보여준다. 《약탈자》는 전작에서는 볼 수 없었던, 범죄를 저지를 수밖에 없는 인간의 심리를 범죄자의 측면에 서서 보여주기도 하고, 그와 연관된 여러 사건의 구성을 놀라운 반전과 함께 보여주는 작품이다.

《약탈자》에 등장하는 인물들은 전작들에 비해 훨씬 더 특이하고 다채롭다. 전직 경찰이자 연쇄 살인범인 베이질 젠레트는 정신 이상 증세를 보이고, 아카데미의 연구원인 조 아모스는 스카페타를 시기하며 음모를 꾸민다. 조 아모스와 함께 음모를 꾸미는 잰 해밀턴이라는 미모의 여학생이 등장하고, 스카페타의 조카이자 아카데미의 설립자인 루시는 묘령의 여인 스티비와 하룻밤을 보내면서 사건에 연루된다. 루시의 주치의였던 조니 스위프트가 타살인지 자살인지 알 수 없는 상황에서 죽음을 맞고, 그의 쌍둥이 동생 로렐이 살인 혐의를 받게 된다. 베이질 젠레트는 호그라는 기이한 인물과 접촉하고, 호그는 어느 특별한 여자를 신성화하며 그녀의 수하를 자처한다. 오랜 세월 동안 스카페타의 곁을 지키는 마리노는 어느 때보다 더 심술을 부리며 갈등을 빚고, 마리노의 정신과 상담의인 셀프 박사는 또 다른 범인의 표적이 된다. 그리고 교회를 운영하던 두 여인과 입양한 두 아들의 죽음, 크리스마스 선물가게를 운영하다 어느 날 갑자기 실종된 퀸시 부인과 헬렌 퀸시 역시 실종되었는지 살해되었는지 의문이 풀리지 않는다. 이렇듯 《약탈자》에서는 수많은 사람들의 관계와 여러 사건들이 실타래처럼 엉켜 있다. 끝을 알 수 없을 것처럼 기묘하게 펼쳐지는 사건의 결말에 놀라운 반전이 일어나는데, 그 반전은 치밀한 논리나 분석보다는 그 깊이를 헤아릴 길 없는 인간 심리에 대한 깊은 이해와 연민이 느껴진다.

콘웰이 이전 작품에서 시체공시소를 중심으로 펼쳐지는 범죄의 현장을 포착해서 면밀하게 보여주었다면, 《약탈자》에서는 그 어떤 끔찍한 사건 현장보다 더 복잡하고 섬뜩한 인간의 심리에 메스를 들이댄 것이다. 그것은 바로 20년이라는 세월 동안 스카페타 시리즈를 통해 범죄 스릴러를 써온 작가만의 내공이 오롯이 작품에 담긴 이유일 것이다. 《약탈자》에 이어 범죄와 인간 심리를 새롭게 펼쳐 보여줄 차기작을 역자로서 그리고 독자로서 설레는 마음으로 기다리게 되는 것도 그 때문일 것이다.

―역자 홍성영

약탈자

1판 1쇄 인쇄 2010년 7월 27일
1판 1쇄 발행 2010년 7월 30일

지은이 퍼트리샤 콘웰
옮긴이 홍성영

발행인 양원석
편집장 김지아
책임편집 조창원
영업 마케팅 정도준 · 김성룡 · 백창민 · 김승헌

펴낸 곳 랜덤하우스코리아(주)
주소 서울시 금천구 가산동 345-90 한라시그마밸리 20층
편집 문의 02-6443-8847 **구입 문의** 02-6443-8838
홈페이지 www.randombooks.co.kr
등록 2004년 1월 15일 제2-3726호

ISBN 978-89-255-3954-6 03840